陳越 ……… 著

THE RISE OF NEW CRITICISM OF
POETRY IN MODERN CHINA

「詩的
新批評」
在現代中國
之建立

RENJIAN PUBLISHER

目錄

「詩的新批評」之重溫（序）

解志熙

　　陳越的這本書是他的博士論文的修訂稿，記得此前的題目是「『詩的新批評』在現代中國之建立」，在預答辯的時候有幾位老師擔心這個說法過新，且有與英美的「新批評」攀比之嫌，所以建議修改為《「詩的文本批評」的中西匯合》，作為最終答辯的題目。我當然理解這個建議的善意——那幾位老師其實都很肯定陳越論文的學術貢獻，他們的建議只是為了答辯的保險而言。應該承認，「詩的文本批評」這個概念之指稱顯然比較明確，只是略嫌囉嗦點，我私心裡還是更喜歡「詩的新批評」那個說法，因為此類針對具體詩歌文本的批評確實借鑑了英美的「新批評」，才與中國古典詩學的注解賞析傳統劃開了清晰的界限，開闢了詩的文本批評的新階段——倘若折中一下，則「詩的新批評」乃正是運用現代的詩學觀念和批評方法針對「詩的文本」而展開的詩歌批評實踐。也正是為了這個緣故，此次出版也便恢復了舊題。

　　誠如陳越所說，這樣一種詩的新批評乃是「中西匯合」的產物，只有在「五四」文學革命之後才可能發生。事實上，胡適、顧頡剛和俞平伯等在「五四」之初即曾熱烈討論過《詩經》諸篇的詩本義，發表了多篇「說詩」的文字，不過那時的他們只是籠統地運用

著來自西方的純文學觀念、努力把《詩經》當做純文學的詩作來解讀，而尚無詩的文本批評的方法論之自覺。到了上世紀二三十年代之際，兩種情況同時發生了：一是新詩壇上有象徵派－現代派詩歌的勃興，此類新詩含蘊著比較複雜深隱的情思和朦朧含蓄的詩藝，不是一般讀者可以一讀就懂的，於是也就迫切要求著批評性的解讀；二是古典詩詞進入大中學講壇，成為文學教學的重要內容，而由於古典語言的隔閡和詩藝的古雅，年輕的學子們也迫切要求著現代性的導讀。正是這兩種情況不約而同的交集，共同推動了針對具體詩歌文本的新批評之開展。

開創了這個詩的批評新路的，既有新詩人和批評家，也有致力於古典文學教學的現代學人——事實上這兩類人往往是二而一的。比如朱自清和俞平伯就既是初期的新詩人和新詩評論者，後來又成為高校的古典詩歌研究專家，這雙重的身分促使他們在致力於詩的文本批評及其方法論的探討時，一方面繼承和發展了中國古代的解詩傳統，並努力使之從知其然不知其所以然的印象式鑑賞轉變為分析性的解讀；另一方面則更多地借鑑了西方現代的詩學觀念和詩歌批評方法，尤其是來自英美「新批評派」的詩歌批評方法。恰在此時，英國批評家瑞恰茲（I.A. Richards, 1893-1979）正好來華任教於清華、北大、燕京等校。瑞恰茲被公認為英美「新批評派」的奠基人之一（另一個奠基人是名詩人T.S.艾略特，他的詩作與批評理論也在此時傳入中國，另一個「新批評派」的代表人物、瑞恰茲的得意弟子燕卜蓀則在抗戰時期來華任教於西南聯大），他的批評理論、語義學研究和文本分析方法，特別適合於詩歌文本之解讀，給清華大學教授葉公超、朱自清等留下了深刻的印象和影響，以至於

葉公超斷言:「我相信國內現在最需要的,不是浪漫主義,不是寫實主義,不是象徵主義,而是這種分析文學作品的理論。」(葉公超:〈曹葆華譯《科學與詩》序〉,撰寫於1934年,見《科學與詩》,商務印書館,1937年)正是由於葉公超的熱情介紹,朱自清也及時地注意到了瑞恰茲的理論和方法,遂努力將瑞恰茲的意義理論和文本分析方法運用於中國古典詩歌和現代新詩的解讀,陸續撰寫了《新詩雜話》、《詩多義舉例》等關於詩歌文本的新批評論著。朱自清又轉而推動了他的同事俞平伯和浦江清。我們只要讀讀俞平伯這一時期連續發表的解詩之作《讀詞偶得》,就不難體會他在傳統的鑑賞和訓詁之外,顯著地加強了詩詞語言意味的分析,而尤其值得注意的是,此時的俞平伯在朱自清的熱情鼓勵下,精心撰寫了〈詩的神祕〉一文,堪稱詩歌文本「新批評」之開創性的方法論文獻。俞平伯承認「詩(詞也在內),有一部分人看它永遠是很神祕的,類乎符咒」,但新的理論方法的自覺使他自信地宣稱:「我們要把詩從神祕之國裡奪出,放在自然的基石上,即使有神祕,卻是可以分析,可以明白指出的。」又謂詩的神祕「只是詩的複雜微妙幽沉各屬性的綜合,似乎一時不能了解,卻終究可以分析,敘述和說明的。「(俞平伯:〈詩的神祕〉,《雜拌兒之二》第1頁、第4頁、第5頁,開明書店,1933年。)

進入抗戰及四十年代,對於詩的文本的「新批評」又有進一步的拓展。此時除朱自清等資深學者外,又有不少年輕學者如林庚、吳世昌、金克木、李廣田、邢光祖、吳興華、程千帆、袁可嘉等陸續加入,並且也出現了專門服務於國文教學的文本批評刊物《國文月刊》、《國文雜誌》(葉聖陶主持)及《新生報》「語言與文學」副

刊等，……矚目於詩歌文本的新批評一時蔚然成風，湧現出一批相當出色的成果，如浦江清的《詞的講解》、朱自清的〈古詩十九首釋〉、吳世昌的《論詞的讀法》、李廣田的《詩的藝術》、吳興華的《現代西方批評方法在中國詩歌研究中的運用》、程千帆和沈祖棻合著的《古典詩歌論叢》（該集出版於1954年，但集內的解詩文章多作於四十年代）等，都是詩歌文本新批評的傑出論著。其批評對象，則既包括新詩，也有古典詩詞，甚至涉及外國詩。比較而言，對古典詩詞的新批評最有成效。

在詩歌文本的新批評開展過程中，每個批評者的具體操作方法容或有別，但大的著眼點和方法論是非常一致的，其要旨在朱自清的〈古詩十九首釋〉（此文是朱自清1940年夏至1941年夏的休假期間為《國文月刊》的「詩文選讀」欄撰寫的）前言裡得到了扼要地揭示——

　　　　詩是精粹的語言。因為是「精粹的」，便比散文需要更多的思索，更多的吟味；許多人覺得詩難懂，便是為此。但詩究竟是「語言」，並沒有真的神秘；語言，包括說的和寫的，是可以分析的；詩也是可以分析的。只有分析，才可以得到透徹的了解；散文如此，詩也如此。有時分析起來還是不懂，那是分析得還不夠細密，或者是知識不夠，材料不足；並不是分析這個方法不成。這些情形，不論文言文、白話文、文言詩、白話詩，都是一樣。不過在一般不大熟悉文言的青年人，文言文，特別是文言詩，也許更難懂些罷了。

　　　　我們設「詩文選讀」這一欄，便是要分析古典和現代文學

的重要作品，幫助青年諸君的解，引起他們的興趣，更注意的
是要養成他們分析的態度。只有能分析的人，才能切實欣賞；
欣賞是在透徹的了解裡。一般的意見將欣賞和了解分成兩橛，
實在是不妥的。沒有透徹的了解，就欣賞起來，那欣賞也許會
驢唇不對馬嘴，至多也只是模糊影響。一般人以為詩只能綜合
的欣賞，一分析詩就沒有了。其實詩是最錯綜的、最多義的，
非得細密的分析工夫，不能捉住它的意旨。若是囫圇吞棗的讀
去，所得著的怕只是聲調詞藻等一枝一節，整個兒的詩會從你
的口頭眼下滑過去。（朱自清：〈古詩十九首釋〉，《朱自清全
集》第 7 卷第 191 頁，江蘇教育出版社，1992 年。）

　　如所周知，傳統的中國思想和學術有一個共同點，那就是注重
直覺印象之談和經驗綜合之論，而不擅長系統性、學理性的分析。
這個共同性影響及於古典的詩歌批評，便是面對詩意比較含蓄以
至「神祕」的詩歌文本，古人很樂於坦承「詩無達詁」，於是要麼滿
足於「釋事忘義」的訓詁性注釋，要麼滿足於訴諸經驗直覺的印象
性品評，而長期缺乏綿密深入的分析性批評。朱自清等人所開創的
「詩的新批評」，則肯認詩歌作為精粹的語言藝術品並非神祕無解，
其精微的意味和精妙的藝術仍可通過語言藝術的分析而得以彰顯和
昌明。他們對新詩與舊詩詞文本的精闢分析，已經充分證明了這一
點——「詩是可以分析的語言藝術作品」。這與英美「新批評」對詩
的文本批評之立場和方法若合符節，而又繼承和發展了中國古典語
文學傳統中的合理因素，如此「中西融合」委實具有開拓中國詩歌
批評新時代的重大意義。

　　然而，很可能因為這種詩的新批評比較注重具體文本的解讀，乍一看似乎關涉度不夠宏大、理論性也不很鮮明，所以當今學界一直很少關注它的歷史和價值。此前只有資深的現代詩歌研究專家孫玉石先生敏銳地意識到此類批評的現代意義，他從1987年開始不斷探索、先後撰發了多篇專論，到2007年結集為《中國現代解詩學的理論與實踐》（北京大學出版社，2007年），成為這一領域的開創性學術成果，也是迄今唯一的專題論著。按，孫玉石先生所說的「中國現代解詩學」其實就是陳越所謂詩歌文本的「新批評」。孫先生的開創性研究誠然功不可沒，但也有明顯的侷限——只把「解詩學」視為針對新詩的解讀性批評，研究的視野一直限制在「中國新詩學」的範圍裡，而未顧及到現代人對古典詩詞的解讀同樣可以納入到中國現代詩學的視野、同樣屬於詩歌文本的「新批評」之列，甚至比新詩的文本批評更為出色。

　　正是在借鑑孫玉石先生的先行研究的基礎上，陳越的探索更進了一步也更深了一層。陳越自覺超越「中國新詩學」的限制，別具慧眼地從「中國現代詩學」的視野出發，將發生在現代中國的所有運用現代詩學觀念和方法來進行的詩歌文本批評——不論其對象是舊詩、新詩還是外國詩——都納入詩歌文本的「新批評」的考察範圍，著力揭示其現代的理論基礎、方法特徵和具體的批評成就，於是所見更廣、所論更深。當然，與此俱來的學術難度也更大了，為此，陳越付出了艱苦的勞動和辛勤的思考。讀博的幾年間，陳越埋頭窮搜相關文獻、補充相關的中外文學知識、思考相關的詩學理論批評問題，終於用數十萬字的論文，第一次完整地梳理了「詩的新批評」在現代中國崛起的來龍去脈、深入發掘了此種新批評的理論基礎、

批評方法和批評實踐，讓人對詩的新批評潮流的歷史和價值獲得了全面的認識，這無疑是中國現代詩學研究的一個重要貢獻。陳越窮搜文獻的勞績，可以本書第二章為例，該章對英美新批評在現代中國之傳播的梳理可謂集其大成，其中有許多條文獻都是陳越首發的。至於陳越對「詩的新批評」成就的分析之深入，則可以本書第四章為例，該章重點討論了「詩的新批評」在詞學領域的展開，乃以俞平伯、浦江清、吳世昌對詞的解讀為代表，深入發掘其作為詩的新批評的現代意義、具體分析其批評方法的現代性特徵，完全超出了一般古典文學學術史的研究視野、而又扎實地彌補了中國現代詩學研究的一個盲點，所以讀來令人耳目一新。……我相信凡是讀過此書的人，都會毫不遲疑地肯認「詩的新批評」確是中國現代詩學的重要成就之一，它通過把現代詩歌觀念落實到具體的批評實踐之中，為促進中國詩學的現代化做出了積極的貢獻，並由此留下了大批值得認真分析和學習的詩學遺產，而陳越此書作為該領域的第一本系統性的研究專著，其原創之功、搜求之勞和開掘之深，委實值得嘉許。

說起來，陳越在本科所學並非文學，只因熱愛文學，乃刻苦自修、考入南開大學攻讀文學碩士，後來又到清華隨我讀博。他的探討吳宓、梁實秋等新人文主義者的碩士論文，仔細追溯西方原典、校正流行比附之見，讓面試的老師們頗為讚許。也正因為他的英文很好，所以在博士論文選題時，最初曾想研討中西現代文學批評觀念的融合問題，後來覺得題目過大，容易失之浮泛，乃將視點集中落實到「詩的文本批評的中西融合」這個專門的詩學問題上，由此銳意探尋，遂有了不少重要的文獻發現和漸趨深入的理論思考。陳越

的好學苦讀在清華中文系是出了名的。讀博生活本來就很清苦，陳越又是來自基層的一個窮學生，可他讀博期間卻節衣縮食，購買複印了大量文學詩學書籍，他的小小宿舍實在無法安頓，我只好把辦公室借給他，放了整整一屋子。如此勤學苦讀，給陳越的論文打下了厚實的基礎，答辯時一下子拿出了三十餘萬言的論文稿，其厚重度和完成度讓汪暉兄在答辯會上當面讚嘆說，「陳越的論文是本專業歷屆同學中唯一真正完成了的博士論文。」論學一向嚴格的方錫德兄則破例地在評議書裡讚揚陳越的論文，「是本學科近年來罕見的一篇優秀的博士學位論文，建議通過答辯後，申報全國優秀博士學位論文」。然而，謙虛樸實的陳越並沒有申報這個獎項，畢業後的幾年來他仍然孜孜矻矻地繼續修改和完善著論文。自然，此前的陳越在學術修養上也有明顯的不足，比如對中國古典解詩學傳統不很熟悉就是他的論文的一個薄弱環節。如今翻看這個即將出版的修改稿，在這方面有了很大的改進和補充。要說這個修改稿的問題，恰恰來自於陳越謙抑的個人性格和嚴格的學術自律：有些重要人物如葉公超本來可以專寫一節的，可是陳越卻因為有人論述在先，他便只註明別人的研究而不再詳論；有些重要文獻本來是陳越先發現的，可是別人後來率先發表了，他就刪掉自己而轉注別人。在學術上如此過於嚴格的自律，反倒影響了本書論述敘事的完整性和個人觀點的充分表達。這是讓我很感可惜的。

　　陳越畢業已近四年，論文終於要出版了。欣悅之餘，乃略為介紹如上，即以此為序吧。

　　　　　　　　　　　　　　　2015 年 6 月 10 日於清華園之聊寄堂

第一章
「詩的新批評」在現代中國之建立

第一節　現代詩學與文本批評

　　詩以其自身的特性，在文學的眾多文類中，往往是最先發生變革，往往是對於時代意識最為敏感，因而也是最早以其獨特的語言形式來表達這種敏感的。正如 Richard Moritz Meyer 在其〈近代的詩人〉（按：此處「近代」即現在一般所謂「現代」之意）中所指出的，「想要顯示出在現今的世界文學中稱為『近代的』特性來，莫如把我們的注意固定在詩的歷程上」，他想要「拿近代的對於詩人的理想的形成當做我們時代的文學發展中的中心而且決定的事實」，現代的詩體現出明顯的時代色彩，「所有對於近代的詩人似乎是最重要的詩的歷程的各方面，都是比較地最近才發生的」，這種時代的影響集中表現在詩的本質與詩人角色這兩個方面，它們較之以往都有了根本的不同，詩要「使主觀的經驗適合於客觀的外形。詩人的經驗不再能藉應時的文章吐露；他不再能從什麼論詩的文章中選出可供使用的形式了。他必須等到，在藝術形式的日常印象中，他的經驗採納了一種可以使自身和他人相通的形式」，而現代的詩人「不但必須創造他的作品，還必須創造他的職業」，他「是一類人類的經驗在他的

靈魂裡獲得一種藝術的形式的人」。[1]而萊昂納多・伍爾夫（Leonard Woolf）在其〈論新詩〉[2]中首先就下了一個斷語「詩或者比一切別的文學更要接近於所謂時代精神（或者簡明些可以叫做時代的創造精神）」，並強調對於現代詩做出批評就變得相比以往更為困難。[3]

中國文學中詩一直是獨享尊崇地位的文類，所受到的關注絲毫不亞於詩在外國的情形，而現代中國一位名為蕭傳文的普通讀者在其〈詩的欣賞〉中所表達的對於詩以及詩之欣賞的重視，也正與上文兩位外國作者的觀感相一致。他認為「詩是一切文學的本質」、「我們要學習欣賞文學或從事文學的創作，換言之，即是要培養文學趣味，則最好是從讀詩入手」。[4]儘管他有關欣賞詩的必要條件以及讀詩的實際效果等內容的論述並無新奇之處，但他對於詩以及讀詩的尊崇態度卻是有代表性的。

在現代中國，新詩的發展備受關注也飽受批評，而實際上，新詩的發展離不開真正意義上的批評。曾經有論者分析新詩園地荒蕪的原因有三個，一個是大多數詩作者患了晦澀崇拜症，從作品上限止了讀者，另一個是邵洵美所謂「只有寫新詩的人沒有讀新詩的人」，再一個則是缺少衡量詩的標準。[5]讀詩需要闡釋和指引，而評詩需要標準，這些都與批評有關，詩的批評與詩的教育的不發達會直接阻礙詩的接受，這一點沈啟無曾有過說明。沈啟無在致朱英誕

1　Richard Moritz Meyer 著，於若譯：〈近代的詩人〉，《莽原》1926 年第 20 期。

2　原文題為 The Modern Nightingale，此處中譯文題目出自譯者梁遇春。

3　Leonard Woolf 著，梁遇春譯：〈論新詩〉，《北新》1929 年第 1 期。

4　蕭傳文：〈詩的欣賞〉，《昆明週報》第 4 版，1943 年 2 月 27 日。

5　向亮：〈評新詩刊〉，《文匯報》「文哲週刊」第 4 期，1939 年 1 月 24 日。

的信中說到,「在中國,詩的創作與詩之教育還走不上一致,實際毋寧說詩的教育或空氣非常的寒薄,一般缺乏詩的情趣,其程度尚在普通的教育水準之下,將何從追蹤高深,其不能接受乃至無理的摒拒,也是當然的罷。所以我想養成這個大的空氣是很要緊的。我們創作詩不妨深,講詩說詩解詩不妨淺,深入淺出得更有意思也」。[6]

對於詩的批評之必要,邵洵美曾有過懇切而清晰的分析,表現出清醒而深刻的時代意識。對於如何推進這種批評,他也有具體的意見,這些在他〈新詩的病根〉、〈新詩與批評〉、〈新的詩評與詩評家〉、〈詩評的工具〉、〈新詩的中間人〉等文章中都有集中表述,這些談論詩評的文章在他1938年至1939年發表於《中美日報》的「金曜詩話」中占有很大的篇幅。

在〈新詩的病根〉中邵洵美下過一個斷語「我們只有寫新詩的人,而沒有讀新詩的人」,並認為這種「畸形的現象,也便是新詩的病根所在」。因為,據他的了解,現實情況是「現在尚繼續買新詩來讀的自己都是寫著的」,而在他看來,重要的問題是,「為什麼不寫新詩的便也不讀新詩?」他將這個原因歸結到新詩本身,繼而提出對於新詩的要求,即「新詩是用白話寫的,但是白話須得寫成詩;新詩沒有固定的格律,但是寫出來要使人看上去是詩」。[7]邵氏的這個斷語自然不免有些誇張,但卻道出了一部分的事實,對於新詩的要求看似平常無奇,卻又正是針對新詩弊病的有效措施,也是當時很多有識之士的共識,只是,白話詩須是詩,說起來不錯,如何來

---

6   沈啟無著,北京魯迅博物館編、馮英、趙麗霞選:《沈啟無卷》,遼寧人民出版社,2009年1月,頁155。

7   邵洵美:〈新詩的病根〉,《中美日報》,1939年1月13日。

作便又是一個問題了。

在〈新詩與批評〉中，邵洵美分別了兩種新詩的批評者，一種是提出要求，一種是發表意見，「胡適之等在新青年上的文章是前一種的批評，而後來的報章雜誌上發表的對於詩集的研究與討論是後一種」。照他的理解，前一種是理論上的批評，即詩學原理的上的建設，後一種是實際上的批評，亦即具體詩歌作品的鑑賞，後一種「難得見到，而大半又是意氣的作用多於意見」。[8] 應該說，這種分類大體是成立的，依筆者看來，中國現代詩的批評正可以分為「作為詩學的批評」與「作為闡釋的批評」兩大類。

在〈新的詩評與詩評家〉中，邵洵美對於中國傳統文學批評的特點有一個形象的描述：

> 文學批評在中國並沒有充分地發展。雖然從前每一個文人都會寫一部詩話，但大半是你抄我襲；況且也只是些對於一兩個字，與一兩句詩的欣賞；或是記錄一些寫詩的故事，而故事又僅限於時季年月和地點人名之類。關於理論的，也不過是技巧上的研究，尤其是詞藻的推敲。詩的原理，從古到今，只有三兩句的泛論。[9]

由此，他認為「詩在中國始終沒有脫離過『高尚玩意』的範圍」，在西洋文學的影響之後，文學觀念「才變得嚴重起來」，但批評依然缺乏。出於指導和鼓勵新詩創作的考慮，他認為應該積極推

8　邵洵美：〈新詩與批評〉，《中美日報》，1939年3月17日。
9　邵洵美：〈新的詩評與詩評家〉，《中美日報》，1939年3月24日。

動批評。邵洵美對於新詩發展的前景比較樂觀，提出要從讀者角度來思考新詩發展的前途問題。在他看來，「尤其是新詩，她幾乎完全需要一批新讀者」，原因在於，新詩和舊詩的分別不像小說、散文等是演進的改革，而是徹底的變化，單憑創作本身並不能改變舊詩讀者對於新詩的成見，因此新的詩評必不可少。而他對於新的詩評家提出的要求則是「比較」與「分析」，在他看來，「比較與分析乃是一切批評家最重要的工具」，因為「知道了比較，便知道了好壞或高下，知道了分析，便知道了好壞高下在什麼地方」，新的詩評家不必急於判決，重要的是呈現事實，由讀者去裁定。[10]

在此，我們無需追問邵洵美的這個極具常識性的看法是否來自他所熟悉的艾略特，只需承認，這是個正確的原則，是具有現代精神的原則，比較與分析，這正是詩的新批評的基本原則和有效工具，最終的目的則是破除含混與籠統的印象式評論，切實揭示詩作的好與不好。新的時代對於新的詩評家提出了新的要求，詩評家要具備比較和分析的能力，並不是容易的事情，邵洵美引述英國現代批評家 Herbert Read 的有關論述，指出新的詩評家要對生理學、人類學、史學、語言學等都要下點功夫，對於心理學和哲學等現代科學也有要相當的研究，其目的正如艾略特所言，並不在什麼都能講，而是由此知道什麼不必講。

事實上，在隨後所寫的〈詩評的工具〉中，邵洵美直接引述了艾略特有關比較與分析的話，從比較與分析兩個角度指明了新的詩評的工具，前者包括「新舊的比較」、「新詩與新詩的比較」、「自己

10　邵洵美：〈新的詩評與詩評家〉，《中美日報》，1939年3月24日。

與自己的比較」、「中國與外國的比較」,後者則包括「全部詩的分析」、「一首詩的分析」、「一句句子的分析」以及「幾個字甚至一個字也有分析的價值」,新的詩評家的工作正在於這種比較和分析,而無需指望他們來立定義,創規律。[11]

在邵洵美看來,新詩的不能普遍,新詩的批評者負有很大的責任,他們是新詩與讀者之間的「中間人」,他們應該「負起一種把新詩來解釋及介紹的責任」,但實際上並未盡到這個責任,而只做到了當新詩(人)的辯護人,介紹詩的文字不懇切不具體,造成的惡果便是,「讀者脫離了他的介紹文,便完全看不懂詩;詩人為了有著這樣一個辯護人與說明人,從此寫詩便更不顧得人家看不看的懂,甚至連自己隔了相當的時期也看不懂了」。因此,他希望真正的詩的中間人「應當盡他的能力,來把新詩介紹給讀者」,他所需要做的,就是「說出一首詩的好處與壞處,以及這一首是否是新詩」,這樣,大家對於新詩才能經由「認識」達到「承認」,然後「會欣賞,會愛好或是憎惡」,如此新詩便可以普遍了。[12]

應該說,邵洵美對於問題看得是比較透澈的,對於新詩與新的批評之間的辯證關係以及新批評的重要性也都有清楚的認識,雖然他主要是針對新詩來談批評,但其主旨和立意也可以適用於中國古詩的批評,事實上,俞平伯、浦江清、吳世昌等人對於古典詩詞的解讀無一不符合他所提出的這些要求和標準。

現代意義上的批評,包括分析和評價,而在中國傳統詩學史上,在詩文評的名目下,詩的批評有著多種形態,諸如「點評」、

11　邵洵美:〈詩評的工具〉,《中美日報》,1939年3月31日。

12　邵洵美:〈新詩的中間人〉,《中美日報》,1939年6月17日。

「注解」、「箋釋」、「詩解」之類,這些傳統的詩學術語都在一定程度上對應著現代意義上的批評的部分內涵,因此,討論現代詩的新批評,也就不能不對其略做回顧。

中國詩學史上,針對初學者所作的詩的講解,有著「發微」、「啟蒙」、「淺說」等諸多名目,至於具體詩作的賞析,「訓」、「詁」、「評」、「點」、「箋」、「釋」、「注」、「解」、「賞」、「析」、「疏」等名目雖常連用但實際意義各有分別、功能各有側重,其中,與現代意義上的批評最為接近的,似應屬詩解。

據鄭子運的研究,「詩解,作為一種詩歌接受方式,早在宋末元初就出現了,但作為一個詞,直到清代雍正年間才出現」,唐汝詢《唐詩解》、唐汝諤《古詩解》、曾益《李賀詩解》以及金聖嘆《杜詩解》等著作皆是「解」字單立,在理論上對「解」獨立且區別於「注」的特點及兩者之關係做出明確界定,對「詩解」區別於詩歌評點的內涵做出明確說明的,則要首推清代學者、《讀杜心解》的作者浦起龍。作為一種詩歌解讀方法的「詩解」則可以分為「解義(解意)」與「解藝」兩類,前者可舉廖文炳《唐詩鼓吹注解大全》、唐汝詢《唐詩解》為代表,後者可舉金聖嘆《杜詩解》、吳見思《杜詩論文》為代表,「意」、「藝」並重的則可舉浦起龍《讀杜心解》。就這類詩解著作而言,解區別於注,具有獨立的形式,因而也就具備了獨立的地位,從而區別於章句體、評點體,其具體內涵可概括為「整體把握詩作並將詩的語言轉化為散體語或分析詩的藝術特點的成段文字,而不是摘句或籠統地進行隻言片語的評點」。[13]

---

13 鄭子運:〈緒論〉,《明末清初詩解研究》,鳳凰出版社,2010年1月,頁1-5。

　　鄭子運在論及詩解的影響時，強調「詩歌賞析可以溝通古詩與現代語言之間的隔閡」，指出「由於中國古代評論詩歌不尚分析，進入近現代以後，西方的邏輯分析手段引入中國，使人們想當然地以為，現今的詩歌賞析手段完全是外來的，在中國古代是不存在的，其實，現今古典詩歌賞析所使用的主要手段在中國古代早已存在」，為此，他舉出金聖嘆作為例證。他認為成書於清代乾隆年間的張玉穀的《古詩賞析》是最早以「賞析」命名的詩歌評論論著，包括它在內的明清詩解著作從而構成現代古典詩歌賞析的淵源所在。[14]令他感慨的是，「後世借用了『賞析』這一定名，掩蓋了詩解還包括解義類詩解在內的整體面貌，再加上清中期以後詩解著作的衰落，無怪乎現代人不知時下盛行的古典詩歌賞析的淵源了」，其實，這種詩解傳統在現代得到了傳承和轉化，體現在本書所論述的現代「詩的新批評」的理論與實踐之中。

　　1947年7月31日的《平明日報》「讀書界」第34期發表了署名「行朗」的文章〈二種態度〉，該文介紹了葉芝所編《牛津詩選》與邁克爾・羅伯特所編的《費伯現代詩選》兩本詩選的編者序言的內容及其異同，並指出這兩篇序言代表了批評方面的兩種態度，前者的風格是親切隨便，後者「卻是意見多於文字，實際的解釋重於空洞的概念，在腔調方面也是毫不搖首弄姿，而且科學地說，平心靜氣地說」。在「行朗」看來，羅伯特的這種風格「大致上是近代批評的一個特色」，「厭膩了浪漫派的濃豔和『心靈探險派』的不著邊際，以及二派共有的用很多篇幅鋪陳很小的一點意見，近代的批評所走

14　鄭子運：〈緒論〉，《明末清初詩解研究》，前揭書，頁228-235。

的路是不誇張的集中而又簡練的路」,「然後在敏感方面,現代的批評是更加深刻」,他認為這種深刻性「是由於科學的發達,使人的智慧不僅在範圍上擴大,而在在程度上精微而準確」。行朗提到有若干文人有科學方面的訓練或有科學方面的經驗,因此他們的生活經驗也豐富,他舉為典型例證的就是燕卜蓀。他介紹燕卜蓀在劍橋獲得文學和數學兩個學位,認為燕卜蓀的詩「比較上最不易懂」是「因為充滿了文學上以外的許多知識」,而燕卜蓀在批評方面的作品《七類的晦澀》到現在仍是分析最細膩的代表作品,這樣的作品顯然不是前世紀的人所能寫出的。在文章的結尾,「行朗」指出:

> 　　現代批評的分解作品,如科學家之分解方程式,卻是充滿了發現的驚奇和神祕。看一顆心怎樣敏銳地鑽入並且征服了別的心,看它怎樣從細節裡得出一些結論,看著所有的過程的變化和流轉,看每一個無人去過的隱祕的世界給謹慎然而勇敢地揭開。這些是現代批評的戲劇性的一面。在很多人,如我自己,當要一點愉悅而有充實的東西時,現代批評成了最好的禮物。[15]

　　上述行朗對於現代批評之特性的描述,應該說是比較準確和有代表性的。確實,詩的新批評的興起就是要應對現代詩的現代性,要對其給出一個說明,要對其做出分析,這本是與詩關係極為密切的活動。現代的詩歌觀念如何落實到實際批評中去,是筆者寫作

15　行朗:〈二種態度〉,《平明日報》「讀書界」第34期,1947年7月31日。按:
　　筆者新近得知,「行朗」為王佐良的筆名,詳見王立:〈王佐良《今日中國文學之趨向》與抗戰英文宣傳冊(上)〉,《中華讀書報》第17版,2015年5月20日。

本書時所思考的一個重要問題，本書所討論的「詩的新批評」其實就是想從實際批評的角度，來揭示中國現代詩的批評之新體現在何處，詩的批評過程也就是發揚和宣傳詩歌觀念的過程，批評詩歌時所用的概念術語都是這種詩歌觀念的體現。

這裡，我們且以聞一多為例說明這種詩歌觀念落實到具體詩歌批評中去的具體表現。聞一多1933年至1934年在清華大學講授「杜詩」課時，在論及「秦州雜詩」時，有過一段簡要的評述，「此時為杜甫有生以來作詩最多最精之時期。其態度是冷靜的想像追憶以前的經驗，且能用客觀的態度觀察外界事物，以抒發情意，成為『純詩人』」，「此時之詩，完全為睜開雙眼，回顧四周而反應之以成詩。其思想必須寧靜，否則不能如此」。[16]在講解〈鐵堂峽〉時，又強調「杜詩之長處，在使經驗復活。人的生活須充實，即各種經驗不一度遇到之。經驗喜新，喜奇異，此乃生活力充實之表現。因人生之經驗有限，能獲得的經驗更有限，文學即所以補此缺憾。且文學所提供的經驗，常常是好的，而親身經驗中，往往有許多不必要的壞處。故文學的功用，在給人以美善的生活經驗。因此，上乘的文學，須真切，須充實」。[17]

聞一多是新詩人，治古典文學也頗多新見，上文所引的論杜甫的這些文字，我們可以看到有一個核心詞，那就是「經驗」，他基於

16　此段文字係出自曾為清華大學學生的萬鴻開選修聞一多「杜詩」課時的聽課筆記，後他將其轉給施蟄存，施蟄存摘錄了部分「即興式的評論」，附錄於他的《文藝百話》之中，詳見《文藝百話》，上海：華東師範大學出版社，1994年4月，頁434-435。

17　《文藝百話》，前揭書，頁437。

自身對於詩之經驗的認識來評論古人杜甫的詩作,並將這種認識傳達給學生,經由這個闡釋詩作特點的過程,現代的詩學觀念也得到了傳播。

古典文學專家程千帆晚年曾經在文章中提到一件逸事:

> 記得我讀書的時候,有一天到胡小石先生家去,胡先生正在讀唐詩,讀的是柳宗元〈酬曹侍禦過象縣見寄〉:「破額山前碧玉流,騷人遙駐木蘭舟。春風無限瀟湘意,欲採蘋花不自由。」講著講著,拿著書唱起來,唸了一遍又一遍,總有五六遍,把書一摔,說,你們走吧,我什麼都告訴你們了。

對於這個故事,可以有兩種讀法,一個是說故事人的讀法,程千帆說這個故事的語境是談形象思維與邏輯思維的關係問題,他認為兩者要結合起來,不能偏廢,在說這個故事之前,他批評了當時學術研究的一個傾向,他說很多青年同志寫論文,好像一個嚴格的法官,把杜甫往這裡一擺:根據歷史條件,根據哲學,根據人生觀,根據開元天寶年間的時代背景,現在宣判杜甫符合現實主義的三條,違背浪漫主義的七條,他說,杜甫要看到這個,是要哭的呀!他強調文學藝術是個感情的東西,於是,他就舉了上面的這個例子。程千帆覺得,胡先生似乎雖然什麼都沒有說,但給他留下了深刻的印象,胡小石也並非不能講出道理來,因為他介紹說,胡小石晚年在南京大學教「唐人七絕詩論」,講得非常好,原因在於他是用自己的心靈去感觸唐人的心,心與心相通,是一種精神上的交流。程千帆認為在這樣的情形下,他學到了以前學不到的東西,他

的結論還是強調形象思維與邏輯思維並重，對古代文學的作品理解要用心去感受，而不是純粹運用邏輯思維。[18]

第二個讀法是，胡小石的這種讀詩方法帶有名士做派，有古風，對於程千帆這樣有慧根有詩學修養和感悟力的學生可能會有啟發，但並不適合現代語文教學的要求，無法推廣，若進一步追問，這首詩怎麼就不能說呢？是懶惰還是無能？對於這個現象，吳世昌曾經有過分析，若從具備新的詩學觀念和批評方法的讀者角度來看，那麼詩是可以分析的，是能夠解釋的，這就是現代詩的新批評的核心理念。

詩不同於一般的語言作品，這點無論古詩、新詩、外國詩，都是如此，現代詩興起後，經常受到的一個指責就是晦澀，難懂，這自然有詩自身的原因，特別是寫得不好，以錯亂冒充高深，以晦澀掩飾淺薄的那些詩，但更多的原因在於讀者不熟悉詩的組織、詩的象徵、詩的比喻特點等等，正是伴隨著現代詩的興起和發展，產生了新的批評詩學，同時，以這種新的批評眼光和方法重新來審視傳統的詩歌，產生了很多精彩的批評文章。

胡小石的一言不發，並不一定代表他真不懂詩裡的好，在筆者看來，他可能只是覺得，這個好是只可意會不可言傳的，既然說不清楚，或者說，說清楚了似乎也沒有太大用，那還不如不說，自己想去吧。

當然，只要是寫出來給人看的詩，都已經預設了讀者，作為一個相對小說、散文更為精緻的語言的藝術品，詩雖然難解，但並非

18　程千帆：〈兩點論——古代文學研究方法漫談〉，《程千帆全集》第15卷，河北教育出版社，2000年，頁178-179。

不可解，我們不能以不可解作為迴避思考的藉口，而且，按照現代的詩歌觀念，詩是經驗的傳達，在這種對於詩的解釋中，傳達本身就是詩的本質屬性之一。正如朱自清所言「就一首首的詩說，我們得多吟誦，細分析；有人想，一分析，詩便沒有了，其實不然。但說一首詩『好』，是不夠的，人家要問怎麼個好法，便非先做分析的工夫不成」。[19]

解詩不易，讀者修養及思維的侷限會給詩的批評帶來不小的麻煩，以前有「詩話作而詩亡」的老話，更有經常被人作為笑話提及的歐陽修在《六一詩話》中所謂「夜半鐘聲到客船」、「句則佳矣，其如三更不是打鐘時」以及毛奇齡《西河詩詞話》中「春江水暖，定該鴨知，鵝不知耶」一類的評論。事實上，現代詩的評論中也存在這種情況，邢光祖就曾在文章中提到過類似的評論，「有人評『試問今夜鴨綠江上的殘月，正照著多少場關山遙隔的夢？』兩句說：『大概這些戰士或是作者自己，也還是東北關外的老鄉，不然，不是我們的黃河，長江以及每一處悲慘的地方的月亮，也一樣可以照著的麼？』」。[20]

這裡的問題便是不明白詩的邏輯不同於散文的邏輯，詩的真實不同於生活的真實，以科學上的所謂求真或者說較真的態度來看待詩，這種批評可說是詩的災難。中國現代「詩的新批評」，正是一方面有鑑於傳統詩話、詞話的零散與含混，一方面有鑑於時人對於新詩的種種誤解與非難，從而力圖將詩作為詩來解釋，以分析的方法

---

19 朱自清：〈詩多義舉例〉，《朱自清全集》第8卷，江蘇教育出版社，1996年8月第2版，頁206。

20 邢光祖：〈讀書隨筆〉，《雜誌》5卷5號，1939年12月5日。

來做具體的解析，促進讀者對於詩的理解和欣賞。

　　近代以來，詩的地位無疑發生了改變，可以說，中國傳統古詩已經終結，已經不可能期待現代的中國人再像古代文人那樣去寫詩，無論是抒閒愁還是立詩史，那麼，詩的價值和意義若要得以體現和傳播，那麼讀詩（讀詩的方法）就相對寫詩的方法成為現代文學創作和文學教學中一個更為重要的內容。這就是我們討論中國現代「詩的新批評」時必須注意的一點。

　　美國新批評派的代表人物克林斯・布魯克斯（Cleanth Brooks）與羅伯特・潘・沃倫（Robert Penn Warren）合編《理解詩歌》（*Understanding Poetry*）初版於1938年[21]，該書影響極大，多次再版，成為美國大學廣泛採用的課本，而中國的讀者對此書也並不陌生，1947年署名「李兢葉」的作者在《經世日報・讀書週刊》（第24期，1月29日）發表了一篇題為〈由《詩的了解》談到詩的選本〉的文章，提及前年在昆明的時候就已讀過《詩的了解》（即《理解詩歌》，李兢葉提及該書1938年紐約出版，1944年重版，很可能他讀到的就是1944年的重印版，想來他可能是當時就讀於昆明的大學生，能夠接觸到該書，無疑與當時大學英美文學的教學有關），感到中國的出版界缺乏這樣的詩歌選集，為此他根據自己當時的讀書筆記，對該書做了評介，並寄希望於中國也能有這樣「一本多數人可讀的詩的選本」。李兢葉看到該書既是詩歌的選集，也是詩歌的批評，認為該書的編者能夠根據「語言的傳達和詩的語言的傳達，以及散文的語言和詩的語言的性能與結構種種問題。詩的傳達就在詩的語言的

21　後來又於1944年、1950年、1960年再版，1978年又出版了經過擴充的第4版，外語教學與研究出版社2004年引進的原文版就是這一版。

傳達」這些理論去「編選詩,指導讀者了解詩,的確是一本含有新鮮趣味的讀本」。[22]

其實,像這樣專門的詩歌選本可能在當時的中國確實新鮮,但選本所體現的理論其實早在二十世紀三〇年代就已經在中國開始傳播並引起諸多學者的關注,也出現了具有類似指導思想的選本,朱自清和葉聖陶於1941年、1943年先後合作出版了《精讀指導舉隅》、《略讀指導舉隅》,雖非專以詩歌為主,但所體現的編選意圖其實與《理解詩歌》的編者是有相同之處的,這點從朱自清所寫的〈《唐詩三百首》指導大概〉是不難看出的。李兢葉在此文中特意點出該書編者在對詩歌進行分門別類所體現的思想觀念以及具體分析時所採用的比對方法等方面所體現的良苦用心,並頗有見地地指出,「他們運用詩歌的批評理論去選詩和分析詩同時指導讀者如何了解詩,這本選集充分代表選詩方法上的新趨勢」,他認為該書最值得中國學習和借鑑的正是這種「應用詩的批評觀點與理論選詩,並且就用這些觀點理論解釋詩」的新方法,因為在他看來:

> 詩歌在語文教學上占有極重要的地位,尤其是舊詩(文言詩)是中國古代文學的豐富遺產,但我們到今天還缺少一本比較可讀的選本。

而且,更重要的在於:

---

22 李兢葉:〈由《詩的了解》談到詩的選本〉,《經世日報·讀書週刊》第24期,1947年1月29日。

　　　中國舊詩文評中有一種「詩無達詁」的學說，更妨礙了詩的傳達功用。其實詩是語言文學的一種；一切語言文學應該是能夠傳達於公眾的平民文學，詩歌也應該是大多數人能夠享受的，這裡就得培養「詩的了解」和初步的欣賞力。分析詩的語言以求得詩的了解是一條訓練的捷徑。

　　在李崇葉看來，中國過去雖然也有詩選集，但方法上大多不完備，僅代表編者個人的趣味，只限於編者所認可的名作範圍，其缺陷在於「第一，缺乏詩歌發展的史的意念，第二趣味太狹，第三，缺乏對閱讀者的指導」，就批評方法而言，中國也並不是沒有詩的批評，如詩詞話之類，但都只是些「零碎的斷章取義的見解，很少注意到一首完整的詩的了解與欣賞」，「所用的品目（批評術語）也太紛亂和抽象，缺乏確切的界說」。作者的這些論述直指中國傳統詩選和詩評的弊端，同時也指出這些都是整理舊文學的材料，可供參考之用，可謂是懇切和理之言，他能夠具備這樣的反思意識，無疑是文學思想的新發展。他指出，「我們要根據中國詩歌發展的史實，注意到詩的時代與古典的詩，我們更需要應用詩的批評理論歸納出中國詩歌的幾個特點，具備一種新的目光態度，組成一套完整的批評方法，用此方法去選錄古今詩作去指導讀者了解詩」，他所理想的這樣一本《詩的了解》包含了「詩的分析」、「詩的史的發展」、「古典的詩」這三個特點。[23]

　　由以上內容我們可以看到，作者受到現代西方詩學觀念的啟

23　李崇葉：〈由《詩的了解》談到詩的選本〉，《經世日報‧讀書週刊》第24期，1947年1月29日。

發，重新審視中國傳統詩選以及詩評，提出了新的詩學主張，其中特別值得關注的是「史的意識」的明確，「批評理論」的強調，「完整」的批評方法的訴求，這裡對「理論」和「完整」的強調，是批評方法科學化的一種體現，可謂是一個從理論基礎到方法論都有創新的較為完備的方案，不妨也可視為三十年來中國現代詩學在諸多詩人、批評家、學者的共同努力下，所取得的理論成果的一個方面吧。李兢業此處只是提出了一個方案，而在四○年代，從新的詩學觀念出發，進行詩歌創作和批評的，也不乏其人。

李兢業對「詩的了解」的展望和呼籲，並非個人一己的心血來潮，而是某種時代意識的體現，俞平伯其實一直都在以新的觀念和方法來釋詩（包括被稱為「詩餘」的詞），1948年結集出版的《清真詞釋》，以及1931年在《中學生》雜誌上連載、後來於1934年結集出版的《讀詞偶得》（1947年8月又出修訂版），都是這種嘗試的具體實踐。

而朱自清、余冠英先後主編的《新生報‧語言與文學》（1946年10月21日至1948年12月14日，共114期）、楊振聲主編的《經世日報‧文藝週刊》（1946年8月18日創刊）也刊發了不少尋求「詩的了解」的文章。

在中國現代「詩的新批評」的視野中，這些似乎都不妨看做是三○年代引入中國的包括瑞恰慈的文學理論在內的英美新批評詩學在經過了與中國傳統詩學的對抗與融合之後，在中國落地生根開花結果的一個表現。

第二節　文獻綜述與概念界定

　　近年來，詩歌史特別是斷代史和詩潮的研究出現了不少成果，從中國現代的「知性詩學」到大眾化詩學、純詩論等等，都有專著出版，不同程度推動了中國現代詩學的研究，但這些研究多是在新詩理論的範疇內，在詩歌觀念的層次展開歷史論述，而較少注意到詩的文本批評這一相對於詩歌觀念的探討而言更為具體的實踐活動，在這方面，孫玉石長期關注解詩學這一重要的詩學問題，並撰寫了一系列文章，後來以《中國現代解詩學的理論與實踐》（北京大學出版社，2007年11月）為名結集出版，可謂這方面的開創性的成果，他所指導的博士生陳均的《中國新詩批評觀念之建構》，也從批評觀念建構的角度對新詩批評史的四對重要概念的內涵做出了歷史性的清理和闡述。

　　孫玉石在〈朱自清與中國現代解詩學〉中首先提出「對於三四十年代我國新詩批評中出現的現代解詩學的理論和實踐，有重新認識和構建的必要」，可謂是行家的敏銳之見，循此思路，他對於朱自清、朱光潛、聞一多等現代解詩學在理論和實踐兩方面的代表人物的解詩思想做了細緻的分析和論述，對於解詩所涉及的思維過程與心理狀態等內容也做了理論上的分析，從而在個案分析和理論探討等方面對於中國現代解詩學做出了深入和具有啟發性的論述。

　　孫玉石強調他所謂的「解詩學和詩學批評，均指狹義範圍內的詩歌批評而言，不包括其他的文學形式」，這也是符合歷史事實的一個界定，對於「詩學」的理解自然有廣狹之分，就中國現代詩學而言，詩毫無疑問是文學中的大宗，詩歌批評也正符合詩學最核心

的要義。

孫玉石探討中國現代解詩學，有其現實的觸發點，即新時期朦朧詩的興起，一方面承繼了濫觴於二十世紀二〇年代並於三〇年代蔚為風氣的中國現代主義詩歌潮流，一方面同樣凸顯了三〇年代現代派詩所曾經所面臨的「詩人的藝術探索與讀者審美能力之間的鴻溝」這個事關新詩發展的尖銳問題，這就給新詩批評提出了一個不容迴避的責任：如何縮短詩人審美追求與讀者審美心理的距離？因此，回過頭去，他在中國現代詩歌史中發現了現代解詩學這一脈。在他看來，「中國現代解詩學是新詩現代化趨向的產物」，因為「發展到三〇年代初的中國新文學，加快了現代化的歷史進程。由東西文化廣泛交流激發起來的現代意識對新詩觀念的滲透，同樣也表現為對詩歌領域的衝擊」，創作與批評是密切聯繫的行為，他認為「一定的詩歌創作模式制約了一定的詩學批評的發展」，以此來看待中國五四文學革命以後的新詩及其批評，則「新詩主要沿著兩種抒情模式在發展：描述式的抒情和噴發式的抒情。反映在新詩批評觀念上，基本上還是傳統詩學批評方法的延伸。或者來自西方，或者取假古代，大部分都還停留在一種評價詩學的範圍」。具體說來，則有如下幾種表現：在內容方面停留於簡單的價值判斷和詩情複述；在審美方面停留於感受式的印象批評；在形式方面只限於語言外在音色功能的關注。由此所顯露的不足之處也很明顯，「對於作品本體的深入批評和鑑賞，對於語言內在功能的挖掘和探求，還未引起詩學批評的注意」。[24]

---

24 孫玉石：《中國現代解詩學的理論與實踐》，北京：北京大學出版社，2007年11月，頁1-2。

　　造成這種狀況的原因是什麼呢？孫玉石認為「象徵派詩歌尚處在非自覺的萌芽階段，沒有新的實踐成果的產生自然也不可能有新的理論的超越」，如果說僅就新詩而言，前面的這些描述大體而言是可以成立的，但對其原因的揭示則似乎有些簡單。孫玉石從三〇年代以戴望舒為首的現代派詩潮的發展歷史，如有關「晦澀」、「懂」與「不懂」的諸多討論入手，指出當時「新詩從理論到批評都面臨著讀者輿論的挑戰」，在他看來，這些論述代表了當時的詩人和批評家努力從理論和創作上論證「現代派詩產生的歷史必然性，從審美心理和美學原則的發展性，來說明現代派詩歌富有個性的藝術探索與讀者審美能力之間差距形成的原因，以及縮短這一差距的途徑」。[25]

　　但問題仍未解決，因為這些論述大部分「只限於理論上的爭論和探討」，「還未在作品本體的解析中與讀者進行審美心理的交流和溝通。距離仍橫亙在作品與讀者之間」，一方面，新詩藝術在不斷發展，一方面讀者要求讀懂詩的輿論呼聲也越來越高，這樣一來，詩人、批評家若是「僅僅運用一般的價值判斷和總體的審美把握，已經無力完成詩歌批評的職責」。因此，「一種新的詩學批評形態」也就應運而生，這就是他所言的「中國現代解詩學」，他認為它的誕生，「標誌新詩批評由對現代主義詩歌潮流總體發展態勢的觀照，轉入對這一潮流的作品本體微觀世界的解析」，其基本內涵則是「以理解作品為前提，在理解中實現對作品本體的欣賞和審美判斷」。[26]

　　孫玉石對中國現代解詩學的歷史脈絡做了一個梳理，其萌芽始於「《現代》雜誌對西方和中國象徵派作品的一些簡略剖析」，繼而

25　孫玉石：《中國現代解詩學的理論與實踐》，前揭書，頁2-3。
26　孫玉石：《中國現代解詩學的理論與實踐》，前揭書，頁3。

朱自清是最早的宣導者,「他比別的批評家更早地注意對詩的本體進行微觀的解析,並以現代人的詩的自覺意識,把這種實踐加以理論化,名之為『解詩』」,[27] 其解詩思想的精義體現在《新詩雜話》特別是其序文之中。孫玉石也明確指出,「一種新的詩歌潮流推動一種新的文學批評的產生,而這種理論的產生不是一個人孤立完成的,往往要依靠更多人的探索和實踐」。被他納入這個探索群體的包括李廣田、廢名、卞之琳、朱光潛、李健吾、聞一多、施蟄存、戴望舒、杜衡、金克木、林庚、邵洵美等一大批詩人和批評家,正是經由他們的自覺不自覺的努力,「眾口一聲簡單地認為現代派詩『晦澀』『朦朧』『不好懂』而加以否定的時代,由於現代解詩學的出現便告結束了」[28]。

孫玉石對中國現代解詩學的論述中,以西方新批評派作為對照,經由比較,認為中國現代解詩學在理論的系統性、闡述的深刻性以及論證的邏輯性這幾個方面不如西方現代新批評派,同時實際的影響力也較小,未能形成新詩批評的範式轉換,但這些並不能否認其開創性的意義,因為正是這種現代解詩學為現代新詩的晦澀朦朧做出了有力的辯護,也為拉近詩作與讀者之間的距離做出了一定的努力。他的這些看法是基於他在中國現代新詩理論批評的範疇,從中國現代新詩解詩學的視野而做出的判斷,其論述緊緊圍繞現代新詩展開,從整體上給予這個批評潮流以歷史的描述和定位,極具開創之功,但若將現代時期有關中國古典詩學的研究納入討論的範圍,那麼,中國現代解詩學的範圍將會更加廣泛,在上述的作者名

27　孫玉石:《中國現代解詩學的理論與實踐》,前揭書,頁4。
28　孫玉石:《中國現代解詩學的理論與實踐》,前揭書,頁6。

單中無疑也可以增加新的人選。

對於現代解詩學的理論內涵，孫玉石做出了如下的概括：1.解詩學是對作品本體複雜性的超越；2.解詩學是對作品本體審美性的再造；3.解詩學是對作品本體理解歧異性的互補；他認為「協調作者、作品與讀者三者之間的公共關係，理解趨向的創造性和本文內容的客觀性相結合，注意形式和內容的統一，始終是中國現代解詩學的特徵」，並指出了要重建這種解詩學，需要注意如下幾個原則：第一、正確理解作品的複義性應以本文內涵的客觀包容性為前提。第二、理解作品的內涵必須爭取把握作者傳達語言的邏輯性；第三、理解或批評者主體的創造性不能完全脫離作者意圖的制約性。[29]

孫玉石認為「三〇年代，中國的象徵派、現代派勃興之後，逐漸消解了『詩不能解』的觀念，是詩學批評走向深入的一個重要標誌。保持詩歌本體的藝術完整與縮短詩歌同讀者之間審美距離的同一性，成為許多詩人的共識。現代解詩學理論的出現，就是中國詩學批評現代化走向成熟的標誌之一」。在談到有人懷疑和否定現代解詩學的理論及實踐時，孫玉石提出了一個頗為中肯的觀點，那就是，「可以對一種理論思考表示漠視，但是不能對新詩批評歷史發展的豐富性和開放性表示漠視」[30]。確實，不論是小而言之的新詩批評的歷史，還是大而言之的中國現代詩學的歷史，其豐富性和開放性都還遠未被充分認識。

總而言之，孫玉石從詩歌發展的現實出發，基於豐富的歷史事實對於中國現代解詩學的總體情況及其代表人物的解詩理論和實

29　孫玉石：《中國現代解詩學的理論與實踐》，前揭書，頁6-14。

30　孫玉石：《中國現代解詩學的理論與實踐》，前揭書，頁19-20。

踐所做出的分析和概括,是深入且極富啟發性的,不僅是中國現代
詩學研究的重要成果,更是筆者本書所做研究的重要參考資料。不
過,也需要指出的是,孫玉石的現代解詩學只限於現代白話新詩,
有鑑於此,筆者有意將思路擴展一步,採取中國「現代詩學」的理
論視角,將所有具有現代特質的解詩文章納入討論的視野,無論所
解之詩是白話新詩還是古體舊詩,甚至外文譯詩也可以包括在內,
那麼,有關中國現代解詩學的歷史圖景就要更為豐富,由此所做的
研究也能得以擴展。

在題為〈古代詩詞藝術鑑賞與詩學研究:從黃節到林庚〉[31]的論
文中,作者李鵬飛從一個現實問題出發,即當前很多從事古典詩詞
研究的學者正在日漸喪失對於古典詩詞藝術的高度鑑賞力,對於古
人來說,獲得這一能力的基本途徑就是大量的閱讀和寫作實踐,而
當代人已經喪失了古典詩詞寫作的時代條件與氛圍,因此很難深刻
體會古典詩詞藝術在寫作層面的真正奧妙。在他看來,這一缺憾在
一定程度上是可以彌補的,那就是通過閱讀包括黃節、顧隨、俞平
伯、錢鍾書、林庚、浦江清等在內的這批學者有關古典詩詞的賞鑑
與研究的著作。這批學者除去個別例外,總的來說都既有比較系統
的古典詩詞的寫作訓練,同時後來一般都終身堅持詩詞寫作,又受
過現代學術研究方法與理論的薰陶,基本以在大學講授古典詩詞為
主業,因此,相比古代詩話太過簡略、抽象、零散以及缺乏對作品
完整、細緻的分析,「他們的講論或撰述多以具體詩人及其作品為

31　李鵬飛:〈古代詩詞藝術鑑賞與詩學研究:從黃節到林庚〉,《人文中國學報》
　　第16期,人文中國學報編輯委員會,上海古籍出版社,2010年9月,頁239-
　　273。

對象加以細緻分析,結合個人大量閱讀以及創作體驗來闡發詩詞的神髓,又具備文學史的廣闊視野,以及西方現代詩學所賦予的分析方法和理論總結意識」,由此可以認為,「這一批學者正好是介於古代詩話作者與當代詩歌研究者之間的一座橋樑,他們的詩歌鑑賞與詩學探索實踐對我們具有重要的啟示意義」。[32]

儘管李鵬飛的論述著重在現代學者的詩詞賞鑑著述的現代價值,而筆者側重在這些著述作為批評實踐的意義,但他上述的這些分析和論斷筆者還是非常認同的,這些學者的詩學論著確實具有新意,而在筆者看來,最具有代表性也最具新意的應該是俞平伯、錢鍾書、林庚、浦江清,就在李鵬飛的此文中,論述俞平伯的部分篇幅最長,也明顯可見作者對其重視程度以及俞平伯解詩思想的重要意義所在。

李鵬飛在分析中指出,詩歌鑑賞的文字以專門著述的形式出版與二十世紀現代大學體制的建立有關,詩歌鑑賞以前往往被視為小道,而當古典詩文的系統訓練不再成為可能之後,也就成為一種必要。他在文中對於「一直到今天,詩歌鑑賞在古典詩歌研究領域也仍然被當做雕蟲小技而為一般的研究者所輕視」的現狀表示了不滿和擔憂,認為「這實際上乃是因為對於詩歌鑑賞本身的困難程度和重要意義缺乏充分理解所致」,[33]這一點,筆者在論文寫作過程中深有體會,解詩不易,讀懂解詩的文字也非易事,在脫離了那種我們可

32　李鵬飛:〈古代詩詞藝術鑑賞與詩學研究:從黃節到林庚〉,前揭文,頁239-240。

33　李鵬飛:〈古代詩詞藝術鑑賞與詩學研究:從黃節到林庚〉,前揭文,頁253-254。

以從小就浸潤其間的那種詩文傳統之後，讀詩、讀懂詩、讀懂說詩的文字都是需要努力為之的事情。因此，對照此種現實，我們再來看本書所討論的「詩的新批評」，當能對其貢獻和意義有更深的體會。

第三節　問題意識與論述框架

伊格爾頓在其《二十世紀西方文學理論》中曾提醒讀者注意在美國新批評派的著作中，「文學（literature）已經不知不覺地一滑就變成了詩（poetry）」，對於這一有趣的現象，他的解釋是，「就現代文學理論的情況而言，詩之成為範式更具特殊意味。因為在所有文學類型中，詩顯然是最與歷史絕緣的一種：在這裡，『敏感性』可以在其最純粹的、最少受到社會汙染的形式之中自由活動」。[34]

因此，這種體現了新的時代意識的詩也往往集中了最多的批評意識，這一點，證之以現代的文學史和批評史，是不難得到證明的，從阿諾德的名言「詩的未來是無限的」到瑞恰慈的「科學與詩」中對詩的地位和功能所做出的新的規定，俄國形式主義對於詩語的研究，再到美國新批評賦予詩以「世界的實體」的內涵，再到後結構主義與後結構主義對於所謂「詩學語言中的革命」的論述，詩在現代經歷的革命歷程與廣義上詩的新批評是密切聯繫在一起的，這種批評對於現代詩的特性與本質以及功能所做的闡發，無論態度是批評還是辯護，也無論其各自的理論基礎和思想傾向如何，都一起構成了所謂批評的世紀與詩學的轉型這一重要的歷史進程中的重要

34　伊格爾頓著，伍曉明譯：《二十世紀西方文學理論》，北京：北京大學出版社，2007年1月第1版，頁44-45。

內容，而其中影響最為深遠、最為值得關注的就是上承柯勒律治與邊沁，經瑞恰慈與艾略特奠基，經燕卜蓀、蘭色姆、布魯克斯、泰特等英美新批評家的闡發與建構，通過大學課堂中的文學特別是詩歌教學而發生深遠影響的狹義的新批評潮流，而中國並未隔絕於這個時代潮流之外。

　　「五四」文學革命之後，隨著現代文學觀念的傳入，現代批評得以在中國建立和展開。這特別表現在詩的批評上，一種可以稱之為「詩的新批評」的批評活動在二〇年代發軔，到三四〇年代持續深入開展。所謂「詩的新批評」指的是運用現代的文學批評觀念和方法而展開的批評活動，它當然包括一般的詩學原理的討論，但更著重於詩的文本批評的實踐。正如葉公超在為曹葆華翻譯的《科學與詩》所寫序言中所強調的，「國內現在最缺乏的，不是浪漫主義，不是寫實主義，不是象徵主義，而是這種分析文學作品的理論」。從二〇年代末開始，這種詩的新批評沿著兩個方向展開：一方面是來自英美新批評理論方法的介紹、消化、應用，尤其是對新批評兩大家艾略特和瑞恰慈的理論與批評實踐的介紹、傳播和發揮，持續不斷，另一方面則是大中學校國文教學尤其是經典詩歌的教學，直接催生了對古典詩歌文本加以現代闡釋的文本批評之實踐。這兩個方面在學院教學和學院批評裡逐漸匯合，共同推進了「詩的新批評」在現代中國的建立與深入發展。

　　中國現代的一大批詩人、學者、批評家們，如朱自清、李廣田、葉公超、俞平伯、浦江清、葉聖陶、卞之琳、錢鍾書、曹葆華、林庚、吳世昌、邢光祖、吳興華、李廣田、袁可嘉、程千帆等等，在學習和吸收英美新批評思想、重新認識和闡述中國傳統詩學

的基礎上，在因應現代大學文學教育的需要，以及為中國新詩的發
展護航等諸多因素的共同作用下，以「詩的新批評」切實展現了中
國現代詩學的實績，並有效地推進了中國詩學的現代化。如果我們
能突破以往新詩理論的視野侷限，而從「中國現代詩學」的視野來
審視這段詩學史，那我們將會發現中國現代「詩的新批評」所呈現
的豐富歷史圖景與可喜的理論成果。

正如解志熙曾指出的，「大多數研究者把中國『現代詩學』與
中國『新詩理論』視為兩個完全同一的、可以互換的概念」，但實際
上，兩者的內涵與範圍有著重大區別，「因為中國『新詩理論』所指
稱的只是關於中國現代新詩的理論批評，而中國『現代詩學』則涵
蓋了發生在現代中國的所有從現代觀念出發的、富於詩學理論意義
的詩歌批評和研究」。[35] 正是基於中國「現代詩學」的視域，筆者在
中國現代「詩的新批評」的範疇內，納入了現代詞的文本批評的理
論和實踐以及針對古典詩歌、外國詩歌所進行的文本批評等新的內
容。如果我們的現代批評史不是簡單的現代文學觀念史和對現代文
學作品的批評史的話，那麼這個以中國古典詩歌和現代詩歌（以及
一部分外國詩歌）文本為批評對象、致力於「實際批評」並且蘊涵著
詩學理論追求的詩歌新批評進程，就是中國現代文學批評史上值得
關注的重要現象。

已有的關於中國現代詩歌史的討論大多集中在詩歌觀念層面，
而少有對於實際批評的探討。但事實上，詩的批評與詩密切相關，
在現代中國，詩的批評很大程度上是與新詩的發展有關，所謂「詩

35　解志熙：〈視野‧文獻‧問題‧方法〉，《現代文學研究論衡》，河南大學出版
社，2005年12月，頁244。

論發達」(朱光潛語)的現象要從中國現代的詩人、批評家和學者努力扶植和促進新詩發展的深切關懷這方面來理解。針對新詩發展所面臨的種種問題、所流露的弊端做出認真思考,並提出有針對性建議的種種議論,確實是為數不少的。在為新詩發展的不利局面所找出的原因中,批評的不健全和不發達是很多人的共識。

上個世紀九〇年代,詩人、翻譯家綠原曾在〈卞之琳先生和「一首好詩」〉中記錄了一位「詩壇以外的朋友」的話,這位朋友「經過三次比較,發現詩壇有三多三少」,即「第一次發現,寫詩的人多,真正的詩人少;第二次發現,詩人多,評論家少;第三次發現,評流派的詩評家多,評詩本身的詩評家少」,文章並沒有交代這個發現是基於對哪個時段的詩壇的觀察,綠原也表示不知道「這『三多三少』是否含蓄著他還沒有說出來的高見」,[36] 這「三多三少」論中第一點說起來也並非奇怪現象,因為真正的詩人亦即通常所謂好詩人每個時代都不會太多,但批評與創作之間的不對等現象,以及詩評中針對作品本身的實際批評與對詩歌流派做出的宏觀評論之間的不對等現象,倒真是值得關注的問題。

就筆者本書所討論的二十世紀三〇至四〇年代的詩壇狀況而言,這種三多三少現象應該說是真實存在的,但需要做出一個分別,若僅就這一時段內新詩的評論而言,確實不算太多,但這不算太多的評論以往的研究也關注不夠,至於古典詩歌的解讀和分析的作品數量並不少,而且品質也非常可觀,其他對於外國詩歌的譯解之作亦有一些,總的說來,這種具有新意的實際批評的成果並沒有

36　綠原:《再談幽默》,鳳凰出版社,2003年10月,頁67。

以前想像的那麼荒蕪。

批評者在詩的作者與讀者之間起著重要的作用，中國現代意義上的詩的批評經歷了一個從因襲傳統詩話、詩文評的術語、方法到有意識運用西方文學理論以及融合中西詩論之精華的過程。在這個過程中，二十世紀隨著所謂現代派文學（詩為重鎮）而生的現代文學批評理論（瑞恰慈無疑是開創者）是一個重要的啟發因素，所謂一時代有一時代之文學，如果對批評的界定不那麼狹隘的話，那麼正如艾略特所說的，「每一代人必須做出他們自己的文學批評」[37]。所謂新批評針對的是新的文學作品，新的文學意識，新的文學觀念，這種新在詩歌中有著最為直接和明顯的體現，針對詩歌的新批評也就相對較多，詩人、理論家都對此多有關注，其中的代表人物就是現在公認的新批評的始祖瑞恰慈和艾略特，兩者之間的異同他們本人也很清楚，之後美國蘭色姆等人也在其基礎上多有發揮，以至於本源反而不彰。

中國現代「詩的新批評」與英美現代詩及其新批評既有重要的關聯亦有重要的區別，中國詩的新批評絕非英美新批評的一個中國翻版，也絕非一個簡單的影響與接受的關係，我們所要做的，只是在一個大的國際視野中，在現代語言哲學、心理學、分析哲學、語義學等學科迅速發展的背景下，來看待中國現代詩學的具體問題。

由於本書所討論的「詩的新批評」在現代中國之建立，是一個複雜的詩學問題，鑑於時間以及筆者個人能力的有限，本書採取了點面結合，以點帶面的方式，側重從批評實踐的角度來進行考察，

37　T. S.艾略特著，王恩衷譯：〈批評的界限〉，《艾略特詩學文集》，國際文化出版社公司，1989年，頁287。

在第二章對現代英美新批評詩學在中國的譯介與傳播的情況做出梳理的基礎上，在第三章中對「詩的新批評」的基本詩學主張和「文本導向」的理論來源做出了簡要概述，重點分析了「詩是經驗的傳達」這一現代詩學理念的基本內涵。中國現代「詩的新批評」是一個既有理論主張又有批評實踐，既以文學為本位，又經由課堂教學以及報刊雜誌等現代公共話語空間，與現代語文教學以及民族語文知識的傳播之間形成了互動關係，從而不可避免具有了一種文化政治。第四章以朱自清和《國文雜誌》、《新生報》「語言與文學」副刊為中心，在闡述朱自清的現代文學批評觀念的基礎上，著重梳理這兩個報刊上詩的文本批評之具體形態。以上三章從內外兩條線索上探討了「詩的新批評」在現代中國的起源和發展。

中國這些「詩的新批評」的代表人物具有一個共同的傾向，那就是懷有善加利用舊詩傳統以利新詩發展的基本認識，不同個體因其代際機緣、家庭環境、教育背景、師友關係等多重因素的關係，在這個共同的追求下，又顯示出各自不同的風采，但都有著新精神和新方法，這才是所謂在中國現代語境中「詩的新批評」最根本的創新之處。馬修‧阿諾德曾寫過《文學中的現代因素》，強調對於時代的深刻理解，批判精神與科學方法的重要性，而本書所討論的新批評家，一方面都對中國舊有的傳統有同情之了解與深切之認識，但又不為其所化、所限；一方面對西方現代的文學及文學理論又有比較直接和及時的了解，由此，他們很多人自然而然具備了一種所謂比較詩學的意識，這是中國現代「詩的新批評」的一個重要特點。因此，本書的第五章重點討論了「詩的新批評」在詞學領域的展開，以俞平伯、浦江清、吳世昌為代表；第六章討論了「詩的新

批評」領域中邢光祖、吳興華、袁可嘉的核心觀念與批評實踐。

　　為了使本書的論述不至於空疏，本書的第七、八兩章分別從批評觀念以及批評文本兩個方面，通過描述和分析「詩的新批評」的具體形態以及核心觀念在批評實踐中的運用，來呈現這一批評活動的實績。第七章則對語音、肌理與含渾這三個詩學核心觀念在批評實踐中的具體運用的情況加以例說，通過批評文本的具體分析來揭示其基本內涵。第八章分別從古詩新釋、詞的新解、白話新詩細讀、外文詩的譯解等四個方面，選取最具代表性的批評文本，通過描述和分析來揭示這些文本的方法與內容的新意之所在。經由批評主體的觀照到批評文本的分析，五至八這四章內容旨在對現代中國「詩的新批評」的實踐做比較具體深入的考察。

　　結語部分則對全文內容加以簡要總結，以為「詩的新批評」是中國現代詩學史中的重要內容，它通過把理論運用於實際批評，將現代詩歌觀念落實到具體的批評實踐之中，由此確立了迄今學術界解讀詩歌的一些重要觀念和批評方法，為促進中國詩學的現代化做出了積極的貢獻，並由此留下了大批值得認真分析和學習的詩學遺產。而本書力圖經由淵源與動力、理論與實踐、群體與個人等幾個層面的考察來呈現中國現代「詩的新批評」之歷史影像，以期能豐富我們對於中國現代詩學的理解和認識、為促進當代詩歌的創作與批評之發展提供可資借鑑的歷史資源。

第二章

英美新批評詩學在現代中國的
譯介與傳播

第一節　瑞恰慈文藝理論在現代中國的譯介與反應

　　瑞恰慈[1]（Ivor Armstrong Richards）是英國著名的文藝理論家，教育家，為劍橋現代英語文學課程的開創者之一，「實用批評」（Practical Criticism）的代表人物之一，也是「新批評」學派的主要理論先驅，對二十世紀英語世界的文學批評和文學教育有著重要影響。同時，他也是中英文化交流史上的一個重要人物，他曾多次來到中國講學和推廣基本英語（Basic English）[2]，其中以第二次即1929年至1930年在清華、北大、燕京等校講學這次停留的時間最長[3]，

1　瑞恰慈（Ivor Armstrong Richards，1893-1979）的中文譯名有瑞恰慈、瑞恰次、瑞洽慈、瑞查茲、呂恰慈、呂嘉慈、呂嘉茲、雷嘉茨、雷嘉慈、李卻茨、李恰次、李卻慈、理查斯、日恰茲、力查茲、栗洽慈、芮卡慈等多種，為論述方便，除引文外，本書一律稱為瑞恰慈。

2　有關瑞恰慈來華任教及推廣「基本英語」的經歷，Rodney Koeneke在梳理檔案日記的基礎上有翔實的論述，詳見所著 *Empires of the Mind: I.A. Richards and Basic English in China, 1929-1979*, Stanford University Press, 2004。

3　曹萬生的《現代派詩學與中西詩學》（人民出版社，2003年12月）、李媛的〈知性理論與三十年代新詩藝術方向的轉變〉（《中國現代文學研究叢刊》2002年第3期）都對瑞恰慈及其理論有所提及，但前者稱瑞恰慈來華講學是「二十世紀

期間瑞恰慈在清華大學講授「第一年英文」、「西洋小說」、「文學批評」、「現代西洋文學(一)詩、(二)戲劇、(三)小說」等課程[4]，同時也在北京大學講授「小說及文學批評」等課程[5]，又於1930年秋季任燕京大學客座教授，主講「意義的邏輯」與「文藝批評」[6]。任教期間，瑞恰慈與吳宓、王文顯、葉公超、李安宅、黃子通、溫源寧等諸多中國學人時相過從，並多有交流與合作。瑞恰慈的《文學批評原理》(*The Principles of Literary Criticism*)、《實用批評》(*Practical Criticism*)等著作在中國的翻印本曾風行一時，《科學與詩》更是有多個中文譯本，他的文學批評的思想對二十世紀二○到四○年代的中國文學批評界有著不容忽視的影響，眾多學者都自承讀過他的作品，也有不少學者著專文討論他的作品，更有學者受其啟發，運用他的文學思想來研究中國文學。對「瑞恰慈與中國現代文學批評」，近些年研究漸多，但大多集中在理論的發揮上，而疏於史實的梳理和考察。有鑑於此，本章著重對瑞恰慈文藝思想在現代中國傳播的

三○年代初期」，後者稱「瑞恰慈於1930年秋以客座教授身分到北平講學，歷時一年」，實誤。

4　齊家瑩：〈瑞恰慈在清華〉，徐葆耕編，《瑞恰慈：科學與詩》，北京：清華大學出版社，2003年3月。

5　北京大學《北大二十年級同學錄》(1931年出版)中有關英文系的介紹有如下內容：「十八年秋，復校成功。溫(源寧)先生連任主任，遂為本系設閱覽室，悉心規劃，廣置書籍，於茲二載，頗有可觀；本級沾丐其利者實多。先一年，劍橋大學芮卡慈先生，將有東亞之行，本系擬加聘請，因經費支絀，議遂中止，芮先生亦不果來。是年，芮先生始應聘來華，授本級小說及文學批評」。另，1930年6月1日出版的《北大學生》創刊號中所列的委員會顧問名單中就有瑞恰慈，他的名字一直到1931年3月1日第四期中才消失。

6　李安宅：《意義學》，商務印書館，1934年，頁4。

歷史線索進行了再梳理，[7]並對一些含糊不清的情況略做辨正，以期為進一步的理論研究提供一個比較完整和可靠的文獻學基礎。

（一）瑞恰慈論著在院校的流傳與譯介

　　瑞恰慈的批評論著原是為了滿足英國大學文學教學之需而寫的「實際批評」，同時代的中國高等院校文學教學也面臨著同樣的問題，加上瑞恰慈的來華任教，因此他「科學的」而且便於實際操作的批評論著也就特別引起了中國學院師生的關注。據筆者所見，1929年北京大學「圖書館新到西文書」中即有瑞恰慈的 *Principles of Literary Criticism*[8]。同年7月20日出版的《華嚴》雜誌第7期上就刊登了伊人所譯《科學與詩》的廣告，其中特別提到《科學與詩》是「英國劍橋大學教授雷嘉茨 I.A. Richards 之名著。雷氏尚著有批評原理及 *Practical Criticism* 等書，為英國當代之大批評家。現雷氏已應北京大學清華大學之聘，來華講學，我們對於雷氏之思想更不能不有相當之了解。此著為雷氏講詩與科學之專著，當此『科學的文藝』高唱入雲之際，我們對於其關係，應有更清楚的認識」，從這些不無宣傳意味的用語中可以略窺當時中國學院師生對於瑞恰慈的熱情期待。1928年進入燕京大學英文系的吳世昌在寫於1935年的文章中曾提到，瑞恰慈的名字在三〇年代初的北平曾盛傳一時，在市場上

7　有關瑞恰慈的批評理論在現代中國的譯介和接受的情況，吳虹飛較早在〈瑞恰慈與中國20世紀三四十年代的文學批評〉（載徐葆耕編：《瑞恰慈：科學與詩》，北京：清華大學出版社，2003年3月）一文中做了簡略的梳理。

8　《北大圖書部月刊》第一卷第一期，1929年。所列新到西文書目中還包括 Winchester 的 *Some Principles of Literary Criticism*。

可以買到其《實際批評》的廉價翻版書，[9]直到抗戰爆發前夕，水天同（他曾經師從瑞恰慈）還說：「瑞恰慈教授（Professor I.A. Richards）的實用批評（*Practical Criticism*，New York，1929）一書，中國的翻印本充斥市場已數年矣，但是書中的道理似乎並未經人注意。」[10]

也就在這一時期，瑞恰慈的論著得到了集中的譯介。單是《科學與詩》就先後出現了兩個完整的中文譯本[11]：伊人的譯本（北平：華嚴書店，1929年6月初版，印數1500本），標明「I.A. Richards著 伊人譯」；曹葆華的譯本（上海：商務印書館，1937年4月初版），標明「瑞恰慈著 曹葆華譯」，列為「文學研究會叢書」。後來繆靈珠（朗山）又有一個譯本，收入《繆靈珠美學譯文集》（第四卷）（章安祺編訂，北京：中國人民大學出版社，1991年5月）。按，瑞恰慈的 *Science and Poetry* 的初版是1926年，1935年出版了修訂本，1970年出版新版，名為「*Poetries and Sciences: A Reissue of Science and Poetry*」，實為一個評注本。伊人和曹葆華的兩個譯本都是譯自1926年的這個版本。按照伊人譯《科學與詩》版權頁的資訊，該書是1929年6月初版，書上只標注了瑞恰慈的英文名，沒有使用中文譯名。伊人的譯文在由華嚴書店正式出版之前曾在《河北民國日報·副刊》

9　吳世昌：〈呂恰慈的批評學說〉，《中山文化教育館季刊》1936年夏季號。

10　《新中華》1937年第5卷第7期。

11　「閑」的文章說：「此書（指《科學與詩》──引者注）中文譯本已有兩種：其一為傅東華君所譯，容俟另評。其二為伊人所譯，一九二九年六月出版，北平華嚴書店發行」（〈評伊人譯《科學與詩》〉，《大公報·文學副刊》（第113期）1930年3月10日），另外，《文學評論》第1卷第2期（1934年10月）所刊「文學評論社」廣告中，有董秋芳譯《科學與詩》，筆者查詢有關圖書館目錄，均未顯示傅東華和董秋芳這兩個譯本，可能最終沒有出版，詳情還待考。

第114期至120期（1929年5月15日至1929年5月19日）連載過。

　　這裡有一個小問題：最初翻譯《科學與詩》的「伊人」究竟是誰？「伊人」無疑是個筆名，因為有一部《沫若文選》（該書封面上題有「現代中國文學創作家」，下署「上海文藝書店出版」，扉頁署「清祕館主選　沫若文選，文藝書店版」「一九三一年六月一日出版」）曾經收入了伊人的《科學與詩》的中譯本，由此導致伊人即為郭沫若的誤解，從三〇年代一直延續到當下。[12] 其實，細看《沫若文選》會發現不少疑點：第一，該書收錄了已經確定是郁達夫所寫的〈給一位文學青年的公開狀〉，同時收入的另一篇文章〈文藝觀念十家言〉，據解志熙考證，應是于賡虞的文章[13]，第二，這部《沫若文選》序言與光華書局1929年出版的《文藝論集》（版權頁註明：一九二九年五月訂正，一九二九年七月四版）的序言基本雷同，前者不過是將後者中「偏偏我的朋友沈松泉君苦心孤慮地替我了攏來」改為「偏偏我的朋友清祕館主苦心孤慮地替我了攏來」，所署時間和地點從後者的「民國十四年十一月念九日，上海」改為「民國廿年六月一日，東京」，而且，該書的篇目與《文藝論集》也大部分相同。第三，在《沫若自選集》（自選集叢書，上海樂華圖書公司印，1934

12　高慶賜1932年的畢業論文《呂嘉慈底文學批評》的序言和參考文獻裡都提到「呂嘉慈的《科學與詩》（英文名為 *Science and Poetry*，於一九二六年由英國倫敦 Kegan Paul 出版）有郭沫若翻譯本，見《沫若文選》」。當今的研究者葛桂錄可能看過高慶賜的論文，他在〈I.A.瑞恰慈與中西文化交流〉（《跨文化語境中的中外文學關係研究》，上海三聯書店，2008年）一文中沿襲了高慶賜論文中的說法，對其參考文獻也照單全收，而未做進一步核實與考辨。

13　解志熙、王文金編校：《于賡虞詩文輯存》（下），河南大學出版社，2004年，頁652-653。

年）的序中，郭沫若交代應樂華書局的要求，提交了一個生活和創作年表，其中1929年譯有《石炭王》與《屠場》、《美術考古學上的發現之一個世紀》，絲毫沒有關於《科學與詩》的隻言片語。由此我們可以基本斷定，《沫若文選》是不法書商胡亂編選的盜版書籍。然則「伊人」究竟是哪位作家的筆名，因為文獻不足，目前還難以確考。不過，從伊人的譯本由於賡虞主持的華嚴書店出版並在于賡虞主編的《華嚴》上進行廣告宣傳，而且也有署名「伊人」的文章在于賡虞主編的《鴞》上刊載過，似乎可以推斷，伊人和當時集結在于賡虞周圍的文學小團體有較為密切的聯繫，甚至不排除伊人就是于賡虞本人的可能。順便說一句，伊人的《科學與詩》譯本出版不久，就有署名「閑」的作者在1930年3月10日、24日的《大公報・文學副刊》（第113、115期）上發表文章〈評伊人譯科學與詩〉，批評伊人譯本「甚惜其不能明白曉暢，而錯誤所在皆是」，行文間語氣頗為嚴厲。其實「閑」對伊人的批評也不無可商之處，但筆者還未見到伊人的反批評文章。

也有人以為「伊人」就是曹葆華，這其實是想當然的推斷。曹葆華1931年畢業於清華大學外文系，旋入清華大學研究院，1935年畢業。照理他應該是聽過瑞恰慈在清華的講座，他的《科學與詩》譯本由葉公超作序，後者對曹葆華的工作給予很大肯定，還希望他「能繼續翻譯瑞恰慈的著作」（《科學與詩》序言）。曹葆華的翻譯得到了葉公超的引導和鼓勵，除了《科學與詩》外，他還翻譯了瑞恰慈的 *Practical Criticism*（《實用批評》）的序言和其中一章〈詩中的四種意義〉，這些譯文後來收入《現代詩論》（上海：商務印書館，1937年）。從曹葆華《現代詩論》的序言可知，他是將瑞恰慈的作品

當做代表當代詩論最高成就的作品之一來介紹的，他認為瑞恰慈「是被稱為『科學的批評家』的」，「現在一般都承認他是一個能影響將來——或者說，最近的將來——的批評家。因為他並不是一般人所想像的趨附時尚的作家，實際上他的企圖是在批評史上劃一個時代——在他以前的批評恐怕只能算一個時期」。

　　1936年2月號的《文藝月刊》刊載了〈論詩的經驗〉（註明「日恰茲博士著，涂序瑄教授譯」），這是《科學與詩》第二章的第三個譯本，其時涂序瑄正任教於四川大學。之前涂序瑄曾任教於北京大學外國文學系，教授四年級學生的選修課「勃朗寧（研究）」、「羅瑟諦（研究）」等[14]，1930年瑞恰慈任北大英文系教授的時候，徐志摩為同系教授，涂序瑄為英文系講師，王文顯、吳宓、陳達等兼職教師亦為英文系講師[15]，由此可以推測，涂序瑄有可能和瑞恰慈認識，至於他翻譯〈論詩的經驗〉的背景則還待考證。

　　1935年9月出版的《文學季刊》（第2卷第3期）刊載了〈批評理論底分歧〉（註明「英‧瑞恰慈　施宏告譯」），施宏告是清華大學1934級畢業生，他在文末譯者附記中說「這是I.A. Richards: *Principles of (Literary)Criticism*[16]第一章底譯文。全篇是對於過去的批評理論底一個觀察，同時也就是提出他自己底批評理論底一個先聲。因為他在這本書中所要建立的，主要是他認為批評上基本的『價值』問題。還有一個更在先的，初步問題，就是『經驗何以比

14　《北京大學日刊》，1931年9月14日。

15　北京大學《北大二十年級同學錄》，1931年。

16　該書現有楊自伍的譯本，百花洲文藝出版社，1997年12月，列入20世紀歐美文論叢書。

較』的問題。在論及這一點時，本文底後半把近代實驗美學可資我
們借鏡到什麼程度，明確的劃定了。他的論斷是很精確的，對於學
者並且總是很有用的指示」。施宏告對瑞恰慈在該文中的主要問題
進行綜述並做了肯定性評價之後，接著又引用利維斯的話來評價瑞
恰慈的學術地位，「Richards底理論，以劍橋為中心，十年來已經
擴展到全英美了。英國的一個批評家F.R. Leavis在為一本論文選集
Determinations（1931）所寫的序言中講到對Richards感到興味的人
時，加上一句說：『在今日有誰對於文學有興味而對於Richards不感
到興味呢？』此亦是足覘作者底地位和英美現今批評界底風氣是如
何了」。從施宏告的譯者附記我們可以看到他對於瑞恰慈理論的把
握還是比較準確的，所持基本態度也是比較肯定的，其中他還提到
李維斯對於瑞恰慈的評論，這也見出他的閱讀範圍之所及。另外，
施宏告還翻譯過瑞恰慈的〈哀略特底詩〉，發表在1934年7月的《北
平晨報》副刊「詩與批評」上。

（二）燕京學子對瑞恰慈詩學的理解和應用

　　詩人于賡虞可能是最早對瑞恰慈的《科學與詩》做出反應的
人。他在《鴞》（1929年2月27日，第十二期）的編者附語中寫道
「開首，我先招認，我是喜愛詩的人。而詩與科學就不同道，這意
思在Brown的《詩之園地》，M. Arnold的文章裡，I.A. Richards的
《詩與科學》中都曾表示過，雖然Macaulay有著『科學的進展，詩將
頹敗』的雄語」。從這些文字我們可以看出，于賡虞對於瑞恰慈其人
其作是有所了解的，上文也提到過，他與伊人及其《科學與詩》的譯
本可能也有一定的關係。于賡虞自己的詩學也對瑞恰慈有所呼應。

1932年他在其〈詩論序〉[17]中就說，「至於應用科學來研究詩人，早如應用弗羅以德（Frued）的精神分析的嘉本特（Carpenter），就研究了雪萊的生活及其詩的關係，近如雷嘉茲（I.A. Richards）就是行為派心理學的文學批評家，這當然也不成為問題」。

緊隨于賡虞之後做出熱情回應的是李安宅、黃子通和吳世昌。

1931年9月25日出版的《大公報‧現代思潮》刊登了黃子通的〈呂嘉慈 I.A. Richards 教授的哲學〉、李安宅的〈語言與思想〉兩篇文章，文前有編者小引如此寫道：

> 英國劍橋大學呂嘉慈教授專門研究「意義底邏輯」（Logic of meaning），去年在燕京大學任講座時，常同黃子通，博晨光及李安宅諸教授一起討論他的學說。並供給呂教授以極多中國文字上的佐證。本次週刊得黃、李兩先生介紹他的學說，很稱得起是一種僥倖的機遇。

黃子通時為燕京大學哲學系的教授，李安宅時為燕京大學社會學系的教授，他們對瑞恰慈的理論有較深的了解，並都曾協助過瑞恰慈進行《孟子》研究。黃子通有關瑞恰慈的專門論述較少，僅上文所提到的這一篇。李安宅則對瑞恰慈的理論有較深的研究，並以此為基礎多有闡發，所著《語言的魔力》、《意義學》、《美學》這幾本著作特別是後兩本都深受瑞恰慈理論的影響。但被學界長期忽視了的，是李安宅1931年在《北晨評論》上先後發表的兩篇同名文章

17　原載《河南民國日報副刊‧平沙》第20期，1932年12月9日。收入解志熙、王文金編校：《于賡虞詩文輯存》（下），前揭書。

〈論藝術批評〉，他在前一篇的文末自承文章多處取材於瑞恰慈與奧格登、伍德等人合著的《美學基礎》與瑞恰慈的《文學批評原理》，而從兩篇文章的基本內容看，確實如此。在這些文章中，李安宅特別注重瑞恰慈的詩學的應用。值得一提的是，李安宅之後又在1931年12月19日、26日的《大公報·現代思潮》上分兩期發表了〈我們對於語言底用途所應有的認識〉，該版的編者加了一個編者按，稱「英國劍橋大學的呂嘉慈教授的意義學是一種很新的東西。他在清理思想，和文藝批評上都有很大的貢獻。李先生將呂氏學說『消化』一番，又在中國文字上找出許多佐證。注意呂氏理論的人，不可不細讀本文」。此外李安宅還在《益世報》上發表過〈介紹幾本美學書〉，向國內讀者介紹瑞恰慈的美學著作。抗戰爆發以後，李安宅將精力轉入社會學和人類學的研究中去了。

　　吳世昌對瑞恰慈的理論下過不小的功夫，這點可以從他撰寫的多篇論文看出，可以說是當時中國學者中對瑞恰慈的理論認識最為深入的人之一。1932年他在燕京大學的畢業論文就是《瑞恰慈的文學批評理論》(*Richards' Theory of Literary Criticism*)，這篇論文分為六章，分別是〈批評中的謬誤之澄清〉(The Clearance of Fallacy in Criticism)、〈藝術價值論〉(On Value of Art)，〈心理學的梗概〉(A Psychological Sketch)、〈瑞恰慈理論在文學批評中之運用〉(The Application of Richards' Theory to Literary Criticism)、〈藝術的傳達〉(Of the Communication of Art)、〈真理、信仰和詩歌〉(Truth, Belief and Poetry)。吳世昌在1936年發表的〈呂嘉慈的批評學說〉[18]，即是

18　《中山文化教育館季刊》1936年6月號，後收入《羅音室學術論著》（第三卷）、
　　《吳世昌全集》（第2冊第二卷文史雜著）時題為《呂嘉慈的批評學說述評》。

他的畢業論文的精華部分。該文從價值論、文學批評的心理學基
礎、讀詩的心理分析、藝術的傳達等幾個方面對瑞恰慈的理論進行
了述評，其中他引用了中國的文學作品做例證來進行說明，也可視
為瑞恰慈理論的一種實際應用。在文末的附記中，吳世昌明確指出
了瑞恰慈理論的特點和缺點，「按實說，他的理論很嚴格地限於心
理學的基礎，也許可以說對於心理學的貢獻比文學更大……藝術的
價值，據呂恰慈說，是要看它所滿足的衝動是否重要而定，但這
『重要』須用什麼標準來估計，他卻沒有說。因此這問題似乎仍未
解決。並且他的批評理論，只就讀者方面說，對文學作品應當如何
欣賞、了解、接收、傳達等等；至於詩人如何組織他的衝動，也未
詳細論到」，還繼而指出「我們還須記得他是一個英國人，以及英
國哲學的特點——功利主義，冷靜而健康的功利主義。他先讓你服
一碗清涼劑，清一清你腦筋中一套傳統的發熱的理論，然後提出幾
個心理學上的問題來，叫你不得不承認。他的工作只在開始，沒有
完成。（我這樣看，也許他不）他的問題只是提出，不曾解決」。吳
世昌認為瑞恰慈只是提出問題，不曾解決問題，其工作只是開始而
沒有完成的。這個看法與葉公超在《科學與詩・序》中的看法不謀
而合。在〈詩與語音〉[19]中，吳世昌則直接利用瑞恰慈有關「經驗的
傳達」、讀者讀詩時的「心理歷程」（Mental Process）等有關論述，以
中國詩為例，來說明詩的聲音和讀者讀後所受感動的關係。在寫於
1947年8月27日的〈論存儲反應〉[20]中，吳世昌借用瑞恰慈的存儲反

19　原載1934年1月1日《文學季刊》創刊號，收入《文史雜談》，北京出版社，
　　2000年。

20　原收入《中國文化與現代化問題》（1948年），後收入《文史雜談》，北京出版

應（Stock Response，又譯陳套反應）這個術語來討論中國的教育和思想問題，可謂對瑞恰慈理論的進一步申發。

此外，在1932年，燕京大學國文學系高慶賜的畢業論文《呂嘉慈底文學批評》追溯了瑞恰慈文學批評的心理學來源和邏輯根據，重點分析了瑞恰慈文學批評思想中的價值和傳達這兩個中心問題。1935年，蕭乾畢業於燕京大學，其畢業論文《書評研究》（商務印書館初版，1935年11月）也明顯受到了瑞恰慈理論的影響，該論文的第三章〈閱讀的藝術〉更是直接借用了瑞恰慈的意義學的理論。蕭乾在1995年接受外國學者採訪時，還說起他聽過瑞恰慈的講座，並明確表示「對我來說他（瑞恰慈）不啻是個聖人……是他使我成為一個批評家」。[21]

1935年，畢業於燕京大學哲學系的郭本道發表了〈對於李嘉慈教授文學批評的討論〉[22]，該篇長文也是對瑞恰慈文學理論所做的專門論述。

于賡虞、李安宅、郭本道、吳世昌、高慶賜、蕭乾、郭本道都畢業於燕京大學。他們的論著反映了瑞恰慈在燕京大學的地位和影響，他的文藝思想通過他的親自授課以及李安宅等人的推介而得以傳播，進而促成了學生對於他的重要著作的閱讀，並在畢業論文等有關論述中加以引用和運用。

社，2000年。

21　（美國）派特麗·卡勞倫斯著，萬江波、韋曉保、陳榮枝譯：《麗莉·布瑞斯珂的中國眼睛》，上海：上海書店，2008年，頁334。

22　《行健月刊》1935年第1期。

（三）其他院校和校外學者對瑞恰慈論著的熱情反應

　　另一較早對瑞恰慈的文學理論做出反應的人是著名批評家、武漢大學教授陳西瀅，1930年他在《國立武漢大學文哲季刊》（第1卷第1號）上發表了書評〈文學批評的一個新基礎〉（署名「瀅」），對瑞恰慈的《文學批評原理》（*Principles of Literary Criticism*，1928年3版）進行了分析和評論。他高度評價了瑞恰慈以心理學來為批評建立新基礎的創舉，認為「雖然根據新的心理學去研究文學批評的不是沒有人，完全以心理學作根據來建築文學批評原理，而且能自圓其說的，卻以瑞恰慈先生為第一人」。他認為「價值是批評的中心問題」，將瑞恰慈的心理的價值論簡要概括為「要是衝動的數量愈多，性質愈複雜，而結果得到的不是混亂而是均平及調和，價值也就愈大」，同時也敏銳地指出「瑞恰慈先生似乎只是把邊沁的『功利主義』的學說應用到文藝批評裡面去」。瑞恰慈與邊沁的功利主義確有很深的關係，中國學者中看到這層關係的，還有以專門論文來討論瑞恰慈之理論的吳世昌。1931年，關心文學批評和詩學問題的傅東華發表了〈現代西洋文藝批評的趨勢〉[23]，將現代批評分為「科學的批評」和「主觀的批評」兩派，以此作為分析和概括各種文學上的派別和主義的標準，在文章的結尾，他指出「科學對於文藝批評的貢獻實在不可限量。弗洛伊特（Freud）之將精神分析學應用於文藝批評，雖還沒有圓滿的成績，卻總算在這個方向有了顯著的進步。他如英國的力查茲（I.A. Richards）之根據現代心理學以建設新美學和實用的批評，正是我們所最歡迎的趨勢」。由此我們不難看出傅東華

23　《國立暨南大學文學院集刊》第1集，1931年。

對於科學的文藝批評以及作為其具體體現的瑞恰慈理論的高度期許。

1933年，溫源寧為當年4月出版的《標準》（*The Criterion*）雜誌寫了一篇評論文章，發表在7月6日出版的《中國評論週報》（*The China Critic*）上。溫源寧在書評中對該雜誌和艾略特本人的思想以及兩者之間的關係都做了介紹和說明，並特別提到了瑞恰慈在該期《標準》雜誌上發表的文章，他指出瑞恰慈的這篇文章實際上反映了他在《意義的意義》、《文學批評原理》、《實際批評》直到最近的《孟子論心》等著作中一直在思考的問題：試圖發現能夠正確闡釋我們閱讀聆聽到的內容的技巧，或者說，訓練我們以使我們無論在說話還是寫作中表達自我時能夠更為精確地使用詞語。溫源寧認同瑞恰慈有關同一詞語對於不同的人來說意義並不一樣的觀點，並認為當今世界範圍內的混亂和無序狀況的一個極大的原因就是我們在使用詞語時的不嚴密，他指出瑞恰慈的批評著作和艾略特的詩歌及散文以各自的方式在朝著糾正這種狀況的方向努力[24]。溫源寧曾被有的學者視為介紹艾略特到中國的第一人[25]，而他對於瑞恰慈的了解也非泛泛，其學識從這篇文章中無疑可以略見一斑，他準確看出了瑞恰慈念茲在茲的核心問題，並能從時代背景下來看待艾略特和瑞恰慈的共同之處。1934年，溫源寧在評論利維斯編輯的《朝向批評標準》（*Towards Standards of Criticism*）和G.W. Stonier所著 Gog Magog 的文章中，批評利維斯所編的書中實際看不到所宣稱的批評標準，將

24　Wen Yuan-Ning, The Criterion Edited by T.S.Eliot, *The China Critic*, Vol.VI, No.27, July 6, 1933.

25　邢光祖：〈艾略特之於中國〉，瘂弦、梅新主編，《詩學》（第一輯），巨人出版社，1976年。

瑞恰慈和艾略特、墨雷（Middleton Murry）並列為當時英國在世的批評家中其批評理論搆得上批評之名的人。他認為瑞恰慈雖然不是一個從事實際批評的人（practicing critic），但卻是一個極為重要的批評理論家（critical theorist of the first magnitude），而且是當今唯一一個具有完整系統的批評理論的人。

　　1935年，洪深寫了〈幾種「逃避現實」的寫劇方法〉，對麻醉觀眾逃避現實的幾種戲劇觀念及其表現提出了批評，結尾時他強調了在緊張的時局下，現實主義是編劇的唯一方法，只有這樣戲劇才能有益於世道人心的，他指出，「一齣戲劇對於觀眾所發生的影響，是甚為實在與遠到的。正像I.A. Richards在他的 *Principle of Literary Criticism* 裡主張，一部作品，多少地會影響了讀者或觀眾們的對於世事的觀看和感覺的Mode：即是改變了他們的反應刺激與應付環境的方式，而不知不覺中指導了他們的行動。一齣戲劇，如果不能領著觀眾們向好的對的是的一面走，必然是領著他們向不好的不正當的不長進的路上去」。[26]洪深在這談的正是瑞恰慈理論的核心問題，即經驗的價值問題，上文施宏告在《批評理論的分歧》的譯者後記中也談到瑞恰慈的《文學批評原理》主旨是「批評上基本的『價值』問題」以及「一個更在先的，初步問題，就是『經驗何以比較』的問題」，也同樣是從這種「功利主義」的角度來理解瑞恰慈的，這在中國學者那裡似乎具有某種普遍性和代表性。

　　1936年，邢光祖為《光華附中半月刊·新詩專號》（第4卷第4～5期）作了一個長序，文中高度評價了瑞恰慈的理論對於詩歌批

26　原載《國文週報》第12卷第5期，後收入洪鈐編，《洪深文抄》，人民文學出版社，2005年。

評的意義。「批評家要在迷離複雜的詩歌中，憑了公平而又嚴正的態度，去採摘園中的美果，同時還要艾鋤園中的蕪草。在現在情形中最困難的一點，是怎樣來估定新詩的價值，衡量新詩的繩尺又在那兒？還好，我們有I.A. Richards等作我們的嚮導，在綜錯的道上還不至於迷路，就藉了這點子小小的亮光，會啟示我們將來的光明」。邢光祖曾任教於光華大學，他是中國最早研究和翻譯艾略特的學者之一，對瑞恰慈的思想也有較為深入的理解和認識。他認為「李恰慈之批評，完全以心理學作根據，立論亦有條不紊，實近代批評家中鮮見者」[27]。由此可以看到，邢光祖推崇瑞恰慈的理論，關鍵在於後者的心理學的文學價值論提供了評判新詩價值的標準與尺度。

曾經受教於瑞恰慈的水天同[28]除協助瑞恰慈推廣基本英語外，對瑞恰慈的文學理論也多有闡發。1936年他在評論《英詩入門》的書評文章中指出，當今人文學科的學者苦於沒有可用於分析和鑑賞的工具，甚至連避免誤解的工具都缺乏，因而瑞恰慈在意義學和基本英語等方面的研究就顯得尤為重要。行文之中可見他對瑞恰慈理論熟悉和認可的程度。[29]1937年，水天同又發表了〈文藝批評〉[30]，開篇即指出「文藝界自有批評以來所聚訟紛紜的問題，都可以歸入兩個大問題之下：一是傳達的問題（Problem of Communication），

27　〈詩的功用及批評的功用〉譯注，《光華附中半月刊》第五卷第三、四期。
28　水天同在晚年的一篇回憶文章中稱「從1933年到1939年，我也曾跟著瑞恰慈博士學了點語義學和文藝批評，寫了些零碎文章，發表在柳無忌、羅念生等合編的《人生與文學》雜誌上」，見水天同：〈自述〉，《中國當代社會科學家》（第六輯），書目文獻出版社，1984。
29　《人生與文學》第2卷第2期。
30　《新中華》第5卷第7期。

二是價值的問題（Problem of Value）」，行文中又多處引述瑞恰慈的「意義學」以及《實用批評》中有關批評十難等論述，對中國現代文學批評的問題進行了頗為深入的剖析。其實，水天同1935年發表的〈文章的需要與需要的文章〉雖未直接提到或引用瑞恰慈的理論，但文中所談意義、經驗、傳達等內容，就已經不難看出瑞恰慈理論的影子了。

　　1941年，費鑒照發表了多篇有關瑞恰慈的文章，當時他是武漢大學外文系的教授，對英國文學素有研究。他所寫的〈怎樣訓練欣賞文學作品——一個實用文學批評方法〉[31]雖然沒有提到瑞恰慈，但他分析阻礙了解與欣賞文學的原因時所用的理論以及提出的實用方法都很明顯是來自瑞恰慈的《文學批評原理》。〈栗洽慈心理的文學價值論〉[32]則以瑞恰慈的《文學批評原理》為討論對象，重點分析了瑞恰慈在該書中所體現的心理學的文學價值論的基本內容和運用方法。費鑒照從歷史的視野來評價瑞恰慈理論的創新之處，「歷來批評家的價值論大約不是從哲理中尋求出來，便是從『普通知識』中獲得，到近代，因為科學研究的範圍擴大，學者根據一種新發展的科學，產生一種新的文學理論。這便是開創文學批評史上新紀元的『新劍橋學派』。大約二十多年前劍橋大學莫特利安學院研究員栗洽慈博士利用現代心理學的知識，創立一個心理學的文學價值論」。在〈現代英國文學批評的動向〉[33]中，費鑒照根據批評家的意見來分門別類，他分析了瑞恰慈、利維斯、艾略特等人的理論主張，首先

31　《當代評論》第1卷第7期。
32　《當代評論》第1卷第11期。
33　《當代評論》第1卷第19期。

討論的就是「栗洽慈博士根據人類神經係工作的情狀，創立一個心理的文學價值論」，「他分析一個作者創作時候，神經係怎樣工作，和一個讀者讀那個作品的時候，怎樣反應。這種理論根於近代心理學的收穫，要懂得它須得先有心理學的基本智識」，「栗洽慈博士的理論雖然一般人不易了解，若干學者不贊成，但是，它發生很大影響，它的影響在實用文學批評方面特別顯著」。他認為「現代英國文學批評應用心理學的收穫，解釋許多創作的現象和讀者對於一篇作品反應的經驗，它對於文學批評的貢獻不小，現在心理學還沒有充分發達，等它充分發達以後，它對於文學批評一定有更大的幫助。栗洽慈與李特利用心理學已有很大的成就了」。費鑒照在文章結尾得出的結論是，「今代的文學趨向於開發人的下意識部分，今後的文學批評我敢說仍舊會沿著心理學一條途徑走去，它在這條路上，它的前途是未可限量的。古典的與浪漫的文學批評理論還會存在還會吸引一部分人去相信它們，但是它們的時代似乎已經是過去了」。從這些文章中我們可以看到費鑒照對瑞恰慈的理論比較熟悉，對於後者的理論所持的樂觀態度和高度評價則與傅東華相近。

　　常風1929年考入清華大學外文系，其時瑞恰慈正在清華任教，在校期間，即在葉公超的鼓勵和指導下寫出了《利威斯的三本書》。他在二十世紀三〇至四〇年代撰寫了大量的書評文章，成為京派的後起之秀，瑞恰慈的文藝思想即是其文藝批評實踐的重要理論來源之一。常風在1941年寫成的〈關於評價〉中運用瑞恰慈的理論分析了文學批評中評價問題的重要性及其與傳達和欣賞的關係，在兩年後為該文所寫的附記中更是明確表示「讀過瑞恰慈氏（I.A. Richards）的人，當然可以看出瑞氏的意見在這裡的影子與瑞氏的啟

示」[34]。在評蕭乾著《書評研究》的文章中，他則明確指出瑞恰慈對於現代批評的開創之功在於「他能比其他的學者追蹤一個比較根本的問題，不讓他的心靈盡在那神祕玄虛空洞的條規中遊蕩」。[35]

蕭望卿1945年在《國文月刊》發表了〈陶淵明的四言詩論——《陶淵明》的第二章〉，文中他引用了瑞恰慈在《科學與詩》中的一些觀點如對韻律的看法等，來分析陶淵明四言詩的特點，應該算是較早將瑞恰慈的理論運用在古典文學研究中的人之一了。蕭望卿是朱自清的學生，他的《陶淵明批評》（開明書店1947年）可能通過朱自清間接受到過瑞恰慈及其學生燕卜蓀理論的影響[36]。

1946年，楊振聲在〈詩與近代生活〉一文中提到「近代的英國詩人及批評家M. Arnold與現代心理學派批評家L.A. Richards（按：應為I.A. Richards，原文排印錯誤）似乎相信在科學發展，人類失去舊日信仰的苦惱中，詩更有其偉大的前途，它將日甚一日的為人類情感所寄託。這是一種危險的預言，如一切預言一樣。但在現代生活的日進艱苦中，現代人因失去舊日的平衡而感覺苦悶，游移與頹唐，其情感之糾紛錯雜而需要宣慰及調理，在歷史上任何時代沒有甚於今日的。新詩能否擔負起這種重大的責任，其價值將全由此而

34　常風：〈關於評價〉，袁慶豐、閻佩榮選編，《彷徨中的冷靜》，天津人民出版社，1998年。

35　常風：《逝水集》，遼寧教育出版社，1995年，頁132。

36　有關朱自清受瑞恰慈及燕卜蓀理論影響的情況，已有孫玉石〈朱自清現代解詩學思想的理論資源——四談重建中國現代解詩學思想〉，（《中國現代文學研究叢刊》2005年第2期），李先國《化俗從雅文學觀的建立：朱自清與西方文藝思想關係研究》的第四章〈借鑑之三：朱自清與瑞恰慈和燕卜蓀的語義分析學說（1928-1948）〉（中國社會科學出版社，2007年）等文進行了梳理和分析。

定」。楊振聲1928年至1930年任教於清華大學中文系並任系主任等職，很可能與瑞恰慈本人有過接觸，從上面所引文字來看，他應該是讀過瑞恰慈的《科學與詩》一書，或者說是對其有所了解。雖然他認為瑞恰慈對於詩之未來所持的樂觀主義是一種危險的預言，但他自己對於現代新詩交融情知以深切作用於人心的價值寄予了高度的厚望，這點與瑞恰慈其實是高度一致的，「詩人若轉向往昔，或逃遁現實，將依附於過去之光榮，而失其現代的價值。反之，他若能吸取近代科學之果對於宇宙與人生進入於更深一層之底裡而探察其幽微。由智慧與深情培植出來的詩范，以此調融及領導現代人的情感生活，新詩對於現代人的價值必一如古詩對於古人的價值」[37]。

另外，像邵洵美在〈一個人的談話〉中提到瑞恰慈的「意義學」，李長之在〈現代美國的文藝批評〉中談到瑞恰慈的「路線也依然是導源於渥茲渥斯，與考列律治兩人」，而錢學熙在〈T.S.艾略特批評思想體系的研討〉中也旁及了瑞恰慈批評體系的基礎是信仰與詩的關係。錢鍾書在〈美的生理學〉、〈論不隔〉、〈論俗氣〉、"Tragedy in old Chinese Drama"等文中對瑞恰慈的觀點也都有所論述，同樣，朱光潛對瑞恰慈的了解也非泛泛，他曾明確自承受過瑞恰慈的影響，袁可嘉更是吸收和借鑑瑞恰慈的文藝思想構建了自己的詩歌批評理論體系[38]，限於篇幅，對這幾位作者與瑞恰慈文藝思想的關係問題暫且從略，將留待專文討論。

37　刊載於1946年10月6日的《經世日報》「文藝週刊」第8期，此文後來又收入《現代文錄》（1946年）。

38　藍棣之在〈九葉派詩歌批評理論探源〉中對此有較為細緻的分析，見《現代詩歌理論：淵源與走勢》，北京：清華大學出版社，2002年。

　　除了上述中國學者以外，在中國介紹和運用瑞恰慈理論的
還有當時在華任教的幾個外籍教師，如清華大學的翟孟生（R.D.
Jameson）和武漢大學的朱利安・貝爾（Julian Bell），他們都與瑞恰
慈有私人交往，都在課堂上或著述中介紹過瑞恰慈的理論。翟孟生
在〈詩歌與直義〉（Poetry and plain sense）中對瑞恰慈的理論多有援
引並對瑞恰慈再三致意。朱利安・貝爾也是出身於劍橋大學，他
對瑞恰慈既有認同也有批判，1935年至1937年在武漢大學任教期
間，他主講「（英國）近代文學及其背景」等課程[39]，「讓他的學生們
閱讀I.A.理查茲的《文學批評原理》中的文章（朱利安致埃迪・普雷
菲爾，1936年5月16日），試圖以此來訓練學生的文學鑑賞力並提
高他們所欠缺的理論能力」。[40]這些外籍教師在介紹西方文學以及
文藝理論等方面，確實發揮過一定的作用，瑞恰慈只是其中的一個
例子而已，我們今天在追溯中國現代文藝思潮以及中外文學關係之
歷史的時候，對此理應給予更多的關注。

（四）批評的批評：對瑞恰慈文學理論的不同意見

　　在中國的學院內外，也有人對瑞恰慈的文學理論持保留或批
評態度的意見。比如，1931年武漢大學外語系教授張沅長就在《國
立武漢大學文哲季刊》（2卷1期）上對瑞恰慈及其 Practical Criticism
發表了批評意見。他首先就指認瑞恰慈為「研究主觀文學評論
（Subjective Criticism）的重要人物」，並認為瑞恰慈的偏頗之處在於

39　《國立武漢大學一覽》，頁25。

40　（美國）派特麗・卡勞倫斯著，萬江波、韋曉保、陳榮枝譯：《麗莉・布瑞斯珂
　　的中國眼睛》，前揭書，頁82。

「研究讀詩的人心理上對於詩的反應,這樣一來文藝評論便變成心理學的附屬品了」,而瑞恰慈這本書「從文學批評到心理學,再從心理學到教育」,其中「最精彩的一部分就討論各種意義的分析同誤解的原因」。文末他對瑞恰慈運用心理學來從事文學批評的方法進行了評判,他承認「在文學批評中引用心理學,比起以前的文藝評論,當然是一種進步」,瑞恰慈在意義及解釋兩方面確有貢獻,其關於讀詩、評詩的文字也是經驗之談,並不可笑。但他對瑞恰慈在文學批評中引入心理學的做法不以為然,因為在他看來,「除了主觀的心理分析以外,心理學對於自己許多難題沒有辦法,那裡會有多少力量來幫文學批評的忙」,瑞恰慈的做法實在是勉為其難。稍後,1933年6月17日的天津《益世報‧文學週刊》刊載了梁實秋〈〈英文文藝批評書目舉要〉之商榷〉[41],本文全為針對郁達夫之前發表在《青年界》(1933年第3卷第4號)的〈英文文藝批評書目舉要〉一文,後者文中舉出了瑞恰慈的 *Principles of Literary Criticism* 作為「適用於大學做課本者」,而梁實秋認為不妥,因為該書「是以心理學的立場來從事批評的,與美國之 Max Eastman 為同派之作品。心理學派的批評頗新穎,但是否可靠,尚有問題。即使能成為一種學派,亦萬不適宜於『大學做課本』」。在〈科學與文學〉[42]中梁實秋對「瑞查茲、伊斯特曼以及心理分析學派」「宣稱治文學亦須用心理學的方法」表示了不以為然的態度,在〈科學時代中之文學心理〉

41 原載1933年6月17日天津《益世報‧文學週刊》第29期,收入《梁實秋文集》第7卷,鷺江出版社,2002年。
42 梁實秋:〈科學與文學〉,原載《偏見集》,中正書局,1934年;現收入《梁實秋文集》第1卷,鷺江出版社,2002年。

這篇評論麥克斯・伊斯特曼（Max Eastman）所著《文學心理在科學
時代的地位》（*The Literary Mind: Its Place in an Age of Science*）（1931
年初版）的長篇書評中[43]，梁實秋首先就提到伊斯特曼「他所最引為
同調的當代批評家是最近在北平清華大學教書的瑞查茲教授（I.A.
Richards），因為瑞查茲的文學批評原理也是從心理學和生理學的觀
點出發的」，並指出「科學時代中之文學心理便是伊斯特曼的文學思
想之詳盡的說明」，在文章中他詳細論述了對於文學與科學之關係
這個重要問題的看法，認為「文學是不應該且是不必須拒絕科學的
侵入」，「科學不能取文學的地位而代之」，「如其科學侵入文學，其
惟一適當的用武之地，即在於說明文學心理罷了」，「文學與科學是
無所謂領域的衝突，因為是不在一個層境上。文學與科學之分工是
方法上觀點上的分工，不是領域的分工」。在文章的結尾，梁實秋
指出伊斯特曼這種心理學的文學批評方法的可取之處在於有力挑戰
了時下文學批評家及文學教授們奉行的那種舊式批評家的「思想之
含糊籠統」，認為文學批評「應效法科學力求嚴密，批評家所常說的
『崇高』『美』『靈魂』，往往是莫名其妙的玄談」。他還特別提到「凡
是推重理性的人無不贊成文學盡其『傳達』的任務」。從注重「傳達」
這點來看，梁實秋與瑞恰慈又是具有共識的。在梁實秋看來，瑞恰
慈所屬的心理學的文學批評派如果說有可取之處，那麼就在於能夠
以科學方法力求文學批評的準確，這種觀點在中國學界中極具代表
性，葉公超、陳西瀅及其學生輩的錢鍾書、常風等人都是如此。關
於葉公超、朱自清、錢鍾書等人對瑞恰慈理論的反應，學界已有不

43　梁實秋：〈科學時代中之文學心理〉，原載《偏見集》，收入《梁實秋文集》第1
　　卷，前揭書。

少論述，此處不再贅述。

第二節　艾略特詩論在現代中國的譯介與傳播

(一)〈傳統與個人才能〉：四個譯本[44]與一個傾向

　　艾略特的〈傳統與個人才能〉原文篇名為 Tradition and Individual Talent，該文第一部分最先刊發在1919年9月出版的《自我主義者》（*Egoist*）6卷4期上，據彼得‧懷特（Peter White）的研究，艾略特的這篇名文並非全然橫空出世一無依傍，他在文中表達的思想明顯受到過他所熟悉的「布魯姆斯伯里」圈中克里夫‧貝爾（Clive Bell）〈傳統與諸運動〉（Tradition and Movements）[45]的影響並與當時該雜誌的其他撰稿人構成了某種潛在的對話，而且1919年10月28日他在威斯敏斯特的會議大廳發表的演講〈詩中的現代趨勢〉（Modern Tendencies in Poetry）[46]就包含了〈傳統與個人才能〉中一些觀點，兩者形成某種互文關係，但艾略特是經歷了一個較長時間的獨立思考

44　李春所著〈艾略特的中國面孔──〈傳統與個人的才能〉中譯本考論〉（載謝冕、孫玉石、洪子誠主編，《新詩評論》2011年第2輯，總第14輯，北京大學出版社，2011年12月）對艾略特此文的中文譯本的情況有更為全面的分析，可參看。

45　載《雅典娜神廟》（*Athenaeum*）第4640期，1919年4月4日。

46　艾略特的這個演講後來發表在印度的一個刊物 *SHAMA'A*（1920年4月號，1卷1期）上，長期被人遺忘，直到1960年才因D.M. Walmsley的發現而引起研究者的注意。有關該文被發現的經過及其內容和意義的討論，詳見Peter White, Tradition and The Individual Talent' Revisited，以及Peter White在文中提到的Michael Whitworth的 Pièce d'identitè: T.S. Eliot, J.W.N. Sullivan and Poetic Impersonality, English Literature in Transition, 1996。

之後才正式著文發表自己的獨立看法的。在這篇文章發表之前，
他在致友人的信中以及發表於《自我主義者》、《雅典娜神廟》等刊
物上的文章中已經提及對於傳統和歷史感等問題的看法，而他的
這些思想到了〈傳統與個人才能〉中得到一個集中的闡發。據懷特
的研究，第一部分的寫作時間存在兩種可能，大約在其1919年8
月分與龐德度假的前後，而他在1919年12月18日寫給母親的信中
稱該文的第二部分剛完成，隨後不久發表在《自我主義者》的12月
號。[47]《艾略特散文選》的編者美國批評家弗蘭克・科莫多（Frank
Kermode）在其編選導言中指出艾略特有關個人文學生涯的說法存
在錯誤，後者認為自己為《自我主義者》寫作的階段是其創作的第
一階段，他的〈傳統與個人才能〉正是寫於這一階段，影響他的主
要是龐德（Ezra Pound）和白璧德以及休姆（T.E. Hulme）、莫拉斯
（Charles Maurras），他自己認為這一階段結束於1918年《自我主義
者》終刊以後，而實際上該刊持續到1919年，而他在將〈傳統與個
人才能〉收入文集時所標註的日期1917年也是錯誤的[48]，這一錯誤
在他的《文選》（1917-1932）等集子中都延續下來，中國譯者如王恩
衷、周煦良編譯的艾略特文選也都沿用了1917年的說法。

　　艾略特1920初版的文集《聖林》和1932年初版的《文選：1917-
1932》中都收入了〈傳統與個人才能〉，而事實上，他自己對於這篇
文章的看法後來是有所改變的。他在晚年為1964年版的文集《詩

47　Peter White, 'Tradition and The Individual Talent' Revisited, *The Review of English
　　Studies*, New Serials, 2007, Vol.58, No.235, p.364-392.

48　*Selected Prose of T.S. Eliot*, Edited with an Introduction by Frank Kermode, p.11-12,
　　p.23 note2.

的用途和批評的用途》所寫序言中稱，儘管想要為他編文集的人都
會選擇該文，但他希望如果將來有人為他編文集，應該挑選《詩的
用途和批評的用途》這個演講集中的某一篇而非這篇他最早發表的
少作。他認為自己早期的批評文章是不成熟的產物，而《詩的用途
和批評的用途》中的文章更好地表達了他的批評立場，令他重讀之
下依然感到滿意。[49]艾略特個人看法的改變自是正常，而在二十世
紀三四十年代的中國，〈傳統與個人才能〉的譯者和讀者更多是將其
視為一種有助於中國新詩發展的現代理論來加以譯介和援引、挪用
的，至於文章產生的背景以及具體脈絡，則或無暇或無意去關注和
思考。

　　在 1949 年之前，〈傳統與個人才能〉有四個中譯本，最早的中
譯本出自卞之琳[50]，發表於 1934 年 5 月 1 日出版的《學文》1 卷 1 期。

49　*The Use of Poetry and The Use of Criticism: Studies in the Relation of Criticism To Poetry in England*, Harvard University Press, 1986.

50　據李春〈艾略特的中國面孔——〈傳統與個人的才能〉中譯本考論〉，1949 年之前，〈傳統與個人才能〉共有五個譯本，其中最早的題為〈傳統形態與個人才能〉的譯本出自曹葆華，發表於 1933 年 5 月 26、29 日的《北晨學園》第 512、513 號，筆者寫作時未曾見到這一譯本，故此處「最早的中譯本出自卞之琳」的說法不確，特此說明。另外，李春文中也注意到，江弱水整理的《卞之琳譯文集》（中卷）也收入了該文，文末註明「原載《學文》第 1 卷第 1 期，1934 年 5 月 1 日」，但實際這個「譯文集」版與「學文」版並不相同，倒是與王恩衷編譯的《艾略特詩學文集》（國際文化出版社公司，1989 年 12 月）中所收的卞之琳的譯文〈傳統與個人才能〉相同，這個「詩學文集」版係「《學文》」版的修訂本，而修訂的具體時間還有待考證。據筆者所見，1962 年出版的《現代美英資產階級文藝理論文選》（作家出版社 1962 年初版，知識產權出版社 2010 年重版）中所收錄的卞之琳譯〈傳統與個人才能〉與王恩衷編本所收譯文一致，該「選文」版的末尾有「選自艾略特著《論文選集》（T. S. Eliot, *Selected Essays*），1945」的字樣，由此似乎可以推斷，這是卞之琳對其 1934 年譯文所做的修訂

卞之琳翻譯此文是受了葉公超的囑託與幫助[51]，在他看來，這篇詩論連同其他「已非《新月派》正統詩格局的」詩歌譯作，如魏爾倫、波德萊爾等人的作品，「不僅多少影響了我自己在三〇年代的詩風，而且大致對三十年代一部分較能經得起時間考驗的新詩篇的產生起過一定的作用」，這種事後的個人追憶自然不能完全代表歷史的真實與歷史的全貌，但從卞之琳這樣一個現代詩歌的親歷者的角度，無疑可以大致窺見當時詩壇的情形。要證明或檢驗卞之琳的說法，自然還需要更多的歷史事實。這就要說到他之後的另外三個譯本了。

《北晨學園‧詩與批評》是譯介現代西方文論的一個重要園地，其中集中刊發了艾略特的好幾篇譯文。而1934年11月2日的第39期上發表的〈論詩〉一文，就正是艾略特〈傳統與個人才能〉的第二個譯本，該文譯者署名「志疑」，目前可以確定是時為清華大學外文系研究生的曹葆華的筆名[52]，後來該文在收入《現代詩論》（商務印書館，1937年4月）時，改名〈傳統與個人才能〉。為何不用原文本來的題目，而非要改用一個雖然能夠說明主題但明顯不夠具體和顯

本，時間當在1945年以後，1962年之前。這三個版本的譯文有少數差異，在此僅舉一例：王恩衷「詩學文集」版及「譯文集」版中，第一節第四段第二句都作「他的重要性以及我們對他的鑑賞就是鑑賞對他和已往詩人以及藝術家的關係」，語意未通，可能係修改時的筆誤，而「學文」版為「他的重要以及我們對他的賞鑑就是我們對他與已往詩人及藝術家的關係的賞鑑」，而原文此句為 His significance, his appreciation is the appreciation of his relation to the dead poets and artists。

51　卞之琳：〈赤子心與自我戲劇化：追念葉公超〉，《卞之琳文集》中卷，安徽教育出版社，2002年10月，頁188。

52　孫玉石在〈北平晨報學園副刊「詩與批評」讀札〉（下）（《新文學史料》，1997年第4期）中對曹葆華的筆名有詳實考證。

眼的題目呢？也許這並不是一個毫無意義的問題。雖然筆者並不能對其做出解答，但願意給出自己基於文本比較的一點猜測和分析。卞之琳的譯文和曹葆華的譯文發表時間前後相隔半年，從譯文內容來看，曹葆華的譯文明顯參照了卞之琳的譯文，其中不少文句都相同或近似。而之所以改題〈論詩〉，一個可能就是要符合「詩與批評」這個園地的宗旨，儘管艾略特的這篇文章題目很大，但主旨無疑是論詩的，是基於他自己作為詩人對於詩歌傳統的認識，曹葆華準確把握了這一點，所以簡單地以「論詩」來做題目，以符合創辦「詩與批評」的宗旨。就在「詩與批評」創刊的前一天，《北晨學園》刊發了一個預告，其中稱「現代中國詩壇，真可說是十分沉寂，不但努力於詩的創作的人不十分多，介紹西洋詩的理論的文章更不多見。本刊為彌補這種缺陷，現約定詩與批評社——我們不願意列舉出許多名字，提出了名字，讀者也許要覺得他們面生，但我們敢保證他們都是腳踏實地的努力於新詩的人」。而就在同年，曹葆華接受清華大學一個同學的採訪時，對其主持「詩與批評」的情形也有所談及。

> 「近來，很看到些你對詩歌理論方面的譯作，你在研究院所研讀的科目是否近於這一類？」
>
> 「是的，我所致力的大概及於現代詩歌理論方面的問題。我也想寫詩歌批評方面的文字，但下筆時，總覺自己還不到這樣的境地。」
>
> 「《北平晨報》上的「詩與批評」的稿件聽說全由你一人負責的，這是真的麼？」

「是的，除了偶而有一些朋友的作品外，差不多全是我自己的東西。所以也可以說，這裡的文字，就是我自己工作的報告。」[53]

由此我們可以對「詩與批評」的譯介情況有更多的了解，對譯者的翻譯初衷也能有所認識，曹葆華自己之所以以翻譯西方現代詩論為主，一個原因在於感覺自己的認識還很有限，還達不到他所閱讀的西方現代詩論的深度。

在曹葆華之後，「詩與批評」還刊發了題為「愛略忒原著、靈風翻譯」的〈論詩〉（《北晨學園‧詩與批評》第74期，1936年3月26日），這篇譯文是〈傳統與個人才能〉的原文的節譯本，只譯了第一節，並非如有些研究者所認為的完整譯本。

第四個譯本的出現則是在1948年，該年7月4日出版的《平明日報‧星期藝文》上發表了題為〈傳統與個人底資稟〉的譯文[54]，譯者朱光潛，署名孟實，這也是個節譯本。不知是刊載時的遺漏還是譯者本人的選擇，朱光潛的譯文只譯了原文的第一節除最後一段的內容。

相比此前的譯者，朱光潛對於艾略特的認識及關注的重點有所不同，在作為譯後記的「作者介紹」中，他對艾略特的定位是，「現代新詩人的領袖，也是第一流的文學批評家」，他不僅簡述了〈傳統與個人才能〉的要點，而且特意強調讀艾略特的文章「要看他簡潔扼要謹嚴深刻」，認為艾略特達到了說理文章的理想標準，「深中要

53　褐茶：〈園內作家訪問記（二）：曹葆華〉，《清華副刊》第41卷第3期，1934年4月9日。

54　該譯文已收入《朱光潛全集》第20卷，安徽教育出版社，1992年7月第1版。

害，不蔓不枝」，同時表意「醒豁」。值得一提的是，他的翻譯意圖明顯不同於卞之琳和曹葆華，後者是想要為中國新詩的發展提供西洋的現代詩理論，而他的重譯則是不滿於已有譯本對於原著「未能達意」，此處所謂「未能達意」，從他在文中所加的譯者注可以略為推測，當是指對於艾略特原文中的一些觀點未能準確表達。

艾略特在〈傳統與個人才能〉中所表達的文學觀念，與朱光潛自己的文學觀念是極為契合的。不難想像，朱光潛之所以不怕麻煩再次重譯，除了這篇文章行文的風格及觀點吸引著他，更有借翻譯之機，來傳播與其理想的文學觀念極為接近的現代詩學觀念的考慮。在朱光潛看來，原文的精義未被充分揭示和強調。舉例來說，朱光潛的譯文共有六個譯注，除去兩個關於文學常識的，其餘四個都是在對原文要點做進一步申說。比如，在艾略特說到「同時並在的秩序」（a simultaneous order）時，譯者對這個說法加注了一段話：「同時並存的秩序：過去作品與現在作品不僅在一條歷史的縱線上有先後的關係，而且應該擺在一個橫面上看，看成同時並存的，因為過去的影響在現在還活著，而且它的價值也要和現在比較才能估定。所以一切已存在的作品——無論是過去的或現在的——形成一個橫面上的同時並存的秩序。」在該段的最後一句，對於「他自己的同時並在性」（his own contemporaneity），他又再次在注釋中申說其意義在於「他與過去作者有同時並存性」。而對於原文中「The necessity that he shall conform, that he shall cohere」，卞之琳和曹葆華的譯文都照直譯做「他之必須適應，必須一致」，而朱光潛譯為「他要與過去相合，與過去相黏連」，並特意指出「conform原意只謂相合，cohere原意只謂相黏連，須加『與過去』三字意思才明

74

白」。這裡的意譯明顯加入了譯者本人的理解，這一補充倒也符合原作者的言說語境，可能正是有感於之前的譯者對此未加注意，才有意強調。而對於「藝術從來不是與時俱進，不過藝術的材料從來不完全是一樣」（that art never improves, but that the material of art is never quite the same），他所做的補充說明主要是強調「藝術的功用在表現，表現只有成功與不成功的分別，如果兩件作品都是成功的表現，在質上即不能有好壞的分別」，為此他舉了索福克勒斯的《俄狄浦斯王》與莎士比亞的《李爾王》。有意思的是，他繼而引發出「艾略特的這個看法與克羅齊的美學主張很相近」的結論，這個結論是否正確，且不去討論，但朱光潛的「克羅齊情結」是由此可見一斑的。從他的這幾個注釋，我們不難看出他所念茲在茲的是所謂歷史感，以及夾帶著的克羅齊式的藝術表現至上論，艾略特對於傳統和歷史感的強調，符合他的古典主義的文學觀念，而艾略特對於表現的重視也與他所關注的克羅齊的美學主張近似，因而被他引為同道。

　　此處並非專門討論譯文的合適場所，之所以提及這些，只是想要說明譯介過程中譯者本人的譯介意圖所發揮的作用以及所顯示的問題。〈傳統與個人才能〉在現代中國的譯介就明顯體現出拿來主義的為我所用的色彩。若我們從中國學者的譯文回到艾略特原文的語境中來，認真理解〈傳統與個人才能〉的內在邏輯、語意層次，那我們會發現，艾略特這篇文章的結構與主旨是嚴格對應著標題的，全文分三部分，第一節談對傳統的意識，第二節談個人才能，第三節是個簡短總結。而貫穿其中的是他的「詩歌的非個人化的理論」，正如他自己所指出的，這個理論的一面是「一首詩對別的作者寫的詩的關係如何重要」，一面是「詩對於它的作者的關係」，前者

虛之譏，所以在結尾的第三節玩笑式地宣稱「這篇論文打算就停止
在玄學或神祕主義的邊界上」，但他卻真的實現了「僅限於得到一
點實際的結論，以裨於一般對於詩有興趣能感應的人」。這個實際
的結論就是「將興趣由詩人身上轉移到詩上」，這樣一來「批評真正
的詩，不論好壞，可以得到一個較為公正的評價」，這個實際的結
論正是所謂「詩歌的非個人的理論」的自然延伸，「誠實的批評和敏
感的鑑賞，並不注意詩人，而注意詩」，我們不是去關注詩人如何
表達了感情、表現了個性、發揮了天才，而要關注詩裡的感情和經
驗，常人多是在「詩裡鑑賞真摯的感情的表現」或是「鑑賞技巧的卓
越」，而「意義重大的感情的表現」則不為人知，「這種感情的生命
是在詩中，不是在詩人的歷史中」。所以，明白了「藝術的感情是非
個人的」，明白了歷史與現實的同樣鮮活的並存性，詩人才會成為
真正的詩人，詩的批評和鑑賞也才能更好的理解、欣賞、比較和批
評詩歌作品。這樣詩與詩人才會真正得其所哉，詩和詩人的意義也
才能更好地彰顯。

　　從現代中國的這幾個中譯本來看，兩個全譯，兩個節譯，節
譯的都只譯了第一部分，若排除版面緊張、譯者疏漏等因素，那麼
一個可能的解釋就是譯者認為第二部分不那麼重要，或者說，第一
部分更重要，更切合中國當時的需要，更能激發中國讀者的認同。
譯者以及中國的讀者關注的是所謂歷史感以及傳統的意義，這在三
四〇年代的文學界特別是有關新詩的討論中，是一個頗受關注的話
題。吳興華曾指出「一般現在在中國寫詩的人可以說是處身於一個
非常特殊的環境中。過去詩歌所有的光榮歷史似乎被截斷了，而又
沒有人出來在理論方面做一個完整的估計；新詩寫作進行將近三

十年，也不見有較完整的理論統系」[55]，更是認為「我們現在寫詩並不是個人娛樂的事，而是將來整個一個傳統的奠基石」，這個觀點與廢名、葉公超等人的觀點簡直如出一轍。廢名在為朱英誕的詩集《小園集》所作的序言中提醒新詩人態度要「鄭重一點，即是洞庭湖還應該吝惜一點，這件事是一件大事，是為新詩要成功為古典起見，是千秋事業，不要太是『一身以外，一心以為有鴻鵠之將至』也」[56]。葉公超從分疏新詩與舊詩的根本差別入手來談新詩的特質所在，他明確指出「格律是任何詩的必需條件」，由此鄭重指出「我們現在的詩人都負著特別重要的責任：他們要為將來的詩人創設一種格律的傳統，不要一味羨慕人家的新花樣」，他期待著新詩人能夠擴大意識，「能包括傳統文化的認識和現階段的知覺」，在引述了艾略特的〈傳統與個人才能〉中有關詩人不能單獨具有其完全的意義的這段話後[57]，他指出新與舊的適應「代表人類最高的理想，用於文學裡可以算是最進步的，最有意義的」，「雖然新詩與舊詩有顯然的差別，但是我們最後的希望還是要在以往整個中國詩之外加上一點我們這個時代的聲音，使以往的一切又非重新配合一次不可」[58]。這種強烈的奠基意識在廢名、葉公超、梁宗岱等詩人和批評家、理

55 吳興華：〈談詩的本質——想像力〉，原載《燕京文學》1941年2卷4期，收入《吳興華詩文集》，世紀出版集團、上海人民出版社，2005年2月。

56 廢名：〈《小園集》序〉，原載1937年1月10日《新詩》1卷4期，此處引自王風編，《廢名集》第三卷，北京大學出版社，2009年1月。

57 吳興華在〈現代西方批評方法在中國詩歌研究中的運用〉中所引用的也正是艾略特的這段話。

58 葉公超：〈談新詩〉，原載《文學》1937年5月《文學雜誌》創刊號，此處引自《新月懷舊：葉公超文藝雜談》，學林出版社，1997年12月。

論家那裡都有明確的體現，他們對外國詩歌特別是現代詩歌理論都有比較深入的認識，但同時又對中國詩歌優良和悠久的傳統充滿敬意，力圖融合中西詩學以利於當下新詩建設。由此來看，艾略特的〈傳統與個人才能〉受到中國讀者的重視以致出現四個譯本，其原因和中國詩人、批評家和學者的這些「傳統意識」是不無關聯的。但需要指出的是，艾略特的「傳統論」對於一個有著悠久詩歌傳統的國度來說，是很容易被理解和吸收的，可是對於艾略特理論中「非個人化」的另一面，中國讀者未免有些疏於理解，所謂「逃避情感」好理解，所謂「消滅個性」則難做到。而兩者在艾略特的論述中原本是緊密關聯的。

（二）「詩與批評」：重譯背後的共鳴

　　除了〈傳統與個人才能〉，艾略特還有幾篇重要的綜論式文章，可以稱為艾略特的批評論的代表作，那就是〈批評的功能〉（The function of criticism）與《詩的用途與批評的用途》的導言（Introduction to the use of poetry and the use of criticism）、〈詩歌與宣傳〉（Poetry and propaganda）、〈批評中的實驗〉（Experiment in criticism），這幾篇文章也都有中譯本，而且都有兩個中文譯本，大概也能反映譯者以及當時的讀者帶有普遍性的「問題意識」，那就是詩與批評的本質、功能以及兩者關係等問題。[59]

59　需要指出的是，1936年4月8日出版的《文藝》發表了景夏（正文署名京夏）所譯艾略特的〈批評的機構〉，文末有譯者附記，除簡介艾略特生平和文藝觀點外，提及該文從《聖林》一書譯出，認為由此「可窺見其對文藝批評所持之見地」，並自陳「譯成後，承涂序瑄先生指正多處」。在此值得一提的是，這本

　　1934年4月10日《新中華》2卷7期首先發表了何穆森的譯文〈批評的職能〉，譯文沒有交代原文出處，實際上原文首先發表在《標準》(*Criterion*)雜誌1923年的10月號，後收入《艾略特文選》(*Selected Essays*, 1917-1932)，緊接著1934年5月22、6月1日，「詩與批評」第24、25期連載了曹葆華的譯文〈批評底功能〉，該文在收入《現代詩論》時附加了一段譯後記，稱該文選自艾略特的文選，「其中第一類只有兩篇，即是〈傳統與個人才能〉和〈批評底功能〉(The Function of Criticism)，因為這兩篇合起來可以代表他對於批評全部的意見」。

　　《詩的用途與批評的用途‧導言》(Introduction to the use of poetry and the use of criticism)則有周煦良與邢光祖的兩個譯本。1935年8月周煦良譯出了艾略特〈《詩的用處與批評的用處》序說〉，刊登在《現代詩風》第1期（1935年10月）。1936年，《師大月刊》的第30期刊出了趙增厚的〈現代人的觀念〉，這是《詩的功用與批評的功用》的第七部分〈現代觀念〉(The Modern Mind)的譯文。1937年4月1日出版的《光華附中半月刊》發表了邢光祖翻譯的〈《詩的用處與批評的用處》序言〉（第5卷第3、4期合刊，文藝翻譯專號）。

　　《文藝》係四川大學主辦，涂序瑄當時正任教於此，他不僅自己翻譯了瑞恰慈的《科學與詩》中論詩的經驗的一章（第4卷第2期），他還校閱過譚仲超所譯瑞恰慈《文學批評原理》中論托爾斯泰的感染說的一章（該刊第3卷第3期），譚仲超在譯者後記中稱瑞恰慈與艾略特、理德齊名。大致可以斷定，譚仲超、景夏翻譯瑞恰慈和艾略特的文章是受過涂序瑄的影響，而後者曾經任教於北大，與瑞恰慈同在北大任教過。從這已發表的譯文來看，瑞恰慈、艾略特作為現代文藝批評中的主將，受到當時中國讀者的關注，是一個不爭的事實，這大概可以歸為當時大學的課堂教學之功吧。

除了導言、結尾以及〈現代觀念〉這一章，該書的其餘內容都是諸如〈德萊頓的時代〉、〈華茲華斯和柯勒律治〉、〈雪萊和濟慈〉、〈馬修・阿諾德〉這樣更為具體的詩人論。

邢光祖所譯〈《詩的用處與批評的用處》序言〉不同於周譯本，在原文的兩處注釋以外，邢光祖對文中涉及的人物、作品等做了較為詳實的注釋。研究艾略特在中國的學者大多會提到邢光祖所寫評趙蘿蕤譯《荒原》一文，其實邢光祖有關艾略特的文字並非僅此一篇，他對於以瑞恰慈、艾略特為代表的英美現代詩學很感興趣，且有比較深入的了解，並嘗試著從比較詩學的角度來重新清理中國傳統的詩評概念，為此寫下了一系列文章。其中他所援引和運用的外國批評理論就包括艾略特和瑞恰慈的，他對艾略特和瑞恰慈的理論背景、淵源及要點都有所認識，可以說是看得比較清楚，絕非趕時髦式的引用而已。他指出艾略特此書的目的是「將伊莉莎白時代至當代，三百年來英國詩與批評作一通盤的評衡」，與周煦良、朱光潛等人的觀感類似，他也認為艾略特「書中有不少透澈的obiter dicta」（附帶的陳述）。他曾有過寫作「詩與批評」這部專著的打算，但可能最後因故未能完成或出版，但從他已發表的這幾篇來看，他的見識無疑是值得我們重視的。

《詩的用途與批評的用途・導言》本係艾略特1932年11月4日在哈佛大學的演講，譯者周煦良在譯後記中稱翻譯的緣起在於，文學的用處之類的問題也是他所關心的，所以才想到通過翻譯「他讀到的少數批評家中最服膺的」艾略特的作品來增進自己的認識。他坦言自己並不能說了解或完全同意艾略特的觀點，但艾略特的思考至少能省去他自己無效的摸索，他表示有譯出全書的打算，雖然此

願未能實現，但他譯介艾略特的工作卻依然持續。1936年10月出版的《新詩》第1期刊載了他翻譯的艾略特的〈詩與宣傳〉，該文原載1930年2月出版的《書人》（ The Bookman ）（第70卷第6期），討論的是有關詩歌作用的一個重要問題。此前，曹葆華（署名「霽秋」）也翻譯了這篇，連載於「詩與批評」的第14期、15期（1934年2月12日、22日出版）。周煦良特意提到，〈詩與宣傳〉可以與他之前翻譯的〈《詩的用處與批評的用處》序說〉互相補充。在他看來，〈《詩的用處與批評的用處》序說〉主要解釋了為何詩人會注意到詩的用處這一問題，〈詩與宣傳〉則討論了詩是否有用處的問題，繼而他還指出對這一問題感興趣的讀者還可以參閱艾略特的〈但丁論〉、〈詩的用處與批評的用處〉以及瑞恰慈的《文藝批評原理》、《實際批評》中的意見、赫伯特‧理德的意見。由此可見，周煦良本人當時比較關注當時英國文藝思潮的發展，對瑞恰慈、艾略特、赫伯特‧里德等人所關注的詩與信仰、詩與科學等問題有著同樣的關切，並將這些外國學者的作品視為可以加以援引和借用的思想資源。

〈現代人的觀念〉的譯者趙增厚時為師大外國文學系四年級學生，他所翻譯的這篇係《詩的功用與批評的功用》一書的第七部分The Modern Mind，是艾略特1933年3月17在哈佛的演講，譯者在後記中交代了此篇確係譯自該書，並提及該書的導論已有周煦良譯本。

〈批評中的實驗〉也有曹葆華與塔揚的兩個譯本。該文原係艾略特1929年在倫敦的城市文學學院（The City Literary Institute）春季學期所做演講，後收入《當下文學中的傳統與實驗》（ Tradition and Experiment in Present-day Literature ），同年由牛津大學出版社和倫敦Humphrey Milford共同出版。艾略特的這篇演講與Rebecca West的

〈批評中的傳統〉構成一組，與其他討論當代小說、詩歌、戲劇、傳記等多個門類中的傳統與實驗問題的演講，構成一個完整的演講系列。艾略特該文後來未收入他自己的幾個文集中，因此當時中國譯者應該也都是譯自該書。曹葆華的譯本〈批評中的實驗〉在前，連載於「詩與批評」第20、21期（1934年4月12日、23日），後來收入《現代詩論》時，譯者附加了一段說明，稱「愛略忒（T.S. Eliot）的這篇文章，雖然是歷史的敘述，卻有不少很好的意見，就從歷史一方面講，他上溯到前世紀近代批評的創始者，下及於最近批評的各種傾向和派別。在這篇文章中，他很謙虛，沒有把自己列入『試驗的』作家之林；但我們卻可以從本文的第一節中窺出他的態度：他對於『傳統』這個名詞之意義與價值有著一定的理論，在他『批評那些已被遺忘的作家』，他的批評又是『實驗的』」。[60]署名「塔揚」的譯者所譯的〈批評之嘗試〉則晚出，發表於《中國文藝》4卷4期，（1941年6月5日），現有的一些研究者對艾略特作品譯介的梳理，多集中在抗戰前和抗戰勝利後，而實際上，艾略特作品的譯介雖然規模不大，卻也並未完全中斷。

　　除了以上有多個中譯本的文章外，僅有一個譯本的文章也有一些。比如，艾略特的〈完美的批評家〉（The Perfect Critic），該文最初連載於《雅典娜神廟》的第4706、4708期（1920年7月9日、23日），後收入其文集《聖林》。其中譯文出自署名「鷥譚」[61]的譯者，發表於「詩與批評」的第32、34期（1934年8月13日、23日），譯者

60　曹葆華譯述：《現代詩論》，商務印書館，1937年4月，頁345。

61　此前筆者將該譯者名字誤認為「鷥譚」，感謝北京大學中文系方錫德教授的提醒和指正。

註明該文譯自艾略特論文集《聖林》(*The Sacred Wood*)。隨後不久，曹葆華所譯〈論隱晦〉也在第35、36期（1934年9月13日、21日）連載。天津《大公報》文藝第153期（1936年5月29日）「詩特刊」中刊載了聞家駟所譯艾略特〈玄理詩與哲理詩〉，譯者「因文中所論係屬於玄理詩哲理詩定義的問題」而將本該譯為「讀馬拉美與愛侖坡的雜記」(Note sur Malarme et Poe)的這篇短論改名為「玄理詩與哲理詩」，由此標題不難看出譯者的意圖。

另外，艾略特的幾篇作家論也有被譯成中文的。周煦良譯有艾略特的〈勃萊克論〉，發表於《新詩》第3期（1936年12月），係該期「布萊克紀念專欄」中的一篇，柳無忌還譯有艾略特為《天際線》(*Horizon*)雜誌追念伍爾芙的專輯所寫短文，蕭望卿譯〈吉卜寧，有所為而作的詩人和小說家〉（《新生報‧語言與文學》，1946年11月18、25日連載。）與署名「荃里」的譯者所譯〈路狄雅德‧吉卜林〉（《文藝先鋒》，1948年12卷6期）內容基本一樣，當是譯自同一篇原文[62]。

另外還有一個有趣的現象，那就是在篇幅較長、內容較為完整的譯文之外，還有那種類似精彩片斷和觀點擷要的譯文。前者有沈濟譯〈T.S.艾略茲論詩〉，該文係選譯自約翰‧黑沃德（John Hayward）編選的艾略特作品的一個精選集《觀點》(*Points of View*)，

62　前者並未交代出處，而後者交代譯文出自《英國文摘》，艾略特曾為吉卜寧編過一部詩選 *The Choice of Kipling*，並為之撰寫了一篇導言，後以 Rudyard Kiplin 為題收入《論詩與詩人》(*On Poetry and Poets*, London: Faber & Faber Ltd, 1957) 但據筆者閱讀該文的印象來看，和蕭望卿、荃里所譯的文章似乎不是同一篇，因此其原文還有待查證。

其中的三個主題段落「詩的鑑賞」、「詩的意象」、「詩與哲學」分別出自艾略特《詩的作用與批評的作用》與《莎士比亞與塞內加斯多葛派哲學》，後者有《詩群眾》上的「詩之欣賞之南北」，註明作者T.S. Eliot是「現存英詩人」，在這個名為「詩人的手提包」的欄目中，選譯了艾略特的三句話[63]，其原始出處待考。

抗戰勝利後，相比艾略特研究，艾略特詩論作品的翻譯就要少得多了。這可能一方面艾略特重要的詩論作品多數已經基本都翻譯過來了，另一方面也是中國學者對於艾略特的認識和理解經過一個學習和消化的過程後，變得更為深入，已不滿足於單純的譯介。相比抗戰勝利前，趙家璧的作家簡介式的〈依立奧脫〉[64]、邢光祖、余生（徐遲）、劉榮恩等人的〈《荒原》評〉類的書評[65]、邵洵美在《金曜詩話》系列文章中的隻言片語，抗戰勝利後，王佐良的艾略特研究系列文章、錢學熙對艾略特批評體系的探究，以及袁可嘉新詩現代化的系列論文中的有關論述無疑更有深度。不過，艾略特詩論的中譯雖然少見，但也並非完全沒有，依然有人在翻譯艾略特的詩論作品，比如，作為戰後重要文學園地的《平明日報》的「讀書界」副刊

63　內容依次為：一頭只是喜歡詩裡面要說的東西。那就是，只為了詩中傾吐了我們的信仰和「偏見」才喜歡──這就要很漠視詩中的「詩」；另一頭喜歡詩的緣故是因為詩人能把他的材料擺布成完美的藝術，這就會得了漠視詩的材料或題材，並且能把我們詩的享受和人生隔絕；一頭欣賞的簡直不能算是詩，另一頭欣賞的只是一個「叫做」詩的抽象。

64　載《中央日報・文學週刊》第2期，1934年5月17日。

65　劉榮恩〈評艾略特〈禮拜寺中的謀殺〉〉發表於《大公報・文藝》第230期（1936年10月18日）的「書報簡評」欄。余生（徐遲）的〈《荒原》評〉發表於《純文藝》創刊號（1938年3月15日）。邢光祖〈《荒原》評〉發表於《西洋文學》1卷4期（1940年12月1日）。

就連載了時為清華大學外文系教師的周玨良所譯〈怎樣讀現代詩〉
（1946年12月28日、1947年1月4日），這個譯文是選譯自艾略特
的《何謂次要詩》(*What is minor poetry*)的最後一部分[66]。這種斷章取
義和另立名目倒頗能說明譯者的意圖。艾略特1944年在維吉爾協
會所做的會長演講What is Classic，一年後由Faber & Faber出版了單
行本，時隔三年後清華大學外文系學生高士魯將其譯為中文以做畢
業論文，其中譯名為《什麼是一部古典》。

　　另外值得一提的是，水建彤曾譯過一篇〈美國詩話〉[67]，原題為
Thing of the Past，作者是Thompson Young，原載 *Coronet*，其中對於
艾略特的詩風有一個非常有趣的簡介，在以往的評論中少見提及，
因此也略加介紹。

　　　　談到近代詩，第一個輪到艾里奧特（T.S. Eliot），他碎詩露
　　骨，再砌骨成行。他的詩，尖刻，深邃，玄奧，含蓄，而且非
　　常聰明。有時亦雜苦辛味，蓋以早年滄桑，所以充滿了冷酷和
　　抑鬱，常帶著老氣橫秋的暗示。

（三）艾略特詩論的譯介與中國現代詩學

　　在簡要介紹了中國譯者對於艾略特批評論的譯介後，我們有必
要回到艾略特的原文本身，在上述詩歌批評的文章中，除了第一部

66　譯者註明譯自The Sewanee Review, 1946年冬季號，查對原刊後發現，這個
　　冬季號係該刊第54卷第1期，原刊還註明該文係艾略特1944年9月26日在
　　Swansea為該地及南威爾士的書人聯合會所做的演講。
67　水建彤譯：〈美國詩話〉，《文筆》2卷1期，1939年。

分所集中討論的〈傳統與個人才能〉外，最重要的當屬《詩的用途與批評的用途‧導言》，可以作為其批評論文章的一個代表，因此對艾略特的這篇序言有必要加以簡要介紹，這樣可能會有助於我們理解中國譯者的翻譯動機和意圖。

艾略特在這篇序言的末尾，聲稱其接下來的一系列的演講（文章）將要回顧過去三百年中批評中特別是詩人批評家的批評中，有關詩歌用處的各種看法。在這篇序言的開始，他首先強調了詩歌對於一個民族所具有的重要意義，他所要討論的是對詩的批評以及詩本身，但他首先將詩是什麼以及詩可以做什麼等問題懸置起來，而從探尋詩與批評的關係以及兩者的作用入手，來重新審視通常所謂的「用處」的意義以及批評的功能。他對同時代的作為嚴肅的詩歌批評家和道德主義者的瑞恰慈表示敬意，但對瑞恰慈建立在純粹個體心理學基礎上的價值理論表示了不同意見，由此對寫詩和讀詩中的「經驗」問題做了申說。在他看來，詩在現代確實經歷了一個重大的轉變，這與時代從「前批評」（pre-critical）時代發展到「批評」（critical）時代是一致的，因此，批評正是出現在「詩不再是表達整個民族的思想」的時代，一個「思想上的貴族統治」（intellectual aristocracy）不復存在的時代，在這樣的時代，「詩人的難處和批評的必要就變得更為重大」。

為了說明他的觀點，在簡要回顧了西方詩歌批評的歷史之後，艾略特指出，在我們所處的這個時代，現代批評中聲勢最顯的兩種就是心理學的和社會學的，「儘管處理批評面臨的問題的方式是前所未有的多或者說令人迷惑」，批評發生了分化，有關詩是什麼、因何產生以及為何而作等問題達成的既定看法，也從未像現在這樣

的少。通過回顧批評史，將其視為詩與詩所得以產生並為之服務的世界之間一種重新適應的過程，我們可以對批評和詩都有更多了解，通過探尋變化的內容、方式和原因，我們可以更好的理解那些不變的。在他看來，同一時代最好的詩與最好的批評有著重要的聯繫，批評的時代也是具有批判性的詩的時代（the age of criticism is also the age of critical poetry），他認為現代詩歌極具批判性，原因在於當代的詩人並非僅是優雅詩章的寫作者，而是被迫要質問自己如下問題的人：「詩歌為何而作？」，「我要如何說並且對誰說？」而非僅是「我要說什麼？」，他必須要進行交流（communicate），交流一種經驗，這種經驗並非一般意義上的存在之物，而是來自於許多以某種完全不同於評價日常生活的方式組織起來的個人經驗。如果說詩歌是一種交流方式，那麼所交流的也只是詩歌本身，經驗和思想也只是偶爾進入其中。詩歌的存在介於作者與讀者之間，它並非僅是詩人所設想的內容，也並非僅是讀者所感受到的，其意義也並非完全侷限於作者試圖表達的內容，或是它對於讀者事實上所產生的作用。 從一方面來說，「詩的用處」這個說法本身是沒有意義的，我們並不能憑詩歌所提供的愉悅來評判它，但「詩的用處」這個問題有另外一種意義，詩人懷著教或化的目的，以多種方式運用其技藝，並取得或大或小的成功。除此之外，毫無疑問他希望帶來愉悅，以供人民娛樂和消遣。因此詩人無法改變自己的產品來迎合流行的趣味，自然他就希望在所處的社會能夠受到歡迎，其才能能夠得到更好的揮發，這樣一來他就會對詩的用處格外感興趣。[68]

68　T.S. Eliot, *The use of Poetry and the Use of Criticism: Studies in The Relation of Criticism to Poetry in England*, Harvard University Press, 1986, pp.3-23.

　　從這些我們可以感覺到，艾略特認為詩的用處和詩的批評的問題，都不能侷限於詩的本身來看待，最終還是歸結到詩、詩人與時代和社會的關係問題。批評正是時代精神的體現，這樣，艾略特通過懸置詩與批評的用處的問題，以歷史的眼光來看待詩與批評的作用及兩者的關係，從而對其在當下的處境給出了自己的理解。

　　從以上簡要的概括，我們不難發現，艾略特所談的這些問題，也是當時中國的新詩作者及新詩批評家所關心的。瑞恰慈的《科學與詩》提出了在一個宗教式微科學當道的時代，詩歌何為的問題，這個問題帶有普遍性，也引發了包括詩人與批評家在內的諸多人士的關注，在這個關注的背後無疑有著某種焦慮，即文學如何來面對這個時代。中國的詩歌作者以及批評家也同樣面臨著詩是什麼，詩的用處是什麼，詩與批評的關係是怎樣的等諸如此類的頗為重要同時也並非輕鬆的問題，詩學觀念的變遷必然導致詩風以及詩評方式的改變。由於瑞恰慈在艾略特之前已經在中國的文學界產生了一定的影響，也引發了中國讀者的興趣和關注，上節對此情況已有所論述。艾略特以現代著名新詩人的身分來談詩歌問題，無疑是具有吸引力和說服力的，自然而然就被中國讀者視為可資借鑑的思想資源和理論武器，被介紹到當時同樣處於分化與變動、建設與爭論階段的中國文壇特別是詩界。這裡所提到的幾位譯者多是外文系出身，周煦良和邢光祖都是一手寫詩、一手論詩的人，對於現代詩學理論的興趣和造詣也都頗深，而且對於白話新詩的發展也極為上心，都有著融合傳統與現代的意圖以及中西比較的視野，艾略特的《詩的用處與批評的用處》恰好與他們的詩學主張和詩學思考有相同之處，或者更準確地說，艾略特的詩論為他們有關中國現代新詩的思

考提供了新鮮而深沉的啟發，其譯介也正是有所為而為的。

　　從譯者這方面來說，翻譯過程中並非一帆風順，在將異質文化傳統中的詩論作品譯到中國時，無疑會遇到難題，而類似譯者自述的文字無疑會加深我們對於譯介過程的理解，遺憾的是，這樣的文字還很少見，研究者的關注也不夠。舉例來說，以往研究者在談到「詩與批評」這個《北平晨報》副刊「北晨學園」的附刊時，多會提及曹葆華主編的這個園地在譯介以瑞恰慈、艾略特、莫雷等人作品為代表的現代詩歌理論時，所表現出來的敏銳意識和熱切用心，但很顯然，若僅僅關注所譯作品的作者和篇目，視其為中國詩學現代化過程中的實績而加以列舉，那麼肯定是不夠的，譯介行為本身是需要再做分析的，而且，相比譯文本身，譯者本人的一些言說更是值得關注。誠然，這些翻譯作品對增進中國讀者對於西方現代詩論的了解無疑會起到一定作用，但更重要的應該是以這些譯文為突破口，來探究譯者的動機以及譯者所代表的社會心理和時代思潮等更為複雜的問題。

　　在現有的研究艾略特作品在中國的譯介的著述中，重列舉譯介事實的多，而對譯介篇目的來龍去脈以及譯介行為的深層原因卻著力不夠，在注目於譯文的同時反而忽略了在今天看來相比譯文本身更為重要的內容。比如說，上文曾提到署名「鷥譚」的譯者曾譯過艾略特的〈完美的批評家〉，他還在「詩與批評」上發表過兩封信，一封是論詩歌中的疊句，係針對該刊所刊登的一首詩所做的實際批評，另一封雖無標題，但內容極為重要，信中不僅談及了翻譯艾略特〈完美的批評家〉的感受，更對艾略特該文的觀點做出了綜述和評論。值得注意的是，鷥譚在信的最後所提出的幾個疑問，一句法

語的意思，以及艾略特所用的兩個概念sensibility與perception的確定內涵，新舊印象如何組合等問題，這些艾略特在原文未及詳細闡發的概念，也可能是他覺得不言自明的概念，在中國讀者這裡變成了問題，正是這些問題反映了譯介的難度與複雜之處。

　　儘管鸞譚的具體身分還有待考索，孫玉石對「詩與批評」上的諸多筆名已經做出了考證，但對鸞譚的身分並未言及，筆者目前也考證不出，且在此存疑，並求教於方家。鸞譚可能仍為曹葆華的筆名，那麼這就有可能如同他的自贈詩作一樣，是寫給自己的信，在所談及的譯文已經發表將近一年以後，才發表這封譯後記性質的書信，不排除因稿源有限而翻揀出舊信充實版面的可能，也可能是因該刊缺稿臨時寫就的。總之，這封信為我們了解「詩與批評」的譯者群如何看待和認識當時以艾略特作品為代表的西方現代詩論，提供了一個重要的線索。

　　艾略特的作品在二十世紀三〇年代經過一個集中譯介的過程之後，形成了一定的影響，他的一些著名的觀點也為中國學者所注意和引用，比如聞一多在其講授杜詩的課堂上，在講授〈送遠〉一詩時就引述了艾略特有關用典、傳統、詩在現代社會的命運等方面的一些觀點，並非完整引用，而是以他的理解做出的概述。這部分內容為：新文學興起，大家號召作詩不用典。最近英國詩人艾略特卻主張用典。他以為一般人都認為作家應有其個性，但個性必須能代表時代性，方有價值。而「時代」二字，有繼續前後之意，故一個作家，應將古今作家之精彩，納入其作品中。 他又以為，一個作家，必須有極深的學問，如無淵博的學問，則古人作品之精彩，無法領會。又說：詩之特性，在其文字經濟，故用典乃發揮這一個特

長。又說，現代社會是一個分工社會，故詩不必為人人所懂，或為多數人所懂。只要有些人欣賞，其本身價值仍然存在。[69]

從以上介紹的譯介情況，我們可以看到，艾略特的詩論作品在現代中國的譯介數量並不算多，但單篇文章的重譯率卻比較高，中國譯者和讀者對其理論脈絡與思想背景的了解和認識也並不十分深入，譯介本身也帶有很強的選擇性和目的性。具體說來，這些譯文以綜論為主，艾略特眾多優秀的詩人論除了一篇〈布萊克論〉外，幾乎未被翻譯，這很可能是因為艾略特所論及的這些詩人詩作屬於自成一個系統的詩歌傳統，中國讀者理解起來有難度，還不用說深入理解，達到能夠理解艾略特所說內容的那個水準。這個不是貶低中國讀者的能力，而是艾略特所言及的這個傳統太強大太深厚了，中國讀者要深入理解，談何容易！中國自身的詩學傳統都未得到很好的理解和創造性的轉化，遑論一個完全異質的詩學傳統。但同樣要指出的是，很難並不代表沒有，在當時的中國學者中，包括艾略特作品的譯介者在內，有不少有識之士，確實在努力理解中西詩學傳統以期兩相溝通良性互補，從而切實推進了中國新詩以及詩歌批評之現代化的進程。在這一歷史潮流中，對於中國傳統詩學觀念特別是詩歌批評意念的追溯與清理，與西方詩學觀念的對照和比較，正是其中最有價值最有意義的一部分。艾略特正逢其時，因其詩作和詩論成為二十世紀西方特別是英美文學界的鉅子和領袖，其影響波及中國，中國譯者和讀者將其視為現代詩的一個代表，其思想也部分地成為中國新詩發展的外來資源，並刺激著中國讀者對於自身

69　施蟄存：《文藝百話》，前揭書，頁436-437。

傳統的反觀與認識，因而成為中國「現代詩學」的一個重要內容。

第三節 燕卜蓀、朱利安·貝爾及奧登一派詩人的詩論

燕卜蓀曾任教於北京大學以及西南聯大。沈沫〈記詩人燕卜蓀〉[70]、趙瑞蕻〈回憶詩人燕卜蓀先生〉[71]、楊周翰〈現代的玄學派詩人燕卜蓀〉[72]對其人其詩都有描述與解讀，研究者在論及中國四〇年代新詩發展特別是以穆旦等為代表的青年詩人的作品時，多會將燕卜蓀作為一個影響源而提及，具體詳情筆者此處從略，僅提及有關他的教學的一個資料，以作為這種影響的證據。

1947年6月10日《平明日報》刊載了署名「慕容丹」的文章〈北大西語系——北大院系介紹之六〉，該文作者為該報的學生記者，在此文中他寫道：

> 另外教三四年級近代英詩的是外籍人真立夫（譯音），十七世紀英詩也是外籍人燕卜蓀，這兩種課程雖受到熱烈歡迎，卻沒有他們兩個人開的英國文學討論課惹人興趣。

對於燕卜蓀的作品，朱自清在日記中有閱讀記錄，而邵洵美在

70　沈沫：〈記詩人燕卜蓀〉，《星島日報》「星座」副刊，1940年5月15日。

71　趙瑞蕻：〈回憶詩人燕卜蓀先生〉，《時與潮文藝》1卷2期，1943年5月15日。

72　原載《明日文藝》1913年11月第2期，收入劉洪濤選編：《憂鬱的解剖》，天津人民出版社，1998年3月第1版，頁253-280。

其〈詩與詩論〉[73]談及當時胡適之體引發的爭論時也提到「英國人恩瀠生曾寫了部三百餘頁的書,叫做晦澀的七種典型來解釋過」,「詩是否一定要明白清楚」以及「詩是否能明白清楚」的問題。

另外值得一提的是,佛吉尼亞‧伍爾夫的外甥朱利安‧貝爾(Julian Bell)與中國的新批評詩學傳播的關係。以往他多是被當做婚外戀的主角來加以談論,但實際上,他通過在武漢大學的教學傳播現代詩學觀念這方面的工作更值得關注。他還寫過一篇非常重要的文章〈剛與柔〉[74],討論中國現代文學中的古典與浪漫,提出我們應該擺脫中國浪漫的傳統——在柔性方面的,強調「我們需要『古典主義』嚴刻的,智慧的『剛強』」,「我們需要態度的康健與常識」,因為「問題在中國在歐洲是相同的。我們得為一個強暴的,混亂的世界創造一個文學,一個將是『公共的』文學」。兩年後的1939年,就在刊發徐遲的名文〈抒情的放逐〉的詩歌雜誌《頂點》上,同期刊發了葉君健以筆名馬耳所寫的文章〈一個記憶:懷裘連‧倍爾〉[75],葉君健是朱利安‧貝爾在武漢大學任教期間的學生,關係介乎師友之間。葉君健回憶說,「在詩的方面,他極喜歡新古典主義那些作家,如Pope和Drydon等人。在口味方面說起來,中國學生和他差得遠了。我們愛拜倫和雪萊的東西,是百倍於Pope和Drydon的」。由他本人的文章以及他的學生的回憶,我們不難把握他的這種堪稱現代的詩學觀念,他強調要有嚴肅和智慧,強調公共性,這無疑是

73　邵洵美:〈詩與詩論〉,《人言週刊》3卷2期,1936年3月7日。

74　《書人月刊》1卷2號,1937年2月,原文為英文,刊發時附有中文,下引文據中文。

75　此文亦連載於《星島日報》「星座」副刊第56-58期,1938年9月25-27日。

反對那種過於感傷抒情的詩歌，而強調更為嚴肅更為深沉，更具有傳達性的詩。這些與本書所討論的瑞恰慈、艾略特等人的詩學觀念都有一致之處，當然他的詩學觀念中無疑體現著當時年輕一輩的革命的左翼詩人的激情，這又是與瑞恰慈、艾略特不同的地方。另外，葉君健譯過朱利安‧貝爾的戰地書信[76]，徐遲譯過朱利安‧貝爾的詩[77]，青年詩人馬文珍（君玠）寫過一首〈聞巴薩龍納失陷寄懷朱利安培爾〉[78]，時昭瀛也在《是非公論》（1936年第11期）上寫過〈培爾朱理安〉一文，在介紹其家世之後，對其詩集做了簡要評述。從這些文章可以略窺他在當時中國的影響。就朱利安‧貝爾與中國現代詩學的關係而言，自然還有待深入研究，此處略微勾稽史料，以做介紹。

　　與貝爾同屬英國現代年輕詩人的奧登與伊修伍德都曾來過戰時的中國，與中國作家邵洵美等還有直接的交往，奧登在中國戰時的創作也有中譯。可以說，中國當時的文壇對於他們並不陌生，對於他們所代表的文學潮流與時代意義也有明確的認識，如邵洵美在〈詩派在中國〉中如此寫道：

　　　　現代英國新詩人中有三位詩人，他們是這一個新詩派的領導。他們都有著完全的古典文學修養，他們又都感應著普羅

76　裴連‧倍爾著，馬耳（葉君健）譯：〈戰地書簡〉，《星島日報》「星座」副刊第181期，1939年1月29日。

77　裴連‧倍爾著，徐遲譯：〈裴連‧倍爾詩抄〉，《星島日報》「星座」副刊第317期，1939年6月22日。

78　馬文珍（君玠）：〈聞巴薩龍納失陷寄懷朱利安培爾〉，《今日評論》2卷14期，1939年9月24日。

文學的影響與力量；於是提倡著文學不應當成為少數人的鑑賞
物，而應當變作整個大眾的娛樂。他們反對傳統的文學見解，
他們又修改著「文學即宣傳」那一番的議論。……[79]

他這裡所說的三位詩人，就是奧登、伊修伍德與劉易斯（C.D.
Lewis）。

劉易斯的作品譯為中文的有〈詩歌的本質〉[80]、〈一個對於詩的
希望〉[81]、〈論諷刺詩〉[82]。蕭乾在〈賞鑑的腳注〉[83]中，評論了同在
1947年出版的兩本書，其中就有路易士的《詩的意象》（*The Poetic
Image*），他提到劉易斯該書是其1946年春所作的Clark演講的書
稿，介紹他是「與奧登、斯賓德等『新寫作派』承繼Gerald Manly
Hopkins及艾律特的衣缽，同為一九三〇年代的少壯詩人」，以及他
的另一本書「對於詩的一片希望（A Hope for Poetry）便已大大引起
批評家及熱心詩歌者的注意」，他指出劉易斯該書「以深入淺出的文
字，廣徵博引，而始終不帶學究氣地觸到寫詩欣賞詩一個最根本的
問題」，而在內容介紹中，他特別提到劉易斯對於里爾克的名言的
引述。

79　邵洵美：〈詩派在中國〉，《中美日報》1939年1月6日。

80　〈詩歌的本質〉，《中國建設》1945年第3期。

81　〈一個對於詩的希望〉，《文藝新潮》1939年第1期。

82　〈論諷刺詩〉，《詩創作》1942年第15期。

83　蕭乾譯：〈賞鑑的腳注〉，天津《大公報》「星期文藝」第48期，1947年9月7
　　日，《蕭乾文集》第9卷收入了該文，兩者文字略有出入，文集本文末所註「原
　　載約1947年上海大公報」，可能是作者記憶有誤。

他討厭裝飾性的意象，尤不喜歡模糊，空洞，無內容的堆砌。他著重點在「意象與詩的完整不可分性」，同時，相信意象本身必具現實性，也即是說，必須出自經驗。他引李爾克Rilke的名言：「詩並非如人們所以為的是情感而已。它代表的是經驗……」

蕭乾提到劉易斯將寫詩比做釣魚的說法並對其做了簡明的闡釋，即詩題詩興是魚餌，海裡的魚捉摸不定，釣上來的也未必是所需要的，水面下是詩人的潛意識，釣線得深入到水面之下，在蕭乾看來，劉易斯的這個比喻「為『形式與內容』『主觀與客觀』的爭論，下了一個健康的註腳」。由此可以看出，蕭乾本人對於所謂詩歌創作與批評的基本看法，蕭乾在這篇不長的書評中，可能是為了更好的闡明意象必須出自經驗的觀點，摘引了里爾克的這段廣為人知的名言中很長的內容，既可見出劉易斯對於里爾克的欣賞，也能見出蕭乾對於這種欣賞的認同。而他對於劉易斯釣魚說的認同，也表明他在詩學觀念上是傾向於經由奧登、劉易斯所表現的艾略特的詩學觀念與里爾克的詩學觀念的綜合，認同詩的非個人化抒情以及詩是經驗之傳達等這些與新批評詩學一致的詩學觀念。

另外，與奧登等同時的英國詩人和詩論家Stephen Spender的詩論在現代中國也有不少中譯，如〈現代詩歌中的感性〉[84]、〈現代詩人的危機〉[85]，俞銘傳翻譯了〈一首詩的形成〉[86]，文末的介紹稱他是

---

84 袁水拍譯：〈現代詩歌中的感性〉，《詩文學叢刊》1945年第2期。

85 趙景深譯：〈現代詩人的危機〉，《新知識月刊》1948年第1期。

86 俞銘傳譯：〈一首詩的形成〉，《文學雜誌》1947年第2期。

「英國詩人兼散文家，與奧敦，路易士二詩人齊名，思想有一點左傾。幼時極喜繪畫，十九歲時入牛津大學，但因氣味不投，沒有畢業即行離去。著作有：《詩二十首》，《詩集》，《維也納詩》，《寂靜的中心》，《詩》，《一個法官的審判》，《詩劇》，《毀滅的因素》，散文，《自由主義前進》《散文》《燃燒的仙人掌》《短篇小說》等」。

其他零散譯介英美現代詩論的文章還有，《二十世紀英美詩人論》（宗緯譯），譯者後記稱這篇論文是詹姆孫女士Rose Perel Jameson所選《當代英美詩選》的序言，該文寫於1930年，對英美詩人以及詩歌的傾向都有簡要介紹和敘述，因而譯者感到有介紹的必要。其他作為新批評詩學理論來源的柯勒律治的詩論也有譯介，如〈論無言的詩或藝術〉[87]、〈柯勒律治與華茲華斯〉[88]、〈現代英美新詩的傾向〉[89]、〈論象徵主義〉[90]等等。

最後還要說明的是，中國現代「詩的新批評」的理論來源並不僅限於英美新批評，法德的現代詩論以及日本的現代英美詩論的譯介與傳播也有一定的規模，發生過一定的影響。有關里爾克的譯介情況，張松建的專著《現代詩的再出發》中已有介紹，此處不贅。至於法國的象徵主義詩論的譯介，目前所論也頗多，這裡要說的是，保羅‧瓦雷里的《論詩》在現代中國有多個譯本[91]，這其實是個

87 柯勒律己著，連珍譯：〈論無言的詩或藝術〉，《時代中國》1944年第9卷第5期。
88 J‧弗里曼著，宗緯譯：〈柯勒律治與華茲華斯〉，《新群眾》1939年4月11日，《七月》第6集第3期，總第29期，1941年4月出版。
89 Monroe著，吳風譯：〈現代英美新詩的傾向〉，《新建設》1942年第11-12期。
90 Edmund Wilson著，朱仲龍譯：〈論象徵主義〉，《文化批判》1936年第3期。
91 〈瓦雷里論詩〉，《清華週刊》36卷4-5期；趙簡子譯：〈保羅哇萊茲論詩〉，《晨

頗值得細究的問題。

　　比如，早在1919年10月20日，朱希祖就翻譯了日本生田春月的《西洋詩的趨向》（《北京市高師教育叢刊1920年第1集》），此文提到凡爾倫、波德萊爾，文中譯名為「威爾留（Verlaine）」、「巴特留」（Baudelaire），係譯自生田春月的《新詩作方》、《近代文學十講》，所論雖然內容簡短，但對於西洋近代詩的發展趨向已有清楚的介紹，更為值得注意的是，是朱希祖所加按語中對於抒情與象徵的理解。

　　就現代中國譯介日本的現代歐美詩論這一內在於中國現代文學的歷史進程之中的行為而言，陳勺水和孫俍工堪稱兩個重要的代表。

　　陳勺水將四位日本作者的文章編譯成他所認為時髦的「集合文」，名為「現代世界詩壇」[92]，該文的組成部分分別為：外山卯三郎的〈現代的歐美詩壇〉（原載《詩和經驗》季刊第1號）將「言語」這個表現媒介的問題視為詩學的中心，從兼具文字和聲音雙重屬性的言語的角度，對「以伴著觀念的音為中心而發生的」法國超現實派、「以意象為中心而發生的」德國表現派以及「以固定了言語的文字為中心而發生的」法國立體派做了歷史的回顧與批判，同時對於代表了詩壇發展趨向的所謂「新象徵派」也做了簡短介紹，他認為在德法兩國興起的這種新趨勢「就是純粹詩派的傾向」，這種對於象徵詩派與純詩派之間關聯的發掘無疑有助於我們更好地思考現代詩潮的

　　　鐘》第275期；瓦萊里克羅岱爾著，純智譯：〈法國兩詩人論詩〉，《世界文化》1940年第2輯；保爾著，陳建耕譯：〈范勒里論詩〉，《黎明》1946年1卷3-4期合刊；唐湜，〈梵樂希論詩〉，《詩創造》1947年第1期。
92　《樂群》第1卷第1號，1928年。

流變與發展的過程。而第二篇「現代法國詩壇」則是轉譯刊於《詩與
詩論》上日人北川冬彥所譯伯納爾福愛的文章，主要論述了立體派
和達達主義興起的歷史背景和藝術特徵，第三、四篇則分別討論了
現代日本的有產和無產詩壇。

　　陳勺水在〈現代美國詩壇〉[93] 中介紹了美國的 Robinson 等代表詩
人以及美國現代詩的精神特質，其中對於意象主義運動及其代表人
物艾米・羅威爾有專門論述。

　　另外陳勺水譯有春山行夫所著〈近代象徵詩的源流〉[94]，該文對
近代象徵主義詩的發生和發展、象徵主義在近代純粹詩運動上的過
錯、日本的象徵主義及其傾向等內容分別做了論述，該文原題為
「日本象徵主義的告終」，譯者本人將最後一段批評荻原朔太郎和
佐藤英一的詩的內容以沒有介紹的必要而加以刪除。其他如孫俍工
譯介了荻原朔太郎的〈詩底原理〉，結集出版之前，曾發表於《青年
界》等期刊，另外他還翻譯了外山卯三郎、田中湖月等人的詩論，
這些譯介對於傳播現代詩學觀念也發揮了不小的作用。

93　陳勺水：〈現代美國詩壇〉，《樂群》第1卷第6期，1928年。
94　春山行夫著，陳勺水譯：〈近代象徵詩的源流〉，《樂群》第1卷第4期，1929
　　年。

第三章

詩的經驗及其傳達：
「詩的新批評」之理論基礎

　　對於現代詩歌的特點，德國著名學者胡戈‧弗里德里希在其
《現代詩歌的結構：19世紀中期至20世紀中期的抒情詩》中曾有過
概括性的描述，他認為二十世紀歐洲詩歌的言說方式就是「謎語與
晦暗」，但「它卻有著令人矚目的豐產性」，這種詩歌「總傾向於盡
可能地遠離對單義性內涵的傳達」，具有一種「攻擊性戲劇效果」，
而詩歌語言在與普遍語言形成極端差別的情況下，「強制實現了從
實物層面和邏輯層面都不可統一之物的結合」，但儘管如此，「雖然
這類詩歌首先期待的並不是被人理解」，但它們「是完全可以認識、
可以描述的，即使在其中有如此大的一種自由在發揮作用，以至於
認識至多能夠確認這種自由，卻無法再理解這種自由所達致的內
涵」，對於讀者來說，「認識是可以對自己抱有些許希望的，因為它
所指向的是歷史條件，是詩學技巧，是最為迥異的作家所用語言中
不容否定的共同之處。最後，認識是跟隨這些文本的多義性的，它
本身融入了文本試圖在讀者那裡推進的過程，亦即繼續創作、不可
終結、走向開放的釋義嘗試的過程」。[1]

1　　胡戈‧弗里德里希著，李雙志譯：《現代詩歌的結構：19世紀中期至20世紀
　　中期的抒情詩》，譯林出版社，2010年8月，頁1-5。

　　胡戈的這段論述，既指明了現代詩歌既費解又迷人的特點，又承認了理解它們的可能性以及途徑，這就為我們理解中國現代的詩以及「詩的新批評」提供了一個可資借鑑的背景知識。

第一節　瑞恰慈與詩的經驗說之確立：
　　　　「詩的新批評」之創作本體論

　　現代詩不同於前現代的詩，一個重要的方面就是感受力與抒情方式的差別，詩人如何來感受自我與外在的世界，如何來表現這種感受與印象，直接決定了詩的特質。艾略特所說的「感受力的解體」就是對於詩之感受方式的轉變特徵所做的一個描述，在抒情與說理之間，在表現與傳達之間，側重點的轉移反映了詩學觀念的變遷。就中國現代詩而言，在「五四」和二〇年代，雖然引進了新的文學觀念，詩歌觀念也有明顯的更新，但一直比較籠統和簡單，人們只是用「詩是主情的文學」、「詩是感情的自然流露」這樣的觀念，來行使批評判斷，最多也只進展到新月詩人的「詩是有形式的藝術」和象徵派詩人的「詩是暗示的象徵的抒情」，而到了三〇年代，經由瑞恰慈和艾略特的詩學觀念的傳播，以及對於白話新詩之前發展的總結和反思，對於詩的感受力與抒情方式的觀點發生了轉變，大家開始注意詩作為經驗之傳達的實質，即是說，詩人的感受力發生了變化，開始採用一種非個人化的抒情，而不再是情感的單純抒發。

　　談到詩的批評，自然很難完全避開對於詩的本質的討論，批評與創作性質不同，但又關係密切，對於同一首詩，具有不同詩學（文學）觀念的人可能會有截然相反的看法，這裡，詩歌批評理念與

標準就與對於詩歌本質的認定緊密相關了。通常所謂浪漫、古典等等對於詩的風格與特性的判定本身就是批評意圖的體現，對於情感的地位以及抒發情感之方式的不同看法，不僅涉及對於詩歌本質的認識，更直接關係到批評標準的確立以及批評實踐的展開。

　　在第二章梳理瑞恰慈作品在現代中國譯介的情況時，筆者曾提到瑞恰慈的《科學與詩》中〈詩的經驗〉前後出現過三個譯本，《科學與詩》的完整譯本有兩個，而其中最為重要的一章〈詩的經驗〉則有伊人、曹葆華、涂序暄的三個譯本，曹葆華的譯本曾在《北平晨報》上連載過，後來收入《科學與詩》，而涂序暄譯本則是發表於四川大學所辦的《文藝》雜誌。這些譯文的出現，不僅反映了當時中國學者對於以瑞恰慈的著作為代表的現代文藝理論的學習熱情，更預示著中國現代詩學觀念的一個轉型，即從詩是感情的表達到詩是經驗的傳達，這個轉變過程不僅涉及詩學本體，更與本書討論的「詩的新批評」有關。已有論者如陳均在其《中國新詩批評觀念之建構》中將「情感與經驗」對舉，認為「這一對觀念，為現代詩學的一大言說」，以及「從浪漫主義到現代主義，西方詩歌的發展遞變，表現在其核心觀念之一由『情感』轉為『經驗』」，並以專門的章節來討論「『經驗』之說的傳播與確立」，並對瑞恰慈、艾略特、里爾克對於中國現代新詩的影響以及袁可嘉對於經驗之說的轉化利用與具體闡發等情況做了初步的論述。[2]在此基礎上，筆者將以新的史料為基礎，在清理中國現代詩學中「詩是經驗的傳達」這一新型詩學觀念的理論來源的同時，對中國現代詩學中有關這一詩學觀念的論述做

2　陳均：《中國新詩批評觀念之建構》，北京：北京大學出版社，2009年1月，頁119-155。

出一個更為深入的梳理。

　　瑞恰慈的文學理論之於中國現代詩學的影響，近年來已有不少論者論及，有關其作品在現代中國譯介的情況，上一章也已做了基本史實的清理，本章將首先圍繞瑞恰慈在文學批評領域的三部代表作《文學批評原理》（1924年）、《科學與詩》（1926年）、《實用批評》（1929年），對其理論來源、背景與核心加以分析和闡述。在此基礎上，力圖呈現「詩是經驗的傳達」這一詩學命題的基本內涵，繼而對中國學者在理解和闡述這個新的詩學觀念時的重心、傾向以及矛盾予以歷史性的觀照，由此，對這一詩學觀念在中國現代詩學中的意義做出基本的判定。

　　瑞恰慈本人對於心理學的重視和運用，與他對於現代生活之特點的認識是有關的，這一點，在他《科學與詩》這本小冊子中有簡明的交代。瑞恰慈對現代世界的變化持一種謹慎樂觀的態度，認為人本身要適應這種主要因科學的發展而引發的變化，有關的詩的看法屬於人的思想習慣範疇，屬於因襲既久很難改變的內容，但改變是大勢所趨，特別是一般受教育的人的自覺意識開始增強，不再滿足於隨波逐流、不加反思地生活下去，於是開始被迫思考，開始尋求更為理性地生活。這並非意味著僅僅依靠理性生活，而是說要清楚而完全地感知整體情況，其中最重要的就是我們自己的心理構成，人的認識與外在事物是不協調的，人越來越困惑，於是轉而求助於內心，開始思考自我的本心，更好地理解人性是朝向合理生活的第一步。瑞恰慈在此所表達的是心理學的主要意義，認為儘管它

進展緩慢，但已經開始改變人類整個的世界觀。[3]了解了瑞恰慈對於內心的這種關注，那麼他基於心理學的原理來分析直接作用於人之心靈和情感的詩以及分析詩的批評原理，也是很自然的事情了。

（一）瑞恰慈的文學批評思想

　　若將瑞恰慈的《文學批評原理》作為一個整體來看，通過對章節內容的審視，我們會發現，其中的討論可以大致分為以下幾個方面：第一至五章，討論的是批評問題，涉及批評的現狀、前提、語言、主體、核心等方面。第六、七兩章從心理學角度來討論價值問題，這直接關係到對於文學之地位以及文學之價值的評價。第八至十章則繼續關於文學價值的討論，不過是從藝術的地位和性質問題來切入的，對於文學之價值的評定與評論者的道德觀念緊密相關，在此，瑞恰慈對藝術與道德的關係以及對於這一關係的現存和可能的誤解做出了分疏，由此對所謂為詩而詩的真正內容做出了基於經驗說的闡釋。第十一至十五章，則從心理學的具體層面如快感、情感與普通感覺、記憶以及態度等來討論文學經驗的特質。第十六至第二十章，則從藝術類別的角度分別討論了文學、繪畫、雕塑、音樂所引發的藝術經驗的層次、內容和效果，其中重點以詩為文學之代表分析了閱讀詩篇的經驗層次及詩的節奏和韻律的效果等問題。第二十一至二十四章重點討論交流理論，對詩人組織和傳達自我經驗的方式與特點、效果以及評價效果的標準等問題進行了辨析。第二十五至二十九章，則以文學作品為中心，繼續從經驗的角度來

3　　I.A. Richards: *Science and Poetry*, Kegan Paul, Trench, Trubner & Co.Ltd, pp.1-6.

探討寫作與閱讀中經驗傳達的得失、歧異與誤解產生的原因、作品中經驗的層次與其價值的關係、以及用典之於經驗傳達的效果等問題。第三十和三十一章則從經驗傳達角度來界定詩，繼而從諸多藝術門類傳達經驗的效果來分析藝術之於人類文明的意義，這是基於之前章節的具體分析之上的一個總結性的嘗試。最後的四章則分別對想像力、真理、語言的用法以及詩與信仰這四個對於討論詩的本體地位最為重要的範疇，從經驗傳達的語言手段、知識意圖以及情感效果等角度對詩的本質做出了界定與分析。

瑞恰慈以經驗的組織及其傳達為核心，經由這樣一個複雜的論述過程，對文學以及文學批評的本質給出了自己的理解，儘管其來有自卻堪稱異於前人，體現出新的時代意識和思想內容，在英美文學界引發了很大的反響，肯定和批評的意見都隨之出現，也引發了中國文學界的關注，更因其1929年來華任教，更直接促進了他的文學批評思想在現代中國的傳播與接受。當然，比較而言，瑞恰慈那本篇幅更為短小的《科學與詩》似乎更受中國讀者的關注。

瑞恰慈認為詩並非一個所有讀者都能接近並施加判斷的實體，而強調閱讀時的經驗。他區分了四種經驗：藝術家本人與作品相關的經驗；不犯錯的合格讀者的經驗；理想和完美的讀者的可能的經驗；我們自己實際的經驗。這些經驗性質有別，因為傳達也許永難完美，因此第一種和最後一種就會不同，第二種和第三種與其他兩種不同，彼此也不相同，第三種經驗是我們應該不受限制地去獲得的，或者說是我們可能經歷的最好的經驗，不過，第二種是我們應該在本然狀況下去獲得的，或者是我們可能期待獲得的最好的經驗。他認為根據這些經驗類型，我們可以對詩做出多種的定義，如

何來確定呢，他認為無非從適當與否的角度來考慮。通常說到詩，要麼意味著第一種經驗，要麼是最後一種經驗，或者，忘記了傳達為何物，而將兩者合而觀之。而最後一種所涉及的個人經驗也有不利之處。因此，將詩界定為藝術家的經驗可能是較好的選擇，不過除了藝術家沒有人會具有這種經驗，因而這個也不成立，變通一下，我們不能指認詩為單一的經驗，而必須將其視為多少類似的一組經驗。[4]

　　瑞恰慈舉出〈威斯敏斯特橋〉這首詩為例，認為當我們說到這首詩的時候，不是指的一個世紀以前某個早晨驅使華茲華斯去寫作該詩的經驗，而是指由詞語偶然引發的所有實際經驗組成的集合，在一定的限度內與作者的經驗並無不同。這樣一來，任何人只要獲得這些經驗集合中的一種就可以說已經讀過這首詩了。當然，瑞恰慈也指出，在這個集合之內可能的變化範圍當然是需要仔細審視的，而且這些經驗很明顯也包括閱讀那些節奏與音調有著密切對應關係的字詞，意象也應該在其他方面受到嚴格限制的情況下，具有在感知方面無限變化的可能，在此情況下讀者再來對照他在〈詩篇分析〉這一章所提到的閱讀經驗的六個過程，即對於印刷文字的視覺感受、與此感受緊密相關的意象、相對鬆散的形象、對多樣事物的指涉或思考、情感、情—意態度，並在不至發生混淆與誤解的情況下，思考自己及朋友的經驗在哪些方面是一致的，那麼，就能看到對於詩的詳細界定將是何種事物了。[5]

4　I.A. Richards: *Principles of Literary Criticism* edited by John Constable, Routledge, 2001, p.200.

5　I.A. Richards: *Principles of Literary Criticism* edited by John Constable, Routledge,

　　瑞恰慈認為，這種界定雖然看起來有點奇怪和複雜，不過迄今為止是最為適當的，事實上，也是唯一具有可行的界定方式，即是說，作為一組經驗的集合，它在任何特性上都並不異於標準的經驗，除了單個特性會有一定量的差異之外。因此，當我們思考已完成的作品時，可以將詩人的這種相關的經驗視為標準的經驗。任何讀者只要其經驗是在這種程度上接近標準經驗，那麼他就能對詩做出判斷，他對於詩的評論所涉及的經驗也將是包括在這個集合之中的。因此，我們就獲得了我們想要的一種共識（sense）[6]，在此範圍內可以認為某個批評者沒有讀懂或是誤讀了某首詩。以此共識來看，那麼事實上尚未被認識到的閱讀上的失敗是極其普遍的。[7]

　　在《文學批評原理》的前言部分，瑞恰慈指出他所理解的批評就是「力求辨析並評價經驗」（discriminate between experiences and to evaluate them），即是說要對不同的經驗做出區分和評價，「若對於經驗的本質沒有一定的了解，或是不具備有關評價和傳達的理論，

2001, pp.200-201.

6　已有的楊自伍的中譯本將sense譯為意義，筆者對此有不同理解，根據具體語境來看，瑞恰慈的本意是想以具有包容性的經驗集合來化解在事實上作者經驗無法作為標準經驗的矛盾，以求得相對具有可靠性的共同標準，因為，若是完全以作者的經驗為標準，那理解與闡釋便不可能，也就會重蹈印象主義式的極度主觀的評價的覆轍，這種「自傳」式的批評正是瑞恰慈要反對的，他的經驗傳達論雖然有心理實證主義的色彩，但卻是基於作品本身的對於讀者反應的分析，如果不能稱之為瑞恰慈從廣義來理解的科學的話，那麼起碼可以視為更為客觀。Sense的本意之中就具有intelligibility、coherence、prevailing opinion的意思，因此，此處筆者將其譯為「共識」。

7　I.A. Richards: *Principles of Literary Criticism* edited by John Constable, Routledge, 2001, pp.201-201.

那麼就無以言批評了」，批評原理的運用只有建立在具備這種了解和這些理論的基礎上，才不是主觀武斷的。[8]

　　基於對已往批評理論之混亂狀態的不滿，瑞恰慈力圖正本清源，為批評建立一個堅實的理論基礎。他從經驗談起，並以經驗為中心來進行論述，他所關注的問題是：閱讀某首詩歌所獲得的經驗是由什麼來賦予其價值的？在回答這個問題之前，有待解決的問題是，一幅畫、一首詩、一首樂曲的本質是什麼？經驗何以能夠比較？何謂價值？瑞恰慈將美學問題分為兩個層面，一個是被評價被判斷的對象亦即審美對象的本體論問題，即什麼是通常所謂的詩、畫、曲？另一個是對這些對象所帶來的審美經驗所做的判斷與鑑別。他在考察和審視了自亞里斯多德以降的諸多批評名家的理論作品之後，發現它們儘管自有其不可磨滅的價值，也可作為進一步反思的起點，但都沒有對上述問題做出確切的回答，沒有給出明白的解釋。在這些批評文獻中一無所獲之後，瑞恰慈將目光轉向了哲學家、倫理學家和美學家，後者關於善和美、價值、審美境界等有著豐富的著述，而自費西納以來的那些分析具體事實、對美學進行實證研究的人雖然為心理學提供了大量具體事實，但仍舊於事無補，因為複雜的對象是無法用實驗室的方法來探究的，因其所產生的諸多結果都是不確定的，儘管這些簡單實驗也增進了我們對於最簡單活動的複雜性的認識，但總的來說，對象離不開其背景，正如單詞離不開語境，因此，簡單的實驗美學無助於批評理論。[9]

8　　I.A. Richards: *Principles of Literary Criticism* edited by John Constable, Routledge, 2001, pp.3-6.

9　　I.A. Richards: *Principles of Literary Criticism* edited by John Constable, Routledge,

　　瑞恰慈不承認審美經驗的獨特性，認為審美經驗中存在某種特定的思維活動的看法是一種誤解，由此才會出現審美模式或審美狀態等虛幻的問題，因此，若是選擇審美狀態作為探究藝術品作品之價值的起點，則完全不得要領，在他看來，根本不存在所謂的審美模式，審美經驗並不具有異於其他經驗的特質，我們看畫、讀詩或是聽音樂的時候，我們所做的事情並非異於我們前往畫廊或晨起穿衣之時所做的事情。[10]

　　在討論批評語言的問題時，瑞恰慈將現代美學視為現代批評理論的基礎，認為對美的探究和言說擺脫了前科學時期的神祕特性，但仍舊有很多真相隱藏在語言的叢林之下，於是才會有所謂「語言的幻象」之說，由此瑞恰慈做出了辨析：我們說某物具有某些美的特質，其實並非該物本身所具有的客觀性質，而是對我們的心理感受的一種描述，是事物在我們的心理上產生了某種效果，將這種效果投射到物體本身並將其歸結為物體的特性的錯誤看法往往經常出現。語言工具成為我們與我們所觀照的對象之間的一種中介，既可遮蔽真相，但若小心運用又可揭示真相。這就需要用到「翻譯」，在事物及其特性與自我的經驗之間須做出嚴格的分界，兩者不容混淆。為此他提出了兩個概念，「批評的部分」（critical part）與「技術的部分」（technical part），前者描述經驗的價值，後者描述客體，前者包括所有涉及經驗得以產生或呈現的方式方法，後者包括經驗的價值以及判定這些經驗有無用處的原因。在瑞恰慈看來，所謂批評

2001, pp.7-11.

10　I.A. Richards: *Principles of Literary Criticism* edited by John Constable, Routledge, 2001, pp.12-18.

性的評論不過是心理語言的一個分支,要解釋價值無需引入特定的倫理或形而上的觀念,區分批評的部分與技巧的部分極其重要,已往文學批評的失誤多在於過於重視技巧意見而忽視了批評意見,以細節來評判整體,誤將手段做目的,誤將技巧做價值。[11]

(二)瑞恰慈詩學思想述略

瑞恰慈的《文學批評原理》自有其深切的現實關懷與複雜的論述脈絡,但就詩的文本批評而言,他的主要觀點則可概括如下:

一是強調批評就是力求辨析經驗並評價經驗,二是否定了審美經驗的獨特性,由此也否定了詩的經驗的特殊性,他認為「詩中的經驗與我們以其他方式獲得的經驗並無不同,然而,每首詩都是極其有限的經驗片段,若有異質因素進入則很容易解體」,但同時也承認,「詩中的經驗相比在大街或山頂所獲得的經驗,被組織得更好更巧妙;它雖然很脆弱,但卻是可以傳達的。它可以被許多不同的人體會,其間的差異極小,這兩點成為可能,正是能對經驗進行組織的條件之一。就可傳達性這點而言,它不同於那些其價值極為類似的經驗。由於這些原因,當我們體驗或試圖體驗詩中的經驗時,就必須保證它不受所闖入的個人特性的玷汙。我們必須保證詩不受這些因素的打擾,不然,我們就沒法閱讀它,就會獲得其他的經驗。由於這些原因,我們要確立一個分隔,對我們經驗中的詩與非詩劃出一個界限。但這種分隔並非不同事物之間,而是同一活動

---

11 I.A. Richards: *Principles of Literary Criticism* edited by John Constable, Routledge, 2001, pp.19-24.

的不同體系之間的區分。其他只會出現極小的差異」。[12]

瑞恰慈強調詩是具體經驗的一種存在方式，認為我們不應該談論所謂抽象的大寫的詩和詩意，而應該關注作為詩而存在的具體經驗，因此，那種特意將經驗加以詩化的看法，以及高舉所謂深思式或審美式的寫詩態度的作法，在他看來，都是不可取的。[13]

詩是一種可傳達的經驗，並無特別的本質，不過相比其他經驗，它被組織得更好更巧妙。因此，若是以為詩而詩的態度將詩與外在世界隔離開來，強調詩是獨立自足的一世界，那麼，這種態度必然導向將體驗著的讀者分裂為許多不同的才能或部分，而這種情況是不可能真實存在的。讀者具有完整的主體性，是不可能被分為許多個不同類別的人的，比如審美的人、道德的人，實踐的人、政治的人、思想的人等等。在真實的經驗中，所以這些因素都不可避免會進入。對於個人而言，在閱讀時若要做到恰如其分，一切非個人的、非特異的因素都會進入。讀者不要帶著有色眼鏡，也不要忽視所有相關的內容，不要排除自身任何部分的參與。[14]

瑞恰慈強調詩（文學）之經驗的效果，在他為閱讀經驗的過程所繪製的圖表中，最後一個層級是態度（attitude），在他看來，文學的效果就在於調和各種衝突以達到情感平衡，從而獲取最大可能的愉悅，這無疑帶有邊沁的功利主義的色彩，但他對於文學之用的強

---

12 I.A. Richards: *Principles of Literary Criticism* edited by John Constable, Routledge, 2001, p.71.

13 I.A. Richards: *Principles of Literary Criticism* edited by John Constable, Routledge, 2001, p.71.

14 I.A. Richards: *Principles of Literary Criticism* edited by John Constable, Routledge, 2001, pp.71-72.

調，又明顯是歐洲人文主義傳統的體現。他重視詩作用於情感態度
時所具有的那種入人也深與化人也遠的作用，在〈詩篇的分析〉一
章的結尾，瑞恰慈強調情感主要是態度的表徵，其在藝術理論中的
重要性正在於此。因為所有經驗中，最為重要的部分就是被激發出
來的態度。經驗的價值正依賴於所涉及態度的質地和形式。賦予經
驗以價值的，並非有意識經驗的強度、激動、愉悅、或是深刻，而
是為實現生命的自由與完美而對經驗中的衝動加以組織。他認為近
來過於強調藝術作品所激發的短暫意識的特質，是批評上的普遍失
誤。藝術作品所能產生的深遠影響和在思維結構上所帶來的永久變
化，都被忽視了。在獲得這樣的經驗之後，沒有人會全無改變；他
的可能性有了某種程度的改變。在所有能夠擴展人類感性領域的媒
介中，藝術作品是最有力量的，因為經由它們人們能夠最大程度的
合作，在由此所獲得的諸多經驗中，人的思維能夠最容易且最少受
干擾地進行自我組織。[15]

　　就分析文學作品的具體技巧和方法而言，瑞恰慈對於語境
（context）的論述也值得重視。在他看來，單個詞語本身，如夜晚，
聽到它的人有多少，它所引發的不同思想和感情幾乎也就有多少。
單個詞語的變化範圍很少受到限制；可是當它被置於一個篇章的語
境之中，其意義就會進一步確定；當它出現在詩這樣複雜的整體之
中時，合格讀者的反應也許會獲得某種相似性，這種相似性只有當
它是在這樣一個整體中出現時才能確保的。[16]

15　I.A. Richards: *Principles of Literary Criticism* edited by John Constable, Routledge, 2001, pp.117-118.

16　I.A. Richards: *Principles of Literary Criticism* edited by John Constable, Routledge,

總的來說，瑞恰慈反對為詩而詩，反對將詩與外在世界隔離，這與他強調詩的經驗無異於其他經驗的態度是一致的，但他又注意到詩的經驗在組織上不同於普通經驗的特點，強調閱讀主體的完全性，以及閱讀主體在閱讀中的全部投入。[17]

（三）瑞恰慈「實際批評」的要義

在《實際批評》[18]的導言部分，瑞恰慈首先表明了自己的寫作目的，第一，為注目於當代文化狀況的人提供新型記錄；第二，為希望發現自己如何認識和感受以及為何喜或厭所讀詩歌的人提供新的技巧；第三，發展出更為有效的教育方法，以培養我們對於所聽所讀之物的鑑別力和理解力。

瑞恰慈的這三項目的都具有理論和實踐意義，對於「詩的新批評」的發展而言，第二和第三項目最為直接，那就是培養讀詩所需要的鑑別力和理解力，訓練讀詩的方法和技巧。

瑞恰慈在科學性的論域與事務性的論域之間劃分出一個有關抽象觀念和情感問題之辯論的中間論域，文明人最為關心的一切事情，諸如道德、形而上學、宗教、美學、關於自由、國家、正義等內容的討論等等，都盡在其中，而詩正是此一世界核心的、典型的居民，這是由詩的本質以及長久以來與之聯繫在一起的討論方式所

2001, p.11.

17　I.A. Richards: *Principles of Literary Criticism* edited by John Constable, Routledge, 2001, pp.70-72.

18　吳世昌認為該書名譯為「實驗批評學」可能更為恰當，詳見〈呂恰慈的的批評學說〉附記，《中山文化館季刊》1936年夏季號，頁725。

決定的,因此,對於那些希望涉足該領域流行的觀念和反應,並對其做出審視和比較,以期幫助我們了解可稱為人類觀念和情感之自然史的人來說,詩正是一個極為合適的誘餌。[19]

瑞恰慈將心理學視為這一探索不可缺少的工具,並提醒讀者在這本書中會很少看到論證,更多的是分析,以及致力於改變立場的艱難練習,還有大量的複雜的導航。在瑞恰慈看來,這種導航即是了解作為精神旅行者的我們身處何處的一種藝術,它構成了本書的主題,他寫作該書的主要目的就是要討論詩以及接近、欣賞和評判詩的方法。他認為詩本身是一種傳達模式(mode of communication),它所傳達的內容、傳達的方式以及所傳達之物的價值構成了批評的主體內容,批評本身,如果不說全部也是在很大程度上,正是一種導航的實踐。而他所感到詫異的是,迄今未見有關藝術、精神科學以及情感導航的著作,而部分涵蓋這個領域的邏輯學,事實上也幾乎從未涉足此地。因此,所有批評、闡釋、欣賞、激勵、表揚或辱罵的行為,其唯一目標就是促進傳達,這看起來有些誇張,但事實如此。批評規則和原理的所有設備都是達成更完美、更準確、更具辨別力的傳達的一種手段。[20]

瑞恰慈也承認批評也有評價這個層面,當我們完全解決了傳達問題,完美地獲得了經驗,亦即與詩相關的精神狀況之後,我們還要去判斷它,還要判定其價值。不過,在瑞恰慈看來,評價的問題幾乎總是能自我解決,或者說,我們自己最內在的本質以及我們所處的世界為我們做出了判決。我們最主要的努力就是要獲得相關

19　I.A. Richards: *Practical Criticism*, Transaction Publisher, 2004, pp.5-6.

20　I.A. Richards: *Practical Criticism*, Transaction Publisher, 2004, pp.9-10.

的精神狀態，然後觀察其間所發生的。如果我們不能判定其好壞與否，那麼無論多麼精妙的原理，也不能給我們提供很大的幫助。價值是無法展示出來的，除了通過傳達堪稱珍貴之物以外。[21]

瑞恰慈本人雖然以批評原理命名其書，但他對於原理和教條的限度有清醒的認識，他本人對於教條主義也是極為反對的，他的看法是，批評原理需要謹慎使用，它們永遠都無法取代敏銳的判斷力，儘管它們也能幫助我們避免不必要的失誤。原理的作用在於我們如何去使用。[22]

瑞恰慈本人總結了我們在閱讀詩時最有可能會遇到的十大難點，也即是批評中的主要難點，其中有些困難看似極為簡單，但它們正是最應該注意但事實上又最少受到注意的。

他所總結的十大難點如下所示：

1. 理解詩的字面意義（plain sense）之難。所謂字面意義兼指陳述和表達，指散文意義，直接的、表面的意義，一系列普遍的、可以理解的英文句子，區別於更為深刻的詩意內容。

2. 從感官方面來理解時所遭遇的困難，即理解詞句的運動及其節奏韻律等方面的困難。

3. 確認詩中視覺意象之地位時存在的困難。

4. 與詩無關的記憶的干擾。

5. 套板反應（stock responses）（又稱存儲反應），讀者的反應完全獨立或半獨立於詩本身。

6. 感傷主義。

21　I.A. Richards: *Practical Criticism*, Transaction Publisher, 2004, p.10.

22　I.A. Richards: *Practical Criticism*, Transaction Publisher, 2004, p.10.

7. 禁制[23]。

8. 教條依附的問題，涉及如何理解詩中關於世界的信念之價值與詩本身的價值。

9. 技巧上的預先假定。

10. 籠統的先入之見。

這些難點基本涵蓋了詩的批評中可能遇到的問題，也是對於在閱讀詩以及批評詩的過程中發生不解或誤解的原因所做的理論概括，應該說是比較深刻的見解。值得一提的，中國學者水天同基於當時中國文學批評的現狀，還提出了另有一大難點，即「批評的語言的困難」，認為批評不應該是「筆者與文字掙扎的失敗紀念」，而應該是直截了當、清楚明瞭的評語，這是對於梁宗岱〈從濫用名詞說起〉一文觀點的回應，也著實點出了現代詩的批評一大缺陷和困難，或者說詩的新批評所要廓清的迷霧。批評要做到梁宗岱所言的「中肯」和「確當」，確實不是件容易的事，但詩的批評要擺脫傳統詩文評的含糊籠統的毛病，必須要力求清晰與準確，對此當時的不少有識之士都有自覺，也都從各個方面在推動批評術語的現代化，本書所討論的「詩的新批評」就包括了這方面的工作，朱自清及其學生所努力從事的「批評意念」的考辨，就是一個最直接的例子。

23　此係採用水天同譯名，見水天同：〈文藝批評〉，《新中華》第5卷第7期。

第二節　經驗的傳達與象徵、晦澀：
　　　　「詩的新批評」之分析話語

　　關於象徵主義在中國傳播的情況，已有張大明著《中國象徵主義百年史》做了極為詳盡的梳理，至於象徵主義與中國現代文學的問題，也已有不少專著有深入論述。[24] 其中吳曉東在其著作中已對象徵主義與中國現代批評實踐這一論題有所論述，本節將在已有論述的基礎上，利用新的史料，從詩學觀念與批評分析話語的互動關係這一新的視角來闡明中國現代「詩的新批評」所涉及的一個理論問題。

　　對於象徵主義文學，中國現代的學者態度並不一致。比如梁實秋與梁宗岱就為此發生過辯論[25]，本節將從兩篇較少為人提及的文獻談起來切入正題。這兩篇文章都是出自通曉法語、熟悉法國文學的學者之手，耐人尋味的是，他們對象徵主義卻都是持批評和否定的態度。

　　署名「水內」的作者在《蚊雷》（1929年1卷1期）上發表了〈象徵談詩〉，由內容可以看出他於法國文學頗有修養，在這篇用文言所寫的詩論中，他將法國象徵主義和中國的文學做了對比，對兩者的特點做了頗為深入的比較。他認為近年來法國詩文越來越「恍忽」

24　如尹康莊：《象徵主義與中國現代文學》，暨南大學出版社，1998年；吳曉東：《象徵主義與中國現代文學》，安徽教育出版社，2009年9月；陳太勝：《象徵主義與中國現代詩學》，北京：北京大學出版社，2005年。

25　詳見解志熙：〈現代詩論輯考小記〉中「〈釋「象徵主義」〉與二梁之爭及其他」，《考文敘事錄：中國現代文學文獻校讀論叢》，中華書局，2009年4月，頁51-53。

的原因，在於受到「象徵條理」的影響，「因而絕未著意於詩之本意，凡孳求假借義」，帶來的不良後果就是「小詩一段，指東畫西參觀萬象，且每一字句間真義全失，其名意亦無從捉摸，固已非平日眾人共承之體態，而有超境在焉」。他將這種現象概括為「法國詩學已盡棄其質實，與往昔描狀人類真情之原旨，而反求全於無謂之幻覺，狂妄之思想與夫人生之變態矣」。這裡所說的「條理」當係現在普通所謂「教條」，他批評象徵主義的跟隨者有違詩之正道而趨於恍惚，這是就其流弊所言，並非偏見。

水內對象徵的理解是，「象徵者（Symbole）『譬喻』蓋以相類似之二物，無論其為抽象，物質，加以專斷之內心比較而成者也」，他所引用的法文的象徵的定義是「作詩者乃於事物之狀態，自然之觀象，人心之所感覺，咸加以比較，於是譬喻及象徵即是由是而生」。正如同「如蘋果樹巍然殖立於眾樹中，／乃我所愛者亦矯然自異於群侶」，比喻的本來目的在於使詩中詞意更加明確，而如今卻「存其影而失其實」。他以具體詩句對中西詩歌中象徵的運用情況做了例說，重點在於以中國古詩與法國象徵詩做對比，其中還以文言譯出戈蒂耶（Theophile Cauteir）的一首詩。他最後的結論是，「法國新象徵派，亦未較我國舊日文思進步何若，在我人之不能繼其業而闡發之（Systematiser）而已」，他將比喻視為詩中的修飾成分，而將今日象徵派詩中「象徵占去詩詞外表形飾，抑且其中之構造，次序，含意無不盡去之」的現象視為有失象徵的本真意味。他回顧了象徵主義流弊漸生的歷史，並對其原因做了分析，指出現代詩人「自視為一記錄機械專為記錄內心之不自覺之表演而作，彼等僅僅滿意於收拾幻想之長流。但吾人之幻想，一無系統散漫不羈之物

也，是故今日之詩學亦隨之而陳此散漫之態，所異者惟稍具成見而已」。此處所言雖是針對未來派、立體派、超現實主義等象徵主義的支流而言，但對於象徵主義的弊病的總體把握還是比較準確的。

　　無獨有偶，幾年以後，曾留學法國的黃軼球也表達了類似水內的意見。他在為友人所寫《停雲集·序》中分別論述了浪漫主義、象徵主義與大眾化。他對象徵主義持否定態度，認為無需去讀瓦雷里的詩論，讀過魏爾倫的「詩藝」、波德萊爾的「應和」、蘭波的 Les Voyelles 等便能明白，「他們不外運用音樂顏色，做詩底精神，而目的卻是模糊的，神祕的，多方面的。令人讀了之後，不知真意所在」。在他看來，「在二十世紀科學昌明的今日，為什麼容許這符籙式般的詩存在呢？」，他的解釋是，理由不外乎「詩人希望逃避現實」和「受了音樂和美術底影響，從舊的模型中變化出新花樣」。他對象徵詩持否定態度，認為「外國底象徵詩仍然是病態的文學，或者是新世紀病底產物」，而「中國底象徵詩更一代不如一代」。在他看來，象徵是中國古已有之的，「中國底文字，由其結構而說到陰陽八卦，五行符籙，無一不是象徵」。他認為新文化運動的意義在於「化澀僻為清晰，以科學替神祕」，由是批評中國的象徵主義「是拉倒車的運動」，因此象徵詩在中國無提倡之必要。黃軼球的文學觀念相對保守，應該說也代表了當時一部分人對於中國象徵派詩的觀感。事實上，中國初期的象徵主義詩作確有水內和黃軼球所批評的弊病，而當里爾克式的沉思型的詩風開始在中國現代文壇上發生影響的時候，象徵主義的真諦才真正得到了展現，當詩人內心的感受與經驗得到深化之後，才有可能趨向真正深沉的象徵主義，馮至的《十四行詩》可視為這一派詩的代表。

(一)斯巴羅論晦澀

　　詩呀,詩呀,生命之火呀!燒起來罷!在散文的時代,詩更應該被飢渴似的尋求。如果詩中沒有這樣的力,這是詩人之罪,不過是在說明詩人的力的弱小。[26]

　　這是日本作家武者小路實篤論詩的一段話。所謂散文時代的說法,在朱自清的〈抗戰與詩〉中也出現過,朱自清認為抗戰前新詩的發展是從散文化逐漸走向純詩化的路,自由詩派注重寫景和說理,格律詩派才注重抒情,而且是理想的抒情,不是寫實的抒情,象徵派不在乎格式,卻朦朧了文字的意義,用暗示來表現情調。從格律詩以後,詩以抒情為主,回到了它的老家。從象徵詩以後,詩只是抒情,純粹的抒情,可以說鑽進了它的老家,可是這個時代是個散文的時代,中國如此,世界也如此。詩鑽進了老家,訪問的就少了。[27]

　　朱自清這段話中的意思頗值得琢磨,在他看來,抒情是詩的老家,但在散文時代詩專主抒情,無疑是躲進了老家,自然關注的人也就少了,因此,他認為抗戰以來,詩的散文化趨向也是自然的。在筆者看來,朱自清倒並不是主張詩的散文化,只是,他感覺到單一的抒情無疑會限制詩的發展,詩的發展應該有所推進,而中國現

26　武者小路實篤著、魯迅譯:〈論詩〉,《莽原》1926年6月25日第12期。文末註明「1920年12月原作,二六年六月從《給有志於文學的人》譯出。

27　朱自清:〈抗戰與詩〉,《朱自清全集》第2卷,江蘇教育出版社,1996年8月第2版,頁345。

代詩壇的發展，也確實實現了從單一抒情到主張經驗傳達的詩學
觀念的轉變。在這個轉變的過程中，一方面是外國詩論的譯介的影
響，一方面是中國新詩發展的現實境遇使然。

英國學者斯巴羅（John Sparrow）所著《意義與詩》（*Sense and
Poetry*）對於詩的經驗及其傳達有專門論述。當時的中國讀者很快也
注意到該書，其先發表於期刊的重要章節很快就有了中譯文，有分
量的書評也隨之很快出現。朱自清本人在該書出版的1934年就已
經讀到該書，其7月4日日記有「下午讀約翰・斯皮羅《感覺與詩》
（John Sparrow: *Sense and Poetry*）」，8日記「讀《感覺與詩》」，9日記
「讀《感覺與詩》畢並作提要，此書雖簡單而極清晰也」，1938年12
月19日，記有「公超攜一短文來，係談文藝之經驗者。覺雖提出重
要問題，卻相當瑣碎」。[28]

詩的批評是針對詩而發的，對詩的本質的理解與對詩的批評有
著密切聯繫，不同時代或不同個體對詩之為何物即詩的本質屬性的
不同理解，對應著批評觀念與方法的差異。斯巴羅（John Sparrow）
在其《意義與詩》中，對文學觀與批評觀之間的關係曾做過一個歷
史的描述，對於文學，曾經有過模仿與描述人生論、批評人生論、
逃避人生論等等，而到了現代，體現人生論（epitomize life）──亦
即作品應該盡可能準確地表現經驗的某個階段或時刻，作家的目
標應該是再造或代表一種意識──開始成為主導觀念。詩人應該如
F.R.列維斯所說的那樣「創造適合的技巧來表達成熟、敏感的現代
人的情感方式或經驗模式」。

28　朱自清：《朱自清全集》第9卷，江蘇教育出版社，1997年9月第1版，頁
　　305、頁565。

　　在斯巴羅看來，列維斯代表了「有教養的現代性」，對於作家寫作目標的看法非常不同於那些認為文學應該描述生活、創造幻境以及提供人生的逋逃藪的批評家，而龐德則在〈如何閱讀〉一文中提出作家的創作應該保持思想的準確與清晰，在文學圈以外、非文學的存在以及普遍個體以及團體的生活中，維持思想的健康，由此他否認特定意義上的「文學性」（literary）的讀者的存在，他所強調的文學應該是對於經驗的準確再現的觀點對現代作家產生了深遠的影響。斯巴羅指出，英國的Saintsbury教授認為文學愛好者持有崇高的信念，認為手法是最為重要的，而如今，我們卻被告知，不應該有什麼文學手法，迄今為止被僅視為藝術之原材料的經驗，應該被視為其完成品本身。因此，現代文學的目標應該是盡可能再現一個有教養的現代意識，如果這種再現成功的話，那麼很大程度上，作品將如生活本身沉悶、散亂和壓抑。這樣的詩就容易招來基於非嚴格的美學考量所致的讚揚或批評。斯巴羅以為，拋棄藝術的這個過程使得作家不僅表達令人不快的事物，而且還要寫作不被理解的東西。因為，如果一首詩真實對應著人類的意識，如果它盡可能只表現一種情感狀態，如果創作者除了忠實於經驗之外沒有其他目的，那麼，詩裡不可避免就會含有很多不可理解的內容。

　　斯巴羅強調我們的經驗是一系列偶然事件，其中感覺（senses）和理解（understanding）都各自發揮著作用，經驗不同於思維，它不受命於邏輯或可理解的方案，它是表現我們意識的一個圖畫，因此，如果它要充實、忠實或具有代表性，就必須包括許多理解力範圍之外的事物。因此，如果說就意義的字面意思來說，許多現代詩毫無意義，也許是因為這些詩的作者試圖再現情感模式或某種意識，批

評若是從舊有的描述論或逃避論的文學觀出發就必然不得要領。

斯皮羅因此將現代文學中不可解因素特別多的情況歸結為兩個方面的原因，一個是心理學的發展，一個是法國象徵派六十年前的實驗對於詩中暗示（suggestion）的可能性所做的探索。在斯皮羅看來，對於文學與人生的密切關係的這種信念增強了象徵主義者的教條的力量，因為馬拉美及其後繼者以不同方式因多種原因，拋棄可理解性，最主要的目標是創造一種新的審美愉悅，他們為了藝術而拋棄了可解性。聲稱是象徵主義者的繼承者的這些現代詩人不是為了藝術的緣故而寫作無意義內容，而是為了真實之故，為了使文學與生活合為一體，使文學再現經驗或描繪意識，他必須犧牲藝術和可理解性，在這個過程中，非理性的以及非藝術的同樣都是重要因素。

斯皮羅指出，法國象徵主義者的一個目標是證明個體的重要性，他們是藝術上的超級自我主義者，拒絕與周圍的世界妥協，拒絕屈就普通的交流方式。這種藝術上的自我主義發展到極端就變成了只為自己寫作。許多現代英國詩人的作品就沾染了法國象徵主義者的這個特點，現代詩不可解的一個重要原因就是那種僅僅屬於詩人個體的聯想占據了主導地位。

在斯皮羅看來，文學理論與文學創作保持著一致，批評中的科學派試圖將可解性從批評概念中清除出去。造成這種狀況的原因有兩個，一個是行為主義（behaviourism），它將意識視為幻覺而加以取消，將心靈活動僅僅視為物理反應，自然就不會去區分會激發理解這一過程的詩與那種只會引發一系列雜亂意象的詩。一個是一系列批評家的態度，他們並沒有接受行為主義的假設，所關心的主要是讀者的反應，將詩半視為詩人自我反應的記錄，半視為對於他人

的一種刺激物，用他們自己的話就是「情感力量」（emotive force）。

　　斯皮羅將瑞恰慈視為這一派批評家中最能幹最有影響力的代表，後者認為詩最明顯地說明了指涉屈從於態度這一事實，對詩人而言，相比詩的語言所要產生的情感效果而言，詩對於現實的指涉是微不足道的。瑞恰慈還認為，作為指涉手段的語言與作為情感工具的語言是可以做出明確區分的，由此知識領域和詩的領域也可以做此區分。知識是死的；它僅以陳述的形式組織起來，詩是活的，它激發並培育著行動。斯皮羅指出，瑞恰慈的這個理論對於現代詩人的影響極大，他們就將語言僅僅視為情感工具，將迴避建立邏輯關聯以及通常屬於知識領域的可理解的指涉關係的過程。這種理論的興起，部分是作為對於一些現代作家之創作的合理分析而發展起來的，但卻導致其他作家開始相信，要與正確的詩學原則保持一致的話，就必須拋棄散漫的思緒與邏輯結構。因此，本來只是當今文學的現代元素之一的不可解也就被視為其最重要的特徵了。

　　在斯皮羅看來，無論是作者還是讀者，很多人對於所謂晦澀問題都認識不清，創新的渴望以及模仿心儀範例的誘惑、寫作無意義詩的輕鬆以及以不被人理解為驕傲，這些都鼓舞著詩人有意但未加反思地放棄了意義。很多讀者和作者都誤解了現代寫作的基本假定，他們利用聯想，卻犧牲了可解性。比如，佛吉尼亞‧伍爾夫是極具現代風格的作家，其作品中的意識流的節奏是更大節奏的一部分，若脫離語境單獨來看，是無法理解其觀念、意象等具體內容的，但她所用的每個聯想技巧都是為了完成一件藝術作品，她是頭腦清楚的作家，對於自己的目標以及所用技巧的涵義、技巧所能得到的合理運用的範圍等等都有自覺。而喬伊絲對於類似的意識流

手法的運用卻不同於伍爾夫，在斯皮羅看來，喬伊絲是有才華的作家，也是一個嚴肅的藝術家，但他花費精力所寫的作品卻是怪異而惱人的，批評家為他的這種努力鼓掌，一群年輕人也跟風模仿，這並非小事，喬伊絲本人也許可以寫出能夠圓滿證明其創作之合理性的理論，但沒有任何理論能夠使得他的那些作品更具可讀性。而許多模仿伍爾夫、喬伊絲的作家根本就不知道自己在寫什麼，若加以審視就會發現他們的作品是毫無意義的。[29]

（二）列維斯的經驗論與常風的傳達論

在1932年出版的《英詩的新方位：當代狀況研究》（*New Bearing In English Poetry: A Study of the Contemporary Situation*）中，列維斯劈頭一句就是「詩對於現代世界無足輕重。即是說，當代的智慧極少關心詩」（Poetry matters little to the modern world. That is, very little of contemporary intelligence concerns itself with poetry）。在他看來，儘管現在詩集、詩選還不斷出版，詩選編者也以時代的代言人自居對詩的現狀及未來發出盲目自信與樂觀的論調，而這樣的論調也只有在沒有通行的嚴肅標準、沒有鮮活的詩歌傳統、沒有具備學識與嚴肅興趣的公眾的時代才會出現。他們所搜集和編選的所謂現代詩的精華與其說是糟糕還不如說是缺乏活力，那些紙上的字句都沒有根，作家本人也不過是對其抱有膚淺的興趣。即使那些真正的詩也傾向於表明，當今的時代並不利於詩人的成長。

列維斯認為，潛在的詩人數量並非如像文學史會引導人所相信

---

29 John Sparrow: *Sense and poetry: essays on the place of meaning in contemporary verse*, Constable & Co LTD, 1934, p.ix-xxiii.

的那樣，不同時代有很大變化。發生變化的是對於才華的運用。每個時代對於其才華的運用主要由流行的有關詩意以及相應的習慣、傳統和技巧等諸多方面的先入之見所決定。每個時代都有其對於詩的先入之見和假定，從十九世紀流傳到我們的先入之見是在偉大的浪漫主義者的時代所確定下來的，阿諾德是這個時代的代表，他對於 Dryden、Pope 這一派詩人的評價（「他們的詩是用智慧來構思和組織的，真正的詩用的是靈魂」）代表了這個時代的偏見，那就是不承認所有不是「簡單的、感性的、熱情的」的詩具備詩的資格，詩應該是簡單情感的直接表達，僅僅包括溫柔、高貴和生動在內的有限情感，總而言之，就是表達同情，而機智、才智的運用，腦力的緊張沒有立足之處，它們只會妨礙讀者的受感動，感動才是對於詩的正確反應。列維斯對於十九世紀的詩有個基本概括，認為其主要特點在於醉心於夢幻世界的創造。他認為詩在每個時代都試圖用本質上是詩意的觀念來自我設限，而當催生這種觀念的情景發生變化之時，這種觀念就會阻礙詩人接觸到於他而言最為珍貴的材料，那些對於敏感和夠格的人最為重要的材料，或者敏感和夠格的人被隔離在詩之外。

在列維斯看來，詩之所以重要，是因為那種相比其他人更具活力的詩人，在他的時代更具活力，他過去是現在也仍是在所處時代最為清醒的人。所有時代人類經驗的潛在可能只有通過極少數人來實現。重要的詩人之所以重要，是因為他屬於這個少數人的群體並具備傳達的能力（power of communication），體驗的能力和傳達的力量是無法分開的。原因在於，我們不了解其中之一就無法了解另外一個，運用文字來表達所感的能力與他對於所感的敏銳程度是無法分

開的。他成為詩人是因為他對於自身經驗的興趣與他對於文字的興趣是不可分的，因為他具備通過發揮文字的感染力來深化對於自我情感方式的敏銳程度，並使這些可以傳達。詩能夠微妙而準確地傳達經驗的真實特質，而這是其他方式所無法達到的。如果詩與時代的智慧失去聯繫，詩也就不再重要，時代也將缺乏更為敏銳的意識。

列維斯悲嘆，看看過去五十年所出版的選集，無法讓人不去懷疑，那些本應進入詩國的傑出人才是否都去了別處，否則就很難解釋任何形式或程度的原創力的缺乏。在回顧過去之後，列維斯感到如此現狀之下，詩極其需要一個新的開始，而要做到這一點，僅僅輕描淡寫地提到詩應該滿足時代生活的需要是不夠的，儘管已經有人如此呼籲，重要的是，要將這樣的總體要求落實到特定的地方，比如說，新技巧的創造，在當下的時代通行的習俗不會提供這樣一個重新開始的可能，因此，新技巧的創造只能寄希望於那些具有超強的才華和創造力的人。要創造足以表達成熟、敏感的現代人的情感方式和經驗模式的技巧是極為困難的，而艾略特的意義就正在於他創造了一個新的開始，確立了一個新的方位。[30]

為列維斯的這本《英詩的新方位》寫過書評的中國學者常風對於經驗與傳達的問題有過專門的論述，反映了當時中國學者對於此問題的關注程度。

常風認為文學批評的主要內容就是「研究一個作品的創作程式，考較作品所引起的反應，析解作品所傳達的經驗，探求它與並時的文化的關係然後與以評價」。在他看來，古今中外的諸多批評

30　F.R. Leavis: *New Bearing In English Poetry: A Study of the Contemporary Situation*, pp.5-26.

術語如「人生的批評」、「靈魂的探險」、「苦悶的象徵」、「雄渾」、「妙悟」等等，「這些抽象字眼完全是為了實用上的方便被用來代表一個範疇，以它做為評價的基準」，可是隨著流布漸廣，流弊也就滋生，於是便發生了「不可避免的名詞的混淆」，而「近代文學批評學說最大的貢獻即在廓清這些文字的翳障與玄妙空虛含糊的字眼，而探求一些比較根底的問題，尋求比較實在的具體的解釋」。此處所謂「近代」當是現在所謂「現代」之意，他所看重和強調的是，批評要尋求實在具體的解釋，在他看來，文學批評中只有兩個重要也是根本的問題，「傳達與評價」，兩者分別為批評過程的起點與重點，「傳達是評價的唯一根據，也是它的材料與預備工作。而評價乃是批評的終鵠」。

　　常風認為批評首先意味著欣賞，而欣賞「便是重造經驗的一個程序」，作者的經驗經由文字媒介表現，讀者接觸到這種表現的成果即作品後，對作者所傳達的經驗產生反應，通過移情作用，憑藉想像來了解作者的心理狀態，然後重造或體驗作者的經驗。這種重造或體驗愈接近作者的經驗，那麼「欣賞的愈深厚，了解的愈深刻」，要做到這一點，欣賞者、批評者與作品之間必須保持適當而微妙的距離，這就是說，欣賞者及批評者本人既要有廣博的經驗以更好地接受作品所傳達的一切內容，又要合理制約自己的經驗，令其不與作品中的經驗發生混淆，以免自我情感氾濫而妨礙對於作者經驗的體會。常風認為，「欣賞的目的並不是自我滿足，而是擴大經驗、擴充想像、儘量感受」，批評者對於作品必須保持能「入」亦能「出」的態度，既充分體驗作者所傳達的經驗，又能保持冷靜客觀的態度，在適當的距離之內「來分析、綜合、比較他所得到的印象」。

在常風看來，創作與欣賞的過程都屬於傳達的問題，「我們欣賞，也是藉了傳達；我們批評，也是以它為根據」，而批評的最終目的是評價，這就牽涉到價值問題，文學批評中的價值，包括兩方面，「一在求各種經驗的價值，何者美，何者不美；二在求傳達這些經驗的方法──技巧──的效果強弱大小」，經驗能否傳達以及傳達的效果如何都是由傳達的方法決定的，只有傳達成功並引起適當的反應才能談得上價值的有無。因此，文學批評終極目的在於「加深人與人間之了解，保存並推廣人生最有價值的經驗」，所謂文學為「人生之批評」正是在此意義上而言的。

（三）里爾克詩的經驗說在現代中國的譯介與傳播

1931年，時在海德堡的梁宗岱在致徐志摩的信中首先節譯了里爾克《勃列格底隨筆》中的那段名言「一個人早年作的詩是這般乏意義，我們應該畢生期待和採集，如果可能，還要悠長的一生；然後，到晚年，或者可以寫出十行好詩。因為詩並不是大眾所想像，徒是情感（這是我們很早就有了的），而是經驗。……」[31]

梁宗岱寫此封公開信，一方面是有感於《詩刊》所發表的作品總的來說缺乏「一種熱烈的或豐富的生活──無論內在或外在──作背景」，強調詩人要有豐富的閱歷以及能夠深入體驗這種閱歷的

---

31 有關里爾克的經驗詩學在現代中國傳播和影響的具體情況，陳均在其《中國新詩批評觀念之建構》（北京：北京大學出版社，2009年1月）一書中有所論及，張松建從「反抒情主義」的角度對里爾克「詩是經驗」論在現代中國的影響也有論述，詳見《抒情主義與中國現代詩學》，北京：北京大學出版社，2012年7月，頁86-101。

智慧，為此才有上引的里爾克的這段話，另一方面則是基於梁實秋在上一期《詩刊》上有關自由詩、小詩以及新詩音律問題的看法，全信主旨是批駁梁實秋的看法並闡明自己對於新詩發展的見解[32]，因而此處並未對里爾克的經驗詩學多做闡發，但他所譯的這段話卻產生了不小的影響。1933年，時為清華大學中文系學生的馬玉銘以「般乃」的筆名發表了〈卞之琳《三秋草》〉[33]，他在文末表揚卞之琳的《三秋草》出版後「新詩的成熟期更加快要到了」之後，隨即寫到「然而寫詩並不是一件容易的事體，看德國批評家李爾克『辭列格的札記』中一段話，就可知道」，所引用的正是梁宗岱所譯的里爾克的這一段名文。最後還附帶著批評梁實秋指責里爾克此言「誇大玄虛，聳人聽聞」的說法是『大謬』，並期待卞之琳「深深地鑽入了人生，社會的奧邃處處考察了幾番之後，觀照了幾番之後，然後再回來在那極難得的做幾首詩給我們看看」。這無疑是以里爾克式的沉思型的體驗詩學來期許卞之琳，而從中我們也可以略窺新一代的青年學者的詩學觀念所發生的變化。

　　1934年馮至所譯〈馬爾特・勞力特・布里格隨筆〉刊於《沉鐘》第32期，對里爾克這段名文做了如下中譯：

　　　　啊，說到詩：是不會有什麼成績的，如果寫得太早了。我
　　們應該一生之久，盡可能那樣久地去等待，採集真意與精華，
　　最後或許能夠寫出十行好詩。因為詩並不像一般人所說的是情

32　參見解志熙：〈釋象徵主義與二梁之爭及其他〉，〈現代詩論輯考小記〉，收入
　　《考文敘事錄》，前揭書，頁51-53。
33　原載《清華週刊》1933年第11-12期。

感（情感人們早就很夠了），——詩是經驗。……

1936年，在〈里爾克——為十週年祭日作〉中，馮至又對里爾克所言的「詩是經驗」說做了申發，認為「這樣的經驗，像是佛家弟子，化身萬物，嘗遍眾生的苦惱一般」，並再次引用了〈馬爾特·勞力特·布里格隨筆〉中的內容，強調里爾克所言及的觀看、認識、回想等深層生命體驗不僅是其詩的自白，同時也是其生活的寫照[34]，顯示出他對於里爾克認識的加深，也進一步擴大了里爾克經驗詩學的影響。

其實，不僅有以梁宗岱、卞之琳、馮至、徐遲等為代表的中國學者對於里爾克的代表詩作、散文及其經驗詩學的譯介，體現里爾克這種現代詩學觀念的外國詩論也得到了譯介和傳播，它們不僅影響著中國三四〇年代的詩歌創作，也對詩歌批評產生了積極的影響，不少批評家在批評實踐中就對其多有運用和發揮。

1941年1月13日、17日的《中美日報》刊登了朱維基所譯英國古里（P. Gurry）的〈詩的經驗〉，古里對於詩的經驗有具體的描述，他認為一首詩有兩種經驗，一個是「故事、議論、默想以及關於事物的敘述：就是一切能夠想像得到的、思想得到的、或者設想得到的東西，而對於詩的字眼卻沒有同樣積極和活潑的意識」，一個是「對於一首詩的字眼的觀照，這包括對於完全的內容的認識，也包括對於表現那個內容的字眼的更尖銳的敏感，這是強烈的意識，意識到一切想像到的、思想到的，和設想到的事物也是用那些字眼充

34　原載《新詩》1卷3期（1936年12月10日），後收入《馮至全集》第4卷，河北教育出版社，1999年12月。此據《馮至全集》，頁86。

實地和完美地表現出來了的」。在他看來，「第二種經驗使人有較深的滿足，這種經驗比起第一種經驗來要求對於字眼的一個大得多的接近，並且也是這種接近的結果；它是一種『文學』的經驗，並且是只有那些對於字眼有感覺的人才能得到的報酬」。古里強調要真正欣賞文學就必須具有對於字眼的敏感，「有許多人只能在經過小心的修正之後才能獲得這種真正的欣賞：這就是在學校裡所以要研究詩的由來」。就詩的閱讀而言，古里認為我們應該立足於詩作本身，「絕對信賴一首詩的字眼能使讀者的經驗和詩人的經驗相同；一個讀者愈是準確地發現作者的涵義和意向，那麼他所要獲到的經驗會愈更密切地接近詩中所表現的東西，直到字眼本身就代表了接近詩中所表現的東西，直到字眼本身就代表了讀者所思想，所想像和所感到的東西」。在古里看來，我們的解詩不能任由主觀意見的發揮，而應該保持對於詩的關注和信任，「信賴一種步步服從詩人的字眼的指引和控制的解釋」，因為讀詩時要獲得詩所呈現的經驗，為此有必要下一番功夫，「因為詩的閱讀並不是詩情的放縱，並不是不受羈索的情緒的興奮，而是使詩所表現出來的理智和情緒的經驗受到一種指揮和控制」。古里認為真正的創造者是詩人，他「決定了思想，意象，聲音，節奏——和一切的東西；他挑選他的字眼並且形成他的詩篇，所以他的經驗可以用最大的強度，意義和美麗表現出來。因此他的字眼選擇、決定、並形成一切人的經驗，如其他們讀到那些字眼而完全了解它們的意義、力量和目的」。古里在這篇文章中，從詩所表達的經驗內容的特點，以及閱讀時把握這種內容的方式，以及作者傳達這種經驗的特點分別做了論述，其著眼點在於閱讀時對於文本的關注和敏感，因為只有在文本中我們

接的陳述』」，繼而指出，「不錯，傳統詩確乎是迂迴的，間接的，注重用隱喻。而今天的詩確實傾向於比較直接的表現，而不甚取迂曲往復，用比較隱微烘染的手法」。這裡，他雖然談的是異於傳統詩的朗誦詩，但他在說明傳統詩的特點時卻是引用的布魯克斯的話，而在說明現代的新詩即朗誦詩「趨向於比較直接的表現，是必然的，必要的」時，他所引為論據的又是瑞恰慈的理論，「瑞洽慈（J.A. Richards）（按，此處排印有誤，應是 I.——引者）說的也對：情緒微妙的陳述無不藉隱喻而呈現。然而要是太迂迴，太間接，便會削弱詩的理論和效果，往往不免迷離恍惚，意旨不容易捉摸」，這裡是非直接引述，而是譯述。

蕭望卿在此引述布魯克斯論詩的話雖然僅是描述傳統詩之特徵，並非直接服務於他的論點，但由此可以看出，他對於布魯克斯的觀點是認同的，因而才會將其作為一種可取的資源來加以利用，這也可以窺見他的接受程度。美國新批評詩學的影響正是通過他們這樣的詩人、批評者和研究者而得到傳播的，相比二十年前論詩文章頗為常見的對於英國浪漫主義詩人詩論的引述，四〇年代末期這批新生代的詩人、批評者和研究者明顯體現出新的時代特色。這也是中國現代詩學不斷發展的表現。

蕭望卿強調思想與情感在詩裡原本可以同時也必須並容發展，它們是互相滲透而不可剔分的，但思想需要借由形象化的過程來呈現，這種形象化，並非令思想附上感情，或是將觀點化為感覺或境界，而是「將思想溶化於生活經驗中，不明白說出，而使人自然會感覺到」，在此，他引用了美國詩人阿希保德・麥克里希（Archibold Macleish）的話，後者強調「一首詩應不要說明，而要使人感覺到就

是那樣的」,繼而他又引用艾略特指認濟慈〈希臘古甕頌〉裡「美就是真,真就是美」為重大缺點的話,表明「詩人確乎只要將情思優美,明確,具象的顯現出來,自能引著讀者的心智活動準確的趨向於預期的特定結論,而這結論是應由讀者自己來下的」。

應該說,蕭望卿這裡的相關表述,已經非常接近新批評對於文學本體的基本認識了,如果說,這還無法確定這種影響的痕跡的話,那麼,下文他直接引用布魯克斯的話就可以在一定程度上證明這種聯繫了:「白魯克斯(Cleanth Brooks)說:『藝術的方法我相信永遠不能是直接的——而總是間接的。』又以為詩特殊的方法是『寧用隱喻而不取直接的陳述。』(The Well-Wrought Urn)。」

接下來,我們從這種歷史的分析轉到具體詩歌的批評。李瑛,四〇年代興起的青年詩人,他在〈讀鄭敏的詩〉[37]中所做的評論,更明顯地顯示了經驗說的印記。

李瑛肯定了戰後各方面都在突進的情況下,新詩「光榮的生長」,在他看來,這種生長表現在「所有它的活動,都攜帶了一種啟示與一種力量,同時在詩人的靈魂中,全人類經過其逆境的各種姿態,像得到一種親切的慰藉,更重要的是愛憐,希望,顫慄與生存,同一個虔誠的教徒得到了福音一樣」。這種對於詩人自我經驗之深度與複雜的強調,具有里爾克式的色彩,也正反應了一種新的詩歌觀念。這種詩歌觀念與他對於詩人的本質特性的看法是一致的,「作為一個真正的詩人有什麼可驕傲的呢,只有在戰勝了自己感情的堡壘之後,攜獲的一點經驗同他的自由,他像上帝用智慧創

37　李瑛:〈讀鄭敏的詩〉,《益世報》「文學週刊」第33期,1947年3月22日。

造了萬有，恣意的然而嚴肅的，並且謹慎的賦予他們一個高貴的生命和偉大的靈魂，一直保守著它們的祕密，生存下來沒有死亡，如塔索所說的那句大膽而真實的話：「只有上帝和詩人配受『創造者』的稱號」。

里爾克那種內向開掘自我經驗的抒情方法，對於四〇年代那些經歷了戰火的青年詩人來說，具有很大的吸引力。由此，他們對於生活與詩的關係，對於詩的本質也產生了一種新的認識。「以智慧的眼睛看萬物覺得萬物都是智慧的，不要嫌自己的環境太貧瘠，因為豐富各人的生命的是自己的事，我們都應該真實的生活，從各方面透視，覺察，而取得崇高的永在，不要把一件事看得太平凡或太容易，尤其對藝術，尤其對詩」。

正是基於這樣的詩觀，他對鄭敏的詩的優點與侷限做出了分析與批評，體現出「詩的新批評」在新的歷史階段的特徵。

在〈詩的領域〉[38]一文中，王佐良對於當時年輕的詩人們為反抗詩的領域因科學發展而縮小的困境，所做出的積極努力和所取得的成績表示了充分的肯定。在他看來，這些年輕的詩人們「厭惡了這自私的孤獨，而因年齡和世事變化的關係，以一種政治理想代替了隱祕的神話世界，但是在技術上，他們接受前人的成果」，於是產生了一種混合，「一方面有獨特的敏感，一方面要竭力向現實生活的尖銳處碰去」，這樣雖然「詩還是難懂，但終於又接近了讀者。在許多時候，這敏感和現實的混合，產生了美麗得有點危險的作品」。他認為這種變化立刻表現在詩的領域的擴大，這一方面帶來

38　王佐良：〈詩的領域〉，《益世報》「文學週刊」第24期，1947年1月18日。

了新的表現形式和抒情方式，另一方面也帶來了詩的新聞文字化等危險，而在他看來，能夠克服這種危險而將新詩切實推進的素質就是容易招來誤會的「敏感」。他強調敏感並非「神經質，過分的智慧，以及自私性的高貴」，而是詩人「藝術的支柱，而且是詩的進步所要求於他的」，對此詩人無可逃避。他認為詩人無需要求特殊化的待遇，但本著分工的原理，「一個詩人最重要的工作在不斷磨練他自己的頭腦和感覺，使他對於每一分別的變化——無論是怎樣的細微和隱祕——都能辨別，因而真正地明瞭了他的周遭。這樣的詩人必將是出奇地誠實和出奇地尖銳」。在文章的結尾，作者一方面強調詩人不能因為喜歡自己的內心生活就使詩貧血而蒼白，詩的領域理應擴大，另一方面詩人自己應該是「健全的，新鮮的，維護著詩而不將詩寫成任何別的東西，而且在寫詩的時候忘了他自己」，只有借助於敏感的支持，詩才有望邁入「永遠的領土」。

王佐良這裡對於詩人特質的描述，很容易讓人想起以他的朋友穆旦為代表的四〇年代新興詩人群，他強調詩人要保持敏感與忘記自我，在看似矛盾中體現著新的詩學觀念，可以說，一方面相應著艾略特所謂非個人化抒情的詩學觀念，一方面也回應了里爾克所謂詩並非感情而是經驗的深度抒情的詩學觀念。這樣，經由瑞恰慈、艾略特再到里爾克，現代新的詩學觀念不僅融入現代中國詩人的創作，也體現在現代中國詩的批評之中。

（四）水天同論「胡梁論詩」中的晦澀問題

1935年，由陳子展稱讚胡適的〈飛行小讚〉並以「胡適之體」為新詩發展的新路而引發了有關胡適之體的爭論，因為事關新詩發展

的前途問題，所以參與者頗多[39]。之後，當事人胡適在1936年第12
期的《自由評論》上發表了〈談談胡適之體的詩〉[40]，同期該刊還發表
了梁實秋的〈我也談談胡適之體詩〉[41]，此為胡梁的第一次論詩。胡
適在文中提出了自己做詩的三條戒約，即「說話要明白清楚」、「用
材料要有剪裁」、「意境要平實」，而梁實秋則借題發揮，基於「『明
白清楚』應為一切白話詩的共有的特點」的認知，批評了現代派新
詩的晦澀，並分析了其表現與原因，強調「是人就得說人話，詩人
也得說人話，人話以明白清楚為第一要義」。

　　胡梁此次論詩激起了一定反響，批評和反對者中，邵洵美的觀
點是比較中肯和具有代表性的。在〈詩與詩論〉[42]中，邵洵美認為國
家未上軌道之際，詩壇的熱鬧是好現象。他所謂的熱鬧是指因胡適
之體而引發的關於詩的難懂問題的爭論，他個人肯定新詩技巧的進
步，認為新詩本身已經成為一件新藝術了，基於此種認識，他對於
爭論的態度也是很明確的，他以胡適非詩人而將其略過，而對梁實
秋主張明白清楚而批評大部分新詩日趨晦澀的主張，提出了批評，
認為這是個「太馬虎」的看法，並將其歸結於梁實秋對於象徵主義
抱有成見，批評梁實秋缺乏「批評家應有的了解的能力與虔謹的態

39　有關過程及參與者的代表觀點，可參見潘頌德著《中國現代新詩理論批評史》
　　（學林出版社，2002年8月），頁370-376。除該書所提到的幾位作者，參與論
　　爭的還有吳奔星〈詩的『新路』與『胡適之體』〉（原載《文化與教育》旬刊第88
　　期，1936年4月30日，後收入《暮靄與春焰》，昆侖出版社，2012年6月。）
40　此文後收入《胡適全集》第12卷，安徽教育出版社，2003年9月，頁337-344。
41　此文後收入《梁實秋文集》第7卷《集外拾遺2》，鷺江出版社，2002年10月，
　　頁385-386，篇末註明「本篇原載於1936年2月21日《自由評論》第十三期」，
　　實誤。
42　邵洵美：〈詩與詩論〉，《人言週刊》3卷2期，1936年3月7日。

度」，而對梁宗岱對於象徵主義的闡發表示了讚許，並強調象徵主義「是藝術的最高的理想，它非特沒有墮落，並且還過於高超」，縱然象徵主義運動可說已經消歇，但「象徵主義的精神卻永久不朽」，這個看法無疑更為持平而公正。因為象徵本是一種藝術手法，象徵主義的精神確實是值得保留並且具有永恆價值的。繼而，邵洵美又批評梁實秋缺乏文學史家的淵博，昧於近代英法文學的實況，他舉為代表象徵主義之光榮的作家包括「法國的梵樂希，英國的夏芝，和愛里奧脫」。他引述朱光潛的觀點，強調詩人經驗的獨特性、藝術構思與技巧表現的獨特性，這些都是無法遷就旁人的，因此「『明白清楚』在詩的疆域裡是毫無意義的」，梁實秋的詩歌觀念已屬過時，「關於詩及詩論，現在應當虛心地向後起之秀去學習了」。

可能是〈我也談談胡適之體詩〉這篇文章意猶未盡，更可能受到了邵洵美〈詩與詩論〉的刺激，1936年6月，梁實秋以「絜如」的筆名給時為《獨立評論》主編的胡適寫了一封信，後者以「看不懂的新文藝」為題加以刊發並加上了後記[43]，同樣是非難和指責以象徵派詩為代表的現代詩的晦澀難懂，此為第二次胡梁論詩。他們的一唱一和引起了周作人、沈從文[44]的回應，他們的文章以通信的形式發表在7月4日出版的《獨立評論》第241號上。有關「看不懂」的這場討論也就成為了現代文學史上的一個公案，不過以前的討論多集中在梁實秋、沈從文、周作人、朱光潛等人觀點的異同上面，少有注意到水天同的觀點，沒能注意到水天同在這場討論中基於新的理論

43　發表於1937年6月出版的第238號《獨立評論》。

44　沈從文：〈關於看不懂〉，《沈從文全集》（修訂本）第17卷《文論卷》，北嶽文藝出版社，2009年9月。

視野和分析方法所做出的論述。

水天同對於兩次胡梁論詩都發表過意見。他的〈胡梁論詩〉[45]對胡適和梁實秋有關「明白清楚」的見解做了深入辯駁，而當絮如（梁實秋）發表「看不懂的新文藝」的通信從而引發了關於看不懂問題的討論後的一個月，他又寫了〈我亦一談看不懂的新文藝〉[46]，再次對於該問題做出了深入的分析。

在〈胡梁論詩〉中，水天同首先舉出胡適與梁實秋的文章要點，認為「他們的共同缺點是沒弄明白——他們似乎從未想過——什麼是詩，並且什麼是詩的語言」，認為他們把詩與白話運動並為一談以及還抓著白話詩這個「不值一顧的術語」做文章是頭腦糊塗的表現。在他看來，白話的話與詩的語言迥然有別，就是白話本身也不止一種。他從老德意字典裡「作詩等於收縮（或精煉）」這個定義談起，強調作詩是使用語言的行為，就此行為而言，其實質就是要以最為經濟的方式運用語言，而實現通情或達意的最大效果。語言的經濟是手段，實現傳達是目的，他引用龐德所言「偉大的文章不過是語言之涵義到了最高限度者」，隨即對於瑞恰慈所提出的「意義」的四種成分即直指（sense）、感情（feeling）、語氣（tone）和用意（intention）分別做了闡述，指出文學作品中，感情和用意相比直指和語言要更為重要，「詩的語言是藉著這四種成分繁複的互作用再加節奏的力量而得到它的特殊效用的」，由此觀之，語言以及詩的

45　水天同：〈胡梁論詩〉，《新中華》4卷7期，1936年4月10日。

46　水天同：〈我亦一談看不懂的新文藝〉，《新中華》5卷15期，1937年8月10日，作者文末所署時間「一九三六年七月九日，盧溝橋事件之次夕，北平」當屬排印錯誤。

語言本身已屬複雜，現在卻要要求它們做到明白清楚，這從理論上就說不過去。

繼而，水天同又從「詩是一種經驗，是兩種心理間的一個作用，一種過程，其中包括作者與讀者兩種心理」的認定出發，認為所謂明白晦澀都並非固定的標準，若不將作者的意向與讀者的才能、經驗考慮進來，這兩個口號本身是空洞無力的。在他看來，主觀認定和客觀事實之間需要區別開來，正如有許多人一輩子不認得太行山，那麼我們該埋怨太行山這三個字太難呢，還是說那些人活該呢？正如被視為「明白清楚」的胡適之體仍然存在被視為過於艱澀的可能。

水天同認為詩的傳達效果涉及技術問題與作者的意向，明白、晦澀這些批評的字眼，「若不作為整個的批評方法中的工具而希圖把它尊為律條，單獨應用，如試金石一般，那是非徒無益而且有害的」。水天同此處所論極為重要，明白、晦澀並非具有獨尊地位的價值判斷的術語，也非簡單隨意的批評話語，而是本身就處於一個話語體系之內，具有複雜的內涵，若不從批評方法的整體著眼將其合理利用，而僅僅將其用做批判異己的教條，那麼，它們作為批評工具的地位不僅岌岌可危，而且無助於批評行為的展開。胡適和梁實秋以「笨謎」施之於他們不喜歡的詩，然後再加以攻擊，在水天同看來，這種方法實在有失公允，而將這種所謂笨謎的產生歸之於模仿墮落的外國文學尤其是象徵主義的詩，且不論對於象徵主義的理解如何，這種簡單歸因的做法也實在有違事實，因為，盡有不為人懂的非象徵主義的詩，也盡有技術完美、精神偉大與豐富得令人難懂的詩人。梁實秋嚴辭規定「誰不寫『明白清楚』的詩，誰就不說

人話」，這種邏輯推理，在水天同看來，實在令人費解，因為所謂
「人話」也好，「明白清楚」也好，這些詞語本身要解釋清楚，也不
是那麼容易的事。

　　經過這樣的批駁與辯證，水天同清楚地點出了問題的實質，他
所用為理論基礎的正是瑞恰慈的意義學與心理學的文藝價值論，他
通過指出語言本身的多重內涵以及詩作為經驗之傳達所涉及的讀者
和作者兩方的關係，不僅澄清了胡適與梁實秋在認識上的誤區和偏
見，而且，強調要從批評行為的整體來看待批評術語的問題，這一
思路在他討論「看不懂」問題時得到了延續。

　　在〈我亦一談看不懂的新文藝〉的開頭，水天同即敏銳指出，
「所討論的雖然仍是『明白』『清楚』『懂』『不懂』的那一套，但這是
文藝批評上標準誤解之一」，由於這種誤解流傳甚廣，非努力排除
不可，「否則不特妨礙文藝的發展，且亦助長一般的惰性，斷非希
望中國人成為一個『上進的民族』者所當容忍」。這個持論極為正
大，卻並不空疏，批評確實並非小技，而是宗旨極為重大的事業。
水天同以這種清醒而自覺的批評意識，對於梁實秋和胡適的觀點再
次加以批駁，相比上次要更為深入。

　　水天同首先舉出梁實秋與胡適的論述要點，繼而對懂與不懂的
問題逐層論述，他認為「作詩而『必使』人不解，大概是很少的，恐
怕是讀者自己不解，而歸咎於作者的居多」，而所謂「解」本身也有
多個面相，不可一概而論。在指出朱光潛〈論晦澀〉一文的含糊不
確之處後，他強調問題的癥結在於對於「意義」的認識，他以例句
說明了〈胡梁論詩〉中僅加以簡單界定的意義的四個因素，即直指、
感情、語氣與目的，普通語言絕大部分都是包含這四個因素中一個

以上的「流質的言辭」（fluid discourse），因此要對語言的時、地、因等背景以及上下文的語境非常熟悉，才說得上對其有充分了解，而詩因為其簡練和節奏，就更需要讀者具有「富饒的了解力，敏銳的感受力，相當柔韌的想像」等等，若不明此點，有意無意以一己的標準來指斥詩人不明白不清楚，實在是井底之蛙的偏見作怪。

至於「懂」，包含作者與讀者兩個方面的行為，就前者而言，「『懂』等於認識自我，認識環境，並認識他的讀者，明瞭他自己所企求的反應，及得到這種反應的最適當的方法（如詞句的選擇，節奏的安排，態度的隱顯）」，而就後者而言，「『懂』是與作者合作的一種行為」，讀詩並非簡單的事情，了解意義並非僅指讀取字詞就可以的，而需要讀者來「填空白」，「填得正確飽滿者便是好讀者，錯誤不全或竟不得其門而入者便是劣等或無能的讀者」。除了「了解意義」這一層，「懂」還包含著「感受」與「贊同」的意思，但這感受與贊同也須基於對上述「意義」的四個因素的了解。在點明了「懂」的內涵之後，水天同又從反面來論述，也是從作者和讀者兩個方面，對於「晦澀」或俗稱的「令人不懂」的具體表現逐一加以列舉，如就作者而言，「糊塗笨拙不知所云」、「以艱深文其淺陋」等等都是，就讀者來說，「經驗缺乏不能了解作品的『思想』」、「不能得到作者的『所感』」等等，由此來看，所謂不懂的問題，也是涉及讀者和作者兩方面的複雜問題，並不能單方面歸咎於作者。

為了更好地說明問題，水天同對梁實秋文中舉為難懂的三個例子逐一加以解釋和說明，令人信服地證實了它們並非如梁實秋和胡適所認為的晦澀，同時並不迴避其中寫得不好的地方，比如，他就批評出自〈畫夢錄〉的那段文字「是一首用散文寫的壞詩」，因為它

144

「無非是平常的情緒用似漂亮而實庸俗的文詞寫了出來而已」。在文章的最後，他將問題引向文藝與教育這個更深層次的問題，在他看來，胡適只知「哀憐」，卻對如何救濟學生隻字不提，是迴避了重要的問題。為此，針對一般大中學生盲目追求所謂「作風（style）」這種屬於「人才的浪費，民族精神的自戕」的不良風氣，他提出專家、學者和教師要積極配合，努力整頓語文教育，而他自己也從讀書和寫作兩方面提出了自己的意見和措施。

此文所論的懂與不懂，說的是傳達問題，涉及讀者和作者兩個方面，意義問題又含有多重因素，正確理解並非一個簡單的事情，只需看看到處隨時發生的種種誤解就可以明白問題的嚴重性。就詩的寫作和閱讀而言，不是識字便可寫便能讀的，詩的批評者作為作者與一般讀者的中間人，要正確行使批評者的職責，也不是輕而易舉就能完成的事，批評所涉及的傳達與價值問題需要認真思考，新的批評術語和分析話語有賴創造以及合理的使用，這些，都是批評的題中應有之義。

這場爭論隨著中國全面抗戰的爆發而暫時平息。這場爭論雖然並未持續很久，但其間新舊詩學觀念之間的交鋒卻有著積極而深遠的意義，它一方面澄清了對於詩的本質的認識上的一些誤區，深化了詩的本體論的認識，一方面促進了詩的批評話語的轉型，新的批評術語和分析話語也開始增多，從而在詩的批評問題上，擺脫了簡單和粗暴的態度，而多了分析的內容。可以說，這些都為新詩的繼續發展提供了可貴的保護和支援。事實上，八年抗戰期間直至四〇年代末期，新詩確實在新的詩學意識的洗禮下，實現了新的發展，而詩的新批評也隨之有了比較深入的展開。在這個過程中，大學裡

的語文教學以及教輔類雜誌如《國文月刊》、《國文雜誌》以及報紙副刊如《新生報》「語言與文學」發揮了很重要的作用，在一定程度上實現了水天同在〈我亦一談看不懂的新文藝〉的末尾對於教育的期待。

需要指出的是，水天同此處對於教育問題的論述可能與他此時參與瑞恰慈在中國推廣「基礎英語」（Basic English）的項目有關，這個暫且不論，水天同對於瑞恰慈文藝思想的闡發等情況，本書第二章也已有所論述。這裡要說的是，這個論述並非離題，也並非無關緊要，恰恰相反，所涉及的倒是一個極為關鍵的問題。教育的意義無需多言，僅就本書所討論的「詩的新批評」而言，它與現代語文教學具有極為密切的關係，讀詩的技能和方法是需要學習和訓練的。在詩詞以至小說、散文的講解之中，詩歌（文學）觀念得以落實，批評方法得以傳授，現代批評的使命在很大程度上正是通過大中小學特別是大學的教育來推動和實現的，這一點，水天同在其〈文藝批評〉的末尾做了如下簡明扼要的表述，而詩的批評與現代語文教學的關係也正是本書下一章將要討論的問題。

　　我覺得目前文藝批評界之混淆雜亂，空洞無聊，實亦是一種教育問題。古人尚知注重「學詩」，「知言」，今人則欲抹殺文學……各大學中學，除了幾部講義而外，有什麼貢獻？他們教出來的學生，往往在本國文方面尚別字連篇，錯誤百出，還談什麼「文藝」，談什麼「批評」！

　　文藝不是少數人的事，批評更需要「可與言」的讀者，要求切實有益的「文藝批評」，還得請教育家負點責任，尤其是中文

西文的教員。我們今後的目的應當是教學生讀書。不必多讀，
而要懂得怎麼讀法；不必記得多少死的事實掌故，變做一部有
腳的百科全書，而在養成慎思明辨的能力及習慣；不必高談高
爾基或莎士比亞，而要拿起一張文藝副刊，能對那裡面的作品
充分了解，並加以適當的批評，這初看似乎是無理由的卑視現
代教育，但實際要能美滿的做到這點，所需的勇氣與努力卻是
不小。

與水天同對於難懂之原因的分析思路有近似之處的是另外一位
年輕的詩人金克木。他在以筆名「柯可」發表的〈論中國新詩的新途
徑〉[47]中，首先就指出從讀者方面來規定詩的範圍的必要，進而認
定近幾年的新詩在本質上異於初期白話詩，是真正的「中國新詩」，
而就內容而言，這種新詩的三個主流則是主智的、主情的與感覺
的。在談到主智詩的特點時，他對於難懂的問題做了分析和解釋。
在他看來，主智的詩不同於說理詩和哲理詩，其特點有四，第一，
「不使人動情而使人深思」，「極力避免感情的發洩而追求智慧的凝
聚」，第二，「情智合一」，「要使這種智慧成為詩，非使它遵從向來
產詩的道路不可」，即是「這種詩的智慧一要非邏輯的」，「二要同感
情的」，「就其開初的誕生與後來的效驗而言」能夠「最直接的一拍
即合而不容反覆的綿密的條理」。詩人要具備基本的技巧的修煉與
適當的表現法，對於宇宙人生具有一種「詩人的了解」，醞釀既久，
一觸即發，於是「這種情智合一的東西便轉化為可見可聞的形象或

47　柯可（金克木）：〈論中國新詩的新途徑〉，《新詩》1卷4期，1937年1月，頁
　　463-479。

音響」。第三,「必然是所謂難懂的詩」。第四,具有基於新的科學知識而產生的新的內容。

金克木對於「懂」做出區分和界定,認為若就普通所謂「得到了清晰明白的條理和事實,可以合乎邏輯的推理與科學的證明」這種意義上的「懂」而言,則新詩「不僅是難懂竟是不能懂」,因為詩本質上「根本拒絕了散文的教師式的講解」。若就所謂「類似參禪人的悟道」這種意義上的「懂」而言,則「新詩便一定可懂,只不能是人人都懂而已」,懂的前提是「讀詩者一定也要有和作詩者同樣的智慧程度」,詩不是謎語,詩中也無謎底謎面,「詩本身就是一切」,「這種詩的難懂,意思只是說這種詩是為小眾的」。在對於主情詩和感覺的詩所做的分析和界定中,他又對難懂的問題做出了進一步的論述。

在金克木看來,主情的詩雖然是中國舊詩向來的主流,但新的主情詩的特點在於它是「反『即興』的」,其新意在於「因為一則要情真,所以不得不掃除『賦得』一類反客為主的作品」,「二則又要情深,所以又只好避免即興與偶成的作法」,「三則還要新的技巧的修煉,所以還得同時既不過重聰明又不多事雕琢」,這種詩舊詩中不能說全無,但新詩中卻是僅此一家。此種主情詩若從其發生的情形而論,可稱為「情感的再流或則說感情的往復與客觀」,詩人不同於常人之處就在於能夠在經歷感情之後對其加以客觀的「捉摸」與「玩味」,「能自味其感情,而且能夠鍛煉其感情,使不虛發,不輕發,不妄發,不發而不可收」。他強調這種感情的鍛煉和表現技巧的鍛煉是成就好詩的必要條件,新的主情詩要能夠將平常的感情加以非平常的表現,因此,它不能即興而成也非雕琢可就,其目的正在於

「使感情加深而內斂，表現加曲而擴張」，這種「深」和「曲」正是現代新詩難懂的原因之一。而全因現代時代的強烈刺激而起的感覺的詩，其特色便在於「形式的新穎」與「難懂」，前者在於「這種詩的來源便是新的東西」，後者則在於讀詩者與作詩者並不具有「同等的詩的稟受」，在此，金克木又從讀者和作者自身生活體驗等方面的差異來解釋詩的難懂。這樣，經由對於新詩的三個主流的特性的分析，他也對於新詩難懂的問題做出了說明，這也不妨視為他對於新詩的晦澀與難懂所做的基於學理的辯護。這一點與下文將要論及的吳興華的立場有著一致之處。

第三節　從關注詩人到關注詩：
「詩的新批評」之核心方法論

　　如果說瑞恰慈從經驗角度對於詩的界定帶有過強的心理學色彩，因而顯得有些玄乎的話，那麼艾略特所強調的閱讀上應實現從詩人到詩的焦點轉移，以及創作上實行非個性化抒情的主張，對於反對創作上浪漫主義的濫情與閱讀和研究中過於強調詩人以及歷史所導致的弊端，就具有明確的針對性。中國現代詩學觀念以及創作上詩風正經歷了這種轉變，呈現出不同於以往的特色。

　　這種對於批評的客觀性的追求，在瑞恰慈那裡也很明顯。他在《文學批評原理》中就曾明確指出「一個批評者起碼要關注事物對於他以及與他一樣的其他人所具有的價值，不然他的批評就只是自傳了」。[48]

48　I.A. Richards: *Principles of Literary Criticism* edited by John Constable, Routledge, 2001, p.198.

　　艾略特被視為新批評的奠基人之一，最先是在蘭色姆的《新批評》中，隨後的一些研究者也都認可這一說法。基本依據則主要集中在艾略特的三篇文章〈傳統與個人才能〉、〈哈姆雷特〉和〈批評的功能〉，其他評論布萊克、史文朋以及玄學派詩人的詩論文章中也都有互相發明以及補充的內容。至於其影響，《劍橋美國文學史》有過如下的評價：

> 　　F.R.里維斯的《重新評價：英國詩歌的傳統與發展》（*Revaluation: Tradition and Development in English Poetry*, 1936）和克林斯·布魯克斯的《現代詩歌與傳統》（1939），均是艾略特關於傳統的思想的延續，還有許多其他新批評著述，以及年復一年無數大學文學課的課程提綱，也同樣是以艾略特所創建的術語作為基礎的。[49]

　　艾略特的〈傳統與個人才能〉可能是他最廣為人知的論文，雖然他自己後來對此少作並不太滿意，但無可改變的是他該文的觀點廣為流傳，影響深遠，受其觀點的影響就包括英美的新批評家。艾略特的批評思想與其詩歌一樣，也是來源廣泛，淵源深厚，他本人也具備極為開闊的文學視野，這些都導致了他的批評思想、詩學觀念具有內在的矛盾與複雜之處，這些已有不少論者論及，本節僅從其詩學觀念與英美特別是美國新批評派的詩學思想之關聯這個角度入手，來審視他被新批評視為理論基礎的核心詩學觀念的具體內容。

49　（美）薩克文·伯科維奇主編，馬睿、陳貽彥、劉莉譯：《劍橋美國文學史》（第五卷），中央編譯出版社，2009年10月，頁527。

（一）艾略特「非個人化詩學」

艾略特的〈傳統與個人才能〉有多重內涵，不僅論述了傳統之於作家的意義，更從詩歌創作的角度來對詩人提出了要求，這同時也是他對於詩的本體屬性的一種認識，用他自己的話說，那就是為「詩歌這一個行當」擬就「部分綱領」。艾略特的分寸感極強，他強調這僅僅只是他個人的一個詩歌論綱，也自知會有反對意見，但他相信自己的這個論綱可以作為現代詩的部分綱領。他的自信並非毫無來由，事實上，他的詩歌觀念既是時代潮流的體現，也對同時以及後來的詩人產生了很大的影響，確實以詩學領袖的身分建立了新的詩學綱領。

正如艾略特所說「批評是像呼吸一樣重要的」，他自己不僅寫詩，而且對於詩的批評也非常重視，他認為在評價詩人和作品時必須具有歷史意識，採用比較的方法，這「不僅是歷史的批評原則，也是美學的批評原則」，這種比較是「對於它的價值的一種測驗」。基於這種「對於過去的意識」，艾略特認為「藝術家的前進是不斷地犧牲自己，不斷地消滅自己的個性」，而「要做到消滅個性這一點，藝術才可以說達到科學的地步了」。此處艾略特為何要求藝術達到科學的地步，而衡量的標準則是個性的消滅呢？在哪一點上達到科學的地步了？他所理解的科學的地位又是指的什麼呢？這些艾略特本人並沒有說，他只是舉出了一個科學實驗，一根白金絲放到一個貯有氧氣和二氧化硫的瓶子裡去，在他看來，其間所發生的事情就性質而言，就應該是詩人創作時的情形。

「誠實的批評和敏感的欣賞，並不注意詩人，而注意詩」，這是艾略特在〈傳統與個人才能〉的第二部分開頭的一句話，相比該節

結尾的那句「詩不是放縱感情,而是逃避感情,不是表現個性,而是逃避個性」,這句話的知名度就稍小些,但這句話所表現的詩學觀念卻是英美新批評將其視為先驅和同道的一個重要原因,而且也是艾略特非個人化詩學的有機內容。

艾略特在該文所提出的非個人化理論有兩個層次。他所說的傳統主要指歷史上的詩人的作品所組成的傳統,新的詩人所創作的作品與這個傳統中的作品就必然會面對一個互相調整和適應的過程,他們共處於「自古以來一切詩歌的有機的整體」之中。「非個人」在這裡指的是作品而非詩人必須置於詩的歷史這個有機整體之中來加以評價,應該重視的是詩在這個傳統中的地位,而非詩人的所謂獨創與貢獻。非個人化的第二個層次涉及詩與作者的關係,在艾略特看來,詩人並非詩天然的主人,也並非享有特權的創造者,而只是一個工具,能夠「讓特殊的、或頗多變化的各種情感能在其中自由組成新的結合」,在這個意義上,「詩人的心靈就是一條白金絲」,雖然「它可以部分或全部地在詩人本身的經驗上起作用」,但作為一個成熟和完美的藝術家,他應該盡可能地實現「感受的人」與「創造的心靈」的徹底分離,心靈應該是消化和點化作為其材料的激情,而非任其噴發和傾瀉。

在艾略特看來,詩人的經驗是由兩種元素組成,情緒與感覺。藝術作品對於欣賞者的效力是一種特殊的經驗,根本不同於其他非藝術的經驗,這種經驗,可以是由一種感情所造成,也可以是幾種感情的結合,或是因作者的特別的詞彙、語句或意象而產生的各種感覺,這種效力來自於「許多細節的錯綜」,是一種基於意象的有機的自動生發,而非因詩行的發展而產生的結構性效果,它「先懸

擱在詩人的心靈中，直等到相當的結合來促使它計入了進去」，由此來看，「詩人的心靈實在是一種貯藏器，收藏著無數種感覺、詞句、意象，擱在那兒，直等到能組成新化合物的各分子到齊了」。

艾略特認為，詩的價值並不在感情的偉大與強烈，而在於藝術作用的強烈，在於這些分子「結合時所加壓力的強烈」。創作中必須要經過一個「點化感情的過程」，可以說，藝術的感情與作品中的感情哪怕在看似一致的情況下還是存在本質差異的，即是說，「藝術與事件的差別總是絕對的」。在此意義上，「詩人只是工具，不是個性，使種種印象和經驗在這個工具中用種種特別的意想不到的方式來相互結合」，因此，一個應被視為正常和自然的現象是，「對於詩人具有重要意義的印象和經驗，而在他的詩裡可能並不占有地位；而在他的詩裡是很重要的印象和經驗，對於詩人本身，對於個性，卻可能並沒有什麼作用」。這是與上面所說「藝術與事件的差別」相一致的一種差異，詩人個人的印象、經驗與詩中的印象、經驗無需也不能完全等同或對應，諸多的印象、經驗會經過一個「化合」的過程從而產生「一種新的藝術感情」，這也正是艾略特強調詩人的心靈只是容器的理由之一。

艾略特強調，詩人的感情不同於詩裡的感情，詩人自身的感情無足輕重，重要的是「他詩裡的感情卻必須是一種極複雜的東西」，這種複雜不等於古怪，創新不能誤解為標新立異，「詩人的職務不是尋求新的感情。只是運用尋常的感情來化煉成詩，來表現實際感情中根本就沒有的感覺」，這種感情可以是詩人所熟悉的，也可以是他從未經驗過的。因此在他看來，華茲華斯所謂詩是「寧靜中回憶出來的感情」的說法就不夠準確。因為從本質而言，詩並非單純

由感情構成；由呈現方式而言，詩不是回憶，更非寧靜中的回憶。在做出以上區分和辨證的基礎上，艾略特提出他自己的詩的定義，那就是「詩是許多經驗的集中，集中後所發生的新東西」，「這種集中的發生，既非出於自覺，亦非由於思考」，總而言之，與詩人無關，所集中起來的經驗最終通過詩人心靈的中介作用「結合在某種境界中」，僅就詩人被動的伺候其變化的過程而言，這種境界才是寧靜的。當然，強調這種中介性與被動地位，並非要完全否定詩人的自覺意識與思考作用，只是這種自覺與思考要應時而動、適得其所、恰如其分，這種分寸感正是優秀詩人與下乘詩人之間的本質差別。從這個意義上來說，「詩不是放縱感情，而是逃避感情，不是表現個性，而是逃避個性。自然，只有有個性和感情的人才會知道這種東西是什麼意義」。確實，往往只有沒有深切感情的人才會想要極力表現感情，沒有個性的人才會試圖偽裝有個性，重要的不是個性和感情，而是處理感情和表現個性的方式與手段。

在短短的第三節的開頭，艾略特引用了亞里斯多德《靈魂篇》中的一句格言「靈魂乃天賜，聖潔不動情」，他所看重的當是這種「不動情」，詩人只有經歷了一個從自發到自覺的過程才會明白所謂逃避個性和感情的意義，這種逃避從另外一個方面來說，就是對自我內心更強烈的關注，更深入的認識，從而才能有更為自覺的表現。

艾略特對於非個人詩學的論證，有具體的針對性，一是否定感情的自動抒發，而非否定感情或自覺意識；二是否定理性因素的明顯介入，而非否定理性；三是強調詩人的被動角色與中介地位，並非否定詩人的自覺與思考，只是強調經驗的融化與結合具有更重要的地位。艾略特是具有現代哲學思維的詩人和批評家，他的這些論

述，雖然並非全然無懈可擊，但卻是講究辨證思維的，不能僅抓住他的結論將其推向極端，而應理解他論證的語境和過程。

　　在文章的結尾，艾略特指出，「將興趣由詩人身上轉移到詩上是一件值得稱讚的企圖」，經過了上述的論證之後，得出這個結論也算是順理成章，在批評焦點不因詩人而發生分散之後，更容易集中在詩上，「這樣一來，批評真正的詩，不論好壞，可以得到一個較為公正的評價」。在艾略特看來，讀詩的人因其修養和能力的差異，閱讀焦點也是有等差的，「大多數人只在詩裡鑑賞真摯的感情的表現」，這是一般狀況，層次稍高的「一部分人能鑑賞技巧的卓越」，只有很少的人「知道什麼時候有意義重大的感情的表現，這種感情的生命是在詩中，不是在詩人的歷史中」，這也是重申了他在上文所說的詩人的感情與詩中的感情不能等同的觀點，強調我們的閱讀焦點應該放在詩作本身，因為我們應該或只能找到的，只有這種存在於詩中的「意義重大的感情（significant emotion）」。從創作的性質而言，「藝術的感情是非個人的」，而要達到這種非個人的地步，詩人就要對於過去的過去性以及過去的現存性有深刻認識，只有在這種歷史意識的指引下，才能完全將自己交給自己所從事的工作，才能獲得真的自覺和真正的個人性。

　　從這篇文章我們可以看到，艾略特經由對於歷史意識的界定，指出包括詩在內的所有藝術品只有經由歷史地比較才能獲得正確的評價，由此，就詩人所寫之詩與在他之前其他作者所寫之詩的關係而言，詩人應該不斷消滅個性，歸附傳統，因此，從歷史（傳統）這個層面來說，詩是非個人化的。從個人（個人才能）這個層面來看待，詩與其作者的關係更是非個性化的集中體現，因為詩人的心

靈只是白金絲一樣的催化劑與貯藏感覺、意象與詞句的容器,他的情感與經驗並不必然也無需與詩中的情感與經驗對等,通常所強調的詩是感情的表達、噴發或回憶等等說法都不準確,若從詩是諸多經驗集中及其後果這個角度來看,詩人的情感上的自覺與思考中的理性等等因素就退居極為次要的地位,因此,詩人只有逃避感情和個性,才能以更為自覺的心態,更為開放的心靈,去實現感情和經驗的集中,以非個性的方式表現深層的個性。有了對於詩與詩人的非個性化特質的如此界定和論述,那麼閱讀興趣和焦點從詩人轉移到詩作本身也就順理成章,因為詩中重大的感情只在詩中,而不是詩人的歷史中。應該說,這就是艾略特所想要說的。

英國學者瑞貝卡‧沈斯利(Rebecca Beasley)在 *Theorists of Modernist Poetry: T.S. Eliot, T.E. Hulme, Ezra Pound*(Routledge,2007)專門討論了這三位作家有關意象與客觀對應物的觀點。瑞貝卡認為,艾略特、休謨、和龐德的詩最有影響的一個方面就是他們重新闡釋了象徵主義者所使用的詩學象徵,為現代主義詩構建新的大廈。艾略特的客觀對應物與休謨式的意象以及龐德式的意象具有共同之處,在他們的意象和客觀對應物的背後,有著柏格森與布萊德利的哲學思想的影響。艾略特在其論述布萊德利的哲學思想的博士論文中,討論過布萊德利的一個觀點,即情感從來不是純粹主觀的,它總是不可避免地與刺激它產生的物體(其對象)聯繫在一起,並且「最終是作為客觀之物而存在」,艾略特自己則先於〈哈姆雷特及其問題〉的類似論述,在該博士論文中指出「當客體,或者說客體的複合體,被回憶起來後,快感同時也被回憶起來」,而柏格森在其〈時間與自由意志〉中有過類似的表述,他描述當我們看到眼

前的那些意象時，我們隨之就感受到了它們的情感對等物emotional
equivalent。瑞貝卡認為艾略特在受到羅素的分析哲學及其科學方法
論和經驗主義傾向的影響之後，從布萊德利的那種經由闡釋獲得知
識的理論轉向了羅素那種基於事實分析的知識理論。艾略特在其論
文的結尾賦予主體以特權，認為所有重要的真理都是個體的真理，
而他的文學批評之所以聞名卻是因為對於客觀性的強調。[50]

（二）艾略特「客觀對應物」與「非單純抒情」

在《哈姆雷特》中，艾略特提出了另外一個重要的概念「客觀對
應物」，這個概念並非艾略特的獨創，而是有著多重來源[51]，但無可
否認的是，這個概念在現代已經與艾略特緊密聯繫在一起了，也正
是經由他才獲得廣泛的了解。

在該文中，艾略特首先重申了批評家的「首要任務是研究一部
藝術作品」，而非在作品中的人物身上「尋找他們自己的藝術實現的
替代性存在」，這與艾略特所謂閱讀時要集中在詩中的經驗本身，

50　Rebecca Beasley: *Theorists of Modernist Poetry: T.S. Eliot, T.E. Hulme, Ezra Pound*
　　(Routledge, 2007), pp.45-46.

51　據John J. Duffy: T.S.Eliot's Objective Correlative: A New England Commonplace,
　　New England Quarterly, 42:1 (1962:Mar)中所做的回顧，已有的研究已經追溯
　　了艾略特的這一概念與瓦爾特‧佩爾特的關係，以及這一概念與拜倫、胡塞
　　爾、桑塔亞納等人相同或類似概念的關聯，他本人又找出了艾略特這一概
　　念與新英格蘭作家Washington Allston、Emerson等人論述中的相同或類似概
　　念的關係。Pasquale Di Pasquale, Jr.在其Coleridge's Framework of Objectivity
　　and Eliot's Objective Correlative, *The Journal of Aesthetics and Art Criticism*, vol.26,
　　no.4 (summer, 1968)還追溯了這一概念與柯勒律治的「客觀性框架」（Coleridge
　　Framework of Objectivity）的關聯。

「必須保證它不受所闖入的個人特性的玷汙。我們必須保證詩不受這些因素的打擾，不然，我們就沒法閱讀它，就會獲得其他的經驗」的觀點也是一致的，後來的意圖謬誤等概念的提出，也都可視為對這一看法的回應與發展。

「藝術作品作為藝術作品是無法闡釋的；沒有什麼可闡釋；我們只能在同其他藝術作品的比較中，按照某些標準對它進行批評；而『闡釋』首先要向讀者提供他不一定知道的有關歷史事實。」艾略特的這段話對於批評的原則與方法提出了明確的看法，那就是無法將藝術作品孤立起來進行闡釋，只有在比較的視野中依照一定的標準才能對其進行價值評判，了解歷史事實是理解和闡釋的第一步，由此看來，通常對於新批評非歷史化的指責是不能落到艾略特身上了，在蘭色姆的《新批評》中，艾略特被視為「歷史的批評家」[52]，其實，在新批評派的代表人物看來，他們沒有哪一個是否定文學的歷史性的。

在直接論述「客觀對應物」的這段話中，艾略特強調「用藝術形式表現情感的唯一方法是尋找一個『客觀對應物』」，從他隨後所做的解釋來看，其核心是強調感情的非直接表達，最終達到的目的是「感覺經驗的外部事實一旦出現，便能立刻喚起那種情感」，外界事物和情感之間若能完全對應就會產生那種藝術上的「不可避免」性，這裡的「不可避免」說的就是感情表達上恰如其分。在論威廉·布萊克的文章中，艾略特有如下這段話，正可視為對於「客觀對應物」的進一步解釋：

52　現有中譯「歷史學批評家」，似乎不夠準確，historical critic，意指具有歷史感、歷史意識，歷史學的說法似有歧義。

他有了一個意念（一個感覺、一個形象），然後通過複合或擴充對它加以發展，並不斷地進行修改，常常為最後該怎樣寫而反覆琢磨。當然，意念只是來臨，而一旦來臨便被加以延伸處理……只有當觀點變得更具有自發性、自由性，並且更少經過加工處理時，我們才開始懷疑它們的本源，也就是說，懷疑它們是從一個更淺的源頭噴發出來的。

這段話的言下之意不難看出，即是強調好的詩具有那種不可避免性，不會讓人產生懷疑，布萊克詩中的意念、感覺和形象都是經過加工處理後才呈現出來的，這種非自發、非自由的特性是好詩所必須具有的。當他說到「我們在創作一首很長的詩時，不可能不引入較為非個性化的觀點，或者把它分為各種各樣的個性」時，其實是回應了愛倫坡有關長詩一詞本身就是自相矛盾的觀點，因為在後者看來，詩中最核心是強烈的感情，而它無法長久維持下去[53]，不過艾略特將愛倫坡的那種否定表達換成了肯定表達，即退而求其次的引入非個人性的觀點，以客觀化來彌補長詩中情感強度無法持續緊張的缺陷。而艾略特對於布萊克所引為遺憾的一點就是不夠「尊重非個性的理智」。在〈玄學派詩人〉這篇書評中，他明確指出了智性詩人與思性詩人之間的區別在於，前者「有一種對思性直接的質感體悟，或是一種將思性變為情感的再創造」，而後者「不能像聞到玫瑰花香一樣立刻感受到他們的思性」，這種區別涉及到對於經驗的處理：

53　詳見 Robert Penn Warren: Pure and Impure Poetry, *The Kenyon Review* vol.5, no.2, 1943, spring, p.242.

　　　　思想對於鄧恩來說是一種經驗，它調整了他的感受力，當
　　詩人的心智為創作做好完全準備後，它不斷地聚合各種不同的
　　經驗；一般人的經驗既混亂、不規則，而又零碎。後者會愛上
　　或是閱讀斯賓諾莎，而這兩種經驗毫不相干，與打字的聲音或
　　烹調的氣味也毫無關係；而在詩人的心智裡，這些經驗總在形
　　成新的整體。

　　這段話的重心還是在經驗的轉化，而非智性，智性並不必然
是好詩的必要條件，但他對於智性並不否定或排斥，而是強調要能
「把它們轉化為詩，而不僅僅是詩意盎然地對它們進行思考」，玄
學派的詩人雖然也寫過壞詩，但關鍵在於，「他們在最佳狀態時總
是致力於尋找各種心態和情感的文字對應物。這意味著他們更為成
熟，而且比起後來那些才氣並不亞於他們的詩人來說，他們更為持
久」。他們以及風格與其接近的經典詩人都具有「將意念轉化為感
覺，以及將看法轉化為心態的這一基本品質」，意念是直接的明顯
的，而感覺是間接的容有某種程度的渾成，看法是明確的，而心態
是潛隱的，需要體會才能獲知的。

　　以上論述，是他對於非個人化詩學以及客觀對應物等核心概念
的再度闡發，重點還是落在詩是經驗的集中及其後果這一點上，因
而可以視為他在詩的本體論上的基本觀點。

　　艾略特所說的「等待」，里爾克的「忍耐」，說的都是寫詩的心
態，艾略特說要等到詩的元素如情感、意象等等恰當的結合起來，
詩才會出現，里爾克則說，「我們應該一生之久，盡可能那樣久地去
等待，採集真意與淨化，最後或許能夠寫出十行好詩。因為詩並不

像一般人所說的是情感（情感人們早就很夠了），——詩是經驗[54]。」他們作為現代詩人的傑出代表，在這一點上所達成的一致，所強調的正是詩的經驗要有一個轉化的過程，艾略特說要等，里爾克說要忍，等與忍，都是對於感情的節制，對於內在經驗的深入領悟，這些，正是現代詩的特點，也是詩的新批評所關注的重要內容。

　　1942年11月，《上海藝術月刊》的讀者周自平在該刊1卷11期的「問題解答」欄提了三個有關詩的問題，1.成為一個詩人應具有什麼條件？ 2.有人說，散文是無韻的詩，然否？ 3.學寫新詩宜如何著手練習？這三個問題初看起來似乎只有第二個與我們現在討論的所謂詩的本體論有關，但細究起來，成為詩人的條件、寫詩的練習方法等問題直接與對詩的本質認定有關，詩人首先要對自己所寫的東西有個基本認識，寫詩也該明白詩是什麼，事實上，編者的回答就包括了這些內容。比如，針對第一個問題，編者強調成為詩人要具備「先天的稟賦」與「後天的修養」，前者指「豐富的感情」和「超特的想像力」，後者包括文學上一般的修養、美學的修養、一般史地的修養、有關於詩特別是現代詩的幾種自然科學和社會科學的修養，這段回答中特別顯著的內容是所謂詩的現代感，編者不僅強調相比先天的稟賦，後天的修養對於「現代的」詩人更為重要，而且在列舉了後天修養的諸多具體內容後，指出「總而言之一句話，成為一個詩人——尤其是成為一個有殊於過去的那種『單純的抒情詩人』的『現代詩人』或『二十世紀詩人』——不是一樁輕而易舉的事」，情

54　此係採用馮至：〈瑪律特・勞里茲・布里格隨筆（摘譯）〉中的譯文，《給一個青年詩人的十封信・附錄》，《馮至全集》第11卷，河北教育出版社，1999年12月，頁331。

感與想像之為詩的核心要素，是得到普遍公認的看法，編者此處所說也是老生常談，不過加了「豐富」與「超特」這樣的修飾語而已，而他對於現代詩人或二十世紀詩人的界定裡，就暗含了對於現代詩的認識，那就是非「單純的抒情」，至於這種非單純的抒情的具體內容，編者卻沒有回答。

在〈詩與科學〉[55]一文中，路易士駁斥了皮科克在《詩的四階段》中所持的科學時代詩已沒落的觀點，大力謳歌以都會詩、宇宙詩為代表的現代詩，對於科學時代中詩的前途表現出樂觀的態度，認為當今時代的現代詩已經證明了科學並非詩的敵人，而是益友，科學的發展促進了詩的發展，強調「由於科學的飛躍發展而改變了的新世界，對於詩的確提供了不少的新對象，新題材的。而這些新對象，新題材並不較諸舊世界所提供的更不美些，更少詩意些」，認為「如果詩人能夠放棄了過去的抒情的田園，來把握住現代文明之特點，科學上的結論和數字，從而表現之以全新的手法，則詩的未拓的處女地正是遼闊得很呢」，同時，他也強調，「詩之不能成為科學的附庸，猶之乎不能成為宗教或政治的附庸。詩與科學的關係，說得正確一點，乃是平等的朋友的關係」，現代詩的一個本質屬性就是這種獨立性，詩的新批評也正在於對這種屬性做出說明與辯護，強調詩具有不同於科學的認知功能，詩是一種比科學知識更為全面的知識，美國新批評派所強調的也正是此點。路易士是三〇年代的新興詩人，感受到了時代思潮的特點，因而，對詩的認識也具有極強的時代特點，其詩學觀念的現代性是很鮮明的，所謂「非

55　路易士：〈詩與科學〉，《上海藝術月刊》，第2卷第1期，1943年1月。

單純的抒情」實際上是對於當時詩潮的一個總體上的認識和判斷。

　　對於詩與科學的關係問題，一般有兩種對立的觀點，一個是悲悼科學時代傳統詩意的消失，一個是樂於以新的感性來面對複雜的現代世界，抒寫非單純抒情的現代經驗，現代有關詩的辯論，大體也都與現代世界中詩該何去何從的問題脫不了干係，在這個問題上，路易士的看法無疑是一種現代的詩觀，強調在以科學的發展為主要表徵的現代世界中，詩獲得了新的題材和領域，詩人正大可以有所作為，詩人的經驗正應該有所深化，詩的領域和力量由此也會擴大。

第四章

文學教學與「詩的新批評」之展開
——以朱自清和一個雜誌及一個副刊為中心

　　中國現代「詩的新批評」的展開與文學教學是緊密聯繫在一起的，本書引言部分已對此略有論述，事實上，本書所討論的幾個現代「詩的新批評」的代表人物都是大學教授，其詩詞鑑賞與批評的著述都與大學的文學教學有直接關係。比如，吳世昌《《片玉詞》（36首）箋注》，寫於1938年至1939年任教西北聯大期間，為講授詞學課而作。俞平伯的詞釋系列文章也是應大學詩詞教學的需要而作，他最為重要的專著《清真詞釋》等就是他1930年左右在清華、1945年在臨時大學補習班講授清真詞的成果。浦江清詞的講解系列文章則是為了補課堂教學之不足，至於朱自清的解詩系列文章等等，都是出於同樣的現實需求。這一點與美國新批評的興起具有類似之處，從更大範圍來說，則是現代大學文學教育的一個特點。

　　在這個學院派的人物群體之中，朱自清無疑是值得重視的一個代表人物。這不僅因為他長期任教清華大學並且主持中文系的教學工作，更因為他具有自覺的現代批評意識，又是一個謙謙君子式的人物，與俞平伯、浦江清、葉公超等人不僅有很好的私交，彼此常相過從談論詩文探討學術，而且，他具有明確的普及學術的意識。他的學生王瑤在懷念文章〈朱自清先生的學術研究工作〉中特別提

到朱自清「有兩點精神是特別值得我們效法的，也是最令我們崇敬的」，一個是「他的觀點是歷史的，他的立場是現實的」，另一個就是「他雖然是有成就的專門學者，但並不鄙視學術的普及工作。他不只注意到學術的高度和深度」。王瑤舉出的例證中包括「竭力推崇浦江清先生的『詞的講解』，郭沫若先生的古書今譯，都是為了普及著想的」。[1]朱自清以其學術理想和學術修養以及人格感召力，團結了一個以朋友、同事、學生等為主體的學術小團體，共同致力於中國現代學術的現代化和普及化，而為了促進「欣賞與了解」而開展的「詩的新批評」也正是這個現代化和普及化的一個重要方面。他參與編輯國文教學的報刊，通過發掘青年學者，刊發詩歌批評文章，深入探討詩學問題，也是實現這種理想的一種努力，在客觀上也進一步推動了「詩的新批評」的展開。可以說，他對於文學研究上賞鑑及批評的重視是一以貫之的，有著清晰的歷史脈絡可尋，堪稱「詩的新批評」的代表人物。

朱自清是現代新文學作家，也是古典文學研究專家，同時也是資深國文教師，後兩個身分在他的大學教學中得到了統一。他本人具有自覺的現代批評意識，不僅從事中國古代批評術語的研究，做出了重要的成績，還身體力行，寫出不少優秀的解詩文章，同時他還積極參與和推動現代「詩的新批評」的展開，其中一個重要的活動就是創辦報刊，二十世紀四〇年代他與同仁所創辦的《國文月刊》、《新生報‧語言與文學》刊登了大量解詩的文章，堪稱現代

---

[1]　王瑤：〈朱自清先生的學術研究工作〉，原載1948年8月24日《新生報》「語言與文學」副刊第98期，此據張國風編：《清華學者論文學：《新生報》副刊「語言與文學」選粹》，北京：清華大學出版社，頁75。

「詩的新批評」的重鎮。近些年學界的報刊研究漸多,從文學社會學的角度推進了對於中國現代文學史的理解,但有關這兩種報刊的討論似乎極少[2],本章擬在現代文學教學與「詩的新批評」之間的互動關係的層面,以朱自清的批評思想以及他所參與編輯的雜誌《國文月刊》和《新生報》「語言與文學」副刊為中心,在對朱自清注重分析的批評觀念之基本內涵做出梳理和分析的基礎上,重點討論他的文本批評的核心,亦即他的批評思想在文學教學中的具體表現,以及這兩個雜誌和副刊在推進詩的文本批評方面的特點,以期揭示中國現代「詩的新批評」的形態與過程。

第一節　朱自清的現代文學批評觀念

(一)現代批評意識的確立

朱自清不僅是中國現代文學的重要親歷者,也是具有文學史意識的研究者,他具有明確的現代文學批評觀念,他積極參與「詩的新批評」的工作,正是基於此種認識。他意識到傳統詩文評不能適應現代的文學觀念以及文學發展的實踐,因而有意識地推動建立現代的文學批評觀念,在這方面也做了不少的工作。

在朱自清的文章中,最為直接和集中地論述文學批評問題的,可以舉出〈中國文評流別述略〉、〈評郭紹虞《中國文學批評史》上卷〉、〈詩文評的發展〉等有關時人所著文學批評史的幾篇書評。

在〈中國文評流別述略〉中,朱自清將中國文評分為五大類,

2　筆者近期看到于俊傑著有《從《國文月刊》看國文教育及其與新文學之關係》,北京大學碩士論文,2012年。

即論比興、論教化、論興趣、論淵源、論體性，並借用瑞恰慈意義的四因素說，對其特點分別加以論述，在橫剖的視角下所做的分析頗有識斷，也可見出他對於批評原理的認識。比如，他在論及比興的時候，就對比與興做了區分，指出前者只是修辭的方法，後者卻關乎全詩的用意。比興論在從修辭說到用意的過程中，以教化為主要的考量，於是教化也就從解詩的標準逐漸發展成評詩的標準，所謂「詩教」正是其中心思想，強調的是節制感情。至於興趣，他則認為是代表著情感的趨向，並特意指出「興趣的興是比興的興的引伸義，都是托事於物，不過所托的一個是教化，一個是情趣罷了」，而興趣論的缺陷在於所論「與作家或作品無多交涉」，若比照瑞恰慈的意義的四因素來看，「只是用感覺的表現描出作品的情感部分而已」，對於文義、口氣、用意都未曾涉及，因此所談的都是些模糊的影響。而論淵源的這一支尋根溯源雖然有助於詩作的比較與了解，但往往不免附會。而論體性的所用「駢字的性狀形容詞為最多」，而以「神」、「氣」、「味」等幾個觀念為綱領，雖然對於詩文的文義、情感、口氣和用意等都有所涉及，但因含糊不清而效用不大。同時，他也指出了「這種方法才是就文論文，不涉枝節，是為了解鑑賞之助」，因此，「若有人能用考據方法將歷來文評所用的性狀形容詞爬羅剔抉一番，分別確定它們的義界，我們也許可以把舊日文學的面目看得清楚些」。最後他就字句論的發展歷史做了回顧，指出其弊端在於瑣碎和支離，在注意細節之時忽略了整體。[3] 朱自清此文從宏觀角度對於中國文評的流派與類別做了概要式的評

3　朱自清：〈中國文評流別述略〉，《朱自清全集》第8卷，前揭書，頁147-153。

述，由此可見其史的眼光，同時，他又指出了以現代批評的眼光來重審中國傳統詩文評的具體途徑，那就是考辨多為「性狀形容詞」的傳統詩評術語，可謂體現了他一貫的在認識歷史的基礎上追求現代的思想。

在〈詩文評的發展──評羅根澤《中國文學批評史》第一、二、三分冊：《周秦兩漢文學批評史》、《魏晉六朝文學批評史》、《隋唐文學批評史》（商務印書館）與朱東潤《中國文學批評史大綱》（開明書店）〉中，他對於傳統詩文評的歷史以及現代文學批評的必要性都做了較為充分的論述。對於「詩文評」這個中國傳統術語與「文學批評」這個譯名的關係，朱自清認為兩者有部分相合之處，但不完全一致，中國的詩文評自有其發展歷史，不容抹殺，但「文學批評」因其「清楚」、「確切」、「鄭重」而更為通行，詩文評這個名字就「代表一個附庸的地位和一個輕蔑的聲音──『詩文評』在目錄裡只是集部的尾巴。原來詩文本身就有些人看作雕蟲小技，那麼，詩文的評更是小中之小，不足深論」，因此，詩文評歷代雖然有所發展，並自成一類，但終究未能取得獨立的地位，因此，「若沒有『文學批評』這個新意念新名字的輸入，若不是一般人已經能夠鄭重的接受這個新意念，目下是還談不到任何中國文學批評史的」。[4]

正如朱自清所指出的，「靠了文學批評這把明鏡，照清楚詩文評的面目」，這樣，一方面將文學批評還給文學批評，一方面，將

4　朱自清：〈詩文評的發展──評羅根澤《中國文學批評史》第一、二、三分冊：《周秦兩漢文學批評史》、《魏晉六朝文學批評史》、《隋唐文學批評史》（商務印書館）與朱東潤《中國文學批評史大綱》（開明書店）〉，《朱自清全集》第3卷，江蘇教育出版社，1996年8月第2版，頁23-24。

中國還給中國，一時代還給一時代，這種釋古的態度，在他看來「似乎是現代的我們一般的立場」。[5]雖然他這裡用詞極為謹慎，但可以確定，這種態度正是他自己所認可並試圖確立的文學批評史研究的基本原則。

朱自清在為蕭望卿的《陶淵明批評》所寫序言〈日常生活的詩〉中，指出歷來有關陶淵明詩作的批評意見極為分歧，要創新是很難的，但繼而強調「這是一個重新估定價值的時代，對於一切傳統，我們要重新加以分析和綜合，用這時代的語言表現出來」，繼而指出蕭氏該書的意義在於「批評陶詩，用的正是現代的語言，一鱗一爪，雖然不是全豹，表現著陶詩給予現代的我們的影像。這就與從前人不同了」。[6]應該說，他在蕭望卿的作品中所發現的這種現代意識，也是他自己這種以現代立場來重新審視和評價傳統之意識的體現，蕭望卿無疑是受到了他的影響，但又體現出新的一代學人的特點，所謂學術的傳承和現代意識的確立，在很大程度上正是通過這種言傳身教來實現的，我們今天來評價朱自清對於現代文學、現代學術的貢獻時，他的教學活動是不能忽視的。

說到文學批評，朱自清以為前人將其視為小道，並在詩的批評中區分出「還算大方」的論詩人身世情志的與「玩物喪志」的論作風及篇章字句的兩大類，這種看法雖然「原也有它正大的理由」，但卻忽視了「詩人的情和志主要的還是表現在篇章字句中，一概抹煞，

5　《朱自清全集》第3卷，江蘇教育出版社，1996年8月第2版，頁25，頁31-32。

6　朱自清：〈日常生活的詩——蕭望卿《陶淵明批評》序〉，原載1946年天津《民國日報》，後收入《標準與尺度》，此據《朱自清全集》第3卷，前揭書，頁212。

那情和志便成了空中樓閣，難以捉摸了」。他強調文學批評的獨立的地位，認為「文學批評是生活的一部門，該與文學作品等量齊觀」，「從作家的身世情志也好，從作品以至篇章字句也好，只要能以表現作品的價值，都是文學批評之一道」。[7] 由此可見，他是從分析和認識作品的價值這個角度來看待文學批評的意義和方法的，在他看來，批評的意義要落實到經由作品的分析和解讀而達到作品的價值評判中去，他的這種重視作品本身的態度也正是他的現代批評意識的體現。

（二）批評意念的考辨

朱自清批評前人評論陶詩用到「質直」、「平淡」等用語，卻多是含糊其辭，對於其所以然不做深入鑽研，而這對於認識陶淵明卻是不可缺少的努力，[8] 這種探求所以然的態度貫穿於他的整個文學批評的研究之中。他的《詩言志辯》正是這種努力的優秀成果。

在《論雅俗共賞》的序言中，朱自清特別提到他重寫〈論逼真與如畫〉的事情，並強調他重寫後所加的副標題「關於傳統的對於自然和藝術的態度的一個考察」意在「表示這兩個批評用語的重要性，以及自己企圖從現代的立場來了解傳統的努力」，這可謂是對於他的批評方法和批評立場的一個概括。這種「從現代的立場來了

7　朱自清：〈日常生活的詩——蕭望卿《陶淵明批評》序〉，原載1946年天津《民國日報》，後收入《標準與尺度》，此據《朱自清全集》第3卷，前揭書，頁212-213。

8　朱自清：〈日常生活的詩——蕭望卿《陶淵明批評》序〉，原載1946年天津《民國日報》，後收入《標準與尺度》，此據《朱自清全集》第3卷，前揭書，頁213。

解傳統的努力」也可以用他評論郭沫若所著《十批判書》中所提到並加以闡明的「釋古」來加以說明。這個「釋古」的概念是馮友蘭提出來的，即是以現代人的立場來客觀的解釋古代，既不一味盲信，也不一味猜疑。[9]

若仔細加以梳理，我們會看到朱自清所寫有關批評術語和批評標準的專著和文章為數不少，最為著名的當屬《詩言志辯》，其次，如〈論百讀不厭〉。他指出「百讀不厭」這個成語著重在讀的書或作品，是一種讚詞和評語，傳統上確乎是一個評價的標準。而就詩文而言，其能夠令人不厭主要是靠了聲調，與意義的關係很少，而在新詩興起之後，「詩終於轉到意義中心的階段了」，而由於時代的緊張，文藝作品及其讀者都發生質變，於是「意義和使命壓下了趣味，認識和行動壓下了快感」，百讀不厭也就不成為主要的評價標準了。但為集中地和完整地傳達意義，詩文要講求節奏，小說也要注重選擇和配合，這樣才能讓人樂意欣賞，而所謂「欣賞」也就是「樂意接受」的意思，能做到讓人欣賞的作品就是好的作品，無論是否百讀不厭。[10]朱自清是在參加趙樹理〈李有才板話〉的研討會時想到「百讀不厭」這個常用的評價術語，然後他根據新的時代條件和文學發展的現實，對於這個常用的評價術語做出了新的詮釋。這與他清理傳統詩評術語的方法不盡一致，但宗旨相同，共同構成了他的現代批評實踐的一個側面。

如〈論逼真與如畫——關於傳統的對於自然和藝術的態度的一

---

9   朱自清：〈現代人眼中的古代——介紹郭沫若著《十批判書》〉，《朱自清全集》第3卷，前揭書，頁202。

10   朱自清：〈論百讀不厭〉，《朱自清全集》第3卷，前揭書，頁226-231。

個考察〉，他不僅對於逼真如畫跟隨中國畫的畫法之發展而來的過程做了追溯，也對這兩個畫論術語借用到文學批評上去之後所發生的變化做了辨析，最後歸結到這兩個術語只是「常識的評價標準」，在追索由來的過程中理清了概念的內涵。[11] 其他如〈論「以文為詩」〉、〈《文選序》「事出於沉思，義歸乎翰藻」〉、〈好與妙〉等文章也都是對於常見的批評術語所做的歷史的清理和辨析。這種細緻的工作實在頗需要耐心與功力，而朱自清一直都在努力從事這一類的工作。

在《詩言志辨》的序言中，朱自清對自己清理「詩文評」術語的初衷和方法有過簡要的說明，從中我們可以清楚地了解他的批評思想。他從近代以來文學史的興起談起，特別指出「在中國的文學批評稱為『詩文評』的，也升了格成為文學的一類」，雖然傳統的詩文評極少完整論著，但就本質而言，仍然是文學批評，具有獨立的平等的地位。繼而在指出現代文學裡批評也發展極不充分，在各類文學中最為落後的現狀之後，他提出了自己的推進現代文學批評發展的一個具體思路，那就是「許多人分頭來搜集材料，尋出各個批評的意念如何發生，如何演變——尋出它們的史跡」，這項工作須從小處下手，「得認真的仔細的考辨，一個字不放鬆，像漢學家考辨經史子書」，希望達到的目的則是「闡明批評的價值，化除一般人的成見，並堅強它那新獲得的地位」。可以說，此處的這番論述，從宏觀角度闡明了朱自清從事批評概念清理的基本原則。在他看來，中國傳統詩文評中若以現代文學批評的眼光加以清理和研究的各種

11　原載《天津民國日報》文藝副刊，收入《論雅俗共賞》，此據《朱自清全集》第3卷，前揭書，頁233-243。

各類的材料可謂「五光十色，層出不窮」，重要的是不掉以輕心，經過「謹嚴的考證、辨析」，總會有所收穫。正是基於這種認識，他才率先示範，對「詩言志」、「比興」、「詩教」、「正變」這四條詩論、四個批評的意念在歷史中的演變過程加以細緻的考辨，所用的基本方法則是「根據那些重要的用例試著解釋這四個詞句的本義跟變義，源頭和流派」。而這一點從該書最初的書名「詩論釋辭」中也可以見出。[12]正是在朱自清的示範以及引導和鼓勵之下，他的學生如范寧等人才寫出了〈風流釋義〉等一系列類似的文章，切實推進了現代「詩的新批評」中批評術語的清理與闡釋這一重要方面的工作。

第二節　客觀地分析語義：朱自清新批評的核心

（一）朱自清的意義分析理論

　　朱自清在其生前最後出版的一部文集《語文影及其他》的序中，開頭就提到「大概因為做了多年國文教師，後來又讀了瑞恰慈先生的一些書，自己對於語言文字的意義發生了濃厚的興味」。[13]這段帶有總結和回顧意味的話既交代了他從事文學批評的立場和思想來源，又交代了他從事批評的著眼點。

　　在說到朱自清的文學批評思想的核心內容之前，先要提一下他寫於1929年7月的一篇非常有意思的文章〈《妙峰山聖母靈籤》分析〉。該文分析靈籤本身的形式與內容，經由細緻的分類與排比，分析其中的「解曰」與「詩曰」，最後得出一個令人信服的結論：「忍

12　朱自清：《詩言志辯・序言》，《朱自清全集》第2卷，前揭書，頁127-131。

13　朱自清：《語文影及其他・序》，《朱自清全集》第3卷，前揭書，頁333。

耐是依據命運的信仰,神佛也是信仰,事事依理,則是理性化:前兩種與後一種是矛盾的,但卻在籤裡能並存著。這種思想的態度,人生的態度,我相信,正反映著一般民眾的思想式與人生觀。」[14] 這是以文學的方式做社會學的分析,實在是一篇精彩的文字,說起來真有點類似瑞恰慈在《實用批評》中所做的詩評分析,不過一個是分析事關人生命運的普通俗語,一個是分析對於匿名詩作的評論,由此也可以見出朱自清經常說到的「分析」的態度究竟為何物。

其實早在1925年,朱自清對於文學的意義問題就有了自己的比較深入的看法,在〈文學的美——讀Puffer的《美之心理學》〉中,他對於文學的本質問題,做了細緻的討論。他認為文學「可說是用聽覺的材料的」,不過「是從『文字』聽受的,不是從『聲音』聽受的」,其效用在於所表示的思想,所謂思想,即是「默喻的經驗」,它是文學的材料。文字能夠在人心中引起完全的經驗,這種文字的藝術只是「『意義』的藝術,『人的經驗』的藝術」。文字帶有大於它自身的「暗示之端緒」,正如「江南」一詞令我們所想到的絕不止是一帶地方,而帶有「許多歷史的聯想,環境的聯想」,方才「成其佳勝」,「無論如何,一個字在它的歷史與變遷裡,總已積累著一種暗示的端緒了」。因此,不能說文字「有」意義,「它們因了直接的暗示力和感應力而『是』意義」,字、文句、詩節皆有此力。[15] 朱自清此處經由Puffer的《美之心理學》已經接受和認同了心理學的文學

14　朱自清:〈〈妙峰山聖母靈籤〉分析〉,《朱自清全集》第4卷,前揭書,頁279-283。

15　朱自清:〈文學的美——讀Puffer的《美之心理學》〉,《朱自清全集》第4卷,前揭書,頁159-165。

論，對於文字的暗示力與具有公共性的、經由感覺的聯絡而成的摹仿力都有了比較清楚的認識，如他對於「江南」一詞的分析，實際上可謂是林庚後來分析「木葉」(《詩的韻律》)的先聲，他對於不同聲韻經由感覺的聯絡所具有的情調與印象的分析，與後來吳世昌等人有關「詩與語音」的討論也極為接近。可以說，朱自清此文所顯示的他對於文藝心理學的認識程度，正為他後來迅速接受瑞恰慈的文藝心理學鋪平了道路。他在〈寫作雜談〉中曾談到自己讀了瑞恰慈的幾本書「很合脾胃，增加了對於語文意義的趣味」。[16]這種合脾胃的感覺一方面是基於他國文教師的教學經驗，另一方面也正是有著之前的閱讀做基礎的。因此，若考慮到朱自清本人學習中外文藝理論特別是西方現代文藝理論的認真程度和博覽範圍，我們對於他後來接受瑞恰慈的理論就不應該感到突然，就他本人而言，是有一個文藝思想發展的過程的。

在評論時，朱自清指出了寫作中國文學批評史的兩大困難，一是白手起家，需要清理史料，二是文學批評的獨立地位還有待確立，這需要建立一個新的系統。而在他看來，郭紹虞《中國文學批評史》的成功很大程度有賴於他所用的「分析意義」的方法，書中對於「文學」、「神」、「氣」、「文筆」、「道」等纏夾不清的重要術語都「按著它們在各個時代或各家學說裡的關係，仔細辨析它們的意義」，這對於真切理解這些術語的涵義以及理解一個時代或一家的學說都極為重要。這一判斷，自然也是基於他自己對於分析意義之重要性的認識。[17]在其他學者的著述中，他也極為關注這種注重分

16　朱自清：〈寫作雜談〉，《朱自清全集》第2卷，前揭書，頁107-108。

17　朱自清：〈評郭紹虞《中國文學批評史》(上卷)〉，《朱自清全集》第8卷，前揭

析的意識和態度，並將其視為創新點而加以稱道。

　　在談到羅根澤所寫《中國文學批評史》緒言中說到的「解釋的方法」中「辨似」一項時，朱自清特意指出「辨似」就是「分析詞語的意義」，認為這「在研究文學批評是極重要的」。原因在於，「文學批評裡的許多術語沿用日久，像滾雪球似的，意義越來越多。沿用的人有時取這個意義，有時取那個意義，或依照一般習慣，或依照行文方面，極其錯綜複雜。要明白這種詞語的確切的意義，必須加以精密的分析才成」。[18] 在評論朱東潤的《中國文學批評史大綱》時，他認為作者種種分析「都可見出一種慎思明辨的分析態度」。這種評語也正見出他本人的立場和態度，因為只有他自己具有了這種分析的意識，才會特別關注到其他學者的論述中這種態度的體現，他自己也確實是力求以分析的態度來進行文本批評和批評概念之清理的。

　　在評馮友蘭所著《新世訓》的書評文章〈生活方法論〉中，朱自清指出該書「特長在分析意義」，並認為這也是它成功的一個主要原因。他認為該書「從〈緒論〉起，差不多隨時在分析一些名詞的意義，這樣，立論便切實不寬泛，不致教人起無所捉摸之感」。如解釋「所謂新論之新」、分析「無為」和「中」的詞義等等皆是，「『無為』共有六義，著者一一剖解，可以說毫無遺蘊」、「『中』的歧義也多，著者撥正一般的誤解，推闡孔子朱子的本意，也極為精徹圓通」，其他如解釋「忠」與「和」都「極見分析的工夫」。對於馮友蘭的這種

書，頁195-197。

18　朱自清：〈詩文評的發展──評羅根澤《中國文學批評史》第一、二、三分冊：《周秦兩漢文學批評史》、《魏晉六朝文學批評史》、《隋唐文學批評史》（商務印書館）與朱東潤《中國文學批評史大綱》（開明書店）〉，《朱自清全集》第3卷，前揭書，頁30。

釋義工夫的稱讚，不僅是就書論書表彰作者的創見，還是他個人學術旨趣的一種體現，因為在他看來，「這種多義或歧義的詞，用得太久太熟，囫圇看過，總是含混模糊，寬泛而不得要領。著論的人用甲義，讀者也許想到乙義；同一篇論文裡同一個詞，前面用甲義，後面就許用乙義丙義，再後面或者又回到甲義。這樣是不會確切的，也不能起信。所以非得做一番分析的工夫，不能有嚴謹的立論。這需要多讀書，多見事，有理解力，有邏輯和語文的訓練，四樣兒缺一不可」。[19]

此處所論，正是他在別處也反覆提及的，分析詞義的重要性和必要性，即分析頭腦的養成，這裡就要說到現代中國的「意義學」了。朱自清認為李安宅是其創始人，這就又與瑞恰慈有關。李安宅與瑞恰慈的關係，本書第二章已有論述，這裡要說的是，李安宅所寫的《意義學》不僅有瑞恰慈所寫的英文序言，也有馮友蘭的中文序言，後者提到當時有關中國封建社會的存在時間的討論時，指出「假使大家早把自己所謂封建社會的意義分析清楚，一定可以省去至少一大部分的辯論」，並認為「對於這種語言思想的毛病，呂嘉慈先生等所提倡的『意義學』是有用的藥」。[20]筆者未做專門研究，不敢論及馮友蘭有關哲學名詞的詞義辨析是否與瑞恰慈有關，但由此可以見出，朱自清的這種自覺的分析的態度是具有一定代表性的。因此，可以說，在瑞恰慈影響下所創立和發展的中國現代意義學與

---

19 朱自清：〈生活方法論──評馮友蘭《新世訓》〉，《朱自清全集》第3卷，前揭書，頁47。

20 詳見李安宅：《意義學》，此據「李安宅社會學遺著選」《語言・意義・美學》，四川人民出版社，1990年，頁31。

現代中國文學批評的關係還是一個未被意識到的問題，有待深入的探究。對於朱自清所強調的這種清醒自覺的分析態度的必要性，李安宅有過一個簡明的表述，「所謂自覺，在消極方面，要覺到語言文字的障害；在積極方面，要分析語言文字的運用。積極的工夫，可以建設意義的邏輯；消極的覺醒，可作這門學問的先驅——是一切清明思路的門限，是任何科學的始基」。[21]可以認為，在此問題上，李安宅、朱自清、馮友蘭都是具有明確共識的，代表了當時中國學術發展的一種新趨向。

　　這種分析的態度一方面要有哲學思維，另一方面也有要語言學的知識，而朱自清在這兩方面都有基礎，同時更是有意識地學習和吸收西方現代分析哲學和語言哲學以及中國傳統語言學的知識，但其落腳點還是在批評上面。正如他在評黎錦熙的《修辭學比興篇》的書評〈修辭學的比興觀〉中所指出的，「修辭學和文法一樣，雖然可以多少幫助一點初學的人，但其主要的任務該是研究語言文字的作用和組織，這可以說是批評的。明白這一層，文法和修辭學才有出路」。他的這一看法明確受了瑞恰慈《修辭哲學》的影響，但已經成為他自己的基本認識，基於此種新的觀點，他才會特意點出黎錦熙「雖然還徘徊於老路盡頭，但不知不覺間已向新路上走了」，指認「本書提出廣說比義和切說比義兩原則，舉例詳論，便已觸著語言文字的傳達作用一問題，這就是新路了」。[22]

　　在〈語文學常談〉中，朱自清對於意義學的特點有過一個簡短

21　李安宅：《意義學》，此據「李安宅社會學遺著選」《語言・意義・美學》，前揭書，頁5。

22　朱自清：〈修辭學的比興觀〉，《朱自清全集》第3卷，前揭書，第53、55頁。

的論述。他認為傳統的訓詁學「都是從歷史的興趣開場，或早或遲漸漸伸展到現代」，而「從現代的興趣開場伸展到歷史的，似乎只有意義學」。他指出李安宅所創立的「意義學」雖然是直接來源於瑞恰慈和奧格登一派的學說，但在強調語言文學的多義性這一點上，與中國唐代的皎然《詩式》中所謂「詩有幾重旨」以及宋代朱熹所謂「文義」與「意思」之別，都是一致的。而瑞恰慈也正是從研究現代詩而領悟到多義的作用。對於瑞恰慈所說的意義的四層內涵，朱自清又以實際的例證做了解說，反映出他自己的理解和接受程度。[23]

在他生前所寫的未完稿〈論意義〉[24]中，他又繼續了〈語文學常談〉中的有關論述，並做了新的闡發。他從朱熹所謂詩有兩重意思的話入手，指出這種情況不限於詩，在一般的文字語言中也存在，繼而以實例來解說瑞恰慈所謂意義的四個因素，即文義、情感、口氣和用意，強調意義若只限於文義，如同「二加二等於四」，則是敘說語，若在文義之上加上別的項目便是暗示語，便是「將語言文字當做符號，表示情感」，因此不可拘泥於表面字義，而只有將其「當作情感的符號才能領會意義所在」，而無論敘說語還是暗示語，其「意義都得看上下文跟背景而定」。在他看來，「平常的語言文字裡敘說語少而暗示語多，人生到底用情感時多，純粹用理智時少」，儘管也存在《韓非子》中所說宋人讀書錯會「紳之來之」之意的一類較為極端的例子，但「意義複雜的語言文字也只是複雜些罷了，分

23 原載1946年《新生報》，後收入《標準與尺度》，此據《朱自清全集》第3卷，前揭書，頁172-173。

24 原載1948年10月12日的《新生報》第3版。後收入《朱自清全集》第4卷，前揭書，頁540-543。

析起來也不外上文所說的四個項目，其中並沒有什麼神祕的玩意兒。粗心大意固然不可，目瞪口呆也不必爾爾。仔細去分析，總可以明白的」，因為「複雜的意義大概寄託在語句格式或者比喻或者抽象語意」，這三個方面同樣複雜，並不僅限於大家通常所注意的比喻。[25] 儘管後面從辭令、詩、玄學這三個方面對這三項內容的分析沒有完成，但由此我們也可以基本看出他對於意義的基本看法，那就是意義有難解之處，但一經分析終屬可解，而就意義而言，通常被視為最為難懂的詩的意義又是他最為關注的內容。

（二）朱自清的批評思想與文學教學

在〈寫作雜談〉中，朱自清說過兩句非常耐人尋味的話，一句是「我不大信任『自然流露』，因為我究竟是個國文教師」，另一句則是「客觀的分析語文意義，在國文教師的我該會合宜些」，[26] 這兩句分別從創作和教學兩個方面交代了他自己的追求和特色，而其共同的基礎都是國文教師。在《語文零拾》的序言中，朱自清自稱「我在大學裡教授中國文學批評和陶淵明詩、宋詩等」，「因為研究批評和詩，我就注意到語言文字的達意和表情的作用」，因而「採取了分析語義的角度」[27]。從這幾句話我們可以看出朱自清的文學批評思想與其文學教學的互動關係，事實上，他的批評思想正是在其文學教學的文本批評的實踐中得到最為集中的體現。

朱自清所寫的〈陶詩的深度——評古直《陶靖節詩箋定本》(《層

25　朱自清：〈論意義〉，《朱自清全集》第4卷，前揭書，頁540-543。

26　朱自清：〈寫作雜談〉，《朱自清全集》第2卷，前揭書，頁107、108。

27　朱自清：《語文零拾・序》，《朱自清全集》第3卷，前揭書，頁3。

冰堂五種》之三）〉等雖然都是書評，但在評論他人著述之際，他一方面指陳傳統的箋釋評注的優劣得失，一方面提出了關於文學鑑賞以及批評的現代原理與方法。比如，對於傳統的評注體例，他就批評評語夾雜在注裡，有傷體例，而指出「注以詳密為貴」，注應該「事」「義」兼重，在舉出詩中事之出處的基礎上，更要重視對「義」即用事之目的的闡發，於此，方能對於「事」的切合與否做出準確判斷。他從讀者了解和欣賞詩作的角度來看待這種「事」「義」兼重的注釋方法的重要性，認為「找出作品字句篇章的來歷，卻一面教人覺得作品意味豐富些，一面也教人可以看出那些才是作者的獨創」，「作者引用前人，字句盡可不覺得；可是讀者給搜尋出來，才能有充分的領會」。[28]

在《新詩雜話》的序裡，朱自清對於分析意義的問題也做過一次集中的論述。在他看來，「文藝的欣賞和了解是分不開的，了解幾分，也就欣賞幾分，或不欣賞幾分」，而要了解，就必須從分析意義入手，而意義往往是很複雜的，存在著朱熹所謂「文義」和「意思」這兩個層面，「曉得文義」不易，而「識得意思好處」更難。在分析詩的意義時，得細心求索，一不小心便會出錯。朱自清坦白承認自己解詩時出現的錯誤，如解讀卞之琳的〈距離的組織〉、〈淘氣〉和〈白螺殼〉時幾處理解不周所致的誤解，以及歐外鷗的〈和平的礎石〉時求之過深所致的誤解，他認為指出他錯誤的卞之琳和浦江清為他「提供了幾個親切有味的例子，見出詩的意義怎樣複雜，分析起來

28　朱自清：〈陶詩的深度──評古直《陶靖節詩箋定本》（《層冰堂五種》之三）〉，《朱自清全集》第3卷，前揭書，頁5-6。

怎樣困難，而分析又確是必要的」[29]。這裡所強調的還是他一貫的看法，即意義儘管複雜，但依然可以分析，這是解詩的基本前提。

〈了解與欣賞——這裡討論的是關於了解與欣賞能力的訓練〉雖非專論詩的解讀的文章，但所提出的是關於了解與欣賞的基本原則，也適用於詩的了解與欣賞，因此也有必要論及。在此文中，朱自清特別強調「了解與欣賞為中學國文課程中重要的訓練過程」，學生在學習的過程中「必須字字求了解」，只有經過一個強制的分章析句的學習過程之後才有可能獲得不求甚解的能力，為此，他提出了在注重字義的老辦法之外，其他幾種分析的方法，如句式、段落、主旨、組織、詞語、比喻、典故、例證等等，而特別需要注意的則是「語言的經濟」、「比較的方法」以及「文字的新變」。[30] 這些具體的原則在他的解詩文章中都有不同程度的體現。

在朱自清與葉聖陶合著的《國文教學》的序言中，他們提到該書所收文章都是「偏重教學的技術方面，精神方面談到的很少」，原因在於精神方面在教育部所定的課程標準裡已經有詳細規定，而且更重要的是，「『五四』以來國文科的教學，特別在中學裡，專重精神或思想一面，忽略了技術的訓練，使一般學生了解文字和運用文字的能力沒有得到適量的發展，也未免失掉了平衡。而一般社會對青年學生們要求的，卻正是這兩種能力；他們第一要學生寫得通，其次是讀得懂」[31]，這是他們基於自己做過多年國文教師的經驗和觀

29　朱自清：《新詩雜話・序》，《朱自清全集》第 2 卷，前揭書，頁 316-318。

30　朱自清：〈了解與欣賞——這裡討論的是關於了解與欣賞能力的訓練〉，《朱自清全集》第 8 卷，前揭書，頁 346-351。

31　朱自清：《國文教學・序》，《朱自清全集》第 2 卷，前揭書，頁 3。

察所得出的結論，無疑是符合實際的，可以視為他們從事國文教學的一個基本原則，即注重從技術上訓練「了解文字和運用文字」的能力，而了解文字的能力正是欣賞和閱讀的根本前提。

在〈部頒大學中國文學系科目表商榷〉中，朱自清重申「接受傳統，應該採取批評的態度」，並強調「文詩詞曲選諸科不附習作」，原因在於他認為「欣賞與批評跟創作沒有有機的關聯，前兩者和後者是分得開的。在文學批評發達的今日，欣賞與批評也得『豫之以學』，單憑閱讀與創作的經驗是不夠的」，閱讀的經驗不可缺少而且多多益善，創作的經驗雖有幫助但發展緩慢，因此「與其分力創作，不如專力閱讀」。這也是根據現代文學的發展實際而做出的一個判斷，應該說是持平之論。[32] 而在〈再論中學生的國文程度〉中，他再次強調「從教育的立場說，國文科若只知養成學生寫作的技能，不注重他們了解和欣賞的力量，那就太偏枯了」，而且，若再加以分別，則「文言文的誦讀，該只是為了了解和欣賞而止，白話文的誦讀，才是一般為了榜樣或標準」。[33]

對於中學生的國文教學，朱自清的一個基本看法是，「欣賞就在正確的、透徹的了解之中」，而「欣賞並不是給課文加上『好』、『美』、『雅』、『神妙』、『精能』、『豪放』、『婉約』、『溫柔敦厚』、『典麗喬皇』一類抽象的、多義的評語，就算數的」，重要的是「得從詞彙和比喻的選擇，章句和全篇的組織，以及作者著意和用力的地方，找出那創新的或變古的、獨特的東西，去體會，去領略，

32　朱自清：〈部頒大學中國文學系科目表商榷〉，《朱自清全集》第2卷，前揭書，頁10、12。

33　朱自清：〈再論中學生的國文程度〉，《朱自清全集》第2卷，前揭書，頁32。

才是切實的受用」，而這種欣賞和了解是分不開的，那種抽象的、多義的評語其意義難以理解，應該避免才好。[34]在此，朱自清說明了欣賞的要點在於直指詩文的妙處，而非僅僅加以抽象和含混的評語，這與其求分析的批評觀念是完全一致的。

在〈論詩學門徑〉一文中，朱自清對於題目中所說的「詩學」做了一個極為簡明的界定，即「專指關於舊詩的理解與欣賞而言」。自然，若照現有的詩學的定義來看，他的這一理解無疑是偏狹的，但他從「理解與欣賞」這一角度來界定詩學，無疑與他對於批評的根本主旨的認識是一致的，明白了這一點，對於他的解詩實踐以及國文教學的理念都能有更為深入的認識。在該文中，他提到自己教授大學一年級學生時經觀察所得的一個看似矛盾的現象，即，「他們理解與鑑賞舊詩比一般文言困難，但對於詩的興味卻比文大」，其中的關節在於，「他們的困難在意義，他們的興味在聲調」，由此，他強調學習詩要下記誦的苦功夫，繼而還「須能明白詩的表現方式，記誦的效才易見」，而詩是特殊語言，詩的表現方式不易自行領悟，「因此便需要說詩的人」。在他看來，說詩可分為三種：「注明典實，申述文義，評論作法」，即「用什麼材料，表什麼意思，使什麼技巧」，這三個方面的講解會切實有助於初學者對於詩的了解，能「將詩中各種句法或辭例，一一舉證說明」的「詩例」一類的書是會助益初學者入門的。[35]在他自己的批評實踐中，他對於這三個方面也予以了足夠的注意。

34　朱自清：〈再論中學生的國文程度〉，《朱自清全集》第2卷，前揭書，頁38。
35　朱自清：〈論詩學門徑〉，《朱自清全集》第2卷，前揭書，頁85-86。

（三）朱自清的文本批評之例說

　　朱自清與同為資深國文教師的好友葉聖陶合寫過《精讀指導舉隅》和《略讀指導舉隅》，其初衷都是「專供各中學國文教師參考用」，可以說是他們推動國文教學的具體舉措，就朱自清而言，也是他以分析態度來進行閱讀這一思想的延續和體現。《精讀指導舉隅》中雖然沒有選詩歌，但朱自清特別強調他所寫的「〈談新詩〉的『指導大概』裡談的都是詩歌；詩歌的指導方法大致不外乎此」。這篇〈胡適〈談新詩〉（節錄）指導大概〉以對一篇朱自清所謂的「說明文」進行細讀來闡明閱讀詩歌的基本方法，既反映了朱自清對於這篇現代文學的重要文獻的重視，也自是他的細讀工夫的體現。朱自清從胡適此段文字中所說「做新詩的方法」亦即「做一切詩的方法」入手，對胡適所謂「具體的做法」做了仔細的辨析，在他看來，「『具體的』和『抽象的』都不是簡單的觀念；它們都是多義的詞。這兒得弄清楚這兩個詞的錯綜的意義，才能討論文中所舉的那些『是詩』和『不成詩』」。這種尋求多義詞和抽象語之「錯綜的意義」的意圖和方法，正是他一以貫之的態度，解讀詩歌如此，解讀說理文還是如此，這也正可以見出朱自清的批評理念中最具根本性的內容。

　　朱自清從胡適文中所舉的例子，總結出所謂「具體的做法」「似乎有三方面可說」，「一方面是引起明瞭的影像或感覺，一方面是從特殊的個別的事件暗示一般的情形，另一方面是用喻說理」。他藉了具體的詩例分別對其做了詳細的說明，其中值得關注的有如下幾點。就第一點而言，針對胡適文中提及姜夔詞句「瞑入西山，漸喚我一葉夷猶乘興」時所發的議論，「這裡面『一葉夷猶』四個雙聲字，讀的時候使我們覺得身在小舟裡，在鏡平的湖水上蕩來蕩

去。這是何等具體的寫法！」朱自清不僅細緻解釋了胡適這段話的意思，還從更高的角度做出了概括性的論述。他認為胡適此言「大概以為這四個字連成一串，嘴裡唸起來耳裡聽起來都很輕巧似的，暗示著一種舒適的境地；配合句義，便會『覺得身在小舟裡，在鏡平的湖水上蕩來蕩去』。在這種境地裡，筋肉寬舒，心神閒適；所謂『渾身的感覺』便是這個」，在他看來，這裡的「舒適還是一種抽象的性質；不過這例裡字音所摹示的更複雜些就是了」。這樣，他就將胡適提到但未及言明的內容講清楚了，繼而強調「運用這種摹聲的方法和技巧，需要一些聲韻學的知識和舊詩或詞曲的訓練，一般寫作新詩的，大概都缺少這些；這是這種方法或技巧沒有發展的一個原因」，隨即他又指出「字音的暗示力並不是獨立的，暗示的範圍也不是確定的，得配合著句義，跟著句義走。句義還是首要，字音的作用通常是不大顯著的」。這樣，他就從兩個方面對於字音的摹仿力在新詩中不再如在古詩詞中那般明顯的原因做出了解釋，還附帶著批評受外國影響的所謂純詩的作者雖然「也注重字音的暗示力」，但卻「使新詩的音樂性遮沒了意義」，因而幾無成就。在這段對於胡適所謂「具體的寫法」的一個方面所做的分析中，可以明確看出朱自清既從讀詩的角度詳細解釋了胡適的語意，又能從創作的角度注意到字音的摹仿力及其適用性，對於詩與語音這個「詩的新批評」之重要問題給出了一個平正通達的見解。

　　而在分析所謂具體的第三義，即以比喻來說道理這一個方面時，他舉出大家所熟悉的朱熹的〈觀書有感〉，以細讀的方式來闡明以「比喻說道理」的具體手法。他仔細辨析了水塘這個比喻中所內含的三個層次，「鏡子般清亮的『半畝方塘』是喻依，喻體是方寸的

心，這是一」，「『天光雲影』是喻依，喻體是種種善惡的事物，這是二」，「『源頭活水』是喻依，喻體是『銖積寸累』的知識，這是三」。這三個層次的喻依和喻體配合起來所闡明的意旨也分為三個層次，即「第一層的意旨是定下的心，第二層是心能分別是非，第三層是為學當讀書」。在他看來，這三個層次中的「喻體和喻依都達到水乳交融的地步」，「而三層銜接起來，也像天衣無縫似的」。這種效果的取得，在於「這一套喻依裡滲透了過去文學中對於自然界的情感，和作者對於自然界的情感」，作者並非「『用』比喻說道理而是從比喻見出或暗示道理」，將道理「融化在情感裡的」。這樣，經由具體的分析，他對於何謂「情景交融，有『具體性』的詩」做出了解答。

　　限於篇幅，此處無法詳細論述朱自清細讀〈談新詩〉時所談及的豐富內容，但從以上所引述的兩部分內容，我們也可以略微體會到朱自清解讀文本的方法與特點，那就是細心體會，層層剖析，以分析來求理解。如果說在這篇對於談詩的說理文的細讀之中，直接論及「詩的新批評」的地方不多，那麼收入他與葉聖陶合著的《略讀指導舉隅》中的〈《唐詩三百首》指導大概〉中對於詩的本質特點以及「詩的新批評」的基本原理則有著更為集中和細緻的論述，雖是略讀指導，但實際上對於細讀的基本方法也做出了說明。

　　在〈《唐詩三百首》指導大概〉中，他從詩是「抒情的，直接訴諸情感」、「節奏的，同時直接訴諸感覺」、「最經濟的，語短而意長」等特點說起，在肯定「詩可以陶冶性情」的同時，強調「詩決不只是一種消遣」，「詩調平情感，也就是節制情感」。他對此所做的解釋是，詩裡的情感不同於現實的情感，是經過了「再團再煉再調和」的，而「詩人正在喜怒哀樂的時候，決想不到作詩。必得等到他的

情感平靜了，他才會吟味那平靜了的情感想到作詩」。因此，基於
對詩的這種認識，讀詩也就具有了新的意義，那就是欣賞「詩裡所
表現的那些平靜了的情感」，「讀詩的人直接吟味那無我的情感，欣
賞它的發而中節，自己也得到平靜，而且也會漸漸知道節制自己的
情感」。這樣，在欣賞詩的時候就會產生「節制自己」和「替人著想」
兩種影響，所謂詩可以陶冶性情，所謂溫柔敦厚的詩教，都是在此
意義上來說的。[36] 這是朱自清基於文藝心理學的角度對於讀詩之作
用的一個基本認識。

　　在確立了讀詩的基本要旨之後，他對《唐詩三百首》的基本特
點做了簡要介紹，其中特別強調「讀詩首先得了解詩句的文義；不
能了解文義，欣賞根本說不上」。[37] 在對《唐詩三百首》的閱讀方法
所做的具體指導中，朱自清以具體詩句為例，主要談論了三個方面
的問題，第一個是如何理解廣義的比喻，第二個是從詩的題材方面
談讀詩應具有的心態，第三個則是從詩體的角度來談唐詩的發展歷
史，與詩的批評直接相關的是前兩個問題。

　　在朱自清看來，初學人讀詩，往往會被典故難住，而其實「典
故多半只是歷史的比喻和神仙的比喻」，「用典故跟用比喻往往是一
個理，並無深奧可畏之處。不過比喻多取材於眼前的事物，容易了
解些罷了」。他將典故也納入廣義的比喻範圍內，將比喻視為「詩的
主要的生命素」，認為「詩的含蓄，詩的多義，詩的暗示力」正有賴
於此廣義的比喻。他將廣義的比喻分為三類，即「事物的比喻」，
此為「取材於經驗和常識的比喻」，以及「歷史的比喻」和「神仙的比

36　朱自清：〈《唐詩三百首》指導大概〉，《朱自清全集》第2卷，前揭書，頁205-206。
37　朱自清：〈《唐詩三百首》指導大概〉，《朱自清全集》第2卷，前揭書，頁208。

分

喻」。就「事物的比喻」而言，它「雖然取材於經驗和常識，卻得新鮮，才能增強情感的力量」，同時這種「新鮮還得入情入理，才能讓讀者消化」，前者需要「創造的工夫」，而後者則有賴「雅正的品味」。至於所謂可歸入典故的「歷史的比喻」和「神仙的比喻」則都包括一部分「事物的比喻」，一部分「事蹟」，一部分「成辭」。事物的比喻不必知道出處便能明白，但「知道出處，句便多義，詩味更厚些」，至於「引用事蹟和成辭不然，得知道出處，才能了解正確」。

在從內容的角度分析了廣義上的比喻的類型之後，朱自清又從詩的組織遠較散文為經濟這一點來分析比喻的作用。在他看來，由於「在舊體詩中，有字數聲調對偶等制限，有時更不得不鑄造一些特別經濟的組織來適應」，而這種特殊的組織是文中所不常見的，因此便往往引起理解上的誤解和困難，而「這種特殊的組織也常利用比喻或典故組成」，這樣便更增加了詩的複雜。他舉為例證的是劉長卿〈送李中丞歸漢陽別業〉中的「輕生一劍知」，據他的解釋，這句詩說的是一劍知輕生的意思。「輕生是說李中丞作征南將時不顧性命殺敵人。一劍知就是自己知；劍是殺敵所用，是自己的一部分，部分代全體是修辭格之一。自己知又有兩層用意：一是問心無愧，忠可報君，二是只有自己知，別人不知」，而這兩層意思從上下文都可以得到印證。在這個簡短的解說中，朱自清既說明了部分代全體這個修辭上的特點，亦即組織上的特殊性，又揭示了詩中所用的典故以及詞句的多義，可謂要言不煩，直指詩句的精妙之處。

在論及該書所選詩作的題材時，朱自清首先指明唐詩的各種題材中最為重大的項目是「出處」，這可能會讓有些讀者覺得不夠真切，青年學生讀書往往憑藉自己狹隘的興趣，因而更容易感覺無

趣，在他看來，這不是正確的讀詩的態度，因為「會讀詩的人，多讀詩的人能夠設身處地，替古人著想，依然覺得這些詩真切。這是情感的真切，不是知識的真切」。此處朱自清對於情感的真切與知識的真切所做的區分，似乎正對應著瑞恰慈所謂科學的語言與詩的語言的區分，無論如何，對於詩的這個特點的認識是了解和欣賞詩的前提。朱自清強調會讀詩的人「不但對於現在有情感，對於過去也有情感」，儘管他明瞭古今之別，但「在讀唐詩的時候，只讓那對於過去的情感領著走」，以一種「無私，無我，無關心的同情」去體味詩中的真切。這裡朱自清其實是從心理學的角度指示了讀詩的一個重要原則，即以「無關心的情感」來讀詩。在他看來，這種心態不易養成，「需要慢慢調整自己，擴大自己」，「多讀史，多讀詩」正是一條修煉的途徑。而即使在面對那些較具普遍性的題材時，也仍需保持這種無關心的情感。詠古之作，總隔著一層，至於現代人所無從或難以體會的朝會、宮詞、邊塞、從軍等題材的詩作，更需要靠這種無關心的情感來體會。因此，總而言之，讀古人詩作「得除去偏見和成見，放大眼光，設身處地看去」。[38]需要說明的是，朱自清在說明這些原則的時候，對於所引詩句所用的比喻的喻依、喻體和意旨都一一有所論及，限於篇幅，此處未能詳細引述。

對於鑑賞與批評的關係問題，朱自清也有明確的認識，「鑑賞不就是創作的批評或裁判麼？」[39]「在文學批評裡，理論也罷，裁判

38　朱自清：〈《唐詩三百首》指導大概〉，《朱自清全集》第2卷，前揭書，頁212-226。

39　朱自清：〈詩文評的發展──評羅根澤《中國文學批評史》第一、二、三分冊：《周秦兩漢文學批評史》、《魏晉六朝文學批評史》、《隋唐文學批評史》（商務印

也罷，似乎都在一面求真，同時求好。我們不必在兩類之間強分輕重」。他對於含有評點內容的詩歌選本有個極為現代的看法，認為此類書在範圍及影響擴大之後，「有的無疑的能夠代表甚至領導一時創作的風氣，前者如宋末方回的《瀛奎律髓》，後者如明末鍾惺、譚元春的《古唐詩歸》」，他認為文學批評史應該給予這種特殊形態的批評以相當的地位，才是客觀的態度。看看近些年古代文學中選本研究的成果，就可以明白朱自清的這種批評觀念的通達與超前。

在稱讚羅根澤的批評史專著闡述「文體論」的理論確有創見時，朱自清明確指出這種論述的意義在於，「那種種文體論正是作品的批評。不是個別的，而是綜合的；這些理論指示人們如何創作如何鑑賞各體文字。這不但見出人們如何開始了文學的自覺，並見出六朝時那新的『淨化』的文學概念如何形成。這是失掉的一環，現在才算找著了，連上了」。[40] 由此我們可以看出，他是從創作和鑑賞的角度來看待文學理論上的文體論的，可以說，他始終是從批評的角度來看待中國傳統的文學理論以及西方現代文學理論的。應該說，這是現代批評的一個核心要義。

朱自清長期在大學從事文學教學工作，在教授「古今詩選」、「歷代詩選」、「宋詩」等課程的過程中，因教學之需，還編訂了不少詩學講義，收入《朱自清全集》第7卷的《古詩歌箋釋三種》（包

書館）與朱東潤《中國文學批評史大綱》（開明書店）〉，《朱自清全集》第3卷，前揭書，頁26。

40 朱自清：〈詩文評的發展——評羅根澤《中國文學批評史》第一、二、三分冊：《周秦兩漢文學批評史》、《魏晉六朝文學批評史》、《隋唐文學批評史》（商務印書館）與朱東潤《中國文學批評史大綱》（開明書店）〉，《朱自清全集》第3卷，前揭書，頁29。

括〈古逸歌謠集說〉、〈詩名著箋〉、〈古詩十九首釋〉)、《十四家詩
鈔》、《宋五家詩鈔》便是其中的代表。這些作品的選評與箋釋之中
自然也體現了他的批評思想，而這些作品中，生前唯一發表過的是
〈古詩十九首釋〉，這些典型的文本批評的範例，最初便是發表在
《國文月刊》上，當時該刊設立了「詩文選讀」這一欄目。據朱自清
的兒子朱喬森在該卷編後記中的說明，該欄目「目的是要分析古典
和現代文學的重要作品，幫助青年讀者了解，引起他們的興趣，更
注意的是要幫助他們養成分析的態度」。[41] 可以說，這一欄目的宗
旨正是朱自清本人從事「詩的新批評」的初衷，他自己不僅在這個
刊物上發表解詩的重要作品，還以此作為陣地，直接推動了文學教
學的開展。因此，可以說，編輯報刊正是朱自清從事「詩的新批評」
的一個重要內容。

第三節　《國文月刊》、《新生報》與「詩的新批評」之展開

(一)《國文月刊》與「詩的新批評」

　　1937年，朱自清為《清華嚮導》所寫的中文系簡介中，有下面
這段內容：

　　　　研究中國文學可分為考據，鑑賞及批評等。從前作考據的
　　　人認文學為詞章，不大願意過問：近年來風氣變了，漸漸有了
　　　作文學考據的人。但考據只限於歷史和字句；在鑑賞及批評上

41　朱自清：〈古詩十九首釋〉，《朱自清全集》第7卷，前揭書，頁586-587。

作工夫的還少,是現在人的責任。這等處自當借鏡於西方,只不要忘記本來面目。[42]

　　朱自清的這種現代觀念和責任意識不僅體現在他的文本批評實踐以及詩學理論研究之中,也體現在他參與編輯《國文月刊》、主編《新生報》「語言與文學」副刊等一系列的活動之中。《國文月刊》雖然主編是浦江清,但身為編委會成員的朱自清無疑具有重要地位,這一點,可以從他的日記中的相關記載得到說明。為此,不避瑣碎,摘引如下:

　　　　下午起草《國文月刊》的合同並寄羅君(1939年11月30日)
　　　　拿《國文月刊》的合同書給章看,並由他簽了名(1939年12月20日)
　　　　帶《國文月刊》的合同給黃先生,他簽了字(1939年12月21日)
　　　　下午參加浦的茶會,定《國文月刊》計畫(1940年1月10日)
　　　　訪章錫珊先生,告以《國文月刊》可能要推遲出版(1941年1月25日)
　　　　昨日聖陶轉來章雪山信,雖然接受了《國文月刊》稿費之條件,然遲付印刷費頗令人不滿。此余冠英之責任也。得辦事

42　朱自清:〈清華大學中國文學系概況〉,原載《清華嚮導》,1937年6月10日出版。此文與收入《朱自清全集》第8卷的〈中國文學系概況〉(載1934年6月1日出版的《清華週刊》第41卷第13、14期合刊)內容大體相同,但字句仍略有差異,現引文據《清華嚮導》1937年6月10日版。

幹練之人甚難。（1941 年 4 月 27 日）

莘田告知《國文月刊》下週四擬舉辦晚餐會，望我能出席。答以我將於週三歸去。其實應該找我商量晚會的日期，因為我和這家雜誌關係很深。至少冠英應就宴會安排在下半週舉行而對我表示歉意，而我未得到任何形式的通知。冠英可能不輕視我，我將以不參加宴會向他表示抗議。（1942 年 1 月 16 日）

聖陶來信，與余商討《國文月刊》事，口氣頗猶豫，決定停刊算了。（1945 年 10 月 7 日）

與冠英商定《國文月刊》事（1945 年 10 月 12 日）

訪膺中商談《國文月刊》事。彼言辭雖未明確，但其真意在反對余之意見。彼已見到聖陶信。（1945 年 11 月 10 日）

下午膺中來表示對《國文月刊》問題的意見（1945 年 11 月 13 日）[43]

以上內容雖然並不涉及《國文月刊》的具體內容，有關的歷史背景也有待細緻清理，但從他負責簽署合同到自稱「我和這家雜誌關係很深」以及商定辦刊事宜等等隻言片語的記載，我們也能大致看出他與《國文月刊》的密切關係以及他在該刊編委會中的實際地位。

從《國文月刊》的發刊詞，我們可以了解到，「這一個刊物是由西南聯合大學師範學院國文系中同人所主編，同時邀請西南聯合大學國文系中同人以及校內外熱心於國文教學的同志合力舉辦」。他們因為有感於各級教育部門對於國文的重視與學生實際成績不盡理

---

43 詳見《朱自清全集》第 10 卷，江蘇教育出版社，1997 年 10 月第 1 版，頁 64、69、75、78、117、145、369、370、374、375。

想之間的反差，追究起來，發現「至今沒有一種專門致力於推進本國語文教育的刊物」可能正是原因之一，因此，他們決定在教學與研究之餘創設該刊，以具體的行動來努力推進國文教育的開展。

《國文月刊》的宗旨非常明確，那就是「促進國文教學以及補充青年學子自修國文的材料」，完全是從教育方面著想的，因此其性質有別於專門的國學雜誌和普通的文藝刊物。由此之故，該刊不登比較高深的學術研究論文，但同時歡迎國學研究的專家為青年寫些深入淺出的文字，不登文藝作品，但學生的習作成果、教師的範文以及作家所寫有關各體文學寫作的文章卻都可以登載。按照編輯計畫，該刊擬登的文章分為以下幾大類，「一是通論，凡討論國文教學的各種問題的文章以及根據教學經驗發表改進中學國文及大學基本國文的方案的文字皆可入此欄，作為教學同人交換意見的園地，同時可備辦教育者的參考。二是專著，凡關於文學史、文學批評、語言學、文字學、音韻學、修辭學、文法學等等的不太專門的短篇論文或札記，本刊想多多登載。三是詩文選讀，包括古文學作品及現代文學作品兩項，均附以詳細的注釋或解說，備學子自修研究。四是寫作謬誤示例，專指摘學生作文內的誤字謬句，略同以前別的雜誌上有過的『文章病院』一欄」。在此四大類之外，「還可以加上學生習作選錄、書報評介、答問、通訊等等」，同時還聲明因為篇幅所限，所有欄目每期不一定都能全部具備。據該刊創刊號編輯後記，該刊「月出一期，暑假停刊，年出八期」，事實上，該刊1940年6月16日創刊，1949年8月終刊，歷時十年，共出版了81期。

在該刊的欄目設置上，「詩文選讀」是專門的一類，可見其受重視程度，事實上，在該刊發表的文章中，這一類的文字確實為數不

少，以下略做統計。

在《國文月刊》發表解詩作品的作者，有年長的聞一多、朱自清、俞平伯、羅庸等老師輩。就作品而言，聞一多的〈樂府詩箋〉和朱自清的〈「古詩十九首」釋〉都是分期連載的重要文章，朱自清的其他文章如《語文零拾》的自序、〈詩的語言〉、〈了解與欣賞——這裡所討論的是關於了解與欣賞能力的訓練〉等文章和演講稿也都是發表在《國文月刊》上。羅庸的〈讀杜舉隅〉、聞一多的〈怎樣讀九歌？〉也都是通過具體文本解讀來傳授「了解與欣賞」古典詩作的方法，其用心從文章題目就不難看出，這也正是《國文月刊》的基本宗旨所在。至於俞平伯的〈清真詞淺釋〉、〈周美成詞淺釋〉這些後來收入《清真詞釋》中的詞釋文章也是極為經典的文本批評。

而在《國文月刊》的青年作者中，林庚、蕭望卿、李嘉言、余冠英等則是發表作品較多的。林庚的系列解詩文章如〈「風雨如晦雞鳴不已」〉、〈「君子于沒」〉、〈談曹操〈短歌行〉〉、〈談詩（三篇）〉、〈說〈橘頌〉〉也與他在《新生報》「語言與文學」副刊中的談詩文章形成了一個完整的詩歌解讀的系列，頗具規模也頗有新意，後來構成了他的《談詩稿》的主體。而蕭望卿的專著《陶淵明研究》的部分章節如〈陶淵明四言詩論——《陶淵明》的第二章〉、〈陶淵明五言詩的藝術——《陶淵明》的第三章〉也是發表在《國文月刊》上，除此之外，他還有〈論〈陌上桑〉〉、〈詩的趣味〉等論詩的作品。李嘉言寫有〈讀唐詩文札記五則〉、〈絕句與聯句〉是讀書筆記性質的文章，而余冠英的〈談新樂府〉、〈樂府歌辭的拼湊和分割〉則可以見出他當時的研究重點。其他如蕭滌非寫有〈談中學讀詩〉，潘重規寫有〈陶淵明〈臘日詩〉解〉，傅懋勉的〈從絕句的起源說到杜工部的絕

句〉、〈談談律詩〉，梁品如的〈辛詞辨證〉，馮鍾芸的〈論杜詩的用字〉，金克木的〈古詩「玉衡指孟冬」試解〉，徐沁君的〈溫詞蠡測〉、紀伯庸的〈論唐詩中的助詞「可」字〉，張懷瑾的〈《離騷》「降」字解〉，顧學頡、徐德庵的〈「妃呼豨」解〉等等也多是就具體詩作或詩句進行細緻解讀和分析的文本批評。

在這批青年作者中，程千帆可謂是優秀的代表。他與朱自清交情匪淺，朱自清對他是非常欣賞的，在其〈答程千帆見贈，即次其韻〉中特意以小注的形式提到「千帆釋詩諸作，剖析入微，心細如髮」[44]。程千帆的〈古詩「西北有高樓」篇雙飛句義〉、〈與徐哲東先生論南山詩記〉、〈陶詩「少無適俗韻」韻字說〉、〈書吳梅村〈圓圓曲〉後〉、〈韓詩〈李花贈張十一署〉發微〉、〈左太沖〈詠史〉詩三論〉、〈王摩詰〈送綦母潛落第還鄉〉詩跋〉、〈曹孟德〈蒿里行〉「初期會盟津乃心在咸陽」解〉、〈詩辭代語緣起說〉、〈郭景純曹堯賓遊仙詩辨異〉都是精細的詩作文本解讀，而沈祖棻的〈白石詞「暗香」「疏影」說〉、〈阮嗣宗「詠懷」詩初論〉、〈唐人七絕詩淺釋〉也都異曲同工，他們的這些解詩之作後來都收入了他們1954年出版的合集《古典詩歌論叢》之中。

傅庚生所寫專著〈中國文學欣賞舉隅〉被陸侃如稱為「近年出版的關於中國文學批評的著作中」「最值得我們細讀的」作品，該書通過具體詩作的分析和解讀來指示方法，可謂代表了現代「詩的新批評」的理論自覺。陸侃如所寫的〈《中國文學欣賞舉隅》序詞〉就是發表於《國文月刊》。除了該書，傅庚生還寫有其他的解詩文章，其中

44　朱自清：〈答程千帆見贈，即次其韻〉，《朱自清全集》第5卷，江蘇教育出版社，1996年8月第2版，頁323頁。

如〈評李杜詩〉（連載）等則可視為他後來杜詩研究系列著述的先聲。

　　若就《國文月刊》所發表的這些詩歌批評的內容來略做分類，則我們可以看到，對於經典名篇的解讀占了大多數，如屈原的《楚辭》、古詩十九首、蔡琰〈悲憤詩〉、阮籍的「詠懷」詩、曹操的〈短歌行〉、〈蒿里行〉、陶淵明的詩作、溫庭筠的詩詞、杜甫的詩、唐人七絕、辛棄疾、姜夔、周邦彥的詞等等。而范寧的〈魏文帝〈典論論文〉「齊氣」解——魏晉文論散稿之一〉、〈陸機〈文賦〉與山水文學——魏晉文論散稿之二〉、〈文筆與文氣——魏晉文論散稿之三〉則是在朱自清的引導下所做的考辨「批評意念」的初步成果。其他如王忠的〈鍾嶸品詩的標準尺度〉、葉兢耕的〈釋「象外」〉則是在詩歌實際文本的批評之外，在中國詩歌理論研究方面所做出的初步嘗試。

　　通過以上的簡要分類和統計，我們可以看到《國文月刊》在推動詩的文本批評方面所做的大量工作，而在這方面起到重要推動作用的就是朱自清。如上文提到的蕭望卿、傅庚生、李嘉言、蕭滌非等都是當時的青年學者，後來都成為了中國古典文學研究領域的著名專家和學者，《國文月刊》可謂是他們最初的學術園地和學術搖籃，而他們的老師朱自清作為《國文月刊》的編輯，又積極引導、鼓勵和幫助這些青年作者從事詩歌作品的文本批評，不僅有效地推動了中國現代「詩的新批評」，還鍛鍊和培養了中國古典文學研究的人才和隊伍，其貢獻是值得肯定的。

（二）《新生報》與「詩的新批評」

　　在〈回來雜記〉一文中，朱自清對抗戰勝利後北京報紙副刊興盛的情況有過一個說明和解釋，他認為幾家大型報的副刊「水準很

高，學術氣非常重」，其中「有些論文似乎只有一些大學教授和研究院學生能懂」，原因在於出不起能夠刊登這種論文的專門雜誌，因此只好「暫時委屈在日報的餘幅上」，而這種做法在編輯副刊的人看來也是合理之舉，因為「反正可以登載的材料不多，北平的廣告又未必太多，多來它幾個副刊，一面配合著這古城裡看重讀書人的傳統，一面也可以鎮靜鎮靜這多少有點兒晃蕩的北平市，自然也不錯」。緊接著他就提及自己「最近也主編了一個帶學術性的副刊」。[45]而按時間來看，他這裡所說的「帶學術性的副刊」應該就是《新生報》的「語言與文學」副刊。

《新生報》「語言與文學」副刊與《國文月刊》不僅辦刊的宗旨相近，而且作者群有很大的交集，就論詩而言，朱自清、陶光、余冠英等等在這兩個刊物都發表過不少的文章，其中甚至還有一稿兩發的情況，如余冠英的〈樂府歌辭的拼湊和分割〉、葉兢耕的〈釋「象外」〉、范寧的〈魏文帝《典論論文》「齊氣」解——魏晉文論散稿之一〉、〈文筆與文氣——魏晉文論散稿之三〉、王忠的〈鍾嶸品詩的標準尺度〉。

在《新生報》副刊「語言與文學」的發刊詞中，朱自清介紹這個週刊的目的是承續抗戰前清華中國文學會所編的雜誌《語言與文學》，以紀念慘遭暗殺的聞一多，從而「達成他和我們共同的心願」。在說到辦刊的宗旨時，他特意指出「打算以大中學生和對中國語言和文學有興趣的常人為對象」，這既是報紙週刊的性質所要求的，也是為了完成普及的工作，「一國的語言和文學反映著民族

45　朱自清：〈回來雜記〉，《朱自清全集》第3卷，前揭書，頁125-126。

的過去和現在，這是文化的一部分也是所謂社會的上層機構之一。
這又是我們的自我的一部分，簡單的說，這是『我們的』。基於對
於語言和文學的這種嚴正的態度，他提出「普及的工作就是要恢復
一般人對於語言和文學的興趣，讓他們覺得這是生活的必須，如水
與火似的」。「語言與文學」副刊所論及的範圍也不出「語史學和文
學史」，但「不以古代為限，而要延展到現代」，論及古代的時候也
是要力求「使古代跟現代活潑的連續起來」，其特點在於「忽略精細
的考證而著重解釋與批評，這也可以使我們對古代感到親切些」，
自然最親切的還是現代，「現代語言和文學的發展、國語和方言、
作品和譯文等等」都願意討論，同時「語文的教學，正是普及的工
作，又正是我們的本行，我們自然也願意參加意見」。[46]

朱自清在這段發刊詞中提到幾個非常重要的內容，一個是宗
旨，「普及本民族的語言和文化」，增進「我們」對於「我們的」語言
和文化之作用的認識，加深對於「我們的」自我的認識。一個是方
法，溝通古今，「忽略精細的考證而著重解釋與批評」，以新的眼光
來審視歷史，令其變得鮮活親切。一個是內容，「語史學和文學史」
以及「語文的教學」。這三個方面其實也可以基本概括《國文月刊》
的特點。

《新生報》「語言與文學」副刊中刊載的文章內容確如朱自清在
發刊詞中所言，分為「語史學」和「文學史」以及「語文的教學」，不
過就數量而言，文學類稍多，而文學類的又大致可以分為論詩學術
語、解讀具體詩篇、屬於文學史研究的作家作品論，而解讀具體詩

46　朱自清：〈「語言與文學」發刊的話〉，《朱自清全集》第4卷，前揭書，頁463-
　　465。

篇的正屬於本書所討論的文本批評的範圍。朱自清本人不僅在此副刊發表了詩論文章〈誦讀與詩〉以及未完稿〈論意義〉、〈論白話〉等多篇文章，也對王安石的〈明妃曲〉做過細讀，在推進詩的新批評方面可謂是身體力行，他的學生林庚則積極回應，寫出了系列解詩文章。

林庚以「談詩」為總題寫了四篇解讀具體詩作的散文文章[47]，加上〈「春晚綠野秀」〉、（第52期，1947年10月14日）、〈「及時當勉勵歲月不待人」〉（第68期，1948年2月3日）這兩篇同類性質的文章，總共有六篇解詩的文章，後來都收入了其《談詩稿》，雖然他在後記稱「最後附『談詩稿』十九篇，這些大都是早年短篇的談詩散文，上自風騷，下迄唐宋，多乃零星詩句的點滴體會，不足為論，不過是全書的餘響而已」[48]，但實際上，這些所謂的點滴體會也都是現代「詩的新批評」的豐富成果。

林庚之外，還有王瑤解讀曹子建的〈薤露行〉、陶淵明〈命子詩〉以及「顏、謝詩之比較」等以讀書筆記為總題所寫的系列詩作解讀的文章，徐嘉瑞論《九歌》、《離騷》的組織、王忠解讀李商隱〈錦瑟〉、《詩經》、王之渙的〈涼州詞〉、高熙曾解讀「清真〈浣溪沙〉」、辛棄疾〈菩薩蠻〉等詞作、蕭望卿解讀「李白近體詩」、陶光解讀「屈原賦二十五篇」、蕭滌非談李後主的〈破陣子〉、葉兢耕論白居易的

47　談詩〈「千年水未清一代人先改」〉、〈「豈無園中葵懿此出深澤」〉：《新生報‧「語言與文學」副刊》第47期，1947年9月8日；談詩〈「高台多悲風」〉，《新生報‧「語言與文學」副刊》第64期，1948年1月6日；談詩〈「含槐漸如束，秋菊行當把」〉，《新生報‧「語言與文學」副刊》第84期，1948年5月25日；談詩〈「黃河遠上白雲間」〉，《新生報‧「語言與文學」副刊》第97期，1948年8月17日。

48　《林庚詩文集》第7卷，北京：清華大學出版社，頁262。

閑適詩、趙仲邑的〈姜白石詩說〉、何善周的〈楚辭〈九辨〉「下節」解〉、余冠英的〈蔡琰〈悲憤詩〉辨〉以及談「吳聲歌曲裡的男女贈答」和「樂府歌詞的拼湊與分割」的文章等等，都是針對經典詩作所做的文本批評，其他如張清常解讀《詩經》「東山篇」、馮鍾芸從語言學的角度來解讀詩的〈杜詩中的連繫字〉，也是從具體詩作中的字詞出發來分析詩作，也可以歸入這個系列之中。

　　而范寧的〈魏文帝〈典論·論文〉「齊氣」解〉、〈文筆與文氣〉、〈詩的境界〉，葉兢耕的〈釋「象外」〉，王忠的〈鍾嶸品詩的標準尺度〉則屬於詩學術語的考辨，也是現代詩學的一部分。

　　張清常在〈古今音變與舊文學的欣賞〉的結尾曾指出，「現代大學中文系學生對於舊文學的欣賞不夠熱烈，不夠徹底，『古今音變』使他們難於下手也算一項重要的原因了」，[49] 而以他為代表的語言學研究者所做的解詩文章則可視為扭轉此種局面的一種切實努力，而事實上，古典詩歌的文本批評也確實需要掌握音韻、訓詁等知識，大概這也正是該副刊命名為「語言與文學」的一個初衷吧。

　　最後還要提一下的是，除了上述的詩歌經典文本的解讀之外，《國文月刊》上還有關於魯迅作品的解讀文章，其中施蟄存與陳西瀅就如何解讀魯迅的〈明天〉還進行過討論[50]（詳見施蟄存的〈魯迅的

49　張清常：〈古今音變與舊文學的欣賞〉，《新生報·「語言與文學」副刊》第79
　　期，1948年4月20日。

50　施蟄存在其〈關於〈明天〉〉這篇回應文章中，提到他是應《國文月刊》的編輯也
　　是其好友的浦江清之邀，花了三個晚上寫成那篇〈魯迅的〈明天〉〉，發表後的
　　一年中，「我曾在許多地方看到許多雜誌及日報副刊上，常常有人談到它。我
　　所感到榮幸的是，竟有那麼多的人注意到這篇拙文；而我所惶惑的，也是竟
　　有那麼多的人誤會了我的本意。」詳見《國文月刊》1941年1卷11期。

〈明天〉（文藝作品解說之一）〉、〈關於〈明天〉〉、陳西瀅的〈〈明天〉解說的商榷〉〉，這就涉及到小說的細讀問題了。評論這些解說的是非超出了本書的範圍，但需要指出的是，施蟄存所說的該文引起了大量關注，這固然與所評的是已成經典作家的魯迅的代表作品有關，但也不妨可以認為，這正從一個側面說明了這種實際的文本批評因其少見而彌足珍貴的特點。朱自清本人曾經在《精讀指導舉隅》中細讀過魯迅的〈藥〉，這些與詩的新批評一起，構成了中國現代文學中「新批評」實踐中的重要內容。

第五章

現代「詞的新批評」三大家

　　在詞學史的追溯中，現代詞學研究的起點或先聲通常會與王
國維的《人間詞話》聯繫起來，王國維該作雖然採用的仍是詞話這
樣的傳統體例，但由於其研究方法具有不同於傳統的新質，並提
出了一些極有代表性的創見，因而影響深遠。與他同時及以後的
詞學研究者如任二北、龍榆生、夏承燾、唐圭璋等人在傳統詞學著
述的考訂編撰、詞人生平的考索、詞史的編撰、詞作的解讀、詞律
的編訂、詞學研究的方法論等方面都有不同程度的推進，但若以研
究的現代特質與創新性來加以考量，則他們的研究方法和成果仍稍
顯傳統，並未能很好地在前人基礎上實現研究範式的轉換與批評話
語的創新。在今天看來，真正在詞學批評上有獨特貢獻的，反倒是
具體詞作的講解、詞釋這一類並無顯在體系建構和理論色彩的新批
評之作，這裡，筆者指的是俞平伯、吳世昌、浦江清所寫的《詞的
講解》、《讀詞偶得》、《清真詞釋》、《讀詞的方法》。因為這三位學
者並非專攻詞學，為教學之需所寫的這些文字，似乎也難登大雅之
堂，他們自己本身也不以著述視之，而且除了俞平伯有專門的釋詞
專著以外，其他兩人在這方面的著述相對較少，因而長時間來他們
在詞學上的這些文字及其貢獻或為他們其他方面的文名所掩，或因

人事的變故等諸多因素，未曾得到應有的重視和較為深入的論述。但如若從學術水準來看的話，他們三人的詞學研究允稱現代詩學的重要成果，有必要加以認真的研究。有鑑於此，筆者將它們納入中國現代詩學的範疇，試圖通過仔細讀解他們的批評實踐來清理他們的新批評特質。

俞平伯、吳世昌、浦江清三人講詞具有不同於前輩詞學研究者的共同特徵，那就是重在分析。他們對於詞學研究的傳統都有比較深入的認識，對其中好的傳統也能認真發揚，同時又能開拓創新，在他們共有的注重分析、具有歷史感以及對於語言的敏感等共性之外，他們的詞學研究方法也各有特點。概而言之，俞平伯是心態開放、思維辯證，對詞作的複雜性以及解詞的可能性都有清醒認識，因而能夠不走極端，具有一種開放的態度，因而顯得自由靈動，體會入微，富有張力，表述含蓄從容，看似古舊，實則充滿新意；吳世昌在思路上重視個人創新，思路開闊，意識敏銳，因而能夠獨闢蹊徑，以跨文類研究的眼光，抓住詞作的深層結構；與俞平伯、吳世昌一樣，浦江清治學不限於詞學，也是學術視野極為開闊的學者，因而在具備了較為豐厚的學術積澱的基礎上，在詞學研究上的小小嘗試也能推陳出新，其特點在於分析具體細緻，層層深入，勝義迭出。

他們的研究都具有俞平伯所謂「抽絲剝繭」的功力，開闊的學術視野，厚實的學術根基，具有方法論上的自覺，對文言之別、詩的語言與解詩的語言之間的差異等語言問題也有很強的自覺，在具體解讀中以分析為主要手段，注重細讀，同時都具有文學史的視野和互文性的意識，能夠從小處入手大處著眼，不僅在技術層面追

索詞句、典故的來源及化用情況，而且能夠從詞學的淵源與走勢以及詞學與其他文類的關係等等宏觀歷史層面來看待詞作中的具體問題，這樣，在細緻入微的分析中又體現了高屋建瓴的歷史眼光。

第一節 俞平伯詞釋思想

俞平伯一生解讀詩詞之作頗多，結集出版的專著有《讀詩札記》、《讀詞偶得》、《清真詞釋》，另外散篇論文也為數不少。俞平伯有家學淵源，於詩詞之道造詣頗深，既有創作實踐，也有解詩之作，對於詩的特性以及解詩的方法也有理論思考，這些使得他在詩學思想上不同於他的父輩乃至同輩的許多詩人學者。俞平伯生於1900年，成長於中國社會發生巨變的時代，對於文學本身在這個時代的命運和意義有著較為清楚的認識，他的祖輩、父輩所成長其間的古典詩文的傳統已經式微，他雖然也可以算是五四新文化運動的參與者和弄潮兒，因其家世與自身創作等方面的努力也較早就有了文名，但個人性格以及家庭環境的影響，使得他內在具有一種唯美頹廢主義的傾向，這反映到他的文學觀念上，就是一種明知不可為卻又無可奈何為之且聊以自得的心態。在出版於1934年《讀詞偶得》的「緣起」部分，他引述了三年前他自己的一段話，其中有一段很好地說明了他解說詩詞的一個基本態度：

就詞論詞，以現在的狀況論，非但不必希望有人學做，並且不必希望許多人能了解。我的意思並不是說只要時代改變了，什麼都可以踢開；我只是說古今易宜，有些古代的作品

與其體性，不但不容易作，甚至於不容易懂（真真能懂得的意思）。而且，不懂也一點不要緊，懂也沒有什麼好處；雖然懂懂也不妨。

這樣的解詩態度與他的總體文學觀念是一致的。在詩與時代的關係，以及詩的時代意義這些問題上，俞平伯坦承讀詩以及寫作舊體詩詞的困境與難度，在他看來，就小處而言，「古人的環境和事物，都和現在不同」，這一點也即吳世昌所謂的今人理解詞作的三大障礙之一的「名物」方面的困難，而就根本而言，則是「人事的變遷，生活的心情不同」，「古人的生活奢侈浪漫，有那種閒情逸致來弄月吟風。現在的人什九為了穿衣吃飯，在奔忙勞碌中掙扎」，因此「了解古人作品很難，自己寫東西也不是一件簡單的事。這是環境使然，沒有辦法的」。[1] 我們可以看到，俞平伯對過去的浪漫化認知，也許並不符合歷史的事實，但卻著實流露出他的古典主義的文學趣味，要知道，古人也並非全都能夠弄月吟風，這裡不妨可以認為是他對於古代的所謂士大夫階層的那種詩酒風流的嚮往與懷念。當然，這種心情完全可以理解，但更重要的是他又恰恰敏銳地感受到詩在現代所經歷的這種孤立，詩與生活不再一體不再和諧所帶來的孤立，這正是文學在現代的一種真實處境。美國學者德爾莫‧史華慈（Delmore Schwartz）在〈現代詩的孤立〉（The Isolation of Modern Poetry）[2] 中對此有深入的分析，從世界範圍來講，這也是現代詩以及新批評興起的大的時代背景，中國也不例外。

1　《俞平伯全集》第4卷，花山文藝出版社，1997年11月第1版，頁13。
2　載《肯庸評論》（The Kenyon Review）3卷2期，1941年。

　　俞平伯雖然自道「夫昔賢往矣，心事幽微，強做解人，毋乃好事」，但在其授課以謀生的表面托詞背後，實際隱含著他深層的文化關懷，這種關懷如果沒有至誠之心是無法持久的，正如他自己所言「我對於一切並不見得缺乏真誠」，並對自己以趣味和幽默而為人所知感到悲哀。更進一步，對於俞平伯而言，他的這種關懷在很大程度是通過他解說詩詞的這些著述體現出來的，除去他行文上略有乃師周作人的那種隱約與纏繞之風外，他在上述解說詩詞的專著的導言以及解說文字中間有著若干重要的觀點，正可謂是他發揮「批評的功能」的體現，也更是他以及與他具有類似人生觀念以及學術追求的人所共同具有的「文化政治」的體現。

　　雖然俞平伯有過「《詞釋》之作，殊自病其觀縷」[3]的表示，但這顯係自謙之詞，觀縷者何，條分縷析之謂，這正是其解詞的特色與優點所在。觀其解詞之作，通體精微曉暢，令人讚嘆之處所在多是。總體而言，其釋詞，於詞調與情調的契合程度、章法特點等大小層面俱有細緻解讀，對於解詩本身的特點也有自己的認識。比如，他強調解詩者須能體會作者心情，解詩並非猜啞謎，「詞釋亦自有體」[4]，「解析者，創作過程之顛倒也。昔人詩不自注，即是此意，彼豈真欲以啞謎留贈後人耶」[5]。他一方面重視詞的互文性，因而能夠從容比較，細緻分析，一方面重視語境的把握，在微觀分析中具有宏觀意識。比如在分析周邦彥〈玉樓春〉時，他就指出，「夫文者上下文也，故認真說來並無所謂獨妙，獨則不妙矣。徑取

3　《俞平伯全集》第4卷，前揭書，頁92。

4　《俞平伯全集》第4卷，前揭書，頁99。

5　《俞平伯全集》第4卷，前揭書，頁97。

之不得，則旁求之。旁者何？上下左右之謂也」[6]。他一方面對詞的源流、體性以及詞的內部小令、慢詞的差異等方面都有敏銳辨析，具有很強的文學史的意識，另一方面，對於傳統詞學，他也較好地做到了批判性的繼承。他對於傳統詞學的相關論述很熟悉，但不迷信，持有較為客觀的批評態度，講解時多有引證，既有指摘也有稱許，可謂好處說好，不好處且直言不諱，古人含混處以己見明析之，做到以自己的閱讀感受與認真思考為基礎，不可說處即不多說。比如，周濟評周邦彥詞有一個著名的概念「鉤勒」，吳世昌批評這個概念僅僅只是個命名，並無實質性意義，並通過自己對詞作的精細分析具體闡述了「鉤勒」的內涵。而俞平伯雖然沿用鉤勒這一概念，也認同周濟「清真渾厚，正於鉤勒處見，他人一鉤勒便刻削，清真愈鉤勒愈渾厚」的表述，但他又有所保留並加以補充，既指出「鉤勒是了解清真詞之入門，然何足盡之哉」，認為「若曰『愈鉤勒愈渾厚』，言至善，不愈重君惑耶」，又能進一步加以闡釋，認為「以鉤勒為鉤勒則薄，以不鉤勒為鉤勒則厚」「描頭畫角是鉤勒也，鞭辟入裡是不鉤勒也」[7]。俞平伯解說詩詞，對所謂音節與意義的關係問題也有論述，在〈葺芷繚衡室札記〉中，他提到昔人所謂句讀本分為文句（文義）和樂句（音節）兩種的成說，以實例加以說明。比如，他指出「望中猶記烽火揚州路」就文義而言，「不宜有所剪割」，強調「調法是一事，文理是一事，不可不知也」[8]，度其本意，乃是強調文義為主、音節為從，主次不可顛倒。後來在《清真

6　《俞平伯全集》第4卷，前揭書，頁98。

7　《俞平伯全集》第4卷，前揭書，頁102。

8　《俞平伯全集》第4卷，前揭書，頁411。

詞釋》中又提到「凡詞用入聲葉韻者，其音調多激切悲亢」、「凡詞用平韻者，其聲婉轉舒徐」[9]等結論。俞平伯的這些說法看似零散，但若加以細緻分析，還是能找出其間的主體脈絡的，概而言之，其詞學批評思想有以下三個核心內容。

（一）俞平伯的詩學觀：探求「詩的神祕」

俞平伯解詩的文字頗多，持續時間也長，但其解詩思想多散見於解詩的文字之間，僅有〈詩的神祕〉這篇長文對其詩學觀念做了比較集中的理論闡發，其出發點和落腳點也都是讀詩和解詩，因而可以視為其解詩思想的綱領。

俞平伯自稱〈詩的神祕〉一文最初是他在北大講授「詩選」的一個引論，曾擬名「詩無達詁論」的這篇文章是針對普通對於詩的誤解而作，他從交流的本質出發，指出「我們說話須要使人懂，使人懂須要說得通（在己曰通，在人曰懂）」，「在言文整個系列中，通是惟一，公共的要義」，文學以至於詩都不能例外。他解說詩詞、箋釋字句也只是想讓大家明白。

俞平伯對於解詩的可能、必要以及限度都有明確的說明，他強調「一句普通話雖未必就是詩，也不足以盡詩，但詩也是一句普通話」，詩絕非符咒，而「事實上詩雖不必全可懂，卻可以部分懂，至少作者在作詩之頃，懂得離完全實在差不多」。因此，「我們要把詩從神祕之國裡奪出，放在自然的基石上，即使有神祕，卻是可以分析，可以明白指出的」。詩雖然看似神祕，但也「只是詩的複雜微

9　《俞平伯全集》第4卷，前揭書，頁132、133。

妙幽沉各屬性的綜合，似乎一時不能了解，卻終久可以分析，敘述和說明的」。若從他所說的在己為「通」與在人為「懂」這兩個術語來說，「唯其它通而我不懂，我懂而你不懂，你我都懂而你我想盡方法沒法使他伊也懂，這才叫神祕，這才有稱說的趣味和價值」。

為了說明詩的神祕究竟為何物，俞平伯從作品、作者和讀者三方面分別解說。就作品而言，他認為「作品自身有一種拒絕任何說明、注疏、翻譯的特性」，它只能允許讀者「直接，面對面的懂得它」，他強調文本的獨立性和獨特性，認為作品如同「孤獨的，沒有家庭和歷史的人」，「真實的詩是新的聯合，一的表現」，詩就是它本身。他認為「一首或一句的詩，沒有旁的辦法可多懂一點，這也未必就是難懂。它不與艱深晦澀成正比，也不與明白曉暢成反比；明晦在文學上是偶然，而此特性是必然」，由此我們可以看到，他認為明白與晦澀是詩的表現上的偶然，而詩的「可懂性」是內在的本質特性，它必然要對闡釋構成一個限制，這與表現的明與晦無關。正是基於這一看法，他對於解詩的限度也做出了明白的說明，他認為詩的可懂性限制著讀者的闡釋，但並不拒絕讀者闡釋的自由，對於不可說之物而定要強說，「說得頂得法，未必使他多懂；說得不大得法，必將使他少懂」，這種強做解人的精神可嘉，但如若忘記了自身的侷限，而「自命有貫虱穿楊之技，那恐怕不免使古人含冤地下，後人笑掉大牙哩」。

俞平伯繼續採用所謂「人化文評」的辦法，以人來譬詩，說明如何認識詩的問題。在他看來，張三之所以成其為張三，並不只是由其五官決定，而是「更有內在的潛伏的複合的性格在」，因此，對於人的認識若要採用歸納的法則，由外及內來一一探究，那在事實

上是麻煩得不可能的，因此「最好碰碰運氣看，前生曾見，夢裡相逢，今日之下一見如故，脫口而呼之曰『張三』」。這裡的意思，用文學術語的話，幾近於說憑藉「藝術的直覺」來認識和了解作品。他舉出李清照「簾卷西風」「人比黃花瘦」為例，說明詩所具有的不可說的特性是所有文學體裁中比較明顯的。他對於詩本身的這種不可說的特性做了論述，指出「凡詩都不容許解釋，而『深微』的尤甚」，這種深微是由於作者與讀者之間的本質差距造成的。因為作者即使清楚並且明白表達了自己所想要說的，也沒法使讀者獲得同樣清楚的認識。這就涉及到普通的詩與特殊的詩的問題了。普通的詩，詩人所說的是人人要說而說不出的話，特殊的詩，詩人只是自己要說而說不出的話，特殊的詩才堪稱深微，普通與特殊，在他看來，兩者的「界限未必清切，也毫無高下優劣之分，只是前者在中國名著中較多，後者則較少」。

　　俞平伯認為詩的神祕中最深沉的一點，絕非以艱深文其淺陋，正如有一個人，「我們雖不認識他（只為他奇絕），但他的儀容光彩，我們要不感受亦不可得（也只為他奇絕）」，在他看來，「這似乎膚淺的儀容光彩正是辨別文學的要訣，文學（尤其是詩）往往有使咱們覺得好而說不出好在那裡，其故在此；文學不為一般人所了解而仍為一般人所看重的，其故亦在此」。他在這裡所說的雖然有點玄奧，但其實質意思還是很清楚的，這裡所談的涉及文學的本體論的問題，因為文學的形式乃是完成了的形式，正如他人的儀容光彩雖然一般稱為外表，但這種儀容光彩絕非五官、身材的一個組合，而是一個個人氣質的整體呈現，即使對一首詩我們不懂，但我們還是可以感受到經由節奏、韻律等形式傳達出來的氣韻。他認為除了

詩本身所具有的這些不可說的深微與神祕之外，語言本身也是造成詩難懂的一個因素，所謂言不盡意也。「我們原不該無條件的相信口語和白話文」，因為「詩有特殊之領域而文有時不能代，文言有特殊的境界而白話有時不能譯」，所以，古詩的神祕用散文和白話是難說清的，詩之難讀與讀的工具和方法有極大關係。

從作者方面來說，基於自身的「朦朧」與「錯認」，此處朦朧並非就作品而言，而是就作者的心理而言，即「跳過意識不被覺察」的心理內容，以夢中的詩為其極端之例。概括言之，則「朦朧是成詩的一條捷徑，意識好比一條溝，目不及瞬，它已一跳而過，誕登彼岸了」。錯認則是作者本來心理面目面對意識的監督而有意為之的變形與轉換，元好問所謂「心畫心聲總失真」的問題，正可以此錯認之說來解釋。在俞平伯看來，「不自欺怎能欺人呢？這也正是『修辭立其誠』的另一種說法。他已被喬裝的意欲所騙，當然不再負解釋作品真詮的責任」。俞平伯將作者對於讀者的欺瞞，分為有意的與非意識的，雖然這兩種成分在同一作品中不妨同時存在，有意的欺瞞則是作者藝術手腕的體現。「他怕我們和他懂得一般多，故意藏匿起一部分來，這叫做『曲』或者『間接』」，這種「曲又可分為單純的曲和曲與錯認之混合」。從作者方面而言，雖然所說總是希望有人懂，但「若我一字一句清通地說完了，卻使你依然不大懂」，這種有意為之的曲出自作者的正常心理，無需苛責，就讀者來說，重要的是要明白，作者「無論繞了若干的彎，只要有了表現，總歸有法子可以尋的（所謂『若要人不知，除非己莫為』），所剩下的只是如何可懂，懂得多少的問題」。

俞平伯區分作者非意識的欺瞞與有意識欺瞞，前者表現為朦朧

與錯認，是潛意識和無意識受了意識的監製而要努力「跳過或混過這一關」的後果，後者則表現為曲和間接，是作者囿於社會之網的裏挾而有意另尋的曲徑。前者是作者不自知，後者是作者不使人知，兩者「根柢固同，稍有內外之別」，都是造成詩之神祕的部分原因。

為了說明他的觀點，俞平伯舉出了一個有趣的例子，在人前學貓叫，只用自己能懂的特異的符號來述一己的祕密，或者用公共的符號但隱晦得令人難懂，都是在屋裡叫，詩的本質就是用公共符號述說一己的祕密，同時又要人懂，這是很難做到的一種神奇的理想，古往今來的詩人「傷時淫穢」之思俱出以隱曲之詞，因而令讀者有猜謎之慨。在他看來，這類隱曲之作，如阮籍〈詠懷〉、陶淵明〈述酒〉、李商隱〈錦瑟〉、王漁洋〈秋柳〉，自有優劣之分，「〈詠懷〉為上，〈秋柳〉上中，〈錦瑟〉中品，〈述酒〉則下矣」，而判斷「優劣的標準，只依作品的表面價值，作者使我們和他的詩接觸的一部分」，譬之謎語，即是謎語的謎面而非謎底。因為說到底，「詩中之曲，實已近乎謎語」，猜詩謎的行家自不妨「賞鑑謎底與謎面的巧妙關合」，但對一般的讀者而言，「頂要緊的只是『謎面』。我們只有謎面哩」。

在俞平伯看來，「了解一首詩的或然性，不必說是很小的」，增加詩的神祕性的因素，除了與作者的有意「欺瞞」有關，也與讀者自身的障礙有關。這種障礙分為兩種，一是「從媒介物，作者讀者的關係上所生的障礙」，二是「從讀者的性分，成見上所生的障礙」，前者可譬做煙霧，後者可譬做有色眼鏡。

就前者而言，文字是詩的媒介，而文字有四難，「至難纏的莫過於聲音訓詁；至難懂的莫過於大義微言」；「至難定的莫過於名

「詩的新批評」在現代中國之建立

物典章;最難得設身處地地替他想一想的莫過於與我們遠隔的社會的氛圍和在其間之反應」,若僅僅拘泥於考證名物,不僅費時難清且呆板,對於更重要的「把捉這些名物的氛圍」這一任務也幫助不大,比如古詩裡面的燈,真能看見或是研究明白了燈的形式功用,也「決不是讀詩的方便」,「我們要知道的是燈前的生活,這才是詩的材料,值得一晌的沉吟與一霎的低徊」。

就後者而言,作者與讀者之間存在一種「天生的」、「畫不出的個性之別,古今情味之異」,讀者面對既定的文本並非完全被動,他直接參與到作品意義的構建之中。用俞平伯自己的話說,人非機械,「生命情思之交流是何等的微妙呢,讀者的地位,完全不是旁觀,不完全是被動。他時時給一件作品以新的生命」。

在俞平伯看來,讀者與作者之間存在多重錯綜,詩的了解遠非接收電報那麼簡單,讀者的地位非常重要。

> 離開了解,詩是不存在的,不離了解,則讀者的重要並不亞於作者。依續成未完的詩這個觀點說,不妨說誤解也是正解。說得激烈一點,簡直不妨說誤解以外無正解,至少也可以說離開誤解則得不著正解。

俞平伯這些話,雖然正確強調了讀者的作用,但他並未陷入相對主義,隨即,他又回過頭來指出讀者作用被過分強調所造成的惡果:

> 自來說詩者,各各有見而所見異,謂己獨是而人皆非,

216

察及他人，情有同我；於是謹飭之士轉生迷惘，狂放之徒肆為輕詆，門戶初嚴，習染愈深，如此循環，良堪悲憫。冥合作意既不可知，自圓其說亦屬良苦，徒以塵點篇籍，災禍梨棗。其尤甚者，則敢於大言，以一己之磽确，為來學之康衢，貽誤貽慚，蓋皆難免。凡斯之流俱不得引用圓融之說，為遮羞之具也。

俞平伯此文，雖意在解析詩的神祕，但重點還是在讀詩與解詩，詩雖然「盡夠複雜，微妙，幽沉，幾乎神祕的了」，但詩非咒非謎，善讀詩者若能「致力於行跡之內，得力於行跡之外，音訓粗通，大義斯暢」，因為古人今人「風景不殊」「情思可通」。

(二) 語言的自覺與闡釋的經濟學

俞氏關於解詩的思想，除了專門的詩學文章如長文〈詩的神祕〉外，他寫於1948年的《清真詞釋・序》不僅簡要回顧了他讀詞和解詞的歷程，更提出了關於解詩的語言這個關鍵問題，可謂是一篇帶有總結性的重要文章。

俞平伯提到自己的一個親身感受，那就是覺得讀詞的最大困難在於「讀不斷」，「有一些詞似乎怎麼讀都成，也就是怎麼讀都不大成」，在他看來，這個困難「似乎令人好笑，卻是事實」[10]。

俞平伯不同於吳世昌、浦江清的一個重要方面在於，他對於解詩的語言本身的關注，他不避「開倒車的嫌疑」，有意以文言來解詩。對此他自己有一個辯解和說明，若仔細探究，則可以看到，這

10　《俞平伯全集》第4卷，前揭書，頁77。

種姿態本身即是其解詩思想的一個重要部分，或者說，屬於解詩之前的闡釋立場的問題，因此有必要加以討論。

　　我們知道，俞平伯是五四之後以白話寫作的新興作家，白話著述並不少，因此他自稱「對於『言』『文』並無歧視，各就其便罷了」還是很可信的，並非故作姿態之語。他的看法是「解釋詩的（廣義的詩包括詞在內，下同）文字實以淺顯的文言或半文半白體為較好」[11]，而他所用以「解釋以至於辯護」該立場的理由則可分為兩個方面。第一，「就讀者的需求看，所以要破費光陰讀解詮的文字，原為不懂原作或雖懂而不透之故」，因此，「解釋必須比本文稍易懂」，此點無可辯駁且能得到普遍認可。但是，一般常情不是以為白話比文言易懂麼？那豈不是應該用純正的語體文來解詩才對麼？在俞平伯看來，並非如此，白話與好懂之間並無必然聯繫，「常情易會，卻為一端的偏見」，詩不同於日常語言，解詩時「我們應該離開了讀者和評注者的立場，而從詩的本身，作詩時的心境去觀照」。這裡所謂作詩時的心境當指作者而言無疑，俞平伯此處所言涉及解詩以及闡釋學的一個關鍵問題，以何種心態來面對作品或文本？作品或文本的意義的生成涉及作者、讀者以及闡釋者等多個層面，進入作品或文本的不同心態或方式必然會影響到對於作品或文本的解讀。在俞平伯看來，應該關注詩本身，同時要體會作者的創造心境，這是以作品為本位的一種立場，這種立場與俞平伯對於詩的本質屬性的認定有關。在他看來，「就詩本身言，是拒絕任何解釋的」，原因何在？因為「假如不拒絕一切外在的表詮，則失其粹然

11　《俞平伯全集》第4卷，前揭書，頁82。

完整，詩之所以為詩」，若是散文能說的又何必寫詩呢，因此，若
極而言之，「詩不能講，所講非詩，一切的講，比方而已，形容而
已，假不代真，無可疑者」。

當然，俞平伯此處所言，並非宣揚詩絕對的不可講，而是想要
強調詩本身具有拒絕詮釋的那種極端的特質，讀者須對詩之為詩的
這種神祕和複雜有所意識。在他看來，詩既然不可講，但「事實每
逼著咱們來講詩，真是無奈的幽默」，既然對於不可說的無法保持
沉默，為生計計，那就只好強做解人了。但既要講詩，就首先要明
確如何來講，既然是要從詩的本身以及作者的心境入手，那麼就不
能不考慮詩的語言特性以及文話的特性以及兩者之間的差異問題。
以比喻言之，「詩是圓的，而文話均扁；詩為立體，而文話皆平
面」，「所以『詩無達詁』，而我們說話得算數。它一句抵多少句用，
我們的話一句只當一句用，這是根本上的差別。一切的困難都從這
兒扎根」。

俞平伯此處敏銳揭示了內在於解詩行為本身的困境，這事關語
言本身的奧祕以及詩的語言與解詩的語言之間的根本差異所帶來的
悖論，既屬不可說，又非說不可。接下來，俞平伯以常見的經濟行
為的術語來說明解詩語言的選擇問題，他指出：

> 如用白話來解釋古詩，就讀者一目了然的需求下去看，誠
> 有百利。但讀者們不必以看「第二手」、「第三手」的文章為滿
> 足的，最後還須去讀原文，若與原作合看，寧無一弊。利弊相
> 消，則盈虧難定；換言之，所謂好懂只指新來的文字，其故有
> 的難懂不必因之稍減，似乎有利並非真利。若解釋得錯了，那

是賠本，二折一折至於零負，更將不在話下了。

這樣，雅俗並置之間，經過一種閱讀經濟學的分析，俞平伯形象、巧妙然而並非不恰當地點出了他所說的「無奈的幽默」與人所面臨的語言的困境，就其行文的語境而言，又繼續強化了那種自嘲與反諷的意味，本身就構成了一個可以細讀的文本。

在俞平伯看來，之所以需要這種閱讀經濟學的計較，其實還是與詩（古詩而非白話詩）的現代處境有關：

> 試問詩詞具在，何須解釋？本來麼，不用解釋的。所以在中國文學史上這些作品很少，不占重要的位置，詩話、詩談之類大雅總不屑也。但今非昔比，人事日繁，去古愈遠，表詮之作，翻譯之篇，應需求而興起，夫豈偶然。質直地說，所以要解釋，只由於我們離它太遠之故，即使遠而不太遠，便不需要解釋了。

古詩之謂，一在「古」，一在「詩」，由此便造成它與我們今人之間這般遙遠的距離，「即從詩文的原有距離以外，加上今古的距離」。詩有其「特別的體系」，而文言不同於白話也正是「古」的外在體現，以今日的立場來看，「以白話來解釋甚至於翻譯古詩，是最合理的」的想法，「事實上卻會逢到不可或不易克服的困難」。這種困難，從技術層面說，涉及到「不僅須將詩化為散文，並同時須將文言轉為白話」的問題，而從根本上來說，最關鍵的問題還在於，「詩之所以為詩與古詩之所以為古，分作兩面看，只是方便之說，

實際乃一體渾然，無可分拆的」。即是說，「詩的內涵即存在於它的
形式上，它的言語口吻神情之間」，「詩的內涵、形式、言語三者已
凝成為一古物」，面對如此龐大的古物，能用以解說的語言工具則
有「引車賣漿之言」或者藍青官話，困難可想而知。這就牽涉到文
白的差異問題，在俞平伯看來，「『文』之與『白』不僅古今之異，在
古代已有二者並存的事實」，簡言之，「文言只是白話的提綱，它的
簡單化，精粹緊縮化」。

　　在如此情形之下，文言似乎便可充當分處兩端的現代語與古詩
之間「最自然的橋樑」。具體的路徑則有兩條，「如從『近真』的觀點
則宜用文言，如從『易曉』的觀點不如徑用白話」。表面看來，其間
的「得失短長似亦相當」，但若從解詩的目的來看，即「我們要它近
於詩，近於古人呢？還是要它近於我們」，俞平伯認為，這個問題
很好解決，因為我們解詩以及我們讀解詩的文字，本來是因為「去
古已遠」而要「引之使近」，而語言本身的特性就會使得解詩的文
字「自成一玩意兒，而與被解釋的原典不很相干，以至於可能的相
反」，這樣有違初衷的作法自是不可取。這樣，取文言這更近於古
詩之物為立足點，求「近真」則「易曉」不能不打折扣，但所得當能
抵償或超過所失，再退一步講，哪怕「近真」之舉一無所得，也不
過無益，因為「本來不懂，解釋了依然不懂，亦不必有害也」。若為
求「易曉」而用白話，則由於「愈近於我們的必愈遠於古人，遠到一
個某點，或竟發生差違」，其難度反而更大，因此必須審慎為之。
為了說明這一點，俞平伯從反面加以論證，提醒我們思考這樣的
問題：「如把咱們的白話詩用文言翻譯之，解釋之，能近真乎，抑
遠實乎？」，而他的結論則是「古既不如今，今又安能如古哉」。這

樣，古今有別，在今日解古詩，經由功利主義的考量，當以近真為
目的，詩本是不可解之物，文言白話原不在話下，但時事所迫，不
得不解，用文言最多不過無益，用白話則難免有害，兩害相權取其
輕，如此，俞平伯圓滿完成了他的閱讀經濟學的分析。

需要指出的是，俞平伯論證文言解詩的合理性與優越性有其
良苦用心與頗為自洽的邏輯，是有說服力的一家之言，但萬不可將
其視為文言優勝的獨斷之論或是守舊固執之舉。因為正如他自己所
言，他也偶然嘗試過用純正白話文來寫解詩文章，同時也尤其期望
他人也如此，而且，我們也知道，浦江清、吳世昌等人用白話所寫
的解詩文章也同樣精彩。其實，俞平伯所做的這番分說重點倒不在
比較文言白話優劣，他的思考已經超越了枝節問題，是在更高層面
上對於解詩行為本身的一種反思和自覺，如此理解可能要更為符合
他的本心，筆者上述的引述與分析，用意也正在於揭示這種自覺的
意識所體現的現代特質。

(三) 文理自然與詞釋的原則及方法

俞平伯講解詞作，重視清理其中的文理，但又注意不做教條
化的理解。在發表於1924年〈葺芷繚衡室札記〉一文中他說過一段
話，就專門討論了這個問題，1947年在《清真詞釋》的序言中復又
加以引用，認為這段「議論也不太壞」，因此可以視為他一個成熟的
觀點。

> 但我並不以為作者當時先定了格局然後做詞的，只是說有
> 些好詞，如分析其結構，精密有如此者。此僅可資欣賞者之談

助，不是可以拿來死講死摹的。凡文必有條理（無條理則不成
文），佳文尤顯明。但這種條理只隨成熟的心靈自然呈露，不
是心靈被納入某種範疇而後始成條理的。最好的感興在心頭，
若能把它捕捉住，何愁在紙上或口頭不文理呢。「風行水上，
自然成文」，此語妙確。文理何嘗罕見，可貴者正在自然耳。[12]

創作與閱讀涉及不同的心理過程，解詩須對此有明確認識才
行，俞平伯既有創作經驗又有大量解詩實踐，對此點深有感觸。他
指出：

　　論文詞之「作」與「解說」，其過程恰好相反。分析如剝蕉
抽繭，不得不繁複，愈細則愈見工力，而作者會之一心，則明
清簡易而已。若如分析時的委曲煩重，作者縱為天才亦是凡
夫，他受得了嗎？[13]

因此，他總結出兩條原則，「文無定法」、「文成法立」，若歸根
結底，也就是「自然而已」，「自然何必草率，切磋琢磨之極亦歸於
自然也」。俞平伯此處的自然，並非天然，而是人工化的自然，也
與林庚所謂自然詩的自然內涵接近，雖然是就創作而言，但有此認
識，對於解詩也大有幫助。俞平伯曾經積極參與過白話新詩中「自
然」詩學觀念的建構[14]，有重要的理論上的貢獻，他在解詩中所提出

12　《俞平伯全集》第4卷，前揭書，頁415。

13　《俞平伯全集》第4卷，前揭書，頁80。

14　參見解志熙：〈漢詩現代革命的理念是為何以及如何確立的——論白話—自由

的這種「自然」觀也同樣值得重視。

俞平伯論詩講詞，常說到「神理脈絡」。他在評溫庭筠〈菩薩蠻〉五首時，提到「飛卿之詞，每截取可以調和的諸印象而雜置一處，聽其自然融合，在讀者心中，仁者見仁，智者見智，不必問其脈絡神理如何如何，而脈絡神理按之則儼然自在」。對於「水精簾裡頗黎枕」一首，他更明確指出其「過片似與上文隔斷，按之則脈絡具在」，不僅有堪稱「形跡之末」的字詞上的對應，更重要的是「循其神理，又有節序之感，如弦外餘悲，增人懷想」[15]。

詞的神理脈絡流動於作為整體的作品之中，解讀時也應具有整體觀念與自然心態，因此，俞平伯非常強調詩詞之為篇章，宜以整體觀之，而不能割裂來看。比如韋端己（韋莊）的〈菩薩蠻〉五首，「實一篇之五節耳」，張惠言、周濟以至胡適等多個選家無視「此詞是一意的反覆轉折」，而各有取捨，張惠言雖然是該詞各章串講，但是隨心裁剪在先已是失誤，隨之而來的講解也就更是「誤中之誤」了。有鑑於古人解讀的錯失，俞平伯強調「既曰篇章，則固宜就原詞上探作者之意」，張惠言「先割裂之而後言篇法章法」，實乃「混而不清」、「削趾適履」[16]。

詞中言語，不同於數學公式，既不可求其一一對應事實，又不可全以文字遊戲視之，俞平伯對於文學表現生活的獨特方式有深

詩學的生成轉換邏輯〉，原載《中國現代文學叢刊》2005年第3期，後收入《摩登與現代：中國現代文學的實存分析》，北京：清華大學出版社，2006年11月，頁307-354。

15　《俞平伯全集》第4卷，前揭書，頁16。

16　《俞平伯全集》第4卷，前揭書，頁20。

入的認識。在談及韋莊詞中常見的「少年」字樣與韋莊本人客居江南時已逾中年的事實這看似矛盾的兩者時，他稱讚夏承燾在其《韋端己年譜》中所言「詞章泛語不可為考據」為「弘通之論」，更進一步強調對此「固不必拘泥，所謂『不以文害辭，不以辭害志』也」。在他看來，「生活者，不過平凡之境，文章者，必須美妙之情也。以如彼美妙之文章，述如此平凡之生活，其間不得不有相當距離者，勢也。遇此等空白，欲以考證填之，事屬甚難。此是一般的情形，又不獨詩詞然耳」。現實與文學之間的這種距離即是作者創造藝術美感的過程，亦是讀者閱讀中需要跨越的審美距離，考證有可為以及不得不為之處，更有不必為之處。俞平伯解說詩詞，於名物典故多有精細考證，但都與理解主旨有關，考證是手段而非目的，這一點，自是他不同於一般單純做考證之學者的地方。

　　韋莊詞中的「江南」，清人張惠言曾明言是指蜀，今人夏承燾以「洛陽城裡春光好」一首為客居洛陽時所作，俞平伯認為張氏雖然疏於考證韋氏生平但此處所說「良亦未必，但固不妨移用」，而夏氏雖於韋氏行誼羅列甚詳但此處結論則誠可商也。因為在他看來，韋氏雖曾客居洛陽，但「詞中洛陽則明明非洛陽而是長安」，「端己固京兆杜陵人也」「固一長安才子也」，此處洛陽原非實指，讀者於詞中「洛陽」、「江南」種種，固不可脫離字面，卻又正不可拘泥於字面，詩中種種原非考證所能說清。因此俞平伯以通達的態度指出，「洛陽既可代長安，則江南緣何不可代蜀耶——雖不能證實，故僅就詞中之字面，有時不足斷定著作之先後也」[17]。

17　《俞平伯全集》第4卷，前揭書，頁20。

　　除了〈詩的神祕〉以外，在《讀詞偶得》、《清真詞釋》的序言與正文中，俞平伯對於詩的神祕與解詩的可能與限度問題也有更進一步的討論。對於解詩，俞平伯有一個基本的認識，那就是「了解古人作品很難」，但「難解並不是不可解」[18]。同時，在強做解人的時候，卻又必須著眼於大處，須對於詩意空間的開放性與渾成性有所理解，不能拘泥於「跡象」，「以今人之理法習慣，尺寸以求之」[19]，但另一方面，不尺寸以求並不代表無需深思，「惟古人詩詞往往包孕弘深，又托之故實，觸類引申，讀者宜自得之」[20]。他曾批評前人所謂妙諦非可言說之類的說法「其實亦半是欺人之談。與其謂為不可說，毋寧謂為不能說」。在他看來，不可說與不能說是不可混為一談的，為此，他還舉出了幾首宋詞來解說其「佳處之一端」，細緻剖析其「細」「密」之處，確非徒托空言。同時，他也承認「其中自也有不易言詮的，如小詞絕句之所謂神韻」[21]。

　　俞平伯認為，「就詩本身言，是拒絕任何解釋的」，因為詩作為藝術作品，本身是不可解釋的，因為「假如不拒絕一切外在的表詮，則失其粹然完整，詩之所以為詩」，就作者而言，「假如可以有另一種較容易通顯的表現」[22]，則又何必寫詩呢。確實，詩與散文的差異，雖然是一個一言難盡的問題，但俞平伯此處的反問無疑接觸到了這個問題的核心層面，即詩與詩語的特殊性。既然詩有如此

18　《俞平伯全集》第4卷，前揭書，頁14。
19　《俞平伯全集》第4卷，前揭書，頁15。
20　《俞平伯全集》，第4卷，前揭書，頁25。
21　俞平伯：〈葺芷繚衡室札記〉，原載《我們的七月》，1924年7月，頁186，後收入《俞平伯全集》第4卷，前揭書，頁411。
22　《俞平伯全集》第4卷，前揭書，頁82-83。

特性,那麼極而言之,「詩不能講,所講非詩」[23],但縱然如浦江清所言,詩都是用「理想的語言」寫成,但詩有一個現實處境,有它的歷史命運,因此,絕對不可說是一種神祕主義。在俞平伯看來,「若為絕對則一切皆空,有如咒語」[24],這樣就消解了一切行為的意義,這一點與對文本做隨意解釋而無價值判斷以至淪為文字遊戲的解詩看似處於兩個極端,但實質都是虛無主義的體現。所謂解詩正是以非絕對的態度,在不可能中求可能,質疑不能說,不迷信詩的神祕,在不可說與不可多說之間保持足夠的張力,解詩人的學問氣度正體現於此。

在解詩之初,俞平伯明確表示擱置那種「子非魚安知我不知魚之樂」式的相對主義的態度,儘管他也知道「我們雖然把詩解釋得清清白白,爽爽快快,但似古人之心否,則不得而知」[25]。這樣的疑慮與困境是難以完全避免的,但他還是堅持解詩的可能,並試圖尋找最為合理的方式。

需要注意上引「其實亦半是欺人之談」與「其中自也有不易言詮的」之中的兩個關鍵字,「半是」與「自也有」,前者是批評前人所謂「妙諦非可言說」者大半是故作神祕以掩飾無能,看似高妙實乃空虛,但他並未完全否認這一說法的合理性,故而有隨後而來的補充說明「自也有」,這樣,既承認事情的複雜性,又不陷入完全的不可知論,所下結論審慎而客觀。

由此可見,俞平伯於解詩之道,實在是有通達的眼光,於前人

23　《俞平伯全集》第4卷,前揭書,頁83。

24　《俞平伯全集》第4卷,前揭書,頁85。

25　俞平伯:《清真詞釋‧序》,《俞平伯全集》第4卷,前揭書,頁85。

弊端多有辨識，因而強調解詩要避免極端，在明瞭詩詞特質的前提
下，既要細心求索，又不可拘泥與穿鑿。文理自然，指詞釋時在把
握作品文理脈絡時不可拘泥於教條，須認真體會作者用心，詞作具
有風行水上的姿態，解讀時也同樣要出以自然之心，不可說無須說
的地方且不要太過執著。

對於解詩的可能及其限度問題，俞平伯持有一個辯證的看法，
認為解詩正在於不可說與不可多說之間。在他看來，「分析文章，
類名家言，不如囫圇吞耳。但太囫圇又似參禪，亦不甚好」，如此
便有了所謂義法，義法本是不得已而為之，因而不能教條，須留有
餘地，「不可以形跡求」處，當「以神理會」[26]。

這樣，一方面，他努力在不可說中求可說，對詩中精微處再三
致意，詳加解說，另一方面，對於不可說不必說的，他又自覺保持
沉默，以把握詞旨與了悟文心為基本追求，有感悟但不過度發揮，
有義法但不教條，有分析但不拘泥，表現出一種通達的態度。

比如，在分析周邦彥的小令〈鳳來朝〉時，他以周氏另一首慢
詞〈滿路花〉來做比較，指出這兩者情致相似，雖長短有殊，體性各
異，但各有妙致，「兩兩參照而情可見矣」。由此他特意宕開一筆，
強調「但緣彼詞（指〈滿路花〉）之為回憶判此詞之亦然，則又大可不
必」，因為「假使真能斷定其確為回憶不為其他，又奚益於文心之了
悟哉」，又因為〈滿路花〉的汲古閣本有標題「冬情」，詞中意思也符
合，似乎「足證〈鳳來朝〉所未及詳之節候，辨殘年新歲於幾希」，
雖然「未為全無益」，但「大非本懷」。在他看來，「彼殘年也罷，新

26　《俞平伯全集》第4卷，前揭書，頁108。

歲也罷，作者既不曾言，其必無涉於詞旨也可知，奈何苦苦見迫。
好事者為之，賞心勿道也」[27]。

俞平伯對於詮釋這一行為本身也有自覺，在解說韋莊〈菩薩蠻〉
第五首「凝恨對殘暉，憶君君不知」時，說了如下一段話：

> 結尾兩句，無限低徊，譚評「怨而不怒」，已得詩人之旨。
> 此等境界，妙在豐神，妙在口角，一涉言詮便不甚好。譚評周
> 邦彥〈蘭陵王〉：「斜陽七字微吟千百遍，當入三昧出三昧。」
> 其言固神祕，非無見而發，吾於此亦云然。

俞氏此處所言，對前人感悟之言多有認同，看似了無新意，但
值得注意的有兩點，一個是「一涉言詮便不甚好」，一個是「其言固
神祕，非無見而發」，前者重點在「不甚好」，後者重點在「非無見」。

詩固然神祕，但並非全不可解，若要解說，自當言詮，若消極
地講，這是無可奈何的事，若積極地看，這也是現代教育制度的要
求。俞平伯對於解說的限度一直有著明確的意識，對於解說必然要
涉及的言詮問題也有認識，在說與不可說之間，在不落言筌與過度
闡釋之間，該保持如何的分寸，這是批評者必須要面對的難題，而
俞平伯基於自己詩學素養以及對於現代文藝理論的了解，對這個難
題給出了一個較為通達辨證的答案。可說，不可說破，言語難盡處
且留與感悟。

前人說詩解詞，多片言隻語，多即興感悟，多籠統點評少具體

27　《俞平伯全集》第4卷，前揭書，頁112。

分析，但前人之說，卻也並非一無是處，其中也有不少深得藝術創作之真諦的論述。我們所謂的現代的新批評，是指繼承基礎上的創新，是傳統的創造性轉化，因此，須得認清傳統才能說得上繼承和轉化，詩之奧妙正有言語難以窮盡之處，俞平伯於此深有體會，於是對於前人見解也能有同情之了解，故此處「非無見」也正是此一態度之體現。

第二節　浦江清與〈詞的講解〉

　　1944至1945年，時任西南聯合大學國文系教師的浦江清為了彌補講課之不足，特意寫作〈詞的講解〉一文，連載於他本人擔任編委的《國文月刊》，據呂叔湘講，其初衷乃是「感覺詞最難為學生領會，講課時間短，難於詳盡，寫這篇文章，仔細剖析，有如面談，所以題為『講解』」，本擬「從五代到南宋選代表作品若干首，一面逐首逐句講解，使學生了解詞有詞的寫法，有和詩不同的風格，一面借此闡明詞的體制聲律的源流演變」[28]。但可惜的是，只寫了論李白的〈菩薩蠻〉[29]、〈憶秦娥〉[30]以及溫庭筠〈菩薩蠻〉十四首[31]就中止

28　呂叔湘：《浦江清文錄·序》，《浦江清文錄》，人民文學出版社，1958年10月，頁1-2。

29　載《國文月刊》第28-30期合刊，1944年11月，頁57-65。

30　載《國文月刊》第33期合刊，1945年3月，頁31-36。

31　載《國文月刊》第34、35、36、38期連載，分別題為：〈詞的講解（溫庭筠菩薩蠻）〉，《國文月刊》第34期，1945年4月，頁24-31；〈溫庭筠〈菩薩蠻〉箋釋〉，連載於《國文月刊》第35期（1-4首，1945年5月，頁35-39）、第36期（5-8首，1945年6月，頁35-38）、第38期（第9-12首，1945年9月，頁20-25）。

了[32]。

浦江清治學內容廣博精深，但因其去世較早，相比其學術成
就，學界的關注程度顯得很不夠，注意到〈詞的講解〉一文的就更
少。以筆者所見，似乎僅有王慶德〈讀浦江清〈詞的講解〉和朱自
清〈詩多義舉例〉〉[33]，以及曾大興〈浦江清先生的詞學貢獻〉[34]等寥
寥幾篇。

浦江清的這篇〈詞的講解〉從形式來看，具有中國傳統詩學的
特點，內容分為考證、講解、評、箋釋等部分。但細看其行文思
路、學術視野、分析方法又純然是現代學術研究，雖然他本人自謙
「於詞並未深研」，講授詞學係「偶承乏」，「極通俗淺近，無多學術
價值」「不堪作著述看」[35]，但就內容實事求是地講，他寫得非常認
真，分析也極為細緻深入。他的女兒認為「他不是就詞論詞，而是
將廣博的學識，尤其是中西方文論滲透在一詞一句的講解之中，仔
細剖析，娓娓道來，有如與學生親切的面談，使讀者在領略詞的意
境、感受其魅力的同時得到系統的理性的認識。其行文融會貫通，
綿密精微，深入淺出，循循善誘，這也正是他教學一貫的風格。這

---

32 這些後來以〈詞的講解〉為題收入《浦江清文錄》，頁106-169。之後出版的
浦江清作品集如《浦江清文史雜文集》、《無涯集》等均未收錄此文，近來見
到2010年鳳凰出版社推出的近代學術名家大講堂系列中有《浦江清講古代文
學》，其中全文收錄了此文。

33 王慶德：〈讀浦江清〈詞的講解〉和朱自清〈詩多義舉例〉〉，《貴州民族學院學
報（社會科學版）》1986年第4期。

34 曾大興：〈浦江清先生的詞學貢獻〉，《清華大學學報（哲學社會科學版）》2006
年第1期，北京：清華大學出版社。

35 浦江清：〈致陸維釗函〉（之四，1948年11月12日），《無涯集》，百花文藝出版
社，2005年5月第一版，頁250。

一水準，是後起仿效的古詩文講解賞析類讀物所難以企及的」。這裡的描述以及評價雖然出自至親，但卻很客觀，並非全然溢美之詞，以筆者拙見，「難以企及」之說倒也擔當得起。

　　若細論之，則可以看到，浦江清在此文中的「考證」於作品版本、詞牌來歷、作者生平及其與作品關係都有考索與說明，自是本色當行，可謂得傳統學術研究一脈的真諦，但更為精彩的，是體現現代學術新思維和現代詩學素養的講解與箋釋[36]。在詞作的「箋釋」部分，他對詞中名物、典故的解說是傳統詩解中具有的內容，更見特點的是對關鍵字句特別是詞眼的語音與意義的特色及其關聯的解讀、對於詞內隱含的人稱問題、詞作的章法、層次所做的精彩解說。同時，他更能由小及大，小題大做，從版本差異這樣純屬技術性的細節辨明詩詞主旨，比如，他對「玉梯」、「玉階」的辨析就達到了這樣的目的。他通過分析「玉階」的邏輯意義以及宮詞意味，以及「梯」的不俗與常用以及「玉」的玄虛意味、以及玉梯舉部分以言全體的特性，「空」字無可奈何的意蘊，指出了該詞「既非宮怨，亦非閨情」，而是表達「行者的離愁」，這樣的分析不僅具體而且也很有說服力。對於「長亭連短亭」與「長亭更短亭」的「連」與「更」的版本之異，浦江清又指出「前者但從靜觀所得，後者兼寫心理上的感覺，各有好處，無分高下」，就音韻而言兩者無論正格或變格皆說得過去。這樣，同樣是版本差異的問題，不同於辨別「玉梯」與「玉階」，他對於「更」與「連」並不強做辨析與主觀判定，而是持一

36　有關浦江清學術發展的過程及特點，除本書已引的浦漢明著〈浦江清先生傳略〉、〈浦江清先生年譜（簡編）〉外，還可參見曾大興著〈浦江清先生的學術道路與詞學交遊〉，載《廣州大學學報（社會科學版）》第4卷第8期，2005年8月。

個相對開放的態度，對於詩意語言的複雜性與詩意空間的開放性，
表示出一種包容性，從而顯示出他的靈活性。

解詩或者說詩的批評，在解詩或批評之先的態度和認識大概
可以分為兩種，一是將詩視為既定之物，不對詩作本體論的探討，
只對具體的詩作本身進行解讀和分析，一是在解詩之先就對詩之為
詩的特點有所認識，或是在解析的過程中，會對詩之區別於散文或
其他文體、詩的語言的特性等內容加以辨析和說明。當然，第一類
讀者解讀詩句的具體過程中難免會涉及此類思考，但並非重心和主
體，在意識的明確性方面不同於第二類讀者。

浦江清受過現代的學術訓練，具有中西文學的修養，多學科
的綜合素養，在治學上以為「述古多而創新少即不足論」[37]。准此標
準，他在學術研究上努力做到以融會貫通求創新，其新思獨見頗
得師友賞識與重視，朱自清有過「浦君可謂能思想者，自愧弗如遠
甚」[38] 的讚嘆，他的好朋友王季思對其治學的歷程與特色有過如下
極為準確的描述：

> 他在清華園的前期，學術上深受王國維、陳寅恪兩先生的
> 影響，致力於文史考證之學，而在學問途徑上則避熟就生，常
> 能於一般學者注意不到之處深入鑽研，提出個人的獨得之見；
> 後來服膺聞一多、朱自清兩先生，主張精讀原著，一字不放
> 過，真得作者意旨，然後聯繫前人有關論著，融會貫通，而出

---

37 朱自清1933年2月13日日記，《朱自清全集》第9卷，前揭書，頁196。
38 《朱自清全集》第9卷，前揭書，頁164。

之以平易之筆，使讀者時有會心，樂於信從。[39]

　　他對於詩之為詩的特性有著明確而清晰的認識。與傳統的論詩者以及現代的不少詩學研究者特別是古典詩歌的研究者不同的是，浦江清將民間歌謠等通常不入詩學研究者視野的文學體裁也納入討論的範圍，由此來分析詩詞中音韻的結構性意義。比如他曾強調「假如我們對於歌謠下一點研究工夫，對於詩詞的了解大有幫助」。對於歌謠的討論，曾是中國現代詩學史及學術史上的重大問題，此處從略，浦江清能夠從詩學源流的角度來看待詩詞與歌謠的關係，雖然並無專門論述，但從中可以略窺他的學術思考所具有的時代色彩。

　　另外需要指出的，浦江清不僅熟習英文，還學習過梵文、滿文、法文、德文、拉丁文、日文等多國語言[40]，他掌握這些外語的程度雖然無法判斷，但從他已出版的作品集中的〈英國女詩人羅色蒂誕生百年紀念〉、〈八仙考〉、〈牛津英文大字典〉、〈研究報告書〉等文中都不難看出他對於西方的漢學刊物、文學刊物以及書籍都有涉獵，能夠直接閱讀。這樣的語言能力以及學術素養，使得他具有從翻譯視角來看待詩學問題的眼光。他本人雖無這方面的專門論述，但比如早在1928年發表的〈評《小說月報》第十八卷〉、1929年的〈法國名劇新譯〉等文中就有對於譯文的批評意見，而1948年4月

39　王季思：浦江清《清華園日記、西行日記》（增訂本）跋一，北京三聯書店，1999年12月第2版，頁299。

40　見浦江清〈清華園日記〉，及其女兒浦漢明所寫〈浦江清先生年譜（簡編）〉及〈浦江清先生傳略〉，分別載《浦江清文史雜文集》（北京：清華大學出版社，1993年4月第1版，1996年7月第2次印刷）、《無涯集》（前揭書）。

4日《大公報》的「圖書週刊」第44期的「海外書訊」中言及去年（即1947年）英國青年學者白英（Robert Payne）（抗戰期間曾任教於西南聯大及復旦大學）所編譯的中國詩選《白駒集》（*The White Pony*，1947年出版），提到該書「唐詩部分係由西南聯大教授袁家驊，浦江清，俞銘傳諸氏協作迻譯」。這樣，儘管詳情不得而知，但浦江清參與過中詩英譯的實踐是可以肯定的。

說起來，翻譯之於詩的文本批評的意義，未可小視。瑞恰慈在華期間，曾在黃子通等人的幫助下翻譯孟子，並寫出《孟子論心》，其中頗多涉及對於多重語意的討論。阿克頓與陳世驤合作編譯《中國現代詩選》係首部現代白話新詩的英譯，白英的《白駒集》算是後出的同類著作，也同樣借助了中國學者的翻譯。漢譯英的過程就要確定語意，於是在中文中不成問題的地方在翻譯中似乎不可思議卻又同樣似乎不可避免地成為了問題，在古詩中這一點最為明顯。浦江清對於古典詩詞的解讀頗為用心，也頗有心得，雖然現在無法確知他在白英翻譯唐詩的過程中究竟發揮了什麼作用，提出了何種見解，但可以確定的是，他熟悉中西文學，能夠熟練且貼切地以現代的文學理論觀念來解讀古詩，這是一般解詩者所不具備的新素養，翻譯中對於人稱、數量、時態等多方面詩素的反覆探究無疑有助於加深對於原詩的理解。這一點從他的〈詞的講解〉中不難看出。

（一）批評原則的確立與現代意識的彰顯

對於詩詞的講解，首先有個確立基本態度的問題，即詩是否可解，在何種程度可解？易言之，解詩的限度何在？浦江清對此有自己的明確看法，他強調「講解詩詞，不免要找尋那潛伏著的脈絡，

體貼作者沒有說出來的思緒」，而這個工作「實際上等於把詩詞翻譯成散文，假想走那腳踏實地的道路，這是一件最笨的工作，永遠不能做得十分圓滿的」，儘管如此，我們還是不能如古人那樣，因此就認為詩詞只可以意會，而不可以求甚解。

浦江清承認讀者在解讀和批評作品時必須面對如下的境況：

> 作者的原意，作者既然不曾自下注腳，他人何從得知，讀者也只能就詩論詩，就詞論詞，而讀者之中又各有不同的見解，所以詩詞的意義難得有客觀的決定。有時作者的原意是甲，而多數的讀者看成是乙，那末或者因為時代的隔閡，古人的詩詞往往有解錯的，只有文學史家及考據家能夠幫我們的忙，把古人的作品看得清楚一點。也有同時代的作品，甚至於我們的熟朋友的作品，也不能使我們完全了解原意的，或者是作者的修養太高，寄託遙深，不可測度；或者是作者有辭不達意之病，運用語言文字的手腕尚欠高明。所謂有些不通者是也。

在浦江清看來，就作者而言，「作者的原意是不盡可知」，而就讀者而言，作者並不具有對於作品的優先的解釋權，亦即「立於默然無言的地位」，那麼作品的意義就會隨讀者的不同而有不同了。比如，對於「簫聲咽」與「秦娥夢斷秦樓月」，不同讀者對於這兩句的潛隱脈絡——亦即弄玉的典故——的找尋會出現所見各異，深淺有別的情況。因此，若簡而言之，則必須承認「文藝作品的解釋與批評總是不免有主觀性的」。但承認這個事實，並不意味著面對文本只能持不可知論或相對論，他更為強調我們要努力「於主觀之中

求其客觀」，之所以能夠如此，是基於兩個條件，第一，歷史的知識，亦即常說的「知人論世」，「我們對於作品所產生的時代各方面的知識愈益豐富，即對於作品的認識愈近於客觀」，第二，深厚的語言文字的修養與對於語言文字的傳達性的敏銳體悟。

在浦江清看來，現代學術的發展使得我們能夠超越古人的侷限，古人之所以認為詩詞只可以意會而不能求甚解，是因為詩詞語言的特殊性要求著讀者特殊的修養，而現代的學者能夠擺脫這一侷限，因為「現代的詩學理論家以及從事於形而下的文法、修辭、章句的分析者，用意即在幫助讀者的修養」。這樣一來，不僅詩詞自有的客觀的意義不容忽視，而且還有探求的可能，因為「這客觀的意義即存在於多數同有詩詞修養的讀者共同之所見」。

確立現代的解詩原則，是一個破舊立新的過程，需要對中國傳統詩學造成的種種迷霧加以廓清，或對已有術語加以更新的整理、闡釋與分析。比如，對於詩論詞論中慣用的境界之說，浦江清在講解〈憶秦娥〉時，通過具體的分析說明「簫聲咽」既是「詞中之境，亦是詞外之境」。在解說溫庭筠的作品時，他指出古人對這些作品的評語失於籠統，未曾能細細解釋清楚，常州詞派沿襲漢人說詩的家法，以寄託論詞，又陷入拔高溫詞、深求義理的迷障之中，於詞作本身反倒所見不多，如若我們不僅只想獲得一個朦朧的美感，還想了解清楚，那就「必得明瞭晚唐詞的性質以及溫飛卿的特殊的作風」，這也正對應著上文所說的於主觀中求客觀的兩個基本條件。

浦江清注意到溫庭筠的「長處在乎能體會樂府歌曲的作法」，其詞作頗有得力於南朝樂府的地方，具體表現在諧音雙關語的運用，如蓮借為憐，藕借為耦，棋借為期，碑借為悲等等，並能做到「自

然高雅，不落俚俗」。在浦江清看來，陳廷焯《白雨齋詞話》中雖曾言及「鸞鏡與花枝，此情誰得知」含有深意，但卻不曾說明其究竟，因此終究還是主觀的了悟，若能明白枝、知諧音雙關的特點，對自《詩經》（「譬如壞木，疾用無枝，心之憂矣，寧莫之知」）、《說苑·越人歌》（「山有木兮木有枝，心悅君兮君不知。」）以至南朝樂府的詩學傳統有更為明確的認識，「參較樂府歌曲的用語，所能見到的比較的清楚，也比較的客觀，換言之，即這一類的句法的脈絡，不在思想因素上，也不在境界上，而在於語言本身的關聯上」。這樣他不僅補充了陳廷焯未能說明白的地方，還從理論上做出了概括，也正是於主觀中求客觀的一種表現。

俞平伯在解說溫庭筠〈菩薩蠻〉的時候，指出該作的內在神理脈絡不能輕易以跡象來求，「江上柳如煙，雁飛殘月天」這句「千載以下，無論識與不識，解與不解，都知是好言語矣」。俞平伯此言主要在強調對於古人名作不能「以今人之理法習慣，尺寸以求之」，而浦江清又加以補充說明，認為俞氏所謂的這一類好言語「非必不可識，必不可解也」。由此觀之，浦江清與俞平伯一樣，對於解詩的可能與限度都有清醒認識，俞氏的態度可以總結為於不可能中求可能，而浦氏則是於主觀中求客觀，所見略同的背後，是新的學術眼光。

中國傳統學術經歷現代轉型的一個表現，同時也是中國現代詩學中詩的新批評潮流中的一個方面，就是古典新釋。這既包括微觀上對於具體文本的重讀，也包括宏觀上對於包括研究術語、分析方法等研究構架的重估。就詩學批評而言，其中的一個重點就是在指出和承認傳統詩學術語的空乏、籠統等不足的基礎上，試圖從現代

中西比較的學術視野出發，以史的眼光，結合考證與批評，清理傳統文論（詩論）術語，並加以現代詮釋。本書「現代『詩的新批評』之核心觀念例說」這一章即是對這部分歷史的清理。就浦江清而言，他在「詞的講解」中對賦比興的重新解釋則暗合了艾略特所謂「客觀對應物」理論，雖然他的行文之中並未明確提及後者，但考其語意，則不難看出這個潛在的思想來源。其實，無論是否受艾略特的影響——「客觀對應物」這個概念也並非艾略特的首創不過是自有其歷史源流並在他手上得以流行而已——浦江清的這段闡述雖然簡短，但其新意卻是非常明顯的。

浦江清的這段話是這樣說的：

> 　　詩詞主抒情，但如只是空洞地說出那情感，作者固有所感，讀者不能領略那一番情緒。作者要把這情緒傳遞給別人時，必須找尋一個表達的藝術。假如他能把觸發這一類情緒的事物說出，把引起這一類的情緒的環境烘托出來，於是讀者便進到一個想像的境界裡，自然能體驗著和作者所感到的那個同樣的情緒，所以詩詞裡面有「賦」、有「比」，有「興」。這雖是一首短短的詞，裡面具備著賦、比、興三種手法。從「平林漠漠」起到「暝色入高樓」是寫景語，是烘托環境，是「賦」。「有人樓上愁」和「玉樓空佇立」是敘事，也可以說是「賦」。「宿鳥歸飛急」雖然也是登樓人所見，也是寫景，也是「賦」，但樓頭所見的事物不一，何以要單提這些飛鳥來說，是它的「比興」的意義更為重要。「何處是歸程」兩句也是「賦」，不過這是抒情語，和上面的寫景語不同，古人說詩粗疏一點，除了比興語外

都算是「賦」，我們可以再辨別出「寫景、敘事、抒情」等等各種不同的句法。

我們可以看到，浦江清的表述前半是理論論證，後半是作品分析，其論證的邏輯如下：第一，詩詞主抒情；第二，作者要有效傳達其感情，需要找到一個表達的藝術；第三，以具體事物、環境來創造想像的境界，從而引發讀者的同感，此即表達的藝術；第四、傳統的賦比興即是完成此表達藝術的具體手法。以下言及詞作中賦比興的具體運用，對於賦的內部差異問題也有提示，整個分析也頗為準確。

尋找情感對應物的意識在他解讀「長亭連短亭」的文字中也能見到，他認為這一句的散文意思是表達離家遙遠，但單說家鄉很遠是沒有力量的，長亭、短亭就是這個「情感對應物」，加以「連」字，就「把歸程的綿邈具體地說出來」了。

基於這種具有現代意識的批評原則和學術視野，浦江清對詞的講解不僅講出了前人未曾注意到的內容，對前人語焉不詳或含糊其辭的地方更做出了細緻的辨析，確實令人耳目一新。

(二)詞藻背後的詩學語言問題

在分析託名李白的〈菩薩蠻〉、〈憶秦娥〉以及溫庭筠的〈菩薩蠻〉等詞作的過程中，浦江清在討論具體的詞藻問題時，顯示了他對於詩學語言傳統的深入認識，可謂由小見大或小中見大的精深之論。

浦江清首先分析的是「平林」，意欲「借這兩字來說明詩詞裡面的詞藻的作用，作為最初的了解詩詞的基本觀念之一」。在簡要回

顧與分析了中國語言文字發展的歷史及其特點後，他指出秦漢時
代文言文學的局面已經形成，而「文言的詞彙因為是各時代各地方
的語言的質點所歸納，所以較之任何一個時代一個地方的語言要豐
富」，因此，「歷代的文人即用文言來表情達意」。樂府、詩、詞的
源頭都是出自民間的歌曲，但文人的製作並不完全是白話，相反卻
是文言的詞藻多而白話的成分少，不過為了取得流利生動的口吻就
在文言裡夾雜些白話的成分。

　　浦江清認為「文言語言」是不同於「白話語言」的一種理想語
言，中國的意象文字具有脫離語言的傾向，但由於文學要達到高度
的表情達意的作用，因此，不能如圖案或邏輯符號般死板，需要從
語言中模仿和提煉出獨具的「聲調和氣勢」，由此而言，文言不單
接於目，也接於耳，就其本質而言，「不是真正的語言，而是人為
的語言，不是任何一個時代或一個地方的語言，而是超越時空的語
言」，「從前的文人都在這種理想的語言裡思想」。這與他之前「中國
文學當以文言為正宗」的觀點是一致的[41]。

　　浦江清從語言與文字的性質差別入手，來分析平林所具有的文
言詞藻的特性。由於語言是訴諸耳朵的，因此為免同音之誤解，就
「要做成雙音節的『詞頭』」，而「林」是文言，是「接於目」，而「接於
目的文字可以一字一義」，識得此字便可以懂得其意，但問題在於：

　　　　在文言裡面固然可以單用一個「林」字表達「樹林」的意
　　思，但是樂府詩詞是摹仿民歌的，在民間的白話裡既然充滿了

41　朱自清1932年10月3日日記，《朱自清全集》第9卷，江蘇教育出版社，1997
　　年9月第1版，頁164。

雙音節的單位，那末在詩詞裡面為滿足聲調上的需要，也應該充滿雙音節的單位的。文人既不願用白話作詩詞，他們在文言裡面找尋或者創造雙音節的詞頭，於是產生「春林、芳林、平林」等等的「詞藻」。（古人用「詞藻」兩字的意義很多，這裡暫時用作特殊的意義），假如科學地說，應該稱為「文言的詞頭」。

在浦江清看來，這些文言的詞頭雖然與白話裡的詞頭音節相同，但意義更為豐富，就「平」字而言，雖然它也是幫助「林」字以造成雙音節的，但意義上不無增加，顯示出作者用字恰當，這一點可以從兩層意義來講：

　　一是說作者看見遠遠的一排整齊的樹林，很恰當用「平林」兩個字表達出來。二是說他對於文字上有素養，直覺地找到這兩個好的字面，或者他曾用過推敲的工夫，覺得「平林」遠勝於別的什麼「林」。這是兩種不同的文藝創作的過程，前者是先有意境找適當的文字來表達，後者是以適當的文字來創造意境。

他假設出詩人看見一帶樹林後可能會有的幾種寫法，如「桃林、楓林」（名目），「平林、遠林、煙林、寒林」（姿態和韻味），「春林、秋林」（時令），這些「都是即目所見，但換一個字面即換一個意境，在讀者心頭換了一幅心畫」，詩人的目的是想將剎那的景物以文字變成永恆，因此對於景物的各種不同的看法必須有所去取，而字面的選擇就是這種去取的具體體現和執行。進而言之，詩人不必完全寫實，也可發揮想像，注重意境和境界的營造，大家熟

知的「推敲」即是這種營造的體現。

　　具體言之，則「春林」、「秋林」雖點醒時令，但作者可能覺得不必，「煙林、寒林」俱可傳神，但與下文關礙，「曉林、暮林、遠林」則聲調不協，而且，這些字都不及「平林」的渾成，亦即「不刻畫」。原因有二，第一，「下面連用『漠漠煙如織』五個字來刻畫這樹林，那末『林』字上不宜更著一個形容詞意味過多的字面，否則形容詞過多，名詞的力量顯得薄弱，全句就失於纖弱」。第二，平林「這一個詞頭見於詩經，原先是古代的成語，是一片渾成的，不是詩人用一個形容字加上一個名詞所造成的雙音節的單位」，這點可從《詩經‧小雅》毛氏的訓詁中得到證明。

　　經過比較分析了「平林」之妙後，浦江清又對「寒山一帶傷心碧」中「寒」的雙重意蘊做了分析，由此也提出了一個結論。他認為「寒」字的形容詞性比「平林」裡面的「平」字要顯著，它所帶來的意義包括荒寒和寒冷兩種，詩人是單指某一種或兩種兼指呢，他本人並未做出交代，原因在於「他認為不需要的，而且也想不到要交代清楚」，這與上面所說的文人在理想的文言語言中思想有關，「在他們的語言裡有『寒山』這一個詞頭代表一種山，而在我們的語言裡沒有」。我們在走出了這種文言語言的傳統之後，已經不復具有原來相應具有的渾成感，因此，無論譯成「寒冷的山」還是「荒寒的山」，也都只是譯出其原有意義的一部分」。這種情況並非僅僅限於「寒山」一個詞藻，而是帶有普遍性的問題，「詩詞裡面的詞藻往往如此，蘊蓄著的意義不止一層，要讀者自己去體會。好比一個外國字我們也很難用一個中國字把它的意義完全無遺地翻譯出來」。此處的這個比喻值得注意，其中牽涉到浦江清的治學特點，同時也是

其詩學批評的特點，因此有必要申說一二。

我們知道，浦江清是東南大學西洋文學系出身，後到清華國學院任陳寅恪助手，一方面較好地繼承了中國的優良學術傳統，一方面也比較熟悉西方現代學術思想，因而其治學兼具中西學術之長，體現出視野開拓、考證扎實，分析具體等優點。他的作品雖有考證而不繁瑣，方法新穎但論述平實，思路靈活但又分析具體，不僅具有很高的學術價值，也具有良好的示範意義。他具有中西比較的意識，其論詞從翻譯視角來看待詞作中的人稱問題，即是一例，而且能從現代人的立場出發，對古今文學語言系統的差異做出辨析，基於對中國詩學語言特性的深入體會，在宏觀視野的觀照下，對具體詞藻問題做出分析，切實促進了對於詞作本身的理解，不僅是精彩的文本細讀，也帶有方法論上的啟示。除了這裡提到的對於「平林」之「平」、「寒山」之「寒」的分析，他對於「暝色入高樓」中的「入」以及「傷心碧」、「清明雨」、「音塵絕」等詞藻的精彩分析也同樣彰顯了這一特色，具體內容詳見下文分析，此處不贅。

（三）詞的章法與詩學的格律化問題

在分析〈菩薩蠻〉何以可稱千古絕唱的原因時，浦江清一方面沿用了傳統詩論所謂的意境論，指出其「意境高遠闊大，洗脫《花間集》的溫柔綺靡的作風，但也不像蘇辛詞的一味豪放，恰恰把〈菩薩蠻〉這個詞調提高到可能的境界」，另一方面更重要的是，指出該詞「章法嚴密」，並對其章法做了一段細緻而貼切的分析：

> 上半闋由遠及近，下半闋由近再及遠，以「有人樓上愁」

一句作為中心。上半闋以寫景為主，下半闋以寫情為主，結構完整，但並不呆板，在規矩中見出流動來。由遠及近再從近推到遠是一個看法，另一個看法，這首詞由外物說到內心是一貫的由外及內，而意隨韻轉，情緒逐漸在加強的。

　　如果說〈菩薩蠻〉因為「以登樓的人作為中心，寫此人所見所感，章法嚴密，脈絡清楚」，相對好把握，因而浦江清所論不多，那麼對於〈憶秦娥〉這首中心難以把握、結構似乎散漫的詞作，浦江清對其章法所做的論述更見功力，更顯新意，這點與吳世昌對詞的故事結構的分析同為中國現代詩學中「詩的新批評」的創見。

　　具體說來，他以電影藝術作為比較，認為〈憶秦娥〉是由語言的連串創造成畫境的推移，類似電影裡鏡頭的移動，其總題材是長安景物，而非人物，經過作者精心挑選的幾處精彩的景物，憑藉著語言的自然連串而蟬聯過渡，韻的傳遞構成詞作的主要線索，間以三字句的重複來加強音律的連鎖性，是一個純粹歌曲的作法。

　　在浦江清看來，從意境來說，詞作者挑選這幾處長安景物，注重的是其歷史意義，「作者置身極高，縹緲凌空，把長安周遭百里，看了個鳥瞰，而且從簫聲柳色說起，說到西風殘照，不受空間時間的羈勒」，雖為一支小曲，卻是無我之境，唱出了長安古城的精神，加以音韻天成，堪稱神品。

　　浦江清區分了詩詞的句法與章法，他指出前者從思想上來說，往往是跳躍的，這是因為「詩詞的語言的連屬性不僅僅憑藉於思想因素，也有憑藉於語言本身的連屬的」，如排句、對偶、押韻等技術手段就具有黏合語句的能力，因而能夠鋪就詩詞內部的脈絡神

理。而詩詞的章法問題，涉及一個更基本的原則。他認為詩詞的章法可以分為思想的章法與語言本身的章法，而語言的章法即是詩詞的格律，詩詞是格律化的語言。英國牛津大學的詩學教授麥凱爾（Mackail）[42]即認為詩的形式是格律化的語言，詩的內容已經過詩人的鎔裁，因此也是格律化的人生，浦江清即採納的他的觀點，並對詩歌的形式與內容的辯證關係做了闡述，並以〈菩薩蠻〉在題材剪裁、想像遷就格律等熔鑄方面的特點來做具體說明。浦江清認為借用麥凱爾的觀點來論中國的詩詞是很恰當的，即使就所謂自由詩而言也是有說服力的，因為自由詩也有其詩體，是以打破舊有的格律為格律者。

　　浦江清從詞的格律很嚴、每個詞調自成一個模型的特點出發，對俞平伯在講解溫庭筠〈菩薩蠻〉中所謂「飛卿之詞，每截取可以調和的諸印象而雜置一處，聽其自然融合」的說法進一步加以申說。他認為「把可以調和的許多意象（image），放在這模型裡聽其自然融合是可能的一種處理」，這正如「在鏤花的板子上，把白糖、米粉、桂花、薄荷之類裝進去，聽其自然融合，然後敲出各色各樣的細巧茶食」，〈浣溪沙〉、〈菩薩蠻〉、〈蝶戀花〉等詞牌正是各種圖案格式，而諸如春花、秋月、相思、別恨等題材則是白糖、米粉之類。既然所選擇的題材可以調和，那麼自然的融合也並不很難，區別只在於藝術手腕的高低，「高明的有神理脈絡可尋，拙劣的即成為堆砌」。他還對詞學中常見的所謂「七寶樓台，炫人眼目，拆卸下來，

42　J.W. Mackail，英國牛津大學詩學教授，為維吉爾研究專家，著有《詩學講座》（Lecture on poetry）、《詩歌的發展》（The Progress of Poesy）等，浦江清文中所提到的〈詩的定義〉一文即《詩學講座》一書中的一章。

不成片段」的說法給出了切實的解釋,「在詞裡面,聲律的安排非常完整,本身成為一個圖案,填詞家容易拿詞藻施貼上去,神理脈絡隨讀者自己去看,作者自己也說不清楚的」。

浦江清對詞及曲的特點有細緻辨析,認為「詞曲的文勢甚緩」,其文章非單線進行,具有曲折多姿、詞藻富麗的特點,在歌唱的時候,這些詞藻在讀者心眼之中就激發出一連串的圖畫的意象,因為詞曲的「思想和情感要在繁音促節裡表達出來,所以詞曲成為細膩的文學」。在他看來,詞的這種音韻特點與詞的組織是密切相關的。他強調詩詞的組織與散文的組織有根本差異,詩詞的特點在於它是「有韻的語言,這韻的本身即有黏合的力量,有聯接的能力」,看似散漫的詞句,若就內容和意義而言,自然各成單位,之間並沒有思想的貫串,但由於有一韻到底的韻腳在那裡連絡貫串,加上音律的連鎖和情調的統一做為輔助,於是便將散漫的句子黏合起來,如同花之有蒂。這種「接近於原始民歌的格式」、「不含散文的質點,不含思想的貫串及邏輯部分,只是語言和聲音的自然連搭,只是情調的連屬」的東西,便是「純詩」,託名李白的〈憶秦娥〉即是,中國的詞多半屬於此類。

浦江清在此所提出的「純詩」,是中國現代詩學的一個重要概念,浦江清的解釋對其他中國現代學者的純詩論述有所回應,但自有其見解,這點為近來研究純詩詩論的研究者所忽視[43]。

浦江清強調,正由於詩詞語言憑藉著韻的「共鳴」所產生的「黏合力」與「親近性」,從而得以實現思想的跳越,而無需像無韻的散

43　有關中國現代的「純詩」論,詳見陳希:《中國現代詩學範疇》,廣州:中山大學出版社,2009年6月,頁184-216。

文的語言那樣必須依賴「思想的密接」，思想的連貫誠然是連串語言的一種方法，但絕非唯一方法，詩詞句子的連接自有其路數。因此，就讀者的欣賞而言，「假如我們處處用散文的理致去探索詩詞，即不能領略詩詞的好處」，這也即是俞平伯所謂不能「以今人之理法習慣，尺寸以求之」的意思。

　　具體說來，「在散文，句和句的遞承靠思想的連屬，靠敘事或描寫裡面事物的應有的次序和安排」，這是散文的邏輯，而「詩詞有詩詞的邏輯，也可以說沒有邏輯，是拿許多別的東西來代替那邏輯的」，「詩詞的句法，句和句之間距離比較遠，中間有思想的跳越」。這種「跳越」是詩詞的語言的一種姿態，但絕非無緣無故而跳，詩詞內在的因素正可以促成這種跳越。比如，從「關關雎鳩，在河之洲」跳到「窈窕淑女，君子好逑」，其間不是邏輯而是比興。比興正是思想的一個跳越，其思想基礎是「類似或聯想」，無關乎語言，「比興在詩詞的語言裡有代替邏輯的作用」，也可以說是「詩詞的思想的一種邏輯」，比如，「潛虯媚幽姿，飛鴻響遠音」，一句說天空，一句說池水，其間有跳越，但依靠對偶的句法所具有的聯想作用，從而實現了思想因素與語言文字的交融。若細緻分析，則可以看到，「用對偶的句法，兩個思想單位可以距離得很遠，但我們不覺其脫節，因為有了字面和音律的對仗，給人以密接比並的感覺。這是一方有了比並，有了個著實，所以在另一方能夠容忍這思想的跳越的。假如你不跳，反顯得呆滯了」，詩詞的音韻與組織的關聯就正在於此。用浦江清的原話來說就是，「律詩和詞曲裡，音律的安排成為一條鏈子，成為一個圖案，成為一個模型，思想的因素可以憑藉這條鏈子而飛度，可以施貼到這圖案上去，可以熔鑄在

這模型裡，不嫌其脫節，不嫌其散漫，凡此都是憑藉了一種形式上的格律，使散漫的思想能夠熔鑄而結晶的」。這種形式上的格律與內容已經形成了有機的關係，很難孤立地來探究其中任何一方，這也就是律詩和詞曲不容易翻譯成另外一種語言的一個重要原因，因為音律的安排所構成的這條鏈子和模子若被拆散，那它所貫串的散漫的思想就會零亂到不可收拾的地步，即使譯文能夠另尋格律以及連串的辦法，但終究不復原來的情狀與美感了。

在浦江清看來，所謂詩詞中的省略也即是跳越，若以譬喻言之，則是：

> 譬如一帶岡巒起伏的山嶺，若是腳踏實地翻山越嶺地走，好比是散文的路子，詩詞的進行思想，好像是在架空飛渡，省略了不少腳踏實地的道路。又好比在晴朗的天氣裡，那一帶山的來龍去脈，自然可以看得很清楚，若遇天氣陰晦，雲遮霧掩，我們立身在一個山頭上，遠遠望去，但見若干高峰，出沒於雲海之中，似斷若續，所謂脈絡者，也只能暗中感覺其存在而已。詩詞的朦朧的境界有類於是。

這樣，通過結合具體詞作的分析，經由對詩詞與散文的差別的辨析，浦江清從理論上對詩詞的音韻所具有的組織作用做了較為詳實的闡發，由此加深了讀者對於詞作章法的認識和理解，也為詞的文本批評做出了示範。

（四）詩詞的人稱與觀點問題

詩詞中的人稱問題與詩詞的章法及主旨等皆有關聯，不少詞作的難解之處就因為人稱難以清晰把握，浦江清在〈詞的講解〉中對此也做了具體的論述。他指出李白的〈菩薩蠻〉是自己抒情體，到「有人樓上愁」這一句才點出詞中的主人，而溫庭筠的〈菩薩蠻〉寫的閨情，是代言體，而詞之為體，也正在於：

> 詞本是通行在宴席上的歌曲，即是自己抒情體也取人人易見之景，易感之情，使歌者聽者皆能體會和欣賞作者原來的意境和情調。所以詞人取剎那之感織入歌曲，使流傳廣遠和永久，不啻化身千萬，替人抒情。有這一層作用，所以用不到說出是姓張姓李的事，最好是客觀的表達，這「有人」的說法是第一人稱用第三人稱來表達的一種方式。

若借用瑞恰慈的說法，這裡的人稱並不僅是敘述視角的問題，而更多關聯到作者的「態度」（attitude）。浦江清更能從中文裡面並無嚴格的單複數的問題來看待人稱問題，他指出〈憶秦娥〉中所泛說的秦娥，「讀者要當多數看亦無不可」，「中文裡面多數與單數無別。詩詞本在寫意，並非寫實，所以用中文寫詩卻有多少便利，意境的美妙正在這些文法不細為剖析的地方」。若就溫庭筠的〈菩薩蠻〉十四首言之，則代言體所產生的人稱及觀點問題最為明顯，浦江清在考證、講解及箋釋部分對此多有深入論述。

在考證部分，論及溫氏〈菩薩蠻〉中的人物是否可考的問題時，浦江清就明確指出「初期之詞曲皆為代言體，乃代人抒情達

意，非自己個人生活之經驗，故不必舉人以實之」，這應該視作他
對於古人解詩過於注重史實及人物考索以至穿鑿附會的弊病所做的
批評和反撥，此種弊病，在以往的李商隱詩作的解讀中就頗為明
顯，在解讀溫庭筠詞作的作品中也同樣存在，為此他更詳細指出：

> 惟此十四首〈菩薩蠻〉中所寫，所設想之身分亦不同，如
> 「新帖繡羅襦，雙雙金鷓鴣」，則是歌舞之女子，「青瑣對芳
> 菲，玉關音信稀」，則征夫遠戍，設為思婦之詞，不必倡女。
> 凡此皆當時歌曲中最普通之情調也。

　　在具體詞作的分析中，他對此問題有更詳細的討論，在不同
地方多次言及溫氏這十四首詞作的主詞即是美人，無論作第三人稱
的她還是第一人稱的我，均可省略，同時也可兩面看，此點正是樂
府歌曲的特點。比如第一首，他就指出該作就其筆法而言，是客觀
描寫而非主觀抒情，若將其譯成外國詩，「懶起畫蛾眉，弄妝梳洗
遲」一句就該補足一個主詞「她」，由於中國詩詞向來沒有主詞，所
以此處竟可「她」、「我」兩用，其中的關鍵在於，「詞人作詞，只是
『體貼』兩字，不分主觀與客觀」，「因為這些曲子是預備給歌伎傳唱
的，其中的內容即是倡樓生活，所以是『她』是『我』，不容分辨。
在聽者可以想像出一個『她』，在歌者也許感覺著是『我』」。就溫庭
筠的這十四首〈菩薩蠻〉而言，它們的主旨是閨情，其中既有「描繪
美人體態語」，亦有代美人抒情語」，核心在於「體繪人情」，至於誰
人所說則無關緊要，這樣也就無需考慮主詞是「她」還是「我」。
　　浦江清繼而指出，若將詞曲合而觀之，則戲曲的代言特徵最為

明顯毋庸多說，需要注意的是，「詞在戲曲未起以前，亦有代言之用，詞中抒情非必作者自己之情，乃代為各色人等語，其中尤以張生、鶯鶯式之才子佳人語為多，亦即男女鍾情的語言」，若以詞譬曲，則宮閨體之詞可比小旦的曲子，溫氏〈菩薩蠻〉第三首，即可做如此解：

> 「蕊黃無限當山額，宿裝隱笑紗窗隔」，此張生之見鶯鶯也。「相見牡丹時，暫來還別離」，此崔、張合寫也。「翠釵」以下四句，則轉入鶯鶯心事。

以上是以曲觀詞，若將該詞作比做小說，則其中的觀點可謂不時變換，如此一來，「使苦求神理脈絡者有惝悅迷離之感」，在浦江清看來，若能明白這裡的人稱與觀點的變換之道，則不難破此迷離之感。因為溫氏此作：

> 實則短短一曲內已含有戲曲之意味。故知樂府歌曲，不拘一格，寫人寫事寫情寫景均無不宜，如此章者雖只是小旦曲子，但既云隱笑，又云相見，則其中必有一小生在。其與戲曲不同者，戲曲必坐實張某、李某之事，詞則但傳情調，其中若有故事之存在，但不具首尾，亦譬如繪畫，於變動不居的自然中抓住某一頃刻，亦譬如短篇小說，但說一斷片的情緒，此情緒是普遍的而非特殊的，謂之崔張之事亦可，謂之霍、李、陳、潘均無不可。

　　在道破此中關節之後，浦江清強調此點並非溫氏詞作特有，「詞之言情用此種方式表達者甚多」，若能明乎此，則不僅能讀懂作品本身，亦能有效避免所謂「飛卿此詞，自記其豔遇」等穿鑿附會之病。要言之，則「飛卿之豔遊盡多，又何必在牡丹、紗窗之間乎？又何必不在牡丹、紗窗之間乎？此亦不過設想有此境界與情調而已」，具體分析作品中觀點及人稱變換以及詞藻意蘊等藝術手段及其所綜合創造的境界與情調才是批評的重心，此點即是現代詩的新批評不同於傳統詩學的一個重要方面。

　　舊詩詞中雖不用主詞，但並非沒有主體，浦江清在強調需對詞中主體有細緻辨析之後，又繼而指出詞中主體並非全無線索可尋，「凡詩詞不用主詞，而詩詞中之主人或其他人物可以明白者，從其字面及詞藻中可以看明」，具體言之，僅以溫氏〈菩薩蠻〉第四首和第五首為證：

　　　　此首開始鋪設一個園池的背景，到底誰人出園，尚未分曉，及至「繡衫遮笑靨」句，方知是鶯鶯、霍小玉輩，不是張君瑞、李益。繡衫者舉服色以知人，青瑣者舉居處以知其主人，用此類字面，不必說「她」或「她們」了。

　　　　此章直說「覺來」、「褰翠幬」，更不必用主詞。褰與搴通。「玉鉤」非主詞，乃名詞之在「用格」（instrumental case），謂其人用玉鉤以搴翠幬也。

　　溫氏以外，其他詞人作品中的例證也所在多是：

再例如張芸叟的〈賣花聲〉：「醉袖撫危闌，空水漫漫」說「醉袖」兩字即代替「我」字，不必再加「我」字。上文云：「十分斟酒斂芳顏。」用「芳顏」字面，知旁邊有一個「她」。秦少游的〈滿庭芳〉：「山抹微雲，天黏衰草，畫角聲斷譙門」，先鋪設背景，到「暫停征棹」方始出人，此人乃即要棹船出遊的自己。下面用「香囊暗解，羅帶輕分」句，方始知道上面所說的「聊共飲離尊」不是同僚男友的餞別。

這樣，由此諸多例證，浦江清從詩詞語言的特點入手，做出了一個事關讀詞的概括性結論，指出「凡此皆是舉衣服、居處、體貌等等以代表說人物之辦法也。讀舊詩詞可用此例以求，蓋舊詩詞之語言，乃一不用主詞亦不常用代名詞之語言也」。

詞中的主詞與觀點是一體兩面的事情，主詞的隱祕與觀點的含混是造成詞作難懂的一大原因，即就溫庭筠的作品而言：

十四首〈菩薩蠻〉皆賦美人，卻不曾提出美人或女子字樣，但舉妝飾、居處、體態、心事為言，其寫法在客觀主觀之間，主詞可以是「她」，亦可以是「我」，此因為歌伎而作而又使歌伎歌唱之曲子，故描繪語與抒情語糅合在一起。以觀點而論，實不清楚。蓋自南朝女伎之樂舞發達以後，採取民間豔舞與文人所寫描寫女性的豔詩，製成歌曲，又伴以舞蹈，主觀客觀漸漸糅合，她即是我，我即是她，故抒情語與描繪語融合在一起，脈絡更難分析也。

　　除了這裡所說的描繪語與抒情語融合在一起導致觀點不明的情形以外，還存在著抒情主人公性別不明的問題，也同樣會影響到對於詞作主旨的判斷，浦江清舉出託名李白的〈菩薩蠻〉，指出前人因「玉階」兩字引發「玉階怨」等宮閨之聯想從而誤認其旨為閨情，繼而坐實其抒情主人公為女性，而實際上，「此詞既非小旦曲子，亦不像小生曲子，其中不涉風情，是詩人之情味借曲調中達出者，題意是旅客登樓，望遠思歸，可以作為正生之曲子」，浦江清因此感慨「甚矣，詞之難讀」。

　　以上浦江清對溫庭筠〈菩薩蠻〉中人稱與觀點問題所做的分析，主要涉及沒有明顯主詞的情況，他對詞中舉居處、服色、動作等等以言人的手法做了細緻分析，更為精彩的，則是他在第六首的講解中對「君」字這個常用的人稱代詞所做的詳實分析，這樣他對溫氏詞作中人稱問題的顯隱兩個層面都做出了分析，從而清楚解釋了詞作難懂的原因，也有效化解了讀詞中的難點，兼具理論和實踐意義。

　　浦江清在分析溫氏詞作之前，首先回顧了樂府古詩中「君」字的用法的歷史，指明「凡樂府古詩中用『君』字通常指女子之對方，即是男人」，比如「行行重行行」是假託女子口氣，從第二句「與君生別離」起，方才可以安上主詞「我」，這裡「我」乃是女子，「君」指對方，其意味在第二人稱與第三人稱之間，「思君」譯做「想念你」或「想念他」均可，不過把前後兩個「君」字譯做「你」，似乎活潑一點。再比如，曹植〈七哀詩〉（「明月照高樓」）是以「客觀的觀點傳述了一個女子的抒情的話」，其中既有敘述語（「明月照高樓」起至「言是客子妻」），也有抒情語（「君行逾十年」起到結尾），這些抒情語

可以放在引號中作為直接傳述語，但實際上乃是女子的獨嘆，因此這裡的「君」字乃是此女子默語中的對方，所以也是「你」。

經過這些具體的例說，浦江清指出「君」字內涵及用法經歷了一個變化過程，認為「古詩觀點清楚，即何者是旁人的話，何者是女子一人自說，結構分明，溫飛卿的〈菩薩蠻〉觀點不清楚」，其中女子自己抒情的話夾雜在描繪語中間，作者代言的姿態非常明顯，正如同採用全知視角的小說家一樣，這種寫法的特別正在於溫庭筠「只知道體貼女子，並沒有懂得現代文法，也不懂西洋詩及白話詩」。就這〈菩薩蠻〉第六首而言：

> 「送君聞馬嘶」之「君」，即是古詩樂府裡的君，指一男人。也就是當曉月朧明柳絲嬝娜的一個春天早晨裡步出玉樓與美人相別的那個人。你要說是「你」呢，那末整首詞成為一個女子的自言自語，所以是主觀的觀點，是主觀的抒情詩，你要說送一個男人呢，那末也可以說是敘述語，描寫語，是客觀的觀點。

對於溫庭筠詞中這種語態上的含混，浦江清做了一個有意思的評論，「這些地方飛卿都弄不清楚，也不要弄清楚，恐怕弄清楚了也寫不出〈菩薩蠻〉了」。在他看來，我們讀古人詞曲之所以覺得「脈絡不清，誰說的話也看不清」，究其實，是因為「古人未有現代文法之訓練，文言本無主詞，因此觀點不定，一齊是作者體貼人情處，想像人情處，其描寫、敘述、抒情三者混成模糊之一片也」。這些語言特性以及行文章法所造成的含混與難解，需要我們以現代

眼光去體會古人用心，而不能埋怨指責其不同於今而貶低或抹殺其藝術性，或是不明就裡乾脆就不了了之，更不能如上文所引俞平伯所謂「以今人之理法習慣，尺寸以求之」。

　　詞儘管難讀，但若能借助分析的手段，也並非全不可解，在溫氏〈菩薩蠻〉的講解中，浦江清重點討論了詞中的人稱與觀點問題，其具體思路和分析方法從以上引述的文字可以見出，經過對具體作品的分析後，浦江清對此問題的實質以及深層原因有一個總結性的概括：

　　　　以觀點而論，則描繪女子之語句，與女子自己抒情之口吻，夾雜調融而出，在客觀描寫與主觀抒情之間，此種寫法，確然不合邏輯，但詞曲往往如此，因制詞者是文人，而歌唱者是女子，且不但歌唱，又往往帶舞蹈，若現身說法者然。中國之藝術，有共同之特點，如山水畫之不講透視，詞曲之不論觀點，皆不合科學方法，而為寫意派之作風。如飛卿詞之迷離惝恍，讀者覺其難解，張惠言輩遂以夢境兩字了之。要之詞曲比詩又不同，皆因與音樂歌舞相拍合之故，其一則描寫、敘事、抒情三者融成一片，故而難明，其二則語言本身之承接，音律之連鎖常重於意義之承接也。

　　就在這些浦氏所謂「文法難以細為剖析」「不合邏輯」的地方，蘊藏著詩詞意境的美妙，也隱含著批評的線索。讀者若能加以注意，無疑也會增加對於作品的理解。浦江清對溫氏詞作中的人稱與觀點所做的這些細緻辨析與理論概括，不僅有助於理清作品中的章

法與脈絡，從而促進對詞作主旨與情態的理解與體會，也具備了較為普遍的適用性，若能循此方法，也當有助於理解其他詩詞作品。這樣，他的講解也就同時成為一種舉隅式的分析，具備了方法論的意義，應該說，這是他以及俞平伯等人講解詩詞的根本用心所在。

其實，浦江清此處討論詩詞人稱問題的思路和方法，獨具新意，但也並不乏同道，在他之前有趙蘿蕤從中詩英譯的角度討論李商隱〈錦瑟〉中的人稱問題及其隱含的詩意，之後有台灣學者姚一葦、林文月等人分別在〈中國詩歌中第一人稱的問題〉、〈省略的主詞──古典詩翻譯上的一項困擾〉等文中有進一步論述，其具體內容可詳見本書第八章。

第三節　吳世昌詞學批評思想述略

（一）吳世昌的詩學觀

吳世昌是著名學者，於中西學術均有很高素養，於詩詞研究等文史之學也多有創見，後來更以紅學專家名世。他既有中國古典學術修養，對於西方現代文學理論也有深入了解，因而能夠在融會貫通的基礎上，經過獨立思考和認真探究，提出了不少創見。而他在上個世紀三〇至四〇年代有關新詩與舊詩以及重新解讀傳統詩詞等方面的詩學思考就是其中的重要內容，除了少數研究者如他的學生施議對曾對其詞學思想中的詞體結構論有過專論外[44]，關注的人還很少，對其詩學思想的新穎之處以及時代意義還少有探討，依筆

44　施議對：〈吳世昌與詞體結構論〉，《文學遺產》2002年第1期。

者拙見，吳世昌這方面的專門著述雖不多，但卻具有很高的學術價值，可與俞平伯、浦江清並稱中國現代詩學中「詞的新批評」的三大家。因此，下文試圖將吳世昌的詩學思想置於上個世紀三○至四○年代中國現代詩學發展的歷史語境中，通過重點清理他的〈新詩與舊詩〉、〈詞的講解〉等文中的具體思路和方法，經由比較與綜合，來揭示其詞學批評的新意之所在。

在〈新詩和舊詩〉中，吳世昌對於新詩發展所做的思考無疑是具有深度的，新詩與舊詩的關係問題特別是新詩在經歷了早期的自由、白話詩潮之後的前途、新詩如何從舊詩中獲取前進的有益資源等問題，是當時不少詩人、學者與批評家普遍關心的問題，他們分別發表意見和看法，彼此辯難、補充，從而在事實上形成了具有學術史意義的詩學討論的熱潮。這一點下文將以相關事實來做說明。

1936年2月23日的天津《大公報》「星期文藝」發表了吳世昌的〈新詩與舊詩〉，這是該報的系列討論文章中的一篇，在此文的開頭，吳世昌就指出：

> 過去一年中新詩的復興，顯然和以前的幾次乃至最初的運動有一個分別：便是在運動本身感情的革命的成分已經減少，理智很安詳地抬起頭來，回看過去成敗，周遭的環境，自身的基礎，前途的展望；沒有以前那樣勇猛，也沒有以前那樣冒失。

他此處所謂的「新詩的復興」，指的是在經過了早期白話與自由詩潮流中大膽「寫」詩的喧鬧與嘈雜所致的困境之後，對詩歌創作在藝術上的高要求與艱巨性有了較深認識之後，通過格律詩實驗

等等創作實踐上的嘗試與探討所推動的1935年左右新詩創作以及理論討論上的又一個高潮，其具體表現在吳世昌看來，一個是「在形式上經過許多人的努力、試驗、鑄練；在品質上有比較長的氣魄偉壯的試創（《詩刊》以前的長詩只有郭沫若的〈瓶〉）」，另一個則是「在理論上有比較持平周詳的考慮和瞻顧──本刊第三十九期詩特刊梁宗岱先生的〈新詩的十字路口〉便是一個好例」。他對梁宗岱此文的基本看法都是持認同態度，但對梁宗岱所謂「我們底新詩對於舊詩的可能的優越，也便是我們不得不應付的困難」這個看法表示了異議，認為不必以應付困難的態度來看待舊詩可能的優點，因為如此一來就會影響到我們對於西洋詩之優越性的吸收與融會，應付與融會實際上代表了兩種不同的心理態度，但若從中國新詩的歷史來看，這種應付困難的心態也不足為怪，也是必要的。

吳世昌此處所做的這種辯證分析，是具有歷史感的表現，他既肯定了初期白話詩潮「應付」乃至否定拋棄舊詩的合理性，同時又從促進新詩發展的角度提出要有融會的眼光與能力，就此他提出了他的傳統觀。他認為中國文字有著悠久的歷史，對於詩歌創作來講，文字工具的洗練「只有一條無可也無法避免的路：就是向自己遺產入手」，對於自己的遺產，先要勇敢地承認下來然後再從中找出路，這就好比「我們只有一塊田地，經祖先耕得濫了瘠了，增加肥料選擇新種都可以，但若果要根本背棄這片土地，事實上是不可能的」。

基於這樣的傳統觀，吳世昌對於新詩的形式與內容等問題做出了深入的思考。在他看來，新詩的「形式問題，現在也逐漸為人重視，正在建設理論上的根據」，新詩歷史的短暫使得這方面的理

論「根本還沒有十分形成」，同時對形式有興趣的人很多卻是投機取巧來文飾其短，有鑑於此，這方面的理論探討非常有必要，也是無可避免的。他指出詩的形式問題從更基本的層面來講，是「功用（function）的問題（某種形式最足以表達詩意，也便是詩的功用）」，究其實「就是形式本身要求存在，在各種的功用下，用最合式的姿態存在」。

　　吳世昌批評新文化運動時期小詩的流行所體現的那種絕對自由的「天籟」詩學觀帶來了深廣的流弊，充當了「一切形式上、格調上乃至內容上的缺點的逋逃藪或辯護者」，強調「自由只是一個程度的、相對的問題，不是絕對的；自由是存在在不自由中的，只有不自由中才能有自由」，即是看似隨便唱出的歌也是不自由的，也要受客觀環境與主觀條件等多方面的限制。但若辯證地看，這些限制既是「上帝硬給我們的無可奈何的桎梏，同時卻也是運用無窮的法寶」，中國傳統詩論中著名的「情動於中而形於言」「手舞足蹈」之說似乎描繪的就是最自由的表現了，但這種舞蹈也只能是在地面而非水面或火面，而且更需要有合適的地點和時間。借用這個舞蹈和地面的比喻，吳世昌一方面形象地說明了中國舊詩衰落的原因和過程，認為「作舊詩的古人找到並且開拓了幾塊地面（用王國維的話說是境界），非常合適，在那兒手舞足蹈，舞得也非常合適。太合適了，於是許多人因為懶惰或低能，老是擠在這塊地面上，跳那幾種舞。新詩運動的發起人看膩了，就說老是這樣要不得，該找些新地方舞些新花樣；於是大家一起喊，一起來新花樣」，另一方面提醒這些喊著要來新花樣的人要去看那些「有天才有經驗有訓練的名舞」而非不入流的俗調，更要經過這個觀摩來學會「舞蹈中最基本

的步伐」。吳世昌的這段論述既分析原因又指明出路，對詩的形式建設的必要性表示了肯定的看法。

針對新詩由於受西洋詩影響而在題材方面「『我』的成分過於重」的缺點，吳世昌認為這一「現象本身並不牽連到褒貶性的價值論」，但若從全體來看，這種取材的狹窄又牽涉到深層的思想問題，因為「現代的生活比以前要繁複微妙得多，而我們的想像力好像反而不及前人豐富」。造成這種矛盾的原因就在於「我們的情感意志，被繁複的實際生活占據得太厲害，凡有感觸，都是由實際生活所引起（因此只寫人事，或以人事為中心的題材，那是很容易枯竭的），很少機會放縱我們的幻想，很少機會忘記自己」，為此他舉出中外文學史的事例來強調神話等幻想因素對於詩歌創作的重要意義。

吳世昌認為「題材的枯乏，限制了思想技巧的種種發展」，中國新詩所受西洋長篇神話故事詩的影響太少，僅有一些抒情詩，很少有用故事做骨幹的，就此而言，「我們也許可以說，在形式上新詩固然已經解脫了舊詩的桎梏，完全採取西洋詩的態度，而在基本精神上似乎還不脫舊詩中今體和小令的習氣」。這個結論與他對於文學史的判斷有關，在他看來，西洋詩中的長詩都是故事詩，而短的抒情詩也大多有故事骨幹，中國舊詩中長的歌行和慢詞也如此，只有做得最濫最熟的今體詩和小令才都是些抒情詩。同時他也指出「有故事骨幹的詩也不一定非長不可」，長短不是問題，關鍵在於如何通過客觀的題材來發揮作者主觀的感情、表現作者個人的態度，而非片面強調詩根本是主觀感情的自然流露以為抒情詩的寫作辯護。

吳世昌注意到中國近來很有人試製長詩，對長詩的前途抱有希望，但同時也強調「長詩的感情必須有所附麗，有所繫託」，這是

「因為人類的感情的弛張，有個生理的限制」，若是一味在詩中傾瀉感情，缺少節制與剪裁，則勢必會引人膩味。他感慨「中國文學史上所缺少的是長詩」，因此極力強調「我們需要長詩，中國的詩境需要開拓」，而中國悠久的歷史和豐富的神話之中就蘊藏著無需外求的長詩題材。

在談到舊詩（包括詞曲）儘管「在音節、風韻、形式各方面有種種的優點」，卻因為要麼令讀者「看不出所以然來」，要麼「看出所以然來了，卻附帶也看出了缺點」，從而阻礙了讀者的親近時，他指出除去作品本身的優劣不談，「時代背景的隔閡是主要的原因」，其中涉及典故、抽象意境、修辭手法、形式特徵等多方面的因素，從而阻礙了現代讀者的了解與欣賞。在吳世昌看來，「欣賞基於透澈的了解——也可以說是了解過程上指示成功的一種喜悅」，只有看懂了才說得上評判優劣，了解是初步的工作，而「內容的詮釋，價值的評判，才是問題的重心」。如若「沒有這步工作，我們的文學遺產也就等於大高殿的檔案」，「有了詮釋的能力，價值的標準」才能辨別優劣真偽，然後才能談得上「體驗作者的感情和意義，分析他表達的方法和形式，追跡這情意與法式中間構成的關聯，乃至在嚴格的形式限制下所洗鍊出來的技巧和完美」。這一系列的過程都是具有現代性的工作，絕非「整理國故」那麼簡單，在他看來，「光是整理是不夠的，並且用『整理』的觀念去弄它是弄不好的」，而且，我們也不能寄希望於那些精於傳統詩學之道並且也有講學、著述等方面實踐經驗的老先生，原因就在於「他們沒有我們的問題，即使有了，他們也沒有適當的工具——術語——可以表達出來」。借用現在的話來說，這些老先生不具有現代的問題意識，也缺乏與

這種問題意識緊密相連的研究方法與分析工具，為此，他舉出了一個具體的事例來說明傳統詩學研究的不足：

> 我們知道清真詞中有許多結構極好，暗合現代短篇小說寫法的故事，一位精於此道的學者周濟想不出合適的名稱來說明這現象，就名之曰：「鉤勒」。鉤勒，他的意思是「結構」；但是在我們看來這兩個術語在字義上無論如何是合不攏來的。但他畢竟還想出了一個名稱來說明某種現象，其他上百種的「詩話」，除了閒談和報告作者朋友們未刊的零碎詩句，加上一些讚語以外，還能供給我們些什麼？

吳世昌的上述判斷和分析無疑是具有洞察力的，他點出了問題的核心，指斥傳統詩學研究的籠統、含混以及零散等缺陷，考其本意，他並非要完全否定傳統詩學研究，也無意貶低那些老先生的學術成就，而只是要強調學術研究不能因襲守舊而要有現代精神，強調學術研究創新的必要與可能。確實，一時代有一時代的文學，每一時代的文學研究者的使命也自不相同，不同代際的學者其問題意識、分析方法、視野格局都會有差異。吳世昌本人是實實在在意識到獨立思考、自主創新的重要性，也是一直身體力行的，若證之以他個人學術研究的歷史，則不難看出這一點，他以自己的實際行動證明了具有中西學問修養的新生代學者的能力和貢獻。

基於這種認識，吳世昌指出了新的努力方向。他認為詩學研究中諸如內容的理解與詮釋、價值的評判等等工作，正如同「經書中的文法、音韻、訓詁之學一樣，並不能靠提倡讀經尊孔的老先生們

來研究」，這個任務應該「靠新詩的作者，至少對新詩有透澈的了解
與深厚的同情者來努力」。在文章的最後，他指出了擺脫兩種常見
的思想誤區的方法，針對五四新文化運動造成的擯棄「線裝書」這
一「可悲的副作用」，提出重要的不在於線裝洋裝，而在閱讀的態度
的端正與思想的健全。針對作了舊詩再作新詩便永遠作不好新詩的
流行觀念對於新詩發展所造成的損害，他又以中外文學史的事實為
例，強調「問題是在做得好不好」。這樣，他一方面為新詩以及新文
學的發展廓清思想上的障礙，澄清認識上的誤區，從而試圖消除流
行觀念對於創作者的誤導和束縛，為新詩及新文學的發展爭取更大
的發展空間與更多的參與者，另一方面強調樹立正確傳統觀的重要
性，以及傳統之於現代的重要性，從而為處理新詩與舊詩的關係問
題提出了一個可行的方案，並有力證明了現代學者完成古典新釋、
學術創新的歷史使命的必要性和重要性。

（二）詞的讀法：句讀、詞義與章法

　　對於詞的讀法這一具體問題，吳世昌一方面從句讀的判斷、詞
義的了解、章法的分析等微觀具體的層面做了例說，另一方從宏觀
把握的層面對更為重要的發揮想像力的問題做了分析與說明。其中
頗多創見，若加以概括，則有如下幾點：

　　吳世昌強調「讀書的最徹底辦法是讀原料書」，同時又要注重
讀法。就讀詞而言，他認為首先要明確讀詞的態度，意在消遣的不
在話下，嚴肅的讀法是以研究的態度來進行，是需要求甚解的，這
種追求和努力的程序「第一是了解，第二是想像，第三是欣賞與批
評，第四是擬作與創造」，他側重討論了前兩點。

在吳世昌看來，通句讀是了解詞的先決條件，這是個技術問題，但又是必須解決的重要問題。因為無論以詞的總量或是佳作數量而來，長調都多於小令。長調的斷句難度頗大，因此讀者需要自己尋找斷句的原則。第一先求韻腳，「詞中長調，大都有兩片，多者有三片（即雙拽頭，如清真〈瑞龍吟〉），每片末一字，即係韻腳」，「然後依此韻以尋繹句讀，最為可靠」。由於長調有時句密韻疏，尋找韻腳不易，為此，第二步就要了解詞的句法，這比求韻腳要更為困難，需要「細心紬繹，惟有多讀才能會通」，但此點「也並非全無法則可循」，若能明白詞體演變的歷史，知道「詞中小令是由六朝樂府及唐人絕句演變而來」，「慢詞則近乎唐人的律賦，頗有駢文氣息。然又有與駢文異趣者」，則不難尋繹其中的句法特點，對於「慢詞中的領下或托上的散句，內向或平行的對句」也就能有清楚的掌握了。在舉出二十三項例句說明了主要詞調的句法以後，吳世昌又以例說的形式指示我們辨別詞的句法易與詩的句法混淆以及詞中容易誤連及難辨之處。

掌握句讀是讀詞的入門之道，在吳世昌看來，通過上述方法，不難領悟慢詞的條理，但不宜機械地在書上標點，關鍵在於「只憑理解，養成注意韻腳及句法的習慣」。

吳世昌認為「讀詞之難，甚於讀詩」，而詞之難解的原因頗多，主要的有如下幾點：

> 名物訓詁，因古今俗語及生活方式之不同而難於想像，一也。隸事用典，因讀書多寡而見仁見智，二也。章法修辭，因平仄韻調而參互錯綜，三也。

　　若要對詞作透澈之了解，則必須克服這三大障礙。在他看來，若是單說某詞極好卻對其具體好處說不出所以然來，則可說是不了解該詞，至於品評好壞的言辭也僅是人云亦云的模糊印象而已，非出自真切感受則可知。他批評那些自名為寄託派實為索隱派之流「大言欺人，自矜祕訣」，強調我們不要受這些妄人的欺騙，必須對詞作有透澈的了解，才能談得上真實地欣賞前人的佳作。關於名物訓詁，他以「塊壘」為例，指出我們若不能正確理解它在歷史上的具體所指，也就不能了解周邦彥〈丹鳳吟〉中「痛飲澆愁酒，奈愁濃如酒，無計銷鑠」中「銷鑠」二字的真意。而詞中常見的「行」（如著名的〈少年遊〉中「低聲問：『向誰行宿？』」）若是將其誤解為動詞行走之意，而昧於其代名詞的內涵，也就難以把握詞句的本意了。要克服名物訓詁這方面的困難，他認為「初學者除了勤查類書之外，只有多讀多比較之一法了」。

　　吳世昌指出文學作品中典故的運用，具有兩種作用，一是不得已而為之，只是掩飾作者的無才，二是有意為之，為的是「引起讀者的聯想，使意義雙關含蓄，內容更加豐富。或者因為有的意思不好直說，借典故來代言」，體現的是作者的藝術手腕與修養。就詞而言，起初多寫兒女之情，或是以白描來敘事寫景，無論「傳情達意，全憑本色，很少隸事用典」，到了北宋晚年及南宋，由於詞的境界的擴大，抒寫內容的廣泛，「詞變成了詩：於是詩的許多技巧，如用典隸事之類，也一起搬了進來。但小令用典者仍少，惟長調則多肆意為之」，典故雜陳，是以難解，對此若是一無所知，也就根本談不上欣賞與批評了。至於所見多是的詞人化用前人成句的情形，若能推陳出新更見高妙則正是藝術創作的真諦的體現，在他

看來，「太陽底下沒有新的事物，一切藝術的創造不過是舊材料的新配合」。至於詞句因格律所限帶來的省略，也需要讀者自行以想像力來加以補充，無論是識別化用還是補足想像，其根本用意在於「能找出作者的原意，與千載上的古人相視而笑，莫逆於心」，這才是我們讀書最大的快樂。因此，要真正深入了解詞，須從詞的上下四旁如詩、曲、唐宋傳奇、筆記、小說以及其他集部之書等等讀起，這是無法省略或速成的一個艱苦的訓練過程，原因正在於詞乃是「經數千年文化培養出來的一種文學」。

吳世昌強調「為了解作品、說明欣賞起見，也不能不分析作品的結構，以資參悟」。就詞而言，章法主要是針對慢詞而言，因為小令太短，章法也相對簡單，而慢詞「不論寫景、抒情、敘事、議論，第一流的作品都有謹嚴的章法」，其中既有平鋪直敘、次序分明因而容易看出的，也有迴環曲折，前後錯綜因而縱使行家往往也難窺其理路。吳世昌直指前輩學者的缺失，認為「以前精於此道的老輩，他們也心知其意，但因為不會用術語，不願或不善傳授，後學受惠甚少」。他舉出了在評論周邦彥詞作時清人周濟的「鉤勒」說以及近人吳梅的「沉鬱頓挫」說為例，認為吳梅分析周氏〈瑞龍吟〉的那段文字「相當精到而明暢」，在老輩的論詞文字中可算少見，也是其《詞學通論》中唯一能說得上沾溉後學的，「其他論人脫不了『點鬼簿』習氣，論詞簡直是衙門中的公文『摘由』」。吳世昌因其持論甚高因而批評也就難免嚴苛，但總的來說還是批評得有道理的，確實如他所言，吳氏雖然把意思說明白了，但所用「沉鬱」、「頓挫」、「纏綿」、「空靈」等等「卻是些概念模糊的抽象字眼，只是論者的主觀印象，與周詞的章法無關」。在主觀印象的描述與具體章

法的細繹之間，正有著本質的差異，也是古典詩學與現代詩學之間的差距，而對於詞作章法的細緻分析正是吳世昌在詞的批評方面的主要貢獻之一。

即就周氏〈瑞龍吟〉而言，吳世昌不僅正確指出其「優點正是寫得事事具體，語語真實，一點也不『空靈』，所以讀來分外親切」，更敏銳地發現其章法「頗似現代短篇小說的作法：先敘目前情事，其次追敘或追想過去的情事，直到和現在的景物銜接起來，然後緊接目前情事，繼續發展下去，以至適可而止」。在吳世昌看來，這種「人面桃花型」的作品，其結構容易看出來，難於分析的卻是那種「作者想像中的意境，完全用抒情的方式表現出來」的作品，比如周邦彥的〈還京樂〉[45]以及柳永那首極難斷句且前人頗多誤斷的〈引駕行〉。吳世昌分析章法的具體思路，在後文將有較為詳細的揭示，此處為了更充分說明其創見所在，特完整引述他有關這兩首詞作章法的分析文字：

> 這首詞上半闋先從眼前景物，閒閒寫起，只是說客中無聊。從「望箭波」到「相思清淚」不過要說「淚落水中」而已；卻從極遠極大處說起，又以「風」「日」「黃雲」，映帶其間，層層倒寫，推剝無餘。中間插入「任去遠」三字，彷彿無際煙波，自在蕩漾，本和作者無關，任它往遠處流去罷！直到此三字句，

45　禁煙近，觸處浮香秀色相料理。正泥花時候，奈何客裡，光陰虛費？望箭波無際，迎風漾日黃雲委。任去遠，中有萬點相思清淚。到長淮底。過當時樓下，殷勤為說，春來羈旅況味。堪嗟誤約乖期，向天涯自看桃李。想而今應恨墨盈箋，愁妝照水。怎得青鸞翼，飛歸教見憔悴？

讀者還以為作者所注意的，只是當前景物，最後始點出「水中有淚」，才知道上文鋪敘，全是陪襯導引之語。為了幾點相思淚，卻調動了無際的「箭波」、「風」、「日」、「黃雲」，讀者直到上半片的末句末字方悟作者用心。如善弈者，閒閒落子，看似無關，最後一著，全盤皆活。小題大做，而小題卻也賴以重大了。

　　再自統首大體來看，則整個上半闋還只是陪襯導引之語。下半闋自「到長淮底」至「羈旅況味」，是作者向流水囑託，請求代達的話，實暗用〈洛神賦〉「屬微波以通辭」之情調而加以變化。這才是本篇的主旨。自「堪嗟誤約乖期」以下六句是作者的獨語，並且正說明「羈旅況味」。因為「誤約乖期」所以有託流水帶個信去安慰伊人的必要，流水沒有憑據，只好用「萬點相思清淚」作為表信。有了「誤約乖期」四個字，上文的囑託流水才不顯得冒昧。所以這四字又有補敘囑託流水之原因的作用，而比〈洛神賦〉的意境和技術更高一著。「自看桃李」又是「誤約乖期」的結果，否則當然「同看桃李」了。此外，「誤約乖期」又與上半闋的「光陰虛費」相呼應，「自看桃李」正與上半闋的「浮香秀色」、「泥花時候」相補足，於是「望箭波」以前的開始五句，初看是「閒子」，至此也活了。以後作者的情思，又隨長淮中的清淚到伊人樓下，彷彿見其「恨墨」、「愁妝」。繼而又悟旅人之依然天涯，則惟有嘆息「身無鸞翼」，「難見憔悴」而已！（這不用說，又是用李商隱的〈無題〉詩，「身無彩鳳雙飛翼」，但李詩的下文「心有靈犀一點通」多俗氣！周詞有此意境，卻寫得飄灑。

　　我們看這首詞每一句都有好幾個作用，所以在寥寥百餘字

中，包含著多少複雜微妙的意境。這是最經濟的表現方法。通篇結構嚴密，筆致曲折，情思往來，忽遠忽近。乍看如「中宵驚電，罔識東西」，細繹則霧縠繡組，纖縷可尋。沈伯時所謂「清真下筆運意，最有法度」。正指此類章法。

至於柳永的〈引駕行〉[46]，其分析則如下所述：

> 這首詞的章法也是一起首就描寫風景，連詞中的主人翁——作者自己，也被客觀地寫入風景裡面，作為一種點綴。直至「搖鞭時過長亭」，鋪敘才完。柳永詞的長處在鋪敘，這是我們應該特別注意的。
>
> 從「愁生」一韻起，才指出上文的春郊行役，並不是愉快的旅行，而是和情人遠別，而這個行客又正是作者自己。於是又追寫不久以前她別時的愁容，推想到她此後孤棲的淒涼和盼望他回來的焦急。自「花朝月夕」至「屈指已算回程」寫的多是想像。「相縈」一韻，總敘上文彼此思念。但作者的思念是實情，對方之思念作者，卻是想像出來的。因為受不住這相思的煎熬，所以他想發個狠打回頭，對她細訴這一路相思之苦。當然，這依然是在長安道上，騎馬搖鞭時的幻想。

---

46 紅塵紫陌，斜陽暮靄長安道，是誰人？斷魂處，迢迢匹馬西征。新晴。韶光明媚，輕煙淡薄和氣暖，望花村，路隱映，搖鞭時過長亭。愁生：傷風城仙子，別來千里重行行。又記得臨歧淚眼，濕蓮臉盈盈。銷凝。花朝月夕，最苦冷落銀屏。想媚容耿耿無限，屈指已算回程。相縈。空萬般思憶，爭如歸去睹傾城？向繡幃深處，並枕說：「如此牽情。」

271

最後一句「並枕說：『如此牽情。』」是一個異想天開的總括上文，也是一篇的主旨。至此，讀者才知整篇上文，無非是這一句話的準備工作。把整篇的最高峰放在末了，戛然而止，也是這首詞的特色。

因為這詞的意思很簡單，只是捨不得離開她而已。意境是虛構的，不在末了來一個高峰突起，全詞的意味便易流於平淡。

作者的手法，先是平鋪直敘，後來追憶從前，幻想現在，假設以後，一層層推遠，卻同時一層層收緊，最後四字鎖住了全篇。而在這追憶、幻想、假設之中，有的指作者自己，有的指對方，這更使章法錯綜複雜，但層次則始終分明，絕不致引起誤解。

對應著「人面桃花型」的命名，吳世昌將這種「從現在設想將來談到現在」的章法追溯到李商隱，稱為「西窗剪燭型」。

在吳世昌看來，這兩類章法是長調中比較常見、但卻並非最容易了解的，原因在「中國文字因為對於時間的區別不很嚴密，所以有時不如外國詩清楚」，因此，「我們讀到一首詞，在文字，句讀、名物、訓詁通了之後，便要注意它所寫情景的時間性與真實性，這一點非常重要」。相比歷史、傳記、議論文、寫景抒情的散文等其他文類的時間性易於識別，詞由於「其形式既受格律（用韻、平仄、字數等）的限制；其內容中又常常錯綜著事實與幻想，而這兩者都有「追述過去」、「直敘現在」、「推想未來」三式；有時又有「空間」摻雜其間，如「她那兒」、「我這兒」之類，因此更加複雜難辨」，因此在讀詞的時候，對於時間上過去、現在與未來之分，具體情境上

現實與想像之別等堪稱關鍵之處，都需要細心識別與體會，特別是
要「留心領字領句」，這樣，若能清晰識別詞作裡的時、空、虛、
實，對於其間的章法也就能有透澈而準確的了解。

（三）想像力與詞的讀法

　　文學作品特別是詩詞，不同於散文的一個重要特點就在於表意
的含蓄，強調意在言外，這種含蓄一方面表現為運思與遣意時非散
文化的邏輯，一方面表現為語言文字上的經濟，因此，才會出現理
解上的困難。在吳世昌看來，「要欣賞或批評詞，光是了解字句、
故實、章法等項是不夠的，還得要有想像力」，作家特別是詩人「他
只能提出幾個要點，其餘的部分要靠讀者自己去想像、配合、組
織。這一點關係到作品的命運，也是讀者能力的一個測驗」。在這
個意義上來說，法郎士所謂「靈魂的探險」之說是有道理的，「讀者
但憑幾個有限的字句，要能神遊冥索，去迎合作者所暗示的境界、
情調」，這種情況與我們漢字本身作為象形文字的表意性有關，漢
字本身就具有「暗示作用」，詩詞是具有藝術性的文學作品，這種內
蘊著的暗示作用就更為明顯。比如，在吳世昌看來，所謂「乘朱輪
者數十人」中的「朱輪」就不僅是說有朱輪的車，而是代表乘此車者
有二千石以上的官秩，而所謂「雙鬟坐吹笙」，也「自然使我們聯想
到挽雙鬟的少女，她的姿態、服飾，以及幽閒的神情，音樂的韻調
等等」，小到字句，大至篇章，無不如此。

　　為了說明讀詞需要讀者的想像力與組織力，吳世昌以小令為
例，指出小令不大用典並不就等於比後來習於用典的長調更容易理
解，這是因為「五代和北宋的小令，常常每一首包含一個故事，讀

者若只看字面，往往會目迷金碧，見樹而不見森林」，而要擺脫這種困境，讀者需要具有古生物學者那樣的「還原能力」。吳世昌注意到《花間集》中小令的故事性，認為其中「有的好幾首合起來是一個連續的故事，有的是一首即是一個故事或故事中的一段」，在他看來，魯迅曾指出張泌的〈浣溪沙〉「晚逐香車入鳳城」是「唐代的釘梢」，說明魯迅注意到了所謂故事性的第二個方面，至於第一個方面即連續性方面「似乎從來沒有人注意過」，張惠言雖曾指出溫庭筠的〈菩薩蠻〉第二至第五首是連續的夢境，但失之穿鑿故全不可信。吳世昌以孫光憲、顧敻、周邦彥等人的作品為例，分別說明了在解讀同調的連續小令與單篇的小令的故事時，想像力的具體體現。限於篇幅，此處僅引述他分析孫光憲〈浣溪沙〉八首以及周邦彥〈少年遊〉的文字。

孫光憲的〈浣溪沙〉八首如下所示：

桃杏風香簾幕閑，謝家門戶約花關，畫梁幽語燕初還。繡閣數行題了壁，曉屏一枕酒醒山，卻疑身是夢魂間。——其一
花漸凋疏不耐風，畫簾垂地晚堂空，墮階縈蘚舞愁紅。膩粉半黏金靨子，殘香猶暖繡熏籠，蕙心無處與人同。——其二
攬鏡無言淚欲流，凝情半日懶梳頭，一庭疏雨濕春愁。楊柳只知傷怨別，杏花應信損嬌羞，淚沾魂斷軫離憂。——其三
半踏長裙宛約行，晚簾疏處見分明，此時堪恨昧平生。早是消魂殘燭影，更愁聞著品弦聲。杳無消息若為情？——其四
蘭沐初休曲檻前，暖風遲日洗頭天，濕雲新斂未梳蟬。翠袂半將遮粉臆，寶釵長欲墜香肩。此時模樣不禁憐。——其五

　　風遞殘香出繡簾，團窠金鳳舞襜襜，落花微雨恨相兼。何
處去來狂太甚，空推宿酒睡無厭。爭教人不別猜嫌？——其六
　　輕打銀箏墜燕泥，斷絲高冑畫樓西，花冠閒上午牆啼。粉
籜半開新竹徑，紅苞盡落舊桃蹊。不堪終日閉深閨。——其七
　　烏帽斜欹倒佩魚，靜街偷步訪仙居，隔牆應認打門初。將
見客時微掩斂，得人憐處且生疏。低頭羞問壁邊書。——其八

　　吳世昌在假定詞作僅有這八首且次序無誤的前提下，指認它們
「是記一個故事」，其具體輪廓如下：

　　　　第一首「桃杏風香簾幕閒」，記初訪情人（注意「燕初還」也
　　是象徵的用法），在她房中牆壁上題了一首詩（大概即是所謂
　　「定情詩」），過了一夜（作者既然在第二句點了這一位女主人的
　　名，我們也就姑且稱她為「謝娘」）。
　　　　以下兩首說他們分離後她的孤寂悲哀，分離的原因大概因
　　為她的脾氣彆扭：「蕙心無處與人同」。（這個「人」指她，不指
　　別的女性。其六的「爭教人不別猜嫌」之「人」指她自己，也不
　　指別人。又：這類記述愛情上波折吵嘴的詞在初期是常有的。
　　最早的如敦煌曲子詞〈南歌子〉二首：「斜影珠簾立，情事共誰
　　親？」「自從君去後，無心戀別人。」又如柳永的〈駐馬聽〉「鳳
　　枕鴛帷」，〈雨中花慢〉「墜髻慵梳」均是。）
　　　　第四首說他又遇見了別的美人，從簾中望見她長裙款步，
　　在燈下聽她吹簫，可是素來不認識，也苦於無法和她通消息。
　　　　第五首說他認識了這第二個美人，那天她正洗完了頭髮臨

檻梳妝還未化妝完畢。

　　第六首說他心中還戀戀於「謝娘」，所以對她很隨便，以致引起她的疑心與妒心。

　　第七首再說謝娘門巷冷落，不堪孤寂。末首可以說是「團圓」。他再回到謝娘那兒去，她還記得他以前打門的聲音，可是這次重逢，她不免有點羞愧，也不得不裝點矜持，只低著頭問他上次在牆壁上寫的是些什麼。

　　這一篇故事的關鍵是第一首的「繡閣數行題了壁」和末一首的「低頭羞問壁邊書」。此外如第一首的「畫梁幽語燕初還」和第七首的「輕打銀箏墜燕泥」。「桃杏風香簾幕閑」和「紅苞盡落舊桃蹊」都是有意的前後照應。中間第四、五、六三首是一段插曲，作者也有特別提示注意的地方：如第四首中寫了「此時堪恨昧平生」和「杳無消息若為情」兩句，是為了使讀者消去對這位長裙善簫者即上文謝娘的誤會。第六首上片說她風動簷舞，也與第四首的「長裙」相照應。這些都似乎不能算是偶合，而是作者注意結構的地方。

　　吳世昌發揮想像力對詞作的故事性做出的精彩解讀，除了他對於詞作本身的深入理解外，還與他的歷史意識有關。他能從詞的源流與發展的歷史過程來看待詞作本身的體裁特點，一方面指出「這種以詞來連續寫一個故事或一段情景的作風，很有點像後世的散套」，另一方面也注意到「積若干首同調的詞以詠春閨一日的情景者，也是古已有之的事，古樂府詩中有〈從軍五更轉〉，後世民歌中也有五更調之類，均記一夜之事」，和凝的五首〈江城子〉也同屬此

類，「至於曾布詠馮燕的〈水調七遍〉更是上承〈花間〉，下啟散曲的明顯的例子」，由此文學史的追索，吳世昌更對普遍認為的「以為詞曲連續起來記述故事，而為後世戲曲之濫觴者，當舉趙令畤的〈商調蝶戀花〉」這一結論提出了不同看法，認為「實在應該祧〈商調〉而宗〈花間〉」。

在吳世昌看來，小令的故事性不僅只表現在《花間集》中的同調連續作品中，由此視角來看，則會發現「以一首小令寫故事的風尚，到宋代還很流行，《清真集》中有許多結構極好，暗合現代短篇小說作法的故事，都能以寥寥數十字出之」。他舉為例證的是周邦彥的〈少年遊〉（朝雲漠漠散輕絲，樓閣淡春姿。柳泣花啼，九街泥重，門外燕飛遲。而今麗日明金屋，春色在桃枝。不如當時，小樓沖雨，幽恨兩人知。）

在他看來，「這首詞雖短，情節卻相當曲析。假使我們缺乏『還原』的能力，只看字面是不會完全了解的」，其中運用了非常經濟的手段，呈現的也是非常複雜的時態。他所還原出的故事情節是：

　　　　他們從前曾在一個逼仄的小樓上相會過，那是一個雲低雨密的日子，大雨把花柳打得一片憔悴，連燕子都因為拖著一身濕毛，飛得十分吃力。在這樣可憐的情況下，還不能保住他們的會晤。因為某種原因他們不得不分離，他們沖著春雨，踏著滿街的泥濘，彼此懷恨而別。現在他已和她正式同居：「金屋藏嬌」。而且是風和日麗，正是桃花明豔的陽春，應該很快樂了。可是，又覺得有點不大滿足。回想起來，才覺得這情景反不如以前那種緊張、淒苦、懷恨而別、彼此相思的情調來得意

味深長。

他強調，「假使我們不懂得這曲折的故事，是不能領略這首詞的意境的」，這首詞的意境是通過故事來呈現的，作者的留白太多，因此「在藝術的想像力上未受訓練的，是看不出所以然來的」。

在強調想像力的重要的同時，吳世昌也注意到想像力發揮的不同層面。針對陸機所謂「或覽之而必察，或研之而後精」，他補充以「或辭艱而意顯，或言淺而旨深」，《樂章集》及《夢窗詞》中等諸多詞作可為前者的代表，「或長篇大論，或造句艱奧，令人望之頭痛，實則拆穿了不過這一點意思，並不難懂，更無深諦」，一語以概之可曰「皮厚而肉少」。對此作品，我們「只須看它的作法技巧，鋪敘描寫，此外並無多少深意——假使居然也有深意，那一定是一個很不易猜的謎，不懂得也並不可惜」。而尤其需要想像力的，則是那些所謂言淺而旨深的作品，而「這種想像，和上文所說的還原又不同，往往是含蓄在未表達的典故或成語之中」，比如蘇東坡的「枝上柳綿吹又少，天涯何處無芳草？」就暗用了《離騷》中的典故，實際暗示著「爾何懷乎故宇」的憤激，因而才會令朝雲泣不成聲。其他如白石的「沙河塘上春寒淺，看了遊人緩緩歸」、稼軒的「不知筋力衰多少，但覺新來懶上樓」、放翁的「祕傳一字神仙訣，說與君知只是『頑』」等等以寥寥十數字「寄託畢生的身世之感，或暗示多少傷心故事」的作品，「那就不僅需要想像力，還得有人生的甘苦經驗」，才能從粗心的讀者極易忽略的這些「抑制著無窮悲感，而練成似乎很曠達很安詳的句子」中，看到陸游「從熱心濟世到憤世、玩世，再到悲世、憫世的態度」、姜夔「老年的血管裡依

然沸騰著青春的熱情」、辛棄疾「個人體力的減退象徵著南宋民族的衰弱，以及這個不甘雌伏的老英雄對於這現象的悲感（當然也有點頹廢）」，以這樣的想像力與人生經驗做基礎，我們才能體味並不負「詩人們的深心與苦心」。

在吳世昌看來，讀詞之難，正在於對這種「深心與苦心」的準確把握，想像力和還原的能力無疑會有助於這種把握，但必須力戒穿鑿，這是讀詞的要旨所在。「美刺說」這個「不高明的傳統，真是攪得迷山霧海，烏煙瘴氣」，而常州派的張惠言以「感士不遇」來附會溫庭筠的〈菩薩蠻〉的豔情，又開了一個胡亂找尋寄託的頭，以至「明明是美妙的抒情詩，硬要把它解成支離而不高明的笨謎」，這不能不說是有違讀詞的主旨。

因此，吳世昌特別強調讀詞「最好只憑自己理解，不必信前人所貢獻的『微言大義』；而常州派的胡說，尤不可信。等到自己確能了解之後，再看前人的批評，以比較自己的見地，才能得益」。

第六章

現代「詩的新批評」之後起之秀

中國現代「詩的新批評」從二十世紀三〇年代興起時較為零散的論述，到四〇年代末期具有綜合傾向的發展過程中，出現了一些具有代表性的人物，他們對於西方現代詩論具有較為深入的體會和認識，同時具有融會中西以創化中國現代詩學的理論自覺，在詩學理論文章中表現出新的批評意識和批評觀念。從錢鍾書、邢光祖以中西比較的態度，以個案研究的方式來考察「中國固有的文學批評的一個特點」，到吳興華以西方現代文學批評理論來重新審視中國古典詩歌，在具體的詩歌批評之中對於具有普遍意義的詩學問題又有深入闡發，再到四〇年代末期袁可嘉以新詩現代化為主旨，積極為具有現代意味的白話新詩辯護，並從理論上闡發具有本體意味的詩學原理，努力構建綜合性的詩學批評理論體系，「詩的新批評」在理論建設上呈現出多元而極具活力的態勢，從不同層面和方向共同推進了中國詩學的現代化，構成一個值得關注的歷史現象。以往的詩學研究中，對於四〇年代詩學的討論多集中在被視為九葉派的袁可嘉身上，這自然情有可原。因為袁可嘉確實是四〇年代具有代表性的新詩批評家，留下了系列文章，體現出明確而強烈的現代詩學意識，但若以中國現代詩學的視野來看待中國詩的新批評，則已成

名著的《談藝錄》也應納入討論的範圍。錢鍾書出版於1948年的這部精深之作品，雖以文言寫作，但無論就其比較的視野之開闊和具體分析之精細，都堪稱詩的新批評的重要成果。而且隨著詩學文獻的發掘和整理，更多詩的新批評的代表人物逐漸進入了研究者的視野，中國現代詩的新批評的歷史圖景也隨之更為豐富，表現出與以往受到忽視的四〇年代詩歌創作所具有的豐富性和所達到的高度具有一致性的現代特質。因此，本章將以邢光祖在三〇年代末期至四〇年代的具有比較詩學意味的理論文章、吳興華以西方文學理論批評中國古典詩歌的畢業論文以及袁可嘉在「新詩現代化」的總題下對於「戲劇主義」所做的專門論述為中心，對他們三位具有代表性的批評家的詩學主張、批評方法以及貢獻等內容略做分析，希望能以個案研究的方式增進讀者對於中國現代「詩的新批評」所具有的豐富面相之了解和認識。

第一節　邢光祖與比較詩學

　　邢光祖，字芷薌，曾用筆名鴻行、不平[1]。1917年生於江蘇江

1　「鴻行」這一筆名見於台灣作家網簡介（http://www3.nmtl.gov.tw/Writer2/writer_detail.php?id=677），「不平」係筆者考證所得，邢光祖曾以鴻行的筆名發表〈與梁實秋討論莎士比亞的翻譯〉（《新詩刊》第2期，1939年8月1日），《光華附中半月刊》5卷3-4期合刊（文藝翻譯專號）（1937年4月1日）上發表過〈論翻譯莎士比亞——與梁實秋先生討論莎士比亞的翻譯〉，作者署名「不平」，兩文內容基本一致，考慮到都是在可視為光華系統的刊物上發表的，所以可以排除抄襲的可能，故基本可以斷定「不平」為邢光祖的另一筆名，至於其使用情況則仍有待考證。

陰，幼承家學，少年曾入吳稚暉創辦的江陰南菁書院，1930年隨兄長邢鵬舉至上海，考入上海光華大學英文系，[2]曾受教於錢基博、呂思勉、張歆海、徐志摩、溫源寧等人，大學畢業後與邵洵美、錢鍾書等人皆有過從。曾任張道藩機要祕書，長期任職於新聞界，1968年自菲律賓返回台灣後曾任教於中國文化學院等校。邢光祖有中英文著作多部，早年著有《光祖的詩》[3]，晚年著有《邢光祖文藝論集》、《鏡裡的人生》等集。

　　討論中國現代詩歌史特別是有關艾略特在中國這個話題的文章，多會提及邢光祖所寫關於趙蘿蕤所譯艾略特《荒原》的書評文章。其實早在寫作此文之前，邢光祖的多篇文章中都已經稱引過艾略特的觀點，他本人還翻譯了艾略特《詩的功用及批評的功用》的序言。邢光祖在三四〇年代寫有多篇論詩文章，散見於《光華附中半月刊》、《光華大學半月刊》、《新詩刊》、《文藝先鋒》、《中外春秋》、《文匯報》、《中美日報》、《中央日報》等報刊，據他自稱，亦有論文發表於《掃蕩報》，筆者暫未見到。

　　他在晚年文集的序言中談及「從大學時代起，在溫源寧、林語堂、邵洵美及錢默存諸位良師益友的感染下，每讀中書，便想到西書；每讀西書，便記起中書；尤其在文藝批評一方面。在治學方法甚至文字結構上，於中國，受到溫源寧與錢默存兩先生的啟迪，在

2　有關光華大學的基本情況，讀者可參見秦賢次所著〈儲安平及其同時代的光華文人〉(《新文學史料》，2010年第1期)中的有關論述，此文因篇幅關係僅在末尾提及邢光祖之名，未及詳論。

3　此書筆者目前還未見到，據邢光祖自述，該詩集由錢鍾書、林語堂及張中楹三人作序。

西洋，受到 Jacque Maritin[4] 及 Ananda K. Coomaraswamy 兩作家的影響最深」。[5]

　　1937年8月《文學雜誌》（1卷4期）上發表了錢鍾書〈中國固有的文學批評的一個特點〉，該文從比較的視野，對中國的「人化文評」的特質做了深入分析，雖云文評，但因詩於文中具有特殊地位，且文中多引詩論文字，最重要的是所談問題於詩尤為切要，故亦可將其視為詩評文章。兩年後，邢光祖在光華大學創辦的《文哲》上發表〈論味〉（上）[6]，從立意到行文都頗類錢氏此文，可視為他以比較方法研究中國詩論的一次初步嘗試，《文哲》上的這篇〈論味〉只寫了半篇，6年後邢光祖又發表同名文章[7]，在前有內容的基礎上有所增補，因此，本書論述將以晚出的完整版本為基礎，除〈論味〉外，邢光祖還寫過〈論肌理〉，本書已在其他章節論述過，故此處集中討論他的〈論詩〉、〈論味〉等文字。

　　題為〈論詩——光祖詩集跋〉的文章分兩期發表於《新詩刊》[8]，邢光祖在文章中回顧了自己寫詩的心境與過程，以及閱讀外國詩歌時重點轉移的經歷，從深信王爾德「為藝術而藝術的」逐漸到發現他「太看重文藝」了。對於詩的本質的認識，他的看法是，「一個人

4　按，此處原書排印似有誤，當為 Jacques Maritain，即雅克‧馬利坦，法國的宗教哲學家、文藝理論家，新湯瑪斯主義的理論家和領袖人物，其作品譯成中文的有《藝術與詩中的創造性直覺》，劉有元、羅選民譯，三聯書店，1991年10月。

5　邢光祖：《邢光祖文藝論集》，大漢出版社，1977年8月20日。

6　《文哲》1卷6期，1939年5月16日。

7　《文藝先鋒》6卷6期，1945年4月20日。

8　《新詩刊》第1期、第2期，1938年10月10日、1939年1月10日。

的情緒常為生活環境所左右，詩表見情緒的一種方式，當然不會例外」，「一首詩或一件藝術的作品，有時竟許會左右一個人的思想和情緒」。他將生活視為「最巨的書本」，讀者應該「要有一種主觀的獨立的見解」。他強調作家的主觀意識的重要性，認為「一個藝術家所寫不是一幅實景，而是他所見到的和他所想到的景色」，因此「詩不會寫實」。邢光祖將這種主觀性與反應聯繫起來，認為「詩人在寫詩之前，必定對於某種對象（其中人生當然是主要對象之一）發生一種興趣，或是一種感觸，這種對象在詩人心弦上往來徘徊，波起一陣反應的蕩動，詩人把這種蕩動給裝在字眼裡面，用最適當的形式表現出來，便成了一首完整的詩」，經由對於詩人創作過程的這種看法，他認為「詩人所書寫的並非是實在的對象，而是他從對象上得到的反應」，詩人的成就在於「能夠把它所看到和他所想到的來一個神奇的契合」，他強調詩人不同於普通人的地方在於他們「受到感應之後所起的反應」不同而已。

　　這一點與瑞恰慈所言詩的經驗並非不同於其他經驗的看法是極為類似的，事實上，邢光祖在文章也多次引述了瑞恰慈的觀點。對於「詩的經驗」他的看法是，「一個詩人經驗著人生，不論他所經歷著的是痛苦的或是愉快的，都是他的『詩的經驗』，在這裡，人生已是他所見到的對象了，這個對象在他的心上燃成一種情感的迫切，然後執筆抒寫，其勢好比水流下向，不可遏制，所以一個詩人的作品，情感是他的主流，雖然不時有理智和倫理的成分作它的旁支」。他引述 Max Eastman 的 *The Literary Mind* 這本不少中國讀者都讀過並有所評論的書，他認同伊斯特曼所說詩人的懷抱和傳達經驗與畫家、音樂家是一樣的，不過對於伊斯特曼沒有明確區分詩的文

字與傳授教訓的文字提出了批評，因為在他看來，「詩裡情感的成分居多」。

　　對於當代批評家熱衷於討論的詩的功用的問題，邢光祖也表示了自己的意見。他引述了美國批評家謝爾曼（Stuart Sherman）和瑞恰慈關於批評功用的論述，批評前者偏重於道德的概念，認為「與其說詩是一種宗教，或是宗教的替代，不如說詩是供給一己欣賞的目的物」。這種詩的「自為論」（autotelic）也是新批評的基本觀點之一，從他引述瑞恰慈、艾略特等人觀點的情形可以看到，他對於他們的觀點是非常熟悉的，而且能做出自己的判斷。比如，他認為瑞恰慈的價值論「好像投物下海，太不容易捉摸了」，認為瑞恰慈「有遠到的目光，但昧於盡在眼前的事理。他有『冷靜的心理分析方法』，不過他的『熱烈的詩的知識』還不夠」，而艾略特「就聰明得多了」。在引述了邵洵美〈一個人的談話〉中所譯艾略特有關詩的功用問題的論述之後，他指出艾略特不以功用來界定詩的觀點是全書中最精湛的附帶之論，在敏銳指出艾略特本人在《詩的功用與批評的功用》一書中關於詩的功用問題上「許多相反而又不似相反的話」，即艾略特本人在不同地方看似相互矛盾的觀點之後，以艾略特的例子通過反問的方式得出詩人如同建築工人和音樂家一樣，在工作的時候只是「傳達他們的經驗」，而根本沒有考慮為什麼的問題。同時他批評艾略特「太偏重於讀者的興趣而忽略了作者自己情感的流露」，「他的功利觀念未免太偏重了」。

　　邢光祖從自己的閱讀體會出發，強調讀詩的時候注重詩人寫詩時的態度十分真誠，為此他引述了瑞恰慈《科學與詩》中一長段論述，如「詩人用字的特才是他運用經驗的特才之一」，以及「詩不是

用探求和取巧就可以寫成的」等等，其落腳點在於寫詩不在於模仿古人，而要有自己的獨特體驗，要有自己的「品味」。他認為「古典派的文人常在『詞藻』上用工夫，浪漫派的文人常在『情意』上弄筆墨」，他的理想則是「把這兩者來一個天衣無縫吻合」，這樣以完整的個性來進行藝術的表現。對於所謂藝術的個性化的問題，他的看法是，「個性的表見是藝術最初的要點」，但「隱藏個性是藝術的成功之處」，而藝術的最高峰正是「在藝術的表見和個性的隱藏之中，處處有個性透露出來，要處處無『我』，而又處處著『我』」，這段話很容易讓人想起艾略特〈傳統與個人才能〉中著名的表述，而他所引為例證還有王國維《人間詞話》中有我之境與無我之境的論述。這樣，他有意識地將中外的文藝理論聯繫和對照起來進行思考，從而闡釋他自己對於詩的看法，這樣的比較視野成為他最為突出的特點。

邢光祖對於詩的明顯與曲折的問題也有論述。他認為這個問題牽涉到許多枝節問題，如「怎樣的詩才算是明顯？怎樣的詩才算是曲折呢？」「讀者了解詩的程度和詩的修養是怎樣？讀者的趣味與愛好又是怎樣？」他認為這些都是應該解決的問題。他引述艾略特有關詩之所以難解的幾個原因，如「詩人為了個人的原因不能夠明明白白地表見出來」等等，對於欣賞和了解詩的必經過程提出了自己的三階段論，即「第一，我們要監察到的是詩人的『詩的經驗』是怎樣，第二，是他的『詩的經驗』是否真實，第三，他對於這個『詩的經驗』表見出來的藝術是否高妙，是否與『詩境』相襯」，這裡的核心詞正是「詩的經驗」，這個詩的經驗說正是對詩的感情說的一種超越，而強調了對於情感、印象的容受與轉化，與艾略特、瑞恰慈等人為代表的現代詩學觀念是一致的。

　　邢光祖極為強調讀詩時心理反應的過程，認為「我們初讀一首詩的時候，藉了詩的字眼和這些字眼露透出來的意義，我們便可以經歷著詩人寫詩時所有的意境」，這個也明顯可以看出瑞恰慈的影響。在邢光祖看來，詩的難解有雙重原因，一個是詩境的難解，一個是詩的表現上難解，所以詩境與表現共同制約著詩人的創造以及讀者的理解。在他看來，沒有詩境，只有表現的才力，這是詩匠；只有詩境，沒有表現的才力，那是詩情的創作家，而詩歌的園地所需要的是「匠心獨造的設計者（Contractors）」。

　　邢光祖根據瑞恰慈對詩人的情感流（emotional stream）與智性流（intellectual stream）的劃分，來討論詩的顯與隱的問題。他認為詩只有好壞之分，而無顯隱可分，「詩所起的『隱』與『顯』的分歧，完成（完全）是讀者心理上的工作」，詩中的情感與理智是兼具，而讀者的心理傾向就各有偏重，於是就出現「感官派的讀者便以為詩要『隱』，要有『含蓄之妙』，而理智派的讀者卻以為詩要『顯』，要能句句達意才是」。他以此來觀照王國維的隔與不隔的理論，認為王國維「未免太偏重了『不隔』的詩而不知『隔』之妙」，這裡就明顯有為現代詩之曲的特性辯護的意味，這一點與下文將要談到的吳興華是完全一致的。

　　邢光祖對於「隔」之詩的這種維護也與他對於詩的本質的認定是完全一致的。因為在他看來，「一首詩不可以赤裸，要能含蓄」，基於自己寫詩的經驗，他認為詩是一己情感的抒寫，但不可道破，需要烘染詩境，而烘染的工具卻是字眼，由於心象眾多，因此「自然有引用『譬喻』和『象徵』的必要」，「但一經過『象徵』的作用，便不會平鋪直敘」，詩的曲折便是因此而來的。而且詩有其特殊的規

定性，「有許多字眼不能抒寫入詩，詩人自有更換表現的手法的必要」，這樣，表現手法上的需要也會引致詩的曲折。

由以上的引述，我們可以看到，邢光祖的詩學觀念是以浪漫主義的抒情觀為基底，但明顯受到現代詩學特別是瑞恰慈、艾略特的詩學思想的影響，從而形成以詩的經驗為核心，注重詩的心理效果，強調詩境與表達並重，應以非個性化的手法來表現個性，以譬喻和象徵等藝術手段來造成詩的曲折等內容為主體的詩之本體論。

在此文中，邢光祖指出「品味」是一個涵容了個性與風采的綜括性的名詞，是詩的「情真」與「詞雅」的綜合體現，因此這個「品味」成為他論詩的一個核心概念，隨後不久寫出的〈論味〉就正是延續了此文中的思路，並做出了更為廣泛而深入的論述。

邢光祖的這篇〈論味〉，前後共有三個版本，除了最早刊發於光華大學《文哲》上的那篇只有上篇以外，後來發表於《宇宙風》和《文藝先鋒》上的都是完整版本，筆者論述以發表於《宇宙風》的版本為準，間有互校。[9]

邢光祖認為「『味』是我國文評中固有特點之一」，歷代文評上自司空表下至袁枚，都對其有精湛論述。在他看來，「味」是個頗為虛無縹緲的東西，雖然我們可以在詩裡感受到，卻不容易以文字來解釋。「在欣賞一首好詩的時候，我們可以從詩的肌理上得到一種馨香的官能感應，我們只覺得它抑揚頓挫，妙合無間，時常會感著它餘音嫋嫋，有三日繞梁之慨」，這種「味」「是詩的鑑照，是詩

***

9　邢光祖：〈論味（上）〉，《文哲》1卷6期，1939年5月16日；〈論味〉，《宇宙風》（乙刊）第44期（1941年5月1日）、第45期（1941年5月16日）；〈論味〉，《文藝先鋒》6卷6期，1945年4月20日。

的精神的聚匯」。在他看來，究其本源，味是一種感覺，是生理名詞，應用於文評之中，完全是根據移情作用。我們根據官能感受制定的這個術語，是源自對於味覺上感應的一種類比，兩者有抽象與具體之別，而通常所謂「意味深長」、「味同嚼蠟」等一類的詞彙，正是將抽象事物具體化的實例，這在中國文評中是一個特有的普遍現象，可視為錢鍾書所謂「人化文評」的一個小小特徵。邢光祖認為，以味衡詩是中國文評中的固有特點之一，這個味與英文中的taste恰好能夠對應上，但兩者具有顯著的差異，這種差異「造成『味』是我國文評特有的標準，特有的術語」。

邢光祖經過分析指出，這種差異體現在以下幾個方面，第一，西洋文評中的味，是指文藝鑑賞力，涉及的是一般讀者（reading public）的問題，而中國文評中的味，卻通常是指詩內所蘊蓄的一種品質，事關詩本身的問題。讀者的趣味問題難有定論，且易於變化，很難以普遍的外在標準來加以衡量；而詩中的味，明確指涉詩內所蘊蓄的品質，是能夠從感覺上來對詩與世運的聯繫以及詩味的真偽加以明確判定的。第二，中國文評家也關心讀者的趣味問題，他們覺察到以讀者易變的趣味來衡量詩的價值是不恰當的，因為詩味是詩固定不變的一種本質。若以毫無藝術修養或有修養而無鑑賞力的頭腦來評詩，便會出現歐陽修所謂「三更不是打鐘時」以及毛奇齡所謂「春江水暖，定該鴨知，鵝不知耶」一類的以「實事求是的頭腦汨沒了唯美的鑑賞能力」的行為。經由諸多引述，邢光祖最後得出結論，認為中西的文評家對於讀者趣味的判斷，大體一致。第三，西洋文評中偶有與中國文評之味的真義相合的幾個說法，但實屬巧合，且不屬詩評的範疇。進而言之，也只是體會到中國文評之

味的一端而非得其堂奧。第四，西洋文評中有許多類似趣味之定義
的文字，多是就讀者的趣味而言，或從倫理的角度來解釋趣味，或
強調趣味易受外界影響，但真正的文藝批評家的職責是要努力在趣
味錯綜複雜的情況下，選擇一條正確和高尚的趣味之大道。艾略特
在《詩的功用與批評的功用》一書中對於個性與趣味之互相關聯的
論述是比較透澈的，而邵洵美在〈一個人的談話〉中所謂「趣味是一
種人工的天才，而天才則是一種自然的趣味」的論述也正可以做艾
氏論述的附注。他們都有意識地從讀者的趣味轉到創作的才能上
來，在西洋文評那種外在的、鑑賞的讀者趣味與中國文評那種內蘊
的、創造的趣味之間，正有賴他們所提倡的這種後天的努力來做溝
通。第五，西洋的文評中，所論較為切合中國文評之詩味說的，是
美國作家愛倫坡所做出的「詩是美的節奏的創造者」以及「詩的唯一
的裁判者是趣味」等界定。愛倫坡所謂的味，相當於中國文評中的
「韻味」，只是指具有音樂性的餘韻和感應效果，而中國文評中的
味則還包括其他官能的感應，兩者有狹廣之別。第六，相對而言，
在對於味的闡發上，與中國文評家所論最為吻合的是法國的穆拉
絲（Charles Maurras）的相關論述。後者強調趣味是人的標記，也是
文藝批評的主眼，趣味來源於先天的賦予和後天的琢磨，批評家要
以正確的趣味做嚮導，好的文評正可以救治不健全的趣味，而趣味
的原理重在崇尚簡潔，這種簡潔正相當於中國文評中的平淡。穆拉
絲所論的趣味與中國的詩味論的區別在於，前者是出自文評家的培
養，是主觀的、批判的，後者是詩內的蘊蓄，是創造的，客觀的。
前者是以從文藝作品以外所得到的綜合論斷作為詩評的法典，而後
者是以在文藝作品以內所得的分析判斷做詩評的基石。經由這樣的

段，陶淵明的「採菊東籬下，悠然見南山」是第三階段。至於詩味的培養，他則譬以碳素變為金剛的過程，碳素是天然的孕育，在製作的過程中，詩是電爐，詩人的品格是碳素，一種飽和的生命力是火的烈焰，碳素經火焰的燃燒而熔解，再在冷水般的理智的澄清中，凝聚成一粒人工金剛石（artificial diamond），詩味就正是這樣的一種後天工力的結晶。相比艾略特〈傳統與個人才能〉中著名的白金絲的比喻，邢光祖的這個與之相似的比喻更為具體，他將理智的澄清作用比喻為冷水，而將詩人的品格喻為碳素，詩人內在的生命力是火焰，品味熔解於生命力之中，又經理智的萃洗，方能結晶為主客兼備的詩味。這裡的表述又在回應上文所說個性的消融的基礎上，又從抽象的角度對於詩味的培養做出了概括的說明。

邢光祖自己在文末對於詩味說的真諦再次做了更為全面的表述，「詩內的味，是以作者的人品為基石，以渾厚為過程，以平淡作鵠的，以味外味作指歸的一種詩的品質」。他在指出詩味的成因有先天與人工兩個因素，由此決定了詩味「在創作上是主觀，在批評上是客觀」的雙重特性，「詩味在創作上是主觀，所以可以鑑照詩人整個的靈魂」，「因為在批評上是客觀的，所以我們可以擒住詩評不變的鐵則」。相比之下，西洋的所謂趣味論，儘管有艾略特和穆拉絲這樣基於個性來論趣味的詩評家，但大部分還是圍繞鑑賞者的趣味作文章，因此其特性純是主觀的，因而難有不變之定論。這樣經過一個比較和辨析的過程，邢光祖對於「味」這個重要的文評概念在中西方文論中的不同內涵進行了清理，從而以較為充分的論證揭示了詩味說確實是「中國文評固有的特產，特具的寶藏」，從而有效地為中國現代詩學批評術語的重建這個宏大工程添了磚加了瓦，

其意義當聯繫本書其他章節有關朱自清及其學生重釋中國傳統詩學術語的批評實踐來加以觀照。

　　以上只是就邢光祖的論述所做的一個簡要的概括，其具體的論述過程則既繁複又細密，旁徵博引，足可見其學，而中西對照之中，頗能做出辨證，亦可見其識斷。他的論述方式和風格雖然極似錢鍾書，但亦是基於讀書與思考的獨立之作，雖然不如錢氏之精深，但就中西詩學的修養而言，亦算學殖豐盛之人。本人將他納入詩的新批評的代表人物，而未取學識更為精深的錢鍾書，一則因為錢氏之學太過深奧，筆者目前尚無綜覽賅述之學力，且錢氏之學論者亦多，而論及邢氏的頗少，是以考慮將方法和風格類於錢氏的邢光祖作為現代詩之新批評的代表，對其〈論味〉、〈論詩〉諸文中具有比較思維和現代意識的詩學理論加以引述，以期呈現現代詩學之豐富面相。

第二節　吳興華與重審古典

　　近年來，吳興華的詩作逐漸引起了越來越多的研究者的關注[10]，《吳興華詩文集》的出版為研究者集中閱讀其作品提供了方

10　1986年《中國現代文學研究叢刊》第2期刊發了一組關於吳興華的文章，其中有卞之琳〈吳興華的詩與譯詩〉，美國學者耿德華的〈吳興華：抗戰時期的北京詩人〉（張泉譯），〈吳興華詩與譯詩選刊〉，謝蔚英〈憶興華〉，（《中國現代文學研究叢刊》1986年第2期）。90年代有余凌〈燕京校園詩人吳興華〉（《中國現代文學研究叢刊》1993年第1期）。進入新世紀來，研究者漸多，如劉福春：〈吳興華的詩與詩論〉（《新文學史料》2005年第3期），《新詩評論》2007年第1輯刊有解志熙輯佚的吳興華的文章及研究文章〈吳興華佚文八篇〉（附：輯校

便，但可能囿於各種原因，該書所收作品遠非完備，而且幾乎沒有收錄吳興華的詩論作品。解志熙對吳興華作品所做的輯佚工作[11]堪稱重要，為更好地研究吳興華的詩歌及其詩學理論進一步奠定了史料基礎。在一個偶然的機會下，筆者發現了吳興華在燕京大學就讀時所寫的本科畢業論文，該文係用英文寫成，就筆者所知，這可能是目前吳興華的詩論作品中最為詳實和重要的一篇，從中可以較為深入地看到吳興華的詩學觀念。更重要的是，吳興華在該篇論文中討論了中國詩歌的隱晦[12]問題，這是一個基本的詩學問題，也是中國「現代詩學」[13]建設中的一個重要問題，曾引發多方關注和討論，但目前對此所做的研究顯然有待加強，因此吳興華對此老問題所做的新探就顯得彌足珍貴。筆者不揣淺陋，力圖以發現的新史料來加深對老問題的認識，在中國現代「詩的新批評」運動的背景下來理

札記）、〈現代與傳統的接續——吳興華及燕園詩人的創作取向評議〉，張松建〈「新傳統的奠基石」——吳興華、新詩、另類現代性〉，王芬《走進「被冷落的繆斯」——吳興華詩藝研究》（華中師範大學碩士論文，2007年）與陳芝國《抗戰時期北京詩人研究》（首都師範大學博士論文，2008年）分別對吳興華的詩作進行專題和專章研究。有關吳興華研究的歷史，可參考張泉〈從日本占領區走出來的詩人學者吳興華〉（載《吳興華詩文集》附錄，前揭書）。

11　詳見《新詩評論》2007年第1輯，後收入《考文敘事錄：中國現代文學文獻校讀論叢》，前揭書。

12　吳興華在該論文中所用的英文單詞是Obliquity和Oblique，其意思與obscure（晦澀）有相近的一面，但主要意思是「不直接，曲折的」，故綜合考慮該詞的意義和語境後，筆者在本書中將其譯為「隱晦」或「隱晦效果」。

13　「中國現代詩學」係解志熙較早提出的區別於「中國新詩理論」的一個概念，「涵蓋了發生在現代中國的所有從現代觀點出發的、富於詩學理論意義的詩歌批評和研究」，詳見其〈視野・文獻・問題・方法：關於中國現代詩學研究的一點感想〉（《河南大學學報》2005年第1期）。

解和分析吳興華的詩學觀念，並對其理論特點和獨特貢獻做出判斷和評價。

吳興華的這篇論文名為《現代西方批評方法在中國詩歌研究中的運用》（*An Application of Modern Western Methods of Criticism To the Study of Chinese Poetry*），係他於1941年5月提交給燕京大學西語系的本科畢業論文，其指導教師是時任燕京大學西語系主任的謝迪克（Harold Shadick）。全文共七章，除導論和結論外，其餘各章分論節奏、象徵、典故、情節、歷史等在中國詩學中產生詩之隱晦的因素，其動機是要在中西詩歌比較的基礎上，彌補中國傳統詩歌批評中「未能認識到形式和意義之間的重要關聯」這一主要缺點，以更為貼近詩歌本身的批評標準來重新審視中國詩歌的意義。他自陳其研究有糾偏的意圖，他認為「現代對簡單和直接的崇拜，非常流行和普遍，以至於對其所作的抗衡，也即鐘擺向另一方的擺動，也被認為是大可不必」，因此，他才要為詩的隱晦或者說區別於直陳詩的隱晦詩辯護。

吳興華的論文借用英國批評家蒂利亞德書中的概念和思路，來對中國古典詩歌做出新的闡釋，其中頗有創見。他認為中國古代的文學批評的缺陷在於它傾向於進行概括，如對李白作品的「高」、杜甫作品的「大」、王維的詩如畫等特點的認定，但又缺乏朗吉努斯那樣能夠對這些特點做出詳細界定的人，詩人「為某個特定主題而採用某種特定形式的原因」遭到了忽視。由此，吳興華認為中國傳統文學批評存在兩個主要缺點：第一，未能認識到形式和意義之間的重要關聯」；第二，未能仔細考察諸如「高」、「大」之類詩歌特性和效果得以產生的具體原因和過程，在他看來，「中國詩歌的形式根

本不像它們看起來那樣簡單」，中國詩歌的詩行相比西方詩歌要更為固定，極少跨行，往往分為不同的詩行，但在一句詩行之內所具有的多樣性又很驚人，音調的變化以及詞語或詩行的顛倒都會導致詩歌的變化。大量中國詩歌並非通過直接意義而是通過隱含意義來產生效果，而中國傳統文學批評對此認識不足難以令人滿意，原因在於大多數批評家運用的詩歌批評標準與詩歌本身並不切合，他們未能很好地完成批評家的首要任務，即區分和認識詩歌的直接意義和間接意義。這裡所說的「直接意義」和「間接意義」是吳興華從蒂利亞德那裡借用過來的兩個概念，後者在《詩歌：直接的和間接的》（*Poetry, Direct and Oblique*）一書中指出所有詩歌可以分為「直接的詩」和「間接的詩」[14]這兩種，前者的特點是：具有社會功能；技巧嚴格服從於直接意義；形式結構簡單明瞭，其典型詩體是英雄雙韻體。後者的特點是：主要意義不是以任何特定方式直陳，而是通過詩歌的每一個部分來散播，必須要將其視為整體進行綜合理解才能加以把握和欣賞。哥爾德斯密斯的〈荒村〉和布萊克的〈飄蕩著回聲的草地〉可分別作為兩者的代表。蒂利亞德舉出的獲得間接性（隱晦效果）的具體手段包括節奏、象徵、典故、情節、人物、神話和修辭、地理等七種，而吳興華根據中國詩歌的情況進行修訂後的清單則包括節奏、象徵、典故、情節、歷史等五種。

　　吳興華係燕京大學西語系出身，他的詩學觀念無疑受到西方現代文學理論的影響，但他對中國傳統詩學也有比較深入的「同情之

14　此處「直接的詩」和「間接的詩」這兩個譯名係來自吳興華本人，詳見其〈現在的新詩〉（初刊於《燕京文學》1941年3卷2期），而署名「葉維之」的作者在〈意義與詩〉一文中則譯做「直寫」與「曲寫」。

了解」，這就使得他的論文《現代西方批評方法在中國詩歌研究中的運用》在比較詩學的視野下帶有明顯的融通意識，為此，在正式分析這篇論文之前，筆者試圖簡要分析一下吳興華詩論的理論來源，由此我們也許可以更好地理解其詩論的現代性及其個人的詩學貢獻。

吳興華是公認的才子，但也並非橫空出世，其詩學理論也是自有淵源的，借用解志熙的話來說，「饒是吳興華多麼才華蓋世，他也不可能不從前輩詩人那裡接受影響和啟發——明顯的或潛隱的」。[15]吳興華本人閱讀廣泛，對西方詩學有著較為深入的了解和體會，並不侷限於一家一派，此處無法詳細探討，僅就他這篇詩論而言，從他所附的參考書目以及具體行文中，可以辨別出他的詩學思想的來源大致包括如下幾個層面：

一是對英國的蒂利亞德、瑞恰慈、艾略特、燕卜蓀等人詩學觀念的直接借用；

二是對陸志韋、朱光潛、梁宗岱等前輩詩人、理論家有關中國現代詩學著述的融會貫通；

三是對中國詩歌傳統的積極吸收和有意繼承；

就第一個方面而言，吳興華對蒂利亞德的直接借用最為明顯，他的論文論述框架與蒂利亞德的《詩歌：直接的和間接的》一書極為接近，主要概念如「直接的詩」與「間接的詩」等也是來自後者的該書。吳興華在論文中提到了瑞恰慈的「語調」概念，引用了艾略特〈傳統與個人才能〉中的有關論述，而並無對燕卜蓀的直接引述，但從文末參考文獻中所列燕卜蓀的《含混的七種類型》可知他

---

15 解志熙：〈吳興華佚文校讀札記〉，收入《考文敘事錄：中國現代文學文獻校讀論叢》，前揭書。

對燕卜蓀有關含混的詩學思想是有所了解的。吳興華所列參考文獻
中瑞恰慈的有兩本，一是《文學批評原理》，一是《實際批評》，瑞
恰慈這兩本著作內容紛繁複雜，若簡略言之，則其中關注的核心問
題主要是從心理學角度來分析文學經驗的傳達以及辨析和評價這種
經驗的標準和過程。吳興華在論文中從自身閱讀中國古典詩歌的體
驗出發，來闡明其中的微妙之處，借此說明他所理解的詩之隱晦得
以產生的手段和過程。他認為「隱晦是高級詩歌的自然媒介」，之所
以如此，「交流問題」是一個重要的原因，因為「存在那些若是直接
表述則會令人感到空洞而膚淺的東西（最有名的就是那些我們在前
面的討論中提到過的「偉大的」「老生常談」）」，而且有些非常個人
化的經驗是無法以直白的文字來表達的。在論文中吳興華既有對傳
統解詩方法和觀點的某些失誤所做的批評，也有以現代詩學為基礎
所生發的創見，從中不難看出瑞恰慈的影響，也不妨說他在此以瑞
恰慈有關文學經驗及其傳達等思想進行了一次具體的批評實踐。

　　就第二個方面而言，吳興華在文中直接引用了陸志韋的《中國
詩五講》（ *On Chinese Poetry* ）。陸氏既是著名詩人也是著名的心理學
家和語言學家，他的有關詩論目前學界關注似乎頗為不夠。吳興華
文中有關律詩、絕句等詩學術語的英文表述皆表明出自陸氏該書，
論節奏的這一章在分析李白的〈越中覽古〉一詩時，首先引述了陸
志韋對其所做的闡釋，在認可其正確的基礎上又做了進一步的分
析，可謂既有借鑑又有提高。最值得注意的是，吳興華在論文的結
尾特別提到其寫作該論文的目的是「促進對於詩歌中隱晦性之重要
性的認識」，並特別加了一個注釋，指出朱光潛的《文學心理學》與
梁宗岱的《詩與真》「都處理了與本文所討論的理論相關的主題」，

言下之意是將他們視為中國現代詩學建設的先驅和同道了。[16]雖然吳興華在此並沒有具體談論朱、梁二位的作品，但筆者在此不揣淺陋，想要根據自己閱讀吳興華此篇論文以及《文學心理學》和《詩與真》的體會，來對吳興華此處未曾明言的內容做一點探究，一來對吳興華的詩學思想可以有更多的了解，二來鑑於此處談及的朱、梁二位兩部著作在中國現代詩學理論上的重要性，想由此對中國現代詩學中頗為重要的一個問題做一個初步的梳理和分析，由此對吳興華的詩學思想在中國現代詩學上的地位和作用做出一個符合歷史實際的評價。想來這也應算是題內應有之義吧。

朱光潛的《文藝心理學》初版於1936年，1937年再版[17]，其主題乃是「從心理學觀點研究出來的『美學』」（作者自白），其內容則是「介紹西洋近代美學」「比較各家學說的同異短長，加以折中或引申」，「直截了當地分析重要的綱領，公公道道地指出一些比較平坦的大路」。在朱自清看來，「這正是眼前需要的基礎工作」，「我們可以用它作一面鏡子，來照自己的面孔，也許會發現新的光彩。書中雖以西方文藝為論據，但作者並未忘記中國，他不斷地指點出來，關於中國文藝的新見解是可能的」。朱自清對於中國現代詩學一直頗為關注，也可謂是貢獻良多。他對朱光潛《文藝心理學》的寫作動機和主旨以及特色都有比較準確的把握，從中也不難看出他對朱氏文學觀念的認同以及認同的原因，其中很重要的一點就是借用西

16　儘管在朱光潛、梁宗岱之前或同時也不乏從詩學角度討論過象徵、晦澀等問題的人，但吳興華此處僅僅只言及二人，似可視做他個人對他們的詩學理論的深度所做的一種肯定和認同。

17　引自《朱光潛全集》第1卷，安徽教育出版社，1987年8月。

方的文藝理論美學思想來重新觀照中國傳統的文學批評理論特別是
詩學思想。

　　具體說來，朱光潛的《文藝心理學》分析了美感經驗，對文藝
與道德這一問題的歷史和理論都分別做了回溯與分析，對美的本質
與特性等也都有深入的探討，而這些內容中引起吳興華特別關注
的，又是什麼呢？據筆者揣測，除開朱氏該書的主旨與方法可能會
引起吳興華所見略同之感外，關鍵可能還在第六章〈美感與聯想〉
吧。朱光潛在列舉了近代以來形式主義的文藝理論否定和攻擊聯想
作用的觀點和理由之後，指出「聯想對於藝術的重要實在不能一概
抹煞，因為知覺和想像都以聯想為基礎，無論是創造或是欣賞，知
覺和想像都必須活動，尤其在詩的方面」，「如果丟開聯想，不但詩
人無從創造詩，讀者也無從欣賞詩了」。在以法國象徵派的理論來
說明詩與聯想的關係之後，他接著就指出「詩的微妙往往在聯想的
微妙，這個道理我們在中國詩裡也可以看出」，為此他引用並詳細
分析了李賀的〈正月〉與李商隱的〈錦瑟〉的意義與意境。他特別指
出對於李商隱〈錦瑟〉中的「滄海月明珠有淚，藍天日暖玉生煙」兩
句，「向來注者不明白詩與聯想的道理，往往強為之說，鬧得一塌
糊塗」。在做出細緻而妥切的分析和解釋之後，他總結道「從這個實
例看，詩的意象有兩重功用，一是象徵一種情感，一是以本身的美
妙打動心靈。這第二種功用雖是不切題的，卻自有存在的價值」。
總的來看，朱光潛在此章中以實例為證，從文藝心理學的角度對文
藝欣賞中的聯想的過程和作用進行了細緻的論述，既破除了形式主
義藝術理論對於「聯想」的偏見，又區分了「想像」與「幻想」、「融化
的聯想」與「不融合的聯想」的不同，從而令讀者對聯想之於美感的

作用得到一個比較清晰的認識。若聯繫吳興華論文特別是關於象徵的那部分內容，我們就不難理解他何以認同朱光潛的《文藝心理學》所做的貢獻了。

再來看梁宗岱的《詩與真》，該書初版於1935年2月，同年5月再版[18]，由此可略窺此書當年暢銷的程度。綜觀此書的內容，〈象徵主義〉一篇當是引起吳興華關注的重點。該文對象徵主義做了詳細的界說，開篇即指出「這所謂象徵主義，在無論任何國度，任何時代底文藝活動和表現裡，都是一個不可缺乏的普遍和重要的原素罷了。這原素是那麼重要和普遍，我可以毫不過分地說，一切最上乘的文藝品，無論是一首小詩或高聳入雲的殿宇，都是象徵到一個極高的程度的」。梁宗岱明確指出朱光潛《談美》一書中對象徵的定義不當，因為其混淆了「象徵」與「比」。在他看來，「無論擬人或托物，顯喻或隱喻，所謂比只是修辭學底局部事體而已」，「至於象徵——自然是指狹義的，因為廣義的象徵連代表聲音的字也包括在內——卻應用於作品底整體」，這裡的象徵「和《詩經》裡的『興』頗近似」。在廣泛徵引中西詩歌及詩學理論的基礎上，梁宗岱對象徵的特性，象徵的作用和表現也即他所謂的「象徵之道」做了頗為詩意的論述。吳興華在其論文中對「象徵」的論述也頗為用力，想來他從梁氏此處對於「象徵之道」的詳細申說中也多有所獲吧。

說到這裡所討論的「象徵」問題，其實只是有關隱晦這一詩學問題的一個表徵。吳興華在文中是將象徵作為詩歌獲得隱晦效果的重要手段來討論的，而梁宗岱對象徵主義的界說，也並非僅僅只是

18　引自梁宗岱著譯精華，衛建民校注：《詩與真》，中央編譯出版社，2006年12月。

302

為了象徵而象徵，在他的這份頗費苦心卻也略顯玄妙的界說背後，其實隱藏著他要探究詩之意義與意境以及分析在這種探究的過程中那種複雜細微但又並非不可理喻的心理邏輯的詩學追求。這點從他回應梁實秋針對其〈象徵主義〉一文的批評文章所寫的〈釋「象徵主義」——致梁實秋先生〉就可以看得更為清楚。[19]解志熙對二梁的爭論的焦點和意義有直指實質的認識，他指出不僅是這場有關象徵主義的論爭，而且1936年有關「胡適之體」的論爭，抗戰爆發前一個月發生的有關「看不懂的新文藝」的論爭，「這些都與二梁有直接或間接的關係，而捲入論爭的人更多，論爭的焦點其實是如何看待現代派詩的晦澀詩風及其理論基礎象徵主義詩學」[20]。吳興華的這篇論文似乎可以視為對這些論爭的一個遲到的回應，儘管也許不是有意識的，但可以明確的是，吳興華的詩學思考不僅來自於對西方詩學理論的閱讀，現實的詩學論爭和詩學實踐必然構成他的詩學思考的一個大背景，在他之前的這些詩人、學者的詩學討論也自然而然地會進入他的視野，從而他自己的詩學思考才能具有中西會通的理論品格，著眼實際的現實追求，這一點是我們在欣賞其才華的時候必須注意的一個歷史情境。

　　至於第三個方面，吳興華對中國詩歌傳統的積極體悟和繼承則似乎無須多言，通觀全文，他都是在借用西方詩學觀念來觀照中國

19　有關這篇文章以及梁宗岱與梁實秋的這場爭論，參見解志熙在〈現代詩論輯考小記〉一文中的有關論述，詳見《考文敘事錄：中國現代文學文獻校讀論叢》，前揭書。

20　解志熙：〈現代詩論輯考小記〉，收入《考文敘事錄：中國現代文學文獻校讀論叢》，前揭書。

古典詩歌，從中不難看出他在中國傳統詩歌上所用力的程度以及返本開新所取得的成就。

1934年方孝嶽在所著《中國文學批評》中對中國傳統文學批評史進行了一番回顧，深入淺出要言不煩，可謂通人之論。就在該書的結尾部分〈眼力和眼界的相對論〉，他指出「百年以來，一切社會上思想或制度的變遷，都不是單純的任何一國國內的問題」，「『海通以還』，中西思想之互照，成為必然的結果」。他認為「『五四』運動（民國八年）裡的文學革命運動，當然也是起於思想上的借照。譬如因西人的文言一致，而提倡國語文學，因西人的階級思想，而提倡平民社會文學，這種錯綜至賾的眼光，已經不是循著一個國家的思想線索所能討論。『比較文學批評學』正是我們此後工作上應該轉身的方向」[21]。方氏此處「比較文學批評學」的展望並沒有落空，證之以本書所討論的朱光潛、梁宗岱、吳興華等人的著作，我們可以看到，擁有這種中西互證的眼界和會通中西的眼力的其實代不乏人，這也可謂是中國現代詩論發達[22]這一現象的一個顯著特點吧。

吳興華在論文《現代西方批評方法在中國詩歌研究中的運用》的第二章〈節奏〉中舉出李白的絕句〈越中覽古〉和杜甫的古體長詩〈觀公孫大娘弟子舞劍器行〉來具體說明「節奏」對於中國詩歌產生隱晦效果所具有的作用，而選擇這樣一短一長兩首詩歌則是為了說明「節奏的多樣性所產生的效果並不僅僅侷限於長詩」。吳興華認為

21 方孝嶽：《中國文學批評　中國散文概論》，三聯書店，2007年1月。
22 朱光潛：〈編輯後記〉，《文學雜誌》1卷1期，1937年5月，後收入《朱光潛全集》第8卷時誤為「討論發達」。參見解志熙：〈現代詩論輯考小記〉，《考文敘事錄：中國現代文學文獻校讀論叢》，前揭書。

「節奏」具有極其重要的作用，節奏本身就能引導讀者去理解最根本的意思。在李白的〈越中覽古〉中，正是「節奏」令其隱晦，該詩的最後一句「只今惟有鷓鴣飛」很突兀，詩作者李白故意打破了絕句中要將最後兩句置於一組的通行法則，在第三行的結尾引入了停頓，由此將詩歌分為兩個不等的部分，前三行的昂揚聲調和歡快內容與第四行的低沉聲調和黯淡內容形成對比，這種不均衡的結構所隱含的意義則是表明越國在經歷了長期的軍權統治後被突然推翻。杜甫的〈觀公孫大娘弟子舞劍器行〉以「感時撫事增惋傷」這一句為形式結構上的轉捩點，之前的韻律是平聲，之後的則是仄聲，全詩從正午的炎熱到冰冷的月亮，是一個持續下降的過程，由此所隱含的中心思想也並非悲悼藝術上已經獲得的完美，而是歡樂時幾乎難以發覺時間的流逝，而當陷入悲傷時，時間的流逝就變得極為清晰。[23]

　　在第三章〈象徵〉中，吳興華以趙翼、高啟、李邴寫梅花的詩詞為例[24]，對「象徵」進行了具體界定。趙翼的「單身立雪程門第，素

23　有關杜甫〈觀公孫大娘弟子舞劍器行〉在節奏方面的特點，吳興華在〈談詩的本質——想像力〉（原載《燕京文學》1941年2卷4期，收入《吳興華詩文集》，世紀出版集團、上海人民出版社，2005年2月）一文中也有與此處類似的論述「在杜甫的〈觀公孫大娘弟子舞劍器行〉裡，感嘆盛時的逝去與藝術的衰微只是一條引向詩的主旨的路，本身並不是詩的主旨」「我們只要細心讀一下這首詩，就可以發現前一半的緩慢容與的節奏與後一半的急轉直下有何不同」。

24　趙翼〈梅花〉「殘蠟春心世未知，忽傳芳信到南枝。單身立雪程門第，素面朝天號國姨。」高啟〈梅花〉「雲霧為屏雪作宮，塵埃無路可能通。春風未動枝先覺，夜月初來樹欲空。翠袖佳人依竹下，白衣宰相在山中。寂寥此地君休怨，回首名園盡棘叢。」李邴〈漢宮秋〉「瀟灑江梅，向竹梢疏處，橫兩三枝。東君也不愛惜，雪壓霜欺。無情燕子，怕春寒、輕失花期。卻是有、年年塞雁，歸來曾見開時。清淺小溪如練，問玉堂何似，茅舍疏離？傷心故人去後，冷落新詩。微雪淡月，對江天、分付他誰。空自憶、清香未減，風流不在人知。」

面朝天貌國姨」很巧妙，將梅花與兩個歷史人物相比，這自然使得梅花超出了具體所指，但這種超出感並非由梅花本身帶來，而是由「單身立雪」「素面」等意思帶來的，梅花從未代表過學生或有名的美人，在該詩中這種聯繫是硬套在一起的，這種比較是為了詩歌的當下目的才運用的，在文本之外也沒有意義，這裡的梅花只是一種暗喻，無法產生隱晦效果。高啟詩中梅花所表達的早熟的思想貫穿全詩，因而梅花獲得了我們在閱讀整首詩時始終能夠感受到的某種意義，但梅花若被孤立起來則感受不到，「早熟」的觀念並沒有在詩中表達出來，完全是通過隱晦的方式來傳達的，所產生的效果也是短暫的，因此不是嚴格意義上的隱晦。李邴詞中的梅花才真正構成了一種象徵，表達了純潔自足以及某種憤世嫉俗的感情，「儘管所激發的思想態度或狀態取決於對整首詞的仔細閱讀，可是，一旦達到這種思維狀態，並與梅花聯繫起來，那麼從此梅花將能夠復活這樣一種思想狀態。即使我們將梅花從其上下文中孤立出來，純潔和自足就始終與梅花聯繫起來了。從詞中孤立之後仍舊存在的東西就構成了象徵」。

第四章討論了典故，吳興華認為「典故的主要功能是通過指涉某種文學背景來加強詩歌的意思，這種背景若為讀者所知，則將為作品提供更為重大的意義」。他分析了晏幾道的〈鷓鴣天〉中取自杜甫〈羌村〉的典故，認為這令其詞別增新意，晏幾道將莊嚴甚至悲慘的典故拿來輕描淡寫地使用，這在很大程度上造就了該詞比較輕佻的特質。庾信的〈寄徐陵〉用典則比較巧妙，沒有直接引用或複述前人的詩作內容，僅僅提到了一個名作的背景。吳興華借用了I.A.瑞恰慈的「語調」概念來分析庾信詩作表面上的天真，指出庾信

在寫作時想到了若是直接引用或隱晦用典都會破壞他的誠意，因此這裡的典故起到了雙重作用，既讓讀者相信作者感情的真誠，又激發出某種在詩中沒有公開表達的其他情緒。在分析典故的特性及其作用時，吳興華特別提到了傳統的問題，認為「只有存在一系列人所共知的古典文學作品時，才會有典故的出現」，「中國詩歌的背後有著更為悠久的同質性的文學傳統」。因此，相比西方詩歌，中國詩歌的典故才會如此豐富。他以白居易和王安石關於王昭君的詩歌為例，說明了典故對於詩人所具有的作用則是「它有助於展示詩人的原創性，儘管他們是在處理傳統的主題」。吳興華還特意指出我們要特別注意用典的適用性的問題，引用僻典和引用過分熟悉的典故都不能被視為表達詩歌之隱晦性的有效手段。

第五章對情節的分析和論述就篇幅而言在全文中是相對較長的，這可能與吳興華特別強調情節對於詩歌的隱晦性所具有的重要性有關。在他看來，「情節在中國詩歌中所占據的重要位置從未得到充分的理解」，因此他歸納出三種通過情節來產生隱晦的最重要的方式。第一，「反轉」；第二，「反覆比較」；第三，「樂章的轉換」。

所謂「反轉」就是「反轉一行詩句的兩個部分或一首詩的兩部分」，它是對於詞語或詩句應該採取的正常順序加以顛倒。他以何遜的〈相送〉為例，指出該詩存在兩處反轉，前兩句是第一部分，描述的是詩人的感情，後兩句是第二部分，描述的是詩人所見之景，這兩部分是反轉的。第二部分的第三行（「江暗雨欲來」）和第四行（「浪白風初起」）中的反轉則更為重要，包含著理解全詩的關鍵。這兩句詩的第一部分都是描述看到的景象，第二部分則是對此景象所做的解釋，這種反轉所揭示的隱晦意義是，送別友人的詩人發現

「江暗」、「浪白」，困惑中環視四周才發現天空布滿烏雲大雨將至，
風起浪升水花四濺，這些本來都是詩人應該可以看到的，可是他低
著頭，離別的傷悲幾乎令其失去了知覺，因而未能注意到更大範圍
內的這些景象。特別值得一提的是，從探尋這種反轉特徵入手，吳
興華對李商隱的〈登樂遊原〉做出了新的闡釋。他認為傳統批評家
正是因為忽視了反轉這一因素，才會錯誤的判斷該詩的主旨是悲悼
塵世美景的易逝。在他看來，該詩的關鍵是第一句，而非贏得無數
讚譽的最後兩句，他指出，「中國的詩人會為春花秋月感嘆，但極
少會為夕陽而感嘆。因此，這兩句詩放在抒發他『意不適』的句子
之後的這一事實就告訴我們，因為他心情不適，因此對一切都不滿
意，甚至是他已經看過無數次的夕陽。」

　　吳興華指出，只能重複比較一次的絕句無法通過反覆比較來
充分產生效果，只有在更長一些的詩中才能做到這一點。他認為
像〈長恨歌〉這樣的詩，其結構就依賴這種技巧，忽視詩中的這種
重複的比較就是忽視全詩隱含的意義。他認為，這首詩的主題與唐
明皇和楊貴妃都沒有關係，它表現的是詩人有關悲喜起伏相繼的
思想，悲喜都無止境這一事實就是長恨的原因，這一主題主要是
通過對比才顯現出來的，比如「回眸一笑百媚生」與「六宮粉黛無顏
色」。[25] 錢起的〈省試湘靈鼓瑟〉的最後一句「曲終人不見，江上數峰

<hr>

25　吳興華在〈談詩的本質——想像力〉（原載《燕京文學》1941年2卷4期，收入
　　《吳興華詩文集》，前揭書）中有如下的論述：「讀完〈長恨歌〉之後，我們似
　　乎感覺到詩中最重大的意義並非楊妃與明皇的悲劇；那不過是一個借用的工
　　具，而主要的概念乃是憂喜的錯綜，此起彼落，變幻無常，而二者又都是無
　　窮無盡，這就是所『恨』的事。」

青」是流傳很廣的名句，朱光潛與魯迅曾對其做過頗具論爭意味的
不同闡釋，而吳興華對此所做的闡釋則頗值得關注。在第三章〈象
徵〉中，吳興華就曾表示，他曾對如何解釋這兩句詩的美妙之處頗
感困惑，他認為「曲和峰肯定不是直接的暗喻或寓言，也不能很好
地冠以意象之名」。他的理解是，詩人在整首詩中都一直在將短暫
的和永恆的進行對比，這樣五聯詩句過後，短暫的和永恆的完全融
為一體，無法再分開，曲與峰是關於已逝和仍留的事物之對比的一
種意象，他將其命名為「與情節結合在一起的象徵」。在〈情節〉這
章，吳興華從反覆比較的角度來分析錢起這首詩的內涵。他認為最
後兩句詩的情景非常簡單，即樂曲消失而山峰仍在，但效果則不可
否認，這點與埃斯庫羅斯對伊俄這個人物的設置有著驚人的相似，
伊俄在埃氏的筆下是一個四處遊蕩的人物，她從被縛的普羅米修士
面前經過，只有與那個不知道自己到底做了什麼才會遭受如此懲罰
的無辜女孩相比較，普羅米修士那種堅毅、深沉、不屈不撓的個性
才能體現得更加有力。有關曲與峰表現了短暫與永恆之對比的說
法，係吳興華沿用的朱光潛在〈說「曲終人不見江上數峰青」〉中的
觀點，但吳興華沒有討論「靜穆」等境界和情趣問題，而是聯繫該
詩的文體特徵來談論其思想內涵。他注意到了錢起該詩作為「排律」
的文體特徵，即「除了第一聯和最後一聯，所有的聯句都必須在形
式上對立」，因此得以成為進行重複比較的理想媒介。第一聯中是
已經遺失很久的古瑟與正在演奏的女神之間的對比，第二聯中是神
「馮夷」與旅人「楚客」的對比，第三聯中廣闊的天空「杳冥」與短暫
的樂曲「清音」形成對比，第四聯是「蒼梧」與「白芷」相對照，第五
聯中「風」與「湖」相對照，最後一聯中，對比達到了高潮，曲終不

史典故都是為了說明一個思想：北宋屈從而滅亡，南宋抗爭但失敗。

　　在文章的結論中，吳興華指出隱晦是中國詩歌的重要特點，他強調，「大家必須認識到，詩歌能夠有、也可以有除了能用語言公開表達的意思之外的意義」，現代對簡單和直接的崇拜非常流行和普遍，以至於對其所做的抗衡和糾偏也被視為大可不必。為此，他堅決地要為詩歌之隱晦辯護。他詳細申說了自己維護詩歌之隱晦的具體原因。第一，隱晦是中國詩歌的自然狀態，導致這種狀態的原因有兩個：（1）中國具有悠久的同質性的詩歌傳統。談到詩歌傳統時，吳興華直接引用了艾略特〈傳統與個人才能〉中的觀點，認為其說法能夠很好地應用於中國詩歌，他認為中國的歷代詩人之所以不憚於使用已被用濫的套版意象或是某種形式，遵從某些傳統，就在於對於傳統的這種強烈感受和認同，而用典非常有助於促成中國詩歌中隱晦得以產生的條件。（2）中國詩歌中得到認可的主題範圍有限。為了避免在那群以同一方式書寫同一主題的人中間失去自我，詩人不得不訴諸隱晦這一方法。第二，隱晦是高級詩歌的自然媒介，原因在於詩人的經驗要麼是公開表述就會令人感到空洞和膚淺，要麼就是無法用文字來清楚表達，這涉及的是交流的問題。真正的隱晦和虛假的隱晦形成的鮮明的對比更突現了前者的完美和必要。因此，吳興華堅持認為，「在詩歌的更高級的領域，隱晦肯定毫無爭議地占有統治地位」，儘管同時他也強調「形式因素對於隱晦而言是重要的，可是不允許它壓制或歪曲（無論有意還是無意）詩中所要表達的思想」。

　　在文章的最後，吳興華一方面強調中國詩歌的價值就在於其中所具有的這種高度的隱晦性，一方面又為近年來隱晦性不被人提起

而感到遺憾。在他看來，沒能創造出重要的隱晦詩的原因要部分歸結為這一事實：還沒有人試圖對隱晦性的理論和實踐做出清楚的闡釋。現在的情況是，沒有多少人讀詩，詩歌大家也幾乎沒有什麼影響，若是能夠清楚地理解這種隱晦原理，那麼對於讀者和作者無疑都將具有極大的價值。吳興華強調自己寫作該文的目的就是希望能夠促使大家認識到詩歌的隱晦性所具有的重要性，而他所引為先驅和同道的是朱光潛和梁宗岱，前者的《文藝心理學》和後者的《詩與真》都處理了與他在本文討論的理論相關的主題。

詩的「晦澀」問題是中國現代詩學中一個重要問題，曾引發不少論爭和討論[26]。「隱晦」不同於「晦澀」，也有別於「含蓄」，但談論詩之「晦澀」問題的人之中，贊成者多是從「隱晦」或「含蓄」這一層面來為「晦澀」進行委婉辯護的，常用的一個手法和策略就是力圖說明被指認為晦澀的並非真的晦澀，只是其含蓄和隱晦之處未被發現和理解而已；而反對者對晦澀進行口誅筆伐的時候似乎顯得更加理直氣壯，在他們看來，晦澀不僅是一個帶有貶義的詞語，更是一個應受批判的詩學追求，因為它故弄玄虛令人難懂。就兼具晦澀與含蓄兩重涵義的隱晦而言，吳興華在此篇論文中為其所做的辯護不同於在他之前和之後的學者，他的貢獻在於他能夠在借用西方理論的基礎上，從具體的詩歌技藝出發，來分析中國古典詩歌，由此對隱晦問題做出了較為全面的論述，從而表達了他那種強調中國詩歌傳統之於中國現代新詩的價值以及為新詩發展奠基的強烈意識。

26　有關這一問題的歷史脈絡和理論核心，可參看臧棣：〈現代詩歌批評中的晦澀理論〉，《文學評論》1996年第6期；陳希：《中國現代詩學範疇》，廣州：中山大學出版社，2009年6月。

　　就吳興華的詩論而言，他的主旨很明確，就是要為詩的隱晦特性辯護，在這條贊同詩之隱晦的歷史脈絡上，頗有不少值得重視的論述。廢名認為李商隱的〈月〉「要說晦澀晦澀得可以，要說清新清新得無以復加」，所下的結論則是「大凡想像豐富的詩人，其詩無有不晦澀的，而亦必有解人」[27]。這句話從想像的角度來理解晦澀，初看似乎顯得太過籠統，「無有不」的說法是很容易引起反駁的，但廢名這句話的重點還是落在後半段，即「亦必有解人」，這才是問題的關鍵，所以他的這個結論可說是比較公允的。無獨有偶，吳興華則指出詩的本質是想像力，（高級的）想像力是偉大的詩的記號。[28]詩的隱晦涉及的主要是詩歌的意義與傳達，葉維之[29]的〈意義與詩〉對此有頗為深入的論述，該文係對斯巴羅（John Sparrow）所著《意義與詩》（*Sense and Poetry: Essays on the Place of Meaning in Contemporary Verse*）的評論。葉維之指出「討論『意義』的問題，必須注意『傳達』問題」，認為「就文字的性質與詩對作者的作用看來，除非詩是沒有意義的，詩總是一種傳達。傳達是一件事實，不管它是不是詩人的欲望」，而「詩是不宜淺露的，所以隱晦有時是詩的一種好處」，「隱晦問題是與更重要的傳達問題有密切關係」。他介紹了斯巴羅對「隱晦」的分類「難解與不可解，意義隱晦與無意義」，前者是隱晦的好詩，而後者則是隱晦的壞詩，他將難解的詩分為四類：「（一）思

27　廢名：〈講一句詩〉，原載1947年1月12日《平明日報・星期藝文》第3期，此處引自王風編：《廢名集》第3卷，前揭書。

28　吳興華：〈談詩的本質——想像力〉，原載《燕京文學》1941年2卷4期，後收入《吳興華詩文集》，前揭書。

29　據解志熙考證，葉維之很可能是葉公超的筆名，詳見〈現代詩論輯考小記〉，《考文敘事錄：中國現代文學文獻校讀論叢》，前揭書。

想本身的性質難解;(二)表現的方法不適當,例如省略;(三)作者用象徵的文字代表他的意義(這與法國象徵派之以象徵為暗示的方法不同),因而非得到這種象徵系統的鑰匙,就不能理解,例如Yeats和Blake的詩;(四)作者表現自己特殊的境遇情感,非深知他的身世,就不能理解(按中國詩的隱晦大半都是由於這種原因,和典故的運用,例如朱彝尊的〈風懷詩〉和李商隱的〈錦瑟〉諸詩)」,而「凡是正統派隱晦的詩,都屬於此類」。值得注意的是作者此處認為中國詩的隱晦大部分與作者所表現的是自己特殊的境遇情感以及用典有關,相比吳興華所歸納的中國詩的隱晦的原因,此處的論述無疑更簡略。另一位熟悉西方現代詩學理論的詩人邵洵美在〈一個人的談話〉中談論新詩的懂與不懂問題時也引用了斯巴羅的觀點來為新詩辯護。他認為說看不懂新詩的人「或許對於詩裡的意象及聯想缺少經驗去理解」,而「這種現象在外國也有,愛里奧脫(即艾略特──引者註)在一篇關於但丁的論文裡便說:『真的詩在未被人看懂以前即能點化。』最近史百羅更在新著《意義與詩》裡說,批評新詩的常說新詩看不懂;其實他們所背誦的舊詩,卻更多解釋不出的詩句。以『看不懂』三字想來抹殺新詩的,顯見是沒有對舊詩下過一些工夫的人」[30]。邵洵美此段話除表明他也讀過Sparrow的這部新著,值得注意的是他為新詩辯護的理由,在他看來,如果不懂中國舊詩,那麼也無法真正理解新詩的隱晦。在此,他將新詩的隱晦問題直接與中國舊詩聯繫起來,這個思路其實與吳興華的頗為相近。

在筆者看來,吳興華有關隱晦的這篇詩論談的都是中國古典詩

---

[30] 邵洵美:〈一個人的談話〉,原連載於1934年《人言週刊》第1卷第12至27期,此處引自《一個人的談話》,上海書店出版社,2008年1月。

歌，也明確指出了中國詩歌傳統對於當下新詩的重要意義，但在這些論述的背後其實隱藏著最為重要的一個主旨，那就是要促進現代新詩的發展。新詩的前途問題始終是中國現代詩學的重要內容，如聞一多明確指出「在這新時代的文學動向中，最值得揣摩的，是新詩的前途」[31]，而朱光潛也說過「詩論發達」是一種好現象，並將其列為中國現代文學的四大主要特徵之一[32]，吳興華的思考和論述正是在這樣的歷史背景下展開的。他的這些關於隱晦的討論不妨視為他的一種手段，通過說明隱晦之由來和表現，最終目的則是要提醒當下寫作新詩的人以及進行詩歌批評的批評家和理論家，希望他們能夠對「二三千年光榮的詩底傳統」[33]更多一些了解並從中吸取有利於新詩發展的營養元素。

　　吳興華曾指出「一般現在在中國寫詩的人可以說是處身於一個非常特殊的環境中。過去詩歌所有的光榮歷史似乎被截斷了，而又沒有人出來在理論方面做一個完整的估計；新詩寫作進行將近三十年，也不見有較完整的理論統系」[34]。針對這種令人不滿的現狀，吳興華自己切實做了一點工作，除了他的新詩創作的實績，此處所討論的這篇論文以及〈現在的新詩〉中都有明確的論述。他指出「我

31　聞一多：〈文學的歷史動向〉，原載1943年12月《當代評論》4卷1期，此處引自《聞一多全集》第10卷，湖北人民出版社，1993年12月。

32　朱光潛：〈編輯後記〉，《文學雜誌》1卷1期，1937年5月，後收入《朱光潛全集》第8卷時誤為「討論發達」。參見解志熙〈現代詩論輯考小記〉，《考文敘事錄：中國現代文學文獻校讀論叢》，前揭書。

33　梁宗岱：〈論詩〉，《詩與真》（梁宗岱著譯精華，衛建民校注），中央編譯出版社，2006年12月。

34　吳興華：〈談詩的本質——想像力〉，原載《燕京文學》1941年2卷4期，後收入《吳興華詩文集》，前揭書。

們現在寫詩並不是個人娛樂的事，而是將來整個一個傳統的奠基石」，這個觀點與廢名、葉公超等人的觀點簡直如出一轍。廢名在為朱英誕的詩集《小園集》所作的序言中提醒新詩人態度要「鄭重一點，即是洞庭湖還應該吝惜一點，這件事是一件大事，是為新詩要成功為古典起見，是千秋事業，不要太是『一身以外，一心以為有鴻鵠之將至』也」[35]。葉公超從分疏新詩與舊詩的根本差別入手來談新詩的特質所在，他明確指出「格律是任何詩的必需條件」，由此鄭重指出「我們現在的詩人都負著特別重要的責任：他們要為將來的詩人創設一種格律的傳統，不要一味羨慕人家的新花樣」。他在分析了格律與文字問題之後，指出「新詩並不缺乏工具，我們的語言究竟還不算壞」，「歐洲各國都已有過幾百年的語言節奏的詩文的傳統，而我們卻正在開始要奠定一個語言節奏的詩文的基礎」。值得注意的是，葉公超認為我們才開始奠定以「說話的節奏和語詞」為根據的詩文的基礎「是我們的悲哀」，而舊詩文字的成功，我們應當承認。重要的是「我們應當知道它的成功在哪裡，正為的是好畫條界線」。他對待舊詩與新詩的態度非常開通，他認為只要我們知道新舊詩的根本差別，「認清了途徑，新詩人不妨大膽地讀舊詩」，「新詩人應當多看文言的詩文，就是現在人所寫的也應當看」，他所期待於新詩人的是意識的擴大，「能包括傳統文化的認識和現階段的知覺」。在引述了艾略特的〈傳統與個人才能〉中有關詩人不能單獨具有其完全的意義的這段話後[36]，他指出新與舊的適應「代表人類

35　廢名：〈《小園集》序〉，原載《新詩》1卷4期，1937年1月10日。此處引自王風編：《廢名集》第3卷，前揭書。

36　吳興華在《現代西方批評方法在中國詩歌研究中的運用》中所引用的也正是艾

最高的理想，用於文學裡可以算是最進步的，最有意義的」，「雖然新詩與舊詩有顯然的差別，但是我們最後的希望還是要在以往整個中國詩之外加上一點我們這個時代的聲音，使以往的一切又非重新配合一次不可」[37]。這種強烈的奠基意識在廢名、葉公超、梁宗岱等詩人和批評家、理論家那裡都有明確的體現，他們對外國詩歌特別是現代詩歌理論都有比較深入的認識，但同時又對中國詩歌優良和悠久的傳統充滿敬意，力圖融合中西詩學以利於當下新詩建設。

　　綜觀吳興華的詩論，我們可以看到幾個特點：一、自覺認同中國詩歌的歷史傳統；二、自覺為詩歌的隱晦性辯護；三、力求為中國現代新詩的發展尋求傳統的支援和奠定新傳統的基礎。他立足於中國古典詩歌的傳統中，以中西比較的視野來思考中國現代詩學的問題，他熟知中西詩歌及其理論，但在具體論述中，並不空論，而是以實例來具體分析和說明，體現出良好的藝術感覺和敏銳的思辨能力。他的這些詩學論述堪稱中國現代詩學的重要遺產，為我們思考中國詩歌的歷史及現實提供了可資借鑑的寶貴資源。

第三節　袁可嘉與「戲劇主義」

　　1947年，有未署名的作者在題為〈副刊，中國的新寫作〉[38]中提及袁可嘉的論詩文章時，特意指出「袁（可嘉）的批評是分析性的，

略特的這段話。

37　葉公超：〈談新詩〉，原載《文學雜誌》創刊號，1937年5月，此處引自《新月懷舊：葉公超文藝雜談》，學林出版社，1997年12月。

38　〈副刊，中國的新寫作〉，《平明日報》「讀書界」副刊第18期，1947年3月22日。

有時過分辭費」，但「至少他比李影心的論劉榮恩詩那樣的文章進步得多」，原因在於，「劉是袁所認為壞的感傷詩人，這一點不僅由袁的引文證實，而且也讓李所引以為辯護的各節劉詩證實」，而且，李影心的評論「用的是戰前一派不著邊際的書評家風格，內容字眼堆砌者多，又一『公式化了的感情反應』之例」。此處且不論所謂書評家風格的優劣或實質，注意該文作者將時代與風格相關聯的作法，「戰前一派」的說法中即隱含著戰後又有新的一派，這一派在詩的批評上，明顯有著不同於戰前的方式和風格，如果說該文的作者只是通過批評李影心來間接地稱揚袁可嘉，那麼莎生（吳小如）在〈文學雜誌的去來今〉[39] 中論及詩的部分時，則直接提到「詩的批評與建設理論呢，袁可嘉，蕭望卿，一行後起之秀早已勇邁直前，把那些老輩的姓名替換」，明確肯定了袁可嘉作為現代新詩批評之代表作家的地位。

袁可嘉在二十世紀四〇年代末期論詩的文章基本都收入其《論新詩現代化》（三聯書店，1988 年 1 月）中，已有的關於九葉詩派以及袁可嘉的詩論等方面的研究，很多也都基於該書的論述，但也有幾篇當年發表於報紙上的文章沒有收入集中，除了研究者如張松建所提到的如〈詩的再解放——《新批評》自序〉、〈創作與批評的起點〉[40] 外，還有他繼沈從文、朱光潛、馮至之後主編天津《大公報》

39　莎生，〈文學雜誌的去來今〉，天津《民國日報》「文藝」第 111 期，1948 年 1 月 19 日。

40　〈詩的再解放——新批評自序〉，《經世日報》「文藝週刊」第 80 期，1948 年 1 月 18 日；〈創作與批評的起點〉，《經世日報》「文藝週刊」第 28 期，1947 年 2 月 23 日。

「星期文藝」時以編者身分發表的〈給寫詩的朋友〉[41]。

按照袁可嘉本人為其擬出版的文集《新批評》所寫序言中的說法，他的這本書本有十六章，「前十章是批評人民文學的流弊」，「分析了政治感傷性的特性，一般感傷的通性，八種對於詩的迷信，新詩現代化在理論及實踐上的意義，及我所了解的『人的文學』與『人民文學』的關係」，「後六章多數與西洋的現代詩，現代批評有關，有些是批評的批評，如〈現代批評的主潮〉、〈現代詩底精神〉及〈批評相對論〉，有的是個人意見的陳述，如〈民主與批評〉」。[42]這裡所提到的篇目有些收入了後來新輯的《論新詩現代化》，有些則比較陌生，如〈現代批評的主潮〉、〈現代詩底精神〉，可能與〈論新詩現代化〉中的文章名異實同，也很可能為集外文也未可知。他自己指出該書「前後二部雖然處理兩個不同的範圍，實際卻是一件事情的二面，前十章是內在的發掘，後六章是外來的顧照」，兩部分其實相輔相成互相滲透與重合，消極的批評與積極的意義互為表裡。他聲稱自己寫作此書的動機是「分析人民文學走到極端時所產生的武斷、迷信，並指明新詩再解放的必要」，這一表白的文化政

---

41 編者（袁可嘉）：〈給寫詩的朋友們〉，天津《大公報》「星期文藝」，1948年10月31日。袁可嘉本人在〈詩人穆旦的位置〉（杜運燮等編，《一個民族已經起來》，江蘇人民出版社，1987年11月）中明確提及「1946年西南聯大師生復員回到北平和天津。當時天津《大公報》的「星期文藝」（先後由沈從文、朱光潛、馮至先生主編，最後半年由我收場）」，又有邱雪松所著〈一份被忽視了的準同仁副刊——《大公報·星期文藝》論〉（《寶雞文理學院學報》（社會科學版）第27卷第2期，2007年），對「星期文藝」的編輯情況做了專門論述，亦確認該文作者為袁可嘉。

42 袁可嘉：〈詩的再解放——新批評自序〉，《經世日報》「文藝週刊」第80期，1948年1月18日。

治內涵是不難體會的，因此，如他自己所言，該書的批評對象是
「人民文學作為一個趨勢所產生的流弊」。他的這本《新批評》就是
一個詩潮批評或者說流派研究，其「破」的方面是指陳人民文學之
流弊，而「立」則是論西洋現代詩及現代批評，在洋為中用的基礎
上，促進中國新詩的現代化。由此來看，他的這些文章的現實指向
和理論追求，倒似乎有些超出了現在一般理解的單純新詩現代化的
範疇，而容納了更多文化政治的內容。以下，筆者將在綜述袁可嘉
有關詩之本體的詩學思想的基礎上，根據新的史料，即袁可嘉專論
戲劇主義的英文文章 A Note On Dramatism（這篇文章刊載於「北京
大學50周年紀念第9期文學院專號」），結合與該文內容有重合但並
不雷同的〈新詩戲劇化〉和〈談戲劇主義〉等文章的有關論述，試圖
對其詩論中具有綜合性意味的「戲劇主義」這個新批評意義上的詩
學概念，做出較為深入的分析和解讀。

袁可嘉認為，對於中國四〇年代新詩的現代化特質的確認，
需建立在對於「現代西洋詩的實質與意義有個輪廓認識」的基礎之
上，後者的典型特質就是「高度綜合」。在他看來，這種高度綜合的
特徵體現在詩歌批評、詩作的主題意識以及詩作的表現方法這三個
方面。就第一個方面而言，「批評以立恰慈的著作為核心，有『最大
量意識狀態』理論的提出」，該理論的核心在於認定藝術作品的意義
與作用在於推廣和加深認識以及獲得最大可能量的意識活動。基於
心理分析的科學事實，藝術能夠擺脫所有來自外界的束縛而獲得自
為的本體地位，藝術重新建立與宗教、道德、科學、政治的平行但
又密切的聯繫。這就是他所理解的綜合批評的要旨。

在袁可嘉看來，就現代詩歌的主題和表現方法而言，「表現在

現代詩人作品突出於強烈的自我意識中的同樣強烈的社會意識，通過現實描寫的宗教情緒，生與死半圓的結合，傳統與當前的滲透，抽象思維與敏銳感覺的渾然不分，輕鬆與嚴肅諸因素的陪襯烘托，Paradox的廣泛應用以及現代神話、現代詩劇所清晰呈現的對現代人生、文化的綜合嘗試都與批評理論所指出的方向同步齊趨」，基於這樣的認識，他將現代詩歌定義為「現實、象徵、玄學的新的綜合傳統」。[43]

　　基於對現代詩的這種宏觀把握，以及對於少數新詩現代化嘗試者的詩作的具體觀照，袁可嘉認為已經可以對這種具有新的綜合傳統的現代詩之實質和意義做出分析。他認為當代的感性（sensibility）改革者在繼承和發揚戴望舒、馮至、卞之琳、艾青等詩人開創和發展的新感性的基礎上，試圖在「新的出發點，批判地接受內外來的新的影響，為現代化這一運動作進一步的努力」。基於對這些新的感性改革者的詩作的了解，他為這個改革的原則做出了理論表述，即「一、絕對肯定詩與政治的平行密切聯繫，但絕對否定二者之間有任何從屬關係」，「二、絕對肯定詩應包含、應解釋、應反映的人生現實性（Reality of Life），但同樣地絕對肯定詩作為藝術時必須被尊重的詩的實質（Reality of Poetry）」，「三、詩篇優劣的鑑別純粹以它所能引致的經驗價值的高度、深度、廣度而定，而無所求於任何幾近虛構的外加意義，或『投票』『暢銷』的形式」、「我們的批評對象是嚴格意義的詩篇的人格（Personality of the Poem）而非作者的人格（Personality of the Poet）」；「四、絕對強調人與社會、人與

43　此文收入《論新詩現代化》時，有刪節及改動。此處係引自袁可嘉：〈新詩現代化──新傳統的追尋〉，《大公報》「星期文藝」第25期，1947年3月30日。

321

神、人與人、個體生命中諸種因子的相對相成，有機綜合，但絕對否定上述諸對稱核型中任何一種或幾種質素的獨占獨裁，放逐全體」；「五、在藝術媒劑的應用上，絕對肯定日常語言，會話節奏的可用性（Desirability）但絕對否定日前流行庸俗浮淺曲解原意的『散文化』」；「六、絕對承認詩有各種不同的詩，有其不同的價值與意義，但絕對否認好詩壞詩，是詩非詩的不可分」；「七、這個新傾向純粹出自內發的心理需求，最後必是現實、象徵，玄學的綜合傳統；現實表現於對當前世界人生的緊密把握，象徵表現於深厚含蓄，玄學則表現於理智感覺，感情，意志的強烈結合及機智的不時流露」。

確立了詩的現代化的基本原則，袁可嘉對文學批評的基本職責也做出了新的規定，即「從新的批評角度用新的批評語言對古代詩歌──我們的寶藏──予以重估價，指出傳統與現代化的關係，分析其決不僅僅是否定的偉大價值；它必須對目前的流行傾向詳作批判，指明其生機與危機；它更必須對廣泛的現代西洋文學善盡批評介紹譯述的任務」。值得注意的是，袁可嘉對新的批評的目標、手段、內容等各方面的內容都有所論述，強調「新的批評語言」，亦即以新的批評概念、術語為核心的批評語言，他的「戲劇主義」即是其中的代表。他不僅提出了進行現實批判的直接任務，更設立了重估傳統詩歌與譯介西方現代文學並重的長遠目標。

據筆者目前所見，關於「戲劇化」的中文文章，袁可嘉寫了兩篇，一篇是〈新詩戲劇化〉[44]，一篇是〈談戲劇主義──四論新詩現

---

44 袁可嘉：〈新詩戲劇化〉，《詩創造》第12期，1948年6月。按，該文與題為〈詩的戲劇化──三論新詩現代化〉（《大公報》「星期文藝」第78期，1948年4

代化〉[45]。如果我們按時間將目前收入《論新詩現代化》的文章以及上面提到的幾篇集外文進行排列，我們會發現，他對於戲劇化和戲劇主義的討論是比較晚出的，發表於其擬出版的《新批評》自序之後，而他又將〈詩的戲劇化〉視為其新詩現代化系列論述的第三篇，第一、二篇都是發表於1947年，而第四篇〈談戲劇主義〉[46]與第五篇〈詩與民主〉都是發表於1948年，而他專論戲劇主義的英文文章也是發表於1948年。由此可以推斷，他對於戲劇化和戲劇主義的討論是原本擬出的《新批評》之外新寫的，而這個新增的章節，無疑擴展了他的論述範圍，令他的批評理論更具理論內涵，也更具有構建性，而不是之前所設想的單純對於人民文學之流弊的批駁。

袁可嘉在〈談戲劇主義〉中交代此文的寫作以及〈詩的戲劇化〉在立意上不同於寫於1947年的第一、二篇論新詩現代化的文章，後者是分別論述詩的現代化的認識原則和表現方式，而前者是將原理的探討和技術層面的分析「混合以後的擴展延伸」。再具體而言，則〈詩的戲劇化〉採取了現代西洋詩的觀點，而〈談戲劇主義〉則是「從現代西洋批評出發」的。

在正式論及袁可嘉對於戲劇主義的理解之前，有必要對其理論來源略做說明。這個「戲劇主義」是美國學者肯尼斯‧伯克所提出的一個概念，他是美國現代修辭學的代表人物，也被視為美國新批評的代表人物，《新批評術語彙編》的編者愛爾頓認為其方法是「社

月25日）、〈詩的戲劇化〉（《文學雜誌》1948年第1期）的文章內容基本相同，因此，這三篇可視為同一篇。
45　《大公報》「星期文藝」第84期，1948年6月8日。
46　原載天津《大公報》「星期文藝」第84期，1948年6月8日。

會學的、心理學的和語義學的」，思想則是受到「凡勃倫、馬克思和佛洛德的交互影響」。[47]他的著述不少，其論述構思宏大，內容龐雜，體現出很強的哲學思辨性。他在初版於1945年的《動機語法》（*A Grammar of Motives*）的導論〈戲劇主義的五個關鍵字〉（The Five Key Terms of Dramatism）中對其方法有個簡短的說明。他認為，之所以用戲劇主義來描述其方法是因為，戲劇主義這個詞「會邀請讀者以一種發展自戲劇分析的視角來思考動機問題，這個視角首先將語言和思想視為行為模式（modes of action）」[48]。這一思路在其著名的〈濟慈一首詩中的象徵行為〉有具體體現（該文也作為附錄收入了《動機語法》）。在該文的開始部分，他對自己「將在象徵行動的意義上，以『戲劇行為的方式』來分析這首頌歌」的理論基礎做了一個簡要的概述，即是「把語言看做一種資訊或知識的工具是在『科學』的意義上，從語源學和語義學的角度看待它。把語言看做一種行動的模式是在『詩歌』的意義上看待它，因為一首詩是一個行動，是製造它的詩人的象徵行動——這種行動的本質在於，它通過作為一個結構或客體而存在下去，我們作為讀者可以讓它重演」[49]。

　　對於戲劇主義的基本內涵有了初步了解，我們再來看袁可嘉的論述。袁可嘉對於所採用的這個詞語的來源，並未做明確交代，

47　中國學者劉亞猛在其《西方修辭學史》（外語教學與研究出版，2008年12月）中有專節「破解象徵行動的密碼——伯克的修辭思想」論述伯克的修辭學思想，對於伯克生平、其思想主旨及其「戲劇主義」都有所論述，可參看。詳見該書頁335-347。

48　Kenneth Burke: *A Grammar of Motives*, New York, Prentice-Hall, Inc, 1952, p.xvi.

49　肯尼斯‧勃克著，王敖譯：〈濟慈一首詩中的象徵行動〉，《讀詩的藝術》，南京：南京大學出版社，2010年2月，頁52。

也並未對其做出定義，而是將戲劇主義視為「現代批評裡的戲劇主義」。他從分析戲劇主義產生的原因入手，認為這涉及到三個方面的因素，第一，「從現代心理學的眼光看，人生本身是戲劇的」，若從心理學所謂刺激和反應的角度來看，「如何協調這些矛盾衝突的衝動（刺激＋反應）便成為人生的不二任務」，而「人生價值的高低完全由它調協不同品質的衝動的能力而決定」，即是說，「能調和最大量，最優秀的衝動的心神狀態必是人生最可貴的境界了」，這便是所謂「最大量的意識形態」。第二，若以柯勒律治的想像學說為基礎，則會發現「想像，特別是詩想像，有綜合不同因素的能力」。第三，「根據文字學的研究，現代批評家認為詩的語言含有高度的象徵性質」，因而詩的語言的意義便會受到其所在的詩篇的結構和語境的制約，因而「整個詩創作的過程可以稱為一種象徵的行為（A mode of Symbolic action）。詩中不同的因素都分別產生不同的張力，諸張力彼此修正補充，推廣加深，而蔚為一個完整的模式」，在這個過程中，「顯然包含立體的，戲劇的行動」。由這三方面來看，戲劇主義的基本內涵便是：「人生經驗的本身是戲劇的（即是充滿從矛盾求統一的辯證性的），詩動力的想像也有綜合矛盾因素的能力，而詩的語言又有象徵性、行動性，那麼詩豈不是徹頭徹尾的戲劇行為嗎？」[50]這樣，袁可嘉從詩在心理學、美學和文字學三方面具有戲劇性的前提下，確立了現代批評中戲劇主義的基本內涵。

在將戲劇主義視為一個「獨立的批評系統」時，袁可嘉發現了它所具有的「四種特點和長處」，第一，「它的批評的標準是內在

50　袁可嘉：〈談戲劇主義──四論新詩現代化〉，天津《大公報》「星期文藝」第84期，1948年6月8日。

的,而不依賴詩篇以外的任何因素」,因此,以戲劇主義來評詩,在理論上至少包含詩的經驗的本身的品質以及表現這種經驗的藝術手腕,而溝通經驗及其表現的是「戲劇的合適性(Dramatic Propriety of adequacy)」,對於瑞恰慈所謂「包含的詩(Poetry of inclusion)」和「排斥的詩(Poetry of Exclusion)」的區分,現代批評家明顯更看重前者,因為這種詩「包含衝突,矛盾,而像悲劇一樣地終止於更高的調和」,具有「從矛盾求統一的辯證性格」。由於戲劇主義的批評標準是內在的,因而「許多外來的干涉混淆便可避免」,儘管它也承認「時空的,外來的,相對的影響」,但「詩之成為詩的絕對的道理卻是不變的常數」。第二,「戲劇主義的批評家,一方面為分析上的方便雖然承認詩有經驗與表現(即實質與形式)的分野,骨子裡卻是堅決否認二者的可分性的」,而將創造視為一個「連續的『象徵的行為』」,這樣一來,便可有效避免「內容形式二元論的糾纏」。第三,「戲劇主義的批評體系十分強調矛盾中的統一,因此也十分重視詩的結構」,詩篇中眾多矛盾因素的消融以及統一性與辯證性的取得便完全依賴結構上的安排。第四,「戲劇主義的批評體系是有意識的,自覺的,分析的」,因而與印象主義和教條主義都是相對立的,對於「學力、智力和剝筍式的分析技術」非常注重。戲劇主義的批評常用的術語包括「機智(wit)」、「似是而非,似非而是(paradox)」以及「諷刺感」(sense of irony)和「辯證性(dialectic)」。

而在〈新詩戲劇化〉中,袁可嘉將戲劇化視為能將包括情感和意志在內的生活經驗轉化為詩的經驗的一個有效手段,從而能夠有效避免感傷和說教,其基本要點包括,第一,戲劇化就是「儘量避免直截了當的正面陳述而以相當的外界事物寄託作者的意志與

情感」，即尋求「表現上的客觀性與間接性」。第二，戲劇化包括內向、外化以及詩劇三個方向或者說手法，里爾克和奧登分別為前兩個方向的代表詩人。第三，打破詩是激情之流露的迷信，努力「融合思想的成分，從事物的深處，本質中轉化自己的經驗」。

而在〈關於戲劇主義的札記〉（A Note On Dramatism）中，袁可嘉首先就指出現代詩歌與批評之間有趣的平行現象，即同樣非常強調詩的語言之內在的戲劇性，戲劇主義清楚地區別於通常對於詩歌寫作中戲劇性特性的意識。在他看來，通常對於詩中的戲劇性的意識一般而言指的是被動地欣賞詩人在生動呈現事件、場景或行動時那種視覺化的能力，或者是指能有效地描繪人物的那種視覺化的能力。而現代的戲劇主義指的是，明確承認詩是「一種象徵的行為模式」，其中複雜的態度消融在最終的模式中，正如它們消融在最完美的戲劇形式之中。因此，詩不再被視為一個片段的描寫，而是調協後的張力的具體實現，在此過程中，衝突和妥協採取了只有最高級的戲劇才享有的那種辯證的過程。他借用肯尼斯·伯克高度技術化的術語，認為詩歌中一般的戲劇性效果在於呈現一個場景，而充分意識到的戲劇主義的力量則在於使行動具體化。對於那些具有戲劇化視野的詩人來說，詩不再是情感或觀念的表述，而是經驗的戲劇，必須去體驗的那些「受到控制的經驗」。因此，寫詩不是嘆氣或哭泣，而是將不同層次的經驗組織到一個結構中去，這個結構不是散文意義上的邏輯，而是意義、價值和闡釋彼此想像性地互相滲透的結構。在袁可嘉看來，里爾克可能是第一個發現詩表達經驗這一個重要事實的人，里爾克所致力於達到的不是真實情感的混合，而是將其加以有意義的整合。戲劇主義極為倚重詩歌語言天生具有的

那種能動的創造性，這種有機的、能動的概念在不同批評家那裡以不同的面目出現，在韋勒克看來，詩是一個分層的規範體系，在布萊克墨那裡，是姿勢，即內的和想像的意義得到外在的、戲劇化的表現，柯林斯‧布魯克斯將詩界定為「悖論的語言」，燕卜蓀則闡發了含渾的七種類型，瑞恰慈宣稱詩歌的意義不在它所說的內容而在它所帶來的。

至於對戲劇主義所涉及的心理學、美學和語言學方面的因素的論述，這篇英文札記與上述中文文章的表述基本一致。在對體現於戲劇主義的那些觀念進行考察時，中文文章和英文文章在措辭上稍有差異，前者說的是「表現上的客觀性與間接性」，而後者則直接提及艾略特的「非個人化（impersonality）」和「客觀對應物（objective correlative）」。在英文札記中，袁可嘉將里爾克、艾略特、奧登分別視為尋求客觀性的三種方式的代表，其中對於里爾克和艾略特之間的差異的描述是中文文章所沒有的，他認為兩者的差別在於，里爾克更為注重事物的本質，而艾略特更傾向於為自己的詩歌目的尋找對象物。至於〈新詩戲劇化〉中談到的晦澀與模棱，英文文章引用赫伯特‧里德對於這兩者的解釋，論述更為充分。中文文章所沒有的，是對於瑞恰慈的意義之意義與艾略特在長詩的整個安排中放入散文性段落的做法所做的一段較長的論述。英文札記的結尾，袁可嘉對戲劇主義所做的描述也是中文文章所沒有的，值得在此引述。他認為，戲劇主義就是一種生命力，它推動現代詩歌和批評去試圖達到一個更高級的融合，一種最終表現為象徵、玄學和現實等諸多傳統所形成的新的綜合，這樣就由回到了他有關現代詩歌的核心觀念「現實、象徵、玄學的綜合傳統」。

　　從以上論述我們可以看到，袁可嘉從現代詩的有機結構出發，為
闡釋現代詩在經驗傳達上的間接性和暗示性等豐富而複雜的內容，
借用英美新批評的詩學思想，提出戲劇主義這個概念，並從起源和
特徵對其做了較為充分的論述。應該說，戲劇主義是批評西洋現代
詩的一個有效的術語，袁可嘉的這一闡發無疑有助於加深對以穆旦
為代表的這批中國新詩人之作品的理解，但能否適用於非穆旦風的
詩作則是一個要存疑的問題。由於戲劇主義本身是從西洋現代詩的
矛盾中求統一的複雜性和辯證性中抽象出來的，因而當它成為一個
衡量新詩的有效尺規時，便可以根據詩中內在意識的複雜程度、強
烈程度、感情及語言的悖論等方面的情況來品評新詩。現代詩的創
造與現代批評之間的互動關係，由這個概念得到了清楚的說明。

　　當然，應該指出的是，二十世紀四〇年代學習、闡釋和運用
英美新批評詩學思想的中國學者，並非僅有袁可嘉一人，與他同刊
發表作品的錢學熙、夏濟安一個做詩學理論的探討，一個做英文詩
的新批評，也都可圈可點。而且，若論研究的精深，當時還很年輕
的袁可嘉也並非是最為出色的。本節的開頭，筆者曾提到，袁可嘉
的《新批評》更大意義上是一個詩潮批評，在現實的文化政治思想
的指引下，他在對詩歌本體以及批評原則的闡釋與構建中，雖然也
有極少的文本解析的內容，但篇幅極小，幾乎可以忽略不計，可說
是缺乏可以證實其理論闡釋與構建之恰切性的文本批評，這不能不
說是一個遺憾。同時，他的「有機綜合」的理論是基於瑞恰慈的文
藝心理學的，瑞恰慈的理論本身就並非完美，英美學者也對其多有
批評，袁可嘉匆忙吸收和挪用之間，也難免會有侷限和偏頗。這一
點，當時就曾有論者指出過。署名「鐵馬」的論者在其〈文學與心理

如張松建所曾經指出的，在肯定袁可嘉為「1949年之前現代主義詩歌批評的集大成者」的同時，也要看到，他「把新批評的核心術語都介紹了過來，但沒有聯繫中國新詩的具體文本給予實證性分析，未能從中國新詩的內在需要和本土關懷出發，把這些術語進行再次『語境化』以說明引進戲劇主義的歷史條件」，在重估與轉化傳統的意識之明確與實際成果的少有這種明顯的不協調中，正有著他個人以及時代的侷限。[52]

　　本章所討論的這幾個代表人物正從不同方面說明了二十世紀三四〇年代中國學者學習、吸收和運用英美新批評詩學，來審視中國詩歌的傳統與現實的不同努力方向。相比邢光祖更為學理化的比較詩學的研究，吳興華以同樣的比較視野，更為注重的卻是中國古典詩歌的再解讀，袁可嘉在初步具備融通中西之意識的情況下，過於強烈的現實訴求使他既未及對於英美新批評的詩學做出更為圓融的吸收和轉化，也未能對於中國傳統詩學做出積極觀照和理解。在後一點上，與他一起，同被吳小如視為詩的批評的新人代表的蕭望卿就有更為具體的批評實踐。蕭望卿不僅出版有專著《陶淵明批評》，還發表了多篇論詩文章[53]。但袁可嘉的獨特貢獻在於，他在短時間

52　張松建：《現代詩的再出發：中國四十年代現代主義詩潮新探》，北京：北京大學出版社，2009年11月，頁169-190。

53　〈論〈陌上桑〉〉，《經世日報》「文藝週刊」第23期，1947年1月19日；〈詩的奇葩——《李白的生活思想與藝術》的第四章〉，《經世日報》「文藝週刊」第38-41期連載，1947年5月4、11、18、25日；〈馬致遠的〈天淨沙〉〉，《經世日報》「文藝週刊」第26期，1947年2月9日；〈李白的樂府與古詩〉，《平明日報》，1947年7月27日。

第七章

現代「詩的新批評」之核心觀念例說
──以語音、肌理與含渾為中心

第一節　詩的新批評之「詩與語音」問題

　　詩的語音與意義之關係是詩歌批評中的一個關鍵問題，而到了現代，對於這個問題的討論更具有了時代意義。誠如程千帆所言，「詩歌是有韻律的文學。中國古代的作家們為了要用語言的音響傳達生活的音響，逐漸以語音中的平仄聲或平上去入四聲為基礎，建立了有規則的韻律。從晉朝陸機的《文賦》起，批評家就開始注意了這個問題。歷朝關於這一類書是很多的。清代語言學家周春專門研討杜甫詩中的『雙聲疊韻』，就寫了一部名叫《杜詩雙聲疊韻譜括略》的書。近人劉大白先生的《中詩外形律詳說》，更是一部結總帳的巨著。現代學者在這方面的研究，已經開始從僅就韻律本身來研究韻律的規律，邁進到從韻律與感情的關係來研究詩人應用韻律的規律，例如唐鉞寫的《音韻之隱微的文學功用》，郭紹虞先生寫的《中國語詞的聲音美》，就是很有益的工作」。[1]

　　1933年10月《文學季刊》的創刊號上發表了吳世昌的〈詩與

1　程千帆、沈祖棻：《古典詩歌論叢》，上海：上海文藝聯合出版社，1954年，頁17-18。

語音〉，作者寫到三年前讀司各脫的記事詩，有一行（Stood on the steps of stone）給他留下了不可磨滅的印象，他由此「感悟到詩的聲音的力量和他所給與讀者經驗上的印證，有最深切的關係」。他由閱讀中英詩歌的感受和體驗出發，具體談論詩的語音如何引發感覺和情緒，而他的這一分析的理論基礎或者說理論來源則是當時最為新穎的「經驗的傳達論」。他認為「詩人寫詩的目的在使他自己的經驗和由這經驗引起的感覺，傳給讀者，使讀者有同樣的經驗和感覺」，這種「經驗的傳達論」「已經變成近年歐美文學批評界最中心的問題」，還特意指這點在以 T.S. Eliot，I.A. Richards 為中心的建設在心理學上的批評論最為突出。

　　吳世昌從語言學的角度分析了人類發出的各種聲音與其所代表和引發的感情之間的關係，又借用瑞恰慈的理論分析讀詩時的心理歷程，在此基礎上，他引用中國古詩的例子，來說明字音在詩文中所直接引起的感覺和情緒，這些都是具體而微的批評實踐。吳世昌提起梁宗岱在寫給徐志摩的那封〈談詩〉的信中說到讀李商隱的〈無題〉詩中「芙蓉塘外有輕雷」的「外」字的字音時，就彷彿已經有了雷自遠而近的感覺，覺得這是詩人的妙用，不可解說，而吳世昌並不認可這種不可解的態度，他認為中國古詩中這類問題多極了，比如「僧推月下門」「僧敲月下門」，從語音上其實是可以分析出個所以然的，「『推』字『ta』平舌音，不僅他原來的意義是，並且他字音的象徵也是一種遲緩而延續的動作。『敲』字『kô（唐音）空顎音，字義和字音都是指一種急遽而間斷的動作』」。吳世昌指出「前人的詩話詞話未嘗不注意這類例子，但他們往往知其然，卻說不出所以然來。他們知道並且能指出那些特殊的例句；欣賞而外，有時也說一

說那些字句所引起的感覺」，比如王國維的《人間詞話》認為秦觀的「可堪孤館閉春寒，杜鵑聲裡斜陽暮」所引起的情緒是「淒厲」，但為何是淒厲而非別種情緒呢，王國維沒有說。

應該說，吳世昌在此所描述的正是中國傳統解詩學的基本特徵，而包括吳世昌在內的眾多現代學人則力圖對中國的傳統詩歌做出新的批評和解釋，於是就有了下面這樣的一些詩歌語音分析的實例。由於吳世昌在該文中引用了很多實例，此處僅摘取幾個大家最為熟悉的詩句，以展示這種新批評的實況。

「可堪孤館」四字都是直硬的「k-」音，讀一次喉頭哽住一次，最後「館」字剛口鬆一點，到「閉」字的「p-」又把聲氣給雙唇堵住了一次，因為聲氣的哽苦難吐，讀者的情緒自然給引得淒厲了。

再看李義山的〈無題〉:「劉郎已恨蓬山遠，更隔蓬山一萬重」，我們覺得有無限不盡的情意。以後用同樣方法寫情的句子如歐陽修的「平蕪盡處是青山，行人更在青山外」,《西廂記》的「當初那巫山遠隔如天樣，聽說罷又在巫山那廂」,我們總覺得不及李詩的深摯。我們一時也許說不上理由來，但決不是沒有理由的。他的關鍵全在「更隔」二字上。這二字都是「k-」音收尾的母音，又都有深近喉部的「û」音，這二個音碰在一起讀時就得異常使勁。「使勁」是藝術欣賞中很重要的一個條件。

我們讀完了「劉郎已恨蓬山遠」，已經預備好了一種悵望的

335

心境，再讀下去的「更隔」便有格格不能吐的感覺，這種感覺最能暗示上句「恨」（中國詩詞中的「恨」絕不是現在「仇恨」的「恨」，它是「怨」和「愛」並在一起的一種心理狀態。）的心境。惟其因為他格格不能吐，便得「使勁」，要使勁，讀者對於這首詩的感覺更親切，對於詩中情緒的了解，已經不是被動，而是處於主動的地位了。這是讀者的「入神」（Empathy）。聶勝瓊的那首人所共知的〈鷓鴣天〉「枕前淚共階前雨，隔個窗兒滴到明」，「隔個」二字也是「k-」音，有同樣的作用。「滴到」二字都是「t-」音，象徵水滴的聲音，又使讀者的情感有斷續的感覺。

讀邊塞詩人王昌齡的〈從軍行〉：大漠風塵日色昏，紅旗半卷出轅門。前軍夜戰洮河北，已報生擒吐谷渾。這首詩不必管他每一個字所代表的是什麼意義，幾乎聽了他的聲音就能知道他所代表的情緒。大漠的「漢」因為發音時口腔的空虛和雙唇摩擦的關係，讀著就可以感覺到沙漠的沉悶和廣漠。「昏」字的音也暗示一種混濁不清明的感覺。第一句單七個字，已經從他的音調中把「從軍營裡望邊塞」的情形表現無餘，而且他給你一個浩大的氣概和境界。底下「出轅門」和上句的境界完全是一貫的，但這中間卻有「紅旗半卷」。紅旗的「旗」，半卷的「卷」都是收斂的聲音，二字的讀音都有期期不能出聲的感受。所以這七個字不但把紅旗的顏色在大漠中映得極其鮮明，而因為接著「昏」「紅」兩個渾雄的字音底下突然用期期的幽聲，連卷旗時那種嚴肅的情境都給他表現無遺了。在二個幽聲中間用一個輕微的爆裂音「半」，也能幫助那種嚴肅的情境。最後「已報生

擒吐穀渾」一句「報」字高音，很有誇大的意境；吐穀渾這名詞
湊巧，它字音的本身便令人有一種驚愕的感覺。

　　又如陶淵明的「採菊東籬下，悠然見南山」，「西山」、「東
山」、「北山」所引起的淒清輕倩，發揚宏亮，迫切急遽的感情，
都令人覺得不與陶淵明當時的情境相稱。不僅是不與他老人家
的身世人格相稱，即便和上文的「悠然」也不相稱。只有「南」字
所暗示的沉鬱迂緩的情調，才能表達此老遲暮採菊的心境。

　　吳世昌的這些分析自有道理，但我們還是要注意到，他對語
音的這些分析，都是出自一個已經為語言所「化」的人，對這些字
音的感受很難與他對字義的既有認識和感受截然分開。語音與意義
的關聯問題，吳世昌所熟悉的瑞恰慈在其《文學批評原理》中曾有
過論述。瑞恰慈聲稱：並不存在詞語或聲音的效果這樣的東西，沒
有屬於詞語或聲音的效果。詞語沒有內在的文學特質。它們既不醜
陋也不美麗，也並非本質上令人不快或是愉悅。與此相反的是，每
個詞語的諸多可能效果是有一個範圍的，隨著它所被納入的情景而
變化。一個單詞的聲音效果不能與其他並存的效果分開的。它們同
時並存，不可分割地結合在一起。聲音是通過與正在進行之物達
成妥協而獲得其特質的。思維先前的激動狀態從一系列可能的範圍
內選擇詞語可能會呈現的那個特質，最適合表現正在發生之事物的
特質，沒有陰暗或快樂的諸原因或諸音節，一大批批評家試圖在母
音和輔音的搭配層面上來分析篇章的效果，他們實際上是在和自己
開玩笑。一個單詞的聲音被接受的方式是隨著已經存在的情緒而發

生變化的。不過,進而言之,它也隨著意義而變化。由於習慣和感知的常態所導致對於聲音的期待,不過是總體期待的一部分而已。語法上的規範、完整表達思想的必要性、讀者所處的對於將要說出之事的猜測狀態、他對於戲劇性文學中行動、意圖、情景、總體的思維狀態、說話人的行為的理解,所有這些與其他諸多事物都交織在一起。聲音被接受的方式較少由聲音本身來決定,更多地是由它所進入的情景來決定的。所有這些期待形成一個緊密聯繫起來的網路,能夠同時滿足所有這些期待的詞語看起來就是成功的。不過我們不應該單獨賦予聲音以優點,因為這些優點涉及到太多的其他因素。說了這些並非要貶低聲音的重要性,在大多數情況下,它是詩歌效果的關鍵。[2]

瑞恰慈的這些分析實質是強調意義重於聲音,但又承認聲音的效果,由此觀之,吳世昌的解讀因而就難免會有劉半農的商榷文章中所指出的「求之過深」的缺陷,但不管怎麼說,他的這種分析顯示了一種別開生面的努力,那就是從具體而微的角度來分析詩之何以為詩,好詩何以為好詩。而且,值得注意的是,他在文末自承詩與語音的關係是一個複雜的問題,要研究得從各方面入手,「我的方法是一方面;並且我的材料也不全,例子的選擇也未必精審,更不必說『掛一漏萬』一類的話。但我相信我走的路方向是對的」,劉半農雖然批評了吳世昌在一些語音學上的論斷以及從語音分析詩歌時求之過深的不妥之處,但也依然肯定詩與語音是一個值得研究的題目,吳世昌這裡所表現的這種自信是有道理的,因為走這條新路

2　　I.A. Richards: *Principle of Literary Criticism*, et. by John Constable, Routledge, 2001, pp.121-122.

的人並非只有他一個人。

　　確如劉半農所言，走吳世昌這條新路的並非只有他一個人，就在吳世昌這篇文章發表一年後，1934年11月1日出版的《中法大學月刊》（6卷1期）上就登載了名為「養晦」（真名待考）的作者所寫的〈詩的藝術與魏侖——論詩與聲諧〉，其中對吳世昌這篇文章中論陶淵明「悠然見南山」的內容以及劉半農對其所做的批評意見都提出不同看法，但其著眼點則是一致的，那就是詩的音節與意義的問題。

　　上文已經提到過，吳世昌認為相比「西山」所引起的淒清輕倩，「東山」所引起的發揚宏亮，「北山」所引起的迫切急遽，「南」字讀音所暗示的「沉起迂緩的情調」更符合「悠然見南山」及全詩的意境。而在筆名為養晦的這位作者看來，吳世昌的這種解釋雖然巧妙卻並不恰當，感覺是對的，但解說卻錯了，而劉半農知道吳世昌的解說錯了，但對原詩句卻有點莫名其妙。為此，他根據聲諧的原理，繪製了六個語音圖以做比較，指出其中的奧祕在於：

　　　　「見」「南」「山」三個字連讀起來，唇，齒，舌的變動都是
　　　最少（比較地說）；如果要把「南」字換成「東」「西」「北」任何一
　　　字就都不行了。在「見」字中的唇齒的地位，在「南」字中只須
　　　再稍為一張，在「山」字中再稍為一收攏就行，沒有什麼大的
　　　變動；舌頭的地位也是一樣，舌頭從在「見」字中的地位換到
　　　「南」字中地位要使舌尖上升，但再要改換到「山」字中的地位
　　　就只須要不變「南」字中的形態把它收縮回來就行了，這也是十
　　　分簡便的。但若把「南」字換成「東」字，不但唇位的變動要大
　　　了一點，而且舌頭又多了一個跳動，並且從「東」字中的舌頭

的地位換到「山」字中的地位也沒有像從「南」字到「山」字那樣簡便；把「南」字換成「西」字情形也是一樣的，唇位和舌頭的地位的變動都沒有像在「見南山」句子中那樣省事，並且「西」字以「s-」音起，與「山」字相同，這是犯了元人曲論中所謂「雙生疊韻語」的毛病，用現代語音學的術語來說，這是一種「同音的堆集」（entassement de sons semblables），讀起來比較艱難，自然沒有「南山」那樣順溜的。現在剩下還可以選擇一下的，只有「南山」和「北山」，可是「北」字的發音的繁難，位在「見」「山」兩個變動較少的字之間自然是更為顯著的，和「南」字比較起來自然不行。因此，最後的選擇還是「見南山」比較好。「南山」的最後勝利，並不是因為只有它才「與陶淵明當時的情境相稱」，「才能表達此老遲暮採菊的心境」，而是因為它在聲諧的競賽上獲得了第一。

養晦的這篇文章主要以魏侖（Verlaine，今譯魏爾倫）的《詩的藝術》為中心，討論法國象徵主義注重詩句中聲音上的美感，即講究「字的音樂的價值」的問題。從文章中可以看到，這位作者對法國詩學頗有研究，同時並不拘泥魏爾倫的詩學主張，而是從中國詩學的實際情況出發，對其所謂「音樂是第一」「永遠要講音樂」的主張提出了不同意見。他認為「詩句中的聲音美用『音樂』這個字來表示是不恰當的」，為此，他舉出了三條理由，即「從根本上說，音樂中的聲音的價值是與詩句中的聲音的價值不同的」、「音樂中的音的性質與詩裡邊的音的性質也不同」、「詩裡邊的音的高度變化不明顯，而音樂中的音的高度變化卻十分顯著」。有鑑於此，他提出了「聲諧」

這個概念，就狹義而言，聲諧指「許多音因為意義上的關係而被組織起來的時候，因為經過精審的選擇，淘練，安排，所造成的一種音與音之間的和諧」，就廣義而言，聲諧「除卻上面所說的音與音之間的和諧，還應該包括著音與意的和諧」。這位作者認為，音與音的和諧與音與義的和諧構成一個完美的聲諧的兩方面，不容分開。在他看來，詩的最基本的原素是詩意，徒有聲音的好聽並不成詩，湯頭歌、草字訣都是用「詩」寫的，有平仄、韻腳，也不乏聲諧，但沒有詩的內容，因而不被承認是詩，正如詩的內容若不出以詩所特有之聲諧，則不過是富有詩意的散文罷了。

　　為此，他舉出了梁宗岱論詩的例子，來說明「詩裡邊的情緒不論是悲壯，淒涼，和悅，或歡樂，詩的聲音都必定要與之一致。只有這種一致，才是詩的靈感的表現的最有效手段」，「聲諧最完美的一首詩，能夠頂有力量地表現出來詩人的靈感」。他所說的梁宗岱論詩的例子，即是吳世昌文中也提過的梁氏發表在《詩刊》上的給徐志摩的信，其中提到讀到李義山的一句詩「芙蓉塘外有輕雷」中的「外」字時，彷彿就已經有了雷聲自遠而近的感覺。梁宗岱以為這是詩人的妙用，不可解說。而在養晦看來，這其中的奧妙並非神奇到不可解說，「在這一句詩裡，『外』字上面的三個音都是很輕的音，而且讀的時候都不把口張大，讀到『外』字正當在整句詩的停頓（cesure）地方，全部肺中剩餘的空氣都一下呼出，口一大張，這時你的神經也一緊張，於是你的注意力集中在一起，下面隔了兩個輕讀的字，接著便來了一個lui——雷——的聲音，正好是像遠遠地方隱約的雷聲了！這正是聲諧的妙用。」

　　可以說，音節與意義的問題，在中國現代詩學史上一直是一個

重要的問題，如1929年時在德國的著名音樂家王光祈就寫下了〈中國詩詞曲之輕重律〉，討論了詩的音節與韻律問題，引起過不少人的關注。

程千帆在〈再評《望舒草》因論新詩的音律問題〉一文[3]中，對《望舒草》的音律以及戴望舒本人有關詩之音律的意見做了深入的討論。他首先批評戴望舒的著名論斷「詩不能借重音樂，它應該去了音樂的成分」中所謂「音樂成分」意義是很模糊的，他認為應該是指「詩本身的音樂成分」，而非「詩中音樂的音樂成分」，他認為西洋詩輕韻重聲，聲即輕重律，略相當於中國舊詩中的平仄，這樣「詩本身的音樂成分」即「詩的音律」可以分為聲和韻兩部分，「求詩每一行或一句間之字音的和諧叫作聲。求全章句尾一音的呼應叫作韻」。他頗為驚訝於戴望舒「對於詩情的抑揚頓挫與字的抑揚頓挫兩者間關係的漠視」，而強調詩情與字音有很大的關係，朱光潛、王光祈等人都已用實例證明過，戴望舒本人《望舒草》中的詩精美動人，也實是巧妙地應用了「縱的輕重律」（程千帆本人對行間的輕重律的一個命名）的緣故。為了證明他所言不虛，他舉出〈遊子吟〉中的三句（海上微風起來的時候，／暗水上開遍了青色的薔薇。／遊子的家園呢？）來做說明：

　　這句詩末節語氣是兩段。上段三個字中用了兩個上聲，下段三個字都是平聲。遊子對於家園的懷念，多少帶點兒「沉重」的氣分；但才想起來的時光，同樣也總多少帶點兒「憧憬」的。

3　該文寫於1933年4月7日，發表於《文藝月刊》9卷1期，1937年7月出版，後收入《程千帆全集》第14卷，河北教育出版社，2000年。

用兩個上聲字來象徵想起家園時的憧憬，然後連用三個平聲字
表出幻滅的悲哀，作成了這句詩的悒怏味。

　　接著，程千帆又針對戴望舒反對句尾呼應的「韻」的意見，還
是以戴望舒本人的詩作為例，做出了進一步的分析和批評。他認為
隱含在戴望舒詩中的音律通則是：第一，消極地反對韻，為此，
他舉出〈秋〉、〈祭日〉、〈前夜〉等詩因用韻而成複雜而美的節奏。
第二，講究句尾間的和諧，這可以〈前夜〉、〈妾薄命〉中的詩句證
之，在他看來，句尾和諧代替句尾用韻，是將來新詩的一條大路。
現代白話詩是否必須有韻的問題，一直是個有爭議的話題，程千帆
雖然認為「語言文字本身就永遠和音樂有關」，卻以新詩無韻是一種
「進化」，為此他對朱光潛〈替詩的音律辯護〉一文中的觀點提出了
不同的看法。朱光潛認為中國語言的自然傾向是朝韻走，他則認為
「新詩若是不用韻而代以注意於行間和語尾的平仄變化，也未必不
可以保存詩的音樂美。因為沒有韻來相比較，所以不甚顯然的聲也
可以較以前顯然了」。新詩在音與義的對應關係上已經西洋化了，
不像舊詩那般聯繫緊密了，因此，他認為「以句尾和諧——每行末
一字平仄有規律的變換——橫的輕重律的應用——來代替用韻，節
奏也不會雜亂無章了」，而這正是新詩未來發展的方向。

　　程千帆初寫此文是希望後出的新詩集能幫助修改或補充他於此
提出的論點，結果卻令他頗為失望。他的觀點確有真知灼見，而文
中為了說明觀點而隨手為之的音韻分析，也同樣值得關注。這種音
韻分析的方法，不僅可用於分析戴望舒的新詩，應用於舊詩解讀上
也同樣可以有得體的分析。朱光潛文中指出〈古採蓮曲〉是換韻而

非無韻，程千帆則認為該詩其實是「中國惟一無韻而採用句尾和諧的詩」，其效果正在於「起頭六句都用平聲，形容魚的自在，末句用入聲收，可以表現出『悠然而逝』的意味」。

　　當時評詩和解詩的作者多有從音韻角度來分析詩歌之優美動人處的，比如李嘉言在「讀詩偶得」之十一中，分析岑參的〈走馬川行奉送封大夫出師西征〉一詩，認為作者起句聲音高強，「君不見走馬川行雪海邊，平沙莽莽黃入天！」，讀者為此而驚醒，待抬頭望時，作者卻忽而降低了嗓音，調子卻越發雄壯：「輪台九月風夜吼，一川碎石大如斗，隨風滿地石亂走」，作者就這樣利用平仄的高低，激盪著讀者的情緒，一聲緊似一聲，不容人喘息，如此便在雄奇的背景下展示出淒慘的行軍生活，待至末尾「虜騎聞之應膽懾，料知短兵不敢接，車師西門佇獻捷」又以輕鬆的凱旋而收場，由此化解了之前驚心動魄的風寒苦難。李氏認為該詩形式極好，其技巧除了句句用韻平仄相間之外，還有兩個特色，一是三句一節一韻打破了向來偶數的四句一節或二句一節的成例，所以更加曼聲促節，悲涼跌宕！第二是每句首二字尤其是第二字多用平聲，而第六字多用仄聲。雖然以句與句的關係而論，這樣不合律，但若以一句之中字與字的關係而論，卻有其大體的規律。這樣一來，該詩在音律上是句句孤立的，但依然不失其聲調之美。[4]

　　李氏此處談到岑參該詩起句聲音高強，令人警醒，這種感受和分析的方法就音律而論音律，似乎出自個人閱讀感悟的成分較多，邵洵美也曾做過類似的分析，但不同的是，他多少具備了理論上的

4　該文原係自1945年8月18日起在《朔報》的連載文章之一，收入《李嘉言古典文學論文集》，上海：上海古籍出版社，1987年3月，頁231-232。

自覺，他採用的是比較時興的詞「肌理」，有關其肌理說的內容，詳見下文。

　　其實，這種具有現代意味的解讀方法並不僅限於中國古典詩歌，它對於現代白話新詩同樣也行之有效。這方面葉公超不僅對新批評的理論有較為深入的了解，同時更有具體的批評實踐。相比而言，葉公超對於詩與語音問題的思考要比吳世昌更為周密、深入。在〈音節與意義〉一文中，他指出中國文字的狀聲字有其實效，但為數既少，也不宜多用，他肯定了羅念生有關音色的觀點，認為「詩人擇字當然是應該充分利用字音的暗示力量，尤其在抒情詩裡」，但隨即指出我們必須牢記「一個字的聲音和意義在充分傳達的時候，是不能分開的，不能各自獨立的，它們似乎有一種彼此象徵的關係，但這種關係只能說是限於哪一個字的例子」，這即是說，「脫離了意義（包括情感、語氣、態度和直指的事物等等），除了前段所說的狀聲字之外，字音只能算是空虛的，無本質的」。他雖然也認可所謂「k與gh的音色是剛強的，n的音色是溫柔的，前者發音重而費力，後者輕而易出」的解釋，但更能認識到「不能因此認定k音必然是剛強的，n音必然溫柔，因為中國文字裡同音同聲的字太多了」，他舉出「吉」「假」「稼」的例子，認為「這三個字的古聲紐也都是k，但了解這三個字的意義，我們對於它們的k聲紐似乎並不發生一種剛強暴烈的印象」。

　　葉公超認為詩與音樂是不同的，字音和音符不能等同看待，就此而言，法國象徵派有關音節的理論尤其是對於字音的神祕的暗示觀念是根本錯誤的。他認為文字是形聲義兼備的東西，又以意義為主，形與聲不過是傳達意義的媒介，而「詩便是這種富有意義的

文字所組織的」。他不忽視音和形的作用，但認為具有根本意義的還是意義本身，我們的思想、情感、態度等都得服從意義的驅使。他從意義著眼，將詩的音節分為三種：一，與意義的節奏互相諧和者（我們很容易忘卻思想或情感本身是有節奏的東西）；二，與意義沒有多少關係，但本身的音樂性可以產生悅耳的音響者；三，阻礙意義之直接傳達者。其中以第一種為理想的音節，音節的多少應以意義的要求為定，不可氾濫。節律是一種重複，不免呆板、單調，但若運用得當，能夠表現詩人的內心，就變成生動而具有個性的東西，「形式的完成」正是詩的意義、結構、音節的結晶，這是能夠表現詩之特殊面目的完美狀態。在他看來，徐志摩的〈火車擒住軌〉一詩中「節奏的緩急輕重與火車的奔馳以及沿路經過的情景互相和諧，造成一首難得的好詩」。徐志摩的這首詩不長，故全詩照錄如下：

> 火車擒住軌，在黑夜裡奔；
> 過山，過水，過陳死人的墳
>
> 過橋，聽鋼骨牛喘似的叫，
> 過荒野，過門戶破爛的廟；
>
> 過池塘，群蛙在黑水裡打鼓，
> 過噤口的村莊，不見一粒火；
>
> 過冰清的小站，上下沒有客，
> 月台袒露著肚子，像是罪惡。

　　這時車的呻吟驚醒了天上，
　　三兩個星，躲在雲縫裡張望；

　　那是幹什麼，他們在疑問，
　　大涼夜不歇著，直鬧又是哼，

　　長蟲似的一條，呼吸是火焰
　　一會兒往暗裡闖，不顧危險。

　　這首詩確實音節和諧，讀來頗能感受到火車轟隆隆奔馳而過的節奏，葉公超的具體解讀要言不繁，切實點出了該詩的音與義相互作用的微妙之處，他指出，「前八行的節奏有如火車的奔馳，飛快的經過，一氣呵成，且恰成一句；第二到第七行皆用『過』起行似乎更增加迅速的迫切，而且使我們每次抬頭讀下行的時候感覺一種重複的功效。行內每『過』一處必然使我們讀快一點，直到第八行『月台袒露著肚子』後，節奏才放鬆，等到讀完『罪惡』，這句的節奏正與標點同。」

　　著名的詩人林庚不僅寫詩，還寫解詩的文章，在詩歌理論方面有自己基於創作的獨特思考。他對於白話詩歌的語音特點也很關注，在〈關於四行詩〉一文中，他談到詩歌形式上的講究諸如平仄的鏗鏘雙聲疊韻的使用，會使人易於接受，哪怕是意境非常平常的詩，也會讓你在並未全懂之前就接受下來，這就是舊詩相對於新詩（自由詩）所占的一點便宜。在他看來，形式韻律確有吸引人的

魔力，而且聲韻不只是形式本身的悅耳，有時也可輔佐詩意，這一點與前述吳世昌、邵洵美、葉公超等人所見略同。為了闡明此點，他舉了華茲華斯 The Solitary Reaper（〈孤獨的刈禾女〉）中的兩行為例（O Listen! for the Vale Profound / Is Overflowing with the Sound）。他指出這兩句末尾押韻的「Profound與Sound都是把聲音含在口裡的，所以可以暗示那充滿在深谷中的歌聲，而Vale一字的開口音又與以無限伸長的意思，於是整個迴盪的姿態乃藉這聲韻而益彰」。繼而又舉出中國詩中的例子「金河秋半虜弦開／雲外驚飛四散哀」來再做分說，他認為這裡的「金」「驚」同音，「飛」「哀」疊韻，「四」「散」雙聲，自是明顯的語音特點，而更具神妙的聲音上的力量的，則是這兩行的下半段，「虜弦開」（Lu Shian Kai），依次是合口音、齊齒與開口、開口音，連續組成u-i-an-ai四個步驟，恰好是一步步開展起來，不但讀著順口，而且正暗示著一個展開的局面；「四散哀」讀來依次是齊齒音、先齊齒後開口、開口音，有著同上句一樣的步驟，因此，可以說這兩句差不多完全暗示著同一件事情，而如果更加細心一點，則會看到，「四」就是「散」的聲母，由「四」到「散」讀起來加倍的快，「開」與「哀」雖同為開口音，但「開」尚帶有喉音K，故只有「哀」才是真正無阻礙的開口音，這就暗示著局面展開得更大更快，這樣體會了音韻的微妙之處，「我們讀到此處，只從聲音上，已隱隱覺得一張弓弦響後滿天上驚起的雁鳴，與一支羽箭射到天上時四下裡散開來的雁影」，在林庚看來，能夠引發這樣的意象，「在聲音的應用上自然是最大的成功了」。

林庚以詩人細膩的藝術感受力，從音韻的角度對這兩行詩做了精彩的細讀，這種分析的角度和方法無疑是極具新意的，同時，林

庚對於音韻的有效但也有限之處也有足夠的認識。他明白「聲音的成功並非就是詩的成功」，聲音之巧妙無非只是使我們更容易接受詩意而已，詩非歌謠，其根本表現力還是在於「以語言說出意思」，詩最終還是要靠詩意來立足，不然徒有音節的悅耳還是不成詩。[5]

　　如果說以上諸多詩人、學者有關詩與語音之關係的論述大多皆有理論自覺，也能結合具體詩作來做解讀與賞析，但大多未成體系，那麼傅庚生的《中國文學欣賞舉隅》則可以說是專從文學欣賞的角度來論述的。

　　傅庚生此書成書於1942年，1943年9月在桂林由開明書店初版，1947年2月第4版，1948年還出了一個特1版，到1949年1月已經出至第6版，之後又多次再版，由此可以略窺該書暢銷的程度。在這本被陸侃如稱為「近年出版的關於中國文學批評的著作中，是最值得我們細讀的一部」作品中，作者從感情、想像、理性、形式四個方面來專論文學作品的欣賞，其中專闢一章「重言與音韻」，來分析「文詞多有資於聲音之美者」。他認為「聲音之美，著於重言與雙聲疊韻」，此點周濟在《介存齋詞選序論》、陳廷焯在《白雨齋詞話》、王國維在《人間詞話》中都有所論述。他指出《詩·王風·黍離》「多用重言，而『苗』『搖』『悠』『求』諸韻腳，皆有悠徐忉怛之致，『求』『悠』疊韻，『何求』句尾與『悠悠』句首相銜，益助其哀遠。第二章曰『中心如醉』，第三章曰『中心如噎』，行役之人，其憂國之情漸行漸蹙，而詩歌之音調亦隨之漸進漸促。情調與音調既以協合，乃成佳什」。

5　解志熙：「關於四行詩」，〈林庚集外詩文輯存〉，《考文敘事錄：中國現代文學文獻校讀論叢》，前揭書，頁99-100。

　　繼而傅庚生又舉出王粲〈登樓賦〉、江淹〈別賦〉、杜甫〈詠懷古跡五首之三〉等詩為例詳加申說，並由此做出理論概括，指出「收音於『烏』『庵』，即『魚、虞、元、寒、刪、先』諸韻之字，皆極沉重哀痛之音」，李商隱的「莊生曉夢迷蝴蝶，望帝春心託杜鵑」「用『先』韻，收音於『庵』，兩句之第六字『蝴』『杜』，皆收音於『烏』，只就其音調論，已代表一種沉哀之情感矣」。

　　本章開始曾談到吳世昌在〈詩與語音〉中提到王國維指出秦觀的「可堪孤館閉春寒，杜鵑聲裡斜陽暮」所引起的情緒是「淒厲」，但並未言明「淒厲」之情何來，並從語音角度給出了自己的解釋，無獨有偶，傅庚生也同樣舉出了這兩句詞，並給出了不同於吳世昌的解釋。他認為「『堪、館、寒、鵑』等字皆收音於『庵』，『孤、杜、暮』等字皆收音於『烏』，十四字中已有七字出於沉痛之音調，此或亦王靜安所以謂此兩句過於『淒厲』之一端歟？」

　　傅庚生此章論述不同於以往的地方還在於他不僅舉出佳作以分析其妙處，還指出他所認為不夠好的作品差在何處。他引用徐釚《詞苑叢談》中王素音「可憐魂魄無歸處，應向枝頭化杜鵑」與王士禎化用其意所寫的〈減字木蘭花〉(離愁滿眼，日落長沙秋色遠。湘竹湘花，腸斷南雲是妾家。掩啼空驛，魂化杜鵑氣無力。鄉思難裁，楚女鏤空楚雁來。)的例子，認為「王素音原句收煞之字：『處』收音於『烏』，『鵑』收音於『庵』，益之以『憐、無、杜』等字，乃成其『酸楚』」，而「王漁洋之詞，止用其意，惜未用其音聲也」。

　　在傅庚生看來，「喉音、牙音，皆濁重；舌齒唇諸音則較清利」，比如，韋莊的〈荷葉杯〉中「一雙愁黛遠山眉，不忍更思惟」，「情意寄於文字者十分，不難明白」，而其妙處更在於「寄於聲韻者

亦十分,緣多用唇齒間字,單單藉聲音即可表示寵姬曼倩之姿質,真才人嘔出心血之作也」。唐代劉采春的〈望夫歌〉之一「不喜秦淮水,生憎江上船;載兒夫婿去,經歲又經年」,有句短韻深之概,其感人處在於「平易處有深致,柔情中有剛骨」,因而以「寥寥二十字,使人吟誦迴環,不能遽置」,若進一步深究,則妙處在於其「字音複多舌齒間字,吟詠之際,別有輕盈嬌稚之韻味,使人憐煞也」。而吳梅村〈圓圓曲〉中「相約恩深相見難,一朝蟻賊滿長安。可憐思婦樓頭柳,認作天邊粉絮看。遍索綠珠圍內第,強呼絳樹出雕欄。若非壯士全師勝,爭得蛾眉匹馬還?」諸句,雖有「『樓、頭、柳』收音於『甌』,『天、邊、看』收音於『庵』,兩句相襯」所成之聲韻之美,然終有「『綠、珠、呼、樹、出』則同收音於『烏』,兩句相重」所致之病[6]。這些論述,都具體而微,好處探究其好,不好處則直指其謬,有啟發讀者深思之效。

傅庚生此書雖為賞析之作,但其心力與貢獻所在正如為其作序之陸侃如所言,一方面「對於過去文評詩話的材料,分類搜集,用力至勤」,一方面「又運用西洋文學批評的理論,加以部勒和整理」,從而「用分析的工夫而達綜合的目的」。綜觀全書,作者對於中國古典文評詩話多有引述,但多能就其未能言明之處做出或詳或略的分析,從而體現出其現代精神。僅就詩與語言這一問題而言,他在〈重言與音韻〉這一章中就舉出了上至《詩經》,下至清人詩作的大量詩句,其中既有膾炙人口的名作,亦有識者較少的佳句,基於對詩句的具體分析,但又有自己的理論概括,因而毫不牽強,讀

---

6 傅庚生:《中國文學欣賞舉隅》,北京:北京出版社,2003年1月版,頁216-225。

來自覺順理成章，有絲絲入扣之感。

以上吳世昌、養晦、程千帆、葉公超、邵洵美、李嘉言、林庚、傅庚生等人從「音節與意義」、音韻和諧等角度所做的詩學討論，都堪稱嚴肅認真，可以說，體現了當時中國的詩人、學者對中國詩歌的理解認識的深度，而這種分析和思考都有著為新詩發展提供借鑑的考慮。

第二節　詩的新批評之「肌理」說

「肌理」本是一個普通的詞語，現在也已成為一個常見的文學批評用語，但作為正式文論用語的「肌理」卻要從清代翁方綱算起，翁氏從杜甫〈麗人行〉中「肌理細膩骨肉勻」一句中借用「肌理」一詞，從救正「神韻」「格律」等諸說之弊的用意出發，提出並在長期的文學生涯中發展出作為詩論的「肌理」說。但若追溯起來，單獨的「肌」和「理」在中國傳統文論中已經出現，如《文心雕龍‧序志》中即有「擘肌分理，唯為折衷」之言，不過此處所言與翁方綱所言肌理意思差別較大[7]。而到了二十世紀三〇年代，在中國現代詩學理論和實踐發展的過程中，肌理說被再次賦予了新的時代意義，而引發了不少研究者的關注和探討。施蟄存、錢鍾書明確用「肌理」來

---

[7]　周振甫：《文心雕龍今譯》（中華書局，1986年12月第1版，2009年2月第12次印刷）中將「肌理」釋為「肌肉文理，指組織結構」，全句譯為「只是分析文章的組織結構，力求恰當」，詳見頁457；而在「《文心雕龍》詞語簡釋」部分，並無「肌理」詞條，僅有「肌膚」與「理」，前者指「辭藻」，後者意思較多，「擘肌分理」即是指「對理論作細緻的分析」，詳見頁498、頁536-537。

對應英語中的詩論術語Texture，繼而邵洵美、邢光祖各自又對肌理
做出了專門的闡發，堪稱中國現代詩學的重要成果，因此筆者在探
討中國現代詩學中詩的新批評這一論題時，感到有必要對這些論說
的語境與理路進行梳理和分析，為此，本節將首先介紹現有的幾種
中英文工具書中有關texture的解釋，以此較為規範的意思作為進一
步論述的背景知識，繼而圍繞英美詩界中羅伯特・格雷夫斯、斯特
維爾等人在二〇至三〇年代有關Texture的基本論述，對其基本內涵
以及在批評中的運用等內容做出梳理，繼而在借助前人及時人的有
關研究成果、簡要清理和追溯翁方綱「肌理說」的生成原因和基本
內涵的基礎上，對以錢鍾書、邢光祖、邵洵美為代表的中國詩人和
學者有關肌理說的論述加以分析，以期經由這樣一個比較的視野，
對現代詩學中的「肌理說」的基本內涵做一個歷史性的回顧。

（一）有關texture的幾個解釋與格雷夫斯的解說

　　Texture一詞，有「基質」、「字質」、「肌理」等多種中文譯名，
各種工具書中的界定也詳略不等，不無差異，但對其基本內涵，大
致達成了一個共識。

　　首先來看「基質」：

　　　　基質（Texture）：英美新批評派術語。新批評家認為作品
　　可以從總體上分為「基質」和「結構」兩部分。一部文學作品的
　　情節框架可稱為「結構」。抽取結構之後剩餘的全部成分（即細
　　節、隱喻、格律、想像、主調色彩、韻律等等）就是作品的「基

質」。[8]

其次是「字質」:

> Texture（字質）：一件文學作品的章旨（ARGUMENT）以散文意釋（PARAPHRASE）之後所留存的成分。其中可能有詳盡的情況（SITUATION）、暗喻（METAPHOR）、韻律（METER）、意象語（IMAGERY）、語氣（TONE COLOR）、押韻（RHYME）等等，也就是不屬於作品之結構（STRUCTURE）的成分。分論結構與字質是新批評學派（NEW CRITICISM）常用的手法。[9]

英文的工具書中，《牛津文學術語詞典》的解釋較為簡短，內容如下所譯:

> Texture：某些現代批評流派（特別是新批評派）用其指稱一個文學作品中那些無法加以複述的具體特質，區別於可以複述的結構或抽象的論述。特別用於指稱詩中所採用的聲音模式，比如，類韻，和音，頭韻，諧音以及相關的效果。不過，它也經常包括措辭、意象、音節和韻律。[10]

8　林驤華主編：《西方文學批評術語辭典》，上海：上海社會科學院出版社，1989年5月，頁156。

9　顏元叔主編：《西洋文學辭典》，台北：正中書局，1991年9月初版，頁747。

10　此段譯文的原文為 Texture: a term used in some modern criticism (especially in

　　另外一部詞條更多一些的辭典中，texture有修辭學和文學兩個層面的意思：

　　　修辭學上指一個表達中可轉換內容的密度（the "transformational density" of an utterance）；文學中則指一個文學作品中以意義層次來衡量的深度或豐富性。（the depth or richness of a literary piece（as measured by its levels of meaning）[11]

　　相比起來，更為專業的大型工具書《普林斯頓詩與詩學百科辭典》中對texture的解釋就要詳細許多，其基本要點如下所示：

　　　寫入詩學文本中的明顯可感的細節，指詩中獨立於詩的結構並與之可分的獨特元素，即當詩的觀點被轉化可用散文語言複述的內容之後依然存在於詩中的元素。它與繪畫、雕塑中的表面細節這一個概念有著密切關係。它之所以被提出是為了解決詩學中概要性和過分概括的理論所造成的難題。它在詩中所達到的程度以詩作表面的語音和語言特點來增強其風格為限。

New Criticism) to designate those "concrete" properties of a literary work that cannot be subjected to paraphrase, as distinct from its paraphrasable "structure" or abstract argument. The term is applied especially to the particular pattern of sounds used in a poem: its assonance, consonance, alliteration, euphony, and related effects. Often, though, the term also covers diction, imagery, metre, and rhyme. Chris Baldick編：《牛津文學術語詞典》，上海外語教育出版社，2000年，頁224。

11　Arnold Lazarus and H. Wendell Smithed. a glossary of literature and composition, *National Council of Teachers of English*, 1983.

一方面，它涉及我們所熟悉的詩學技巧，如類韻和頭韻，另一方面，它又以感覺強度和觸覺聯繫的形式出現，比如剛和柔，它所對應的正是這些表面特質，並由於韻律模式而變得更為複雜。

單就蘭色姆的詩學理論而言，它與對世界的真實強度和偶然性的感知有著特殊的聯繫。具體而言，它意在糾正詩中邏輯的誇大，這種誇大導致豐富多彩的局部細節消減為系統化的抽象思考所呈現的灰色。它在詩學中的特點就是感覺的豐富性、表徵的完整性、直接性、具體性。對它的這種新的重視並不意味著全然否認結構。在蘭色姆看來，它與邏輯結構（內容）共同存在於詩中。

它產生了一組為結構所無法涵蓋的不可預見和獨特的意義。總的來說，正是這些特殊的詩學意義構成了形式主義批評的主要研究對象。[12]

英國詩人、小說家、批評家羅伯特・格雷夫斯（Robert Graves）在1929年出版的一個小冊子中曾經採用政治類比的方式來討論當代詩歌技巧，分別比較了詩作上的保守主義、自由主義、激進主義在措辭（diction）、音節（metre）、肌理（texture）、韻律（rhyme）、結構（structure）這五個方面的不同表現，簡明扼要，別開生面。在該書的導論部分，格雷夫斯對肌理做了簡單界定，即「作為單純聲音——無論這些聲音是否總是悅耳——的母音和輔音之間的關係」，而在專章討論的時候，他舉出了一些詩人的作品來做具體說

12　Alex Preminger and T. V. F. Brogan: *The New Princeton Encyclopedia of Poetry and Poetics*, Princeton University Press, 1993, p.1277-1278.

明和分析。

　　格雷夫斯指出保守主義極為注意肌理，其目標是語音的和諧（euphony）以及在所允許的嚴格形式內的變化（variety）。肌理這個詞涵蓋了詩的各種母音和輔音之間的諸多關係，而非被單純視為聲音的韻律，它對韻律和意象構成補充。因此，就保守主義的意義而言，它包括以下三個方面的內容：

　　1.　為獲得豐富效果而產生的內在母音上的變化，運用流動的輔音、唇音和開口母音以顯示平滑度，運用送氣音和齒音來表示氣勢，喉音來表示力量；以及謹慎運用齒擦音，這些之於肌理正如同鹽之於食物。

　　2.　頭韻的使用，這並非〈農夫皮爾斯〉中的那種粗魯的再現，而是高雅地增強所要求的情緒或音質（quality）。

　　3.　詞尾的變化，為了便利讀者，對於現在分詞和以y結尾的形容詞尤為注意，以免輔音結尾的詞語緊跟著以同樣或近似的相關輔音開頭的詞語，在這種情況下，發音器官中喉音或上顎音的變化就會導致詩行的平穩流動中出現輕微停頓。

　　格雷夫斯認為，不僅更為博學、更有修養的保守主義者對於這些技術上的考慮感興趣，自由主義者由於其主要優點在於實際的管理能力，因此對它們更感興趣，對於技巧的細節的關注相比保守主義者更為自覺。而左派則要麼將所有關於肌理的思考視為加諸詩的裸露軀幹的另一種沉重鐐銬，從而完全迴避，要麼利用他們的藝術知識來服務於自己的目的，有時是以正統的方式，不過更為經常的是以實行魔法的教會之敵的面目出現，審慎地運用母音和輔音，一行詩可以如同跛行和爬行，發出咆哮，或其他醜陋或噁心的聲音。

為了說明各派詩人在呈現詩作肌理方面的特點，格雷夫斯舉出了不少具體的詩作，限於篇幅，此處只舉出大家較為熟悉的兩位詩人的詩句，一個是艾略特，一個是勞倫斯。

他舉出了艾略特《荒原》下列詩行：

Madam Sosostris, famous clairvoyante,

Had a bad cold, nevertheless

Was known to be the wisest woman in Europe

指出艾略特在第二句中用了一個實際的鼻音（realistic snuffle），甚至在無韻的詩行中留下了一個表示打噴嚏的音程。這裡所說的鼻音當是指 nevertheless，讀起來也自然有鼻音的效果，不過這個細微之處讀的時候若不注意也很容易一晃而過，令人高興的是，中譯文對這個詞的處理還頗為地道。

趙蘿蕤的中譯文是：

> 馬丹梭梭屈里士，著名的女相士，
> 患了重感冒，可仍然是
> 歐羅巴知名的最有智慧的女人，[13]

對照原文我們可以看到，這裡的「可」字與咳嗽的「咳」字音相近，暗含著與前述重感冒的聯繫，應該說，這句中譯文約略傳達出

---

13 趙蘿蕤等譯：《艾略特詩選》，濟南：山東大學出版社，1999年1月，頁64。

了原文在肌理方面的用心,因為若將「可」換成「但」,雖然意思不變,但語音方面無疑少了些餘味。當然,譯者本人選用「可」字也許是出於習慣,並不一定就是認識到並有意回應原詩作者在「肌理」上的努力,這個現在已無法同時似乎也無必要去證實。不管怎麼說,格雷夫斯對原詩的分析無疑是可以成立的,僅就中譯文考慮,「可」字優於「但」字也是很顯然的。

在格雷夫斯看來,在勞倫斯(D.H. Lawrence)的如下詩行中,四個含有短音u的現在分詞不僅暗示了蝙蝠未能找到出路時的笨拙,也暗示了牠在尋找出路時的笨拙和眩暈之感。

Go! but he will not...
Round and round and round
In an impure haste,
Fumbling, a beast in air,
And stumbling, lunging, and touching the walls, the bell-wires,
About my room.[14]

(二)翁方綱的肌理說及其現代闡釋

據郭紹虞的研究,翁方綱提出「肌理說」,有兩個淵源,一個翁氏詩學雖出自王士禛,但意欲救正漁陽神韻說偏於虛之弊端,故有宗宋之思,尤以得自黃庭堅為多,二者,翁氏學問受考據派影響為多。翁氏「肌理說」的本旨乃在對神韻格調二說加以修正而非完

---

14 Robert Graves: *Contemporary techniques of poetry: a political analogy*, The Hogarth Press, 1929, pp.29-33.

全否定，其要義在於「格調皆無可著手也，予故不得不近而指之曰肌理」。再具體而論詩法，則是「以古人為師，以質厚為本」，「雙管齊下，而後肌理之義始全」。[15]當代學者韓勝則指出，肌理在翁方綱早期的詩學思想中是作為一種比喻來用的，是與骨、肉等詞相對應的論詩範疇，而直到將肌理視為條理，才有了比較抽象的理論意義。而翁氏評點王士禎《古詩選》是從單個字、詞、義的具體考據入手，分析詩歌的音節、章法，正是「研諸以肌理」的具體實踐，而他對「句法肌理」的分析和探討，主要是從詩法的角度展開的，這些從「法」的角度對詩歌的批評與分析，都是翁氏肌理說的重要內容。[16]

據邵洵美、邢光祖等人的說法，以「肌理」來譯texture係錢鍾書的首創，不過，據筆者閱讀所及，施蟄存在〈又關於本刊中的詩〉（《現代》1933年4卷1期）中，在談及《現代》所刊詩作的「現代性」時，特意指出：

> 《現代》中的詩，大多是沒有韻的，句子也很不整齊，但它們都有相當完美的『肌理』（Texture），它們是現代的詩，是詩！

這裡明確將texture等同於「肌理」，或者說已經將「肌理」視為texture的中譯了，由於施蟄存並未具體言及「肌理」和texture，但考慮到他本人對於西方現代文學的熟悉程度，那麼他接觸到斯特維爾和格雷夫斯等人的著述，也是很有可能的，不過，值得注意的不是

15　郭紹虞：〈肌理說〉，《國文月刊》第43-44期合刊，1946年6月。
16　韓勝：〈翁方綱的詩歌選評與「肌理」說的形成〉，《中國文學研究》2009年第3期。

他是否真的看過這些著作，而是他已經使用「肌理」這個明顯融入了西方詩學要素的術語來描述現代詩的特徵。

　　在書評文章〈不夠知己〉中，錢鍾書談及「溫先生的『肌理』似乎也不如夏士烈德來的稠密」時順便提及「肌理」這個詞是「翁覃谿論詩的名詞，把它來譯 Edith Sitwell 所謂 texture，沒有更好的成語了」[17]。到了〈中國固有的文學批評的一個特點〉這篇專論中，他深入討論了「把文章通盤的人化或生命化」的特點，這個特點堪稱中國固有而西洋所無，雖為中國舊文學批評的特點，但在中國新文學批評裡多少還保留著，在舉出《易‧繫辭》、《文心雕龍》等古典文論中的諸多論述之後，特別指出：

　　　　翁方綱精思卓識，正式拈出「肌理」，為我們的文評，更添上一個新穎的生命化名詞。古人只知道文章有皮膚，翁方綱偏體驗出皮膚上還有文章。現代英國女詩人薛德蕙女士（Edith Sitwell）明白詩文在色澤音節以外，還有它的觸覺方面，喚作「texture」，自負為空前的大發現，從我們看來「texture」在意義上、字面上都相當於翁方綱所謂「肌理」。從配得上「肌理」的 texture 的發現，我們可以推想出人化文評應用到西洋詩文也有正確性。[18]

17　錢鍾書：〈不夠知己〉，原載《人間世》第 29 期，1935 年 6 月 5 日。後收入《人生邊上的邊上》，三聯書店，2002 年 10 月，頁 336。

18　錢鍾書：〈不夠知己〉，原載《人間世》第 29 期，1935 年 6 月 5 日。後收入《人生邊上的邊上》，前揭書，頁 119-120。

這段話裡有幾個值得注意的地方，錢鍾書認為texture主要涉及的是詩文的**觸覺**方面，這無疑是明瞭texture與text（編織物）之關聯的表示，其間涉及一個由物（編織物）之特性到人之感受的一個過程，texture的內涵是包括人在感受詩文時觸覺等多方面感覺的。這一點，無論是斯特維爾還是格雷夫斯，亦或是後來對於texture有過更為深入但思路不同於他們的蘭色姆，都是有著明確意識的，而接觸了斯特維爾之著作的中國讀者如邵洵美、邢光祖借用這一概念來論述中國詩的時候也是明白這一點的。

第二點，他自信肌理無論在意義上、字面上都可以配得上texture，這當是他對於翁方綱和斯特維爾的詩學觀念都有比較透澈認識的結果，但由於他的論述重點是在申明中國的人化批評的淵源與特點，肌理只是論據之一，其重心落在以詳盡實例來說明人化文評是「中國固有」也即西洋所無和似有實無上面。他並未以這個可與西洋文評概念充分匹配的概念來具體分析中國詩作，這個工作是由邵洵美來完成的。

邵洵美就肌理寫過兩篇文章，〈肌理與新詩〉以及〈論肌理〉，前者常為研究者引用，後者係他所寫「金曜詩話」系列詩論中的一篇，在報紙上連載時分為三期刊出。較之前者，不僅篇幅更長，論說更為充分，因而也更為重要。他以具體詩作為例，生動具體地闡明了他所理解的肌理的內涵。

在〈新詩與肌理〉中，邵洵美對陳世驤〈對於詩刊的意見〉一文尤為讚許，後者在該文中以例說的形式具體分析了卞之琳的一首新詩，邵洵美從陳世驤的觀點以及他與阿克頓合作翻譯中國新詩等詩學實踐，推測陳世驤「對於現代英美的詩歌當然也有相當的認識」，

更具體指出他「那封信上一切的意見，無疑地是受了英女詩人西脫惠爾的提示的」，並指出斯特維爾有關 Textures 論述的要點，從中可見他對於現代英美詩學的熟稔程度。他明確指出：

> 「肌理」的重要是無可諱言的，換句話說，便是一個真正的詩人非特對於字的意義應當明白，更重要的是對於一個字的聲音、顏色、嗅味、溫度，都要能肉體地去感覺及領悟。這一類的議論實驗，時常使讀者會懷疑作者的神經過敏；因為詩人寫作時是否真能對一個字都仔細研究及衡量是一個問題；但是我相信真正的詩人是賦有運用這複雜的技巧的天才的，他可以意識地，或是無意識地，達到這種偉大的成就。

邵洵美明確指出斯特維爾的 Texture 包括「字眼的音調形式，句段的長短分合，與詩的內容意義的表現及點化上」的密切關係，並認為「現代英美詩人對於『肌理』上，可以說，都是意識地十二分用工夫」，而中國「舊時的一首詩一首詞可以使讀者感到冷，感到熱，感到快樂與悲傷，除了內容的意義使他了解外，他一定是領悟享受了『肌理』」，由此看來，所謂 texture 與「肌理」在中西詩學中都是確然有跡可循的。

值得注意的是，邵洵美明確意識到了「肌理說」的具體性，他批評中國傳統論詩的一個含糊的套話是不明就裡，「我們常聽見人說：『某某詩豪放』，『某某詩瀟灑』，他們只是知其所然而不知其所以然罷了」，而為了說明「肌理說」的具體性，他以自己喜愛的李白的樂府詩為例。

譬如〈將進酒〉，開始便是一長練三句，十七個字：

君不見，黃河之水天上來，奔流到海不復回？

這氣勢的浩大正像汜濫的狂濤在天心直滾下來。第一個「君」字是那樣的清脆與響亮，大有雲開見日的意象，使你有仰頭高盼的感覺：點示著後兩句的距離與接近。後面十四個字，除了「之」字外，沒有一個不是表現著波濤洶湧的聲音，一瀉萬里的境界；而最後那「回」字的悠長暗淡，十足給你一種越流越遠，「不復回」的意象。像這樣的絕妙佳句，怎不叫讀者擊節嘆賞，悠然神往呢？[19]

由此分析我們不難看出，這種基於詩作肌理所做的分析，無疑是具體而貼切的，有助於讀者去深入把握和體會詩作的精微之處。

邵洵美的〈談肌理〉[20]首先從朋友誤會他反對象徵詩說起，他明確表示，不喜歡的是「缺少歷史背景」的中國新派的象徵詩，事實上，從個人趣味來說，他「簡直覺得，除了象徵詩，別的都不夠深切」，他也直言這裡所說的象徵詩是波德萊爾、藍波這個法國象徵派系統的詩作，他認為這些詩作「是一切詩藝的結晶，是文明到了頂點的表現」，這個評判自然不無誇大，但他接下來指出這類象徵詩「技巧方面可以說已是極端的精細與複雜，決不僅僅限於用些古怪的句法，生疏的字眼，以及只有寫詩人自己能懂得的典故」，句法、字眼、用典，這些都是詩藝的基本元素，象徵派的成就很大程

19 邵洵美：〈新詩與肌理〉，《人言週刊》第2卷第41期，1935年12月21日。
20 邵洵美：〈談肌理〉，《中美日報》1939年1月20日、1月27日、2月3日連載，以下所引邵氏文字皆出自本文。

度體現在這些方面的創新，而句法古怪、字眼生疏、濫用僻典等毛病，是象徵派末流的缺陷，也是當時中國新詩壇上象徵派詩引人詬病的主要原因。

邵洵美認為英美的象徵詩「全首詩簡直是個完整的生命，甚至是個雛形的宇宙」，因而讀者閱讀時就會面臨很大的困難，可是若能找到「寫詩人思想的線索以後」，那麼「每一字會是一個新發現，每一句會是一個新境界」，邵洵美特別強調這個說法並非故弄玄虛，而是可以具體詩作來說明的。在此，他也順便批評了有些淺薄與狂妄的中國詩人，只是模仿了英法象徵詩的形式，甚至根本誤會了其意義。

邵洵美批評中國末流的象徵詩只是模仿英法象徵詩的形式，而他認為「而要模仿，當然只是模仿技巧」，因為「詩裡面的『意義』須由寫詩人自己創作」，不然「便是整個的偷盜了」，而說到技巧，他認為英法象徵詩裡的幾種技巧「根本須由你去會悟而不能解釋的」，即使英法人自己也要頗費解釋的口舌，而他自己「最感興趣的是由現代英國女詩人雪特惠兒 Edith Sitwell 稱作 Texture 的那種鍊字上的技巧」，他明確斯特維爾所言的 texture 完全不同於字典上的解釋，他所感興趣的正是斯特維爾所賦予的新的詩學內涵。他知道不容易在中文裡找到與 texture 相當的名詞，但他對於錢鍾書以肌理來譯 texture 表示滿意，因而也承認了這個譯名。

邵洵美將斯特維爾所說的「肌理」視為一種技巧，強調要運用這種技巧：

須先承認一個「字」的生理上的條件；它是有歷史背景的；

　　它是物質的；它是有形狀顏色，聲音軟硬，輕重和冷熱的。

　　在他那看來，若簡而言之，「肌理」便是煉字上的功夫」。這裡所說字的歷史背景，當是指字詞經層層累積所蘊含的複雜意義和文化內涵，而字的物質性則是指與意義密切相關但同時又具有某種自足性的字詞本身在語音、形態等方面的物理特性，簡言之，詩所用的字既是歷史的更是具體的。

　　雖然他認為對於中國讀者舉出外國文的例子不太合適，但還是忍不住表達了自己對於艾略特《荒原》諸多妙處的感悟心得，他認為艾略特「所用的典故，『借用句』的來源，個人的『聯想』，以及句法和字眼都會給你一種乾枯窮荒的感覺。你即使不能懂得全首詩的解釋，你依舊可以領略它的意義，賞鑑它的美妙」。如果說這段話因為沒有實例來證明而顯得有些空泛或玄虛的話，那麼他以中國詩句為例所做出的分析和說明，則很好地說明了「肌理」的要義所在。

　　在〈新詩與肌理〉中，他曾經舉過李白〈將進酒〉為例，此次他舉出的是〈天馬歌〉，認為該詩是「最十足考究『肌理』的」佳作。為此，他引用了該詩的第一部分：

　　　　天馬出來月支窟，
　　　　背為虎文龍翼骨，
　　　　嘶青雲，
　　　　振綠髮，
　　　　蘭筋權奇走滅沒；
　　　　騰崑崙，

歷西極，

四足無一蹶：

雞鳴刷燕晡秣越，

神行電邁躡慌惚。

　　類似他對於艾略特的《荒原》的看法，他認為「我們讀著，即使不留心它的詞句，我們已經隱約可以感覺到奔馳的馬蹄聲了」，其肌理的妙處正在於「當全篇的句讀，三五七字長短不同，於是更足以表現這隻天馬的精神與生氣。再有詞藻的奇妙，又可以使我們會悟這隻天馬的不同凡俗」，在他看來，這種肌理的運用已經達到了最成熟的境界了。準此「肌理」觀，他對於前人注解李白該詩的「隨意曲解」提出了批評，認為「太白所擬，則以馬之老而見棄自況；思蒙收贖，似去翰林後所作」等說法不知所據何來，因為若證之以詩作本身，則會明顯看到「詩裡的詞句既沒有怨憤或是憂鬱的意思；首節又是如此活躍而有力量」，在他看來，這種隨意曲解「對作者與讀者都不負責任，想起了真叫人痛心」。很明顯，若照現在的說法，邵洵美是在以文本批評來指責歷史傳記批評之武斷與無據，

　　為了進一步說明觀點，他又舉出〈夜坐吟〉一首：

冬夜夜寒覺夜長，沉吟久坐坐北堂。

冰合井泉月入閨，金缸青凝照悲啼。

金缸滅，啼轉多。

掩妾淚，聽君歌。

歌有聲，妾有情。

情聲合，兩無違。

一語不入意，從君萬曲梁塵飛。

在簡要指明該詩「當然是描寫情思」的主題之後，他馬上進入文本的細部，指出「開始兩句，兩個『夜』字，兩個『坐』字，已把冬夜的悠長，相思的纏綿，完全刻畫了出來」，進而「從『金缸滅』起至『兩無違』止，使我們親身能領略這長夜深情的意味」。值得注意的是，他認為「這種感應非特是精神的，簡直是肉體的」，這裡的肉體當是指上文所言及的「具體性」，所謂文字的肉感，也即是詩句的肌理，用翁方綱的話來說，即是「義理」「文理」的統一。

由於以上兩首都較長，論說似有片面之嫌，為此，他又舉出了張祜的〈集靈台〉：

虢國夫人承主恩，

平明騎馬入宮門；

卻嫌脂粉汙顏色，

淡掃蛾眉朝至尊。

他認為分析這首詩更有趣味，因為「每次讀這首詩，非特眼睛裡能看得見這一幅活動的圖畫；耳朵裡還能聽得到各種不同的聲音」，他的評價是，「從『肌理』上說來，這首詩的技巧是『完全』的了」，這些描述未免稍顯玄乎，好在他隨之所做的分析還是比較具體的：

　　開始「虢國」兩個字真湊巧：是她的稱號，同時也是馬蹄走在石街上的聲音，而且連速度都似乎表現出來了的。「人」「承」「恩」，當然是鈴聲；同時也是全詩最重要的幾個字。「平明」「拱門」又是金屬物的聯想。第二句的「入」字，第三句的「卻」字，是照應前面的馬蹄聲；等到第三句最後一個「色」字，這馬便顯然停止了。第四句七個字，在分量上講，都是輕一級的。活現出一位又文靜又溫柔又嫵媚的虢國夫人。

　　邵洵美在這裡的解釋，著眼於字句的音色效果與詩境的整體「會悟」，不免帶些唯美主義的興致，這種剖析肌理的方法恰好為他所用，真不知仇兆鰲若見到這段話該做何想。仇兆鰲將該詩認做杜甫所作，在其《杜詩詳注》中有這樣一段話：

　　　乍讀此詩，語似稱揚，及細玩其旨，卻譏刺微婉。曰虢國，濫封號也。曰承恩，寵女謁也。曰平明上馬，不避人目也。曰淡掃蛾眉，妖姿取媚也。曰入門朝尊，出入無度也。

　　仇兆鰲著眼字義的微妙之處，並不及語音與意義之關聯，邵洵美則偏限於文本之內來做字音與詩意的分析，兩相對照，仇氏的分析是中國詩評的傳統手法，也是經典的解詩方法，而邵氏的分析出自一己之會悟與感興，雖不能說邵氏的分析就勝出一籌，但明顯具有新的時代特點，其新質與新意是應該肯定的。

　　邵洵美的文章並不止於詩作的賞鑑與分析，他有更高的詩學自覺，在分析了具體詩作之後，他又開始更為宏觀的論述，他是相

信詩是「做」出來的、而且要用心苦做的一派，因為在他看來，「詩以字造句，以句成文；那麼，推敲字句應當詩人第一步的修養與訓練」，針對有人可能會以這些技巧在詩人本是無意為之而提出反駁意見，他又回到中國詩評傳統中來找依據，並提出了一個頗有新意的見解：

> 我們只要留心一下舊有的詩話，便可以明白這一類技巧的研究是極流行。據我個人的見解，在唐代及魏晉六朝是對字的本質上用功夫，而後來便只在字的意義上去費心血了。

更值得注意的是，邵洵美對中國傳統詩評並非簡單認同，他指出，儘管我們古代的詩話中頗多技巧的分析，甚至還有《詩人玉屑》一類專談格律音韻的書，但問題在於，「後人倒果為因，把寫詩的手段，誤作寫詩的目的」，而「這種技巧本來是使詩得到生命的，反而為詩宣告了死刑，從此的詩便只剩下了空虛的棺槨」。

應該說，邵洵美在此對舊詩的致命弊端所做的批評是準確的，由此可見，他提倡技巧與肌理，並非全然形式主義的考慮，而是出以比較辯證的考慮。雖然對中國舊詩的傳統不無敬意，但也並非復古派。

本此對於格律等形式規範的見解，他特意指出通常以為李白「矯矯也不受約束」的看法是偏見，高明的批評家早已指出李白「非無法度，乃從容於法度之中」，於是方能「聖於詩者」。近代人多喜論李白的才氣縱橫，杜甫的精於格律，乃是「完全不懂『肌理』的真正的作用」。確實，李白誠然豪放飄逸令人喜，但他還有「集商綴

羽，潺湲成音」「寫聲發情於妙指」的根底，若果真如此不受約束，那他也就難為如此矯矯的李白了。

邵氏不僅能結合中西詩作來討論「肌理」的具體表現，更能從時代背景來論「肌理」的意義：

> 在外國肌理也是一種舊技巧；十六世紀便已被幾位大詩人來充分地運用過。現代詩人又主重起肌理在韻節上的影響來。他們的實驗要比蒲伯等更來得敏銳：從這面上便表現了時代的精神，因為這是一個機械時代，而一切是在高速度地進展。

值得一提的是，邵洵美注重詩的肌理，但對於片面和過分的運用肌理的做法也是持批評態度，他認為那些「從印刷的技巧上來運用肌理」，即是「或則以字句的排列。甚至以字形的大小來表現詩裡面的意義，同時又教導讀者如何去吟誦」的做法是「太做作了」。他未明言此說針對的具體詩人和詩作，但總是有感而發。當然，這種「從印刷的技巧上來運用肌理」的做法也並非一無可取，若運用得當，也自有抒發詩情的效果，在邵氏發表此文的前後，鷗外鷗在〈星加坡軍港的圍牆〉和〈被開墾的處女地〉等詩作中都做過這種形式上的嘗試[21]。

邢光祖題為「論肌理」的文章有三篇，分別刊於《文匯報・文哲週刊》（1939年2月14、24日），《讀書生活》（1942年第1卷第2期），《中外春秋》第3卷第2、3期合刊（1945年5月1日）、第3卷第

21　參見解志熙：〈暴風雨中的行吟：抗戰及40年代新詩潮敘論〉，《摩登與現代：中國現代文學的實存分析》，頁28-29。

4、5期合刊（1945年6月1日），三個版本內容大致相同，本文論述以《文匯報》版為基礎。

邢光祖的文章明確表示這裡所說的「肌理」聯繫著斯特維爾所說的 texture，並稱錢鍾書的譯名貼切，他引用斯特維爾論肌理的那段話，認為其「完全側重在運字的音樂性，著眼於人為的音律說」，而中國的沈約、劉勰等人對此有過相近的論述，此說固然重要，但在他看來，「光用機械的音律來解釋肌理，也許不是肌理的真諦」。而邵洵美〈談肌理〉中所說「肌理便是鍊字上的功夫」也不盡正確，因為「我們如其用字的生理作用來闡發肌理的蘊祕，也許會忘掉文字的組合是思想或情緒的『肉體化身』（incarnation）」。

邢光祖指出「肌理和神韻是相因而成，是詩的分析的兩種階段，是詩的鑑賞的一貫過程，而絕對不是相對的名詞」，弄在引用了斯特維爾在「詩與批評」中有關現代詩人在感官與意義表達上之特點的一段文字後，對後者所說的「肌理」做出了自己比較具體的闡釋：

> 或許是指詩中單字或字與字的組合，所暗示出來詩人感官上的感應；是一種字眼和色聲味觸官的縝密的契合。所謂詩裡的肌理，是以詩人感官上的感應作動力，以字眼渲染作手腕，以暗示的性質作枝葉，以讀者的象徵同情作果實的一種技巧。

這段話中，他對「肌理」的動力、手段、體現及後果做出了界定，認為「肌理」是出自詩人感官上的感應，通過字眼的渲染來進行暗示，最終以喚起讀者的同情為旨歸，這大體上是符合 texture 的

基本意思的。而他認為這種肌理的運用，是詩人的家法而非不變的鐵則，是寫詩的手段而非寫詩的目的。自然這些也都是持平之論。

　　邢光祖的詩學視野無疑是頗為開闊的，也具有較強的時代意識。他並不拘泥於術語內涵的辨析，而是首先指明斯特維爾等人為代表的詩學流派所體現的時代精神，繼而從中西文論史的角度來看待 texture 與肌理的內涵的流變。

　　他強調肌理和 texture 一說並非翁方綱和斯特維爾的創見，原因在於：

> 　　在這個綜合的名詞確立以前，肌理的運用已經是詩人慣常的手法；不特如此，我們在文評的鏡照裡，不時也可以窺見肌理的影子。

　　由此來看斯特維爾和翁方綱的貢獻，正在於給「這些琉璃的影子一個具體的實在，一種新穎的生命」，他沿用錢鍾書有關人化文評的說法，指出「翁方綱拈出的肌理，是中國人化文評的終點；雪特惠兒的聲明 texture，是西洋文評人化的開端」。這個結論未免有求對稱而故意為之的意味，恰切與否暫且不論，值得注意的，倒是他「在文評史的顯微鏡的透視下」，對肌理的生長史做了一個簡要的勾勒。

　　有關詩中文字的渲染，他提到賀拉斯的「詩如畫」以及 Simonides「圖畫是無聲的詩，詩是有音的圖畫」；有關詩裡的音樂，他提到盧梭《懺悔錄》中說法以及凡爾倫所提出的奠定象徵派的信條「音樂超越一切」；至於所謂顏色的聽感，波德萊爾和吉卜林也早有表現。

由此諸多引述，他指出「用聲調來透示出顏色和景象，這種理論和實踐已經失去了它的新穎」，「至於用分析的方法，去辨識詩中的肌理，也是前人的成法」，為說明此點，他舉出了葉夢得所著《石林詩話》中的一段文字：

> 詩語固忌用巧太過，然緣情體物，自有天然工妙，雖巧而不見刻削之痕。老杜「細雨魚兒出，微風燕子斜」，此十字殆無一字虛設。雨細著水面為漚，魚常上浮動而化；若大雨則伏而不出矣。燕體輕弱，風猛則不能勝，唯微風乃受以為勢，故又有輕燕受風斜之語。至「穿花蝶深深見，點水蜻蜓款款飛」，深深字若無穿字，款款字若無點字，皆無以見其精微如此。

他認為這正是「就字眼上去體會詩人所瞥見的景色」，並由此得出結論，「在過去，早已有肌理之實，雖然沒有肌理之名」。在他看來，「肌理」說誠然「是『以實救虛』的丹方，但易成為『以詞害意』的通病」，這一點無疑是點到了「肌理」說的要害，為了說明此點，他又徵引法格（Emile Faguet）和瑞恰慈（I.A. Richards）的觀點，來強調詩人應該是字眼的主人而非奴隸，不然就會犯湊韻的毛病，反添音節的鄙俗，肌理說的末流趨向也正是在此。

在對肌理說做了歷史考察之後，邢光祖的論述更加深入一步，對斯特維爾和翁方綱在理論上的差異也做出敏銳的分析：

> 西特惠兒等從官能感應上去分解字音和它的感應，是邏輯中的分析判斷。翁方綱從詩的神韻內察到形式和內容相湊的

肌理說，是一個綜合判斷。西特惠兒等由一個單位分成兩個因素，翁方綱則仍由兩個因素合而為一個單位。

在邢光祖看來，兩相比照，斯特維爾的觀點就落了下乘，因為詩是藉了肌理而傳出神韻，詩人在寫作的時候「絕對不是從字眼和其音節的感應上去推敲琢磨，只是為了適應他內在的要求，而成文字的自然表現」，從批評的角度或許能夠說「某種音調能貼合某種情緒，能在官能上產生某種感應」，但詩人「只是創作，他自能發現他表現的工具和方式」。歸根結底，「我們不能用批判的結果去叫詩人遵守」。

由此可以看出，邢光祖對於「肌理」說的適用範圍是有明確認識的，與邵洵美一樣，也是堅決反對那種片面強調音韻格律等技巧的做法的。雖然從時代背景來說，詩人「運用肌理用字眼感應官能，也許是最貼切的方式」，但若滿足於此，則詩便失去了它更為崇高的目的而只是一片浮聲而已，在他看來：

> 肌理不是一種技巧，不是文字上的修煉，而是字眼與詩境的諧和，是詩的內涵的肉體化身。在詩的領域內，沒有內容和形式的分界，只有兩者稠密的肌理。

而「肌理」一說也不過是前人家法，是先有其實後有其名，如今論「肌理」者不可倒果為因，「將肌理釋為運字的方法，而忘其為詩的經驗的表現」。應該說，從詩之本體的角度對「肌理」所做的這個界定是頗為恰切的，基本上也是符合texture之本意的說法。

　　需要補充一點的是，將「肌理」作為一個批評概念應用在詩歌批評中的也並非僅有以上所談到的幾位，1939年1月24日出版的《文匯報》「文哲週刊」第4期上刊載了署名「向亮」的作者評論《新詩刊》的文章，在討論「自我詩篇」的部分，對芷蘅的〈笑〉進行評論，認為「作者在這裡運用象徵的手腕，把色澤和繪畫給裝在字的音樂裡，造成詩的神韻的境界，在這篇短短十四行的詩內，作者把一切藝術的手段融合成一個整體，正是和 Edith Sitwell 所說的『肌理』暗合」。由此可見，他不僅對於 Sitwell 的理論有所了解，對於「肌理」這個譯名也是認可的，對於肌理說的實質也是把握比較準確的。需要指出的是，該「文哲週刊」的編者是邢光祖，以繼承徐志摩編詩刊的精神編《新詩刊》的也是他，芷蘅也正是他的筆名。

　　最後，需要說明的是，在西方特別是英美文論中，真正擴大「肌理」（texture）的內涵與影響力的，是美國新批評派的主將蘭色姆，他在〈純屬思考推理的文學批評〉等文章中對 texture 做了為我所用的闡發。與之前斯特維爾及格雷夫斯等人的論述差別較大，儘管也並非全無關聯，但他的這些文章較為晚出，在中國的影響並未及於本書所討論的邵洵美、邢光祖等人，可能更多體現在袁可嘉四〇年代末期有關新詩現代化的系列文章中，此處暫且不論。

　　簡而言之，本節所討論的中國現代詩學中的肌理說，其外來源頭是斯特維爾、格雷夫斯有關 texture 的詩學思想，本土的資源則是清代翁方綱的「肌理說」，經由錢鍾書譯名、邵洵美、邢光祖專論，雖然因為勢單力薄，並未形成較大的影響，但對西方詩學中的 texture 與中國傳統文學術語「肌理」所做的互相發明，卻也構成了中國現代詩人、批評家、學者創建現代詩學的努力中一個小小的潮

流，其影響所及，當可於「肌理」在文評、詩評中的用法等方面去
考察。

第三節　詩的新批評之「含渾」說

　　依照艾布拉姆斯的《文學術語彙編》一書中的定義，ambiguity
在普通用法中是指文體上的錯誤，即是需要準確和具有特定指涉
意義的表達時，反而使用模糊或意義不明確的表達形式。自從燕卜
蓀1930年出版了 *Seven Types of Ambiguity* 之後，該詞就被廣泛用於
批評之中，用來指認一種有意為之的詩歌技巧，包括使用單一詞語
或表達方式來表示兩個或更多不同的指涉物，或是表達兩種或更
多的態度或情感。就語言的此種用法而言，它與多重意義（multiple
meaning）、多重指涉（plurisignation）等術語可以互換，後者的優點
在於可以避免ambiguity所具有的那種貶義性的意味。艾布拉姆斯
認為由「並和詞」（portmanteau word）這個術語可以傳達一種特殊的
多重意義，它首先是由卡羅爾的 *Through the Looking Glass*（1871）中
的語義學家Humpty Dumpty引入文學批評的，後來的喬伊絲在其
Finnegan Wakes（1939）中描述年輕女子yung and easily freudened，
這裡的yung就是緊縮了形容詞young和人名Carl Jung而成，而
freudened則是緊縮了frightened和Freud而成，德里達的「延異
Différance」也是綜合了法語單詞différer所兼具的to differ和to defer
這兩重意義而成的。艾布拉姆斯指出燕卜蓀分析詩中的ambiguity，
其實是對他之前的一些批評家已經注意到的一個文學現象加以命名
和詳細描述，他使新批評的宣導者所特別發展出的闡釋模式變得更

為流行，這種模式極大擴展了讀者對於詩歌語言之複雜性和豐富性的意識。燕卜蓀和近來其他批評家所表現出來的這種方法的危險在於，急切尋求這種ambiguities會導致過度閱讀（over-reading），即對於一個文學詞彙或段落做出過於精巧、透支式的、有時甚至是矛盾的闡釋。艾布拉姆斯指出，與ambiguity相關的術語包括內涵connotation和外延denotation以及雙關pun等。[22]

而美國學者愛爾頓在其編寫的《新批評術語彙編》中，對ambiguity的解釋主要是依據了燕卜蓀在其*Seven Types of Ambiguity*中的界定與闡釋。他自己給出的一個簡短解釋是「詩中意義的多樣性，出現在詩並未在其多種意義中作出決定性的選擇之時」，而燕卜蓀本人解釋是：我們稱其為ambiguous……當我們認識到作者所言令人困惑時，因為在沒有絲毫誤讀的情況下，另外的觀點也可以被採納……通常而言的ambiguity，意味著某個顯著之物，通常是機智或帶有欺騙性的。我提議在更為廣泛的意義上來使用這個詞，準備將所有詞語上的細微差別（verbal nuance）都視為與我所討論的主題有關，無論這種關聯多麼細小，這種細微差別將為針對同樣的語言段落所產生的不同反應提供空間。燕卜蓀所列舉的七種ambiguity包括：

> 1. 當一個細節在多種情況下都同時有效，比如，通過比較幾個相似點，幾個差異之處的對立，比較形容詞，被控制的隱喻、節奏所暗示出的額外意義。

22　艾布拉姆斯：《文學術語彙編》（第7版），外語教學與研究出版社，2004年8月，頁10-11。

2. 當兩個或更多的可以替換的意思完全融合為一個時；

3. 兩個明顯無關的意思被同時提出來時；

4. 可以替換的幾個意思綜合起來揭示作者複雜的思想狀況；

5. 當作者經由幸運的混淆，在寫作過程中才發現他的想法，或是根本沒有想到這種想法。

6. 所說的內容是矛盾的或無關的，讀者被迫自作解釋。

7. 完全矛盾的情況出現時，標誌著作者思維中的分歧。[23]

愛爾頓對ambiguity的解釋中所引自燕卜蓀的係出自他個人的意釋，有幾點僅從他的解釋不容易得著確切的理解，為此，根據燕卜蓀原書的有關章節，略做補充說明。第5種中的ambiguity，燕卜蓀在其書第五章的開首即有解釋「當作者在寫作過程中才發現自己的思想時，或當他心中還沒有理解把這觀念的全部抓住，從而產生一種不能確切運用於任何事物而是介乎兩可之間的明喻時，便是第五種朦朧的例子」[24]

看過以上解釋，我們大致對於ambiguity有了一個基本的認識。它的基本內涵，與中文中的朦朧、複義、多義、含混、歧義、模糊等詞語都有部分的對應關係。而筆者在閱讀俞平伯解詞的文章時，發現他使用的一個詞與英文中的ambiguity在內涵上較為切合，此即「含渾」，較之上列「多義」、「複義」等詞似乎更為周全。因為

23　William Elton: *A Glossary of the New Criticism*, Modern Poetry Association, 1949. pp.10-11.

24　燕卜蓀著，周邦憲等譯：《朦朧的七種類型》，中國美術學院出版社，1996年，頁242。

多義、複義都直指一個「義」,「多」與「複」都指示意義不止一種,側重於意義而言,似乎未能照顧到意義的「多」與「複」所具有的藝術效果,而ambiguity不僅僅只是個詞義或句義上的多與複,不僅只是個語義學上歧義的問題,而是對於作為整體的詩具有功能效應的有機因素。而「含渾」的「含」有包容包孕多重內涵之意,而「渾」有渾然、渾成之意,強調的是藝術效果上的圓融、深厚與蘊藉,不同於同音的「含混」所帶有的混亂或錯亂之意,與ambiguous所表達的那種難以驟然說清卻又意蘊深遠的內涵是相近的,已有中譯本將ambiguity譯為「朦朧」,似乎也不夠貼切,因為朦朧更多是強調讀者感覺上的印象,容易引起模糊、含混一類的聯想,儘管也部分符合ambiguity的內涵,但意義似乎稍顯花哨。因此,依筆者拙見,在本書的討論中將以含渾作為英文的ambiguous與ambiguity的中文對譯詞。[25]

俞平伯所用的含渾,出現在其《讀詞偶得》中。他在講解李煜的〈浪淘沙〉(「簾外雨潺潺」)中「流水落花春去也,天上人間」一句時,強調該句「既不晦澀,而頗迷離」,這種迷離即因其可做多重解釋而生,他以白話翻譯詞句,出現了三種解釋:「春去了!天上?人間?那裡去了?」,「春歸了!天上啊!人間呀!」,「春歸去也。昔日天上,而今人間矣!」,在他看來,第一種「似乎不好」,第二

25　由於本書並非從文論史的角度來分析ambiguity作為一個概念的內涵,故未對其內涵多做申述,而只是想以具體的批評實踐來說明這一術語的應用情況。讀者可參見趙毅衡:〈複義──中西詩學比較舉隅〉,《學習與思考》(中國社會科學院研究生院學報)1981年第2期;支宇〈複義──新批評的核心術語〉,《湘潭大學學報》(哲學社會科學版)第29卷第1期,2005年1月;殷企平:〈含混〉,《外國文學》2004年第2期。

種也「不妙」，最後一種「近之而未是也」，由於此句「本天人並列，不作抑揚，非如白話所謂『天差地遠』，或文言所謂『天淵之隔』」。因此，這一句當從兩面看去，第一是「從本句的字義上」看，第二是「從上文（它沒有下文）」看。俞平伯的解釋是，就本句的字義而言，該句的意思即是《箋注草堂詩餘》所引〈長恨歌〉中的「天上人間會相見」，天上人間，指「人天之隔」，並沒有其他意思。若聯繫上文就更能確認此點，它「近承『別時容易見時難』而來，遠結全章之旨」。「流水落花春去也」指離別就如同流水落花一般容易，天上人間則是指相見之難。「夢裡不知身是客，一晌貪歡」，是言其似近而忽遠，而「獨自莫憑闌，無限江山」是言其一旦遠去竟然就不能再次接近了，這樣來看，若說「流水落花，天上人間」，詞意也很分明，「惟一口氣囫圇地讀下便覺含渾，此含渾之咎，固不盡在作者也」。

　　以上即是俞平伯提到含渾的具體語境，他認為對於「流水落花春去也，天上人間」若是一口氣這麼讀下來，便會產生迷糊，覺得含渾。渾者，與清相對，指意義不明晰，而含者，與外顯相對，指有所蘊藏，並非一顯無餘，既含且渾，自然不同於純然的含蓄，也不同於純然的混亂，基本意思就是說，含有深意，但不明晰，易致令讀者迷惑，但若解讀有方，加以細緻分析，則其意不難明瞭。值得注意的是，俞平伯此句最後特意提到「此含渾之咎，固不盡在作者也」，那就說明他意識到，作者創作之時，自有其考慮，其作品若被視為含渾，不能全部歸罪於作者，讀者須能體會作者在句法、運思上的用心。在俞平伯此文的語境中，含渾一詞具有負面的意義或易引起負面的評價，但又不能完全加以否定，因此與ambiguity的基本意義以及在文學批評中的特定內涵具有相似之處。

　　俞平伯對於詩詞的這種含渾的現象是非常敏感的，在其詩詞的講解中，對其也多有分析。這不僅包括上文所提到的詞句的分析，還包括詞的章法層面。比如，他在講解周邦彥〈玉樓春〉（「桃溪不作從容住」）時，就特意點出「言其安章，可有三種看法」，旋即強調「自然一首詞不會有三種章法」，這三種是他作為讀者的看法，這種看法是可以由詞的句法與意義等多個層面來加以證實的，雖曰主觀，但並非毫無根據的臆測。他所提出的第一種看法，是將「首兩句看成一小段」，即「桃溪不作從容住，秋藕絕來無續處」中的「桃溪」「秋藕」直接揭示了本事，以下皆是「換筆細細分疏」，中間的「當時相候赤欄橋」一聯則是轉折處，其中的「今日獨尋黃葉路」則引出下片的文字；若再讀，則詞作呈現「又一種姿態」，即將「煙中列岫青無數，雁背夕陽紅欲暮」兩句看做「夾縫文章」，前後的其他部分視為「中段」，撇開兩句夾縫文章，單視其前後文字，則「當時相候紅橋，寧非即所謂桃溪歟？人如風後之雲，寧非即所謂不作從容住哉？曰獨尋，是無續處也，而情悰如絮之沾，所謂藕斷絲連者非耶？」，正是「隔句成文」情理相連，相映成趣。而「煙中列岫青無數」兩句看似落空，實則有無用之用，妙處即在其中。此即第二種讀法。

　　至於所謂「第三相」，即是將全詞看做一句，則「以無章法為章法也」，以「獨尋」為詞眼，「欲明結尾兩句之妙，宜在『煙中』兩句求之；欲明『煙中』兩句之妙，宜先尋『獨尋』之境界，欲明『獨尋』之實在自為遂不得不作本事之推求」，這樣在「翩翩連連，若銜尾鴉」的鋪展之中，遂可以證明「一首只是一句」。俞平伯的這三種解讀，是基於他對於語境的深刻理解，詞中的承上啟下、互相勾連之

關係的確立以及段落之劃分，皆是在詞中語境之內完成。如他所言，「初不必問過片兩句為夾縫，還是正文，亦不必問其妙處究安在。夫文者上下文也，故認真說來並無所謂獨妙，獨則不妙矣。徑取之不得，則旁求之。旁者何？上下左右之謂也。」此種見解，深得文心者乃能道出。此處所謂「上下文」即與英美新批評所謂「語境」context及「語境主義」contextualism若合符節，詩中的「含渾」之生成及確認，都與此語境有關。俞平伯的好友廢名常說的「文生情情生文」，說的正是同樣的意思。為說明俞平伯所謂「文者上下文」之意以及他的講解之妙，下面引述他在上述這段理論表述之後，針對過片兩句所做的分析：

> 彼赤欄橋、黃葉路原係無情，然既候之、尋之，便是有情。世間只春秋耳，奈人心上之有溫肅何。「獨尋」一句，有多少悵悵遲遲、款步低眉之苦。俄而自省，目之所窮唯有亂山拔地，碧草遙天，冷雁悲沉，夕陽紅遠，以外則風煙浩蕩而已。風煙浩蕩而已，其可尋耶。於情致若何不著一字，唯將這麼一大塊，極空闊，極蒼莽，極莊嚴，然而極無情冷淡的境界放在眼下，使人兀然若得自會其愁苦，豈非盡得風流乎。

在俞平伯看來，這兩句極盡穿插之妙，「許多情致語以得此兩句而始妙」。俞平伯的詞釋之作俱能深入體會詞心，在整體把握語境的基礎上，於詞意的細微之處尤為用心。浦江清，俞平伯的朋友和同事，在〈詞的講解〉中，對此已有充分的自覺與細心的分析。

浦江清在〈詞的講解〉中明確指出，對於詩詞詞藻所可能具有

的多重蘊含，下點分析的功夫是可以弄明白一點的，儘管要完全探究明白是不大可能的。比如在分析託名李白的〈菩薩蠻〉時，他明確指出，「寒山一帶傷心碧」這一句原是兩句話併合在一起說，一句話是那一帶的山是碧色的，另一句話是那一帶的青山看了使人傷心。在語序方面作者願意前面一種說法，因為這地方仍是在寫景，登樓人看見一帶的遠山到眼而成碧色，作者要順著上面的一句句子寫下；但他的主要的意思倒在後面一種說法，要把主觀的感情表達出來。兩句話同時奪口而出，要兩全其美時，就作成這樣一句詩句，把「傷心」作為狀詞，安在「碧」上，這是詩人的言語精采而經濟的地方。那一帶寒冷的山是看了使人傷心的青綠色的。

　　而在分析他所認為更出色的「暝色入高樓」這一句時，浦江清對於「入」的含渾之處也有細心發掘。他認為暝色帶來淺灰色的點染，最適合於這首詞的意境，而「入」字用得很靈活，是實字虛用法。倘是實質的東西進入樓中，不見入字的神妙，惟其暝色是不可捉摸的東西，無所謂入也無所謂出，但在樓中人的感覺，確實是外面先有暝色，漸漸侵入樓中，所以此「入」字頗能傳神。並且這一個「入」也是「乘虛而入」，藉以見樓中之空寂，此人獨與暝色相對。這樣，「入」字以其生動與含渾，揭示出「人情上的真」，「感覺上的真」，由此，讀者對於樓主人的感覺及狀態也有了深入的體會。

　　在分析託名李白的另一首詞〈憶秦娥〉時，他對於「音塵絕」的「多種影子」更有細緻的剖析：

　　　「音塵絕」三字意義深遠，有多種影子給我們摸索。一是說
　　道路的悠遠，望不見盡頭，有相望隔音塵之意。二是說路上的

冷靜，無車馬的音塵。總之，這三個字給我們以悠遠及冷靜的
印象。有人說還有一層意思含蘊在裡面，是音信隔絕的意思，
因為西通咸陽之道，即是遠赴玉門關的道路，有征人遠去絕少
音信回來之意。有沒有這種暗示，很難確定地說。要是聽歌者
之中剛巧有一位閨中之思婦，那末這一層暗示她一定能強烈地
感覺著的吧。

　　在分析了「音塵絕」的含渾之處後，浦江清又從音韻的角度上
來分析「音塵絕」所具有的另外一種意思。他認為「音塵絕」的重複
並非出自意義表達的需要，而是為了構成音律的連鎖，經由這種重
複，在讀者的心裡「喚起新的情緒，新的意念」，這種新的情緒和
意念就是「咸陽古道的道路悠遠是空間上的阻隔，人從咸陽古道西
去，雖然暫隔音塵，也還有個回來的日子。夫古人已矣，但見陵
墓丘墟，更其冷靜得可怕，君不見漢家陵闕，獨在西風殘照之中
乎？」，這樣，「音塵絕」三字又隱含著「這是古今之隔，永絕音塵」
這樣更為深刻的悲哀之情。

　　浦江清分析詞作的含渾之處時，又能注意分寸，比如，他在
分析溫庭筠的詞時，在指出「畫樓音信斷」具有兩層涵義，即一個
是說畫樓中人久無音信到來，是男子想念女子的話，一個是說遠人
的音信久不到畫樓，是女子想念男人的話，而他根據詞作整體判斷
「今此詞中所說是後面一層意思」，這樣，在力求揭示詞中含渾特
性的同時，也尋求某種確定性。這種態度，正是朱自清所說「多義
也並非有義必收，取捨卻須嚴；不然，就容易犯我們歷來解詩諸家
『斷章取義』的毛病」。

　　朱自清的這段話出自他寫於1935年6月的〈詩多義舉例〉，這是明確以例說來談論詩的多義問題的專門文章，與上文所說俞平伯、浦江清的類似分析都堪稱中國現代「詩的新批評」中不可多得的重要文獻。

　　朱自清分析「詩的多義」問題，是基於「單說一首詩『好』，是不夠的；人家要問怎麼個好法，便非要作分析的工夫不成」這樣的認識，在指出「語言作用有思想的、感情的兩方面」，而「詩這一種特殊的語言，感情的作用多過思想的作用」之後，他即提醒我們在分析的時候，「可不要死心眼，想著每字每句每篇只有一個正解」，由此，進入到對於詩中多義狀況的分析。

　　浦江清以杜甫〈秋興〉之三「五陵衣馬自輕肥」一句為例，通過追溯該句的出處，並聯繫其上句「同學少年多不賤」，指出仇兆鰲《杜詩詳注》中所謂「『曰輕肥』，見非己所關心」的解釋「該算是從意」，從而確立了「多義中有時原可分主從」的基本原則。繼而他又從避免斷章取義之弊端的立場出發，強調「我們廣求多義，卻全以『切合』為準；必須親切，必須貫通上下文或全篇的才算數」。他明確指出傳統箋注家「一個典故引出幾種出處以資廣證」「用處不大」，原因在於「他們只舉其事，不述其義；而所舉既多簡略，又未必切合」，在歷史的考證之外，並未進行詩的分析。與此相對，他就覺得燕卜蓀在《多義七式》（這是朱自清本人的譯名）中的「分析法很好，可以試用於中國舊詩」，此處的「試用」一詞表明朱自清的嘗試態度，他既勇於融合中西以求創新，同時又保持謹慎的態度，今天看來，依然值得稱讚。出於這種嘗試的態度，他對「古詩十九首」中的「行行重行行」一首、陶淵明〈飲酒〉「結廬在人境」一首、杜

甫〈秋興〉一首、黃庭堅〈登快閣〉一首中的多義現象進行了具體分析。他無意於理論體系的構建，謙虛而謹慎地表示「分別程式」的工作將留待高明來完成。而對於所謂「詩的新批評」而言，這種具體的實踐本身便具有理論意義，其作用原非單純的理論構建所能相比，證之以英美新批評，亦是如此。若沒有這些具體的批評實踐，那些概念和體系從何而來，又因何得到彰顯，廣為流傳，以至被廣泛運用呢？

朱自清此文分析了四首詩，引述前人箋注與解說頗為詳細，又能互相對照與指陳得失，由此謹慎地出以己見，平淡之中自有識斷。限於篇幅，此處無法一一引述，今僅以他分析杜甫〈秋興〉「昆明池水漢時功」一首的文字為例，略做分析，以顯其功力。

杜甫該詩全文如下：

> 昆明池水漢時功，武帝旌旗在眼中。
> 織女機絲虛夜月，石鯨鱗甲動秋風。
> 波漂菰米沉雲黑，露冷蓮房墜粉紅。
> 關塞極天唯鳥道，江湖滿地一漁翁。

對於題目「秋興」的意思，朱自清引述了前人箋注後，簡要指出杜甫「所取的當只是『秋興』的文義而已」，直接進入正文的分析。「昆明池水漢時功，武帝旌旗在眼中」一句錢謙益與仇兆鰲皆有箋注，比較之下，「錢義自長」，但其失在於太看重連章體，在他看來，「中國詩連章體，除近人所作外，就沒有真正意脈貫通的；解者往往以己意穿鑿，與『斷章取義』同為論詩之病」，而以為若用上

章「秦中自古帝王州」一句做本詩注腳倒頗為切合。至於「織女機絲虛月夜，石鯨鱗甲動秋風」這一句，他除繼續引述錢、仇箋注外，還引述了楊慎《升庵詩話》中的論述，比較之下，認為「專取錢說，不顧杜甫作詩之時，未免有所失；不如以秋意為主，而以錢、楊二義從之」，對錢謙益所否定的楊慎所謂「『織女……秋風』，讀之則荒煙野草之悲見於言外矣」的說法也予以認可，從而於多義之中辨別主從，既有主線，詩意亦更為豐滿。

在「波漂菰米沉雲黑，露冷蓮房墜粉紅」的分析中，朱自清指出錢謙益對於上句的解釋正融合了李善所謂「水色黑」與趙次公「菰米之多，黯黯如雲之黑」這兩種解釋，「正是所謂多義」，不過他認為當以趙氏之意為主，同時參照鮑照「沉雲日夕昏」及王褒「塞近邊雲黑」等詩句來體味其意。這種互文性的分析，其實也可以視為廣義上的對於「多義」的解析。其他指陳仇氏「菰米蓮房，逢秋零落」以偏概全以及「以興己之漂流衰謝」聯想過遠等等皆有理據，此不具論。

「關塞極天唯鳥道，江湖滿地一漁翁」的分析重點討論「江湖」之意、「漁翁」所指以及「滿地」的上下歸屬以及全句的意蘊所在等問題。他指出「江湖」具有多義，當兼取陳澤州所謂「『江』即『江間波浪』（見〈秋興〉第一首），帶言『湖』者，地勢接近，將赴荊南也」以及《史記・貨殖列傳》中「范蠡……乃乘扁舟，浮於江湖」之義。「漁翁」乃杜甫自指，陳注切實可信，故未細論。「滿地」屬上或屬下皆可，原屬文法問題，意義雖確定，但讀音亦有多重效果。至於全句意蘊，仇氏所謂「不復睹王居之勝」以及錢氏「感嘆遺跡，而自傷遠不得見」相比楊倫所謂「『極天』『滿地』，乃俯仰興懷之意」雖然

更為切合，但「這兩層也得合在一起說才好」，於是，這兩句的多義也就在此主從相合之中得以揭示出來。

　　朱自清此處分析，雖非論杜詩的專門文章，但於多義的分解之中，新批評的精神清晰可辨。三十三年後，美國華裔學者梅祖麟與高友工合寫的〈杜甫的〈秋興八首〉：一個語言學批評的嘗試〉[26]，即是以杜甫的〈秋興八首〉為分析對象。他們以新批評的分析手法，所做的新意盎然的分析，一時引來頗多關注，當時學界驚奇於梅、高兩位學者的論述，似有前所未有之慨。梅、高兩位學者此文論述精微，實屬出色的研究成果，筆者學識淺薄，不敢有所論列，只是考慮到，若以歷史的眼光，對於中國現代具有新批評意味的「詩的新批評」的理論思考與批評實踐能有更深的了解和認識，那麼，我們就能在更長的時段內，以更為開闊的視野，來看待中國詩的現代化的過程，在深刻認識和反思歷史的前提下，促進我們對於現實的理解和改造。本書在中國現代詩學的視域中，對詩的新批評略做歷史的回顧，正有此用心，對於所論諸家人物「繼武前修」「以期來者」（俞平伯語）的貢獻所識尚淺，對其學問之道亦僅能管窺蠡測，但對其胸懷與追求深感欽佩，本書之作，亦是略表心意。

26　Tu Fu's *Autumn Meditations*: An Exercise in Linguistic Criticism, *Harvard Journal of Asiatic Studies*, Vol. 28 (1968), pp. 44-80. 有黃宣範、李世耀兩個中文譯本。

第八章
現代「詩的新批評」之典型作品例說

第一節　重審古典世界：古詩新詮例說

　　面對中國悠久而漫長的古典詩歌的傳統，現代漢語詩歌的寫作和評論可能都會面臨一個接受學上的問題，作為一個家長或老師，你可能會要求孩子背誦唐詩宋詞，但有多少人會讓孩子去背現代白話詩呢，這不是要就兩者的音樂性等形式特徵或情感特質、意蘊內涵等強做比較，而是想由此提出一個問題，那就是古典詩歌已經形成了傳統，那麼現代白話新詩何為，它該如何來面對這個強大的傳統？這是個需要我們繼承並加以創造性轉化的傳統，而要善待並合理利用這個傳統，則是一個難度很大的課題，其實自五四新詩發軔以來，諸多的詩人、批評家都一直在積極地思考這個問題，也積累了不少今天依然值得我們重視的寶貴經驗，其中一個重要的方面就是，在溝通詩人與讀者這方面，詩評家所應發揮的作用，也即是詮釋和鑑賞對於古典詩歌傳統的轉化以及現代白話新詩的建設所具有的重要意義。二十世紀六〇年代，詩人周棄子有感於梁文星（吳興華）在〈現在的新詩〉中所表現出來的「奠基」意識，針對後者認為舊詩讀者「數目極廣」、「程度極齊」「而對於怎樣解釋一首詩的看法大

致上總是一致的」以及「舊詩的讀者和作者間的關係是極其密切的」等是新詩所不具備的「利益」，進一步追問，何以新詩不具備這些「利益」？在周棄子看來，原因在於「新的詩體一直沒有能夠成功地建立起來」。

其實，在二十世紀三〇至四〇年代，對中國詩歌傳統具有明確意識的眾多有識之士，在這方面都曾有意識地做過一些努力，也產生了一些成果。他們以現代意識來觀照古典詩歌，發明或運用新的闡釋方法和語言，來具體分析古典詩歌的詞義、句法以及深層意蘊，在言明古典詩歌之美質或破解其謎語的同時，也為新詩的寫作提供了有益的資源。俞平伯、程千帆、林庚等就是古詩新詮的代表人物，他們現在為世所知多是因其古典文學研究名家的身分，而在當時他們都是寫過新詩以及新詩評論的知名作家，也是古典文學的研究者，各自都寫出了一系列解讀古詩的作品。另外，像葉公超、錢鍾書、趙蘿蕤等以西洋文學為主業的學人對中國古典詩歌也有很深的修養和極大的興趣，也或多或少寫過一些解讀古詩的文字。上面所提到的這些學人並非孤立的個案，他們代表著當時中國在西方詩學理論的影響之下，力圖融合國故與新知，為中國現代詩學的建設而努力的一個詩人和學者群體，他們在以往的詩歌史和文學史的敘述中因論者的觀念和視野的侷限而不得彰顯，本節將通過幾個具體的「詩的新批評」的案例來說明他們的解詩的思路、方法以及其中所體現的詩學追求。

中國古典詩歌名家和名篇眾多，而對於這些名作的解讀也為數眾多，甚至可謂聚訟紛紜。陶淵明、杜甫、李商隱都是中國文學史上最為著名的詩人，其作品本身的價值已有定評。有關他們的研

究及其作品的解讀也都形成了蔚為大觀的歷史，其中現代時期的新批評的實踐具有區別於古典時期的新特點。下文將分別以陶淵明的〈歸園田居〉、〈飲酒〉，杜甫的〈月夜〉，李商隱的〈錦瑟〉為例，在現代時期有關這些詩歌的眾多解讀文本所形成的學術史的脈絡中，來審視這些「詩的新批評」的實踐所運用的方法和思路及其獨特的意義。

（一）陶淵明〈歸園田居〉與〈飲酒〉：程千帆說「韻」字與釋異文

陶淵明是公認的傑出詩人，有關其生平史略、思想來源已有比較清楚的考辨，對其作品的意義與藝術特點，也有不少研究者做了詳細的箋釋，可是問題仍然不少。在朱自清看來，陶淵明、杜甫、蘇軾這三大家的詩集版本最多，注家也不少，從時代而論，陶淵明最早，從數量而論，也是陶淵明的詩最少，可是各家議論最為紛紜。考證方面不論，只說批評一面，「歷代的意見也夠歧異夠有趣的」，而且，更為值得注意的是，「從前人論陶詩，以為『質直』『平淡』，就不從這方面鑽研進去」，而對於現代的讀者來說，所謂的「質直」也好，「平淡」也好，都該有個所以然，都是可以分析清楚的，不該含糊了事，籠統言之。[1] 正是出於要打破這種歧見紛紜但又語焉不詳的弊端，現代學者如朱自清、程千帆、蕭望卿等人都對陶詩做過比較精細的分析和解讀。就這三位而論，朱自清是老師輩的人物，是現代學者中有意識地借用新批評的詩學觀念來進行詩的文本批評的重要代表人物，對中國現代詩學有著深入的思考，同

1 　朱自清：〈日常生活的詩——蕭望卿《陶淵明批評》序〉，《朱自清全集》第3卷，前揭書，頁212-213。

時並將其付諸積極的批評實踐,更為值得一提的是,他通過大學課堂、文學刊物如《國文月刊》等積極傳播極具現代性的詩學觀念,啟發和鼓勵青年學生一方面對中國傳統的批評「意念」進行重新追索和審視,一方面對包括古詩和新詩在內的詩歌文本進行具體的分析和解讀,在這兩方面都產生了一定的成果,成為中國現代詩學的重要遺產。

具體說來,朱自清本人寫過〈陶詩的深度〉等文章,在〈詩多義舉例〉中舉出的一個例子就是下文將要討論的陶淵明的〈飲酒〉之五,蕭望卿專著《陶淵明批評》是陶淵明研究史上的重要作品,其寫作直接受到了朱自清的影響,而程千帆有關陶詩的兩篇文章〈陶詩結廬在人境篇異文釋〉、〈陶詩「少無適俗韻」「韻」字說〉都是在二十世紀四〇年代發表於《國文月刊》(1945年第35期,1946年6月第43、44期合刊),後一篇中他對朱自清的指點表示了謝意。可以說,當時因師生授受的機緣或因性情相投學術旨趣一致而產生的聚合,都對詩學研究產生過積極的影響,有關圍繞朱自清及《國文月刊》的作者群的詩歌批評實踐以及文化政治的意義,本書前文已有專章詳論,此處不贅,只以程氏的這兩篇文章作為個案來對古詩新詮的新意之所在略做說明。

在進入程千帆的解讀與分析之前,有必要來看看《國文雜誌》上所發表的署名「章榕」的高中生所寫的〈讀詩筆記〉[2]。該文分為兩部分,後一部分就是分析的「結廬在人境」這一篇,他將該詩的十句分為「敘述的」與「說明的」,敘述的四句,「配合成一種意境,表

---

2   章榕:〈讀詩筆記〉,《國文雜誌》1卷2號,1942年9月15日出版。

現作者精神生活的充實」，作者在斷語之後又能以富有詩意的具體感悟與解釋，來較好地說明這種所謂意境與充實的內涵。在分析了敘述語句的形象化手法之後，又指出開頭的四句「說明」表達出「心遠」之意的具體手法，繼而強調末尾兩句的「說明」以非明說的方式說明了以上四句敘述都有「真意」，最後點明該詩的詩眼在「心遠」的「遠」與「真意」的「真」，它們都是「用的批評態度，從這兩個字著眼，去看『敘述』的四句，便可知那是表現精神生活的充實的」，由此完成了一個分析與綜合並重，將體會融於解釋之中的實際批評。

如果說章榕的這篇文章儘管細緻卻不免稍顯簡短與稚嫩，那麼程千帆的分析則要深入許多，也更見功力，兩代人的解讀，都具有《國文雜誌》的編輯對於章榕文章所加按語中的「能分析，又能綜合，能解釋，又能體會」的優點和特點，也正是現代中國詩的新批評在實際批評上所取得的成績。

陶淵明的〈飲酒〉之五中的「採菊東籬下，悠然見南山」中的「見」在《昭明文選》中作「望」，而「此中有真意，欲辨已忘言」中的「中」，在《昭明文選》及宋紹熙壬子本的《陶淵明集》中作「還」，因為並無可靠的祖本可做定論，因而這段異文的公案一直各執一端，未有定論。說「見」與「望」之是非的人較多，蘇軾首倡「見」字之幽雅，蔡寬夫、沈括亦持此論，而何焯、黃侃不以「望」字為非。至於「中」與「還」的不同，說者較少，如何焯認為「還」不如「中」，卻未明言其故，黃侃則以為「『還』之真意，安其故常也」，因而「還」字不誤。

面對這個歷史積案，程千帆從大處著眼，小處著手，做出了細緻具體的分析。他首先指出「魏晉以來詩歌聲色漸開。詞人才

子，多漸留心字句。於是一篇之中，有句可摘；一句之中，有字可指」，而劉勰在《文心雕龍・章句篇》中對此也做了理論概括：所謂「篇之彪炳，章無疵也；章之明靡，句無玷也；句之清英，字不妄也」，陶淵明對此也是有著明確的自覺意識的，不少論者也明確指出過其造語工整的特點，因而，程千帆試圖通過依據作者的命意遣辭，來推度義理的是非，哪怕底本的是非已經無以確知。他認同孟子的「以意逆志」說，認為「誦詩讀書，必由文辭以求義韻；而不可遺其義蘊，徒拘文辭」，必須能先通解詩篇之主旨，才能判決異文之是非，這就是「由意得象，由象知言」的一個闡釋過程。

陶淵明的詩為人稱道的一個特點就是其物我兩忘的超然境界，而詩中表現這種境界則自有其章法與層次，「結廬在人境」起首的四句，「但述其去滯累而反自然之所得，以喚起下文」，「採菊東籬下」等四句則借籬菊、南山、風光、飛鳥等意象，表現「極和諧而無跡象之境界」，在程千帆看來，「前者為平日之修持，為抽象之哲理。後者為當時之情事，為具體之景物。末二句始就此境界二讚嘆之。蓋其要領實在中四句也」，以此觀之，以前的論者如方東樹在《昭昧詹言》中的評說就未明此理，不無遺憾。在程千帆看來，「結廬在人境」四句，是詩人經過採菊乃見山及至物我兩忘、欲辨已忘言的境界之後，細思回味之後所得的觀照與解釋，詩人心靈的發展正不同於文章的組織，繼而他分析白居易「坐望東南山」，韋應物「舉頭見秋山」等效仿之作中的「賓主之區別，著意之輕重」，則更能見出「見」字的佳處正在於「用『見』字，則『望』義亦在其中。由見而望，正有層次；始見繼望，為尤切合也」。至於「還」與「中」的是非，從詩人的「性分遭際二者兼言」，則令他感其真意、欲辨忘言的

決非僅僅飛鳥之還；若就修辭而論，則「『中』清空，此『還』質實。
其間又自有勝劣，不獨所指目有廣狹之殊也」，若證之以計有功《唐
詩紀事》所言「此波涵帝澤，無慮濯塵纓」因改「波」為「中」更見精
妙的典故，則陶詩的「中」優於「還」則亦可同理視之。[3]

　　在〈陶詩「少無適俗韻」「韻」字說〉中，程千帆有感於陶淵明
〈歸園田居〉第一首起句「少無適俗韻」中的「韻」字未曾有人解說
過，心存疑惑已久，因而結合自己平日閱讀《世說新語》等典籍所
見所得，對單單一個「韻」字的多重涵義做了精細的解說，由此對
該詩詩意以及陶淵明的思想與風格也做出了一番分析和說明。他指
出「韻之始意，專屬聲音」，這可徵之以劉勰《文心雕龍》中的「異音
相從謂之和，同聲相應謂之韻」，後來引申擴展為「凡耳之所聞，
目之所視，或綜諸天官之所及，而獲得優美之印象和諧之感覺者」
皆可視為「韻」，而後《文選》、《世說新語》中所用「韻」字也開始泛
指風度以及專指放曠之風度。第二種則以「韻」為「思理」，《世說新
語》中的「思韻淹通」之「思韻」即是「條理經緯之意」，這是「韻」字
之義的一大變化。第三種解釋則是指「韻」為「性情」，所謂「天韻」
「性韻」，都說的是發自內心而非外鑠之物，這是「韻」字意義的又
一個變化。「性情」之義再經引申，則「或以專指放曠之性情」，《世
說新語》中所謂「仁祖（謝尚）韻中」即是此義。

　　經過這樣一番考據式的分析，作者總結「韻之一字，其在晉
人，蓋由其本訓屢變而為風度思理性情諸歧義，時復用以偏目放曠
之風度與性情，所謂愈離其宗者也。然考驗所及，則性情一義，最

3　作者附注中言及該文曾寄呈徐哲東乞教，後者表示「今讀大作，益欣望當做
　　見，更有論據」，只是依然認定「還字反覺清空，中字轉落質實」。

為吻合。次雲風度，亦復可通」，繼而論及前人已經詳為申說的陶淵明之為人「循性而動，唯心所安」的特點，又根據年譜，指出該詩作於賦〈歸去來〉的第二年，更可以見出陶淵明當時「深感涉世之不宜，故尤幸歸田之得計」的心情，因此，從字義的辨析與考證，到知人論世的分析，作者自然而然地得出『『少無適俗韻』者，釋為自來無諧俗之性情，尤為確矣」的結論，作者最後更從解釋字、句之意義的層面上升到探究「此句不用性情字而用韻字」的深層原因，他指出當時字句求工的風氣盛行，而陶淵明雖然「篤意真古」，但大勢所趨，他也不能自外，若用「性」則與下句所用「性本愛邱山」重複，若用「情」字，則「情」「性」相對，不生新意，於是為了「避複求新」才用了「韻」字。

　　程千帆是治古典文學的名家，他在二十世紀四〇年代解說陶淵明詩作的文章，雖然僅有這兩篇，但並非毫無關聯、偶然為之的隨性之作，前者寫於1944年4月，後者寫於1945年12月，從中可以看出他有著比較明確和清晰的詩學觀念以及方法論上的初步自覺[4]。在前一文的結尾，他指出，面臨著缺乏可靠的原始定本這一無法克服的歷史侷限，則解詩的人不得不「據義蘊以定從違」，以前先儒治學，固然是借助校勘、訓詁以通義蘊，而今人「若能觸類旁通，先識義蘊，則亦未嘗不可謂校勘諸科之助」，就這首陶詩而言，它表現了一種物我兩忘的境界，詩人心靈的發展與文章的組織，都是有

4　程千帆在其晚年自述中講到「我說文藝學在理論上解決問題，文獻學在史料上、背景上解決問題，我所追求的是文藝學和文獻學的高度結合。但是在替《國文月刊》寫稿子的那個階段，我怎麼也想不到這一點」，《程千帆全集》第15卷，前揭書，頁43。

軌跡可尋的，由此則可判決異文何從為勝。而在後一文的結尾，作者則明確指出，小小一個「韻」字，不僅關乎對詩句的理解，更可以見出作者個性與時代風氣之間的互動關係，本文所論及的這個例子正闡明了《文心雕龍・指瑕篇》所云「立文之道，惟字與義。字以訓正，義以理宣。而晉末篇章，依稀其旨，……懸領似如可辯，課文了不成義，斯實情訛之所變，文澆之致弊」的道理，正所謂「時運推移，質文遞變，若斯之屬，更所難詳。陶詩此字，特其一例」而已。

在程千帆四十年代的一系列解詩文章中[5]，這種努力將中國傳統的治學方法加以創造性轉化的意圖是很明顯的，與同時代的很多學者一樣，他以現代意識來觀照傳統，從而能夠返本開新，別開生面。在他1954年出版的《古典詩歌論叢》（與沈祖棻合著）一書中，就收入了他所寫的這些文章，在該書的前言中，他指出「古代詩歌的研究，從語言開始，是合適的」，因為「在古代詩歌語言的研究中，詞彙、語法、修辭是必須加以注意的幾個方面，只有首先弄明白了這些，才體會得到它們的形象性，它們的藝術價值，和藉這些來表達的思想價值」，[6]而在沈祖棻所寫同時也能代表其思想的後記中，則明確表明了寫作的動機是有感於過去的古代文學史研究工作中，一個比較普遍和比較重要的缺點是沒有將考證和批評密切地結合起來，具體表現則是「有些人對作家生平的探索、作品字句的解釋是曾經引經據典，以全力來搜集史料，做了許多有益的工作，但

5 除〈韓退之「聽穎師彈琴」詩發微〉（載《斯文》1941年1卷7期）外，這些文章基本都收入了《古典詩歌論叢》，上海：上海文藝聯合出版社，1954年。

6 《古典詩歌論叢》，前揭書，頁15。

卻沒有能夠根據這些已經取得的成績，更進一步，走進作家們精神活動的領域，揭露他們隱藏在作品中的靈魂。另外一些人，曾經反覆地欣賞、玩索那些多少年來一直發散著光和熱的作品，被它們所吸引，因而能夠直覺地體會到作家們在他們的靈魂深處所存在的一些東西，但因為僅僅是從直覺中獲得的印象，也就往往對於其中的『妙處』說不出一個所以然。或者雖然說出了所以然，但又沒有證據，不足以服人。這樣，就不免使考據陷入煩瑣，批評流為空洞，無疑地，對古代文學史的研究都是不利的。基於這樣的理解，我們就嘗試著一種將批評建立在考據基礎上的方法」，雖然作者將這種方法追溯到劉勰的《文心雕龍》，但這種將考據與批評相結合的方法無疑是具有現代精神的，在現代的新批評實踐中有著比較明顯的運用，也產生了一批言之有據、新意卓然的批評作品，而程千帆正是這一批評實踐中的代表人物。到了晚年，他的這種方法論上的自覺在其文學研究中有更加集中的體現，也產生了更為圓熟的成果。

（二）杜甫〈月夜〉[7]：葉公超析句法與俞平伯釋比喻

1937年5月葉公超在《文學雜誌》創刊號上發表了〈談新詩〉，在這篇堪稱重要的詩論中，葉公超分析了新詩與舊詩的關係以及兩者的區別，新詩的格律等諸多問題，其中對杜甫的〈月夜〉也做了一個比較簡要的分析，雖然只是用來做例證，並非專門解詩，但涉及的問題卻很重要，因此頗有討論的必要。

葉公超認為新詩的讀法應當限於說話的自然語調，不應當拉長

7　全詩為：今夜鄜州月，閨中只獨看。遙憐小兒女，未解憶長安。香霧雲鬟濕，清輝玉臂寒。何時倚虛幌，雙照淚痕乾。

字音，似乎摹仿吟舊詩的聲調。為了界定說話的節奏，他先拿舊詩的音節元素來做比較，指出舊詩（指近體詩）「平仄與每句的字數和句法既有規定，而且每句在五個或七個字之內又要完成一種有意義的組織，所以詩人用字非十二分的節簡不可，結果是不但虛字和許多處的前置詞、主詞、代名詞、連接詞都省去了，就是屬於最重要傳達條件的字句的傳統位置（傳統乃指某種語言自身之傳統）也往往要受調動」。為此，他舉出〈月夜〉為例證，其分析的重心落在第五六句「香霧雲鬢濕，清輝玉臂寒」，他認為，若按照通常的位置，「雲鬢」、「玉臂」都應當在「香霧」、「清輝」之前，而且「濕」、「寒」是形容「雲鬢」、「玉臂」的狀況，「香霧」、「清輝」是「濕」、「寒」的對象，所以用白話說就是，「雲鬢香霧一般的濕，玉臂清輝一般的寒」。在他看來，這般解釋不過是要說明這兩句的句法，實際上其中的「感覺是沒有別的方法可以表現的，因為它們是舊詩裡一種最有詩意的特殊的隱喻，在任何西洋文字和中國白話裡都不易有同樣的辦法」。葉氏從句法結構來分析〈月夜〉，可謂是對於其中的文言文本的一種「翻譯」，所用以分析和解釋的工具或者說語言框架則是受到西方語言影響的現代白話，他在破解其中的隱喻的同時也就破壞了原詩中的語境，因此，他才會特意指出「感覺是沒有別的方法可以表現的」，西洋文字和中國白話都無法實現。

到了1947年，俞平伯在《大公報・文藝副刊》（1月19日）發表了〈釋杜詩〈月夜〉〉[8]，該文對〈月夜〉做了重新解讀，要其重點言之，有如下幾點。就風格言之，該詩風格「超脫」，起句「今夜鄜

8　收入《俞平伯全集》第3卷，前揭書，頁364-366。

州月」不言長安月，卻言其妻所在的鄜州，乃是化實為虛，看是閒筆，卻真「搶住」了懷人這一主題，首句至四句，清空一氣，層次自明，以下直接結尾，看月懷人墮淚，以清空而更沉鬱，正顯少陵本色。俞平伯直言，該詩五六句為重點及難點，「問題很多」，解說這兩句亦是該文初衷及重心。俞氏認為它們「雖然風華旖旎，在文理章法上看，只算插筆」，前人以杜太太未必如此漂亮，杜甫如此加以讚美，恐怕更未必然，他認為這種說法似乎不大得體[9]，他自己的解釋是，這兩句之所以要如此寫，乃是因為雖有懷人之憂愁，但月色正佳，作者伉儷情深，詩篇起首便由景到情，到了五六句這個地方，無法再安插寫景之句，不然「必致橫斷」，於是「變為明月美人雙管齊下的寫法」，他引《琵琶記・賞秋》中的一句「香霧雲鬟，清輝玉臂，廣寒仙子也堪並」來說明杜甫此處所寫並非其妻，雖是後例不足以明前，但高則成「廣寒仙子堪並」的見解則誠為高明，至於香霧之說，俞氏輕輕放過，認為古人把「香」字用得極泛，極無理而有情，無需勉強做唯理的說法，徒增纏夾，重點在於，「非有香靄迷離幻覺的意味，不能充分地發現在那晚月光究竟好到什麼程度」，宋代周邦彥〈解語花〉詠元宵月的詞句「桂華流瓦，纖雲散，耿耿素娥欲下」也正是同一的寫法，只是工巧有別。在俞氏看來，杜甫這首〈月夜〉雖然神妙，要其主旨，不過脫胎自《文選》中的一句老話「隔千里兮共明月」，故有杜甫教子「熟讀文選理」之舉。

　　俞氏此番解讀，既能細細分說詩句文意及其微妙難解之處，更

9　雖然俞平伯晚年否定了自己早年的這種觀點，並開玩笑地說他說「怕杜太太不高興」，但他的學生吳小如則堅持認為乃師的說法是合情合理的，並為之做了補充說明。

能從詩歌史的角度來點明詩人的承襲和創化所在，不拘泥於史事的考證及索隱，既對傳統詩評中的精華有所吸收，同時對其錯陋之處也略做辨析和正誤，這樣一來，他著眼於中國詩歌的傳統，緊緊圍繞文句來解析其神妙和精美，因而頗能恰如其分地評價詩作的價值以及詩人的地位。

俞平伯在該文中只是提出了其新解，並未做詳細的論述，後來他的弟子吳小如在為此文所寫的跋語中做了一點補充說明，也很有說服力，他認為理由有三，「一、杜甫整部詩集中再也找不到這樣比較辭采豔麗的詩句，而這詩句又恰好是形容自己妻子的，這似不大可能。比如〈麗人行〉，造句鏤金錯玉，卻是諷刺；〈佳人〉一首，寫出女子高風亮節，雅潔之至。何以對自己的妻子反而用了如此豔冶的描繪呢？難怪傅庚生先生在他的《杜甫詩論》中要為杜甫改寫這兩句詩了。」；第二，雖說「後例」不足以「明前」，但杜詩這兩句為後來的詩詞作家開了無數法門，許渾、陸暢、李商隱以及蘇軾的詩詞中，都曾把「嬋娟」作為「月」的代稱，也即是把月看做廣寒宮裡的嫦娥，只是沒有杜甫寫得如此形象罷了；第三，「正如平伯師所說，〈月夜〉真正的主題是懷人，即懷念遠在鄜州的妻室兒女，而主要的是自己的妻。懷念妻子卻極寫月色，美得如霧中仙子，正是義兼比興。如果把『香霧』二句直解為杜甫對妻子的描述，則意境反而淺薄輕浮了」。[10]

吳小如贊同乃師的這種說法，並另引李綱〈江南六詠〉其三中的「江南月，依然照吾傷離別。故人千里共清光，玉臂雲鬟香未歇」

10　吳小如：〈跋俞平伯先生釋杜甫〈月夜〉〉，《莎齋筆記》，陝西人民出版社，2008年3月，頁87。

來做例證，認為「『千里共清光』者，猶『千里共嬋娟』也。而『玉臂』句乃『清光』之補充形容詞，指月而非人可知。蓋故人遙隔千里，何從知其『香未歇』耶？正唯指嫦娥，始可作此語耳」，其正如周邦彥以「桂華流瓦，纖雲散，耿耿素娥欲下」釋「香霧」有異曲同工之妙。吳小如對這種引後作以證前的做法之合理性也做了一個可信的說明，原因正在於「古人讀詩每能得前人詩中真諦，足資吾人今日讀詩之佐證，未可遽以時代之先後論也」。[11]

　　葉公超和俞平伯兩人雖同為世家子弟，但經歷和學術背景相差較大，前者在英美接受的中學和大學教育，西洋文學造詣頗深，後者雖曾出國但旋即告歸，基本以中國文史之學為基本旨趣，但同樣值得一提的是，前者回國後頗感國學根基太弱，乃有「惡補」之舉，後者雖不習西洋水土，卻並非固守中國學問之人，對西學也是頗有了解的，加之兩人常與過從的師友如朱自清等人也多是——起碼也是想要——會通中西學問之人，因此，他們都可說是具有現代意識、眼界及修養的學者，只是所好各有不同而已，明白了此點，我們對其解詩的方法和觀點當更能多一層了解。他們解釋〈月夜〉都沒有特意凸顯或強調歷史背景、作家生平等思想性或傳記性的內容，而是從文本的語法結構、詞語意象等處入手，力求通過具體的文本分析，來給予詩歌一個比較清晰明白的解釋，這可謂是他們的批評之新意所在。

　　葉公超和俞平伯兩人解杜詩〈月夜〉，角度雖然不同，但都具有新意，葉公超的新在於從現代語法和修辭觀念出發，分析了「香霧

11　吳小如：〈跋俞平伯先生釋杜甫〈月夜〉〉，《莎齋筆記》，前揭書，頁68。

雲鬟濕，清輝玉臂寒」中所暗含的比喻關係；俞平伯其新在於一反
舊說將「香霧雲鬟濕，清輝玉臂寒」解做杜甫對其妻子的描繪，而
是從整個詞的意境出發，認為這句描繪的是廣寒仙子即月裡嫦娥，
這些都可謂是發前人之未發的新論，實在可算是詩的新批評的具體
實績了。

（三）李商隱〈錦瑟〉：趙蘿蕤以西解中的新意

李商隱是我國著名的詩人，其詩歌含蓄精美，歷來解說紛紜，
其中又以「無題詩」最受關注，而「錦瑟」又是系列無題詩中最特殊
的一首，真可謂是「錦瑟一首解人難」。自唐以後，逐漸形成了包
括悼亡、自傷等多種解說在內的諸多說法，可謂聚訟紛紜，莫衷一
是。據黃世中〈〈錦瑟〉舊箋綜述〉所言，自宋代劉攽《中山詩話》開
箋釋〈錦瑟〉詩之先聲，一直到明末，其間不同程度箋釋或評述過
〈錦瑟〉的約有二十五家，除少數專門評論詩的表現手法外，大多涉
及本事、立意並做具體解釋，大致以「令狐青衣」、「詠瑟曲」二說
占主導，調和這二說的有劉克莊等人，廖文炳雖主「詠瑟」說，但有
所突破，指明其託物寄情，抒發作者身世之感的一面，金代元好問
與明代胡震亨則主「情詩」說。自清初至於「五四」，「據初步搜輯，
除各大家『注』『箋』『解』『意』『說』外，包括選本、詩話、文集、
筆記中的零星資料，在二百五十家以上，而其中對〈錦瑟〉的箋解
就有六十多家」，其中朱鶴齡首倡的「悼亡」說在清代最為盛行，其
次是何焯所主的「自傷」說，以及程湘衡首創的「詩序」說（「詩序」
說向來不為評論者所注意，卻獨得錢鍾書的讚賞），方文輈首創吳
汝綸發展之的「傷唐祚」說，以及紀曉嵐所主的「無解」說（即「不可

解」或「當以不解解之」)。¹² 僅就 1919 年至 1949 年這段時間的詩學
研究而言,有關〈錦瑟〉的解說之作也不在少數,其中不乏名家之
作,如孟森(心史)的〈李義山錦瑟詩考證〉、朱偰〈李商隱詩新詮〉
等,張采田不僅著有集大成的《玉溪生年譜會箋》,也寫有解詩之
作,劉盼遂甚至還寫有〈〈錦瑟〉詩定詁〉,然而以上諸多解讀之中
不少似是而非、闡釋過度、強做解人之語。綜觀這些文章的作者,
基本上都是研習中國傳統文史之學的學者,雖也因時勢的關係,不
同程度地受過外來思潮的影響,但就其本色而言仍是中國傳統學術
的路數,能夠在立意或方法上有所突破的還不多見。

1939 年,艾略特《荒原》的第一個中譯者趙蘿蕤在《今日評論》
(1 卷 5 期,1939 年 1 月 29 日出版)發表了題為〈「錦瑟」解〉的文章,
該文從中詩英譯的角度,對〈錦瑟〉的句法結構以及所隱含的意義
做了別開生面的解說,堪稱細緻從容,引人入勝。文章不長,但確
屬新穎之佳作,堪稱三〇年代詩的新批評的代表作,可惜似乎一向
少有關注,有關李商隱以及〈錦瑟〉的研究史中也少有提及,不知
是否因這種鑑賞式的批評太過新穎而不為時人重視,美國學者在研
究美國新批評歷史的時候,發現在新批評者構建的學術史和文學史
中幾乎沒有女性的聲音和地位,中國的情況不可同日而語,但起碼
趙蘿蕤的這篇文章受到的關注極少,這似乎是個事實。

趙蘿蕤 1932 年燕京大學英語系畢業後旋即考入清華大學外國
文學研究所,受教於葉公超等人,對當時的西方文學及文藝理論都
有著比較深入的了解,而她本人又幼承家學,中國文史之學的修

12　黃世中:〈〈錦瑟〉舊箋綜述〉,《武漢師範學院學報》1983 年第 3 期。

養也很好，這一點從這篇〈「錦瑟」解〉中不難看出。歷來解說〈錦瑟〉，要麼過分求索詩中本事，偏於考證史實；要麼拘泥於個別詞句，失之偏頗，而注重從詩句本身的結構和肌理出發來做新的觀照的還不多見。趙蘿蕤的這篇〈「錦瑟」解〉的獨特之處在於，她不去專門論及李商隱的身世背景及其與詩歌的關係，而是從中國詩文中直接提到「我」字極為少見，而李商隱這樣深情纏綿的人在〈錦瑟〉這樣堪稱傾露自我的詩中，「竟無一個『我』字」這樣令人詫異的現象出發，在將該詩譯為英文以做對照的比較視野中，通過揭示原詩的句法結構，來闡釋該詩的藝術特點及其所隱含的精微詩意。

　　她指出「『錦瑟無端五十弦』在情緒上雖不完整，在意義上卻截然是個個體」，若是譯成可解的英文，那必然少不了主詞「我」與聯繫詞「是」，她舉出了幾種可能的譯法：（1）(I am) the figured lute (of) fifty strings.（2）(I am like) the figured lute, without (any) reason, (of) fifty strings（3）(My years are like) the figured lute, without reason, (of) fifty strings. 無一例外，而陸志韋在《中國詩五講》中的譯文「The figured harp, I wonder, (of) fifty strings.」也同樣如此。若譯英文為白話，則無論是「我『是』個錦瑟」還是「我的年紀『像』錦瑟」，都「無故把許多不言之隱說穿了」，在作者看來，「『錦瑟』是不是我，在李商隱心中正不願意告訴你我的我聽。『無端』也許是形容『錦瑟』，也許形容『五十弦』，李商隱沒有說得明白」，而這句詩所呈現給讀者的是一個略顯飄渺的意象「在這鴻蒙大荒之中有一個無端的錦瑟，無端有著五十根弦」，而不去考慮「尋常的錦瑟是二十五弦，十五弦；還是兩個瑟加起來是五十弦」，我們只需了解「弦多得很，恰像人們的年華一樣」，那麼「一弦一柱思華年」也就好理解了，譯

成英文可以是：（1）One string one peg thinking of tender years.（2）One (each) string one (each) peg reminds (me) of tender years.，而這些可以解做：（1）「一根弦，一根柱，（每一根弦，每一根柱）想想華年」，（2）「一弦一柱之中即含有華年的淒涼」；（3）「這一弦一柱聲音的淒涼，使我感嘆華年」，（4）「每一根弦每一根柱就代表我過去的每一年」。作者指出，該句若譯成英文，在末尾就需要加上一個標點符號（：），以及「那麼的情境像……就如同……比如……」，這樣就成了一個擴大的比喻詞（extended simile），方能接著下面「莊生曉夢迷蝴蝶」等似乎莫名其妙的四句，而「在原詩則一無所有，只是個晦隱的等同詞（metaphor），甚至於簡直是敘事體」。

對於「莊生曉夢迷蝴蝶」，作者給出一串有點繞眼的解釋（莊生曉夢著一隻飛撲的蝴蝶；莊生的曉夢為蝴蝶所迷；莊生的曉夢是捉摸一隻迷離的蝴蝶），認為這些都摸不著莊生和蝴蝶的關係，而在英譯文中，則無法明確示意「究竟是莊生的曉夢是蝴蝶，還是莊生曉夢著蝴蝶？是為蝴蝶所迷，還是一隻迷離的蝴蝶」，在作者看來，李商隱用一個「迷」字引入了一個典故，「入神而化」，不像西洋人因限於字面的形態而每用一典必寸斷寸結，在熟悉或習慣於中文語法的讀者心中，自然不會如習慣於西洋邏輯的人那樣，會去追問「莊生之謎與蝴蝶之謎和『思華年』」之間的關係，是「我過去的某種經驗，正如莊生……」，還是「我的過去的華年正如……」，或者「我和愛人的經歷正……」，或者「人生經驗正如……」，只是要去領略詩人所給的謎語中能否蛻變與生化出一貫的境界。「望帝春心託杜鵑」一句中的故事很簡單，但何以非要接在「莊生曉夢迷蝴蝶」之後呢？在作者看來，「莊生既然迷於蝴蝶，望帝何以要託杜鵑呢」，

原因在於，「在這兩句中正有一說不出的『我』字，藏在裡面，借著莊生和望帝的名字傾一下肺腑而已。經驗之中迷離撲索誠然有之，其奈望帝的春心至情還待杜鵑的眼淚來表其萬一。因此有莊生之事來說其境，又有望帝之事來說其情」。

「滄海月明珠有淚」若譯成英文，則只有滄海、月明、珠有淚這三個在原詩中並不獨立的三小段，在原詩中，我們看見的是「詩人給我們預備下的全詩的境界：在滄海月明之下，鮫人所落的淚珠或者強能代表我此時的撫今追昔？」，這樣在遺憾無窮之感中，才有「藍田日暖玉生煙」這一句，作者強調對這一句所說的藍田、日暖、玉生煙三件事，若小而言之，則其中隱含著表示「可能性」的「如果」，表示「時間性」的「當時」，以及有著刻骨之痛的一個暗「你」暗「我」，意為「如果『我』當時藍田日暖，處境如意，則『你』也可如玉之生煙了」，但詩人此句中如長江大河般的嘆息分明顯出更為深沉與寬廣的情懷，是無法僅僅侷限於可能性、時間性以及你我之分的狹小範疇之內的，其情其境分明毫無時空的阻攔。

最後兩句「此情可待成追憶，只是當時已惘然」（[1]This affection [emotion] should last making reminiscence, only are those days already fading. [2]This affection [emotion] may last becoming reminiscence, only those days had always been sad.）則可以解做「這種情緒也許久縈於懷而成追憶，但是當時歷歷在目的種種已經是惘然了。而這種情緒也許可以因追憶而縈繞於懷，只是當時卻早已惘然了」，其在結構和意境上的重要性在於「真結出了莊生四句的情境，這才是此恨無盡轉成惘然」。

在文章的結尾，作者重新提及了開頭所談到的深情自我之作

中全無「我」字的現象，她指出，原詩用英文譯出後，雖然意思似乎明確，但喪失了語法的個性，字與字之間更空疏而沒有內容，而「原詩的蘊藉也像音樂似的，在如許和聲及單音中有多少印象能慢慢從這豐富的字與音中升起來」，若如同英譯文那般「每一句都冠以一『我』字，則這個世界真是窄到可以」，另一方面，「若這『我』字卻完全消滅並不深藏寡言，則亦未免落於徒有瑰奇之詞藻而無刻骨之深情」，在作者看來，若全是「我」則有失蘊藉，若全無「我」但又情淺者則徒炫詞藻，而〈錦瑟〉則雖無顯在之我，卻有深情之我，因而能夠引人「玄思曲解」。

綜觀趙蘿蕤此文的主旨和分析思路及方法，我們不難看出作者是在仔細體味每一句話的基礎上，從中揭示出其中隱含的多重意味，其分析的細膩無疑是借助了中英文比較視野下的句法分析，而非僅僅是詞語訓詁或典故釋義或是本事索隱。值得一提的是，作者在討論「玉生煙」時提及朱鶴齡的注，可見她對前人有關李商隱作品的注疏箋證之類的作品還是有所了解的，只是有意採取了句法和語義分析的方法，從而另闢蹊徑完成了一篇別開生面的細讀之作。

在趙蘿蕤之前，另一位女作家蘇雪林曾寫過一本《李商隱戀愛事蹟考》[13]，雖自言其「解釋算聊備一格」（頁10），但行文卻難掩獨抒新見之自得與以己說為確論之深信，這原是個人性情的體現，無關大體，但究其所言之內容，則不能不說，雖然蘇氏自言其文字「大半是由義山詩中考證出來的」（頁10），但這種考證於史實並無

13　蘇雪林：《李商隱戀愛事蹟考》，北新書局，1928年。後改名為《玉溪之謎》，商務印書館，1947年12月。此處引自《蘇雪林文集》第4卷，合肥：安徽文藝出版社。

新發現，於解詩亦無甚助益，個人臆測妄想的成分太過濃厚，這點當時張蔭麟就有過批評。

　　在該書的引論部分，蘇雪林將中國文學界有關李商隱無題詩的見解，以對李詩隱僻特點的態度，分為三類，「不解為解」派（高棅，梁啟超），「才力不足」派（蔡寬夫，毛西河），「寄託派」（馮浩）（頁11-12）。她認為千年來，這幾派的人物將李商隱的詩「鬧得烏煙瘴氣，它的真面目反而不易辨認」[14]，她自言疑惑於李商隱詩中多次出現的女道士的故事，於是再三吟詠，才考索出其中所隱含的與女道士、宮嬪的戀愛事蹟及其在詩中的體現。就筆者淺見，蘇雪林的寫法其實更多的是借考證為名，其實質更像是個人靈機一動的發揮，我們且來看看她是如何來解讀〈錦瑟〉的。

　　她在該書的第二部分〈與宮嬪的戀愛關係〉的第十三小節專門論述〈錦瑟〉，文章開頭她綜述歷來有關此詩的意見，繼而質疑了時人孟森《李義山錦瑟詩考證》的觀點，她的看法則是該詩乃是李商隱追悼所戀愛的宮嬪，各句依次解釋如下：湘靈素女皆善鼓瑟之古妃，義山所愛宮嬪亦善音律，曾以樂器相贈，故義山以錦瑟制題，五十弦說的是嬪妃所用之瑟，與年齡無涉；莊生一句用莊子夢蝶的典故，說的是昔日和宮嬪戀愛之快樂，胡然而天，胡然而帝，有如作夢一般，幾乎不敢自信真有此種奇遇，故曰「迷」，若言悼亡，則當用莊生鼓盆之典才是。望帝一句說的是宮嬪冤死，魂當化為啼血之杜鵑，以訴不平。滄海藍田句則指義山贈宮嬪作為紀念品的玉盤而言，《述異記》有「鮫人水居如魚，不廢機織，泣則皆成珠」

14　《蘇雪林文集》第4卷，前揭書，頁12。

左思〈吳都賦〉注有「鮫人臨去從主人索器，泣而出珠，滿盤以與主人」，義山他詩亦有「珠啼冷易銷」「誰將玉盤與」「玉盤迸淚傷心數，錦瑟驚弦破夢頻」等句，由此可知義山受宮人贈與錦瑟後，曾報以玉盤。清宮案發作時，玉盤被檢去，二人恐推勘時供出義山，誤他性命，因而投井以死，用以滅口；而最末兩句則收足追悼之意。[15] 她的這種解釋其實只是抓住了玉盤和錦瑟為義山與宮嬪互贈之禮物這一點來做文章，為了證明錦瑟確為宮嬪贈與義山之樂器，又從義山詩中尋章摘句證明宮嬪善歌舞音律，其意只是為了說明該詩是為追悼宮嬪而作，她的結論就是李商隱「和宮嬪的一段愛情，真是非比尋常。請看他們的遇合是那麼的離奇，聚散是那樣的不常，情節是那樣的頑豔，結局是那樣的悲慘，可為千古以來文人中罕有的奇遇，情史中第一的悲劇，怎樣能教他捨得不記述出來嗎？但為了種種阻礙之故，只好隱約地，曲折地，將他們的一番情史，做在燈謎似的詩裡，教後人自己去猜，又恐後人打不開這嚴密奇怪的箱子，辜負了他一片苦心，所有又特製一把鑰匙，這把鑰匙，便是〈錦瑟〉詩。」[16] 為後人因為不解這把鑰匙的奧祕，因而追尋李氏全集這一箱中寶藏了，而「義山一生的奇情豔遇，竟埋沒了一千餘年」[17]，言下之意，幸賴她細心考證，才揭開這段祕史。總而言之，蘇雪林以考證所謂戀愛事蹟為主旨，意在揭祕，語多誇飾，雖旁及於詩，但對於詩意精微之處並無發明，原本這也不在她的考慮之列。相比而言，趙蘿蕤的解詩則專注在詩句本身，反而對其精微之

15 《蘇雪林文集》第4卷，前揭書，頁73-74。
16 《蘇雪林文集》第4卷，前揭書，頁76-77。
17 《蘇雪林文集》第4卷，前揭書，頁77。

處所有闡發。

　　趙蘿蕤的這種在當時極具新意的解詩方法，無疑和她當時在燕京大學和清華大學所受的西方文學理論的教育有關，而且，她後來在自己的教學中也體現了這種重視具體文本分析的特色，她的學生應錦襄在回憶文章中曾提到「記得她（指趙蘿蕤——引者注）的文本分析，常從字詞句著手，很有國外教授的作風」[18]而且她在這方面的努力也不乏後繼者，比如1948年曾入清華大學跟隨燕卜蓀念研究生的劉若愚在1966年發表的論錦瑟的文章（Li Shang-Yin's Poem The Ornamented Zither [Chin-Sê]）就是運用新批評的方法所做的更為詳實的解讀，在歷數之前種種評論方法和觀點之不足的基礎上，他在文本自足性的基礎上，從人類情感這個更為普遍的角度來分析〈錦瑟〉所表達的「人生如夢」這一主題，其大而言之是關於生活的，若小而言之則是關於愛情的，劉若愚的整個論述言之成理，也可謂是一次成功的嘗試。

　　在劉若愚之後，台灣學者姚一葦在〈中國詩歌中第一人稱的問題〉、〈李商隱詩中的視覺意象〉[19]等文章中，對趙蘿蕤文章中所提到的人稱問題、視覺意象等內容又做了更具體的發揮，其中分析〈錦瑟〉的思路就很接近趙蘿蕤，至於是否直接受到趙氏文章的啟發和影響，則無關緊要了。值得一提的是，姚一葦自陳從艾略特的〈但丁論〉受到啟示，「就我個人鑑賞詩的經驗來說，我總認為在閱讀一首詩之前，有關詩人及其作品的事知道得越少越好。一句引

18　轉引自言文：〈才學人生——「燕大校花」趙蘿蕤〉，收入趙蘿蕤：《讀書生活散札》，南京：南京師範大學出版社，2009年11月，頁286。

19　收入《欣賞與批評》，台北：遠景出版社，1979年11月。

用，一段評釋，一篇熱心的小論文也許偶然引起人開始閱讀某一特定作家的動機；但是盡心竭力地準備歷史的和傳記的知識對我經常是一種障礙」。他從自己閱讀李商隱詩的體驗得出的感受是「自詩人的歷史與傳記來欣賞詩，固然有時可以給予吾人一條解釋的線索，但有時則形成欣賞的阻礙」，他認為「在馮浩和張采田等人的影響下，令狐父子的陰魂已和他的詩結纏在一起；不僅以往的那種美感已不復存在，甚至會對李商隱的那種患得患失的心情感到厭惡。如果一定要自這一角度來讀詩，詩給予吾人的將不是美，而是醜。」這些批評傳統的歷史和傳記批評方法的話，與美國新批評派的立場正是一致的。

本節第一部分曾提到程千帆從詞句意蘊出發來辨析陶淵明〈歸園田居〉中「見」與「現」的優劣，其分析細緻而切實，頗具新意，但需要指出的，他的這一分析主要還是從他所熟知的中文或者說中國詩歌語言的角度出發的，更多的側重詞義內涵與詩句意蘊的分析，對句法、人稱等則並未涉及，假若我們面對的是對中國的語言以及中國詩歌語言傳統毫無了解或知之甚少的讀者，我們該如何來講解呢？其實，若有一個中西語言比較的視角，細究起來，這些並未被我們視為問題或根本未曾意識到是問題的方面，其實隱含著詩學問題。

繼姚一葦之後，另一位台灣學者林文月寫過一篇文章〈省略的主詞——古典詩翻譯上的一項困擾〉[20]，她自言寫作此文的起因是：

> 本文所要討論的內容，是我平時教授古典詩時，參考外國

20　林文月：〈省略的主詞——古典詩翻譯上的一項困擾〉，《中外文學》第21卷第4期，1992年9月，頁22-33。

學者的譯注而發現的一些問題。我們中國人因為習於自己的語言，有時候對於所閱讀欣賞的詩歌內容會囫圇吞棗，模模糊糊地自以為了解；或者對有些事情，根本不會意識到有問題的存在。這種現象，一旦接觸外國人士提出問題——對我而言，通常都是外籍學生，他們經常會提出本國學生認為理所當然的事情相問；有時候，在我參考一些譯詩時，對於本以為無甚疑難處，也往往會不得不重加思考了。

在作者就主詞（subject）所做的探討中，她舉出的例子之一就是陶淵明的〈飲酒〉之五，該詩主詞隱而不顯，因而構成翻譯之際的一大考驗。全詩十句中，只有「山氣日夕佳」「飛鳥相與還」「此中有真意」三句是原詩中已有主詞的，其餘七句的主詞均被省略。「採菊東籬下，悠然見南山」是備受稱讚及爭議的名句，爭議的焦點正是「見」與「現」的優劣，若不從詞義的辨析入手，單就句法結構而言，這正和主詞的省略有關。美國學者海陶偉（James Robert Hightower）的英譯文將此二句並為一句：Picking crysanthemums by the eastern hedge / I catch sight of the distant southern hills. 原詩中隱藏的主詞便只出現在第六句之首。可是，原詩中「悠然見南山」一句因略去主詞，便有了作者所引述的日本學者吉川幸次郎在《陶淵明傳》中提出的兩種解釋：

　　悠然見南山之句，即可讀為：悠然地看南山，亦可以讀為：看到南山的悠然。可是，進一步想，或許是在呈現著兩者皆可吧。看山的淵明是悠然的，而被淵明看到的山也是悠然

的。主客合一，難以分割，這種渾沌的狀態，不正是「悠然見南山」嗎？

　　緊接著這段分析，吉川幸次郎談到這種渾沌的狀態在中國話裡是可能的，中國話的這種曖昧性雖然遭人嘲笑，但這正是作為詩的語言的絕妙之處，它將現實世界渾沌的多面性定型於語言中，是最適宜於作詩的語言，陶淵明的詩經常能夠保持著高密度的平靜，正是得力於中國話的這種特性。林文月分析了多首中詩的英譯，如「翼翼歸鳥」中的「鳥」被有的英譯者理解為單數，被另外的英譯者則理解為複數，而原詩中這個「鳥」字是兼指詩人自己及其同儕的，具有多重涵義，而英譯中的單複數問題雖然提醒我們注意「鳥」所提示的意義，但因bird與birds不能相混，反而無法精確體現原詩中的多重涵義。因此，作者在文末特意指出這個值得注意的現象「講求文法精確的英文，反而不能夠精確地掌握曖昧的中文，這豈非很諷刺嗎！」

　　林文月所指出這種中英文的文法特徵及其在詩歌中的體現等情況，我們在趙蘿蕤分析錦瑟的文章中已有初步的認識，由此再來看程千帆對「見」與「現」的辨析，感受當會更深吧。若從主詞的角度來看，「見」與「現」的問題無疑會呈現出另一種面貌，大而言之，趙蘿蕤所表現出來的這種思路和方法，對程千帆中國式的分析，又無疑可以構成一個有益的補充。這也可能就是近些年西方當然主要是美國的漢學研究特別是詩學研究能夠引起中國學人的關注，發揮他山之石之用的一個原因吧。姚一葦也好，林文月也好，雖然無法也無必要推測他們是否讀過趙蘿蕤的這篇文章，但不妨認為，他們

對趙蘿蕤在其文中運用的思路和方法構成了一個隔代的回應。若再考慮台灣當代文學批評以及詩學發展的歷史，比如夏濟安開啟的新批評在台灣的譯介與吸收、運用，姚一葦等人對瑞恰慈、艾略特等人詩學理論的熟諳，那麼，作為後來者，我們似乎可以將這些歷史的脈絡聯繫起來合而察之，那麼，這條新批評的線索是其來有自，後繼有人。

第二節　揭開詞的神祕：現代詞釋的代表作

（一）三家說溫庭筠詞

溫庭筠是著名詞人，前人曾有「溫詞極流麗，宜為《花間集》之冠」（黃晟《唐宋諸賢絕妙詞選》）、「溫為花間鼻祖」（王士禛《花草蒙拾》）以及「溫庭筠最高，其言深美宏約」（張惠言《詞選序》）等評論，前者以流派來論溫詞風格與地位，較為恰當，後者則是從一己的詩學主張出發所做概括和評論，難免拔高之嫌[21]，但不管怎樣，溫庭筠及其詞作在中國文學史上是自有其地位的，其專力於詞的開創性貢獻是有目共睹，已有共識，如吳梅認為「唐至溫飛卿，始專力於詞。其詞全祖風騷，不僅在瑰麗見長」「論詞者必以溫氏為大宗，而為萬世不祧之俎豆也」[22]，詹安泰則認為，「溫庭筠（飛卿）是我國詞史上第一位專業詞人。在他以前的詩人如劉禹錫、白居易等，偶然寫寫詞，分量總不多，作者的詞名也遠比不上詩名，到了

21　詹安泰：〈溫詞管窺〉，《詹安泰文集》，廣州：中山大學出版社，2004年11月，頁212。

22　吳梅：《詞學通論》，上海：上海古籍出版社，2006年4月，頁37。

溫庭筠，才真正專力寫詞，詞有了專集，而且詞的成就高於詩」[23]。沈祖棻指出，「中唐文人開始偶爾填詞，從韋應物以迄白居易、劉禹錫的作品，大體上是民歌的模仿。但從溫庭筠以下，就更其文人化了，而且走上了『自南朝之宮體，扇北裡之倡風』（〈歐陽炯《花間集》序〉）的道路」。[24]

就對溫詞的解讀而言，詹安泰曾經做過一個總結，他認為「歷來的詞話、詞評之類接觸到溫詞的很多，大都是點滴體會，僅見鱗爪」，他特別舉出徐沁君的〈溫詞蠡測〉（載《國文月刊》1947年第51期），認為徐氏「分溫詞為四個類型，有歸納概括之功，但對具體作品並無分析或解說，溫詞難懂的問題仍未解決」，而且「游移不定，中無主見」，詹氏此種概括大體可以成立，但也許出於所見有缺，或心存偏見，總之卻並未道盡事實，比如，浦江清與俞平伯解讀溫詞的文章就絕非能以點滴體會而一筆帶過的。

在浦江清所寫的〈詞的講解〉系列中，有對於溫庭筠〈菩薩蠻〉十四首的細讀，包括考證、講解、箋釋，在浦氏之前，俞平伯在《讀詞偶得》中也有對溫庭筠〈菩薩蠻〉五首的解讀，在浦氏之後，署名「金鵬」的作者也寫過〈溫庭筠〈菩薩蠻〉十四闋之表現法〉[25]，其他討論溫氏詞作的文章亦有不少，如溫廷敬〈溫飛卿詩發微〉[26]，鄒嘯〈溫飛卿詞的用字〉[27]等，現僅以俞平伯、浦江清、金鵬等三人解

23　詹安泰：〈溫詞管窺〉，《詹安泰文集》，前揭書，頁212。

24　沈祖棻：《宋詞賞析》，北京出版社，2003年1月，頁4。

25　金鵬：〈溫庭筠〈菩薩蠻〉十四闋之表現法〉，《中國文化》1945年第1期。

26　溫庭敬：〈溫飛卿詩發微〉，國立中山大學中國語文學會《語言文學專刊》。

27　鄒嘯：〈溫飛卿詞的用字〉，《青年界》1934年第1期。

讀溫庭筠〈菩薩蠻〉第一首「小山重疊金明滅」及第二首「水精簾裡頗黎枕」的文字為中心，之所以將這兩首放在一起來討論，在於其關聯性，浦江清曾指出溫庭筠〈菩薩蠻〉「此十四章之排列，確有匠心，其中兩兩相對，譬如十四扇屏風，展成七疊」，這種兩兩成對的特點有著樂府的淵源。[28]這三位研究者的文字長短不一，風格和方法也不盡一致，但在解說的思路上有著一致性，具有一定的代表性，因此可以做簡短例說，以示現代「詩的新批評」之新意所在。

溫氏〈菩薩蠻〉第一、二首全詞如下：

> 小山重疊金明滅，鬢雲初度香腮雪。懶起畫娥眉，弄妝梳洗遲。照花前後鏡，花面交相映。新帖繡羅襦，雙雙金鷓鴣。

> 水精簾裡頗黎枕，暖香惹夢鴛鴦錦。江上柳如煙，雁飛殘月天。藕絲秋色淺，人勝參差剪。雙鬢隔香紅，玉釵頭上風。

這是溫氏的名作之一，夏承燾認為它代表了溫庭筠「深而又密」的藝術風格，所謂深，「是幾個字概括許多層意思」，所謂密，「是一句話可起幾句話的作用」，該詞短短八句話，卻是如此的深密曲折，可謂「唐人重含蓄的絕句詩的進一步的演化」[29]。

任二北在〈研究詞集之方法〉一文中，曾指示讀詞要義四則，

28　浦江清：〈詞的講解〉，《浦江清文錄》，人民文學出版社，1958年10月第一版，頁169。

29　夏承燾：〈溫庭筠的菩薩蠻〉，《唐宋詞欣賞》，北京：北京出版社，2002年1月第1版，頁32。

即通解文字、確定比興、體會意境、認真詞法,在「認真詞法」一條,強調詞法因人因作各有不同,但「必有條理可尋,綱領所歸,不至如何繁瑣也」,繼而指出「每詞之法,大概可以分為三層著眼,一、全部章法,二、拍搭襯副部分,三、好發揮筆力部分」,而他舉為例說的詞作就有溫庭筠〈菩薩蠻〉第一首,除強調「全部章法乃由地而及人,而及事,而及情,層遞而下,前後闋一貫」,更細心揭示「交相映」的多重意境,並將該詞的修辭之法概括為「擇舉精要」(「小山」句,擇言山枕以概全室服御之精;擇言鬢雲腮雪以概美人全體)、「情事融會」(「懶」字「遲」字本以言事,而情亦在其中)、比(「照花」句以花比人)、興(因鷓鴣之雙雙,興人之孤獨)[30] 這些解讀雖然對全詞章法意境乃至修辭方法多有深入揭示,但其術語、思路依然不脫傳統詞學色彩,儘管這只是簡短例說,原非專論,但由此可以略窺精於詞學一道的學者的思路,以與下文所論俞氏、浦氏諸人的解讀略做比較。

俞平伯的文字雖云「解釋」,實含有考釋名物、解讀詞眼、分析章法等多重內容。他舉出溫氏的其他作品以及《詩經》、《楚辭》中的相關例證來說明「小山」實指「屏山」,「金明滅」是「狀初日生輝與畫屏相映」。在解決了名物問題後,他重點解析看似簡單卻實內含玄妙以及看似難解卻並非不可解的字詞,他指出「鬢雲欲度」的「欲度」看似難解,卻實在巧妙,如改為「鬢雲欲掩」,儘管看似「徑直易明,而點金成鐵」,原因在於,「欲度」二字「不但寫晴日下之美人,並寫晴日小風下之美人」,「其巧妙固在此難解之二字」。而

30　任二北:〈研究詞集之方法〉,《東方雜誌》第 25 卷第 9 號,1928 年 5 月 10 日。

「懶」、「遲」二字則為點睛之筆，因為「欲起則懶，弄妝則遲，情事已見」，其妙處在於「寫豔俱從虛處落墨，最醒豁而雅」，「弄妝」之「弄」則妙在「大有千迴百轉之意，愈婉愈溫厚矣」。

不僅如此，在俞氏看來，此作的章法結構也「針線甚密」、「手段高絕」，具體表現有數端，如「從寫景起筆，明麗之色現於毫端」，「『鬢雲』寫亂髮，呼起全篇弄妝之文」，而「過片以下全從『妝』字連綿而下」，「只一直線耳，由景寫到人，由未起寫到初起，梳洗，簪花照鏡，換衣服，中間並未間斷」，不經意間頗顯匠心。從宏觀來看，「本篇主旨在寫豔，而只說『妝』」，但「寫妝太多似有賓主倒置之弊」，「故於結句曰：『雙雙金鷓鴣』」，雖然表面仍是寫妝，但卻暗點著豔情，可見作者運思之妙。[31]

在解讀第二首時，俞平伯除了簡短交代第一句「水精簾裡頗黎枕」與李商隱詩句「水精簟上琥珀枕」「略同」但「不可呆看」以及「鴛鴦枕」係詩詞用法，可不拘散文文法，以及「惹字妙」外，重點放在三四這忽然宕開的名句上。在不取前人「『江上』以下略敘夢境」之說之後，對溫詞的藝術特色以及解讀原則做了一個概括，指出：

> 飛卿之詞，每截取可以調和的諸印象而雜置一處，聽其自然融合，在讀者心眼中，仁者見仁，智者見智，不必問其脈絡神理如何如何，而脈絡神理按之則儼然自在。譬之雙美，異地相逢，一朝綰合，柔情美景併入毫端，固未易以跡象求也。即以此言，簾內之清穠如斯，江上之芊眠如彼，千載以下，無論

---

31 《俞平伯全集》第4卷，前揭書，頁14-15。

識與不識，解與不解，都知是好言語矣。若昧於此理，取古人名作，以今人之理法習慣，尺寸以求之，其不枘鑿也幾希。

接著，他並未詳解詞句本身，而是以此兩句及其他詩詞句為例，說明「詩詞素質上之區分」，看似偏離正題，其實暗示著讀者解讀門徑，並非閒筆。他不僅對於下闋中的「藕絲」、「人勝」都做了解釋，而且對「雙鬢隔香紅，玉釵頭上風」兩句的妙處也做了解說，指出「『雙鬢』承上，著一『隔』字，而兩鬢簪花如畫，香紅即花也。末句尤妙，著一『風』字，神情全出，不但兩鬢之花氣往來不定，釵頭幡勝亦顫搖於和風駘蕩中」。繼而他解釋了「過片似與上文隔斷」之表象與「按之則脈絡具在」的深層原因，就較之詞句的解釋與賞析更為深入了。

俞平伯指出「香紅」、「風」分別映射著上文的「暖香」、「江上」，但又強調這只是「形跡之末」，關鍵在其內在神理「又有節序之感，如弦外餘悲，增人懷想」，在引述張炎《詞源》中論述宋代周邦彥、史達祖詞作風格的論述後，輕輕點出「兩宋宗風，所從來遠矣」即止，提醒讀者須有詞學史的視野。對於讀者可能未及看透的這個深層的「節序之感」，他做了具體的解釋，點明溫氏「點『人勝』一名自非泛泛筆，正關合『雁飛殘月天』句，蓋『人歸落雁後，思發在花前』，固薛道衡《人日詩》也」，明瞭此處關節，則詞作的內蘊就會豐富許多，「不特有韶華過隙之感，深閨遙怨亦即於藕斷絲連中輕輕逗出」。最後，他又超出單個文本，從詞作風格的角度下了一個文學史家的判斷：

> 通篇如縟繡繁弦，惑人耳目，悲愁深隱，幾似無跡可求，
> 此其所以為唐五代詞，自南唐以降，雖風流大暢而古意漸失，
> 溫、韋標格，不復作矣。[32]

　　這種詳略並無定規的解讀，並不說透說死，自由但不浮泛，娓娓道來毫不拘泥，體現出行家的分寸感，既有考據也有批評，同時更有文學史家的眼光，真所謂是小大由之了。在這點上，浦江清也有不俗的表現。

　　浦江清的解讀文字晚出轉精，內容更為詳實，解說更為細密，在考證部分，他不僅對作品的出處、作者的生平有所交代，更對〈菩薩蠻〉這一詞牌名的歷史也做了考證，更結合初期詞曲的代言特徵、題材特點以及溫氏詩作等內容，對溫氏的創作緣起等有關作者生平的歷史內容也做了切實的說明，更從本體論的角度對溫氏作品的脈絡與章法做了總體說明，強調「於主觀之中求其客觀」的分析態度，對前人如張惠言等詞學名家的錯失之處也做了言之成理的辨正，有破有立，新見迭出，論述精煉而沉穩。就第一首的箋釋而言，精彩之處頗為可觀，他不僅在名物考釋、詞意詳析、章法分解方面等較俞氏更為細緻，更從翻譯的角度，對詞中的人稱問題以及字詞的複義等內容提出了新見。

　　上文說到俞平伯直指「小山」為「屏山」，浦江清以溫氏的其他作品為例證，給出了「小山」的三個解釋，認為「三說皆可通，此是飛卿用語晦澀處」，對於「襦」、「鷓鴣」等則引證《晉書》、《語林》、

32　《俞平伯全集》第4卷，前揭書，頁15-17。

《教坊記》等多種典籍對其意義做出了具體的說明，最為值得一提的，是浦氏對於關鍵字眼的解釋，他對於詩詞中用語的含渾與複雜表現出了足夠的關注和頗為深入的分析。

對於俞氏輕點其妙的「欲度」二字，浦氏不僅做出了更為細緻的分析，認為「度，過也，是一輕軟的字面。非必鬢髮蓬鬆，斜掩至頰，其借力處在雲、雪二字。鬢既稱雲，又比腮於雪，於是兩者之間若有關涉，而此雲乃有出岫之動態，故曰欲度」，更引述朱光潛《詩論》中有關繪畫為空間的藝術與詩為時間的藝術等內容，並舉出其他詩句以為例證。他指出「照花」和「花面」可以有兩種解釋，「一謂美女簪花，對鏡理妝；另一解則以花擬人」，他從文學史的角度來看待詞裡的表現手法問題，指出「古人往往以美女比花，雖未免輕薄，於伎家用之，亦不足深責，如韋莊『此度見花枝，白頭誓不歸』之類，不一而足」，因此「此處言照花者猶言照人，言花面者猶言人面耳」，其妙處在於「言人則平實乏味，用花字以見其妍麗之姿，而詞中主人之身分亦可以斷定矣」，進而他還特意點出溫氏此處表現手法的獨創之處，其細讀的功力與文學史的視野由此不難看出。

對於詞中常見的「鷓鴣」，浦江清不僅解釋其實物為何，更多方引證，不僅對鷓鴣作為舞曲的歷史做了說明，更細心指出「伎人舞衫上往往繡貼鷓鴣圖案」，由此可知「飛卿所寫正是伎樓女子」，而謂「張惠言謂有《離騷》初服之意，不免令人失笑。近有詞學老輩講此兩句，謂飛卿落第失意，此刺新進士之被服華鮮也，更堪絕倒」，則更能指正前人之失。

尤為值得一提的是，浦氏對該詞的筆法做了細緻分析，認為

它「是客觀的描寫，非主觀的抒情，其中只有描寫體態語，無抒情
語。易言之，此首通體非美人自道心事，而是旁邊的人見美人如此
如此」，在此，他從假設的翻譯視角出發，認為「懶起畫娥眉，弄
妝梳洗遲」一句，若譯成外國詩，則應補足一個主詞「她」，在此比
較的視野之下，就出現了主詞的問題，因為「中國詩詞向來沒有主
詞，此處竟可兩用。『懶起』上也不一定是『她』，也許就是『我』」。
基於細膩的感受力，他指出具體原因在於「這些曲子是預備給歌伎
傳唱的，其中的內容即是倡樓生活，所以是『她』是『我』，不容分
辯。在聽者可以想像出一個『她』，在歌者也許感覺著是『我』」。
「我」「她」並非僅僅只是個單純的人稱問題，浦氏由此出發，對溫
氏詞作的總體特點做了概括，指出「詞人作詞，只是『體貼』二字，
不分主觀與客觀，如溫飛卿十四首〈菩薩蠻〉以閨情為題，其中有
描繪美人體態語，亦有代美人抒情語，只注意在體繪人情，竟不知
是誰人的說話，亦不知主詞是『她』是『我』也」，這就超越了對於主
詞這樣技術性問題的討論，而上升到對於詞作風格的分析。[33]

　　浦江清對於俞平伯解讀〈菩薩蠻〉的文字非常熟悉，且於其神
髓有會心之體悟與精審之發揮，故在其講解文字中，一方面對其時
有引述和稱道，一方面對俞氏僅僅點到以及未及或自認無需言明之
處加以申說，既能延續俞氏說詞的思路又能有所拓展自抒己見。就
「水精簾裡頗黎枕」一首而言，浦江清首先引述俞氏文字，繼而指出
「水精頗黎，亦詞人誇飾之語，想像之詞，初非寫實」，並對「頗黎
枕」和「鴛鴦錦」兩件名物做了解釋，繼而對「暖香惹夢」的意蘊略做

33 浦江清：〈溫庭筠〈菩薩蠻〉箋釋〉，原載《國文月刊》第35期，1945年5月。後
　　收入《浦江清文錄》，前揭書，頁146-149。

解說，繼而就集中到這兩句「以文法言，只有名詞而無述語」的特點及其在中國詩文中的體現，歸結為「中文可省略述語，故描寫靜物靜景較易」，由此對德國人萊森的詩畫異質說以及朱光潛《詩論》中所謂詩人描寫景物，必須採取動作的方式，化靜為動者的觀點表示了不同意見，這又是一個由小及大的例子了。

「江上柳如煙，雁飛殘月天」是解說的重點，浦氏亦未曾放過，不僅直指張惠言「夢境說」「大誤」，更對這兩句「忽然開宕」的特點給出了自己的解釋。他指出「上半闋雖未說出人，但於惹夢兩字內已隱含此主人，與前章相同，亦說美人曉起，惟不正寫曉起之情事，寫簾內及樓外之景物耳」（此為「箋釋」部分），在前面總體的講解部分，他有更為詳細的解說，並對俞平伯的觀點和解說做出了回應。他認為「江上」兩句，並不朦朧，「以簾內的陳設與樓外的景物，兩相對照，其意境亦甚醒豁」，因為「人勝參差剪」一句已點明時令，而「如煙的柳色以及雁飛殘月正見初春曉景」，而俞平伯細心找出薛道衡《人日詩》中的「人歸落雁後，思發在花前」以說明雁字實有來歷，在浦氏看來，「尋出暗中的脈絡，無論飛卿是否想到，這樣對於詞藻中所含蘊的意味的探索是有助於讀者的體會的」，這也極好地例證了俞氏所謂「脈絡神理按之則儼然自在」的觀點，這樣就有力地說明了「『江上』兩句既是醒豁的實境，而且又有它的脈絡，並非橫插無根」。

至於下半闋內容，浦氏點明其「正寫人，而以初春之服飾為言」，重點放在名物的解釋上面，不僅對俞氏一筆帶過的「人日剪綵為勝，見《荊楚歲時記》」補充了原文，復引《後漢書·輿服志》、《典戒》、《文昌雜錄》等書對「勝」的種類、形態等等做了說明，以

強調該章所言時令為初春。對於「雙鬢隔香紅，玉釵頭上風」兩句，因已有俞平伯精細解讀，浦氏未多做發揮，只是提出了一些補充意見，認為「若說『藕絲』句為剪綵為勝之彩段之色則意亦連貫」，並強調「這些地方是各人各看，無一定的講法」，並對「香紅」的具體所指也持一個存疑的開放態度，因為在他看來，「謂簪花固妙，惟『香紅』兩字，詞人只給人以色味之感覺，到底未說明白，不知謂兩鬢簪花歟，抑但說脂粉，抑即指彩勝而言，是假花而非真花，凡此均耐人尋味」，造成此種情形的一個重要原因在於「吾人對於唐代婦女之服飾妝戴究屬隔膜，故於飛卿原意亦不能盡知」，在此他對於解釋的限度也表示了自己的看法，也是他所言於主觀中求客觀的思想的體現，與俞平伯庶幾類之。[34]

綜觀浦氏解讀，其考證的詳實與分析的恰切以及思路的開闊盡融會於看似平實與傳統的「講解」與「箋釋」之中，別開生面，頗多新意，可謂將俞氏的解讀更推進了一步。

金鵬的〈溫庭筠〈菩薩蠻〉十四闋之表現法〉較為晚出，與浦江清一樣，他將溫庭筠〈菩薩蠻〉十四首作為一個整體，兩闋作為一節，來一一解讀，對文藝創作的特點有深切體會，對文本的細讀也頗為細緻貼切。僅就「小山重疊金明滅」與「水精簾裡頗黎枕」兩闋而言，他首先指明這「二闋皆未言及離情，且極力鋪張主人公之冶容盛飾及其生活環境之華美，然哀情隱痕即寓於中矣」，繼而從文藝心理學的角度對這種寫法的合理性做了分析和論證。隨之圍繞具

34　浦江清：〈詞的講解（溫庭筠〈菩薩蠻〉）〉《國文月刊》第34期，1945年4月；〈溫庭筠〈菩薩蠻〉箋釋〉，原載《國文月刊》第35期，1945年5月。後收入浦江清：《浦江清文錄》，前揭書，第141、149-150頁。

體詞句展開論述，在解釋「小山」為繪有金色山水畫的屏山，金明滅乃是睡眼惺忪所得之意境之後，指出「懶」「遲」二字「皆暗中點出主人公之滿腔心事來」，以下「鬢雲」等句「描出一幅輕快豔麗之畫面」，而「雙雙金鷓鴣」一句卻又「暗中觸動主人公之情思」，這種煩惱心情雖未在此二闋中明言，但若與下面數闋連讀，則不難體會其運筆之妙。作者從表現著眼，指出「言水精簾、頗黎枕，係以一二可強烈引起讀者印象之具體事物，以綜括表現其生活環境之富麗者也」，進而指出這種表現法通常不厭盡其誇張之能事，又須所舉事物與其整個意境相稱，他認為水精簾頗黎枕與屋內「鬢雲欲度香腮雪」之人以及屋外「江上柳如煙，雁飛殘月天」之景，在色調上完全調和，這就涉及到解讀溫詞中的一個關鍵問題，即外景的出現是否突兀？詞內的線索安在？

　　曾評注過《花間集》的李冰若認為溫氏〈菩薩蠻〉十四首有著「突接別意」以至詞意不貫的通病，詹安泰雖為李氏朋友，也不諱言其論過於輕率，證以溫氏詞作以及俞氏、浦氏等人的解讀文字，李氏或出於反撥常州詞派過分拔高溫詞而走向另一極端，或是立論之心過於急切而致說了過頭話，總之他於詞藝之道未有深解則明矣。詹安泰坦承「水精簾裡頗黎枕」一首「自始至終，都是人物形象、家常設備和客觀景物的描繪，五光十色，層見疊出，使人目迷神奪，很難看出其中貫串的線索」，「確實是溫詞中較難理解的一首」，他指出張惠言所謂「夢字提」「江上以下略敘夢境」等評語令人莫名其妙，自是有理，但他將俞平伯所謂「飛卿之詞，每截取可以調和的諸印象而雜置一處，聽其自然融合，在讀者心眼中，仁者見仁，智者見智，不必問其脈絡神理如何如何，而脈絡神理按之則儼然自

在」的論斷視做「不了了之」的態度之表現，也是輕率和未能恰合分際之論，則未免是誤解或是偏見，此點容下文論說，而且，在筆者看來，他自己對該詞的理解也並不令人十分信服，起碼未能做到他自己所要求的「恰合分際」，詹氏的具體解讀此處不贅，但他確實指出了一個關鍵問題。

詹氏論溫詞，正確指出了溫庭筠「有些作品，驟然看來，只是一些人物形象和自然風景的羅列，這是事實。但他在進行創作時，總是經過藝術構思、剪裁手法，把自己所採取的材料組成一個他認為最完美的整體的」，認為「作品完成之後，明朗或隱晦，易懂或難懂，是另外一個問題，但不是隨意拼湊（『雜置一處』）或者『詞意不貫』，則可斷言。不然的話，那作家的寫作手法就成為非常神祕、不可思議的了」，也是確實之論，雖然他將俞平伯所謂的「雜置一處」等同於「隨意拼湊」是個誤解，但就其立意根本，與俞平伯倒是基本一致的，俞平伯在〈詩的神祕〉以及〈詩餘閒評〉《清真詞釋・序》以及具體詞作的解讀過程中，都力圖揭示詩的神祕，並對詩詞的可解的可能與限度都有深入論述，僅就其這句斷語而言，在「雜置一處」的前後還有「可以調和」與「自然融合」等限定語，其本意乃是避免穿鑿過深，以尊重和保留詩意空間內應有的神祕，而不能簡單「以跡象求也」，「取古人名作，以今人之理法習慣，尺寸以求之」[35]。無疑，這是深得藝術創作與欣賞之真諦的見解，斷非不了了之的不可知論。

曾細讀過周邦彥〈關河令〉的葉聖陶在解讀該詞的文中曾指

---

35 《俞平伯全集》第4卷，前揭書，頁15。

出，境界的有無是決定藝術製作優劣的一個條件，「所謂境界，說清楚些就是意境。作者從種種現象中感到了一些什麼，就攝取那些現象作為材料，把它們配合起來；配合的結果，正表現出他所感到的一些什麼：這就是有意境的製作」，[36] 這些看法與俞平伯的「雜置」論是相近的，而他認為這首〈關河令〉從景物的敘寫中傳出了孤寂之感這個意境，對溫庭筠的〈菩薩蠻〉也可做如是觀。

再回到金鵬的解析中來，對於詞中外景突兀的問題，他認為「此正見出作者藝術手腕之妙處」，因為在他看來，藝術手腕即在將自己所欲表現者假豐富自由之想像而塑出之」，「作者於此不僅寫主人公物質生活環境之美，且欲塑出一豔麗而又淒清之境界，用以烘托主人公內心之精神狀態。故寫『水精簾裡頗黎枕，暖香惹夢鴛鴦錦』之不足，復加以『江上柳如煙，雁飛殘月天』之自然景色以完成之。其所以於曉妝之清晨，復言及殘夜者，亦此故耳」，因此，溫氏這兩首詞雖然完全從人物之外境寫起，以為後文因情感物，因境傷情之有力基礎，但實際上於描敘景物中即含有抒情之妙筆，這些誠是確然之論。

「鬢雲欲度香腮雪」的「度」和「玉釵頭上風」的「風」確係兩詞的詞眼，上文俞平伯曾有細緻分析，金鵬的解讀亦未略過，他指出兩個字「皆盡文字表現之能事」，進而從文學創作的心理過程來分析詩詞寫景不同於散文中可觀描模之不同，詩詞中所寫景物，「乃作者將外物經過主觀情緒濾過後所得之意象，或將主觀感覺與外物接

36　申乃緒（葉聖陶）：〈讀周邦彥詞一首〉，《國文雜誌》1942年第1卷第3號。後收入《葉聖陶集》第10卷時題為〈讀周邦彥〈關河令〉〉，《葉聖陶集》，江蘇教育出版社，頁40。

觸時，剎那間直覺所得最強烈之具體印象，使之重現於文字中者
也」，「寒山一帶傷心碧」可為前一種情況的例證，「枯藤老樹昏鴉，
小橋流水人家」可為後一種情況的例證。而這種意象和印象與我們
平常於外界所獲取的泛泛景象有所不同，因此必須以恰當之文字來
表現，且這些文字的用法及結構也超出常格之外，由於「文字之作
用有令人依其本身所詮表者生起真實意境之力量」，因此「如作者運
用得當，則讀者自可依之生起如實之感應也」，這就是為什麼「度」
與「風」二字雖然並非習慣之用法，但仍能在讀者心中傳達出完整
而清晰之神態的原因所在，這既是文字表現力之妙，也是作者盡其
文字表現技巧之能事的地方。

　　廢名也曾寫過不少解詩的文字，但印象主義的色彩太濃，雖然
不乏妙悟，但也止於妙悟，終歸說得有些朦朧與玄虛，也因過於強
調一己之見解而發揮過度解錯過詩，他在〈已往的詩文學與新詩〉
也正好解讀了他所喜愛的溫庭筠的這兩首詞，只是他將「小山重疊
金明滅」視為「倒裝法」終歸有些勉強，具體詩句的解讀中又過於注
重聯想和發揮，似乎旨在揭示和渲染意境與情趣，但這種揭示和渲
染又稍顯籠統，顯出妙悟派的本色，對於詞句本身反倒未曾著力，
也未能有效地加深讀者的理解，雖然自成一己的創作，但於解詩一
道卻未免稍顯旁逸。比如，他對「鬢雲欲度香腮雪」同樣激賞，認
為前一句的好處要待此句而完成，「鬢雲」一語雖是詩裡慣用的字
眼，但「在溫詞中則是想像」，「在詩人的想像裡彷彿那兒的鬢雲也
將有動狀，真是在那裡描風捕影」，點出鬢雲的動狀原是不差，不
過他信筆發揮的其他文字則實在於理解詞作幫助不大，值得一提的
是他認為這句「正是描畫鬢雲與粉雪的界線，正是描畫一個明淨，

而『欲度』二字正是想像裡的呼吸，寫出來的東西乃有生命」[37]。這裡的「明淨」雖然可以理解，但與所謂沉鬱頓挫等評語的抽象性質又有多大差別呢？說明「欲度」二字是想像裡的呼吸，無非是想說這個字眼生動鮮明，卻不如上文已經言及的俞平伯點出「欲度」二字「不但寫晴日下之美人，並寫晴日小風下之美人」更為具體。

　　金鵬的解讀處處著眼於表現的心理，從想像與構思等創作心理的角度解釋了溫詞的內在「神理脈絡」，也正好回應了「詞意不貫」等無端指責，也與俞氏的解讀互為補充，它們不僅令溫氏這兩首詞作的面目與內蘊更為清楚，同時也對解讀方法做了有效的示範，正可以嘉惠讀者，沾溉後學。

（二）周邦彥〈瑞龍吟〉新解

　　周邦彥是北宋著名詞人，被吳梅許為「集古今之成者」[38]，其人其作北宋及以後歷代多有論列，今人吳世昌曾舉出三個事實以說明其詞作在宋代作家中的地位，第一，在當時他的作品已有好幾個版本，流傳至今，為北宋詞人中所僅有；第二，他的詞集在宋代即有劉肅和陳元龍兩個注本；第三，陳允平、方千里、楊澤民等三位詞人將他的詞全部寫了和詞，亦是詞史上空前之舉。[39] 王國維〈清真先生遺事〉中亦提及這幾點，只是未及一一言明，他認為周邦彥詞

37　廢名：〈已往的詩文學與新詩〉，原載《文學集刊》，此據廢名、朱英誕著，陳均編訂：《新詩講稿》，北京：北京大學出版社，2008 年 3 月。

38　吳梅：《詞學通論》，上海：上海古籍出版社，2006 年 4 月，頁 47。

39　吳世昌：〈周邦彥和他被錯解的詞〉，《詩詞論叢》，北京：北京出版社，2000年 10 月，頁 149-150。

作多屬於「有常人之境界」，故「宋時別本之多，他無與匹。又和者三家，注者二家，自士大夫以至婦人女子，莫不知有清真，而種種無稽之言，亦由此以起，然非入人之深，烏能如是耶？」[40]

宋代沈伯時《樂府指迷》中曾稱「清真最為知音」「下字運意，皆有法度」，清代周濟則指認「清真多勾勒」(《宋四家詞選・序》)，到了現代，王國維在《人間詞話》中批評周邦彥詞品稍遜，「深遠之致不及歐、秦」，勉強以其「言情體物，窮極工巧」而許為「第一流之作者」，但仍病其「創調之才多，創意之才少」，後在《清真遺事》中又有「詞中老杜，斷非先生不可」之語，儘管這並不一定如俞平伯所言是王國維「自悔其少作」，但至少可以代表王國維評價周氏詞作的兩個方面或兩個階段，對於周氏之詞基本還是持肯定的。

王國維之後，又有吳梅所謂「詞至美成，乃有大宗」「究其實亦不外沉鬱頓挫四字而已」之說，此乃吳氏所宗的常州詞派的餘緒。其他詞學名家如唐圭璋、龍榆生、任二北等人所寫〈清真詞釋〉[41]、〈清真詞敘論〉[42]、〈研究詞集之方法〉[43]等文對周氏詞作多有評論，對其具體詞作也分別有篇幅不等之釋讀，內容與吳梅所寫較為接近。他們都是精於詞學的名家，對於文本的解說也頗有精細之見，然其思路和方法，更多延續和體現了清代詞學傳統，仍不脫過渡色彩，相比吳世昌〈論詞的讀法〉、〈《片玉集》箋注〉等文中的解

40　王國維：〈清真先生遺事〉，此據周邦彥著，孫虹校注，薛瑞生訂補：《清真集校注》附錄，中華書局，2002年12月第1版，頁466-467。

41　唐圭璋：〈清真詞釋〉，《中國文藝》1944年第4期。

42　龍榆生：〈清真詞敘論〉，《詞學季刊》1935年第4期。

43　任二北：〈研究詞集之方法〉，《東方雜誌》第25卷第9號，1928年5月10日。

讀,其現代意味不夠明顯,而俞平伯則有專著《清真詞釋》,雖然一方面在名物考釋、解讀風格及行文章法等方面與上述唐、龍、任等人不無相似之處,但另一方面在分析的細密和深入以及由此體現的現代文藝理論的素養等方面,則更具現代色彩,與吳世昌可並論為現代詞學的代表人物。

周邦彥詞作不少,佳作亦不少,難解的更不少,歷來注解者於其詞作的歷史背景、遣詞用意之手法與心思、風格和意境等均有不同程度的論述,但或因失於穿鑿,或流於浮泛,或求之過深而未見貼切,因而出現解說者不斷,有新意者不多的局面。曾有論者將周邦彥詞作的難解之處概括為喜用古典、喜用暗喻或替字、喜脫前人詩句、境界錯綜等四點,這幾點前人曾有論及,但這位作者能以具體詞句來作具體分析,對吳梅所謂「沉鬱頓挫」與周濟所謂「鉤勒之妙」表示了不滿,更將第一、二點歸為詞語(Phrase)的引用方面、第三點歸為詞句(Sentence)的組織方面、第四點歸為全闋的結構方面[44]。該文作者不僅對於古典詩學較為熟悉,也初步具備了現代詩學觀念,對於古典詞學的空疏所表示的不滿以及所做的揶揄也是現代讀者之現代意識的某種體現,現代詩學對於古典詩學的超越正是體現於此。因此,此節將圍繞吳梅、吳世昌、俞平伯等三人解讀〈瑞龍吟〉的文字,以作例說,期以由比較見出後兩位的新意之所在。

〈瑞龍吟〉一首全文如下:

> 章台路,還見褪粉梅梢,試花桃樹。愔愔坊陌人家,定

44　吳鶴琴:〈周邦彥及其詞〉,《復旦學報》第3期,1936年4月1日。

巢燕子，歸來舊處。／暗凝佇，因念個人痴小，乍窺門戶。侵晨淺約宮黃，障風映袖，盈盈笑語。／前度劉郎重到，訪鄰尋里，同時歌舞。唯有舊家秋娘，聲價如故。／吟箋賦筆，猶記燕台句。知誰伴，名園露飲，東城閒步。事與孤鴻去。／探春盡是傷離意緒。官柳低金縷。歸騎晚，纖纖池塘飛雨。斷腸院落，一簾風絮。（該詞斷句各家略有不同，俞平伯斷為「前度。劉郎重到，」）

吳梅《詞學通論》的「北宋人詞略」部分舉出八大家，周邦彥為殿軍，在列舉前人有關周氏善於化用前人詩句、長調善於鋪敘、富豔精工、下字用意皆有法度等論述後，即下一斷語曰：「余謂詞至美成，乃有大宗，前收蘇、秦之終，後開姜、史之始。自有詞人以來，為萬世不祧之宗祖。究其實亦不外『沉鬱頓挫』四字而已」。繼而，他舉出〈瑞龍吟〉，具體分析了該作的沉鬱頓挫之處，為完整起見，照錄如下：

其宗旨所在，在「傷離意緒」一語耳。而入手先指明地點曰章台路，卻不從目前景物寫出，而云「還見」，此即沉鬱處也。須知梅梢桃樹，原來舊物，惟用「還見」云云，則令人感慨無端，低徊欲絕矣。首疊末句云：「定巢燕子，歸來舊處。」言燕子可歸舊處，所謂前度劉郎者，即欲歸舊處而不得，徒彳亍於悒悒坊陌，章台故路而已，是又沉鬱處也。第二疊「黯凝佇」一語為正文。而下文又曲折，不言其人不在，反追想當日相見時狀態，用「因記」二字，則通體空靈矣，此頓挫處也。第三疊

「前度劉郎」，至「聲價如故」，言個人不見，但見同里秋娘，
未改聲價，是用側筆以襯正文，又頓挫處也。「燕台」句，用義
山柳枝故事，情景恰合。「名園露飲，東城閒步」，當日已亦為
之，今則不知伴著誰人，賡續雅舉。此「知誰伴」三字，又沉鬱
之至矣。「事與孤鴻去」三語，方說正文。以下說到歸院，層次
井然，而字字淒切，末以「飛雨」、「風絮」作結，寓情於景，
倍覺黯然。通體僅「黯凝佇」、「前度劉郎重到」、「傷離意緒」
三語，為作詞主意，此外則頓挫而復纏綿，空靈而又沉鬱。驟
視之，幾莫測其用筆之意，此所謂神化也。[45]

　　這段文字，為完整之分析，已非舊時評點氣象，然在吳世昌
看來，這段分析雖然「相當精到而明暢，在老輩論詞的文字中是僅
見的」，但也僅此而已，除此而外，《詞學通論》實在少有沾溉後學
之處，緣其「論人脫不了『點鬼簿』習氣，論詞簡直是衙門中的公文
『摘由』」，吳氏的這個評價，雖然有過苛之處，但並非意氣之說和
無的放矢，他針對的就是所謂的沉鬱頓挫，在他看來，這是個「不
說不糊塗，越說越糊塗」的評價，沉鬱、頓挫、纏綿、空靈等說法
皆是些「概念模糊的抽象字眼，只是論者的主觀印象，與周詞的章
法無關」。為此，他從章法這個角度，對周氏的這首詞做出了全新
的解讀。

　　在吳世昌看來，總體而言，這首詞的優點正在於「寫得事事具
體，語語真實，一點也不『空靈』，所以讀來分外親切」，若就章法

45　吳梅：《詞學通論》，前揭書，頁55-56。

而言，則「此詞頗似現代短篇小說的作法：先敘目前情事，其次追
敘或追想過去的情事，直到和現在的景物銜接起來，然後緊接目前
情事，繼續發展下去，以至適可而止」，進一步具體分析，則是：

> 第一段敘目前所見景物，第二段追憶過去情況，末段再回
> 到目前景況，雜敘情景，發展到悄然回去，寄以哀感。末段是
> 一個大段，所以中間又插入一句回憶：「吟箋賦筆，猶記燕台
> 句」，作為現在不遇的對比，激發下文的愁思。

周濟在《宋四家詞選・序》中曾言及周氏該詞不過是崔護「桃
花人面」詩的舊曲翻新，「無情入，結歸無情，層層脫換，筆筆往
復」，說得還是太嫌籠統，吳世昌也指出了這點，不過相比周濟較
為籠統的說法，他做了一點具體的比對：

> 首句即「劉郎重到，訪鄰尋里」。次句即「褪粉梅梢，試花
> 桃樹」，「個人痴小」，「盈盈笑語」。三句即「知誰伴名園露飲，
> 東城閒步？」末句即周詞起首三句。不過崔詩順次平敘，周詞
> 錯綜反覆，遂顯得章法謹嚴，結構精密。

吳世昌的此段文字，並非專論周氏詞作，而是為說明詞的章法
而舉的例子，1938至1939年他在西北聯大講授詞學有未刊稿〈《片
玉詞》（36首）箋注〉，解說就更為詳細，其中開篇就是這首〈瑞龍
吟〉，其箋注不僅對詞作的體裁、韻格，用典使事、版本異同、名
物之意等做了細緻說明，在箋注之後，更能針對前人論述發抒一己

之見，其按語對上文內容既有重表也有補敘，重點仍在其章法，論說仍有新意。

他強調周邦彥能自如運用近代歐美大家所守的短篇小說作法，「能整篇渾成，毫無堆砌痕跡」，並從詞史的角度來看待周氏詞作的優長所在，他指出「後人填長調，往往但寫情景，而無故事結構貫穿其間，不失之堆砌，即流為空洞」，而「《花間》小令多具故事，後世擅長調者柳、周皆有故事，故語語真切實在」，繼而強調該詞中如明言章台、暗指韓翃等多處寫景使事「俱是傷離怨別、前歡後悲之情」，更指示出詞中的用典使事中所呈現的情感基質。

自然，吳世昌的這些文字稍顯簡短，不像他晚年論周邦彥另一首詞〈蘭陵王〉那樣形成了專章論文，但這種分析的具體和新穎仍是值得肯定的。在吳世昌之後，俞平伯更集十數年講授《清真詞》的心得，完成《清真詞釋》一書，其中勝義迭出，〈瑞龍吟〉一首，雖僅附以簡短淺釋，但其精細之處亦值得複敘。

俞平伯首先指明該詞在《清真》、《片玉》兩集中俱列為第一，因此「當是壓卷之作」，在對已有注本未言及的「試花桃樹」、「前度劉郎重到」等典故做了追索以及補列夏閏庵手評本《清真詞》的相關內容後，又做出了如下「淺釋」。

首先點出該詞的樞紐為「春景」，繼而指出「先述歸來所見，後方點出歸來舊處，倒敘有力」，先寫「春物之恬靜」，次言「個人當年光景」，到「第三疊方仔細敘述本事」，這樣的章法其妙處正在「吞吐回環，欲言又止，神味無窮」，「探春盡是傷離意緒」這一句是「放筆為直幹」，其下幾句細寫春色，貴在含蓄。

值得一提的是，俞氏解釋詞，能以整體來觀單個作品之特點，

亦能將單個作品與其他作品並而觀之以求全貌，經由這樣一個闡釋的循環，對於詞作的理解無疑會加深一層。

在分析章法之後，俞氏又就篇中佳句以做例說，示以隅反之道。在扼要指出「清真詞立意分明，安章停妥，復以細筆襯之，故『愈鉤勒愈渾厚』，在六朝文中可比陸士衡」後，隨即強調本篇中的「吟箋賦筆」這句即可說明此點。繼而又對前人周濟所謂「無情入，結歸無情，層層脫換，筆筆往復」這個頗顯籠統的評語加以解說，指出：

> 「舊家秋娘」已有美人遲暮之感，忽借玉谿生〈燕台〉詩，以洛中里娘柳枝喻所謂「個人癡小」，是逆挽法；昔則紅粉有知音，今則誰伴名園露飲矣，以逗下文又極自然沉著。[46]

這裡不僅點明詞中典故，更揭示寫法及其用意和效果，可謂片言居要，真是行家手筆。

第三節 開闢新詩空間：白話新詩探幽例說

卞之琳是中國現代文學史上的著名詩人，創作時間相對較長，創作的題材和風格也因時代背景、個人處境等多種因素而有一定的發展和變化，他在詩藝上頗為用心，寫出了不少精巧之作，但也由此引發過誤讀和爭論。他的詩作在中國現代詩歌史上的地位是得到

---

46 俞平伯：《清真詞釋》，《俞平伯全集》第4卷，前揭書，頁119-120。

公認的，可以說，他的不少精美之作是經得起分析和推敲的。因此，在他的作品發表的當時，就有不少人對其做過細緻的分析和解讀，這些寶貴的批評實踐可謂是中國現代詩學的重要組成部分。他的作品是純然現代的，圍繞這些作品所做的解讀雖然角度不同，但都充滿新意，這些新的批評不僅對詩的語音、詞義、句法、意象等內容做了細緻解析，而且所使用的批評理念、術語與方法也都起到了示範作用，總的說來，它們為現代新詩開闢了新的空間，一方面起到溝通作者與讀者，擴大新詩接受群體的作用，一方面為新詩創作與批評提供了值得學習和借鑑的範本，較好地發揮了批評對創作的指導意義。

《大公報·文藝》第55期的詩特刊（1935年12月6日）發表了陳世驤題為〈對於詩刊的意見〉的信，文中略去了收信人的姓名，但可以大致推究其人很可能是當時編輯文藝副刊的沈從文，文中開頭談到「在朱先生（當是指朱光潛——筆者注）家『詩會』上會見」的事情，言及趁著學校放假，貢獻一點意見，他認為一個詩刊大致包含三種成分，詩的創作，批評新詩的理論，翻譯的詩和批評，從充實刊物的內容來說，好的創作最重要，其次是「具體的，懇切的批評」，而翻譯介紹，比較不重要，可是創作是勉強不來的，除了有賴於詩人自己的努力，具體和懇切的批評對於新詩實在負有很重大的責任。因為「翻譯不必談，創作不能談」，因此就只好談談新詩的批評，在他看來，有關新詩的文章雖然不少了，其中也不乏有價值的，但討論具體問題的，卻實在少見，不少人都是泛泛而談，講的都是些形式、內容、詞藻一類空疏的術語，對詩的本質反而未曾有深入的見解。因此，他決定談談自己讀詩的經驗以及從中歸納出來

的比較具體的結果。

　　陳世驤自言是在與阿克頓共同編譯《現代中國詩選》的過程中，「因為翻譯的關係，當然每一句和每一個字都得細讀，漸漸地發現平時所看到的，或口頭上講的一些普通理論，在真正了解詩上都不中用。同時也感覺到自己平時流覽過一首詩就下判斷的謬誤」，他認同托爾斯泰所說的「藝術的與非藝術的常在最小的一點上」，認為儘管現在的新詩沒有固定形式，貌似自由多了，但詩的好壞卻常因自由押一個腳韻或自由地分行便決定了，在此他還就當時的詩學論爭發表了自己看法，他指出新詩的建設者們若只是糾纏於所謂形式、內容、詞藻、韻律之類大而無當的問題，則無論討論或爭論如何激烈都不會給新詩找出一個成法來。他認為形式否定論者廢名與格律論者孫大雨是完全可以講和的，如果廢名所否認的形式是那種廣泛、普通、固定的形式（如七言六律以及方塊詩等），而孫大雨所追求的形式也只是在特殊必要時的分行以及押韻的精巧的Rationale的話。他認為，新詩產生不易，因此，從細小地方了解是很要緊的，為此，他舉出了一個實例，那就是來解讀卞之琳的〈朋友和煙卷〉。

　　陳世驤認為「論善用語言的自然韻律（Speech rhythm）和分行押韻的技巧，許多詩人都比不上之琳」，可是，不少論卞之琳詩的人卻常常泛泛地說它的情調好或新鮮就完了，而對那些最能見出他的卓越的詩才的細微之處卻往往未曾注意。雖然卞之琳本人並不太喜歡這首〈朋友和煙卷〉，但在陳世驤看來，這首詩的中間一段，單就技巧而論，「真有不可及的地方」：

正如我

還沒有學會吹簫

雖然總是愛聽

它在隔院

午夜裡嗚咽，

近

又遙遙，

叫旅人懷念山高。

像簫聲

是我們的面前

這一卷

又一卷的

輕輕

又懶懶的青煙。

　　陳世驤以為，這一段的好處，並不像俗套的評語所言是因為達到了「內容與形式的絕對調和與統一」的境界，而是因為詩句「正象徵簫聲，樂音的抑揚，每行參差地分起來，至多七字一行，至少一個字，另一方面顯示著輕煙嫋嫋，忽聚忽散，於是字的排列作成極精妙悅目，而寓意甚深的『圖案』（pattern）。韻腳是用『簫』『遙』『高』，一些尖高字音同較低的『院』、『前』、『卷』、『煙』，再同最低柔輕緩的『咽』、『近』、『輕』等字錯綜配起來的，再細心看，每行的字數恰是一，二，三，四，五，六，七，變化地列起來，剛巧湊合樂譜上的七音旋律（不管是有意無意的），所以結果字音與拍節能那

樣靈妙地顯示樂音的和諧與輕煙的迴旋節奏，決不是率爾而成的。」

　　陳世驤自言，正是在這些細微地方發現了卞之琳的絕大美點，才能夠自信地判斷他是現代獨有貢獻的詩人。在細讀了卞之琳的詩句後，陳世驤又拿出了臧克家的詩來做比較，批評後者的〈老馬〉只求表現意念，而詩性全無，不僅音韻死板、粗笨，而且情感狀態（emotional attitude）顯得虛偽。

　　值得指出的是，他自陳「我的見解不一定對，但是我的注意點許是值得大家注意」，撇開這裡為自己留下辯護餘地的意圖以及故作謙虛的話語，我們不難看出，他這種修辭上的謙虛恰恰彰顯了他內心對其觀點所持的絕對自信的態度，這種自認為抓住了要點的情緒是有十足底氣的，讓人頗為感慨的是，這一點和吳興華五年後在其畢業論文中的措辭和態度簡直如出一轍，不同的是，吳興華對陳世驤在此文中所討論的問題又有了更深入的論述。在我們今天看來，他們的這種自信卻也是有道理的，也是讓人不得不信服的。

　　綜觀陳世驤此文，我們可以看到，他強調卞之琳「善用語言的自然韻律（Speech rhythm）和分行押韻的技巧」，這裡的「自然韻律」與「分行押韻」正是他的詩學觀念的核心內容，他直言「口氣大未必是思想偉大，即使思想偉大詩不一定偉大」，認為新詩的批評家若是誠心扶持新詩的話，那就要留心避免「只看到表面或作品以外的問題」，分行及押韻等問題，並不是純粹形式上的細枝末節，詩情與非詩情的區別正在於行文的細小處，詩人的語言不同於日常語言，它代表著「靈魂上的感覺與情緒」，因此，「對這種語言的要求就絕不只是它在字典上的意義和表面上的音韻鏗鏘，而是它在音調，色彩，傳神，象形（不只是一個字樣的象形）與所表現的情思

絕對和諧」。只有首先從語言上來確定一個創作是否為詩，才能繼而談論詩人的情調、思想以及更大的方面。

陳世驤強調語言形式的重要性是和他對新詩發展的關切直接相關的，他對新詩形式建設的目的和方法都做了明確的說明，指出「講求新詩的形式就是反對舊有的既成形式的八股氣」，而追求這種更自由化、「合理化」非機械的形式，就要做到「使韻腳與分行除了表現情操的活動與變化，本身沒有目的，沒有一個字是專為湊韻腳，沒有一行是徒為擺得好看」，因此，理想的新詩形式就應該是這種「適合普通語言的節奏韻律，無『形式』的形式」。陳世驤在此所表現出的對於新詩形式建設的關切，他強調了韻腳與分行在形式建設上的重要性，但同時又反對舊詩那種為形式而形式的僵化傾向，在他看來，形式是要服務於內容的，只是為了表現情操的活動與變化，換言之，形式是為了更好的抒發情感和表達思想，而非刻意求之的一種外在束縛。

陳世驤對於詩歌語言有著敏銳的體察，他通過具體的文本分析來闡明自己的批評觀念和批評方法，形象而生動，同時也具有很強的說服力。與其他關心新詩發展的人一樣，他對於批評寄予了厚望，他非常反對那種籠統空泛地談論內容與形式，藝術與人生的批評，而希望以有影響的詩人的作品為主，挑出代表作來批判，從小地方推敲，檢討詩人所用的語言工具，通過具體的例證來判定詩人在風格、情調等方面的得失與成敗，這個看法無疑對新詩寫作與批評都是很有建設性的，而他之所以提出這個看法，一方面基於對於現代新詩創作及理論的認識，另一方面則是基於教學的經驗，「一般中學生不是不喜歡詩，只是沒有人糾正和導引他們的鑑賞力與趣

味」，後來在朱自清葉聖陶等人創辦《國文月刊》、《國文雜誌》，發
表了大量解讀古詩和現代白話詩的文章，則具體實踐了他的意圖，
由此也形成了現代中國「詩的新批評」的另一個浪潮。

　　1942年9月19日著名的作家、資深的國文教師葉聖陶寫下了
〈讀卞之琳一首〈給建築飛機場的工人〉〉，以筆名「申乃緒」發表於
《國文雜誌》1卷4、5期合刊[47]。他從修辭手法入手，一點一點的揭
示凝練的詩句所隱含的具體意思，其解讀看似平淡，實乃精彩，其
細密與切實，堪稱標準的「細讀」。卞之琳該詩共分五小節，每一節
四行，而葉聖陶的解讀也是分節進行，每一段分析一節詩，分析綿
密，不枝不蔓。

　　卞之琳的這首詩開頭兩行便是一個帶有詢問語氣的比喻，可謂
起句精警。「母親給孩子鋪床要鋪得平，／哪一個不愛護自家的小
鴿兒，小鷹？」，葉聖陶首先明確指出這裡的母親比喻的是修築飛
機場的工人，其相同點是「鋪得平」，他認為「有用的不容割除的比
喻」「必須使印象更加顯明，意義更加豐富」，而卞之琳這裡的比喻
達到了這個標準，進而他更細心地提醒讀者注意這個比喻所用的詢
問口氣與親切口吻，用直陳口氣也可以點明鋪得平是為了愛護孩子
的意思，但「詢問口氣卻等待讀者自由考索」，而「自家的小鴿兒，
小鷹」則是順著母親的口吻來說的，透著歡喜與驕傲，這也就真切
地烘托出了修築飛機場的工人愛護飛機如同母親愛護孩子、幾乎要
把飛機叫做自家的小鴿兒、小鷹的心情。值得注意的是，作者指出
這個比喻的好處正在於「意思沒有在字句間寫出來，可是吟誦起來

47　後收入《葉聖陶集》第10卷，江蘇教育出版社，2004年11月，頁48-53。

自會感覺到」，他緊接著強調，「實際上，修築飛機場的工人的心情不一定如上面所說，不過通過了作者的情感，他們的心情應該如上面所說；至少作者若是工人中間的一個的時候，他的心情一定如上面所說」。這段話看似不必要，但正體現了作者對文藝心理學的熟悉，他拈出「作者的情感」這個關鍵字，來說明詩的感情的暗示性與普遍性所具有的力量。

第二段作者首先指明第二節詩的主旨是說明「飛機在保衛上的必要」，接著強調詩作不同於常見標語口號「無空防即無國防」的地方正在於「說得具體，又表達了意志」，為了說明這點，他逐一分析了詩人採用「空中來搗亂的」、「毒霧與毒雨」、「空中保衛營」、「保河山」、「保天宇」這些說法的用意，繼而強調這些具體的說法蘊含著豐富的聯想，能夠給予讀者切實的影響，該節運用了省略等技巧，如「保衛營，我們也要設空中保衛營」就省略了「說到保衛營」或「在地面我們設了許多的保衛營」，這種寫法是可行的，同時在語意上也是連貫的，調子卻因此更「勁健」，整個「這一節的語調音節，湊合起來，表達出建設空防的堅強意志」。作者指出第三節和第四節都是說的飛機在聯絡上的必要，但側重點不同。第三節中，「我們的前方有後方，後方有前方」這一句雖然只有十三個字，但「仗著語式的相同，『前方』、『後方』的對稱」，卻包蘊著豐富的意思，而「強盜」這一指稱比「敵人」表達了更憤怒的憎恨與更嚴切的譴責，雖然「割成了東一方西一方」會引發版圖破碎的慨嘆以及無所謂前方後方的感覺，但緊接著的「我們正要把一塊一塊拼起來」卻又以積極的語氣具體表達了保持領土完整的決心和意志，而「拼」字尤見苦心與毅力，「梭子」的比喻則形象說明了飛機的聯絡作用。

第四節中，飛機在聯絡上的必要，是從「『聯絡網』結成之後對各地人的影響來說」的，「兒女」、「兄妹」、「親戚」、「朋友」，「北方」、「四川」、「江浙」、「黑龍江」、「雲南」點明了所說的是全國各地的所有人，不說寄信，而說「捎幾個字去吧」，這幾個字以輕鬆的口語化的表達暗示聯繫的「輕便容易，稀鬆平常」，而「你好嗎？我好，大家好，放心吧。幹！」這一句更見出詩作者構思的巧妙，它「提煉出個人書信的精華，表示出個人蘊蓄的意志」。「你好嗎」雖是尋常問候，但連上「我好，大家好」，就以人同此心的道理暗示出心心相映的問候之意，而一個「好」字則包括身體安健、生活過得下去、意志的堅定與工作的努力等多重意蘊，由此，接下來的「放心吧」就很自然透露出「懇切安慰的情意」「鄭重叮嚀的口吻」，最後加上一個單字「幹」簡潔乾脆的表達了號召與勉勵之意。

　　此段結尾，作者又以詢問的口氣提示讀者注意這一行詩的妙處「試想，凡是忠誠的中華兒女，給遠方的人寄起信來，縱使千言萬語，刪繁提要，還不就是第四行這麼一行？」有了前面這四節，第五節慰問之情的表達就是水到渠成了，若從結構上來說，全詩可以分為兩部分，前面四節是鋪墊，最後一節是重心和主旨所在，「所以」一詞就這樣承上啟下，勾連起詩句的兩部分，「忙得像螞蟻」則以形象的比喻具體說明了建築飛機場的工人們的辛苦程度，「凡是會抬起來向上看的眼睛」是一個新奇的表達，粗看似乎有點彆扭，但細究起來，其實比說所有的國人更為形象和具體，具有畫面感和實感，因而意義也更為豐富，因為「向上看是看天空，看天空為了切盼飛機完成保衛與聯絡的任務」，這樣以具有動作感的名詞「眼睛」指代人，既描寫了所有的國人，表達又不至於抽象和空疏。

447

　　1943年9月25日出版的《世界學生》（2卷7期）上，發表了署名「黎地」的文章〈新詩與舊詩〉，這位作者不是別人，正是該刊的主編之一李廣田，他在這篇文章中，首先強調了詩不同於散文的地方在於「詩不是知識的，或教訓的，而是情感的，感染的」，「當是象徵的，含蓄的」，「能給人以暗示，以啟發」，這種本質特點既關乎內容，也關乎形式，詩的形式是忽略不得的，而形式主要是就節奏和聲調而言，舊詩有多種形式特徵，新詩不可再用，而必須創造自己的形式，形式並不與自由衝突，自由若不在一定範圍內，則為放縱，當然，範圍須合理，規矩須正常。為了說明某種內容要用某種形式的道理，他從古詩談起，舉出了杜甫的〈茅屋為秋風所破歌〉等詩來說明節奏與聲韻的變化所蘊含的微妙之處，繼而他舉出卞之琳收入《十年詩草》的〈夜風〉和〈無題〉作為新詩中「內容與形式完全契合」的例子，〈夜風〉中的「七字句與五字句相間，又是間行用韻，尤其是那些字的聲音，都充分寫出了夜風的聲音，以及聽了夜風的人的心情」，〈無題〉的「韻法與節奏都非常整齊和諧，第五六行（楊柳枝招人，春水面笑人。／鳶飛，魚躍，青山青，白雲白）的節奏是完全不同的，那所期待的人終於來了，心裡一快樂眼中的一切都變了色，於是那句子是那麼輕快，那麼跳躍，那聲音也是那麼清脆的，不錯，這正是一陣歡喜的心跳呢」。如果說由於作者此文意在說明節奏與聲調在好的舊詩和新詩中都具有同樣和諧的表現和重要的意義，因而對卞之琳詩歌文本的解析雖然精彩但不免簡略的話，那麼寫於1942年11月26日後來收入《詩的藝術》的那篇〈詩的藝術：論卞之琳的《十年詩草》〉則從章法與句法，格式與韻法，用字與意象三個方面對卞之琳的詩進行了精微細緻的長篇分析，其

篇幅幾占該書一半，與另外的論馮至《十四行集》及方敬〈雨景〉、〈聲音〉的文章構成一個文本批評的系列，堪稱現代詩學的重要成果，值得一提的是，該書1943年出版，1948年已經出到第4版了，由此也可以略窺該書受歡迎的程度。

第四節 引入他山之石：西洋詩的譯釋例說

（一）法國詩解讀例說：以魏爾倫為中心

署名養晦的作者在〈詩的藝術與魏侖〉一文中，使用了陳世驤〈對於詩刊的意見〉一文中所宣導的方法，通過具體的文本分析來提出詩學主張，他引為例證的既有中國詩歌，也有法國詩歌，一方面顯示了他融合中西的詩學追求，另一個方面也為我們提供了詩歌分析的寶貴文本。

這篇文章引用了萊辛的悲劇名作Andromaque中的一句話，其背景是劇中人物Oreste瘋了的時候，Pylade慌慌張張從外面進來，看見他頭上蓬亂的頭髮，在意識混亂中，突然以為是許多蛇在向他叫，於是他驚呼：Pour qui sont ces serpents qui sifflent sur ves tetes?（你們頭上這些蛇，是在向誰這樣叫？）針對這句詩，養晦做出了如下的分析：

> 他一連用了五個「s-」音，兩個「-i-」音，三個「-r-」音。「s」這個字母本來就很奇怪，它的形象正像蛇，它的發音更像蛇叫，這裡接連用了幾個『s-』的音，又參雜著幾個「-i-」和「-r-」的音，一口氣讀下去不期然而然會有許多蛇在s-s-i-i-（斯斯夷

夷）地叫著和撲拉撲拉（-r-）亂攢著的感覺。

如果說，這一句詩還太短，而且還是出現在戲劇中，無法充分說明這種分析詩的方法的特點，那麼作者緊接著引用並分析的魏爾倫的〈秋歌〉，就是一個很好的例子了。

作者本人給出了這首詩的中譯文，內容如下：

秋天的
提琴的
　　冗長的咽聲，
那乏味的
單弦
　　使我心中煩厭。

呼吸停閉著，
顏色變成了淒皙，
　　當那鐘聲鏗鏘，
憶起了
往日
　　我心傷。

一任漂泊，
我隨了那惡風——
　　它把我吹送

到海外，凌空，

正像那

　　落紅。

　　作者仔細體會了原詩的音節與意義，情感與意境，指出該詩從提琴的聲音寫起，頭兩句接連用了兩個「-on」音的韻腳，讀來剛好像是一個小提琴在演奏，同時，由於這個「-on」的音可以拖得很長，正好又是出現在應該讀長音的地方，於是，那想像中的小提琴更像是在拉著一個悲酸冗長的調子，這個調子裡還參雜著幾個接連著的短促的「-au」「-o」「-n」的音，更顯得那悲酸之中摻雜著許多哽咽。在他看來，這首詩的好處正在於，雖然它詞句簡短，但聲諧完美，輕重律和長短音的分配極有規律，呈現短波浪的形式，仔細回味，能夠有飄零的秋天落葉飄飄搖搖自空中墮下的感覺，正與末句相應和，因而具有非常深刻的感人力量。

　　通過這兩個例子，作者提出的結論是：聲諧不僅使詩的聲韻和諧，美化，在積極方面，更能幫助詩的感人力量，使詩裡的靈感更容易和更有力地傳達到讀者，引起一種共鳴，給予一種愉快。

（二）英美現代詩揭秘：楊周翰解讀燕卜蓀的玄言詩

　　1943年，楊周翰在《明日文藝》上發表了〈現代的玄學派詩人燕卜蓀〉[48]，他緊密聯繫作品來分析詩人的特點，通過對作品的細緻解

48　楊周翰：〈現代的玄學詩人燕卜蓀〉，原載《明日文藝》1943年11月第2期，後收入劉洪濤選編：《憂鬱的解剖》，天津人民出版社，1998年3月第1版，頁253-280。此據《憂鬱的解剖》。

讀，來說明作者的意圖以及寫作手法的特點和意義，因而，也可將其視為一個文本細讀的範例來加以討論。現代詩遭到批評的一個原因是晦澀，確實，很多現代詩很難理解，但這並非意味著完全不可理解，相比對於中國古典詩詞、中國現代白話新詩的解讀，對於英美現代詩的解讀難度更大，在數量上也要少得多，楊周翰的這篇文章就是其中的優秀代表，他本人與燕卜蓀有師徒之誼，對現代詩也有一定的了解，因而他的解讀細緻入微，一方面從詞語意思、歷史典故、句法特點、意象概念等方面來揭示作品的意義，另一方面又從對於寫作技巧的分析深入到對於作者文學思想的探究，既在微觀層面解釋清楚了詩作的意義，又在宏觀層面揭示了作者在現代詩潮流中的意義。

在文章的一開頭，楊周翰就宣布「T.S. Eliot的時代已經過去了」，當然，他隨即強調這並非針對艾略特的作品而言，而是說艾略特作為詩人已完成其歷史任務。艾略特最為典型的那種冷酷的自我分析與自我嘲弄態度，出以「戲劇的、自諷的」表現，雖然「新鮮有力」，卻終究是「消極的美德」，因此儘管艾略特在《空心人》之後已經改變了之前Michael Roberts在「新的印記」（New Signatures）的序言中所說的「失去了一切絕對的信仰」的態度，但「最能代表他的時代」無疑已經過去了，繼他而起的W.H. Auden、Cecil Day Lewis、Stephen Spender這三位詩人就進了一步，他們是正面迎接「許多現代特有的情緒上的問題」，並「直接地向一些聽眾致詞」，這就是他們這一代新興詩人不同於且超越了艾略特的地方。在楊周翰看來，有人攻擊燕卜蓀忽視聽眾，這明顯是誤解，因為「其實他是在提出幾個理念上的問題」。晦澀並非僅是他一個人詩作的特點，而是現

代詩的共性，主要原因在於工業的發達所導致的生活內容的擴張以及現代人情緒的複雜，這種擴張與複雜因為不被習慣了傳統詩的意象與聯想的讀者理解，所以被視為玄妙與難懂。這就是說，敏銳感受到時代意識的詩人未能在相對遲鈍的普通讀者那裡引起反響和共鳴，而詩人用以表現其現代情意的意象本身是「很淺近而直接的」，並不複雜。具體就燕卜蓀的詩而言，他早期的詩作具有玄學派詩人鼻祖約翰·鄧恩的風格，即是帶有「說理的趣味」，「用理智來感覺」，「離開了理智所得的知識和表現方法，他便不會感覺」，常被選入詩選的Arachne就是這類詩作的代表，楊周翰交代，之所以挑選這首詩來做分析，是因為「這首詩在技巧方面最能代表他的早期作品」，而「他的早期作品在作風上也最能代表他的詩」。

Arachne

Twix devil and deep sea, man hacks his caves;
Birth, death; one, many; what is true, and seems;
Earth's vast hot iron, cold space's empty waves:

King spider, walks the velvet roof of streams:
Must bird and fish, must god and beast avoid:
Dance, like nine angels, on pin-point extremes.

His gleaming bubble between void and void,
Tribe-membrane, that by mutual tension stands,

Earth's surface film, is at a breath destroyed.

Bubbles gleam brightest with least depth of lands
But two is least can with full tension strain,
Two molecules; one, and the film disbands.

We two suffice. But oh beware, whose vain
Hydroptic soap my meager water saves.
Male spiders must not be too early slain.[49]

在魔鬼與深海間，人類坎盤住穴；
在生死，一多，真實與現象之間；
介於冷空的虛流與大地龐大的熱鐵。

蜘蛛王，在川流的絲絨的屋脊上盤旋；
必須迴避魚鳥，上帝和牲畜；
像九位天使，舞蹈在針尖的極點。

他的薄亮的泡兩面是空無，
這是種族膜，這是大地的表皮，
靠彼此的張力存在，一口氣就把它毀除。

49　此處英文原文為筆者所加，引自 William Empson, The Complete Poems of William Empson, ed. John Haffenden, University Press of Florida, 2000. 下同。

　　厚度最小的泡光彩最瑰麗

　　但是能十分拉緊，兩個至少，

　　兩領分子；一個，表皮就破碎。

　　我倆夠了。但是用虛枉的水皂

　　拯救我的薄水的你，要警戒。

　　雄性蜘蛛不應被害太早。

　　在對詩的分析中，楊周翰首先指出，「這短短的15行詩假定了讀者許多知識，一個20世紀的讀者所應具有的知識」，而就主旨而言，「這是首愛情詩」，作者的貢獻以及詩的意義，「除了他那卑視警戒的態度外，還有他的表現」，人的生命無論就時間還是活動範圍都是有限的，充滿著矛盾與危機，蜘蛛王與針尖上跳舞的天使都象徵著我們的這種生命處境，而無論物族、社會以至整個地球，其生存也依賴著其構成元素之間脆弱的聯繫與平衡，兩個元素之間相依共生的事實正是一種彼此拯救的關係，必須小心謹慎地維護。楊周翰根據燕卜蓀為該詩所寫的注，對詩的思想內涵做出了準確的分析，繼而提醒我們注意詩中的蜘蛛這個意象的多重內涵，「我們前後遇見三隻蜘蛛，每個都不是另外兩個，但牠們卻像一條穿珠的絲線，或一幅畫的四框」。經過這樣的分析，他指出燕卜蓀與鄧恩的詩具有三點相似之處，第一是「奇想」（conciet），第二是用理智感覺，不過燕卜蓀「在表現上更為刻畫，更為錯綜複雜」，只以意象來提示而非直接說出中心思想，而且詩中的知識相比古代也更為豐富更少共同性，與之相連的意象也就更為現代，第三是太緊湊和簡

練，燕卜蓀詩中的意象和概念「彼此交疊，彼此呼應」，但又具有一個邏輯的秩序，不能以非邏輯視之，這與他所受數學和文學的專業訓練有關，而不僅只是薰染於玄學派詩的辯證法思維。這三點也正是燕卜蓀的詩被視為難懂的主要原因，楊周翰強調，儘管燕卜蓀的詩難懂，但「絕不容含混的解釋」，這一點我們從他的上述分析不難看出。

楊周翰重點分析的第二首詩是被他稱為「很典型而值得注意的」〈本地花木注〉，他認同列維斯在《英詩之新方位》中評價燕卜蓀「智力極高」，「非但對於文字與情感有濃厚的興趣，而且對於思想和科學也有興趣」等論斷，強調燕卜蓀的「意念非但有邏輯的和緊密的聯繫，而且它們被他繪成一個極美的圖案。他的表面上的牽強附會，只有不精密的觀看才會感覺到」，這首〈本地花木注〉（Note on Local Flora）正體現了這些特點。

> There is a tree native in Turkestan,
>
> Or further east towards the Tree of Heaven,
>
> Whose hard cold cones, nor being wards to time,
>
> Will leave their mother only for good cause;
>
> Will ripen only in a forest fire;
>
> Wait, to be fathered as was Bacchus once,
>
> Through men's long lives, that image of time's end.
>
> I knew the Phoenix was a vegetable.
>
> So Semele desired her deity
>
> As this in Kew thirsts for the Red Dawn.

　　有一棵樹生長在土耳其斯坦，

　　或者再向東去一點到「天樹」，

　　它的冷硬的殼實，因不是時間的受護人，

　　沒有好緣由決不離開母體：

　　只有林中起火時它們才成熟；

　　它們等待父親，像當年的巴庫斯，

　　經過人的長命，等待時間終了的

　　那個影像。我知道鳳凰是一種

　　植物。塞麥來這樣祈求成神，

　　像這顆裘園樹渴望紅色的黎明。

　　燕卜蓀本人認為這首「小小的溫和的警句詩」，不僅指樹，也可以引申為指人。楊周翰認為含有土耳其斯坦、天樹等字眼的前兩行暗中指涉了中國，因而「是很緊湊的一個聯想」。而所謂「不是時間的受護人」，則是指「時間並不能使它成熟而脫離母體，能使它這樣的只有世界末日的大火，而世界末日是永恆，不是時間，時間是有限的」，第八句中的「那個影像」又是「逆指林火」，若明白第六句中的「巴庫斯」這個神話典故，也就能更好地理解所謂殼實的成熟與大火以及父親等詞句之間的關聯，以及最後兩句中鳳凰的雙重指涉與所謂「紅色的黎明」的內涵，在這些現實與神話構建起來的表面意義之外，這首詩還具有可以「引申到某種人事上去」的象徵意蘊，在楊周翰看來，這種象徵近似卻不同於法國的象徵派如馬拉美的詩，區別在於燕卜蓀的詩「字面本身有它們意義，像一幅畫，本身是幅畫，不過這幅畫後面還有一幅畫」，而馬拉美的詩「則是一面

鏡子，完全由讀者自己去照看」，基於 Elizabeth Drew 在《英詩新方向》一書的有關分析，楊周翰對該詩的象徵意蘊給出了解說，從而進一步強調燕卜蓀詩中意象的錯綜與複雜體現了作者本人「思想的靈活和邏輯」，基於這樣的分析，他總結出燕卜蓀的特點在於其銳敏的智力及其複雜性和所提問題的現實性。

經由對於〈法律的荒誕〉一詩的分析，楊周翰對燕卜蓀在表現技巧上意象交疊、巧用複義字等特點也做出了很好的分析和說明，此處限於篇幅就不再加以介紹了。

楊周翰認為燕卜蓀的作品在兩個方面給人留下了深刻的印象，一個是「他是個極其注重近代思想」，這裡的近代就是現在通常所謂的現代之意，近代思想就包括數學、物理中的相對論等等，另一個是「他的頭腦具有一種搜索的本能」，他引用燕卜蓀在《含渾的七種類型》中諸如「美若不加解釋使他局促不安」等自述，強調燕卜蓀「具有活躍靈敏的思維力，所以他的聯想豐富，但同時也有邏輯」。

燕卜蓀的《詩集》和《來臨的暴風雨》這兩部前後出版的詩集因為時代因素在風格是有較大差異的，早期詩作留有很深的「迂迴反覆的思想的痕跡和繾綣於思想的真跡」，後期詩作則「完全明朗化，甚至有 Auden 的流暢，以前的艱澀竟無蹤跡」，從〈巴庫斯〉到〈中國〉、〈南嶽之秋〉就正好體現了這種變化。

Bacchus

The laughing god born of a startling answer

(Cymbal of clash in the divided gancer

Forcing from heaven's the force of earth's desire)

Capped a retort to sublime earth by fire

And starred round within man its salt and glitter

(Round goblet, but for star-or whirled-map fitter?

Earth lost in him is still but earth fulfilled),

Troubled the water till the spirit' stilled

And flowered round tears-of-wine round the dimmed flask

(The roundest ones crack least under this task;

It is the vessel could have stood alone

Were it not fitted both to earth and sky),

Which tricked to a sea, though wit was dry,

Making a brew thicker than blood, being brine,

Being the mother water which was first made blood,

All living blood, and whatever blood makes wine.

這位大笑的神,產生於一個驚人的回答,

(兩面顧盼的神所起擊撞的鏡鈸

從上天的欲望中逼出大地的欲力)

用火給崇高的大地戴一頂回答的帽子,

在人的內裡周圍鑲上鹽的和閃爍的星

(圓杯,只為更能和星圖或轉圖適應?

失散於他裡面的地球仍只是充滿地球)

把水攪亂直到酒精蒸餾

在暗色的酒瓶周圍,酒淚的周圍開花

（這勞苦下最圓的最難爆炸；

脆弱的玻璃勝過石頭經得起熱。

是這個瓶子能夠獨自站立

假如它不是又鑲於地又鑲於天），

它滴流到海，雖然聰明已經枯乾，

它釀成的酒比血濃，因為它是鹽流，

因為它是母水，母水初生時是血，

一切活血，凡是血的都可以釀酒。

在說明該詩的形式特徵後，楊周翰重點分析了該詩所表現的「生命存在於矛盾之中，而這矛盾是不能用分析來解決的」這一中心思想是如何通過眾多內涵豐富的意象而表現出來的，比如，「用火給崇高的大地戴一頂回答的帽子」，他分析指出，「『戴帽子』有終結的涵義，巴庫斯是矛盾的產物，是矛盾的回答。火，因為他母親被燒死他才出世。火是生命力的象徵。火也是下面釀酒用的火。釀酒象徵維續生命之程序」，第五行所引入的「海」，「象徵一切生命之源」，因為海的成分是鹽和水，是組成生命的兩種力量，而它們的比例和血中鹽水的比例相似，因此「海水便是血，血便是人的生命」，「圓杯，酒瓶」即是指代人，暗示「人是兩種矛盾的容器」，「我們要把矛盾攪起才能蒸溜，那時我們雖然生活紊亂（酒瓶色暗），終於我們開一朵維續生命力的花」，而括弧裡的四行是以玻璃瓶比喻人生，意為「人生必須能調和矛盾（如酒神巴庫斯）才能生存，又必須有矛盾才能生存，人生就是矛盾」，最後四行回到海與血，即是連接到人生。

　　在楊周翰看來，這首詩所討論的生活問題具有重要意義，但值得注意的「仍是他的技巧和作風的複雜性」，這既包括他所指出的「有巴庫斯尤彼得塞麥來的神話成為一組，有釀酒和它的程序和用器和它們所給予的一切聯想，有海（海的某種特性）。這些為緯，以矛盾人生的維續力為經，交織成一幅理智的意象的花錦」，也有未及說出的必須在原文中才能看出的文法上的精鍊、在翻譯中不能傳達的複義字在表達意境上的較大伸縮性等特點，正是這些給予現代詩特殊的晦澀，我們讀者需要從作者那種「迂迴牽連的思維法和表現法」去破解作者以詩思所構建的謎團。

　　在本文中，楊周翰還分析了〈你的牙齒是象牙之塔〉、〈黎明曲〉裡在每節中輪流出現的兩行詩因內容不同而情調有別，以及「站立」、「起來」在字義變遷中所形成的韻律感等等，以及〈羅哲斯特雜感〉和〈勇敢即是逃跑〉等詩的筆法特點等等，限於篇幅，就不加介紹了。

　　現在看來，楊周翰對於燕卜蓀詩作的這些分析不能說非常圓滿，可能是限於詩作的複雜以及篇幅的限制，個別詩作也有未能全然解釋清楚的，他自己也表示「這分析裡也許還缺乏幾環」，但正如他所言，「把詩譯成散文根本是不可能的事」，「解釋」反而容易限制了原詩的豐富性，從他的文章可以看出，他的這種說法並非托詞，儘管從文中可以感覺到他似乎並非很自信地把握了燕卜蓀詩作的全部內涵，解讀也有不夠圓融和流暢之處，但他借助燕卜蓀自己的注釋以及相關研究論著，憑藉自己的理解，緊緊圍繞燕卜蓀詩作，對其中心思想、意象內涵、語言技巧等諸多方面都做出了比較清晰和深入的分析，並能由此對詩人的創作風格所體現的思想意識等更為

深層的內容做出準確的概括。這樣，他以精彩的文本細讀證明了現代詩雖然晦澀但並非不可解，在具備相應的知識背景的情況下，經由語言、意象等多方面的綜合分析，是可以給出一個清晰解釋的。同時，在譯介與細讀的過程中，他又能不侷限於單個作品，而是著眼於詩人的創作整體，聯繫時代與社會來分析其思想實質以及風格變化的深層原因，比如，在文章的結尾，他分析燕卜蓀「有這樣的作風，目的是在推翻浪漫主義的不著邊際的飄渺。所以他要簡練、準確和邏輯」以及由於矯枉過正帶來的弊端，並指出詩人引用大量科學知識既是因為求準確的需要從而必須依賴知識來進行感覺，更是由於其「思想不知疲倦」的人生追求所決定的。

更為值得注意的是，他能由點及面，經由具體詩作的分析，對英美現代詩的總體特徵做出精準的識斷，體現出開闊的文學史的視野。比如，在分析〈你的牙齒是象牙之塔〉相比之前作品的變與不變時，他提到燕卜蓀的「語言是日常的語言，使語氣生動」時，特別指出這種語言風格所具有的時代特點，「我們深知日常生活中常用的語言所引起的情感和聯想，作者的用意我們更能深切地體會，作者也更能使他的作品發生作用。這是近代詩人趨向之一」。

除了這裡所討論的解讀燕卜蓀詩作的文章，他在集外文章〈詩壇的頑童──奧登〉[50]中也有對奧登詩作的精細解讀，限於篇幅，就不再引述，有興趣的讀者可以翻閱。總的來說，楊周翰在二十世紀四〇年代發表的這些文章，雖然數量不多，但意義重大，通體具體分析促進了中國讀者對於英美現代詩的理解、欣賞與接受，與當時

50　該文刊載於《時與潮文藝》1944年第4卷第1期，頁100-105。

的其他詩人、學者、批評家一道，以切實的行動推進了中國新批評詩學的開展，為中國詩學的現代化做出了切實的貢獻。他的這些努力，不僅體現了當時中國學者研究英美現代詩的高水準，在今天看來，依然具有很高的學術價值。

(三) 德國現代詩細讀：以吳興華讀里爾克詩作為中心

里爾克是現代著名詩人，中國詩壇對於他的作品的譯介情況，張松建在其《現代詩的再出發》中已有詳細的梳理，而在譯介以及研究里爾克詩作的中國學者中，堪稱代表的是馮至與吳興華，正如解志熙曾經指出的，「吳興華的〈黎爾克的詩〉和馮至的〈里爾克——為十周年祭日寫〉一樣，不僅代表了現代中國文學界對Rilke認識的最高水準，而且也都是有意借西方詩人來向中國新詩界『說法』的最具詩學深度的『中國現代詩論』」[51]。有關里爾克的詩學之於中國現代詩學的意義，本書前文已有論及，其實，就里爾克在現代中國的譯介而言，還有一個重要的方面，解志熙敏銳地注意到這一點，正如他所指出的，「為了幫助中國讀者深入理解黎爾克的詩，吳興華也繼〈黎爾克的詩〉中對〈奧菲烏斯·優麗狄克·合爾米斯〉一詩的細讀之後，更在〈譯者弁言〉中提示了一種欣賞和理解詩歌的態度和方法，所以，吳興華在這兩篇文章中所表現出的不同於英美新批評的解詩理論與實踐，也特別值得我們注意」[52]，確實，就中國現

51　解志熙：〈吳興華佚文校讀札記〉，《考文敘事錄：中國現代文學文獻校讀論叢》，前揭書，頁199。

52　解志熙：〈吳興華佚文校讀札記〉，《考文敘事錄：中國現代文學文獻校讀論叢》，前揭書，頁200。

代學者對於里爾克詩作的接受情況而言，詩作的解讀與分析確實是一個因實踐成果較少因而不受重視的方面，吳興華的細讀旨在增進中國讀者對於里爾克詩作的認識與理解，雖然成果極少，但卻頗值得重視，這一點正如上文所述楊周翰解讀燕卜蓀詩作的情形一樣，解志熙雖然在其文中給我們指示了理解里爾克詩作在現代中國的歷史境遇的一個重要路徑，但卻未及深入論述，本節筆者將以他的結論為起點，在中國現代詩的新批評這一研究論域中，具體分析吳興華細讀里爾克詩作的程序、方法與意義。

吳興華在其〈黎爾克的詩 Rilke's Dichtungen〉，首先對於里爾克所具有的那種「足以為後進取法的深度」、「那些落入言詮、可以理解、分析的」「糟粕都可以使善學者的詩變得更好」等令現代英美詩相形見絀的特點，給予了恰如其分的稱讚，繼而從詩人風格發展的角度，對里爾克的詩作在其易於後學仿效的音樂性、格律的嚴正之外堪稱獨步的處理手法，即「趨向人物事件的深心，而在平凡中看出不平凡」，做出了概括性的說明。為了具體說明里爾克「能夠在一大串不連貫或表面上不相連貫的事件中選擇出『最豐滿，最緊張，最富於暗示性』的片刻」的大家風範，他選擇了〈奧菲烏斯・優麗狄克・合爾米斯〉來做例說。

先來看吳興華所譯的這首詩[53]：

---

[53] 此詩有綠原譯本，讀者可參看，綠原譯本題為〈俄耳甫斯・歐律狄克・赫爾墨斯〉，載《里爾克詩選》，人民文學出版社，1996年11月第1版，頁336-340。

〈奧菲烏斯・優麗狄克・合爾米斯〉

就在靈魂奇異的礦穴裡。
像靜默的銀質他們前行
如血管穿過穴中的黑暗。在根株之間
發源那流向人類的血液，
在暗中看起來重得像雲斑石。
除此外再也沒有紅的。

那裡有岩石
和不真實的林木。懸橋在空虛上
以及那邊巨大，灰色，盲目的湖泊，
掛在迢遙的背景上
像落雨的天空下臨一片景物。
而在草場間，溫順的，充滿了耐性，
出現在那唯一的路徑蒼白的一條
嵌入如一長道白色。

沿著這條唯一的路徑他們到來。

最先是那瘦長的男子披著藍罩袍，
眼睛向前看，無語而不耐。
他的腳步大口的吞食了道路
連細嚼也不嚼；他的兩手下垂

（沉重而緊握著）從他墜落的衣褶之外，
再也不會彈奏那輕盈的豎琴，
那琴似乎生根在他的左手裡
如玫瑰的卷鬚在橄欖樹枝中。
同時他的感官像分而為二：
因為他的視線跑在他前面像一隻狗
轉過身來，走回然後又去遠
站著等待在前面第二個拐角上，——
他的聽覺則如一股香氣留在後面。
好幾次他覺得它彷彿一直
伸長達到那兩個人的行步，
那必須跟隨他這一路攀上去的兩人。
又有些時候像只有他攀登的回聲
與衣間的飄風在他身後面
他可是還對自己說，他們一定會來的；
大聲的說出口，然後聽它寂然消滅
他們一定會來的，只不過他們是兩個
走路輕得要死的人。要是他能夠
只轉回身一次（要是往回看一眼
不會使這現在剛完成的整個工作
歸於烏有），他一定要看看他們，
那兩個輕步不語跟隨著他的。

那行路與遠征的神祇，

一頂旅行的帽子半遮著美目，

在身軀前面攜著那細長的杖

腳跟上有羽翼撲擊著；

還有交在他左手裡的：她

她，那如此被愛著的，以至從一具豎琴中

傳出的悲嘆勝過曾為一切婦人所發。

而從悲嘆中產生一個世界，在那裡面

一切都重新存在：叢林和山谷

道路和居屋，田地，河流和獸類；

以至環繞著這悲嘆的世界，正像

環繞著那一個地球有一個太陽

和一片布星沉默的天空移動著，

一片悲嘆的天空布滿錯位的諸星——

這如此被愛著的。

她然而倚著那神祇的手臂向前行，

她的腳步被長的屍衣所限，

不穩定，輕柔，也沒有不耐的表情

深藏在自身中像懷著崇高的希望，

並不想到那前面走著的男人，

也不想到那道路，上引向生命。

深藏在自身中，她之已經死過

充滿了她像「圓滿」。

正如一果實充滿了甜味和黑暗，

同樣她也是充滿了她偉大的死，
現在還很新近，以至她什麼都不了解。
她是在一個新的處女期間
不可被觸摸；她的性別緊閉著
如同向晚一朵年輕的花蕊，
同時她的手對婚姻已是如此
生疏以至於連那輕盈的神祇
不停柔和的為引導她的觸碰
都使她不悅，彷彿是過分的親密。

她已經不再是那幾次回蕩在
詩人的歌曲裡面金髮的美婦，
不再是那寬床的香氣與島嶼
也不再是那男人的占有品。
她已經鬆弛了像是委長的頭髮
孤獨被棄如落下的雨
散布開如同百種不同的存貨。

她已經是根了。
當突然之間那神祇
把她止住，痛苦在他的聲音中
說出這幾個字：他轉過身來了──，
她並不明瞭，悄聲的說道：誰？

　　但遠遠在明亮的出路上，暗黑的

　　立著一個人，他的臉部

　　不能夠辨識。他立著凝望，

　　如何沿著那一條草場的路徑

　　眼色中充滿了愁怨，那征途的神祇

　　不語的轉過身去，跟隨另一個身形，

　　那後者已經沿同一的路徑向回走，

　　她的腳步被長的屍衣所限，

　　不穩定，輕柔，也沒有不耐的表情。

　　該詩係取材於希臘神話，故事本身天生適合作為詩的題材，里爾克放棄了奧菲烏斯在冥王面前奏琴這個表面看來最為感人的情節，而選擇了奧菲烏斯將要回頭而尚未回頭這一瞬，不僅在其中放進了整個故事，而且加入了「一些使整個故事脫離了希臘氣氛，凝固而具有永遠性的東西」。在吳興華看來，這種有意的「脫離」並非許多人所以為的巨大損失，而正顯出了詩人的傑出之處。在描繪出開首描寫從地下通至人間的路程時所用寥寥幾個意象的情感效果之後，吳興華對詩中主題人物逐一進行了詳細解讀。

　　奧菲烏斯，象徵著一切藝術家，一切人類，在此時此刻，卻焦慮而不安，懷疑即將到來的幸福是否可能，而合爾米斯，「象徵著那人類生命中永遠的疑團」，代表一種神祕莫測的力量，而「黎爾克只給了他輕輕的一觸，其餘都讓我們自己去思索」，在奧菲烏斯回頭的瞬間，一切崩潰，合爾米斯痛苦地喊道「他轉過身來了」。優麗狄克，「她只默默的跟著奧菲烏斯向前走，不知道往哪裡去，也不

知道為甚麼」，就在他們沉默行進的過程中，她卻「已經經過一番完全的改變」。人物形象的描繪體現著作者的用心，吳興華最為稱道的是里爾克在全詩高潮部分的處理手法，因為「詩人只引我們到奧菲烏斯狐疑的最高點，然後就把他撇下了」，只是以描寫和追憶暗示著時間的流逝，卻巧妙地迴避了講述奧菲烏斯決定回頭的心理過程以及轉身的情緒，在他看來，這些都是「很難寫到恰到好處的」，勢必牽涉到一系列問題，諸如「用怎樣一行詩才能充分傳達出這一個動作？應該寫他急驟的轉身呢，還是緩慢的？他眼中的表情是甚麼，當他轉過身來時？」，而里爾克只以合爾米斯的那聲「他轉過身來了」就容納了千言萬語難以說盡的內容，而結尾「合爾米斯與優麗狄克重回地界的過程也只是從奧菲烏斯眼裡寫出」，從而賦有了詩意。

在點出詩中關鍵的奧妙之處後，吳興華對於詩人賦予老故事以新意義的詩學追求做出了深入的分析，在他看來，里爾克致力於挖掘諸多人物「掩藏起來的『真心』」，描寫緊要關頭人心中那種「更高的能力」，這樣，里爾克不僅像所有偉大的作家一樣，「在大家視若無奇的世界中看出千萬不同的面影，不同跳躍著的心靈」，更能夠「進一步看透人千變萬化的行為，而發現底下的基礎」，從而「親切的感到人類其實是如何相像，可憐的相像」，正因為具備了這種澈悟力與思想的高度，才能產生「更廣更遠」的「真實性」與深厚的意蘊。

這樣，經由具體詩作的分析，上升到對於作家風格的揭示，經過吳興華的這番雖然簡短但卻直指精妙的解讀，成功地使讀者清晰感受和把握住詩作的精髓，激發進一步閱讀的興趣。而且，他的這種解讀風格和方法貼近原作的風格與方法，有那種深沉微妙的氣

質，無論是對詩中人物複雜心理的細膩體會，還是對於作者的處理手法的深入揭示，以及在詩歌史的視域對詩作整體風格的描述，都能在引導讀者去接近異國詩人的細膩與敏銳的同時，也展示了他本人作為詩人與批評者的細膩與敏銳。

　　雖然吳興華解讀里爾克的這番實踐，可能只是他偶一為之的產物，目前我們能看到的也就僅此而已，但並非草率從事，而是他深入體會里爾克詩作後的產物，他的這種批評實踐與他的創作觀念是一致的，而且，在他的文本解讀的實踐背後有著明確的理論上的自覺，這一點，在他的〈《黎爾克詩選》譯者弁言〉中有明確的表述。他首先提示我們注意里爾克的詩「完全傾向於內心及冷靜的觀察，而暗示著一個靈魂在沉默中的生長與成熟」，其風格不同於普通德國詩的路徑，而在「細膩的雕琢與嚴峻的格調確乎有些拉丁文學的風味」，吳興華指出這一點，不僅僅是強調里爾克詩風的獨特，而在於提醒我們不要自我設限，受制於某些文學史家以及批評家基於狹隘的文學觀念所做出的結論，而「只讓對於詩的愛好與要求指導我們的判斷」，這是一個基本原則，意義重大，其實質是強調我們閱讀和批評的焦點應該是詩作本身，這正是現代「詩的新批評」所極力強調的一點，前文對此已有論述，此處不再贅述。

　　在明確了閱讀的基本原則之後，吳興華繼而提醒我們在閱讀的過程中，也即所謂靈魂的冒險的過程中，「必須時時防備，不可使自己因為迷失在特殊的句法構造及新奇的字裡，而把注意力由整體引開」，這是個很重要的提醒，能夠有效避免解讀中過於重視字詞的複義與悖論而對詩作總體風格缺乏把握所導致的繁瑣、機械等弊端，儘管他重視並且極端敏感於詩裡的具體文字與詞句，但他更強

調「在詩裡，一切文字字面上的問題都是次要的」，因為我們所要準確和深入把握的，並非只是白紙黑字與孤立詞句，而是它們「背後閃動的情感及動力」，為此，他提出了一個正確解讀的標準，「以自己對於詩人的了解領導自己的閱讀，而不可使那了解完全奠基於閱讀上，禁錮在悠揚的韻律或巧妙的表現手法裡」，這即是強調閱讀詩作時不可拘泥於技巧層面，以免能入不能出，如中國古人所說的死在句下。

　　好的詩作中隱藏著詩人靈魂的脈動，在吳興華看來，讀詩時，要「時時把自己放在詩人的位置上，而從他的立足點觀看他所選擇的題材」，這個不易做到，「最需要的是長時期的忍耐與專心的訓練」，這一點與俞平伯在《清真詞釋·序》中所言「應當離開了讀者和評注者的立場，而從詩的本身，作詩時的心境去觀照」、林庚在〈〈易水歌〉兩句〉中所言「詩何以好？只有從詩本身中求之」[54]是一脈相承、所見略同的看法。吳興華以里爾克詩作為例，指出若能「撥開枝節，直抵要點」，體會詩人的深心，抓住詩作的精神核心，那就是「對欣賞黎爾克的詩邁進很重要的一步」。其實，不僅讀里爾克的詩如此，對一切好詩都應如此。經過對里爾克具體詩作的解讀，吳興華對解詩的基本原則也作出了重要的理論概括，因而也就具備了方法論上的指導意義，其解詩的意義也正在於此。

54　原載《新苗》第5冊，1936年7月16日。

第九章

結語

　　1948年，北京大學為紀念五十周年校慶以學科為單位推出了系列出版物，其中文學院（college of arts）的是第9輯。該刊共有六篇英文刊物，作者為北大英文系的教師，除了朱光潛（1897-1986）、燕卜蓀（1906-1984）、錢學熙（1906-1978）年齡稍長以外，其餘的如袁可嘉（1921-2008）、金隄（1921-2008）、夏濟安（1916-1965）都是30歲左右，可謂是學術生力軍，他們的這組文章，若根據其內容來看，可以說代表了當時中國學者理解和運用新批評理論的較高水準，燕卜蓀的〈《論批評》中的機智〉（Wit In The Essay On Criticism）是其拿手的語義分析的出色作品，錢學熙的〈感性的解體與統一〉（Dissociation And Unification of Sensibility）則是對艾略特《玄學派詩人》中提出的「感性的解體」這一理論概念的深入分析，可以視為他在《學原》雜誌上的那篇〈艾略特批評思想體系的研討〉[1]的姐妹篇。袁可嘉寫的〈關於戲劇主義的札記〉（A Note On Dramatism）則與其論戲劇化和戲劇主義的中文文章互相補充，上文對此已有論述。金隄所寫則是〈英國文學中的諷刺：格列夫遊記，烏有之鄉，

1　錢學熙：〈艾略特批評思想體系的研討〉，《學原》2卷5期，1948年9月。

動物農莊〉（A Note On English Satire: Gulliver's Travels by Jonathan Swift, Erewhon by Samuel Butler, Animal Farm by George Orwell），夏濟安的〈外河邊的華茲華斯：讀〈廷登寺〉並紀念抒情歌謠集發表150周年〉（Wordsworth by the Wye: A Study of the Tinter Poem, In Commemoration of the Sesquicentennial of The Lyrical Ballads），可以說，這組文章集中展現了中國青年學者二十世紀三四〇年代學習英美新批評詩學的心得和研究水準，也可以算做一次小小的總結。在這本文集出版的第二年，夏濟安由上海到香港，一年後再到台灣，又開啟了新批評在中國的另一個階段。至於袁可嘉，他在六〇年代所參與編譯並為之撰寫後記的《現代美英資產階級文藝思想》中，英美新批評的作品占了大半，而他所寫的真正具有批判色彩和反思性的兩篇文章〈托·史·艾略特——美英帝國主義的御用文閥〉和〈「新批評派」述評〉[2]，也反映了他對於新批評的認識的加深。實事求是地說，就筆者的閱讀感受而言，若考慮到袁可嘉這兩篇文章寫作的年代，淡化其中某些用詞過於強烈的政治色彩而著眼於其思路和內容，那麼我們將不難發現，儘管部分觀點也有商榷的餘地，但袁可嘉這兩篇文章中對於新批評的見解要比他四〇年代所寫的那些文章要從容深入得多，視野也開闊得多，但筆者略感驚訝的是，已有的研究者對此卻少有提及，而更多注意其並不成熟的〈新詩現代化〉和晚年略顯偏狹的有關英美現代派的研究，這可能因為這些文章較少為人所知，或是被有意忽略。不管怎樣，這總是該值得正視的歷史，也是值得珍視的研究成果，不能因為其中大批判的色彩和

2　分別刊載於《文學評論》1960年第6期、1962年第2期。

政治化的用語而人為忽略。

　　在上述的這本紀念文集中，相比袁可嘉不夠圓融的術語闡釋，夏濟安的文本細讀更為從容細膩，極具新批評風格，他在文中也頗多引述英美新批評代表人物的作品，更重要的是，從他在文中對於現代批評的實質和特性的見解以及所使用的術語都可以見出他與新批評的淵源。比如，在該文的開頭，他首先就引用華茲華斯的話，「詞語，是思想的體現，而非外衣」，指出「許多批評家在研究一首詩的思想時卻不去研究其中的詞語，已經犯下了很多錯誤」，在他看來，「我們在讀詩時實際上所獲得的，只有詞語及其組合方式所產生的心理效果」，他強調詞語在詩中的功能絕非簡單，並非每一位讀者都知道如何來處理它們，而詩人在選擇及熔鑄它們以完成一首詩的時候也並非總是清楚意識到他自己的所作所為。基於這種認識，他指出「現代批評，除了服務於強化讀者對於詩的敏感，還強調語言的重要性，並追索運用語言的精巧方式，如paradoxes，ambiguities，symbolism等等」。在將華茲華斯的〈廷登寺〉與其長篇自傳體詩〈序曲〉做比較時，他認為後者不過是以更為宏大更為精細的方式抒寫了與前者類似的心緒（moods），並特意強調，「我之所以用心緒這個詞，而不用華茲華斯最喜歡的詞感情（emotion），是因為前者意味著更為複雜的思想狀態，而這才是詩中真正重要的內容」。他提到燕卜蓀對於〈廷登寺〉的研究，也指出柯林斯·布魯克斯對於華茲華斯〈不朽頌〉（Ode: Intimations of Immortality）的分析令人欽佩，不過他強調布魯克斯的分析是為了證明一種詩歌理論，而他的研究雖然處理的是相似的詩句，但目的是通過探尋詩中語言的複雜精微，以對於華茲華斯其他作品的了解為背景，試圖更

為深刻地體會華茲華斯表現在這些詩行中的心緒，那些他試圖加以調和的情感與認知上的衝突與矛盾。

　　由以上引述的內容，我們不難看出，夏濟安對於心理效果、詞語的重要性、運用語言的方式、詩篇結構的張力等內容的強調，表明他對於英美新批評的熟悉與認同，基於這樣的方法論自覺、分析工具的熟練以及對於語言的足夠敏感，他對於華茲華斯這篇在他看來「密實地表現了詩人內心經驗」的代表作做出了基於文本的細緻而貼切的分析，堪稱優秀之作。關於他與新批評的淵源，編過《夏濟安選集》的陳子善以及夏志清都已提及，現在有了他早年的這篇論文，就能夠更為細緻的分析這種淵源的具體形態。當然，這種淵源的影響要到他赴台任教以後才有更為明顯的表現，這個一方面表現在他的批評文章中，一方面也表現在他的教學之中，台灣現代的文學批評中新批評思想的介紹和運用，應該要從他算起，[3] 而就本書所討論的中國現代的新批評詩學而言，若將瑞恰慈來華任教的1929年算做起點，那麼經過二十年的發展後，又在台灣得到延續和發展，後來甚至一度形成了熱潮，再到二十世紀八〇年代，中國大陸也經歷了一個新批評的熱潮，其實，這是一種重溫，但在當時，更多表現為一種新的學習。之後，以新批評的方法來分析詩歌的作品也逐漸多了起來，關於新批評派的文學思想的介紹和研究也逐漸深入，但對於其在中國早期的譯介和傳播以及中國學者的新批評實踐

3　參見梅家玲：〈夏濟安、《文學雜誌》與臺灣大學——兼論臺灣「學院派」文學雜誌及其「文化場域」和「教育空間」的互涉〉，《臺灣文學研究集刊》，2006年2月創刊號；葉維廉：〈回憶那些克難而豐滿的日子〉，收入《臺大八十：我的青春夢》，臺北：臺灣大學出版中心，2008年。

等具體的歷史情形的探究，一直不夠深入全面，本書的研究不敢自稱深入全面，只是就筆者的閱讀所及，在梳理文獻的基礎上，力圖鉤勒出瑞恰慈、艾略特、燕卜蓀等新批評的代表人物的批評思想在中國譯介和傳播的基本輪廓，並在中國現代詩學的視域下，試圖集中對中國現代「詩的新批評」的理論和實踐做出一個歷史的分析，這種理論和實踐，是具有中國特色的，並非英美新批評在中國的翻版，或只是一個簡單的影響──接受的關係。

從本書以上章節的論述，我們可以看到，中國現代「詩的新批評」的歷史具有幾個特點：

第一，這是中國現代詩學發展過程中的一個比較自覺的過程。它是在受到外來詩學思想影響的情況下，基於中國詩學現代化的需要而產生的，是一個既有理論構建又有實際批評的批評潮流，反應了中國現代學者在吸收外國現代詩學思想的基礎上力圖創造性轉化中國傳統，實現中西融合的現代追求。

第二，在個體自由探索的過程中，體現出較為明顯的群體或同人團體的特徵，而學院派構成了實踐的主體。

第三，它的發展，與中學特別是大學的語文教學有密切關係，這一點和美國的新批評思想最終在大學文學教學內確立地位和發揮影響的情形有相似之處。

第四，對於古典詩歌文本的闡釋和解讀在數量上要遠遠多於白話新詩和外國詩，形成了前者在數量中體現品質和後者少而精的特點。

總體而言，「詩的新批評」是中國現代詩學史中的重要內容，它通過理論闡釋和實際批評，將現代詩歌觀念落實到具體的批評實踐之中，由此確立了後來解讀詩歌的一些重要觀念和批評概念，為促

進中國詩學的現代化做出了積極的貢獻，並由此留下了大批值得認真分析和學習的詩學遺產，經由這樣的回顧，才更深入體會前人所謂中國現代文學上「詩論發達」的斷語所言不差，也更能明白中國詩學的現代化的過程及其意義，在感受詩歌的美好以及批評的重要的同時，也更能明白傳統的意義以及溝通古今融會中西的必要，正如前人所指出的，若嚴格來講，批評並無所謂新舊，只有方法的好壞可言，對於本書所討論的現代「詩的新批評」之新，當從心態和思路的積極進取以及方法論上自覺求新等諸多意義上去理解，在這個意義上，我們必須是「新」批評家。

後記

　　本書是由我的博士畢業論文修改而成。在漫漫書海中，多出一本由我署名的書，惶恐實多於興奮。

　　自知資質愚鈍，卻又難免取法乎上的誘惑，對於論文固執地懷著不切實際的預期，然天性散漫，又缺少計畫，不經意間，幾年時間就在查找史料、閱讀文獻的過程中一晃而過，其間雖有不期而遇的驚喜與收穫，而最終成文還是難免急就之憾，取上得中也就自然成了藉以自嘲和自我寬慰的理由。我確信的是，本書所討論的是一個有著理論價值和現實意義，且能夠繼續深入開掘的論題，只是，能否免於好題目被做糟的指責，就留待讀者的評判了。限於本人的學識，本書肯定存在各種不足，災梨禍棗既已在所難免，一得之見尚祈批評指正。

　　寫論文的時候，曾讀到過美國學者Murray Krieger的書，他在前言中說了這麼一段話，於我心有戚戚焉，在此借用一下，略表我對導師解志熙先生的感激之情：

In our day it is rare for the apprentice to have had his master, for the student to be able to say, "I have had a teacher". In Professor Vivas for many years now I have indeed had a teacher- one who surely deserved a better student.

感謝呂正惠先生欣然同意出版拙著，感謝人間出版社蔡鈺淩女士及其同仁為拙著所付出的辛勤勞動。

從一個文學研究的門外漢到略窺門徑的後進，這一路走來，我深感慶幸，更滿懷感激，感謝眾多良師益友在我求學過程和論文答辯環節中所給予的諄諄教誨與熱情關懷，感謝家人的默默支持！由南到北十多年，彈指一揮間，不覺已年近不惑卻遠未至曠達之境，在生活的煩與忙的交織沖刷下，仍努力在內心堅守著認真做點學問的小小志向，感謝所有關心和愛護我的人，我仍將勉力前行！

「詩的新批評」在現代中國之建立 / 陳越作. -- 臺北
市 : 人間, 2015.07
484面；14.8 x 21公分（中國近. 現代文學叢刊；15）
ISBN 978-986-6777-91-2（平裝）

1. 新詩 2. 中國詩 3. 詩評

820.9108   104012085

中國近・現代文學叢刊15
「詩的新批評」在現代中國之建立

作者	陳越
執行編輯	蔡鈺淩
校對	陳惠鈴、蔡鈺淩
版型設計提供	黃瑪琍
封面設計	蔡佳豪
排版	仲雅筠
發行人	呂正惠
社長	林怡君
出版	人間出版社
	台北市長泰街59巷7號
電話	（02）2337-0566
傳真	（02）2337-7447
郵政劃撥	11746473・人間出版社
電郵	renjianpublic@gmail.com
定價	450元
出版一刷	2015年7月
ISBN	978-986-6777-91-2
印刷	崎威彩藝有限公司
總經銷	聯合發行股份有限公司
	新北市新店區寶橋路235巷6弄6號2樓
電話	（02）2917-8022
傳真	（02）2915-6275